BASTEI
LÜBBE
TASCHENBUCH

Weitere Titel der Autorin:

Matildas letzter Walzer
Anemonen im Wind
Der Duft des Jacaranda
Das Versprechen des Opals
Das Lied des Regenpfeifers
Die Farm am Eukalyptushain bestellt
Träume jenseits des Meeres
Insel der Traumpfade
Legenden der Traumzeit
Der Himmel über Tasmanien
Das Land am Feuerfluss bestellt

Titel in der Regel auch als E-Book erhältlich

Über die Autorin:

Tamara McKinley wurde in Australien geboren und verbrachte auch ihre Kindheit im Outback des fünften Kontinents. Heute lebt sie an der Südküste Englands, aber die Sehnsucht treibt sie stets zurück in das weite, wilde Land, von dem sie in jedem ihrer Romane faszinierende neue Facetten entfaltet.
Besuchen Sie die Autorin auf ihrer Website
www.tamaramckinley.co.uk

Tamara McKinley

Der Zauber von Savannah Winds

Roman

Aus dem Englischen von Marion Balkenhol

BASTEI LÜBBE
TASCHENBUCH

BASTEI LÜBBE TASCHENBUCH
Band 16993

1. Auflage: August 2014

Dieser Titel ist auch als E-Book erschienen

MIX
Papier aus verantwortungsvollen Quellen
FSC® C014496

Vollständige Taschenbuchausgabe
der bei Lübbe Ehrenwirth erschienenen Hardcoverausgabe

Titel der australischen Originalausgabe: „Morning Glory"

Titelillustration: © missbehavior.de; © getty-images /Peter Walton Photography; © getty-images/Jose Maria Mellada
Umschlaggestaltung: Gisela Kullowatz
Satz: Greiner & Reichel, Köln
Gesetzt aus der Adobe Caslon
Druck und Verarbeitung: GGP Media GmbH, Pößneck
Printed in Germany
ISBN 978-3-404-16993-1

In liebender Erinnerung an Richard Johnson – mein Mentor und der beste Freund, den man sich wünschen kann. Ich werde dich vermissen. Und ich bin sicher: Wenn ich das nächste Mal die *Morning Glory* sehe, werde ich auch dich dort oben entdecken – wie du auf ihr surfst, ein glückliches Lächeln im Gesicht.

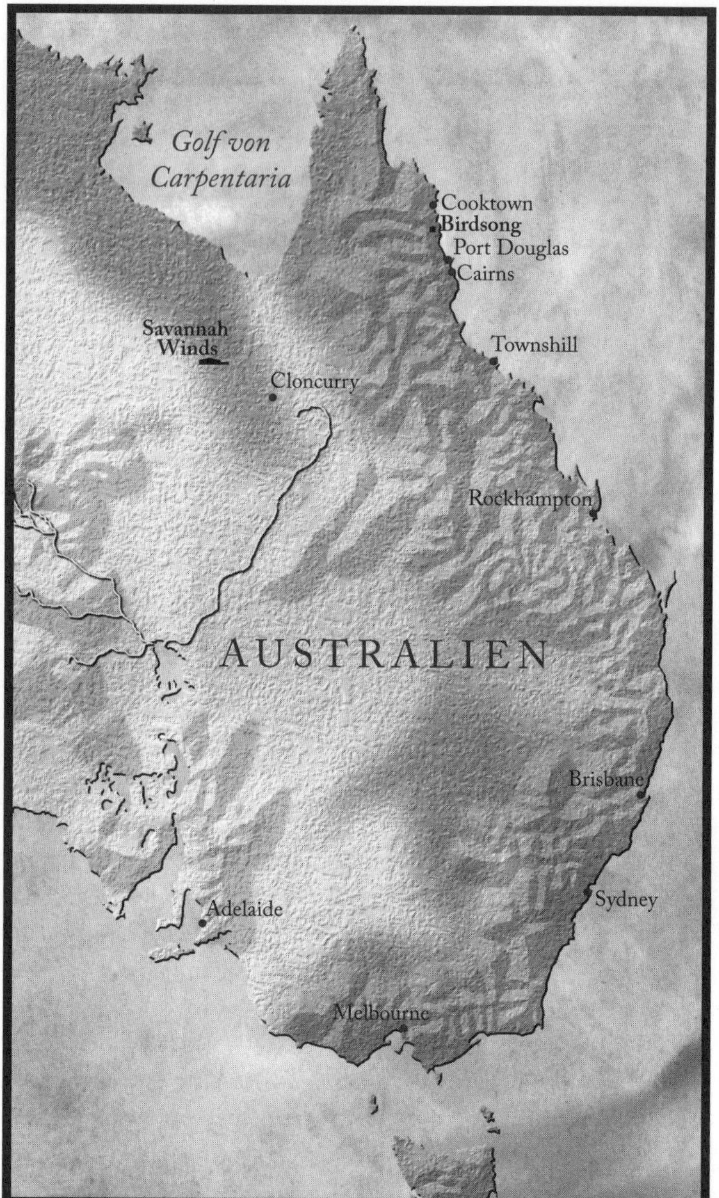

Golf von Carpentaria
Cooktown
Birdsong
Port Douglas
Cairns
Savannah Winds
Townshill
Cloncurry
Rockhampton
AUSTRALIEN
Brisbane
Sydney
Adelaide
Melbourne

PROLOG

Gulf Savannah 1951

Annie Somerville hob Lily hoch und setzte sie sich auf die Hüfte. Eigentlich gab es kaum noch etwas, was Annie in Angst und Schrecken versetzen konnte, denn sie besaß den Mut und die Widerstandskraft, die das Leben in der australischen Gulf Region erforderte. Aber an diesem Morgen fürchtete sie sich.

Das Dröhnen einer Spitfire, die über die Sandpiste raste und abhob, zerriss die Stille der Morgendämmerung. Annie und ihre zweijährige Tochter schützten die Augen vor dem aufwirbelnden Staub und verfolgten den Flug, bis die Maschine in dem großen dunklen Herzen der *Morning Glory* verschwand. *Morning Glory* nannte man eine riesige Wolke, die bei Tagesanbruch aufzog. Diese erstreckte sich vom nördlichen bis an den südlichen Horizont und überschattete die weite Savanne, während sie wie eine unendliche Welle heranrollte. Ihr Kamm glitzerte und schimmerte von den Eiskristallen, die sie auf ihrem Vormarsch über den Golf von Carpentaria angesammelt hatte.

Die *Morning Glory* war von beängstigender Schönheit, und Annie umfasste das Kind noch fester, während sie diesen Koloss nach der Spitfire absuchte und mit rasendem Puls stumme Gebete zum Himmel schickte. Dabei wuchs Annies Grauen von Minute zu Minute.

Dann entdeckte sie das Flugzeug – ein winziger Fleck, der auf der Woge ritt, darin eintauchte, sich drehte und wand wie ein Spielzeug und ungeachtet der Gefahren über den Kamm raste.

Annies Phantasie trug sie ins Cockpit, wo ihr Mann vor Freude lachte, weil sich für ihn ein langgehegter Traum erfüllt hatte. Vermutlich begriff er nicht, wie ängstlich Annie war – und wie machtlos. Denn die kampferprobte Spitfire und der tapfere, tollkühne Mann, der sie flog, waren für die mächtige *Morning Glory* wie Spreu im Wind.

1

Brisbane 2000

Fleur Mackenzie nahm Handtasche, Aktenkoffer und Laptop und stieg zögernd aus dem Mazda Roadster. Für gewöhnlich konnte sie es kaum erwarten, den Tag zu beginnen, denn sie liebte ihre Arbeit bei Oz Architects. Überdies war sie ehrgeizig und wollte in der Firma aufsteigen, bevor sie zur Familiengründung eine Auszeit nehmen würde. Doch in letzter Zeit hatte sich die Stimmung im Büro verändert. Trübsinn hatte sich breitgemacht und wollte nicht weichen. Seit Monaten kursierten Gerüchte, die sich noch verdichtet hatten, seit Projekte auf Eis gelegt wurden, Mitarbeiter gekündigt hatten und bislang treue Kunden zur Konkurrenz abgewandert waren.

»Guten Morgen, Fleur. Wie geht's?« Jason Delaney, gekleidet in Trainingshose, hautenges T-Shirt, Laufschuhe und rosarotes Bandana, war außer Atem.

Fleur lächelte ihren Kollegen kläglich an. »Könnte besser sein«, gestand sie, strich die langen dunklen Haare zurück und rückte den Kragen ihrer Kostümjacke zurecht, wobei die Goldarmbänder an ihrem zarten Handgelenk klimperten. »Die heutige Besprechung bereitet mir Sorgen.«

Jason joggte auf der Stelle weiter. Sein fröhliches Gesicht hatte traurige Züge angenommen. »Geht das nicht allen so? Womit rechnest du, Fleur? Stehen wir auf der Abschussliste?«

»Ich hoffe nicht«, murmelte sie. Ihre hohen Absätze klapperten auf dem Pflaster, als sie auf das Bürogebäude zustrebte. »Greg und ich haben eine Mordshypothek abzutragen, und vierunddreißig ist nicht unbedingt ein gutes Alter, um arbeitslos zu werden.«

»Ich dachte, Greg wäre gerade zum leitenden Chirurgen befördert worden. Er verdient doch sicher genug, um euch eine Weile über Wasser zu halten.«

Fleur hatte nicht vor, mit Jason über ihre finanzielle Situation zu sprechen. Ihr bester Freund meinte es bestimmt gut – aber er war ein Klatschmaul. Sie gab den Sicherheitscode ein, schob die Eingangstür auf und begab sich zu den Büros im Parterre. Sie betrat einen großen weißen Raum, der mit Schreibtischen, Reißbrettern und Aktenschränken möbliert war, schaltete das Licht an und ließ den ausgebeulten Aktenkoffer und das schwere Notebook auf ihren Schreibtisch fallen. »Es hat keinen Sinn zu spekulieren«, sagte sie leise. »Oz Architects ist eine große Firma, und wir müssen hoffen …«

Jason nahm das Bandana ab, steckte es in die Hosentasche und verschränkte die Arme. »Tja, ich hab mich bereits auf zwei Stellen beworben – für alle Fälle. Ich kann unmöglich von Enrique erwarten, dass er mich aushält, sosehr mir das luxuriöse Leben eines Müßiggängers auch gefallen würde.« Er warf einen Blick auf die Angeberuhr an seinem Handgelenk, ein Geschenk von seinem wohlhabenden Liebhaber. »Dann werde ich mich mal beeilen und mich rausputzen, bevor die Machthaber zu uns herabsteigen.«

Fleur erwiderte sein Lächeln matt, während er in den Sanitärraum für Mitarbeiter eilte. Auch sie hatte erwogen, sich auf eine andere Stelle zu bewerben, doch sie fühlte sich der Firma in gewisser Weise verbunden, in der sie gleich nach der Universität eine Anstellung bekommen hatte. Außerdem konnte sie nicht glauben, dass Oz Architects kurz vor dem Ruin stand. Es gibt auch noch andere Gründe, gestand sie sich im Stillen ein, denn sie sehnte sich nach einem Kind, wollte eine eigene kleine Familie haben, jetzt, nachdem sie und Greg geheiratet und einen Hausstand gegründet hatten. Kein neuer Arbeitgeber würde sich damit abfinden, wenn sie im ersten Jahr ihrer Tätigkeit in Mutterschutz gehen würde. Und ihre biologische Uhr tickte. Sie musste Oz Architects treu bleiben.

Mit herzhaftem Gähnen streifte sie die Schuhe ab und bewegte die Zehen. Sie hatte nicht gut geschlafen, die berufliche Unsicherheit machte sie nervös. Greg war auf einem Ärztekongress in Sydney. Sie hatten zwar jeden Abend stundenlang miteinander telefoniert, dennoch fehlte er ihr. Sie vermisste seine feste Umarmung, seinen Herzschlag an ihrem Ohr und auch das Gefühl, dass der seelenverwandte Greg immer ihr Anker sein würde, sollte die See auch noch so rau werden.

Sie hatten bereits zwei Jahre zusammengelebt, als er sie vor zwölf Monaten mit seinem Heiratsantrag überraschte. Greg hatte bis dahin erbittert an seiner Unabhängigkeit festgehalten – von dem Ehrgeiz getrieben, die nervenaufreibende und zuweilen herzzerreißende Welt der Kinderchirurgie zu verändern –, und sie hatte von Anfang an gewusst, dass ein Leben mit ihm nicht einfach sein würde. Aber für Fleur war es Liebe auf den ersten Blick gewesen, als sie ihm auf einer Party begegnet war, und sie spürte nach wie vor einen Anflug von Begehren, wenn sie Greg nur ansah.

Mit seinen neununddreißig Jahren war er noch immer athletisch gebaut und glich eher einem Rockstar als einem renommierten Kinderchirurgen. Er war attraktiv, hatte breite Schultern und einen festen Bauch; sein helles Haar kräuselte sich über den Ohren. Seine Augen hatten Fleur vor drei Jahren verzaubert. Sie waren grün wie das Meer im Sommer, umrahmt von langen, dichten Wimpern, und strahlten eine gefährliche Sinnlichkeit aus, der Fleur rasch erlegen war.

Fleurs köstliche Träumerei wurde unsanft unterbrochen, als die anderen Mitarbeiter eintrafen. Schnell zog sie sich die Jacke aus, glättete die Falten ihres hautengen Rocks und setzte eine fröhliche Miene auf, während die Stimmen und Schritte der anderen die Stille zerstörten, die für Fleur wie Balsam gewesen war. Die Unterhaltungen drehten sich ausschließlich um die bevorstehende Besprechung. Als es auf zehn Uhr zuging, ließ das Geplauder nach und die Spannung stieg.

»Komm doch mit in die Bar und ertränke deinen Kummer gemeinsam mit uns, Fleur.«

Sie schüttelte den Kopf. »Ich möchte nur noch nach Hause, Jason«, sagte sie leise, während sie unter den aufmerksamen Blicken des Wachmanns ihre persönliche Habe in einen Karton packte und die Jacke anzog.

»Aber Greg ist doch nicht da«, beharrte er. »Es ist nicht gut, in Zeiten wie diesen allein zu sein.« Er warf einen Blick auf den stämmigen Wachmann, der in der Nähe herumlungerte, und nickte, als der Mann auf seine Armbanduhr tippte. »Komm, Fleur«, lockte er. »Du kannst nicht hierbleiben.«

Fleur sank auf den Bürostuhl. Sie konnte es immer noch nicht fassen. »Ich bin in dieser Firma, seit ich die Uni abgeschlossen habe«, murmelte sie. »Ich habe hier meine Konzession bekommen und bin erst vor wenigen Monaten befördert worden. Wie können sie so was machen?«

»Gier«, erklärte Jason bissig. »Sie haben sich erwischen lassen, als sie Schmiergelder an Bauunternehmer und Politiker verteilten, und dann haben sie alles nur noch verschlimmert und die Geschäftsbücher gefälscht. Kein Wunder, dass wir jetzt alle auf der Straße stehen.«

»Aber es ist doch so eine große Firma! Warum mussten sie das tun?«

Jason griff nach ihrem Karton und stellte ihn auf seinen. »Keine Ahnung. Jedenfalls stehen wir jetzt ohne Arbeit da und haben nicht die leiseste Chance auf eine Abfindung. Wenn du mich fragst, ich hätte nicht übel Lust, die Schweine zu erschießen.«

Fleur musste trotz allem kichern. Sie erhob sich, und sie gingen vorbei an eilig leergeräumten Schreibtischen, an Aktenschränken, aus denen Papierstapel quollen, an Reißbrettern, Zeichnungen und maßstabsgetreuen Modellen von Projekten, die man noch zu Ende führen würde. Das einst innovative Architektenbüro hatte bereits einen Hauch von Verlassenheit angenommen.

Der Wachmann öffnete die Tür und schloss sie hinter ihnen ab.

Nachdem Jason Fleurs Karton im Kofferraum ihres Wagens deponiert hatte, nahm er seine Freundin in den Arm. »Bist du sicher, dass du nicht mitkommen willst? Ich gebe einen aus.«

Fleur befreite sich aus seiner Umarmung und schüttelte den Kopf. »Greg kommt heute Abend nach Hause, und ich habe andere Pläne.«

»Oh, darum geht es also?« Er zog spöttisch eine Augenbraue hoch.

Fleur kicherte und spürte, wie ihr die Röte ins Gesicht stieg. Sie stellte sich auf die Zehenspitzen und drückte Jason einen flüchtigen Kuss auf die Wange, die nach Paco Rabanne roch. Er war der beste Freund, den eine Frau sich nur wünschen konnte. Sie würde es vermissen, ihn jeden Tag zu sehen. »Ja«, gestand sie. »Jetzt, da ich Zeit zur Verfügung habe, können Greg und ich uns an die Familienplanung machen.

Jason schüttelte sich. »Ich kann mir nichts Schlimmeres vorstellen«, murmelte er. »Babys sind an beiden Enden leck und rauben einem den Schönheitsschlaf. Ich bin froh, dass ich schwul bin.«

»Ich auch.« Sie lächelte zu ihm auf. »Wir bleiben in Kontakt, Jason.«

Blinzelnd unterdrückte Fleur die Tränen, während sie zu ihrer Penthousewohnung mit Blick auf den Brisbane River fuhr. Den Job zu verlieren war wie ein kleiner Tod. Fleur fühlte sich wie betäubt, einsam und verunsichert. Es gefiel ihr, unabhängig zu sein, sich einen Namen zu machen und eigenes Geld zu verdienen. Aber die Ereignisse an diesem Tag hatten alles verändert, und ihre Gefühle waren so sehr in Aufruhr, dass sie nicht klar denken konnte. Sie brauchte Greg.

Eine heiße, prickelnde Dusche schaffte es einigermaßen, Fleurs Stimmung zu heben. Als sie schließlich frisches Make-up aufgetragen und sich ein leichtes, durchgeknöpftes Sommerkleid angezogen hatte, ging es ihr schon besser. Sie war begabt, zielstrebig und fleißig. Sie hatte sich bei Oz Architects bewährt und würde bald eine andere Stelle finden – vielleicht in einer kleineren, gut etablierten Firma, die zu schätzen wüsste, was sie zu bieten hatte.

Fleur fuhr sich mit der Bürste durchs Haar und spielte in ihrer Phantasie das Vorstellungsgespräch durch, die Eingewöhnungsphase, den Umgang mit neuen Kollegen. Seufzend legte sie die Bürste weg und begab sich in die Küche. Der Gedanke, wieder von vorn anzufangen, begeisterte sie ganz und gar nicht – denn ihre Prioritäten hatten sich verändert. Der Ehrgeiz war plötzlich hinter das dringende Bedürfnis zurückgetreten, Mutter zu werden.

Fleur bereitete einen Hühnersalat zu, den sie für später in den Kühlschrank stellte. Dann goss sie sich ein Glas Weißwein ein und nippte daran, während sie es sich auf der Couch bequem machte. Sie blätterte in einer Zeitschrift, die sie jedoch bald beiseitewarf. Stattdessen versuchte sie, sich auf die Abendzeitung zu konzentrieren. Aber auch das gelang ihr nicht. Sie wollte sich schon das nächste Glas Wein einschenken, als sie einen Schlüssel in der Tür hörte.

»Greg. Oh, Greg, schön, dass du wieder da bist!« Sie warf sich in seine Arme, atmete seinen Geruch ein, spürte seinen starken Körper dicht an ihrem.

Er bedeckte ihre Wange und ihren Hals mit Küssen, bevor seine Lippen ihren Mund eroberten. »Fleur, meine süße, kleine Fleur. Mein Gott, hab ich dich vermisst!« Greg trat die Tür hinter sich zu, hob Fleur hoch und trug sie ins Schlafzimmer.

Heiße Begierde durchströmte Fleur, während er langsam das Sommerkleid aufknöpfte und sie wie ein kostbares Geschenk auspackte. Ihr Körper wölbte sich ihm entgegen, während er ihre Halsbeuge küsste und mit der Zunge über ihre festen Brustwarzen fuhr. Voller Ungeduld, seine Haut zu spüren, fummelte Fleur an seinen Hemdknöpfen herum und öffnete seinen Gürtel.

Seine warme Hand schloss sich um ihre Finger und drückte sie an sein Herz. »Wir haben noch die ganze Nacht«, flüsterte er. »Kein Grund zur Eile.«

Während die Sonne versank und der Himmel dunkler wurde, schliefen Greg und Fleur immer wieder miteinander. Geborgen in ihrer Zweisamkeit, vereinten sie sich in dem langsamen Tanz, der sie noch enger verband. Als sie sich verausgabt hatten, fütterten sie sich gegenseitig mit Hühnersalat und teilten ein Glas Wein, bis das Verlangen, wieder miteinander zu schlafen, unwiderstehlich wurde.

Ineinander verschlungen dösten sie schließlich ein, und als sie aufwachten, sprachen sie über die Konferenz und das abrupte Ende von Oz Architects.

In Gregs Armen, das Gesicht an seine Brust geschmiegt, fühlte Fleur sich sicher. Sie hatten lange geredet, und jetzt schlief Greg fest. Er atmete tief und ruhig, und sein gleichmäßiger Herzschlag war tröstlich. Fleur liebte ihren Mann sehr und wünschte, sie fände die Worte, um es auszudrücken. Diese Liebe war so stark, dass es beinahe beängstigend war, und während Fleur Greg beobachtete, überkam sie erneut das tiefe Bedürfnis nach einem Kind von ihm. Sie hatte sich schon immer Nachwuchs gewünscht, doch seit sie Greg geheiratet hatte, war der Kinderwunsch noch drängender geworden – denn ein Kind wäre das kostbarste Geschenk überhaupt, das sie für immer miteinander verbinden würde.

Fleurs Augenlider flatterten. Sie war kurz davor einzuschlafen. Vielleicht war der Tag doch nicht so katastrophal gewesen, wie sie gedacht hatte – denn der Zeitpunkt ihres Jobverlustes hätte nicht perfekter sein können. Sie würde das Thema am nächsten Morgen ansprechen.

Fleur ließ sich von der sinnlichen Wärme, die Greg verströmte, und von seinen Zärtlichkeiten langsam aus dem Schlaf holen. Wohlig streckte sie sich, während seine Hände zart ihre Brüste liebkosten und sein stoppeliges Kinn ihren Hals kitzelte.

»Guten Morgen, sexy Lady«, murmelte er mit vor Begierde belegter Stimme, während seine Finger quälend langsam über ihren Rippenbogen fuhren und sich über ihren Bauch bis zu dem dunklen Haar zwischen ihren Beinen vortasteten.

Sie schmiegte sich an ihn. Ihre Lust wurde stärker, das Bedürfnis, ihn zu spüren, wuchs. Seine Lippen zogen einen feurigen Pfad von ihren Brüsten zu ihrem samtigen Innersten, das sich unter seiner Berührung öffnete wie die Blütenblätter einer exotischen Blume.

Fleur bog den Rücken durch, und ihrer Kehle entfuhr ein sehnsüchtiges Stöhnen, während ihre Finger durch sein Haar fuhren und ihr Körper auf die sich langsam aufbauenden, aber heftigen Empfindungen reagierte, die seine Zunge wachrief. »Jetzt«, hauchte sie. »Bitte, Greg, ich kann nicht mehr warten.«

Seine Augen funkelten vor Begierde. »Das gefällt Ihnen also, Mrs. Mackenzie? Dabei dachte ich, Sie wären schon gestern Abend gründlich geliebt worden.« Seine Lippen umfingen ihre harte Brustwarze, seine Zunge spielte daran, und seine aufreizenden Finger steigerten ihre Lust immer mehr.

Fleur stöhnte. »Ja, komm«, drängte sie. »Bitte …«

»Merk dir, wo wir stehen geblieben sind.« Greg rollte sich auf die Seite und suchte nach einer Packung Kondome.

In dem Moment, da Fleur Greg brauchte, fühlte sie sich von ihm im Stich gelassen. Sie warf die langen Haare zurück und packte seinen Arm, ihr heißer, gieriger Körper presste sich an das kühle, feste Fleisch seines geschmeidigen Rückens. »Diesmal nicht, Greg, bitte!«

»Sei nicht albern, Fleur! Wir wollen doch kein Malheur.« Er sah, dass die Schachtel leer war, und fluchte leise vor sich hin.

Ihre Finger fuhren über seine Brust, an der Linie aus goldblondem Haar entlang, die von seinem Bauchnabel abwärts führte und sich um den erigierten Penis wand, der in Reaktion auf ihre Berührung zuckte.

Vor Verlangen stöhnend, gab Greg auf und drehte sich zu ihr um. »Ich vermute, wir können es riskieren«, keuchte er. Er warf einen muskulösen Oberschenkel über ihre Hüfte und bedeckte Fleurs Gesicht mit Küssen. »Du hast doch gestern Abend an die Pille gedacht?«

Matt lächelnd versuchte sie sich zu erinnern, aber jeder Gedanke an Verhütung verflüchtigte sich, als Greg in sie eindrang. Sie bewegten sich langsam und harmonisch in dem Rhythmus, der so wunderbar erregend und vertraut war. Haut glitt wie Seide über Haut, während ihre Küsse noch leidenschaftlicher wurden und das heiße Verlangen die beiden zu verschlingen drohte. Fleur warf die Beine um Gregs Hüften, und er drang noch tiefer in sie ein. Sie zog ihn näher zu sich, sodass sie ganz eins wurden – ein einziges vollständiges Wesen, überwältigt von Liebe und Lust – und sie ihren sehnsüchtigsten Wunsch einfach aussprechen musste. »Komm, wir machen ein Kind!«, flüsterte sie.

Er spannte sich an, und dieser reglose Augenblick schien sich endlos zu dehnen. Seine Miene war undurchdringlich, als er auf sie herabschaute. »Ich dachte, du hättest …«

»Hab ich auch, aber …«

Er bewegte sich wieder, nun hastig und allein auf sich selbst konzentriert – nur um es zu Ende zu bringen. Auf dem Höhepunkt rollte er sich schnell zur Seite, sprang aus dem Bett und verschwand im Bad.

Die Leidenschaft, die er in Fleur entfacht hatte, war vergangen, und eine böse Vorahnung beschlich sie und brachte Erinnerungen an andere Gelegenheiten mit sich, bei denen sie Kinder erwähnt hatte. Bisher hatte sie seine Reaktionen auf das Thema ignoriert, aber heute war sie willens, die Bindung, die sie miteinander eingegangen waren, zu festigen und daraus die logische Schlussfolgerung zu ziehen.

Ihrem Gefühl nach dauerte es eine halbe Ewigkeit, bis Greg wiederkam, nur ein Handtuch um die schlanken Hüften geschlungen. Sie zog das Bettlaken bis unter das Kinn. Er bewegte sich mit der lässigen, beinahe lüsternen Behändigkeit einer Katze, und Fleur überfiel ein Verlangen, das sie erschreckte.

Sie betrachtete seinen Rücken, als er sich auf das Bett fallen ließ und mit einem Handtuch die nassen Haare rubbelte. »Ich glaube, wir sollten mal über ein Baby reden, meinst du nicht?«

»Nein, Fleur«, sagte er seufzend. »Du weißt, was ich davon halte.«

Sie richtete sich auf. »Nein, eigentlich nicht«, erwiderte sie mit erzwungener Ruhe. »Dem Thema bist du immer ausgewichen.«

»Wir sind zu beschäftigt, um Kinder zu kriegen«, kam es aus den Tiefen des Handtuchs. »Gerade jetzt, wo ich Leitender Chirurg geworden bin und du auf Stellensuche gehst.«

Fleur kniete sich neben ihn, das Laken noch immer unter das Kinn geklemmt; ihre langen Haare fielen nach vorn. Sie strich mit der Hand über seine feuchte Schulter. »Ich muss keine Stelle finden – vorerst. Und wenn es so weit ist, dann könnte ich einen Teilzeitjob annehmen und die Kinderkrippe um die Ecke nutzen.«

Er stand auf und schlüpfte in Boxershorts und eine schäbige alte Jeans, die von einem breiten Ledergürtel gehalten wurde. »Kinder zu haben ist eine Vollzeitbeschäftigung, Fleur. Du kannst sie nicht einfach bei Fremden abgeben, wenn sie unbequem werden.« Er stapfte ans Fenster und riss die Vorhänge auf. Sonnenlicht flutete in den Raum.

Allmählich wurde ihr bang zumute. »Dann arbeite ich eben gar nicht mehr«, sagte sie leise. »Wir können es uns leisten, von deinem Gehalt zu leben, wenn wir in eine kleinere Wohnung ziehen.«

»Mir gefällt es hier«, murmelte er und starrte aus dem Fenster auf das Panorama des Brisbane River zwölf Stockwerke unter ihm. Er öffnete die zweiflügelige Terrassentür der Penthousewohnung und trat barfuß in den warmen Samstagmorgen hinaus.

Stirnrunzelnd stieg Fleur aus dem Bett. Das Bettlaken schleifte hinter ihr her, als sie Greg folgte. Die Aussicht war großartig – in der Ferne Mount Coot-tha, und der Fluss mäanderte wie ein funkelndes blaues Band durch die Stadtmitte –, doch sie warf nur einen flüchtigen Blick darauf, denn sie war ausschließlich auf ihren Ehemann konzentriert.

»Mir auch«, sagte sie sanft, »aber weil ich jetzt arbeitslos bin, können wir uns die Wohnung eigentlich nicht mehr leisten – und für eine Familie ist sie ja auch nicht gerade geeignet, oder?«

»Davon war auch nie die Rede.« Seine Miene wurde weicher. Er schlang einen Arm um Fleurs Schultern und zog sie zu sich heran, bis ihr Kopf an seiner warmen Brust ruhte. »Wir wohnen hier, weil das Apartment im Stadtzentrum liegt, wo wir ein geselliges Leben führen. Außerdem ist es von hier nicht weit bis zum Krankenhaus. Ich kann uns locker über Wasser halten, bis du eine neue Stelle gefunden hast, Fleur.«

Sie schaute zu ihm auf und fuhr mit den Fingern über sein frisch rasiertes Gesicht. »Aber was ist, wenn ich mehr möchte, Greg?«, murmelte sie. »Das schicke Apartment, die Geselligkeit – selbst meine Stelle – waren mir nie so wichtig. Ich könnte sofort darauf verzichten.«

»Das war mir nie klar«, brummte er stirnrunzelnd.

Sie schenkte ihm ein spöttisches Lächeln, um die Stimmung aufzuhellen. »Was? Dass ich dich anbete und sogar in einer Hütte mit dir wohnen würde – oder dass ich lieber Kinder mit dir hätte, als jeden Tag zur Arbeit zu gehen?«

Greg erwiderte ihr Lächeln nicht. »Tut mir leid, Fleur, ich dachte, wir wären uns einig, dass Kinder nicht zum Plan gehören.«

Von seinen Worten und seiner ernsten Miene getroffen, wich sie einen Schritt zurück. »Zu welchem Plan?«

»Unserem Plan für die Zukunft.« Das Lächeln, das sie sonst dahinschmelzen ließ, flackerte unsicher auf.

Ungerührt schaute sie ihn an. Ihr Puls raste. »Das ist mir neu.«

»Aber wir haben doch darüber gesprochen, als wir hier eingezogen sind«, entgegnete er und fuhr sich aufgebracht durchs

Haar. »Wir waren uns einig, dass wir uns beide auf unsere Karriere konzentrieren und eine Stadtwohnung, ein Boot auf dem Fluss und Geld auf der Bank haben wollen. Kinder waren nie ein Thema.«

Fleur hätte schwören können, dass das Apartmenthaus unter ihr nachgab, während ihr Herz zitterte und sie um die Beherrschung kämpfte. »Das war eher dein Traum als meiner«, sagte sie zögernd, »und ich habe einfach angenommen …«

Er holte tief Luft und atmete seufzend aus. »Und ich dachte, du hättest es verstanden.« Seine grünen Augen sahen sie unverwandt an. Der Ausdruck darin milderte sich, als er ihr Gesicht in beide Hände nahm. »Ich liebe dich, Fleur. Ich bin gern mit dir verheiratet – aber ich will kein Kind. Das würde alles verderben.«

Sie wich noch weiter zurück, als habe er sie geschlagen. »Ein Kind ist doch ein Geschenk, der Beweis für unsere Liebe und Verbundenheit. Es wird uns noch enger zusammenschweißen und uns viel mehr geben als all das hier.« Sie deutete auf die Wohnung und die Aussicht.

Gregs Blick verdüsterte sich. »Du hast gut reden. Du hast ja nie erfahren, wie hart es ohne all den Luxus ist. Ein Kind braucht beide Elternteile, die sich um es kümmern, es behüten und beschützen müssen. Ein Kind wird dich auslaugen und uns mit seinen Ansprüchen auseinanderbringen – es wird dich anbinden und verändern.«

Sie war den Tränen nahe, unterdrückte sie jedoch entschlossen. »Keinesfalls«, brachte sie nur hervor.

Offensichtlich war er darum bemüht, die Situation unter Kontrolle zu halten, aber sein Unterkiefer mahlte, sein Ton war scharf, und seine Augen funkelten vor Entschlossenheit. »Doch, glaub mir«, sagte er finster. »Und ich will nicht, dass uns das passiert, Fleur. Wir werden keine Kinder haben.«

Die Welt schien in ihren Grundfesten erschüttert zu sein. »Keine Kinder?«, flüsterte sie. »Niemals?«

Er schüttelte den Kopf. Seine Miene deutete ein Bedauern an, das sich in seinem festen Blick nicht widerspiegelte. »Ich weiß, dass du jetzt enttäuscht bist«, sagte er angespannt, »aber du wirst mir in den kommenden Jahren noch dankbar sein, wenn du Karriere gemacht hast und deine Entwürfe gefragt sind.«

Die pure Dreistigkeit seiner Argumente ließ sie erzittern, und sie musste ihre Wut bezwingen, um sachlich zu bleiben. »Du verweigerst mir das Einzige, wonach ich mich mit jeder Faser meines Körpers sehne«, erklärte sie rundheraus. »Wage ja nicht, mir zu sagen, dass ich dir dafür dankbar sein werde!«

»Verzeih. Ich habe mich wahrscheinlich nicht richtig ausgedrückt«, polterte er. »Aber dir ist doch hoffentlich klar, wie unpraktisch es wäre, auch nur an ein Kind zu denken?« Er raufte sich die Haare und gab sich augenscheinlich Mühe, die richtigen Worte zu finden, um Fleur zu besänftigen. »Ich bin rund um die Uhr im Krankenhaus. Du wirst bald schon mit neuen Projekten beschäftigt und auf Baustellen unterwegs sein. Du kannst nicht alles haben, Fleur.«

»Das will ich ja gar nicht«, erklärte sie unter Tränen, die nun ungehindert über ihr Gesicht rannen, »aber ich bin vierunddreißig, meine biologische Uhr tickt, und ich wundere mich, dass du sie nicht hörst.« Sie griff nach dem Bettlaken und verknotete zornig zwei Ecken. »Ich dachte … Ich dachte, du wolltest, dass wir ein Kind bekommen. Ich habe nie …«

Er ließ die Schultern hängen und senkte den Kopf. »Tut mir leid, Fleur. Ich hätte früher was sagen sollen.«

»Ja«, schluchzte sie, »das hättest du.« Sie schaute zu ihm auf, die Augen von Schmerz gezeichnet. »Hätte ich gewusst, wie du dazu stehst, dann hätte ich gründlich darüber nachgedacht, ob ich dich überhaupt heiraten will.« Wütend über sich selbst, weil sie die Beherrschung verloren hatte, warf sie die Haare zurück und knotete das Laken noch fester um sich.

Sein attraktives Gesicht legte sich gequält in Falten. Er streckte die Hände nach ihr aus und fuhr zusammen, als sie sich erneut zurückzog. »Bitte, sag nicht, dass du bereust, mich geheiratet zu haben. Ich liebe dich, Fleur, und ich möchte den Rest meines Lebens mit dir verbringen.«

Sie zitterte. Ihre Beine drohten unter ihr nachzugeben, während die Qual des Verlusts sie innerlich zerriss. »Liebe und Ehe bedeuten Kinder – wenigstens für mich. Ist es dir denn nie in den Sinn gekommen, dass ich mir Kinder wünschen könnte?«

Er besaß den Anstand, beschämt den Blick abzuwenden. »Flüchtig schon, denke ich«, gestand er. »Aber du warst allem Anschein nach zufrieden, wie die Dinge so lagen, und ich fand unser gemeinsames Leben perfekt – für uns beide.«

Fleur war wild entschlossen, stark zu bleiben. »Ich habe heute doch nicht zum ersten Mal über Kinder gesprochen«, sagte sie mit bebender Stimme, blind vor Tränen. »Warum hast du noch nie etwas gesagt?«

Nun war es mit seiner inneren Ruhe vorbei. Er baute sich vor seiner Frau auf, vierschrötig und starr, das Kinn entschlossen gereckt. »Willst du dich wirklich um plärrende Kinder kümmern? Fleur, wir haben die Freiheit, zu tun und zu lassen, was wir wollen, ohne dass wir uns um offene Rechnungen und kranke Kinder sorgen müssen. Wir machen ohnehin schon Überstunden – wenn wir Kinder hätten, müssten wir noch mehr schuften.« Er holte tief Luft. Es kostete ihn offensichtlich Mühe, höflich zu bleiben. »Ich habe mit angesehen, was aus meinen Kollegen mit Kindern geworden ist, und glaube mir, Fleur, die Scheidungsrate im Krankenhaus ist genauso hoch wie der Stressfaktor.«

Er streckte die Hand aus, hielt inne und zog sie wieder zurück. »Ich liebe dich Fleur, aber ich möchte nicht, dass unser Leben auf den Kopf gestellt wird, nur weil deine Hormone verrückt spielen.«

»Meine Hormone?«, krächzte sie, schockiert über seine Abgebrühtheit. »Hier geht es nicht um mich oder meine Hormone, Greg – es geht nur um *dich* und darum, was *du* willst.«

»Nein«, beharrte er stirnrunzelnd. »Ich liebe dich, Fleur, und ich wollte immer nur dein Bestes, von ganzem Herzen. Ich glaube wirklich, du solltest …«

Sie atmete schwer, bemüht, die Wut im Zaum zu halten. »Ich weiß schon, was du meinst«, sagte sie gebrochen, »und glaub mir, Greg, das ist ganz und gar nicht mein Bestes.« Sie behielt eine entschlossene Haltung bei, aufrecht, den Blick starr auf sein Gesicht gerichtet, und schöpfte zitternd Atem. »Und sag mir nicht, dass du mich liebst – denn das glaube ich dir nicht.«

»Fleur …«

Sie zuckte vor seiner ausgestreckten Hand zurück. »Wenn du mich lieben würdest – wirklich lieben würdest –, dann würdest du ein Kind mit mir wollen.«

Sein Unterkiefer verhärtete sich, seine Augen wurden eisig. »Das ist emotionale Erpressung, Fleur, und absolut unter deiner Würde.«

»Das ist die einzige Verteidigung, die ich habe«, entgegnete sie.

»Du benimmst dich wie eine verzogene Göre.« Er wandte sich ab, kehrte ins Schlafzimmer zurück, zog ein sauberes Hemd an und ging in die Küche.

»Das ist ungerecht!«, rief sie und rannte hinter ihm her. »Lauf nicht davon, Greg Mackenzie! Hab wenigstens den Anstand, es mir zu erklären.«

Wie gewohnt ließ Greg sich jedoch nicht in einen Streit hineinziehen. Enttäuscht funkelte Fleur ihn an, während er die Kaffeemühle betätigte, deren Lärm den großen offenen Raum erfüllte und eine Verständigung unmöglich machte.

Ein so wichtiges Gespräch zu führen, während sie nur mit einem Bettlaken bekleidet war, kam Fleur albern vor, doch sie wusste, dass es sein musste, wollte sie auch nur die geringste Chance haben herauszufinden, warum Greg so hartnäckig gegen eigene Kinder war. Sie stellte sich auf die andere Seite der Granit-Anrichte, die Arme verschränkt, entschlossen abzuwarten und ihn zu zwingen, sich der Verletzung zu stellen, die er ihr zufügte. Er weigerte sich, sie auch nur anzuschauen, und als das laute Mahlgeräusch plötzlich aufhörte, lud sich das Schweigen mit Anspannung auf.

»Sag was, Greg!«, bettelte sie. »Lass uns nicht streiten!«

Er schaltete die Espressomaschine ein, stellte kleine Tassen und Untertassen auf die Arbeitsplatte und lehnte sich an, die Arme über dem offenen Hemd verschränkt, als wolle er jede weitere Auseinandersetzung abwehren. »Diese Unterhaltung ist zwecklos, wenn du nicht mal sicher weißt, ob du fruchtbar bist«, erklärte er rundheraus.

»Ich habe sämtliche Tests durchlaufen«, erwiderte sie ebenso ungerührt. »Ich habe regelmäßig einen Eisprung, und der Arzt meint, dass es überhaupt keinen Grund gibt, warum ich nicht schwanger werden sollte.« Fleur holte tief Luft, doch die spitze Bemerkung, die ihr auf der Zunge lag, war zu verlockend, als dass sie sie unterdrücken könnte. »Natürlich hat er deine Weigerung zu zeugen nicht in die Gleichung einbezogen. Wenn du deine Rolle nicht spielst, war die gesamte Episode eine verdammte Zeitverschwendung.«

Er zog eine Augenbraue hoch. »Und was ist, wenn ich nicht zeugungsfähig bin?«

Sie warf die Haare nach hinten und begegnete trotzig seinem Blick, obwohl ihr die Röte ins Gesicht stieg. »Wir wissen beide, dass das nicht stimmt.«

Langsam richtete er sich auf, die Hände auf den Hüften, und seine beinahe katzenhaften Augen durchbohrten sie förmlich. »Was macht dich da so sicher, Fleur?« Seine Stimme war leise, hatte aber einen bedrohlichen Unterton.

Ihr Blick blieb ungerührt, obwohl ihr Herz raste. »Ich habe deinen letzten Untersuchungsbericht gelesen.«

Das Grün seiner Augen wurde arktisch kalt.

Sie fuhr sich mit der Zunge über die Lippen, während ihr Blick verräterisch zur Tür des Arbeitszimmers huschte. Der Fund des medizinischen Untersuchungsberichts hatte sie zwar überrascht, doch bis heute hatte sie sich so gut wie keine Gedanken darüber gemacht. Aber nun hatte die Sache eine ernsthafte Wendung genommen, und es war zu spät für einen Rückzieher. »Ich habe nach den Kontoauszügen vom letzten Monat gesucht und den Bericht hinten in deiner Schreibtischschublade gefunden.«

Sein Unterkiefer zuckte, und seine Augen verengten sich zu Schlitzen. »Wann war das?«

Sie schlang das Laken fester um sich und reckte das Kinn. »Ungefähr vor einem Monat.«

»Wie kannst du es wagen, in Sachen herumzuschnüffeln, die dich nichts angehen?«, zischte er.

»Ich bin deine Frau. Sie *gehen* mich etwas an«, entgegnete sie halsstarrig. Sie verschränkte die Arme und unterdrückte das Entsetzen, das sie zu überwältigen drohte. »Und es ist gut so, Greg, denn offensichtlich hättest du mir nichts von diesem Arztbesuch erzählt, oder?«

»Es war nur ein jährlicher Routinecheck.« Er wandte sich um und goss den starken Kaffee in die Tassen.

Ein eisiger Schauder kroch ihr über den Rücken und bohrte sich wie eine Pfeilspitze in ihr Herz. »Wenn es reine *Routine* war, warum wurde dann das Sperma untersucht?«

Das Schweigen dehnte sich, und die Spannung war beinahe mit Händen zu greifen. Er weigerte sich noch immer, Fleur anzuschauen.

Sie fröstelte und wollte eigentlich gar keine Antwort hören – obwohl sie den schrecklichen Verdacht hegte, sie bereits zu kennen.

Greg ließ den Kaffee stehen, senkte den Kopf, breitete die Arme aus und stützte sich mit gespreizten Fingern auf die Anrichte. »Ich habe darum gebeten«, erklärte er leise.

Fleur stockte der Atem. »Warum?«

Er konnte ihr noch immer nicht in die Augen schauen und murmelte: »Ich hab erwogen, mich sterilisieren zu lassen.«

Ihre Beine wurden weich, die Luft wich aus ihrer Lunge. Ihr war, als habe er ihr einen heftigen Stoß versetzt. Sie sank auf den Barhocker und konnte Greg nur entsetzt anstarren.

»Aber ich habe es nicht gemacht, Fleur«, sagte er und streckte verzweifelt die Hand nach ihr aus.

Beim Anblick von Fleurs Miene zog er die Hand wieder zurück. Offensichtlich fehlten ihm die Worte, um diese furchtbare Situation zu beenden, ohne Fleur zu verletzen.

»Ich war einfach nur neugierig«, erklärte er stockend. »Ich dachte, wenn ich zeugungsunfähig bin, könntest du die Pille absetzen – und wenn nicht, würde eine Sterilisation es für uns beide einfacher …« Er verstummte.

»Du Mistkerl!«, schluchzte sie. »Du hundsgemeiner Mistkerl! Wie konntest du an so etwas auch nur denken, ohne mit mir darüber zu sprechen?«

Seine Kinnpartie verhärtete sich. »War nur so eine Idee – kein Grund, daraus ein Drama zu machen.«

Sie starrte ihn an. Er war ein Fremder. Ein kalter, gefühlloser, unnahbarer Fremder. »Du willst tatsächlich keine Kinder, nicht wahr?«, hauchte sie. »Deshalb bestehst du darauf, Kondome zu benutzen, obwohl ich bereits die Pille nehme.« Sie lachte freudlos auf. »Doppelt gemoppelt hält besser. Wie blöd war ich nur, dass ich das nicht gemerkt habe?«

»Die Pille funktioniert nicht immer«, grummelte er. »Und ich wusste nicht, ob ich mich darauf verlassen kann, dass du sie nimmst. Du hast dich in letzter Zeit ziemlich eigenartig benommen.«

Das Laken glitt zu Boden, als sie sich auf ihn stürzte und mit gekrallten Fingern auf sein Gesicht zielte. Eine überwältigende Qual raubte ihr die Worte.

Er wich Fleur aus und packte ihre Handgelenke. »Beruhige dich doch, um Himmels willen! Du machst dich noch krank, Fleur!«

»Das ist mir egal«, schrie sie und rang mit ihm.

»Mir aber nicht.« Er ließ sie abrupt los und schob sie von sich. »Du machst dich zum Affen.«

Fleur klammerte sich an die Anrichte und versank in einem Meer aus Verwirrung und Schock, als er nach seinen Autoschlüsseln griff. Es war ein Traum, ein schrecklicher Traum. Bestimmt würde sie gleich aufwachen, und alles wäre in bester Ordnung. Das hier war ihr Greg – ihr Mann und Geliebter –, der Mann, von dem sie geglaubt hatte, dass er sie anhimmelte. Er konnte doch unmöglich so grausam sein und sie in dieser Verfassung alleinlassen? Doch. Er schlüpfte in seine Slipper, schnappte sich sein Handy und seinen Piepser, offensichtlich bereit, sie in dieser furchtbaren Parallelwelt im Stich zu lassen, die er geschaffen hatte.

»Wohin gehst du?«, flüsterte sie.

»Raus.«

»Aber das kannst du nicht machen. Nicht jetzt. Nicht so.« Sie streckte die Hand nach ihm aus, aber er war bereits auf dem Weg zur Tür. »Wir müssen reden, müssen versuchen, uns irgendwie zu einigen.«

»Da gibt es nichts zu bereden. Außerdem bin ich nicht bereit hierzubleiben, solange du dich nicht beherrschst.« Er schritt über den auf Hochglanz polierten Zedernholzboden hinaus auf den Flur und betätigte den Knopf für den Aufzug.

Zischend schloss sich die Kabinentür, und Fleurs flehentliche Bitten, er möge doch bleiben, verstummten.

Fleur schloss die Wohnungstür und sank zu Boden, raffte das Bettlaken zusammen und presste es an sich, als könne es die lähmende, nagende Leere überdecken, die in ihr herrschte. Greg liebte sie nicht. Alles andere war einfach undenkbar, da er ihr so unbekümmert verwehrte, Mutter zu werden.

In diesem Augenblick hasste sie ihren Mann. Sie verabscheute seine Arroganz, seinen Egoismus und seine Feigheit, aus der heraus er ihr diese vernichtende Wahrheit verschwiegen hatte. Am meisten aber verabscheute sie die Art und Weise, wie Greg nicht nur sie, sondern ihre Ehe zerstört hatte. Denn so etwas könnte ihre Beziehung wohl kaum überstehen, oder?

Greg stellte fest, dass er zitterte, als er in der auffallenden Stille der privaten Tiefgarage stand. Er verabscheute Auseinandersetzungen. Trotz seiner neununddreißig Jahre hatte er offenbar nichts über Frauen gelernt, denn er war die ganze Sache sehr schlecht angegangen. Fleur war verzweifelt und so verletzt, dass sie ihn jetzt wahrscheinlich hasste – und das zu Recht.

Während er zu seinem Porsche ging, erzeugte gerade die Stille in ihm den Wunsch, vor Wut und Enttäuschung zu brüllen, auf etwas einzuschlagen und die beunruhigenden Gefühle herauszulassen, die er immer so sorgfältig verborgen hatte.

Fleur hatte nie etwas von dem Test erfahren sollen. Dass sie davon wusste, hatte ihn in die Enge getrieben und verwundbar gemacht, sodass er nur auf seine Weise hatte zurückschlagen können. Er hatte seine Gefühle unterdrückt und sich zu einer distanzierten, kalten Haltung gezwungen, die Abwehrmechanismen, die er stets einsetzte, wenn er mit Situationen konfrontiert war, die ihn zu überwältigen drohten. Er wusste, dass sie bei seiner Arbeit im Krankenhaus Erfolg versprachen, für seine Ehe jedoch fatal waren.

»Du bist ein elender Feigling, Greg Mackenzie«, murmelte er vor sich hin, als er auf den Autoschlüssel drückte, um die Alarmanlage auszuschalten. »Du hättest es ihr von Anfang an sagen sollen.« Er glitt auf den luxuriösen Ledersitz und schlug die Wagentür zu. Er bereute die Auseinandersetzung, aber wenn er jetzt in die Wohnung zurückkehren würde, so viel war sicher, dann würde er Fleur nur noch mehr verletzen – und ihr vielleicht sogar Hoffnungen machen. Und das wollte er auf gar keinen Fall.

Der sinnliche Duft neuen Leders hätte Greg besänftigen sollen, doch heute erstickte er beinahe daran, als er sich zurücklehnte und die Augen schloss. Den Carrera hatte er sich unmittelbar nach seiner Beförderung gegönnt, die Erfüllung eines langgehegten Wunsches: ein schöner Wagen mit glänzender schwarzer Karosserie, Alufelgen und einem Dreilitermotor. Er war das perfekte Symbol für seinen hart erkämpften Erfolg – ein richtiges Männerspielzeug – und sicher nicht für Kindersitze und all den Kram geeignet, den Kleinkinder so brauchten.

Er warf einen Blick auf den benachbarten Parkplatz, auf dem Fleurs Mazda MX5 stand. Der kleine, schnittige scharlachrote Sportwagen war gänzlich ungeeignet, Kinder herumzukutschieren. Greg verzog den Mund. Fleurs verdammter Vater hatte ihn seiner Tochter zum Geburtstag geschenkt, und ihr hatte der Mazda auf Anhieb gefallen. Sie hatte versucht so zu tun, als habe sie sich über Gregs Geschenke, Designer-Unterwäsche und Parfüm, genauso gefreut. Verärgert darüber, dass Don Franklin ihn wieder einmal ausgestochen hatte, hatte Greg sich einen Kommentar nicht verkneifen können und einen Streit mit Fleur angezettelt.

Er seufzte. In letzter Zeit waren sie offenbar immer uneins. Was der perfekte Beginn eines seltenen freien Wochenendes hatte sein sollen, hatte sich in etwas Düsteres und Entsetzliches verwandelt. Er wollte Fleur nicht verlieren. Die Vorstellung, ohne sie zu leben, war unerträglich, und deshalb hatte er gehofft, dieser Tag werde nie kommen. Aber nun war er da. Greg starrte in den Rückspiegel und befürchtete, dass er in Zukunft einen ebenso quälenden Weg einschlagen würde wie in der Vergangenheit.

In seiner Dummheit hatte er gedacht, sie sei mit ihrem gemeinsamen Leben zufrieden, so wie es derzeit war. Er hatte geglaubt, dass ihre Kindheitserfahrungen sie von jedem Kinderwunsch geheilt hätten, dass ihr die Nichten und Neffen reichten, um mütterliche Regungen zu befriedigen. Die gelegentlichen Anspielungen auf Kinder waren ihm keineswegs entgangen, ebenso wenig die Art und Weise, wie sie Babys in Kinderwagen betrachtete, doch er hatte sich eingebildet, es sei nur eine vorübergehende Schwäche – ein bisschen Wehmut, dass in ihrem geschäftigen und ausgefüllten Dasein bald in Vergessenheit geraten würde.

Greg atmete tief durch. Wie sehr er sich doch geirrt hatte! Wie blind war er gegenüber Fleurs drängendem Bedürfnis gewesen, das er einfach nicht hatte wahrhaben wollen! Jetzt war seine Ehe in Gefahr, die gemeinsame Zukunft fraglich. Er senkte den Kopf, schloss die Augen und kämpfte gegen die Tränen an, als die Furcht, Fleur zu verlieren, noch stärker wurde.

Er war im Unrecht. Er hätte Fleur von seiner Angst vor eigenen Kindern erzählen müssen. Angesichts der Verantwortung, die es bedeutete, Kinder großzuziehen, sie sicher durch den Treibsand des Lebens zu führen, fehlte ihm der Mut – denn die Gefahr des Scheiterns war zu groß.

Greg hörte förmlich die hämische Stimme seines Vaters – den Wortschwall, der während seiner Kindheit wie Gift in ihn eingesickert war und noch immer in ihm steckte. Über seine Worte hinwegzukommen war sehr schwer gewesen, das alles nicht zu glauben, obwohl es so tief saß. Aber er, Greg, hatte bewiesen, dass er etwas wert war. Er hatte bewiesen, dass er sich über den greifbaren Hass des Alten erheben, aufrecht sein und auf die eigenen Fähigkeiten vertrauen konnte, mit sich selbst und dem Leben, das er gewählt hatte, im Reinen. Kurzum, er war der Hölle entkommen, und er hatte nicht die Absicht, wieder in sie hinabzusteigen.

Tränen trübten Gregs Sicht, und er blinzelte verärgert. Er hatte Fleur vorsichtshalber möglichst wenig über jene Jahre erzählt. Sie wusste nur, dass seine Eltern tot waren und er nicht gern über sie sprach. Doch er hätte ihr noch viel mehr anvertrauen sollen, denn das Vermächtnis aus Schmerz, Vereinsamung und Wut, das unter der Oberfläche brodelte, quälte ihn noch immer und drohte nun alles zu zerstören, was ihm lieb und teuer war.

Es klopfte an der Scheibe. Greg fuhr zusammen und starrte dümmlich auf seinen Nachbarn und Kollegen John Watkins, bevor er ihn erkannte.

»Alles klar, Kumpel?«, fragte der Ältere, sobald die Scheibe hinabglitt. »Du wirkst ein bisschen krank, wenn ich das so sagen darf.«

Greg putzte sich rasch die Nase. »Nur ein Anflug von Heuschnupfen«, antwortete er, bemüht, seine fünf Sinne zusammenzunehmen. »Hab vergessen, meine Antihistamine einzunehmen.«

John bohrte nicht weiter nach, obwohl sein zerfurchtes Gesicht wenig Überzeugung zeigte. Er reckte die breiten Schultern und klopfte sich auf die gut durchtrainierte Hüfte – er war fast sechzig, aber in ausgezeichneter Form. »Ich bin auf der Suche nach jemandem, der Squash mit mir spielt«, sagte er und hängte sich eine große Sporttasche über. »Hast du Lust, die Herausforderung anzunehmen?«

Um die aufgestauten Gefühle loszuwerden, konnte Greg sich nichts Besseres vorstellen, als einen kleinen Ball gegen Betonwände zu schmettern. »Meine Ausrüstung ist im Club. Wir treffen uns da.«

Greg drehte den Zündschlüssel, und der Porsche röhrte, als Greg aus der schmalen Parklücke fuhr und Johns Subaru die Ausfahrt hinauf folgte. Mit Fleur musste er sich auseinandersetzen, und zwar bald. Er hoffte inständig, dass er den Mut finden würde, ihr zu erklären, warum er niemals Kinder haben will – und warum ihm daran liegt, dass sie das versteht und akzeptiert.

Fleur hatte unter den harten Wasserstrahlen gestanden und ihre Schluchzer im Rauschen der Dusche ertränkt, bis alle Empfindungen ausgelöscht waren. Sie schlang ein Handtuch um den Kopf und tapste langsam durch das sonnige Schlafzimmer. Ihre Welt lag in Scherben, die Hoffnung war gestorben, und sie hatte keine Freude mehr an dem schönen Raum, den sie mit Liebe und Sorgfalt eingerichtet hatte.

Ihr Blick fiel auf die leere Kondomschachtel. Sie trat sie unter das Bett und hörte, wie sie über die polierten Dielen schlidderte. Sie verabscheute die verdammten Dinger.

Fleur sank auf das Bett, zog sich das Handtuch vom Kopf

und trocknete sich ab. Sie sah sich in den verspiegelten Schränken, die eine ganze Wand einnahmen, und kam zu der Einsicht, dass nichts wieder so sein würde wie zuvor. Sie konnte Greg nicht zwingen, ein Kind mit ihr zu haben. Obwohl sie versucht sein könnte, Kondome mit Nadeln zu durchlöchern oder heimlich die Pille abzusetzen, wusste sie, dass das nicht die Antwort sein durfte. Ein Kind sollte in Liebe gezeugt werden und nicht aufgrund einer Täuschung.

»Was wird, wenn ich ihn nicht umstimmen kann?«, fragte sie ihr Spiegelbild. »Werden wir das jemals überstehen? Kann ich ihm verzeihen? Liebe ich ihn genug, um so ein furchtbares Opfer zu bringen?«

Was aber wäre, wenn sie bliebe und dann feststellen müsste, dass sie dieses Opfer nicht bringen konnte – nur um dann zu erkennen, dass sie zu lange gewartet hatte? So viele Fragen … In diesem Moment sehnte Fleur sich nach dem Trost und dem Rat ihrer Mutter. Die aber war längst tot, eine ätherische Gestalt, deren Gesicht sie nie gesehen hatte.

Tränen traten Fleur in die Augen, während sie das helle Zimmer und das zerwühlte Bett betrachtete. Wenn sie bliebe, stände immer etwas Kolossales im Raum – etwas Großes, Schwarzes, das als Mahnung dessen, was hätte sein können, über ihnen schweben würde. Unter diesem Schatten könnte sie nicht den Rest ihres Lebens verbringen, es sei denn, Greg würde seine Meinung radikal ändern.

Fleur schloss die Augen. Greg war ihr ein Rätsel, und obwohl sie seit drei Jahren ein Paar waren, wurde ihr erst jetzt klar, dass sie ihn überhaupt nicht kannte. Seine Kindheit war ihr ein Buch mit sieben Siegeln, obwohl sie stets vermutet hatte, dass es eine unglückliche Zeit gewesen war. Dennoch war er ein erfolgreicher, qualifizierter Kinderchirurg geworden – ein Mann, der unermüdlich daran arbeitete, das Leiden zu beenden, ein

Mann, der mit seiner sanften Stimme und den noch sanfteren Händen die ihm anvertrauten Kinder zu trösten vermochte. Sie hatte ihn verzweifelt erlebt, wenn seine Fähigkeiten nicht ausreichten, und glücklich, wenn seine kleinen Patienten gesund und munter zu den besorgten Eltern zurückkehren konnten. Wie war es nur möglich, dass er kein eigenes Kind wollte, obwohl er doch offensichtlich die notwendige Fürsorge besaß?

Sie ließ sich auf das Kissen fallen, kam jedoch nicht zur Ruhe. Ihre Gedanken überschlugen sich, und ihre Gefühle waren in Aufruhr. Sie schwang sich aus dem Bett, rieb sich die Haare trocken und zog sich an. Nachdem sie in Sandalen geschlüpft war, ging sie in die Küche und betrachtete das Chaos.

Der Barhocker lag umgestürzt da, die Espressotassen waren zerbrochen, ihr zähflüssiger Inhalt hatte sich auf der Arbeitsplatte und über die Schranktüren verteilt.

Mit Hausarbeit konnte Fleur zwar die Hände beschäftigen, aber ihr Verstand ließ sich nicht ablenken. Sobald die Küche wieder blitzblank war, nahm sie sich einen Augenblick Zeit und sah sich in dem Apartment um, das Greg und sie erst vor zwei Jahren voller Begeisterung gekauft hatten. Nach den Offenbarungen an diesem Morgen stellte Fleur fest, dass sie es mit der kühlen Distanz eines Menschen zur Kenntnis nahm, dem es nichts bedeutet.

Die Küche war zu dem rechteckigen Wohn- und Essbereich hin offen. Der gesamte Raum wurde dank der Panoramafenster von Sonne durchflutet. Cremefarbenes Leder, Chrom und Glas beherrschten die Einrichtung, aufgelockert von dem Grün, Orange- und Scharlachrot der Paradiesvogelblumen, die in einem hohen Tontopf in der Ecke standen, und dem großflächigen Ölgemälde an der Wand. Das Apartment war hochmodern – ein Designertraum ohne Schnickschnack, Wärme oder Charakter –, kein Kind würde sich hier zu Hause fühlen. Und ich mich auch nicht mehr, dachte Fleur.

Langsam schlenderte sie durch die Zimmer, die an diesem unpersönlichen Kernstück lagen, und betrachtete sie in neuem Licht. Es waren vier Schlafzimmer, von denen sie zwei in Arbeitszimmer umgewandelt hatten. Gregs Büro war aufgeräumt – genau wie er selbst. Bis hin zu seiner Gitarrensammlung war alles ordentlich, übersichtlich und an seinem Platz. Im Gegensatz zu ihrem Büro, das vollgestopft und chaotisch war. Ob das meine Persönlichkeit widerspiegelt?, fragte Fleur sich. Schon möglich – aber eigenartig, denn ihre berufliche Tätigkeit verlangte Ordnung und Präzision.

Die Reißbretter standen an den Fenstern, die vom Boden bis zur Decke reichten und zur Dachterrasse hinausgingen. Sie waren voller Pläne, die nun hinfällig waren. Zusammengerollte Bauzeichnungen und Modelle früherer und zukünftiger Projekte füllten die Regale, Recherchebücher stapelten sich neben dem Computer auf dem Schreibtisch in beängstigender Fülle. An der gegenüberliegenden Wand stand ein besonders großer Kopierer; der Deckel war hochgeklappt und gab den Blick auf den Grundriss eines Bauvorhabens frei, das sie mit ihren Kollegen für eine Ausschreibung vorbereitet hatte. Bleistifte, Lineale und alle anderen Utensilien, die zu ihrem Beruf gehörten, steckten in Töpfen, und auf dem Aktenschrank standen vergessene Kaffeebecher. An den Wänden aber hingen überall Fotos von den Gebäuden, die sie mit entworfen hatte, und vor den Fenstern baumelten Schmetterlinge und Vögel aus Kristall, die Regenbogenfarben ins Zimmer warfen, da sie sich im Luftzug der Klimaanlage fast unmerklich bewegten. Verglichen mit dem Rest der Wohnung vibrierte dieser Raum vor Leben, Farbe und Energie.

Fleur schloss die Tür hinter sich und kehrte in die Küche

zurück. Dort holte sie eine Packung Eiskaffee aus dem Kühlschrank und nahm die Post vom Vortag mit auf die Terrasse.

Brisbane schmachtete bereits in der Hitze, die Dächer schimmerten im Dunst. Der Fluss wälzte sich träge auf das Grün und Gold der Umgebung zu. Fleur spannte den Sonnenschirm über dem weiß lackierten schmiedeeisernen Tisch und den Stühlen auf und setzte sich. Selbst hier oben wehte kaum ein Lüftchen. Es würde wieder eine Affenhitze geben.

Sie trank den Kaffee in kleinen Schlucken und betrachtete die Aussicht. Das Leben da draußen ging weiter, der Samstag nahm allmählich seinen Lauf, aber hier oben in ihrem Elfenbeinturm, in ihrem goldenen Käfig, war sie weit davon entfernt, gefangen in einer Welt, über die sie wenig Kontrolle besaß. Sie hatte ihren Job verloren, die Chance, Kinder zu bekommen – und ihre Ehe lag in Scherben. Dieses Apartment war ein Symbol für die Generation, die alles erreicht hatte – aber es war nicht von Bedeutung. Es war zerbrechlich und vergänglich wie ein Kartenhaus.

»Jetzt tust du dir selber leid«, fauchte sie, verärgert darüber, dass ihr normalerweise so starkes und offenes Wesen derart angeschlagen war. Sie blinzelte die Tränen weg, setzte die Sonnenbrille auf und wandte sich entschieden der neuesten Ausgabe der *Architectural Times* zu. Höchste Zeit, sich zusammenzureißen und eine neue Arbeitsstelle zu suchen.

Greg rutschte an der kalten Wand des Squashfelds herunter und schnappte nach Luft. »Du spielst wie der Teufel, Kumpel. Wo um alles in der Welt nimmst du die Energie her?«

John hockte sich neben ihn und grinste, das Gesicht wie das eines Bluthundes in tiefe Falten gelegt. »Nicht schlecht für einen alten Kerl, was? Ich habe dich gewarnt, Greg, Jugend kann es mit Erfahrung nicht aufnehmen. Lust auf mehr?«

»Wohl eher nicht«, brummte Greg. »Ich schulde dir schon jetzt hundert Dollar.«

John stand auf. »Komm, Kumpel, du spendierst das Bier.«

Sie verließen das Spielfeld und begaben sich in den Umkleideraum. Nach einer langen heißen Dusche fühlte Greg sich besser. Da er wieder klar denken konnte, erschien der Berg häuslicher Probleme ihm inzwischen nicht mehr ganz so erdrückend.

Der Sportclub war ziemlich neu, und an diesem Samstag waren zur Mittagszeit nur wenige Plätze an den großen Fenstern frei, die über die zum Fluss hinunterführenden Gartenanlagen schauten. Aber John hatte zwei ergattert und winkte Greg zu sich, der von der Bar kam, beladen mit einem Bierglas, einem halben Liter Orangensaft und einem Teller Sandwiches.

Greg hatte erst einen Schluck des eiskalten Safts getrunken, als sich sein Beeper meldete. »Verdammt!«, murmelte er und warf einen sehnsüchtigen Blick auf die Sandwiches – er hatte seit dem Vorabend nichts gegessen und war ausgehungert.

Der Beeper zeigte ihm, dass er in der Notaufnahme gebraucht wurde. Er betätigte das Handy und lauschte einer klaren Stimme am anderen Ende. »Ich bin in zehn Minuten da«, sagte er. Schief lächelnd schaute er John an und zuckte mit den Schultern. »Sieht so aus, als wär's das gewesen mit meinem freien Wochenende.«

»Was Ernstes?«

»Ziemlich. Shane Philips war schon mal mein Patient, und ich habe den Behörden immer wieder angeraten, ihn seinem Vater wegzunehmen – aber die hören nie auf mich.«

»Da bin ich doch froh, dass ich mich für die Geburtshilfe entschieden habe.« John biss herzhaft in ein Sandwich. »Viel Glück, Kumpel!«

Greg seufzte tief, wickelte seine Brote in eine Papierserviette, nickte kurz, verließ den Club und machte sich auf den Weg zu seinem Wagen. Das Krankenhaus war nicht weit entfernt, aber er vermutete, dass er einige Stunden im Operationssaal verbringen und danach zu müde sein würde, um zu Fuß zum Wagen zurückzukehren und ihn zu holen.

Als er auf dem für ihn reservierten Stellplatz parkte, wählte er seine Privatnummer auf dem Autotelefon. Die Leitung war tot, daher funktionierte auch der Anrufbeantworter nicht. Fleurs Handy war ebenfalls nicht erreichbar; wahrscheinlich hatte sie es ausgeschaltet, weil sie nicht mit ihm reden wollte.

Frustriert seufzend stieg Greg aus. Sein Magen verkrampfte sich bei dem Gedanken an das, was ihm im Krankenhaus bevorstand. Obwohl er als Kinderchirurg schon sehr viel Leid gesehen hatte, wurde es nie leichter zu ertragen – und zu wissen, dass er manchmal sehr wenig tun konnte, um seine kleinen, verwundbaren Patienten vor den Menschen zu schützen, die sie eigentlich lieben und umsorgen sollten, machte ihn stinkwütend. Er hatte sich schon so manches Mal mit den Sozialbehörden auseinandergesetzt und seinen Ärger allzu oft an überarbeiteten Sozialarbeitern ausgelassen, die sich die größte Mühe gaben – aber dieser Kampf lohnte sich, und allmählich glaubte er Fortschritte zu erzielen.

Greg eilte ins Hospital. Seine unpassende Kleidung machte ihm nichts aus – in der Situation spielte es keine Rolle. Erneut versuchte er, Fleur zu erreichen – vergeblich. Er schaltete sein Handy aus. Tief durchatmend folgte er dem diensthabenden Arzt zu einem mit Vorhängen abgeteilten Raum und wappnete sich innerlich vor dem Anblick, der ihn dahinter erwartete.

Greg trug noch den Arztkittel. Vier Stunden lang war er im Operationssaal gewesen; außerdem hatte er eine lange Unterredung mit der Polizei, einer Sozialarbeiterin und dem Leiter des

Krankenhauses geführt und war nun erschöpft. In der eingetretenen Stille ließ er sich in einen Ledersessel fallen und teilte einen nachdenklichen Moment mit der Frau, die ihm am Konferenztisch gegenübersaß.

Carla Fioretti war das genaue Gegenteil dessen, was man von einer Sozialarbeiterin erwarten würde. Sie war Ende dreißig, hatte schwarze Haare und schwarze Augen, makellose olivenfarbene Haut und besaß das Geschick einer Italienerin, sich elegant zu kleiden. Sie trug eine weiße Rüschenbluse, einen engen schwarzen Rock und Pumps. Bei ihrem Dienstantritt im Krankenhaus hatte sie alle Blicke auf sich gezogen und selbst bei gesetzten Mitarbeitern aufgeregte Spekulationen in Gang gesetzt und sie plötzlich dazu bewogen, sich herauszuputzen in der – vergeblichen – Hoffnung, von Carla beachtet zu werden.

Carla war ein Rätsel; sie stolzierte durch die Flure des Hospitals und schien die bewundernden Blicke nicht zu bemerken, die ihr auf Schritt und Tritt folgten. Ihr Privatleben war ein Geheimnis; es gab keinerlei Anzeichen dafür, ob sie verlobt, verheiratet oder vielleicht ganz anders gepolt war. Sie flirtete nicht und mied Kontakte, die ihre Arbeit nicht erforderte. Sie konzentrierte sich nur auf ihre Tätigkeit. Und wenn sie sich an etwas festgebissen hatte, war sie hartnäckig wie ein Terrier.

Greg brachte ein schwaches Lächeln zustande, als sie einander ansahen. Sie war eine erstaunliche Frau, und er hätte aus Stein sein müssen, um ihren Charme nicht zu bemerken. Aber damit hörte es auch schon auf, denn er liebte Fleur.

»Vielen Dank für deine Unterstützung, Carla«, sagte er und riss den Blick von den Rundungen ihrer Brüste los, die über dem oberen Knopf ihrer Bluse hervortraten. »Mir geht es jetzt viel besser, nachdem etwas Positives unternommen wird.«

»Die Mutter ist total unfähig«, erklärte sie mit der verführerischen heiseren Stimme, die schwächere Männer vor sexueller Erwartung beben ließ. »Wenn der Vater im Gefängnis sitzt, kommt sie einfach nicht zurecht.« Carla lehnte sich auf ihrem Stuhl zurück, fuhr sich mit den langen, rot lackierten Fingernägeln durch das dunkle Haar und seufzte. »Ich werde mich bemühen, eine zuverlässige Pflegestelle für Shane zu finden, aber du weißt ja, wie wenige Plätze im Moment zur Verfügung stehen.«

»Er wird noch einige Wochen im Krankenhaus bleiben«, brummte Greg und stand auf. »Probier es weiter, Carla. Ich möchte nicht, dass er in einem Waisenhaus landet.«

»Manchmal ist das die beste Übergangslösung für ein Kind in seinem Alter«, sagte sie und schob sich vom Tisch zurück.

»Da bin ich anderer Ansicht«, meinte er kurz angebunden und griff nach der Türklinke. »Kinder brauchen ein richtiges Zuhause, und mit fünf Jahren ist Pflege die einzige Lösung in solchen Fällen. Shane muss erfahren, wie es ist, in einer richtigen Familie zu leben, die für ihn sorgt – er sollte nicht einer Horde anderer gestörter, verängstigter Kinder ausgesetzt sein.«

Sie berührte ihn am Arm und hielt ihn davon ab, den Raum zu verlassen. »Das hört sich so an, als hättest du Erfahrung in diesen Dingen«, murmelte sie. »Möchtest du darüber reden?«

Ihr Parfüm roch verführerisch nach Moschus, und ihre dunklen Augen waren bezaubernd, aber Greg bemerkte ihre besorgte Miene und scheute davor zurück. »Da gibt's nichts zu bereden«, erwiderte er unterkühlt. »Hebe dir deine Beratung für die auf, die sie brauchen, Carla!«

Er ließ sie im Türrahmen stehen und ging mit leisen Schritten durch den Flur. Seine Gefühle waren in Aufruhr. Natürlich musste er sich aussprechen, er musste sich vieles von der Seele reden. Aber ganz bestimmt nicht bei Carla – und nicht heute. Er war heute viel zu verletzlich und mochte nicht einmal Fleur gegenübertreten. Mit einem tiefen Seufzer raffte er sich auf, nach seinem jungen Patienten zu schauen.

2

Fleur hatte eine unruhige Nacht verbracht. Sie war durch die Wohnung gestreift, unfähig, sich auf etwas zu konzentrieren. Schließlich war sie kurz vor dem Morgengrauen auf der Couch eingeschlafen. Beim Aufwachen stellte sie fest, dass es schon nach neun war.

Völlig verschlafen brauchte sie eine Weile, bis sie merkte, wo sie war, und bis sie sich an die schrecklichen Ereignisse des Vortags erinnerte. Sie taumelte ins Bad, duschte ausgiebig und zog die Kleidung an, die gerade greifbar war. Warum hatte Greg nicht angerufen – und wo steckte er überhaupt? Da fiel ihr Blick auf das Telefon, das sie vom Netz getrennt hatte, und sie beeilte sich, es wieder einzustecken und nach ihrem Handy zu suchen.

Darauf waren zwei Kurznachrichten von Greg: Er sei zu einem Notfall gerufen worden und habe sich entschlossen, im Krankenhaus zu übernachten. Falls sie ihn sprechen wolle, könne sie seine Sekretärin anrufen – sein Handy sei ausgeschaltet, da er am Sonntag einen langen Tag in der Chirurgie habe und wahrscheinlich wieder im Krankenhaus schlafen werde. Keine Entschuldigung, keine Frage nach ihrem Befinden und nicht einmal ein Hinweis, ob er vorhatte, so schnell wie möglich nach Hause zu kommen. Ganz offensichtlich ging er ihr aus dem Weg, und das konnte Fleur ihm nicht verzeihen. Es war feige und egoistisch, und sie fragte sich, wie um alles in der Welt sie sich nur in diesen Mann hatte verlieben können – und warum sie trotz allem noch immer so für ihn empfand.

Sie widerstand der Versuchung, ihn zurückzurufen, legte ihr

Handy auf die Anrichte in der Küche und leerte den Briefkasten. Nachdem sie sich einen Becher starken schwarzen Kaffee gemacht hatte, ging sie auf die Terrasse, setzte sich unter den Sonnenschirm und sah die Post durch.

Unter der Werbung waren die üblichen Wurfsendungen von Pizzerien und Angebote eines neuen Fitnessstudios. Das Monatsblatt des Architektenverbandes blätterte sie rasch bis zu den Stellenanzeigen durch. Vier interessante Offerten umkringelte sie. Noch heute würde sie ihre Bewerbungen schreiben. Wenn sie erst einen Job hätte, bliebe ihr wenigstens keine Zeit mehr zum Grübeln.

Dann legte sie die Zeitschrift beiseite und beäugte einen ziemlich bedeutsam aussehenden Pergamentumschlag, der mit dem Logo einer Anwaltskanzlei aus Sydney geprägt war. Sie öffnete ihn, und beim Lesen der Nachricht legte Fleurs Stirn sich in Falten.

Verehrte Mrs. Mackenzie,

leider muss ich Ihnen mitteilen, dass Mrs. Ann (Annie) Somerville verstorben ist, die seit vielen Jahren eine hochgeachtete Mandantin unserer Kanzlei war. Ihrem ausdrücklichen Wunsch entsprechend wurde ich befugt, ihren Letzten Willen zu erfüllen und ihr Testament zu eröffnen.

Zu diesem Behuf habe ich Sie darüber in Kenntnis zu setzen, dass Sie die Haupterbin ihres beträchtlichen Vermögens sind, und daher ist es unumgänglich, dass wir uns über die Modalitäten und die Konsequenzen des Vermächtnisses unterhalten. Am Dienstag, den 15. Januar, werde ich in Brisbane sein und im Hilton International an einer Konferenz teilnehmen. Ich schlage vor, dass wir uns dort um 16 Uhr im Foyer treffen. Ich habe einen Büroraum im Hotel angemietet, sodass wir ungestört reden können. Sollte Ihnen diese Regelung nicht

zusagen, rufen Sie bitte meine Sekretärin an, die mit Ihnen einen neuen Termin vereinbaren wird.
Ich möchte Ihnen mein herzliches Beileid aussprechen und werde stets zu Ihren Diensten sein.
Hochachtungsvoll,
Ms. Jacintha Wright

»Du lieber Himmel!« Fleur starrte auf das Schreiben, das sie eher für einen Schwindel hielt. Wie hoch war »beträchtlich«? Sie dachte sich eine Zahl aus, zog sie in Zweifel, verdreifachte sie – ihre Phantasie ging mit ihr durch, und ihr Puls raste.

Dann traf die Erkenntnis sie wie ein Schlag, und sie legte den Brief langsam auf den Tisch. Das musste ein Scherz sein. Von einer Annie Somerville hatte sie noch nie gehört. Warum also sollte diese Frau ihr etwas hinterlassen? Das war wieder einer von den Briefen, die ein Vermögen versprachen und sich schließlich als ein Schwindel aus Amerika oder Osteuropa entpuppten.

Aber bei einer nochmaligen Überprüfung des Briefes entdeckte Fleur keine Telefonnummer, die sie zu einem besonders günstigen Preis anrufen sollte, und auch keine Aufforderung, Geld, ihre E-Mail-Adresse oder Telefonnummer herauszurücken. Zudem fand sich auch nicht die übliche Wortwahl, die mit solchen betrügerischen Schreiben einherging.

Wieder keimte Hoffnung auf, und die Aufregung stieg, als Fleur klar wurde, dass alles für Echtheit sprach und ein Geldregen ihr zahlreiche Möglichkeiten eröffnen würde. Eine Erbschaft könnte nicht nur Mittel für ein eigenes Architekturbüro bedeuten, sondern sie finanziell unabhängig von Greg und ihrem Vater machen – und vielleicht sogar Gregs Widerwillen gegen Kinder beseitigen. Sie könnten ihren Lebensstil beibehalten; und sollte sich dieses Erbe als beträchtlich erweisen, könnten sie sich sogar eines der umwerfend schönen Herrenhäuser unten am Fluss leisten, nach dem Greg sich schon immer gesehnt hatte. Sie könnten dort ein echtes Zuhause für die Familie schaffen, mit großen sonnendurchfluteten Räumen, belebt von Kinderstimmen und dem Trappeln kleiner Füße, und mit einem Boot am privaten Anleger.

Fleur holte tief Luft, krampfhaft bemüht, ruhig und konzentriert zu bleiben. Doch vor lauter Aufregung gingen ihre Gedanken auf Wanderschaft, und sie gestattete sich, alles für realistisch zu halten und anzunehmen, dass Greg diese folgenschwere Neuigkeit akzeptieren und ihren Plänen zustimmen würde.

Sie schloss die Augen und betete im Stillen, dass es so kommen möge, dass Annie Somervilles wundervolles Geschenk tatsächlich existiere und ihnen beiden Glück und Erfüllung bringen werde.

Den Impuls, Greg anzurufen, unterdrückte Fleur sofort. Sie wollte noch ein wenig länger träumen, bevor sie überhaupt mit jemandem sprach. Außerdem würde Greg viel zugänglicher sein, wenn sie ihn nicht wie ein übergeschnapptes Schulmädchen mit der Nachricht bombardierte.

Tief durchatmend hielt sie das Gesicht in die Sonne, während sie versuchte, alles genauer zu beleuchten. Falls Annie Somerville nicht einem kranken Hirn entsprungen ist, dann muss sie eine Verbindung mit meiner Familie haben, dachte Fleur, eine andere Erklärung gibt es nicht. Aber was für eine Verbindung? Wer war die Verstorbene?

»Eins nach dem anderen«, murmelte Fleur. Mit schlappenden Sandalen eilte sie über die Terrasse. Sie nahm ihr Handy und wählte die Nummer, die auf dem Briefkopf stand. Anwälte arbeiten sonntags nicht, überlegte sie, und sofern die Adresse echt ist, wird sich unweigerlich ein Anrufbeantworter melden.

Eine sachliche Frauenstimme nannte den Namen der Anwaltskanzlei und wies auf die Öffnungszeiten hin. Das klang alles ganz offiziell, doch Fleur blieb skeptisch. Trotzdem hinterließ sie eine Nachricht und bat Miss Jacintha Wright, zum Treffen am Dienstag eine Legitimierung mitzubringen.

Die Frage war, ob diese Frau überhaupt auftauchen würde.

Fleur hatte den Anruf gerade beendet, als das Telefon im Schlafzimmer läutete, und sie lief hin, um abzuheben, in der Hoffnung, es sei Greg.

»Fleur? Margot hier. Du kommst doch heute, oder? Wir stecken nämlich in einer Krise und müssen die Sache bereinigen, bevor Dad alles noch schlimmer macht.«

Fleurs älteste Stiefschwester redete nie um den heißen Brei herum; ihr autoritärer Ton war nicht zu überhören. Fleur atmete tief durch und unterdrückte ihre Enttäuschung. Die Verabredung zum Lunch hatte sie tatsächlich vergessen. »Tut mir leid, Margot, mir geht's nicht gut. Ich glaube, ich muss absagen.«

»Stell dich nicht so an, Fleur!«, sagte Margot barsch. »Bethany und ich brauchen deine Unterstützung.«

Fleur runzelte die Stirn. Margot und Bethany, die kaum miteinander sprachen, sollten sich gegen ihren willensstarken Vater verbündet haben? Fleurs Neugier war geweckt. »Klingt ernst. Was hat er denn diesmal angestellt?«

»Das ist viel zu kompliziert, um es am Telefon zu besprechen. Sei gegen Mittag am Haus! Und verspäte dich nicht.«

Fleur starrte den Hörer an. Margot hatte aufgelegt. »Herrische Kuh!«, knurrte Fleur und warf einen Blick auf die Uhr. Es war fast elf. Obwohl der Gedanke an einen weiteren Familienzwist sie abschreckte, könnte sie sich wohl kaum heraushalten, wenn sie erfahren wollte, ob Annie Somerville tatsächlich ein Mitglied der Familien gewesen war – und wenn ja, welche Überlegungen dazu geführt hatten, Fleur als Alleinerbin einzusetzen.

Margot trug sorgfältig scharlachroten Lippenstift auf und trat vom Badezimmerspiegel zurück, um die Wirkung in Augenschein zu nehmen. Die Frau, die ihr mit prüfendem Blick entgegenschaute, war wie üblich schick herausgeputzt; ihre schlanke – manche mochten sagen, zu schlanke – Figur kam in dem gut geschnittenen cremefarbenen Leinenkleid vorteilhaft zur Geltung. Margot trug eine schmale Armbanduhr, goldene Armbänder und Ohrstecker, und an ihrem Hals schimmerte eine Kette aus dicken Broome-Perlen. Den Ehering hatte sie vor vielen Jahren abgelegt mit dem Vorsatz, niemals wieder einen zu tragen.

Margot strich sich zufrieden über das Haar. Monsieur Paul hatte den kinnlangen Locken mit einer Mischung aus Honigblond, Dunkel- und Hellbraun großen Chic verliehen. Grau machte zu alt, und mit einundsechzig wollte Margot auf keinen Fall so matronenhaft wirken wie ihre Schwester Bethany.

Sie ging ins Schlafzimmer, um ihre Handtasche zu holen. Sie prüfte, ob sie alles hatte, hielt einen Moment inne, bis ihr Pulsschlag sich wieder normalisiert hatte, und konzentrierte sich auf das, was vor ihr lag. Ihre Schultern schmerzten vor Anspannung, und je näher der Zeitpunkt des Aufbruchs rückte, desto schlimmer wurde es. Margot ging hinüber ans Fenster und betrachtete die Aussicht, die sie stets besänftigte.

Ihr Apartment befand sich in den Southbank Parklands und bot einen Blick auf die Stadt jenseits des Flusses und den Park unter ihr. Segelboote kreuzten, um den Jet- und Speedbooten auszuweichen. Die bunten Beete der Grünanlagen und die farbigen Markisen der Stände auf dem Sonntagsmarkt belebten das Südufer, wo bereits die übliche Geschäftigkeit herrschte.

Brisbane war ein kleiner Ort, besaß jedoch eine einladende, entspannte Atmosphäre, die Margot sonst nirgendwo gefunden hatte. Die Stadt glitzerte und schimmerte in der Sonne, und das Grün der Tropenbäume in den Parkanlagen bildete einen wunderschönen Kontrast zum türkisfarbenen Wasser des breiten Flusses.

Da Brisbane am südlichen Ende der Sunshine Coast von Queensland lag, war das Klima gemäßigt und ließ die feuchten Tropengebiete im Norden und die große Wüste im Westen nur erahnen.

Margots Unruhe wich einer kühlen Entschlossenheit, die ihr wesentlich vertrauter war. Sie wandte sich von der Aussicht ab und verließ das Apartment. Kurz darauf saß sie in ihrem Mercedes und fuhr über den Kingsford Smith Drive, vorbei an dem reich verzierten Breakfast Creek Hotel – in dessen berühmtem Biergarten bereits lärmender Betrieb herrschte –, und weiter zum Bruce Highway, wo der Verkehr nicht so dicht war.

Caloundra lag nur sechsundneunzig Kilometer nördlich, und Margot blieb jede Menge Zeit, um dort hinzugelangen. Während die Reifen über den Highway schnurrten, sank ihre Entschlossenheit wieder. Sie verabscheute Auseinandersetzungen, doch offenbar würde sie nicht darum herumkommen – und zum ersten Mal in ihrem Leben brauchte Margot die Hilfe ihrer Schwestern, um ihren Vater von weiteren Torheiten abzuhalten. Es war ihr schwergefallen, die Schwestern um Unterstützung zu bitten – Margot hatte lange darüber nachgedacht, bevor sie zum Hörer gegriffen hatte –, aber hier ging es auch um deren Zukunft, und es war höchste Zeit, dass die Schwestern die Verantwortung teilten. Ihr Vater hatte immer getan, was er wollte; er hatte sich rücksichtslos über alle hinweggesetzt – aber nun musste er zu der Einsicht gebracht werden, dass er zu weit gegangen war und das aufhören musste.

Bethany zog die Gummihandschuhe aus, legte sie fein säuberlich über den blanken Wasserhahn und hängte die Schürze ans Handtuchreck. Sie war seit dem Morgengrauen auf den Beinen, und obwohl sie sich die Zeit genommen hatte, den Frühgottesdienst zu besuchen, war der geschrubbte Küchentisch überladen mit Pasteten, Kuchen und Torten, die sie für die kirchliche Benefizveranstaltung am nächsten Tag zubereitet hatte. Da Bethany die Vorsitzende des Bibelkreises und ein treues Mitglied des Ältestenrats war, wurde dieser Beitrag von ihr erwartet, und sie war stolz darauf, dass ihre Backwaren stets reißenden Absatz fanden.

Sie betrachtete die makellose Küche und seufzte – jedoch nicht vor Zufriedenheit angesichts der guten Arbeit, die sie geleistet hatte, sondern aus der Erkenntnis heraus, dass der Raum zu sauber war und zu still.

»Das war ja ein tiefer Seufzer.« Clive schlenderte herein, gekleidet für seine sonntägliche Golfrunde. Er legte Bethany einen Arm um die drallen Schultern und gab ihr einen Kuss auf die Wange. »Was ist los, Liebes?«

Sie lehnte sich an ihn und genoss diesen Anflug von Zuneigung, während sie den frischen Duft seines Rasierwassers einatmete. Clive war mit seinen zweiundfünfzig Jahren noch immer ein gutaussehender Mann. Sein lohfarbenes Haar fiel ihm in die braunen Augen; er hatte schmale Hüften und besaß noch den Elan eines wesentlich jüngeren Mannes. »Eigentlich ist es lächerlich«, sagte sie, »aber mir fehlen die Kinder.«

»Wie man's nimmt«, erklärte er und holte die Golftasche aus dem Schrank unter der Treppe. »Es ist gut, ein bisschen Ruhe und Frieden zu haben und nach Hause zu kommen, wenn Ordnung statt flammendes Inferno herrscht.«

Sie stutzte, denn sie hatte im Lauf der Jahre hart gearbeitet, um alles nett herzurichten. Aber sie wollte nicht mit ihm streiten – nicht an diesem Morgen. »Melanie wird bald ausziehen und zur Uni gehen«, murmelte sie und reichte ihm den Flachmann mit dem Brandy, den er immer in seiner Golftasche hatte, »und dann sind wir zwei wirklich allein.«

»Früher oder später gehen sie alle«, brummte er, auf seine Golfausrüstung konzentriert. »Im Übrigen hast du doch immer so viel mit der Kirche und deinen Komitees zu tun, dass es dir kaum auffallen wird.« Er zog den Putter heraus und beäugte ihn eingehend. »Der wird an den Rändern schon ein bisschen rau. Vielleicht sollte ich einen neuen kaufen.«

Bethany beobachtete, wie er die Schläger überprüfte und in die Lederhüllen steckte, die mit seinen Initialen geprägt waren. Für ihn ist es in Ordnung, dachte sie verbittert. Er hat sein Steuerbüro und an den Wochenenden sein Golf – wohingegen die Energie, die ich in mein Dasein als Mutter gesteckt habe, nicht mehr gebraucht wird. Und da ich keine anderen Fähigkeiten habe, droht mir mit fünfzig eine trostlose einsame Zukunft.

Clive war ein altmodischer Vater. Nach der anfänglichen Freude über die Geburt hatte er nur wenig Interesse an seinen Kindern bekundet und die Erziehung und den Haushalt vollkommen in die Hände seiner Frau gelegt, während er eine erfolgreiche Steuerkanzlei aufbaute und daran arbeitete, sein Handicap beim Golf zu verringern. Sein Leben würde sich überhaupt nicht verändern.

»Triffst du die Zwillinge im Club, oder kommen sie erst hier vorbei?« Die Sehnsucht war ihr deutlich anzuhören, aber er schien keine Notiz davon zu nehmen.

»Die Jungs schaffen es am Wochenende nicht«, sagte er und hängte sich die große Tasche über die Schulter. »Irgendwas an der Uni oder so.« Er musterte Bethany nachdenklich; vielleicht hatte er endlich bemerkt, wie niedergeschlagen sie war. »Ruf doch Angie an und frag, ob sie Zeit für einen Lunch oder etwas in der Art hat.«

»Hat keinen Sinn. Unsere älteste Tochter ist zu sehr mit ihrem neuen Ehemann und dem großen Haus beschäftigt, das sie renovieren. Außerdem«, fügte sie hinzu, »bin ich zum Lunch mit Daddy und den anderen verabredet.«

Er zog eine dunkle Augenbraue hoch. »Besser du als ich«, brummte er. »Macht dir das zu schaffen? Du ziehst ein Gesicht, als wärst du in ein Plumpsklo gefallen.«

Seine derbe Ausdrucksweise missfiel ihr sichtlich, denn sie zuckte zusammen. »Mir gefallen unsere Familientreffen«, erklärte sie nachdrücklich. »Das leere Haus beunruhigt mich.«

»Keine Bange, Schätzchen«, sagte er und hievte die Tasche noch höher. »Angie wird im Nu schwanger werden, und dann wirst du vollauf mit Babysitten beschäftigt sein und dir um uns keine Sorgen mehr machen.« Er zwinkerte grinsend und ging, ohne ein weiteres Wort zu verlieren.

Bethany stand in der stillen, makellosen Küche und lauschte. Clive setzte den Wagen rückwärts aus der Einfahrt und fuhr davon. Bethany blinzelte gegen die Tränen an, wütend, weil sie sich so bedürftig und alleingelassen fühlte. Aber was, um alles in der Welt, sollte sie mit dem Rest ihres Lebens anfangen?

Enkel würde es noch lange nicht geben – ihre Tochter hatte bereits unmissverständlich klargestellt, dass ihre Karriere als Krankenschwester Vorrang habe und Bethany ihr nicht zusetzen solle. Die Zwillinge, Joe und Mike, waren in ihrem letzten Universitätsjahr, und wenn sie nicht studierten, hatten sie nur wenig Zeit, nach Hause zu kommen – es sei denn, sie brachten ihre schmutzige Wäsche vorbei oder wollten Geld schnorren oder hin und wieder eine anständige Mahlzeit einnehmen.

Melanie, das Nesthäkchen, war fast achtzehn und ging bereits auf Distanz. In Vorbereitung auf ihr neues, aufregendes Leben in Sydney organisierte sie gerade den Umzug in eine winzige Wohnung, die sie mit ihrer Freundin teilen würde. Bethany musste wohl oder übel einsehen, dass ihr kleines Mädchen schon eine Fremde war. Sie verstand weder Melanies scheußliche Musik noch deren fragwürdige Freunde. Sie wusste auch nicht, warum ihre Jüngste darauf bestand, sich so grauenvoll zu kleiden und zu schminken. Dabei hatte sie ihrer Tochter früher so nahe gestanden. Aber Melanie vertraute sich ihr nicht mehr an; sie wollte nicht mehr mit ihrer Mutter einkaufen oder in die Kirche gehen – ja, nicht einmal über ihre Pläne für Sydney sprechen. Sobald sie dort hingezogen wäre, würde die Verbindung abreißen und Bethany würde sie verlieren, wie sie all die anderen verloren hatte.

Bethany rieb sich über das Gesicht, holte tief Luft und stieg die Treppe hinauf, um sich in elegante Sonntagssachen zu kleiden. Es hat keinen Zweck, sich noch mehr herunterziehen zu lassen, dachte sie entschlossen, als sie Rock und Bluse vom Bügel nahm. Das Leben ist ein kostbares Geschenk Gottes, und ich sollte dankbar sein, dass alle vier gesund und ehrgeizig sind und keine Angst haben, flügge zu werden. Ich habe ihnen die bestmöglichen Vorraussetzungen mitgegeben und sie zu gesunder Arbeitsmoral und nach christlichen Werten erzogen. Clive hat recht. Am Ende gehen alle aus dem Haus – und so muss es auch sein.

Der federleichte Faltenrock spannte in der Taille, und Bethany hatte Schwierigkeiten mit dem Reißverschluss. Plötzlich wurde ihr heiß, und sie fragte sich, ob es das Wetter sei oder wieder eine lähmende Hitzewelle. Die nächtlichen Schweißausbrüche hatten in letzter Zeit zugenommen, und sie war erschöpfter als sonst. Vielleicht ist meine Leibesfülle ein weiteres Anzeichen für die Veränderungen, die mein Körper durchmacht, dachte sie matt, als sie die Seidenbluse anzog und am Hals eine Schleife band.

Säuerlich betrachtete sie die Matrone mittleren Alters, die ihr aus dem Spiegel entgegenstarrte. In Rock und Bluse wirkte sie fetter denn je, das Grau in ihrem welligen Haar trat plötzlich deutlicher hervor, und die zweckmäßigen Schuhe, die sie aufgrund ihrer geschwollenen Füße trug, betonten ihre Unansehnlichkeit nur noch.

»Kein Wunder, dass Clive zum Golfen geht«, murmelte sie vor sich hin und steckte Perlenstecker in die Ohrläppchen.

»Führst du Selbstgespräche, Mum?«

Lächelnd wirbelte Bethany herum. »Mel. Wie schön, dich zu sehen! Ich habe dich gar nicht kommen hören.« Doch ihre Freude verging angesichts des erschreckenden Aufzugs ihrer Tochter. Melanie war ganz in Schwarz gekleidet, angefangen von den bis zum Knie reichenden Stiefeln von Doc Martens, bis hin zu den Leggings, dem Minirock und dem zerfransten T-Shirt, das mit Sicherheitsnadeln zusammengehalten wurde. Eine ganze Reihe Ringe zierte ein Ohr, ein glitzernder Stecker ihre Nase, ein anderer die Oberlippe. Ihr Gesicht war weiß gepudert, und ihre stark geschminkten Augen und der schwarze Lippenstift verliehen ihr das Aussehen eines Zombies.

Bethany riss sich zusammen und nahm Melanie in den Arm in der Hoffnung, dass diese ihr den Schock und den Abscheu nicht angemerkt hatte. »Es ist so schön, dich zu sehen, Kleines!«, murmelte sie. »Komm, ich mach dir was zu essen. Du bist viel zu dünn.«

»Mir geht's gut, Mum. Mach bloß keinen Aufstand!« Melanie befreite sich aus der Umarmung und ließ sich auf das ordentlich gemachte Bett fallen. Die lebhaften orange-roten Strähnen in ihrem Haar glitzerten in der Sonne, die durch das Fenster drang. »Ich bin nur hier, um ein paar Sachen zu holen.«

Sie warf einen Blick auf die Kleidung ihrer Mutter und verdrehte die Augen. »Gehst du aus?«

»Ich kann absagen«, versicherte Bethany ihr rasch. »Margot hätte nichts dagegen.«

»Mein Gott«, stöhnte Melanie. »Du gehst doch nicht etwa zu Großvater?«

»Nimm den Namen Gottes nicht sinnlos in den Mund, Melanie«, erwiderte sie barsch. »Und ja, ich war auf dem Weg, aber da du hier bist, kann ich anrufen und absagen.«

»Mach dir meinetwegen keine Umstände!« Mel erhob sich vom Bett und betrachtete sich im Spiegel auf der Frisierkommode. »Ich wollte sowieso nicht lange bleiben. Du weißt doch, Tante Margot kann es nicht ausstehen, wenn du kneifst.« Sie richtete ihren Nasenstecker, worauf Bethany zusammenzuckte, und wandte sich mit zaghaftem Lächeln vom Spiegel ab. »Hab noch tausend Sachen vor, Leute treffen und so.«

Das ging mir auch mal so, dachte Bethany, aber das ist eine Ewigkeit her. »Bleib noch ein bisschen«, schmeichelte sie. »Ist nicht schlimm, wenn ich zu spät komme. Wir haben so lange nicht mehr miteinander geplaudert.« Sie berührte den dünnen bleichen Arm ihrer Tochter. »Ich brenne darauf zu erfahren, wie dein Ausflug in den Süden gelaufen ist, wie die Studentenwohnheime sind und ob du deine Tutoren kennengelernt hast …«

Melanie entwand sich ungeduldig seufzend dem Griff ihrer Mutter. »Es ist nur eine Uni, Mum. Keine große Sache.«

»Wenn du meinst …« Bethany stand da und wusste nichts mehr zu sagen.

»Allerdings könnte ich einen Vorschuss gebrauchen«, bettelte Melanie mit sanfter Stimme und schaute unter gezackten Wimpern zu ihrer Mutter auf. »Ich hab mein letztes Geld für die Fahrt nach Sydney gebraucht, und die Miete für Sophies Wohnung ist fällig.«

Beth zögerte. Sie wusste, dass Mel gehen würde, sobald sie Geld bekommen hatte. »Ich koch uns zuerst einen Kaffee – und vielleicht möchtest du ja was von meinem Victoria Sponge? Das war doch immer dein Lieblingskuchen.«

Melanie zuckte die Achseln. »Wie du willst«, brummte sie lustlos und folgte ihrer Mutter die Treppe hinunter in die Küche. »Aber eigentlich habe ich gar keinen Hunger«, fügte sie hinzu und lümmelte sich auf einen Stuhl.

»Nur ein winziges Stück.« Bethany schnitt rasch eines von der kleinsten Torte ab, die sie für die Benefizveranstaltung vorgesehen hatte. »Ich sehe dich so selten, seitdem du zu Sophie gezogen bist, und ich möchte dich gern verwöhnen, wenn sich die Gelegenheit bietet.« Sie ließ den Biskuit auf einen Teller gleiten, den sie ihrer Tochter hinschob. »Komm schon, Liebes, hab Nachsicht mit mir!«

Melanie knabberte widerstrebend an einer Ecke und sah ihre Mutter trotzig an. »Ich werde noch fett«, murmelte sie mit vollem Mund. »Der Rock ist schon zu eng.«

»So ein Blödsinn!«, widersprach Beth mit Nachdruck. »Du bist entschieden zu dürr; der Rock säße sogar an einem Stock eng. Das heißt, wenn du das kleine Ding Rock nennen willst«, fügte sie hinzu. »Wirklich, Liebes, du solltest versuchen, dich ein wenig dezenter anzuziehen ...«

»Fang gar nicht erst damit an, Mum!« Melanie richtete sich auf und zerzauste sich das Haar, wobei die schweren Silberringe an ihren Fingern funkelten. Ton und Haltung verrieten unmissverständlich, dass sie nicht bereit war, Kritik einzustecken. »Ich bin noch keine fünf Minuten hier, und schon pflaumst du mich an.«

Bethany verdrängte den flüchtigen Gedanken, dass ihre Tochter wie ein Flittchen aussah, kochte schnell Kaffee und setzte sich. Sie brannte darauf, diese wenigen unverhofften Minuten mit Mel zu verbringen – fest entschlossen, sich diese kostbare Überraschung nicht durch Bitterkeit verderben zu lassen.

»Dann sind wir uns eben einig, dass wir geteilter Meinung sind«, schlug sie leise vor. »Ich kriege dich und die anderen kaum noch zu Gesicht. Bald wirst du in Sydney sein und wir werden keine Gelegenheit mehr haben zusammenzusitzen.« Wieder vernahm sie die Wehmut und spürte stechende Tränen, die sie hastig unterdrückte.

Melanie zerkrümelte den Kuchen und leckte sich den Zeigefinger ab. »Ich bleibe ja nicht absichtlich weg«, murmelte sie, »aber die Zeit verfliegt nur so.«

Bethany brachte ein Lächeln zustande. »Ich weiß«, sagte sie. »Ich versuche ja, dich zu verstehen. Aber da dein Vater den ganzen Tag unterwegs ist und an den Wochenenden Golf spielt und ihr anderen alle euer eigenes Leben führt, fühle ich mich etwas außen vorgelassen.«

Melanies Miene wurde weicher. »Tut mir leid, Mum«, murmelte sie. »Das ist nicht gerade fair von uns, oder?«

Die Wärme, die Bethany durchströmte, hatte nichts mit den Wechseljahren zu tun, und sie griff versöhnlich nach der Hand ihrer Tochter. »Dass ihr flügge werdet, ist nur der Lauf der Dinge. Mach dir um mich keine Sorgen! Vergiss nur nie, dass ich immer hier bin!«, sagte sie leise. »Und wenn du mich mal brauchen solltest – warum auch immer …«

Melanie betrachtete ihre Mutter eine Weile aus den dunkelbraunen Augen, bevor sie den Blick abwandte. »Mum«, fing sie an. »Mum, da ist tatsächlich etwas … Aber ich möchte, dass du mir ver…«

Das Schlagen einer Autotür unterbrach sie, und sie zog ihre Hand weg. »Sieht so aus, als würdest du doch zum Lunch gehen«, sagte sie leise und rutschte auf dem Stuhl zurück. »Tante Margot ist gekommen.«

»Sag es mir rasch, Mel! Bevor sie hier ist. Was ist los?«

»Keine Sorge, Mum. Alles in Ordnung.«

Mel sah nicht danach aus. Offenbar wich sie aus – immer ein schlechtes Zeichen.

Margot trat in die Küche und nahm die Szene mit einem Blick auf. Sie nickte Melanie kurz zu und wandte sich an ihre Schwester. »Gut, dass ich beschlossen habe, dich zu Dad zu fahren«, erklärte sie barsch. »Offensichtlich hast du den Lunch vergessen.«

»Ich habe gar nichts vergessen«, entgegnete Bethany. »Aber da Mel spontan vorbeigeschaut hat, dachte ich, es wäre nicht schlimm, wenn ich etwas später auftauche.«

Melanie schob die Haare zurück. »Kümmert euch nicht um mich«, sagte sie, »ich bleibe nicht hier.«

»Aber du bist doch gerade erst gekommen«, sagte Bethany, die sie am liebsten festgehalten hätte. »Und du wolltest gerade etwas sagen, als Margot dich unterbrochen hat.« Sie warf ihrer Schwester einen giftigen Blick zu, bevor sie sich erneut ihrer Tochter zuwandte. »Heraus mit der Sprache, Schätzchen! Worum geht's?«

»Keine Sorge, es war nichts«, antwortete Mel nonchalant und schüttelte ihr gefärbtes Haar. »Aber wenn du mir mit ein paar Dollar aushelfen könntest, wäre ich echt dankbar.«

»Natürlich«, hauchte Bethany, enttäuscht und aufgebracht. Ungeschickt schüttete sie Geld aus ihrem Portemonnaie. Sie reichte Melanie dreihundert Dollar. »Wenn du mehr brauchst, sag Bescheid.« Sie ergriff die Hand ihrer Tochter. »Und lauf nicht weg. Wir können reden, wenn ich zurück bin.«

»Danke, Mum.« Ihr Kuss war zart, ihre Umarmung überraschend freundlich und, wie es schien, warmherzig. Trotzdem war alles zu flüchtig, und mit einer lässigen Handbewegung lief Mel die Treppe hinauf in ihr selten genutztes Zimmer.

»Du verwöhnst das Mädchen«, stellte Margot fest, die im Türrahmen stehen geblieben war, »und lässt ihr viel zu viel Freiheit. Kein Wunder, dass sie wie ein Flüchtling aus Transsylvanien aussieht.«

»Du hast keine Kinder und daher keine Ahnung«, gab Beth zurück. »Was ihre Erscheinung betrifft – das ist Mode unter den Studentinnen –, und meiner Meinung nach steht es ihr«, fügte sie trotzig hinzu in der Hoffnung, Gott werde ihr diese harmlose Lüge verzeihen.

Margot musterte Bethany von Kopf bis Fuß. »Der Sinn für Mode ist an eurem Teil der Familie offensichtlich vorbeigegangen«, sagte sie gehässig. »Willst du nicht was anderes anziehen als dieses abscheuliche Zeug?«

Bethany zog den Bauch ein und fuhr mit den Händen über den Rock. »Nein. Das ist mein bester Rock und meine beste Bluse.«

Margot zog eine sorgfältig gezupfte Augenbraue hoch. »Du siehst darin aus wie das Michelin-Männchen«, erklärte sie rundheraus.

Verletzt durch diesen Seitenhieb lief Bethany rot an. »Wenigstens gleiche ich nicht einem stechenden Insekt«, entgegnete sie. »Außerdem ist dein Kleid für eine Frau gedacht, die mindestens dreißig Jahre jünger ist als du.«

Margot zuckte geziert mit den Schultern und hielt die Tür auf. »Sollte ich deinen Rat in Kleiderfragen brauchen, dann werde ich dich darum bitten«, sagte sie. »Aber eher wird die Hölle einfrieren, als dass das passiert.«

»Gestern hast du mich noch um Hilfe gebeten«, gab Bethany zurück. »Also bin ich offensichtlich doch zu etwas nütze.«

Margot betrachtete ihre Schwester säuerlich. »Glaub mir, Beth, ich hätte das nicht getan, wenn es nicht absolut lebensnotwendig wäre, dass wir Dad vereint entgegentreten«, erklärte sie. »Und jetzt komm endlich, um Himmels willen! Wir verspäten uns noch.«

Bethany verschränkte die Arme. »Du weißt, dass ich es nicht leiden kann, wenn du so sprichst. Außerdem hab ich meine Meinung geändert«, sagte sie trotzig. »Ganz gleich, welche Flausen Dad sich in den Kopf gesetzt hat, sie können warten. Mit Mel zusammen zu sein ist mir wichtiger.«

»Sei nicht albern!«, fuhr Margot sie an. »Mel braucht dich offensichtlich nicht, ich aber schon.« Sie holte tief Luft, um sich zu beruhigen. »Ich bitte dich und Fleur nicht oft um etwas, doch heute wüsste ich ausnahmsweise ein wenig schwesterlichen Beistand zu schätzen, Beth.«

Bethany war hin und her gerissen. Sie wollte bleiben, aber Margot hatte sie noch nie um Hilfe gebeten – geschweige denn Fleur. Also musste es etwas Ernstes sein. »Kannst du nicht wenigstens eine Andeutung machen, worum es geht?«

»Leider nicht. Dad war sehr vage, aber ich habe die Anzeichen schon vorher gesehen, und glaube mir, Beth, es könnte ernsthafte Konsequenzen für eine bereits hochexplosive Situation haben.«

»In Ordnung«, seufzte sie. »Aber ich muss so schnell wie möglich wieder zurück. Mel wird nicht lange hier herumhängen, und ich möchte mir ihr reden.«

»Wie dem auch sei«, fuhr Margot sie an, »beeil dich gefälligst! Dad kann es nicht ausstehen, wenn er warten muss.«

»Es könnte ihm ganz guttun, wenn er nicht immer seinen Willen bekäme«, grummelte Bethany, schrieb Melanie rasch eine Notiz und lehnte den Zettel an den Pfefferstreuer. Sie deckte die Backwaren mit einem sauberen Tuch ab, stellte Tassen und Teller in die Spüle und widerstand dem inneren Drang, sie noch abzuwaschen. Wenn Margot so übel gelaunt war, hatte es keinen Sinn, sie noch mehr aufzubringen.

Dröhnende Musik von oben erschwerte die weitere Unterhaltung. Bethany verabscheute diesen Lärm, aber sie hatte ihn dennoch schrecklich vermisst. Da sie wusste, dass ihre Tochter in greifbarer Nähe war, wäre sie am liebsten geblieben.

»Gute Güte!«, sagte Margot schaudernd. »Geht das heutzutage als Musik durch?« Ohne eine Antwort abzuwarten, nahm sie Beths Handtasche und hielt sie ihr hin. »Nichts wie weg hier, bevor meine Trommelfelle platzen.«

Bethany nahm die Tasche und den Nachtisch, den sie am Morgen zubereitet hatte, und folgte ihrer Schwester widerwillig. Sie schaute zum Schlafzimmerfenster hinauf, bevor sie in den Wagen stieg, aber die Vorhänge waren zugezogen. Wenn alles wie immer ablief, wäre Melanie bei der Rückkehr ihrer Mutter längst fort, und wieder einmal würde Bethany in der schrecklichen Stille allein sein.

Sie umklammerte die Schüssel mit dem Trifle, als Margot zu schnell durch die Sackgasse fuhr und auf die Hauptstraße einbog, die sich durch die angenehm grüne Hügelstadt Buderim zur Küste hinunterschlängelte.

Das Meer glitzerte in der Ferne, die Glastürme von Mooloolaba und Maroochydore funkelten in der Sonne an dem von Bäumen gesäumten Strand und an den Landzungen, aber Bethany hätte alles darum gegeben, zu Hause zu sein, betäubt von der Musik ihrer Tochter und frustriert über deren mangelnde Mitteilungsbereitschaft. Denn Melanie war auf jeden Fall kurz davor gewesen, ihrer Mutter ausnahmsweise einmal etwas anzuvertrauen, und Bethany hatte das Gefühl, dass es viel wichtiger war als alles, was ihr Vater ihnen zu eröffnen hatte.

Fleur hatte das Wagendach herabgelassen, und INXS dudelte aus der Stereoanlage, während sie über den Bruce Highway fuhr. Sie liebte diesen Wagen und das Gefühl der Freiheit, das er ihr vermittelte. Sie und Greg würden alles überstehen, denn ein Leben ohne den anderen war unvorstellbar.

Der Schmerz, den er ihr zugefügt hatte, war allerdings noch immer da, und sie stellte das Radio noch lauter, um die Zweifel zu übertönen. Das gelang ihr natürlich nicht, und sie drehte es an der ersten roten Ampel wieder leiser. Ohne den Wind im Haar war die Musik ohrenbetäubend – der Kummer und die Ungewissheit gewannen wieder die Oberhand.

Die Straße verlief stetig bergan, vorbei an den imposanten Luxusbauten, die in den vergangenen drei Jahren hier in die Höhe geschossen waren. Schmiedeeiserne Tore und dicke Mauern verbargen geschwungene Auffahrten und gepflegte Rasenflächen, beschattet von Palmen und gesäumt von Beeten mit exotischen Pflanzen. Das war die Millionärsmeile – ganz anders als das verlassene Buschland, das den Hügel oberhalb der einst ziemlich ungepflegten Kleinstadt am Meer beherrscht hatte.

Dic gesamte Ostküste wurde derzeit von den Stadtentwicklern bebaut, und die meisten Orte, die Fleur aus ihrer Kindheit kannte, waren inzwischen kaum wiederzuerkennen. Caloundra war ein Musterbeispiel mit der neuen Promenade, teuren Hochhaus-Apartments, Restaurants, Edelcafés und Luxushotels. Es fehlte noch ein wenig, um der Schickeria von Noosa Konkurrenz zu machen, aber die Stadt befand auf dem besten Weg dahin.

Fleur kuppelte aus, drückte auf die Fernbedienung und wartete, bis die schweren Einfahrtstore sich öffneten. Sie hatte dieses Anwesen mit entworfen, als sie bei Oz Architects arbeitete, und als sie ein schönes Erfolgserlebnis verspürte, wurde ihr schlagartig bewusst, dass es bis zu ihrem nächsten Entwurf lange dauern könnte.

Die gepflasterte Auffahrt führte in sanftem Anstieg zum

Haus hinauf. Aus Glas, Stahl und glitzerndem weißem Stuck erbaut, schmiegte es sich an den Hügel. Jedes der drei Stockwerke wirkte wie eine riesige Stufe, die hinab zum Infinity Pool führte, der ins Meer zu münden schien. Die Rasenflächen waren grün und eben wie ein Billardtisch, die Palmen, Farne und exotischen Blumen in den wenigen Beeten gediehen prächtig.

Fleur parkte zwischen dem erstklassigen Landrover ihres Vaters und Margots Mercedes. Bevor sie das Haus betrat, blieb sie noch einen Moment sitzen, um sich zu sammeln und zu überprüfen, ob es auch kein Anzeichen für das Wechselbad der Gefühle gab, dem sie in den letzten sechsunddreißig Stunden ausgesetzt war. Dad hatte Argusaugen, und wenn er den Verdacht hegte, dass sie ihm etwas vorenthielt, würde er ihr so lange zusetzen, bis er alles wüsste – und solch einem Drama fühlte Fleur sich nicht gewachsen.

Wegen der Außenhitze wirkte die große Eingangshalle kühl und einladend. Fleurs Sandalen klapperten auf dem Marmorboden, als sie ins Wohnzimmer ging. Für Fleur war es der schönste Raum im Haus, denn hinter den Palmen in Töpfen und den tiefen Ledersofas befand sich eine Glaswand, die einen Panoramablick über Meer und Himmel bot. Fleur blieb unwillkürlich stehen und nahm die Szene in sich auf, bemüht, ein wenig Begeisterung für dieses Familientreffen aufzubringen. Eigentlich wäre sie heute auch ganz gut ohne ausgekommen, aber alles war besser, als zu Hause zu sitzen, allein mit ihren verworrenen Gedanken und ihren Sorgen. Sollte sich die Gelegenheit bieten, könnte sie vielleicht sogar etwas über diese mysteriöse Annie Somerville herausfinden.

Fleur atmete tief durch, überquerte den auf Hochglanz polierten Zedernholzboden, trat auf die erste Terrasse hinaus und stieg langsam die Treppe zur zweiten hinunter. Stimmen drangen in der ruhigen, warmen Atmosphäre zu ihr hinauf, und sie blieb im Schatten einer großen Blumenschale aus Beton stehen. Nur selten waren die Schwestern gemeinsam anzutreffen, und es war interessant, sie so zu beobachten.

Sie saßen an einem langen Tisch neben dem Pool auf der untersten Terrasse, durch einen riesigen weißen Sonnenschirm vor der Gluthitze der Sonne geschützt. Ihr Vater, Don Franklin, thronte auf seinem Lieblingsstuhl am Kopf der Tafel. Sein grelles Hemd vermochte seinen Leibesumfang kaum zu verbergen; knielange weiße Shorts gaben den Blick auf unbehaarte, dicke Beine frei. Er rauchte eine seiner schädlichen Zigarren. Der Diamant in seinem Siegelring funkelte, als er mit den Fingern auf die Armlehne trommelte. Er war in jeder Hinsicht ein großer Mann und besaß mit einundachtzig Jahren noch immer eine nicht zu unterschätzende Macht.

Fleur empfand wenig Zuneigung für ihn. Er war ein distanzierter, fordernder Vater, der glaubte, mit teuren Geschenken könne er sich ihre Loyalität und ihren Gehorsam erkaufen, obwohl sie sich eigentlich nur ein Zeichen wünschte, dass er sie weniger als Besitz, denn als Person betrachtete, die er liebte und auf die er stolz war.

Doch gerade dieser Mangel an Zuneigung hatte sie zu der Frau gemacht, die sie war: getrieben von dem Wunsch, auf eigenen Füßen zu stehen, entschlossen, die Serie von Scheidungen in der Familie zu durchbrechen und eine starke und beständige Ehe einzugehen, in der Kinder geliebt und nicht als bloße Erzeugnisse betrachtet wurden, denen man Manieren beibiegen musste. Sie lächelte schief. Allem Anschein nach hatte der Fluch der Familie sie am Ende doch getroffen, aber das musste nicht heißen, dass sie sich dem fügen würde.

Ihre beiden viel älteren Halbschwestern saßen sich am Tisch gegenüber. Margot nippte an einem Wein. Sie wirkte unglaublich kühl und elegant neben der altbackenen, schwitzenden

Bethany, die hastig Orangensaft trank und ununterbrochen redete, zweifellos bemüht, ein beklemmendes Schweigen zu vermeiden.

Fleurs Anwandlung von Mitleid war durchsetzt von Schuldgefühlen. Beth war wie eine Mutter für sie gewesen; die stämmigen Arme hatten sie in ihrer einsamen Kindheit getröstet und besänftigt. Fleur hatte ihre Halbschwester schon lange nicht mehr besucht, und Beth musste sich verlassen vorkommen, zumal ihre Brut nun aus dem Haus war.

Fleur nahm sich vor, Beth demnächst zu besuchen, und richtete den Blick auf Margot, die beinahe eine Fremde für sie war. Das lag an dem Altersunterschied. Aber Fleur hatte sich auch nie gewünscht, der älteren Halbschwester nahezukommen, da sie diese stets als zu spröde und zu verschlossen empfunden hatte.

»Was lauerst du da oben herum, Mädel?«, donnerte Don Franklin. »Beweg sofort deinen dürren Arsch hier herunter.«

Aus den Gedanken gerissen, nahm Fleur sich Zeit für die letzten Stufen der Treppe. Sie gab ihrem Vater einen Kuss auf die Wange, wie man es von ihr erwartete, lächelte Margot an und setzte sich neben Beth, die warmherzig ihre Hand ergriff.

»Du bist spät dran«, knurrte er.

»Ich wäre fast gar nicht gekommen.« Sie langte nach dem gekühlten Weißwein. »Und wenn du mich weiterhin so anschnauzt, geh ich sofort wieder.«

Sein gerötetes Gesicht weitete sich zu einem Grinsen, als er mit der Faust auf die Armlehne schlug. »Ha!« Er funkelte die beiden anderen an. »Das Mädchen hat Mumm«, sagte er stolz, »keine Angst, ihrem alten Herrn Paroli zu bieten.«

»Genau wie ihre Mutter«, bemerkte Margot trocken.

Die dichten Brauen zogen sich über den blassblauen Augen zusammen. »Lass die Schlampe außen vor!«, brummte er. »Fleur kommt auf ihren alten Vater raus, nicht wahr, Mädel?«

Fleur zuckte mit den Schultern. Sie hütete sich, auf diesen besonderen Streit einzugehen. Selina war ein heikles Thema, denn sie hatte Mann und Tochter nur zwei Jahre nach der Heirat verlassen. Soweit Fleur wusste, hatte es keinen Kontakt mehr gegeben, bis ihr Vater ihr am Tag nach ihrem siebten Geburtstag mitteilte, ihre Mutter sei vor ein paar Jahren bei einem Autounfall ums Leben gekommen. Fleur wusste nicht einmal, wie sie ausgesehen hatte – er hatte alle Fotos verbrannt –, sodass sie mit der Frage aufgewachsen war, wer Selina war und warum sie Fleur nicht genug geliebt hatte, um sie mitzunehmen. Don hatte seine Frau offensichtlich gehasst, und für Fleur war es ein Ansporn gewesen zu beweisen, dass sie nichts von der Frau an sich hatte, die sie beide im Stich gelassen hatte – aber ihr fiel es schwer, die Neugier zu begraben, die sie noch immer umtrieb.

»Margot hat gesagt, du hättest etwas Wichtiges zu bereden«, sagte Bethany in das betretene Schweigen hinein. »Vielleicht können wir jetzt damit anfangen, da wir alle hier sind.«

»Das hat Zeit bis nach dem Lunch«, erklärte Don Franklin leichthin und setzte seine von Schweiß durchtränkte Lieblingskappe auf den weißen Haarschopf.

»Warum können wir es nicht sofort besprechen? Ich muss nach Hause zu Melanie.«

Er funkelte Bethany verärgert an. »Wir werden darüber sprechen, wenn ich dazu bereit bin. Nicht eher.« Er wandte sich um, als seine Haushälterin mit einer großen Platte Meeresfrüchte erschien. »Wie üblich zur rechten Zeit, April«, dröhnte er. »Ich hoffe, du hast an die Bärenkrebse gedacht?«

»Selbstverständlich, Mr. Franklin«, beteuerte sie rasch. Sie trieb eine junge Hilfskraft an, die unschlüssig mit Salatschüsseln herumstand, und sobald das Essen zu ihrer Zufriedenheit aufgetragen war, gingen beide wieder ins Haus.

»Eine gute Frau«, sagte Don und steckte sich die Stoffserviette in den Hemdkragen. »Wäre sie nicht so verflixt bieder, hätte ich sogar in Betracht gezogen, sie zu heiraten.« Er nahm sich eine Handvoll Krabben und begann zu essen, als sei er ausgehungert.

Fleur bemerkte, dass Margot eine Augenbraue hochzog, eigenartig alarmiert, dachte sich aber nicht viel dabei, sondern schaute angestrengt auf das Meer hinaus und knabberte an einer Cherrytomate. Die Manieren ihres Vaters waren widerwärtig, und obwohl sie nicht zu ihm hinschaute, hörte sie das Knacken von Schalen und das schmatzende Geräusch seiner Lippen. Der Appetit, der infolge der Geschehnisse ohnehin begrenzt war, verging ihr vollkommen.

Die Mahlzeit schien sich endlos hinzuziehen. Während offensichtlich keine von ihnen großen Appetit hatte, ließ Don Franklin niemals ein gutes Essen stehen, und er weigerte sich, über irgendetwas zu sprechen, bis er die Platte leergeputzt und eine riesige Portion von Bethanys Nachtisch verzehrt hatte. Endlich lehnte er sich auf seinem Stuhl zurück, wischte sich den Mund ab und rülpste in die Serviette, bevor er sie auf den Tisch warf.

»Jetzt, wo du fertig bist, kannst du uns vielleicht verraten, warum du uns hergebeten hast«, sagte Margot.

»Ich habe vor, wieder zu heiraten.« Don beobachtete sie boshaft, während er auf ihre Reaktion wartete.

»So etwas habe ich schon befürchtet«, erklärte Margot unumwunden. »Man sollte meinen, dass du angesichts deiner Erfolgsbilanz mehr Verstand hättest.«

»Margot hat recht«, sagte Bethany, faltete sorgfältig die Serviette zusammen und legte sie neben ihren leeren Teller.

»Nachdem Mutter gestorben ist, hast du viel zu schnell wieder geheiratet, und du siehst ja, was daraus geworden ist.« Sie sah Fleur an und lächelte. »Tut mir leid, Liebes, ich weiß, Selina war deine Mutter, aber sie war …«

»Selina war ein Fehler, das gebe ich zu«, unterbrach Don sie, »und Rachel und Dawn ebenso. Aber diesmal ist es anders.«

»Bei jeder Frau, der du über den Weg läufst, ist es anders«, brummte Margot eisig. »Wenn du schon deine zweifelhafte Gunst austeilen musst, warum hast du dann nicht einfach deinen Spaß und lässt dich immer mal wieder mit einer Neuen ein? Es besteht doch kein Grund, sie zu heiraten.«

»Vielleicht gefällt es dir ja, so zu leben«, entgegnete er. »Aber sag mir nicht, dass du mit deinen Lustknaben glücklich bist.« Seine hellblauen Augen musterten sie grausam. »Du bist eine alte Schachtel, die ihre Finger nicht von den Jungspunden lassen kann, Margot, und es kommt dir nicht zu, mich zu kritisieren.«

Margots Mund wurde zu einem dünnen roten Strich. »Und du bist ein dreckiger alter Bock«, erwiderte sie kalt. »Meine jungen Liebhaber erfüllen ihren Zweck, aber ich bin nicht so verblendet und blöd wie du, dass ich einen von ihnen heiraten will. Dabei geht dich das überhaupt nichts an.«

Fleur und Bethany starrten Margot zugleich entgeistert und bewundernd an. Sie sahen ihre schicke, frostige Schwester in einem vollkommen neuen Licht.

»Ich mache es mir zur Aufgabe zu wissen, was ihr alle so treibt«, murmelte Don mit der Zigarre im Mund, die er sich gerade anzündete. »Das hält euch auf Trab.«

Bethany tupfte ihr verschwitztes Gesicht mit der Serviette ab. »Ich halte nichts davon, sich … – sie stolperte über das Wort – »… Geliebte zu halten, aber ich stimme zu, dass es keinen Sinn hat, wenn du in deinem hohen Alter wieder heiratest. Du hast hier alles, und April kümmert sich bewundernswert gut um dich.«

»Sie wärmt mir nicht das Bett.«

»Du bist einundachtzig«, sagte Bethany und atmete hörbar ein, um Haltung bemüht. »Du brauchst … *das* doch bestimmt nicht mehr.«

Don brach in schallendes Gelächter aus. »In diesem alten Bock steckt noch jede Menge Leben, mein Mädchen – mehr, als ich von deinem Ehemann behaupten kann. So wie du aussiehst, hat er es dir seit Jahren nicht besorgt.«

Bethany lief scharlachrot an. »Ich glaube nicht, dass wir uns so etwas anhören müssen, Dad.«

Mit hinterhältigem Lächeln wischte er Muschelsplitter und Salatblättchen von seinem Hemd. »Wenn du nicht so beschäftigt wärst, Gott deine ganze Aufmerksamkeit zu schenken, würde Clive vielleicht nicht so oft Golf spielen – wenn es denn stimmt.«

»Was soll das heißen?«, fragte Beth mit leiser, bebender Stimme.

»Das war unangebracht, Dad«, mischte Fleur sich ein, bevor Don noch mehr Gift verspritzen konnte. »Wenn du so weitermachst, gehen wir.«

»Ihr bleibt so lange, wie ich es will.« Sein Blick durchbohrte sie der Reihe nach. »Ich habe euch noch nicht alle meine Pläne erzählt.«

»Wir sind keine Kinder mehr, die sich bevormunden lassen«, gab Fleur zurück. »Wir können tun, was wir wollen, und wenn du weiter so gemein bist, sehen wir keinen Grund, noch zu bleiben.«

Margot schwenkte das Weinglas und ließ das Kristall in der Sonne glitzern. »Ich glaube, wir müssen uns alle beruhigen und Dad zuhören. Wir kommen nicht voran, solange er nicht vorgebracht hat, was er uns zu sagen hat.«

Don nickte und paffte seine Zigarre. »Wohl wahr«, knurrte er. »Höchste Zeit, dass ihr mir etwas Respekt erweist.«

»Respekt muss man sich verdienen«, fuhr Margot ihn an. »Nun erzähl schon, Dad!«

Er betrachtete die drei und ließ sich Zeit. Offensichtlich genoss er es, im Mittelpunkt zu stehen. »Ich bin gesünder als die meisten anderen Männer in meinem Alter, aber in ein paar Jahren will mich keine Frau mehr haben. Schmiede das Eisen, solange es heiß ist, heißt mein Motto. Nimm dir eine nette kleine Tussi, die sich um dich kümmern wird, wenn es nicht mehr so klappt.« Er grinste, als er ihre schockierten Gesichter sah. »Schließlich kann ich mich auf euch ja nicht verlassen.«

»Das ist ungerecht«, sagte Beth. »Ich komme immer vorbei, um mich zu überzeugen, dass es dir gutgeht; um dich mit Kuchen und Marmelade zu verwöhnen und dir Gesellschaft zu leisten.«

»Ich brauche weder Kuchen noch Scheißmarmelade, Frau!«, brüllte er. »Ich will Sex – und zwar reichlich.«

»Sei nicht so widerwärtig!« Bethany schüttelte sich, hochrot im Gesicht.

»Das wird dich noch umbringen«, sagte Margot gedehnt, »und das geschähe dir recht.«

»Wär doch nicht die schlechteste Methode, um abzutreten, oder?« Er grinste, die dicke Zigarre im Mund, die pummeligen Finger über dem Bauch verschränkt.

»Ich kann mir das nicht mehr anhören«, raunte Bethany und stieß ihren Stuhl zurück.

Fleur hielt sie am Arm fest. »Merkst du denn nicht, dass er bewusst provoziert? Er bringt uns nur wie üblich auf die Palme.« Sie wandte sich an ihren Vater und betrachtete ihn kühl. »Wenn du nur Sex willst, warum mietest du dir nicht eine

Professionelle? Wenn du dich mit ihr langweilst – wie mit all deinen Frauen –, könntest du sie leicht ersetzen.«

»Ich bezahle nicht dafür«, prahlte er. »Das hab ich noch nie getan.«

»Du hast einen hohen Preis gezahlt, um dir die letzten beiden Harpyien vom Leib zu schaffen«, fuhr Margot ihn an, »und du hast seitdem weitere Frauen abgefunden. Tatsächlich hat dich jede Beziehung, die du nach dem Tod unserer Mutter eingegangen bist, etwas gekostet – und uns.«

Er schwieg und starrte aufs Meer hinaus; sein Unterkiefer mahlte. »Diesmal wird es anders«, erklärte er stur.

»Das bezweifle ich«, entgegnete Margot. Sie betrachtete ihn angewidert. »Wer sie auch ist, wahrscheinlich ist sie älter als Fleur, aber jünger als Beth. Sie wird blond sein, Beine bis unter die Arme haben und begierig sein, auf großem Fuß zu leben und nach Herzenslust deine Platinkreditkarte zu nutzen. Das Wort ›Goldgräber‹ kommt mir dabei in den Sinn – warum nur?« Ihre Stimme triefte vor Sarkasmus.

Sein Gesicht nahm den selbstgefälligen Ausdruck eines lüsternen alten Mannes an. »Wie gut du doch meinen Geschmack kennst, was Frauen angeht, Margot«, ließ er sich aus. »Aber nur weil ich Schnee auf dem Dach habe, heißt das noch lange nicht, dass das Feuer ausgegangen ist. Ich werde sie dazu bringen, einen Ehevertrag zu unterzeichnen.«

»Die Dinger sind das Papier nicht wert, auf dem sie geschrieben werden«, blaffte Margot.

»Alter schützt vor Torheit nicht«, brummte Bethany.

»Ich bin kein Tor«, brüllte er. »Tiffany ist ziemlich froh …«

»Tiffany?« Margot richtete sich entsetzt auf. »Doch nicht etwa die Tiffany, die in unserem Coolum Resort Hotel den Schönheitssalon betreibt?«

Er grinste. »Genau die. Sie ist ein süßes Mädchen und so

umsichtig. Mit der bin ich wirklich auf die Butterseite gefallen.«

»Auf den Hintern, meinst du wohl«, krächzte Margot. »Sie ist jünger als Fleur, um Himmels willen!«

»Na und?« Er zuckte mit den Schultern. »Ich kann doch nichts dafür, dass junge Frauen mich attraktiv finden.«

»Dein Geld ist attraktiv«, murmelte Fleur, »und das hier.« Mit einer ausladenden Handbewegung deutete sie auf das prächtige Umfeld.

»Bist du tatsächlich so eitel zu glauben, dass eine junge Frau wie die wirklich jede Nacht von dir befummelt werden möchte?« Bethany wirkte verstört.

»Ein Mann in meinem Alter hat gewisse Fertigkeiten im Bett, die auf Erfahrung beruhen. Bisher habe ich keine Klagen gehört«, sagte er selbstgefällig.

Die drei Frauen schauderten.

Er wandte sich an Margot. »Ich möchte, dass Tiffany die Leitung des Coolum Resort Hotels übernimmt. Ich brauche deine Unterschrift als Geschäftsführerin der Firma.«

Margot wurde bleich, und ihre Hand zitterte, als sie einen Schluck Weißwein trank, um Zeit zu schinden. »Das muss dem gesamten Vorstand vorgelegt werden, bevor ich irgendetwas unterzeichne«, brachte sie schließlich hervor. »Tiffany hat keine Erfahrung im Führen eines Hotels. Sie ist lediglich Kosmetikerin.«

»Sie ist ein kluges Mädchen mit ein paar verdammt guten Ideen.«

»Klug oder nicht, der Vorstand wird niemals dafür stimmen, so ein Risiko einzugehen.«

»Ich bin immer noch der Vorsitzende«, knurrte er. »Der Scheißvorstand wird das tun, was ich ihm sage. Wir haben sechs Resorts und eine Reihe Motels. Tiff die Verantwortung für das

Coolum zu übertragen würde nichts ändern – und ich will, dass sie die Leitung übernimmt, Margot, ich hab's ihr versprochen.«

»Dann musst du dein Versprechen wohl brechen«, erwiderte Margot. »Das Unternehmen kann sich das Wagnis nicht leisten. Das Coolum einem Spatzenhirn wie Tiffany zu überlassen ist undenkbar.«

Er beugte sich ruckartig vor. »Was soll das heißen: Wir können es uns *nicht leisten*?«

Margot griff in ihre Handtasche und zog mehrere Blätter Papier hervor. Sie reichte sie über den Tisch und sagte ungerührt: »Das sind die neuesten Zahlen. Wir gehen davon aus, dass die Einnahmen in den nächsten Monaten aufgrund der Olympischen Spiele im September steigen, aber der Gewinn wird nicht von Dauer sein. Nach Weihnachten und Neujahr werden wir uns nach der Decke strecken müssen.«

Er grapschte sich die Seiten und überflog die Zahlenkolonnen. »Warum hast du mir das nicht früher gesagt?«

»Ich hatte keine Gelegenheit dazu. Du warst immer beschäftigt – ohne Zweifel mit der hübschen Tiffany.«

»Aber ich habe dir die Verantwortung für die Spa-Hotels übertragen, weil ich dachte, du weißt, was du tust.« Er warf die Papiere auf den Tisch.

»Das ist auch so«, sagte sie ruhig. »Du hast mich gut unterwiesen. Weiß Gott, seit dem College bin ich in dieser Branche tätig, und ich habe schon zu viele Aufschwünge und Pleiten erlebt, um sie nicht zu erkennen.« Sie schaute die anderen grimmig an. »Die privaten Luxushotels sind im Niedergang begriffen. Wenn die Leute in einem Hotel einer internationalen Kette absteigen können, wo sie das Gleiche wie bei uns für den halben Preis bekommen, sind sie einfach nicht mehr bereit, das zu zahlen, was wir verlangen müssen.«

»Aber für den Rest des Jahres sehen die Buchungen doch

ganz gut aus – bis in den Januar hinein«, murmelte Beth, während sie die Zahlen überflog. »Darauf können wir doch bauen, oder?«

Margot schüttelte langsam den Kopf. »Nach den Feiern zur Jahrtausendwende verschaffen uns die Olympischen Spiele zwar etwas Luft«, sagte sie. »Dennoch müssen wir zur Kenntnis nehmen, dass die Einnahmen in den letzten beiden Jahren allmählich gesunken sind und keine Besserung zu erwarten ist. Die Banken werden schon nervös – wir schulden ihnen eine Menge Geld.«

»Das klingt alles sehr besorgniserregend«, meinte Bethany. »Was schlägst du vor?«

»Wir sollten die Hotels verkaufen, solange es noch möglich ist – das Direktorium der Devonshire Hotels hat bereits sein Interesse bekundet –, und uns dann auf die Motelkette konzentrieren. Die Motels werden uns über Wasser halten – und die Bank vom Hals.«

»Steht es wirklich so schlecht?«, fragte Fleur leise.

»Ich fürchte, ja.« Margot lehnte sich auf dem Stuhl zurück.

»Du meine Güte!«, sagte Bethany mit zitternder Stimme. »Wir können doch bestimmt etwas weniger Drastisches tun, als zu verkaufen?«

»Ich verkaufe nichts, verdammt!«, brüllte Don. »Mein Dad hat dieses Unternehmen aufgebaut, und ich habe nicht vor, mein Lebenswerk zu verkaufen, nur um die Scheißbank zufriedenzustellen.«

»Wenn du nicht pleitegehen willst, dann bleibt dir gar nichts anderes übrig.«

»Pleite?« Sein für gewöhnlich rötliches Gesicht wurde blass, und er umklammerte die Armlehnen seines Stuhls. »Das kann nicht dein Ernst sein.«

»Es ist mir bitter ernst«, entgegnete sie ruhig. »Das Geld

fließt schneller ab, als es hereinkommt. Die Zinsen für die Bankdarlehen wären schon schlimm genug, aber auch die Betriebskosten der Hotels sind hoch. Dazu kommen die Ausgaben für dieses Haus und deinen aufwändigen Lebenswandel – ganz zu schweigen von den Scheidungsvereinbarungen und den Abfindungen für deine Verflossenen –, sodass wir uns nur mit Mühe über Wasser halten.«

Don starrte schweigend aufs Meer. Schweißperlen bildeten sich auf seiner Oberlippe, und seine Gesichtsfarbe war gespenstisch fahl. Zum ersten Mal in ihrem Leben empfand Fleur Mitleid mit ihm. Sie hatte ihn noch nie so ernüchtert und sprachlos erlebt.

»Mir ist klar, dass dir der Gedanke missfällt«, sagte sie leise in das schockierte Schweigen hinein, »aber ich glaube, es wäre klug, Margots Rat anzunehmen. Wenn wir verkaufen, wird sich das Defizit verringern und wir können die Banken beschwichtigen. Das verschafft uns eine Verschnaufpause, damit wir uns auf die einträgliche Seite des Geschäfts konzentrieren können.«

»Einverstanden«, erklärte Bethany mit zitternder Stimme. »Tut mir leid, Dad, aber das klingt recht vernünftig für mich.«

»Was weißt du denn schon?«, schrie er. »Mrs. Heimchen am Vorstadtherd, die nichts außer Gott und dem verdammten Nachtisch im Kopf hat.« Er fegte die Kristallschüssel vom Tisch, die auf dem Boden zerbrach.

Bethany fuhr zusammen, Tränen glitzerten in ihren Augen. »Das war meine beste Schüssel«, stammelte sie.

Er funkelte sie vernichtend an. »Was ist schon eine verdammte Schüssel, verglichen mit meinem Lebenswerk? Meine Eltern sind als Briten mit zehn Pfund in der Tasche in dieses Land gekommen. Dad hat als Stellvertretender Direktor des ersten Hotels von Sydney angefangen. Er hat ständig Überstunden gemacht und mich und Annie gar nicht wahrgenommen – und unsere arme Mutter auch nicht. Aber es hat sich gelohnt, denn er war schließlich in der Lage, das Hotel zu kaufen, und als er in den Ruhestand ging, gehörten ihm drei der besten Hotels von ganz Australien.« Er funkelte die drei Frauen wütend an. »Die habe ich von ihm geerbt – die Grundlage für alles, was wir heute besitzen –, und eher friert die Hölle ein, als dass ich an eine unbedeutende, blöde Hotelkette verkaufe.«

»Du hast in der Angelegenheit nicht viel mitzureden«, unterbrach Margot ihn. »Nach allem, was ich heute gehört habe, ist klar, dass Fleur und Beth mich in der Sache voll unterstützen, und die übrigen Vorstandsmitglieder haben bereits signalisiert, dass sie den Antrag zum Verkauf billigen.«

»Was zum Teufel soll ich denn Tiffany sagen?«

»Sag ihr die Wahrheit. Wenn sie auch nur halbwegs die Frau ist, für die ich sie halte, wirst du danach nur noch einen Kondensstreifen von ihr sehen«, blaffte Margot.

»Du bist eine kaltherzige Schlampe«, knurrte er.

»Das muss ich auch sein, um mit dir klarzukommen.«

Fleur sah, wie ihr Vater sich bemühte, diese unappetitliche Wahrheit zu schlucken. Obwohl sie schockiert war, wie schnell er zu Boden gegangen war, überraschte es sie eigentlich nicht, dass das Familienunternehmen in Schwierigkeiten steckte. Schon vor drei Jahren war von einem Verkauf die Rede gewesen und seither bei jeder Hauptversammlung – doch das tyrannische Gebaren ihres Vaters hatte die Gegner zum Schweigen gebracht. Und nun hatte das Ganze das Ausmaß einer Krise angenommen.

Margot, die das Unternehmen im Lauf der Jahre geleitet und ihren Vater unermüdlich bei der Stange gehalten hatte, tat ihr leid. Der heutige Tag musste sehr schwer für sie sein. Fleur wusste allerdings, dass Margot nach ihrer Scheidung hart verhandelt und ein gutes Arrangement erreicht hatte und auch ein solides Gehalt vom Unternehmen bezog. Ihre Rente würde zweifellos genauso großzügig ausfallen.

Aber Bethany? Die arme Bethany, die ihren Vater trotz allem liebte und sich so sehr bemühte, ihm zu gefallen – ihr würden die jährlichen Dividenden fehlen, denn Fleur vermutete, dass sie Beth eine gewisse Unabhängigkeit verliehen.

Fleur zahlte ihre jährlichen Zuwendungen auf ein hoch verzinstes Einlagenkonto ein, seit Greg ein höheres Gehalt erhielt. Sie wäre nicht so schwer getroffen wie die anderen. Außerdem gab es noch immer die Aussicht auf diese ominöse Erbschaft.

Fleur lehnte sich zurück und trank einen Schluck Wein, während um sie herum weiterhin die Fetzen flogen. War Annie Somerville dieselbe Annie, die ihr Vater gerade erwähnt hatte? Könnte es seine Schwester sein? Wenn ja, warum hatte sie bisher nie Erwähnung gefunden? Das würde allerdings den Letzten Willen annähernd erklären. Trotzdem, warum hatte die Schwester ihres Vaters alles ihr allein hinterlassen – und nicht zu gleichen Teilen sämtliche Nichten bedacht?

Fleur leerte ihr Weinglas und richtete die Aufmerksamkeit aufs Meer. Auch dieser Tag hat schockierende Offenbarungen gebracht, dachte sie. Dies ist bestimmt nicht der richtige Zeitpunkt, um in der Familiengeschichte zu graben. Aber ich muss die offenen Fragen ansprechen, und zwar bald.

3

Fleur brachte Bethany zurück nach Buderim. Margot war geblieben, um mit ihrem Vater die Papiere eingehend zu prüfen.

Bethany wollte unbedingt nach Hause zu Melanie.

»Ich hoffe, sie ist noch da«, murmelte sie, als sie von der Küste abbogen und nach Buderim hinauffuhren. »Ich weiß einfach, dass sie mir etwas Wichtiges erzählen wollte.«

»Sie wird es dir schon noch sagen, wenn es so ist«, erklärte Fleur leise und schenkte ihrer Halbschwester einen mitfühlenden Blick. »Teenager können furchtbar verschwiegen sein – und machen für gewöhnlich aus einer Mücke einen Elefanten. Ich bin mir sicher, dass es nichts allzu Ernstes ist.«

Bethany wirkte nicht überzeugt. »Hat sie dir etwas gesagt? Ich weiß, dass sie sich dir anvertraut – und das ist gut so –, aber du würdest mir doch sagen, wenn etwas nicht stimmt, oder?«

»Klar.« Fleur hatte immer befürchtet, dass Beth verletzt oder eifersüchtig sein könnte, weil ihre Tochter die Tante um Rat anging. Mel benutzte sie als Sprachrohr, wenn sie glaubte, ihre Mutter werde sie nicht verstehen oder gegen etwas sein. Und bisher waren die Probleme typisch für Mädchen ihres Alters gewesen.

»Sie war so ein süßes kleines Mädchen«, seufzte Beth. »Ich bin sicher, dass ich nicht so abgenabelt war, als ich so alt war wie sie.« Sie tätschelte Fleur das Knie und lächelte unter Tränen. »Und du warst es auch nie«, fügte sie hinzu.

Fleur antwortete nicht. Ihre eigene Teenagerzeit war hart

genug – sie war nicht bereit gewesen, jemandem die dämonischen Gedanken und die Erschütterungen ihres Selbstvertrauens zu verraten, nicht einmal der mütterlichen Beth. Aber Fleur hatte stets gewusst, dass Beth sie liebte, und sie hatte ihr zu verstehen gegeben, dass dieses Gefühl erwidert wurde. Sie schwieg und konzentrierte sich auf den zunehmenden Nachmittagsverkehr. Gott und die Welt waren unterwegs.

»Ich verstehe Mel einfach nicht«, fuhr Beth fort. »Die ganze Zeit ist sie so feindselig – und grob. Als hätte sie in den vergangenen Monaten eine komplette Persönlichkeitsveränderung durchlaufen.« Sie umklammerte ihre Handtasche. »Was habe ich nur falsch gemacht, Fleur?«

»Du hast gar nichts falsch gemacht«, besänftigte Fleur sie. »Sie ist nur ein normaler Teenager und versucht herauszufinden, wer sie ist und wohin sie gehört.« Sie lächelte. »Hormone sind tückisch, wie du vermutlich selbst gerade feststellst.«

Bethany fummelte am Riemen ihrer Tasche herum. »Mir war nicht klar, dass es so offensichtlich ist«, schluchzte sie, den Tränen nahe. »Ach je.« Sie putzte sich die Nase. »Der Tag war schrecklich, und ich fühle mich einfach ausgelaugt.«

»Das überrascht mich nicht«, sagte Fleur rundheraus. »Dad war noch schlimmer als sonst.« Sie warf ihrer Halbschwester einen Blick zu, während sie vor einer Ampel hielt. »Was ist denn nun eigentlich mit Margot? Wer hätte das gedacht?«

Beth lächelte unter Tränen. »Ich dachte immer, sie wäre lesbisch.«

»Beth!«

»Na ja«, verteidigte sie sich, »sie ist so ein Alphatier, wie eine Frau es nur sein kann – trotz Designerklamotten und Pumps.« Sie verschränkte die Arme unter dem Busen. »Sie hat auch nie wieder geheiratet, was mir äußerst verdächtig vorkommt.«

Fleur unterdrückte mühsam ein Kichern. Beth hatte diesen

selbstgefälligen Ausdruck, mit dem sie immer wie ein missmutiger Zwergspitz aussah. Da sie Beth nicht zu nahe treten wollte, beschloss sie, das Gespräch wieder auf deren Gesundheit zu lenken. »Ich wette, Margot macht eine Hormonersatztherapie«, sagte sie leichthin. »Hast du auch schon einmal daran gedacht, es damit zu probieren?«

Beth nickte. »Ich habe nur noch keine Zeit gehabt, mir beim Arzt einen Termin geben zu lassen.«

»Mach es, Beth. Du wirst dann viel besser mit allem fertig werden – besonders jetzt, da die Letzte deiner Brut aus dem Haus geht.«

Beth starrte eine Zeit lang schweigend aus dem Fenster. »Ich wollte immer eine große Familie haben«, sagte sie schließlich, »und ich war so glücklich, als die Kinder klein waren. Aber jetzt komme ich mir überflüssig vor. Sie brauchen mich einfach nicht mehr, Fleur, und ich weiß nicht, was ich machen soll.«

»Vielleicht solltest du mit Clive auf Reisen gehen? Du hast immer gesagt, du wolltest mehr von der Welt sehen.«

Beth seufzte. »Clive wird das Büro nicht verlassen wollen, und einen Urlaub ohne Golf kannst du vergessen.« Sie rückte die lächerliche Schleife an ihrer Bluse gerade. »Im Übrigen«, fügte sie leise hinzu, »haben wir nur noch sehr wenig gemeinsam. Worüber um alles in der Welt sollten wir uns unterhalten?«

Darauf hatte Fleur keine Antwort. Sie war erschöpft nach einer schlaflosen Nacht, und Beths depressive Stimmung laugte sie derart aus, dass sie nur noch wenige Empfindungen aufbrachte.

»Ich habe mich oft gefragt, warum du mit Greg keine Familie gründest, nachdem ihr nun verheiratet seid«, fuhr Beth fort, »aber vielleicht seid ihr ja klug. Kinder brechen einem am Ende doch nur das Herz.«

Fleur durchfuhr es wie ein Messerstich. Sie biss sich auf die

Unterlippe und kämpfte gegen das Bedürfnis an, sich Beth anzuvertrauen, um ihren Schmerz loszuwerden. Doch den Konflikt konnten nur Greg und sie miteinander lösen, und Beth noch mehr zu belasten wäre nicht fair.

Ein Themenwechsel war angesagt. »Dad war ziemlich aufgebracht über den Niedergang des Unternehmens. So erschüttert habe ich ihn noch nie erlebt.«

»Auch für mich war es ein ziemlicher Schock«, murmelte Beth. »Mir wird meine jährliche Dividende fehlen. War schön, ein bisschen eigenes Geld zu haben und nicht wegen allem zu Clive gehen zu müssen.«

»Bestimmt wird es eine Art Abmachung geben, die uns nach dem Verkauf eine Pauschale vom Gewinn einbringt.«

»Das wäre schön. Vielleicht kommt Dad dann endlich zur Vernunft und hört auf, sich wie ein Tyrann aufzuführen – obwohl ich bezweifle, dass er sich ändern wird. Männer wie er ändern sich nie«, sagte sie resigniert.

Das einvernehmliche Schweigen zwischen ihnen gab Fleur das Gefühl, dies könne der richtige Augenblick für ihre Frage sein. »Dad hat eine gewisse Annie erwähnt, als er von seinen Eltern sprach«, sagte Fleur leichthin. »Ich vermute, es war seine Schwester.«

»Stimmt.« Beth umklammerte ihre Handtasche; sie wirkte plötzlich angespannt.

Fleur bemerkte das mit Interesse und bohrte sanft nach: »Ich wusste gar nicht, dass er eine Schwester hatte. Warum hat er sie noch nie erwähnt?«

Beth schaute angestrengt aus dem Fenster. »Sie haben sich vor Jahren entzweit. Lange bevor Margot und ich geboren wurden.«

Da Beth nicht mehr sagen wollte, hatte Fleur das Bedürfnis, noch tiefer zu graben. »Du hast sie also nie kennengelernt?«

Bethany war offensichtlich unwohl zumute, und sie zögerte, bevor sie antwortete. »Als ich ungefähr zwölf war, habe ich ein Fotoalbum gefunden. Darin waren lauter sepiabraune Fotos: Familiengruppen, Hochzeitsfotos und Studioporträts, darunter die Namen in gestochen scharfer Handschrift. Ich habe Dad gefragt, wer Annie sei, und er riss mir das Album aus der Hand und schloss es in seinem Schreibtisch ein. Er sagte nur, das sei seine Schwester und ihr Name dürfe nie wieder erwähnt werden.«

Fleurs Gedanken überschlugen sich. Bethany verschwieg ihr etwas – aber was? Ihre gottesfürchtige, grundehrliche Schwester log sie bestimmt nicht an – und wenn doch, warum? »Ihr Zerwürfnis muss einen sehr ernsten Grund gehabt haben. Hat er angedeutet, worum es ging?«

Bethany kräuselte die Lippen und schüttelte den Kopf. »Ich weiß nur, dass sie nicht mehr miteinander gesprochen haben, seit sie John Harvey geheiratet hat. Es würde Dad ähnlich sehen, wenn sie sich über Geld zerstritten hätten. Schließlich ist es das Einzige, was ihm wichtig ist.«

Vor Enttäuschung hätte Fleur beinahe eine rote Ampel überfahren. »Annie hat John Harvey geheiratet – nicht Somerville?«

Bethany rutschte auf dem Sitz hin und her, kramte in ihrer Handtasche nach dem Schlüsselbund und vermied krampfhaft den Augenkontakt mit Fleur. »Wie ich schon sagte«, murmelte sie. »Aber ich kann mich vage daran erinnern, dass es hieß, sie habe wieder geheiratet, und der Name Somerville kommt mir tatsächlich bekannt vor.« Sie warf Fleur einen wachsamen Blick zu. »Woher das plötzliche Interesse an einer uralten Tante, von der seit Jahrzehnten niemand was gehört hat?«

Fleur reduzierte die Geschwindigkeit, als sie die Sackgasse im Vorort erreichten. »Aus reiner Neugier«, wich sie aus. »Schließlich entdecke ich nicht jeden Tag, dass mein Dad eine mysteriöse Schwester hat, über die niemand spricht.«

»Das ist Schnee von gestern«, sagte Beth, »und wahrscheinlich ist sie inzwischen tot. Sie war einige Jahre älter als Dad.«
Als sie in die Einfahrt bogen, erblickte Beth einen Motorroller vor der Garage. Sie lächelte; die Anspannung war verflogen. »Sieht so aus, als wäre Mel noch zu Hause. Ich muss gehen. Danke fürs Mitnehmen.«

»Ich ruf dich diese Woche noch an!«, rief Fleur, als Bethany den Weg hinauflief und im Haus verschwand.

Fleur machte sich auf den Weg zur Schnellstraße. Sie war froh, dass Mel ihrer Mutter zuliebe geblieben war, und hoffte nur, dass ihre Nichte, was auch immer sie beschäftigte, Bethany nicht weiteren Kummer bescheren würde.

Aber Fleur hatte eigene Sorgen. Allem Anschein nach war Annie doch kein verschrobenes Hirngespinst, was bedeutete, dass die Erbschaft, wie groß sie auch sein mochte, vielleicht noch mehr Unfrieden in eine bereits zerstrittene Familie bringen würde.

Außerdem war da noch Greg. Sie war nicht so dumm anzunehmen, dass eine Erbschaft seine Meinung über Kinder ändern würde. Dennoch war sie entschlossen, ihre gesamte Energie darauf zu verwenden, ihn davon zu überzeugen, dass ihre Ehe es wert sei, gerettet zu werden, und dass sie durchaus perfekte Eltern abgeben könnten.

Bethany stürmte in die Küche, ließ die Handtasche auf den Tisch fallen und wollte nach Mel rufen, als diese im Türrahmen erschien. Beths Lächeln wurde unsicher, als sie den Gesichtsausdruck ihrer Tochter bemerkte, und sie wappnete sich innerlich gegen das drohende Unwetter. »Ich koch uns eine Tasse Tee«, sagte sie, um Zeit zu gewinnen. »Und dann können wir uns gegenseitig auf den neuesten Stand der Dinge bringen.«

Melanie kam langsam in die Küche und zog einen Stuhl

unter dem Tisch hervor. »Wie war der Lunch?«, fragte sie desinteressiert.

»Anders.« Beth füllte den Kessel.

»Wie?« Melanie horchte auf. »Gramps hat doch wohl nicht endlich seinen Thron aufgegeben?«

»Das ist nicht nett«, entgegnete Bethany vorwurfsvoll.

»Was dann?«

Bethany teilte ihr nur die nüchternen Fakten mit. Melanie war viel zu jung, um etwas über den ausschweifenden Lebensstil ihres Großvaters und die Vorliebe ihrer Tante für jüngere Männer zu erfahren.

»Kein Wunder, dass du eine Ewigkeit weg warst.«

»Wir hatten viel zu besprechen.« Beth stellte Tassen und Teller auf den Tisch und schnitt noch zwei Scheiben vom Victoria Sponge ab. Sie war wieder ausgehungert, obwohl sie gut zu Mittag gegessen und sich zwei Portionen Trifle genommen hatte, bevor Dad die Schüssel zerschmetterte.

»Ich wollte gerade aufbrechen«, sagte Melanie leise. »Ich gehe heute Abend mit Soph auf ein Konzert, und ich brauche noch Zeit, um mich herzurichten.«

»Du weißt, dass ich es nicht gern sehe, wenn du zu solchen Sachen gehst«, sagte Bethany und füllte die Teekanne. »Kannst du dir nicht etwas Passenderes für einen Sonntagabend aussuchen? Ich glaube, im Gemeindesaal findet eine Tanzveranstaltung statt. Ich bin sicher, dass es noch Karten gibt.«

Melanie schüttelte sich. »Lieber würde ich mir die Augen ausstechen. Im Übrigen, was ist denn schon dabei, zu einem Gig zu gehen? Du bist mit Dad auf vielen Gigs gewesen, bevor wir zur Welt kamen.«

»Das war etwas anderes«, erklärte Beth nachdrücklich. »Damals gab es noch nicht so viele Drogen, und die Menschen paarten sich nicht überall, wo ihnen gerade danach war.«

Melanie schnaubte verächtlich. »So wird's sein. Als hätte es die Revolution der Hippies nie gegeben! Du musst schon sehr darauf bedacht gewesen sein, deine gottesfürchtigen Scheuklappen zu tragen, um das nicht zu merken.«

Beth erkannte an Mels gekräuselten Lippen, wie geringschätzig ihre Tochter über sie dachte, und es schnitt ihr ins Herz. »Hier in diesem Haus gibt es keine Gotteslästerung«, sagte sie rundheraus, »und ich wäre dir dankbar, wenn du nicht so grob wärst.« Sie setzte sich, bemüht, die Ruhe zu bewahren, aber ihre Hand zitterte, als sie Tee einschenkte. »Ich hatte einen anstrengenden Tag, Melanie, und ich bin nicht in der Stimmung zu streiten. Du bist für solche Sachen zu jung, und damit basta.«

Melanies Gesichtsausdruck verriet Groll, obwohl sie ihr Temperament zu zügeln versuchte. »Ich bin kein kleines Kind mehr«, entgegnete sie. »Die Karten kosten ein Heidengeld, und Sophie ist enttäuscht, wenn ich nicht mit meinem Anteil auftauche.«

Bethany dachte an die dreihundert Dollar, die sie ihrer Tochter am Morgen gegeben hatte, und fühlte sich hintergangen. Mel hatte sie angelogen. Bethany trank ihren Tee in kleinen Schlucken und weigerte sich, einen Kommentar abzugeben oder den Streit weiter anzufachen, den Mel nur zu gern fortgesetzt hätte, das war ihr klar.

Melanie nahm die Tasse zwischen beide Hände und betrachtete ihre Mutter nachdenklich über den Rand hinweg. »Wenn ich bei dem Gig nachgebe«, fing sie an, »versprichst du mir dann, nicht an die Decke zu gehen, wenn ich dir etwas erzähle?«

Bethany lief es eiskalt über den Rücken. Bitte, lieber Gott, lass sie nicht auf Drogen – oder schwanger – sein! Oder eine schreckliche Geschlechtskrankheit haben, betete sie im Stillen.

»Das kann ich dir nicht versprechen, Mel – aber ich werde dir ruhig zuhören.« Ihr Mund war trocken, und es kostete sie Mühe, eine ruhige Haltung zu bewahren, während ihre Tochter nervös auf dem Stuhl umherrutschte und nach den richtigen Worten suchte, um etwas zu offenbaren, was wahrscheinlich wie eine Bombe einschlagen würde.

Melanie stellte ihre Tasse zitternd auf die Untertasse, sodass es klapperte. Sie fuhr sich mit der Zunge über die Lippen und betrachtete intensiv den Inhalt der Tasse, bevor es aus ihr herausplatzte: »Ich habe beschlossen, mir ein Jahr Auszeit zu nehmen, bevor ich zu studieren anfange.«

Gott hatte Beths Gebete erhört, aber es war trotzdem wie ein Schlag in die Magengrube. »Nein!«, brachte sie hervor. »Das kannst du doch nicht machen! Das darfst du nicht.«

»Wieso nicht? Alle machen es.«

»Aber du willst schon seit deiner Kindheit zur Uni«, stammelte sie. »Und du hast so hart gearbeitet, um einen Studienplatz zu bekommen. Warum, Mel? Warum wirfst du das alles weg?«

»Ich werfe gar nichts weg«, erwiderte sie, die Arme verschränkt, das Kinn trotzig gereckt. »Die Uni nimmt es gelassen. Die haben versprochen, mir den Platz für das nächste Jahr frei zu halten.«

»Sei nicht albern!«, fuhr Bethany sie an. »Wenn du ein Jahr frei nimmst, wirst du nie zur Uni gehen. Das habe ich immer wieder erlebt – und …«

»Um Himmels willen, Mum.« Melanie strich sich die Haare zurück, erhob sich und baute sich breitbeinig vor ihr auf. »Ich habe die volle Absicht zu studieren – nur jetzt noch nicht. Gönn mir doch eine Pause!«

Bethany starrte zu ihrer Tochter auf; ihr fehlten die Worte.

»Es ist nicht mehr so wie zu deiner Zeit«, fuhr Melanie fort.

»Australien ist voller Kids, die ein Jahr Auszeit nehmen. Sie kommen aus der ganzen Welt, und ich habe vor, mich ihnen anzuschließen.«

Bethany bedeckte das Gesicht mit beiden Händen und versuchte verzweifelt, gegen die aufsteigenden Tränen und ihre Enttäuschung anzukämpfen. Mel hatte recht, Brisbane war voller Backpacker; und die Hotels ihrer Familie stellten den ein oder anderen von ihnen mit Arbeitserlaubnis ein. Aber Beth hatte ihre Tochter für vernünftiger gehalten, mehr auf ihre Zukunft konzentriert.

Sie rieb sich das Gesicht und sammelte sich. »Wenn du ein Jahr Auszeit nimmst, musst du es selbst finanzieren«, erklärte sie ruhig. »Dad und ich werden dir kein Geld dafür geben.«

Melanie zuckte mit den Schultern. »Cool«, meinte sie lässig. »Ich bin sowieso nicht hier. Wir ziehen im Pulk herum, und wir werden uns unterwegs Jobs suchen.«

Bethany schaute sie entsetzt an. »Herumziehen?«, hauchte sie. »Durch ganz Australien?«

Melanie setzte sich und legte die Arme auf den Tisch, plötzlich vor Begeisterung und Aufregung sprühend. »Wir haben ein bisschen Geld beiseitegelegt, damit wir in den ersten Wochen über die Runden kommen. Anschließend nehmen wir Gelegenheitsarbeiten an, wo immer es möglich ist.«

»Das klingt gefährlich«, murmelte Bethany und verknotete die rastlosen Finger. »Dein Vater und ich werden krank sein vor Sorge, wenn wir wissen, dass du irgendwo da draußen bist …«

Melanie umklammerte Beths Hände und hielt sie ruhig. Ihr Ausdruck war ernst, ihr Blick fest. »Hast du eine Ahnung, wie leid ich es bin zu lernen? Der Gedanke an weitere vier bis sechs Jahre macht mich fertig. Ich muss ein bisschen vom Leben sehen, Mum – frei sein –, meinen eigenen Weg finden.«

»Das kannst du, ohne wie eine Zigeunerin herumzuziehen. Was sollen bloß die Nachbarn denken – oder der Ältestenrat?«

Melanie zog abrupt die Hände weg. »Die Nachbarn und die Kirchengemeinde können mir gestohlen bleiben!«, explodierte sie. »Das geht die einen feuchten Kehricht an.« Sie schob den Stuhl zurück und lief in der Küche auf und ab.

»Aber es spielt eine Rolle, Mel. Du willst doch nicht riskieren, in Verruf zu geraten …«

»Genau deshalb muss ich aus diesem verdammten Mausoleum verschwinden – weg von dir, von der Kirche und den naseweisen Nachbarn, an denen dir so viel liegt. Ich muss frei sein und meinen eigenen Weg finden. Ich bin es leid, von dir erdrückt zu werden und mir andauernd anhören zu müssen, was ich zu tun und zu lassen habe.«

Das war mehr, als Bethany ertragen konnte. Sie schob den Stuhl zurück und ohrfeigte ihre Tochter mit all der Kraft ihrer aufgestauten Wut und Enttäuschung.

Aber sie schämte sich in dem Moment, in dem es geschehen war. »Oh, Mel«, hauchte sie mit tränenerstickter Stimme. »Das wollte ich nicht.«

»Und ob!« Melanie legte eine Hand an die gerötete Wange. Ihre Augen sprühten Feuer. »Das werde ich dir nie verzeihen.«

»Sag das nicht!« Bethany streckte die Hand nach ihrer Tochter aus, wurde jedoch zurückgestoßen. »Es tut mir so leid, Mel. Ich habe geschlagen, ohne nachzudenken, weil ich nach dem schrecklichen Tag aufgeregt und erschöpft bin.«

»Das ist keine Entschuldigung.«

»Ich weiß, aber du hast es so weit getrieben, bis deine üble Ausdrucksweise und deine verletzende Haltung einfach zu viel für mich waren.« Ihre Beine drohten unter ihr nachzugeben, und sie sank bebend auf den Stuhl. »Bitte, versuch meinen Standpunkt zu verstehen, Mel. Ich bin wütend, enttäuscht und kampfesmüde. Warum kannst du nicht so sein wie Angela: glücklich und zufrieden mit dem, was du hast?«

»Ich habe mich schon gefragt, wann du *sie* zur Sprache bringen würdest«, knurrte Mel. »Liebling Angela – meine große Schwester, die sich nie einen Fehltritt geleistet hat –, dein kleiner Liebling.«

»Sie ist nicht mein Liebling. Ich ziehe niemanden vor, und das weißt du auch«, entgegnete Bethany und schnäuzte sich die Nase. »Aber gerechterweise muss man sagen, dass sie ohne Murren zur Uni gegangen ist und von da aus direkt ins Krankenhaus.«

»War ja klar.« Mel klang verbittert.

»Warum hast du mich nicht vorgewarnt, dass du solche Pläne hast?«

Melanie trat zu ihrer Mutter und schaute sie finster an. »Ich wollte es dir sagen, aber ich wusste, wie du reagieren würdest, und habe es nicht über mich gebracht.« Sie funkelte ihre Mutter an. »Schau mich nicht so an! Ich kann nichts dafür, dass du zu viel von mir erwartest. Ich bin nicht so perfekt wie Angela; ich musste dich zwangsläufig irgendwann enttäuschen. Wahrscheinlich war es das Beste, es jetzt zu tun, damit du später nicht enttäuscht wirst.«

»Nein.« Bethany streckte eine Hand aus, doch ihre Tochter schüttelte sie ab. »Du hast mich nicht enttäuscht – nur beiseitegestoßen. Ich will nur dein Bestes, und …«

»Dann solltest du respektieren, dass ich alt genug bin, eigene Entscheidungen zu treffen. Ich werde reisen, Mum, und damit basta.«

Bethany betrachtete ihre Tochter und spürte erneut einen schmerzhaften Stich. Fleur hatte gesagt, Mel müsse herausfinden, wer sie sei und wohin sie gehöre – aber das bedeutete doch bestimmt nicht, alles zu opfern, wofür sie so hart gearbeitet hatte? Ein hässlicher Zweifel nistete sich ein. »Hast du mit Fleur darüber gesprochen?«

Melanie schüttelte den Kopf. »Ich wollte, aber Fleur hatte zu viel zu tun. Im Übrigen geht das nur uns beide an.« Sie verzog den Mund zu einem spöttischen Lächeln. »Aber ich gehe, ob du es gut findest oder nicht. Daher spielt es eigentlich keine Rolle, oder?«

Bethany hatte genug. Sie ballte die Fäuste. »Und ob das eine Rolle spielt! Ich verbiete dir wegzugehen.«

»Die Jungs waren auch unterwegs«, entgegnete Mel.

»Bei Jungs ist das was anderes.«

»Das ist einfach ungerecht«, erwiderte Mel mit unheimlicher Ruhe. »Ich will mehr als das hier.« Mit einer ausladenden Handbewegung wies sie auf das saubere Vorstadthaus. »Ich bin nicht wie du oder Angela; die glücklichen Hausfrauchen, die nicht mehr im Kopf haben als das Abendessen für ihre Männer und den Fischpreis. Es ist mein Leben, Mum, und ich werde es leben, wie ich das will.«

In ihrer Verwirrung hatte Bethany das Gefühl, in einem Strudel zu stecken, aus dem es kein Entrinnen gab. »Wenn du auch nur einen Funken Reife zeigen würdest, könnte ich dir zugestehen, dass du nicht ganz unrecht hast. Offensichtlich hast du das aber nicht richtig durchdacht. Reisen erfordert Zeit, Geld, Mühe und Transportmittel – und der Motorroller da draußen schafft es allenfalls bis Mooloolaba.«

»Wir leihen uns ein Wohnmobil vom Dad meines Freundes. Es ist gut in Schuss, und wir werden arbeiten, damit wir uns etwas zu essen und das Benzin leisten können.«

»Ihr werdet wie Wanderarbeiter leben und an Orten schuften, an denen ein anständiges Mädchen sich nicht blicken lassen sollte.« Beth unterdrückte die Tränen. »Ich habe die Zeitungen gelesen, Mel. Ich weiß von den schrecklichen Dingen, die jungen Mädchen da draußen zustoßen können. Bitte, geh in dich und denke darüber nach, bevor du dich da hineinstürzt.«

»Im Ernst, ich verstehe nicht, worüber du dir Sorgen machst. Dad wird erleichtert sein, wenn ich ihm aus dem Weg bin – sofern er überhaupt merkt, dass ich nicht mehr da bin. Und du wirst die Freiheit haben zu tun, was du willst, wenn du uns erst vom Hals hast.«

Aber ich werde Zeit am Hals haben, dachte Bethany, und Clive wird einfach so weitermachen, als hätte sich nichts geändert. Sie versuchte, das Kriegsbeil zu begraben. »Kenne ich die Leute, mit denen du reisen willst?«

»Die meisten sind vom College«, antwortete Mel ausweichend. »Daher wohl eher nicht.«

»Sind auch Jungs dabei?«

»Großer Gott, spielt das eine Rolle?«

»Ich habe dich dazu erzogen, deinen Körper zu achten, Melanie. Ich hoffe, die Schlafgelegenheiten sind …«

Melanie sackte in sich zusammen, als habe ihr Kampfgeist sie plötzlich verlassen. »Ich kann so nicht weitermachen, Mum. Ich habe gesagt, was ich zu sagen habe, und es tut mir leid, wenn du nicht einverstanden bist, aber so ist es nun mal.«

Bethany brach in lautes Schluchzen aus, dem sie anscheinend keinen Einhalt gebieten konnte – als sei ein Damm gebrochen. Ihre Welt lag in Trümmern, und sie hatte nicht die leiseste Ahnung, was sie dagegen tun sollte.

Melanie nahm ihre Mutter in den Arm und drückte das Gesicht an Beths Wange. »Ich habe noch immer vor, zur Uni zu gehen, nur nicht in diesem Jahr.« Sie hockte sich neben den Stuhl und ergriff Bethanys Hände. »Ich habe meinen Traum, Tierärztin zu werden, nicht aufgegeben, aber ich muss zuerst ein bisschen vom Leben haben. Bitte, hör auf zu weinen, Mum!«

»Und wenn ich das nicht tue? Wird das was daran ändern?«

Melanie schüttelte bedauernd, aber entschlossen den Kopf. »Wir brechen Ende des Monats auf. Die Jungs haben schon Jobs in einem Scherschuppen in West Wyalong organisiert, und die Frau des Betriebsleiters braucht Hilfe in der Küche.«

»Ein Scherschuppen? O Mel – und ich wollte eine besondere Party zu deinem achtzehnten Geburtstag organisieren«, schluchzte Bethany. »Ich habe den Gemeindesaal reserviert, den Kuchen und alles andere schon geplant.«

»Ich bin kein kleines Mädchen mehr, Mum«, schmeichelte Mel. »Ich brauche keine Partys in Gemeindesälen.« Sie lächelte, ihre Miene hellte sich auf, und sie sah auf einmal sehr jung aus. »Gib mir deinen Segen, Mum, und ich verspreche dir, wenn ich zurückkomme, mache ich einen erstklassigen Abschluss und werde die beste Tierchirurgin von Queensland.«

Bethany schloss ihre Tochter in die Arme. Die Traurigkeit war ein tiefer Schmerz. Ihr kleines Mädchen ging von zu Hause fort – hinaus in die große weite Welt, wo alle möglichen Gefahren lauerten –, und sie konnte es beim besten Willen nicht davon abhalten.

Allmählich schlossen sie einen brüchigen Frieden, und Bethany versuchte tapfer zu sein, die Tränen zu unterdrücken und die schreckliche Leere zu füllen, die sie spürte, als Melanie ihr eine Stunde später fröhlich zum Abschied zuwinkte. Nachdem das Geräusch des Motorrollers verhallt war, stand Bethany noch lange auf der Schwelle, bevor sie langsam die Tür schloss und die Stille des verwaisten Hauses sie gefangen nahm.

Mitten in der Küche bemerkte sie die Notiz, die Clive mit einem Magneten an der Kühlschranktür befestigt hatte: Er werde spät nach Hause kommen – er wolle mit seinen Golffreunden zu Abend essen, um den Gewinn irgendeines Cups zu feiern.

Das war zu viel. Bethany sank auf den Stuhl, verbarg das Gesicht in den Händen und ließ die niederschmetternden Empfindungen zu, die sie nicht länger leugnen konnte: Sie hatte versagt, und sie war einsam.

Zu Hause hatte Fleur festgestellt, dass Greg weder zurückgekehrt war, noch eine Nachricht hinterlassen hatte. Sie rief auf seinem Handy an, doch sofort meldete sich die Mailbox. »Hi«, sagte sie zaudernd, »wenn du das hier abhörst, kannst du mich dann bitte anrufen? Bitte, komm nach Hause, Greg! Wir müssen reden.«

Sie machte sich ein Sandwich, merkte, dass sie keinen Appetit hatte, und ließ es stehen. Sie schenkte sich ein Glas Wein ein, nahm es mit auf die Terrasse und ließ die Tür offen, damit sie das Telefon hörte, sollte Greg zurückrufen. Die Hitze des Tages war einer milden Luft gewichen, und als es dunkel wurde und die Lichter von Brisbane unter ihr funkelten, versuchte Fleur, sich nicht über Gregs lange Abwesenheit zu ärgern.

Höchstwahrscheinlich war er noch wütend auf sie, aber ihm musste doch klar sein, dass sie das Thema nicht einfach ignorieren und so tun konnten, als sei nichts gewesen? Sie mussten reden – sich Zeit nehmen, um dem anderen wirklich zuzuhören und eine Art Einvernehmen zu erreichen. Doch es war deutlich geworden, dass er auf keinen Fall Kinder haben wollte, und das flößte ihr Angst ein. Wenn es keinen Kompromiss geben könnte, steckten sie in einer Sackgasse.

Sie ging wieder hinein, als die Rathausuhr sieben schlug. Der Tag hatte sie ausgelaugt, und Gregs Schweigen bedeutete wohl, dass er auch an diesem Abend nicht vorhatte, nach Hause zu kommen.

Gerade als sie das Licht gelöscht hatte, brummte die Gegensprechanlage. Stirnrunzelnd meldete sie sich. »Ja?«

»Ich bin's, Mel. Kann ich raufkommen?«

Fleurs Stimmung sank noch mehr, als sie den Türöffner drückte und auf den Aufzug wartete. Melanie hatte weinerlich geklungen, und Fleur wusste nicht, ob sie noch mehr Katastrophen bewältigen könnte.

Die Tür flog auf, und Melanie warf sich ihrer Tante in die Arme. »Oh, Fleur«, schluchzte sie. »Gott sei Dank bist du da!«

Fleur hielt das aufgelöste Mädchen fest, bis der Tränenfluss versiegte. Dann zog sie Mel in die Wohnung und auf ein Sofa. »Was ist denn bloß passiert? Und was machst du um diese nachtschlafende Zeit in Brisbane?«

Melanie warf die Haare zurück und schnäuzte sich die Nase. Die Wimperntusche rann ihr in Streifen über das Gesicht. Sie sah schrecklich aus. »Ein Kumpel hat uns alle zu einem Gig in Southbank mitgenommen, aber ich hab's einfach nicht ausgehalten. Nicht nach dem heutigen Tag.«

»Warum? Was ist denn passiert?«

Sie schaute sich im Apartment um. »Wo ist Greg?«

»Nicht da.«

»Oh, Gott, hattet ihr auch Streit?«

»Er ist im Krankenhaus. Mich interessiert mehr, warum du so außer dir bist.«

»Mum und ich hatten einen furchtbaren Krach, und ich habe ein paar schlimme Dinge gesagt. Das wird sie mir nie verzeihen.«

»Natürlich wird sie das«, beruhigte Fleur sie, strich ihr eine orangefarbene Haarsträhne aus der Stirn und tätschelte die feuchte Wange. »Sie ist deine Mum – und Mütter verzeihen alles.«

»Meinst du?«

Fleur nickte. »Willst du es mir erzählen?«

Sie hielt Mel an sich gedrückt, während sie sich die Geschichte anhörte, die mit einem neuen Tränenschwall aus dem Mädchen hervorbrach.

»Klingt ganz so, als hättet ihr beide euch heute gegenseitig das Leben schwer gemacht«, sagte Fleur, als Melanie schließlich still wurde. »Wenigstens scheint ihr euch ja irgendwie geeinigt zu haben.«

»Aber ich habe Mum zum Weinen gebracht«, schluchzte Mel, »und das wollte ich nicht.«

Fleur löste ihre Nichte sanft aus der Umarmung und nahm deren tränenüberströmtes Gesicht in beide Hände. »Versuch mal, dich in Beth hineinzuversetzen. Dann wird dir vielleicht klar, warum sie sich deine Neuigkeiten so zu Herzen genommen hat.«

Mels Gesicht war eingefallen, die Augenlider vom Weinen geschwollen, die Lippen zitterten. »Sie will, dass ich zu Hause bleibe und kein Leben habe. Genauso gut könnte ich Nonne werden – das ist so ungefähr das Einzige, womit sie einverstanden wäre.«

»Jetzt mach mal halblang, Mel! Du tust dir nur selbst leid – dabei geht es hier nicht nur um dich, weißt du, so überraschend dir das auch erscheinen mag. Deine Mutter bemüht sich, mit einem leeren Nest zurechtzukommen. Sie hat ihr Leben lang für euch alle gesorgt, und jetzt lasst ihr sie nacheinander sitzen – nahezu ohne ein Wort des Dankes oder der Anerkennung.«

»Sie hat doch Dad«, brummte Melanie.

Fleur seufzte. »Aber der hat seine Arbeit und sein Golf. Ich wette, er war nicht da, um ihr Gesellschaft zu leisten, als du gegangen bist, oder?«

Mel schüttelte den Kopf und schniefte. »Er ist heute Nachmittag nach Hause gekommen und hat gesagt, er sei am Abend mit seinen Kumpels unterwegs.« Sie brach erneut in Tränen aus.

»Ich bin echt egoistisch gewesen, nicht wahr? Wenigstens mit dir kann ich sprechen. Arme Mum!«

Fleur zog das Mädchen an sich, und so saßen sie eine Weile schweigend da, unterbrochen nur von Melanies Schluchzern. »Deine Mutter liebt dich, sie will nur dein Bestes. Natürlich ist sie enttäuscht, dass du nicht wie geplant zur Uni willst. Sie ist sehr stolz auf dich.«

»Ja, das weiß ich doch«, murmelte Melanie, tauchte aus der Umarmung auf und wischte sich die Augen. »Deshalb war es heute ja so schwer. Ich wusste, dass sie einen Wutanfall kriegen würde, aber ich hatte nicht damit gerechnet, dass sie mich schlagen würde.«

»Manchmal lenkt ein guter Klaps die Gedanken auf die wirklich wichtigen Dinge«, sagte Fleur leise, »und es klingt eher so, als hättest du ihn verdient.«

Melanie schniefte und fuhr sich mit den Fingern über die Wange. »Das hat sie noch nie gemacht«, brummte sie.

Fleur fragte sich, ob das ein Teil des Problems war, aber es wäre sinnlos, irgendetwas dazu zu sagen. Sie betrachtete ihre Nichte, die in dieser Verfassung nirgendwohin gehen konnte. »Bleib lieber hier, und ruh dich aus. Und morgen fährst du nach Hause und nimmst deine Mutter in den Arm, schenkst ihr einen Blumenstrauß und mindestens drei Stunden Zeit.«

»Sie wird mich nicht sehen wollen«, stotterte Mel, wieder unter Tränen. »Sie hasst mich.«

Fleur atmete tief durch. Die Nacht würde lang werden.

Greg war in einem der Räume eingeschlafen, die für Chirurgen in Rufbereitschaft frei gehalten wurden, und erst das Geräusch der nächtlichen Reinigungstruppe, die die Flure säuberte, weckte ihn. Mit einem verschlafenen Blick auf seine Armbanduhr wurde ihm klar, dass es nach elf und wahrscheinlich zu spät war, um Fleur noch anzurufen. Als er seine Mailbox abhörte, wusste er jedoch, dass es trotzdem nötig war.

Fleur brauchte lange, um abzuheben. Da er annahm, dass sie bereits schlief, und er sie nicht gern wecken wollte, war er kurz davor aufzulegen, als sie sich meldete. »Hi«, sagte er leise. »Tut mir leid, dass es so spät ist. Ich habe dich nicht geweckt, oder?«

»Nein«, antwortete sie mit eigenartig gedämpfter Stimme. »Mel ist hier. Wir haben geredet.«

»Oh.« Die Enttäuschung darüber, dass sie ihn nicht vermisste, war nur geringfügig größer als seine Erleichterung darüber, dass er sich nicht mit den Wutanfällen eines Teenagers abgeben musste.

»Bist du noch im Krankenhaus? Ich dachte, du hättest das Wochenende frei?«

Ein leiser Vorwurf war ihr anzuhören, woraufhin er sich zu rechtfertigen versuchte. »Ja, ich bin noch hier – und ja, ich hätte frei haben sollen. Aber einer der Chirurgen ist krank. Ich habe seine Schicht übernommen.«

»Verstehe.« Sie schwieg eine Weile. »Kommst du heute Nacht nach Hause?«

Er hätte den Wunsch verspüren sollen, zu Hause zu übernachten – aber der Tag war nervenaufreibend genug gewesen, und er konnte sich Melanies Wutausbrüchen einfach nicht stellen. »Wahrscheinlich ist es besser, wenn ich heute Nacht hier bleibe«, erwiderte er. »Ich hatte einen langen Tag im OP, und ich bin zu müde, um zu fahren.«

»In Ordnung.«

Ihr Ton war nichtssagend, und er verspürte einen Anflug von schlechtem Gewissen. »Geht es dir gut?«

»Ja«, antwortete sie, plötzlich mit kräftigerer, entschlossenerer Stimme.

Melanie schluchzte im Hintergrund. Er erkannte, dass Fleur eine stürmische Nacht bevorstand, und war froh über seinen Schlupfwinkel im Krankenhaus. Dennoch kannte er Fleur so gut, um zu wissen, dass ihr Ja genau das Gegenteil bedeutete und er den unausweichlichen Showdown nur hinauszögerte. »Ich komme nach Hause, wenn du wirklich willst«, erklärte er zögernd.

»Das musst du nicht. Mel leistet mir Gesellschaft«, sagte sie leichthin.«

Jetzt wusste er, dass er Probleme hatte – aber er fuhr ungerührt fort: »Morgen habe ich wieder ein volles Programm im OP, daher werde ich spät nach Hause kommen. Vielleicht können wir zum Abendessen in das Bistro gehen, das du so gern magst?«

»Mal sehen. Wir haben viel zu besprechen, und ich glaube eigentlich nicht, dass ein Bistro der geeignete Ort dafür ist, oder?«, erwiderte sie spitz.

Anscheinend konnte er ihr nichts recht machen.

»Ich muss aufhören, Greg. Wir sehen uns morgen hier.«

Er runzelte die Stirn, als die Verbindung getrennt wurde. Sie hatte ihm nicht verziehen, das war deutlich – sie hatte es kaum geschafft, mit ihm zu sprechen –, und er war jetzt bestimmt nicht imstande, die Scherben ihrer Auseinandersetzung zusammenzufegen.

Er schaltete sein Handy aus, prüfte, ob der Beeper geladen war, und legte sich wieder ins Bett. Morgen würde er viel zu tun haben, und am Abend würde er genauso fertig sein wie heute – und daher nicht in der Stimmung, seiner verletzten, wütenden Frau gegenüberzutreten. Dennoch bliebe ihm nichts anderes übrig, wenn er seine Ehe retten wollte.

Er brauchte lange, um einzuschlafen.

Margot hatte einen schrecklichen Tag hinter sich und mehr gekühlten Chablis getrunken, als gut für sie war. Aber sie hatte das Gefühl, ihn verdient zu haben – ebenso wie die erotischen Gefühle, die ihre Partnerin in ihr wachrief.

Sie bog den Rücken durch und gab sich der Lüsternheit der erfahrenen Zunge hin, die sie alles vergessen ließ. Zarte, wissende Hände liebkosten ihren schlanken Körper, fuhren über ihre Haut wie eine sonnenhelle Brise, umfassten ihre kleinen Brüste, drückten sie und zogen daran, bis die Brustwarzen aufrecht standen und schmerzten.

Margot schnappte nach Luft, als die Wogen des Verlangens sich auftürmten. Sie fuhr mit den Fingern wüst über den Kopf mit dem dunklen Haar und presste ihn noch fester zwischen die Schenkel. Sie wollte mehr und konnte den Augenblick kaum erwarten, in dem die Wogen über ihr zusammenschlagen und sie mit sich reißen würden.

Der Höhepunkt war wie eine Explosion, und sie schrie befreit auf, bevor sie schlaff und befriedigt in die Kissen sank.

Der geschmeidige Körper ihrer Liebhaberin rutschte herauf und legte sich neben sie. »Geht es dir jetzt besser?«

Margot schaute in große braune Augen und lächelte. »O ja«, seufzte sie. »Das machst du so gut.«

»Mir gefällt es, wenn du deinen Vater triffst. Danach hast du immer Hunger auf Sex.« Runzeln entstanden auf der Stirn, die Augen wurden schmaler. »Könnte das etwas Freudianisches an sich haben, was meinst du, Margot?«

»Ganz und gar nicht.« Sie lachte und räkelte sich wie eine Katze. »Nur meint Dad, alles über mich zu wissen – er prahlt sogar damit. Hat mich heute sogar eine alte Schachtel genannt, die auf Jungs steht.«

Die braunen Augen ihrer Freundin weiteten sich und funkelten vor Lachen. »Du machst Witze.«

»Nein, mein Schatz, mach ich nicht«, murmelte sie und fuhr mit den Fingern über die vom Küssen geschwollenen Lippen. »Aber du hättest die Gesichter von Beth und Fleur sehen sollen. Schockiert ist nichts dagegen.« Lachend schob sie sich näher heran. »Ich dachte, die brave Beth würde auf der Stelle einen Herzanfall kriegen.«

»Ich werde jedenfalls sofort einen haben, wenn ich noch länger warten muss, bis ich an der Reihe bin. Den ganzen Tag habe ich an dich gedacht, und du hast anscheinend vergessen, dass ich auch Bedürfnisse habe.«

Margot küsste die Lippen, an denen noch immer der Geruch ihres eigenen Verlangens haftete, und fuhr mit den Händen zärtlich über die festen, seidigen Pobacken der Frau, die sie schon seit Jahren liebte. »Ich muss mit den Jahren vergesslich geworden sein«, murmelte sie, während die Liebkosung der Haut köstliche Empfindungen in ihr weckte.

Fleur starrte lange auf das Telefon. So viele Dinge hätte sie sagen können … Stattdessen war sie feindselig gewesen – zu sehr mit Mel beschäftigt, um Greg richtig zuzuhören.

Vielleicht hätte sie sein Angebot, im Bijou zu Abend zu essen, annehmen sollen? Die Atmosphäre des Bistros mit Kerzen auf den Tischen war ruhig und romantisch, es duftete nach Öl, Basilikum, Knoblauch und frischem Brot – das richtige Ambiente für einen Abend zu zweit. Wenn sie sich dort wie üblich verzaubern ließen, wäre vielleicht noch nicht alles verloren. Und wenn sie später miteinander schlafen würden, wären sie anschließend in einer besseren Gemütsverfassung, um vernünftig über alles zu reden. Sie seufzte, als ihre Nichte aus dem Bad tappte und sich auf die Couch fallen ließ. Das Bijou eignete sich für romantische Stunden, nicht jedoch für tiefe, grundlegende Gespräche. Sie würde zu Hause etwas kochen.

Melanie hatte geduscht und ein dünnes Baumwollnachthemd von Fleur angezogen. Zusammengerollt auf den Polstern, das Gesicht frei von Make-up, wirkte sie jünger als siebzehn. Alles Aufgesetzte war hinweggefegt von der Trauer darüber, dass sie im Unrecht war und ihrer Mutter viel Kummer bereitet hatte.

Als habe sie Fleurs Gedanken gelesen, sagte sie: »Du darfst Mum nicht erzählen, dass ich zu dir gekommen bin. Das würde sie noch mehr verletzen.«

»Das mache ich auch nicht, wenn du mir versprichst zu tun, worum ich dich vorhin gebeten habe.«

»Das kann ich nicht. Noch nicht.«

»Wieso denn nicht? Je länger du wartest, desto schwerer wird es. Beth muss erfahren, dass es dir leidtut. Sie muss wissen, dass ihr kleines Mädchen sie trotz der gefärbten Haare und all der Kratzbürstigkeit noch liebt.«

Mel schniefte und putzte sich die Nase. »Trotzdem muss ich auf Reisen gehen, Fleur. Sie kann mich nicht davon abhalten, auch wenn es mir noch so leidtut, dass ich sie aufrege.«

Fleur beschloss, das Gespräch zu beenden, das sich im Kreise drehte, und schlug einen anderen Kurs ein. »Als ich in deinem Alter war, bin ich zwischen College und Universität nirgendwo hingefahren. Und nach dem Studium ging es direkt ins Architekturbüro, denn ich wollte meine Konzession bekommen. In gewisser Weise beneide ich dich.« Sie schlug die Beine unter, lehnte sich ins Polster und nahm das Mädchen in den Arm. »Erzähl mir doch einfach, was du vorhast.«

»Wir sind zu sechst. Liam war toll, er hat alles geplant, sogar das Wohnmobil seines Vaters auszuleihen.«

Als der Name Liam fiel, überkam Fleur ein ungutes Gefühl. »Es wird hart werden«, warnte sie, »kein Urlaub.«

Melanie zuckte mit den Schultern. »Wir werden so lange arbeiten, bis wir es uns leisten können, zum nächsten Ort zu fahren – oder zum übernächsten. Wir werden es schon schaffen.«

»Du wirst dich wundern, wie schwer es ist, zu dieser Jahreszeit einen Job zu finden. Ihr werdet mit den Kids konkurrieren müssen, die keine Arbeitserlaubnis haben und daher billig sind«, erklärte sie leise.

»Das weiß ich; ich bin ja nicht blöd«, murmelte Mel schläfrig. »Liam wird sich um mich kümmern, keine Sorge!«

Fleur strich dem Mädchen über das Haar, die Gedanken in Aufruhr. Liam und Melanie waren seit ihrem ersten Semester am College ein Thema. Er war in seinem zweiten Uni-Jahr und ein hervorragender Student, als er das Studium aufgab und damit alle enttäuschte. Soweit Fleur bekannt war, hatte er das vergangene Jahr mit Hilfsarbeiten verbracht und sich auf nichts festgelegt. Wie die beiden mit Gelegenheitsjobs durch Australien touren wollten, mochte der Teufel wissen.

»Ich glaube, du solltest Beth sagen, dass Liam bei dir sein wird. Und eigentlich sollte er selbst mit ihr sprechen. Das wird die Situation zwar nicht bereinigen, aber wenigstens weiß sie dann Bescheid.«

Mel schaute ihre Tante von unten herauf an. »Kannst du es ihr nicht sagen? So etwas kannst du viel besser.«

»O nein.« Fleur wich zurück und sah ihre Nichte streng an. »Das ist dein Chaos, nicht meins, Mel, und wenn man dich für reif halten soll, dann musst du auch reif handeln.«

»Aber ich …«

»Überleg doch mal, Mel: In Beths Augen bist du noch immer ihr kleines Mädchen, aber du hast vor, mit einem Freund quer durch Australien zu ziehen. Sie kann Liam vielleicht nicht besonders gut leiden und ist nicht damit einverstanden, dass du mit ihm schläfst – aber wenigstens kennt sie seine Eltern und findet sie seriös. Das wird sie trösten.«

»Sie hat schon darüber gesprochen, dass wir miteinander schlafen.« Mel schüttelte sich. »Es war grauenvoll.«

»Tja, ich hoffe, du nimmst die Pille«, sagte Fleur mit Nachdruck. »Wenn nicht, nehme ich dich mit zu meinem Arzt.«

»Keine Bange«, sagte Mel leichthin. »Ich nehme sie seit zwei Jahren. Aber ich verstehe trotzdem nicht, warum du Mum nicht von Liam erzählen kannst.«

»Wenn Beth herauskriegt, dass du es mir zuerst anvertraut hast, wird sie uns beiden niemals verzeihen. So etwas könnte ein schreckliches Zerwürfnis verursachen – und in dieser Familie gibt es schon genug Probleme; da musst du es nicht noch schlimmer machen.«

»Wahrscheinlich«, murmelte Mel, »aber ich weiß nicht, ob Liam damit einverstanden ist, Mum gegenüberzutreten. Sie jagt ihm immer Angst ein.«

»Wenn er Manns genug ist, dich durch Australien zu schleifen, dann sollte er auch imstande sein, sich Beth zu stellen.« Fleur erhob sich vom Sofa und zog das zögernde Mädchen auf die Beine. »Ich weiß nicht, wie es dir geht, aber ich bin bettreif.«

»Ja, ich vermutlich auch. Danke, Fleur.«

Fleur entzog sich der stürmischen Umarmung. »Morgen früh werden wir wahrscheinlich nicht viel Zeit zum Reden haben, denn ich habe etwas zu erledigen. Ich möchte aber, dass du mir versprichst, Beth alles zu erzählen, bevor ihr aufbrecht.«

Mel nickte zaudernd und wich Fleurs Blick aus.

Fleur legte die Hand an Mels Kinn, bis ihre Nichte sie anschaute. »Versprich es mir, Mel!«, forderte sie bestimmt.

»Okay.« Mel seufzte. »Ich werde ihr das mit Liam sagen.«

Fleur ließ ihre Nichte vor der Tür zum Gästezimmer stehen. Nachdem sie geduscht und sich die Zähne geputzt hatte, legte sie sich in das große, leere Bett und zog sich das Laken über den Kopf. Die Kissen verströmten noch Gregs Geruch, doch die Wärme seines Körpers und sein Trost fehlten ihr. Sie vergrub das Gesicht im Kopfkissen und sehnte sich vergeblich nach der Geborgenheit ihres Mannes, die für sie so selbstverständlich gewesen war.

4

Fleur verließ das Apartment, als Mel noch schlief. Sie schwitzte eine Stunde im Fitnessstudio, bevor sie wie gewohnt zwanzig Bahnen im Swimmingpool zog. Energiegeladen und bereit für alles, was der Tag ihr bringen mochte, rief sie Jason an und verabredete sich mit ihm zu einem Kaffee.

Das Café lag im Herzen der Stadt und war ihr Lieblingstreffpunkt, wenn sie dem Büro entfliehen konnten. Jason erschien wie immer zu spät, und Fleur bestellte zwei Latte aus Magermilch, bevor sie einen Tisch suchte.

Jason war makellos gekleidet, er trug einen Anzug mit einer Seidenkrawatte in knalligem Rosa. Die wirkte etwas exzentrisch, aber so war Jason nun einmal. »Hi«, sagte er und ließ sich auf einen Stuhl fallen. »Wie geht's, wie steht's?«

»Ich habe das höllische Wochenende kaum überlebt«, sagte sie mit schiefem Lächeln. »Und was ist mit dir?«

Jason trank einen Schluck Milchkaffee. »Da sagst du was, Schätzchen. Du solltest mal ein Wochenende mit Enriques Sippschaft verbringen. Ehrlich, meine Liebe, auf einem Haufen sind Spanier total gefährlich. Ich weiß gar nicht, wie ich das ohne Alkoholvergiftung und gebrochene Nase überlebt habe.«

Als Fleur nur matt lächelte, verloren seine haselnussbraunen Augen den funkelnden Glanz und er legte das übertrieben tuntige Verhalten ab, mit dem er sie stets amüsierte. »Aber ich habe den Eindruck, dein Wochenende hat Schlimmeres bereitgehalten als nur Familienkrach. Möchtest du darüber sprechen, meine Hübsche?«

»Meine Familie ist Champion im Streiten«, sagte sie nüchtern. »Ich sollte mich inzwischen daran gewöhnt haben.«

Er nahm sie genauer in Augenschein. »Nein«, sagte er leise, »es geht um mehr. Was ist passiert, Fleur?«

»Greg und ich hatten eine Auseinandersetzung. Er ist seit Samstagmorgen nicht zu Hause gewesen.«

»Ärger im Paradies, wie?«, seufzte er. »Ich wusste, es war zu perfekt, um zu halten. Worum ging es denn?«

Fleur erzählte es ihm, drückte sich jedoch vorsichtig aus. »Ich bin sicher, dass wir es überstehen werden«, meinte sie schließlich. »Wir lieben uns und werden einen Weg finden.«

»Ich hoffe, du hast recht.« Er trank seinen Kaffee aus und lehnte sich auf dem Stuhl zurück. »Ihr beiden passt gut zusammen.« Er verdrehte die Augen. »So ein wunderbarer Mann, ein Jammer, dass er nicht schwul ist.«

»Pech gehabt. Außerdem bist du viel zu sehr auf Enrique fixiert, um ein Auge auf meinen Mann zu werfen«, sagte sie und lachte. Jason war ein Elixier. Er schaffte es immer, ihre düstere Stimmung zu vertreiben. »Möchtest du noch einen Kaffee oder vielleicht einen von den Kuchen, nach denen du gierst, seit du hier bist?«

Er rümpfte die Nase. »Sosehr ich auch versucht bin, ich muss nur an Gebäck riechen, und schon habe ich ein paar Kilos drauf. Aber ich trinke noch einen Kaffee – einen schwarzen, sei so gut. Ich habe tierische Kopfschmerzen.«

Fleur bestellte den Kaffee an der Theke, während Jason zur Toilette ging. Er war vor fünfunddreißig Jahren auf einer Rinderfarm im Outback geboren worden. Sein Vater wollte nicht hinnehmen, dass sein Sohn schwul war, und seine Mutter wagte nicht, Stellung zu beziehen, aus Angst vor einem blauen Auge. Jason war vor der mäkelnden, bigotten kleinen Gemeinschaft geflohen, um Kunst und Architektur zu studieren, und hatte schließlich in Brisbane seine Nische gefunden. Seine Mutter brachte schließlich den Mut auf, sich ihm anzuschließen, und lebte jetzt direkt neben dem Haus am Fluss, in dem Jason seit zehn Jahren mit Enrique wohnte. Er war ein Modepüppchen und ein Klatschmaul mit einer Schwäche für das Melodramatische – aber er war auch ein begabter, phantasievoller Architekt, und Fleur zählte ihn zu ihren besten Freunden.

Sie kehrte an den Tisch zurück und schaute auf ihr Handy. Weder von Greg noch von Mel war eine Nachricht eingetroffen, und deren Handys waren ausgeschaltet. Fleur hatte das ungute Gefühl, das Mädchen werde sich vor seinem Versprechen drücken und kein klärendes Gespräch mit Beth führen – was sie selbst in eine Zwickmühle bringen würde. Sollte sie ihre Schwester informieren oder nicht? So oder so würde sie sich einen Fluch einhandeln.

Das Handy klingelte, als sie es gerade einstecken wollte, und sie klappte es auf in der Hoffnung, es möge Greg sein. Aber sie kannte die Nummer nicht. »Fleur Mackenzie.«

»Guten Morgen, Mrs. Mackenzie.« Die sonore Stimme eines Engländers. »Mein Name ist Philip Raynor von Hart, Raynor and Hart in Sydney.«

Fleurs Herz hatte einen Aussetzer. »Guten Tag, Philip, wie geht's?«

»Äh. Sehr gut, danke.« Er musste erst kürzlich zugezogen sein, da ihm die formlose australische Begrüßung so viel Unbehagen bereitete. »Ich beantworte Ihren Anruf im Auftrag von Miss Jacintha Wright, die bereits auf dem Weg nach Brisbane zur jährlichen Konferenz der Anwaltskammer ist. Ist es richtig, dass Sie ihren Brief erhalten haben und sich fragen, ob er echt ist?«

»Ich habe ihn zunächst für einen Scherz gehalten«, gestand sie und drückte das Handy ans Ohr.

»Sie waren zu Recht besorgt«, erklärte er. »Man kann ja nie wissen, stimmt's?«

»Wohl wahr.« Fleur verkniff sich ein Lächeln, denn sie stellte sich einen ziemlich fülligen Mann im Nadelstreifenanzug vor, der zweifellos in einem Ledersessel saß und von seinem Büro in der Vorstandsetage einen Blick über Darling Harbour hatte. Warum klangen Anwälte stets so wichtigtuerisch?

»Ich kann Ihnen versichern, das Vermächtnis ist echt, Mrs. Mackenzie. Miss Wright freut sich darauf, Ihre Bekanntschaft zu machen.« Er hielt inne, und sie hörte das Rascheln von Papier. »Da der Brief so unverzüglich eingetroffen ist, meinte Miss Wright, dass es vielleicht günstiger wäre, sich bereits heute zu treffen. Sie hat jedoch nur noch um fünf Uhr eine Lücke in ihrem Terminkalender.«

Fleurs Herz pochte. »Heute wäre gut«, antwortete sie rasch, ungeachtet der Hektik, in die sie durch das Treffen geraten würde. Sie müsste danach unverzüglich nach Hause fahren und sich für das Dinner mit Greg umziehen.

»Das ist hervorragend. Bei einem so großzügigen Anwesen ist es oft am besten, alles so schnell wie möglich durchzugehen, damit wir die gerichtliche Testamentseröffnung beantragen können.«

Fleur fuhr sich mit der Zunge über die Lippen. »Vermutlich können Sie mir nicht in etwa den Umfang der Erbschaft andeuten?«

»Nicht am Telefon. Miss Wright wird Sie heute Nachmittag mit allen relevanten Einzelheiten vertraut machen. Einen schönen Tag noch, Mrs. Mackenzie.«

»Aufgeblasener Gockel!«, murmelte Fleur, als sie das Handy ablegte. »Ein kleiner Hinweis hätte niemandem wehgetan.«

»Muss ja schon schlimm um dich stehen, wenn du Selbstgespräche führst«, sagte Jason, der endlich wieder aufgetaucht war. Sein sorgfältig getöntes Haar war gegelt, und der köstliche Duft nach Paco Rabane schwebte im Raum. Er setzte sich auf die Kante seines Stuhls und betrachtete Fleur mit unverhohlener Neugier.

»Du solltest lernen, dich um deinen eigenen Kram zu kümmern«, sagte sie nachsichtig, bemüht, nicht zu lachen. »Wie viel hast du denn mitgekriegt?«

»Aufgehorcht habe ich erst, als das Wort ›Erbschaft‹ fiel«, sagte er. »Wer ist denn gestorben?«

»Eine entfernte Verwandte«, antwortete sie kurz angebunden und richtete die Aufmerksamkeit auf den Kaffee.

Mit diesem Informationsbrocken gab er sich nicht zufrieden. »Und du bist zu Geld gekommen?« Er beugte sich zu ihr herüber und ertränkte sie beinahe mit dem exotischen Duft seines Rasierwassers. »Komm schon, meine Schöne, raus mit der Sprache! Wie viel hast du geerbt?«

Sie hätte ihn gern in ihre wunderbar aufregenden Neuigkeiten eingeweiht, aber da sie es noch immer nicht ganz glauben konnte, hielt sie sich zurück. »Ich habe keine Ahnung«, antwortete sie wahrheitsgetreu, »aber wenn ich es weiß, wirst du zu den Ersten gehören, die es erfahren, das verspreche ich dir. Und jetzt trink deinen Kaffee!«

Die Stunden vergingen nicht gerade im Flug, obwohl Fleur noch mit Jason durch die Läden bummelte und am Fluss zu Mittag aß. Nachdem Jason sich am Nachmittag verabschiedet hatte, um sich mit Enrique zu treffen, ging sie nach Hause, zog sich um und erledigte ein paar Anrufe. Beth, Greg und Mel hinterließ sie jeweils eine Nachricht und gab dann auf. Warum waren alle immer nicht zu erreichen, wenn sie mit ihnen reden musste?

Enttäuscht und rastlos räumte Fleur das Apartment auf,

überprüfte, ob der Kühlschrank gefüllt war, und stellte eine Einkaufsliste zusammen. Dann frischte sie ihr Make-up auf und betrachtete sich im Schlafzimmerspiegel, trotz der Ringe unter den Augen zufrieden mit dem Ergebnis. Sie hatte sich die Haare gebürstet, bis sie wie ein glänzender Wasserfall über die Schultern fielen. Die muschelförmigen Ohrstecker und die schmale Goldkette wirkten dezent – und die weiße Leinenbluse hatte gerade so viele Kunstfaseranteile, dass sie nicht knitterte.

Klein zu sein bedeutete stets ein Problem, wenn Fleur ernst genommen werden wollte – mangelnde Körpergröße schien in den Augen mancher Menschen mit Unreife einherzugehen. Dann wählte Fleur Schuhe mit hohen Absätzen, denn die verliehen ihr das Gefühl, elegant und allem, was ihr bevorstand, gewachsen zu sein. Sie schaute auf die Armbanduhr, nahm ihre Handtasche und verließ die Wohnung. Es war noch nicht ganz Viertel nach vier, und sie war für ihre Verabredung viel zu früh dran, aber sie könnte sich in die Bar des Hilton setzen und ein Kaltgetränk zu sich nehmen, um sich die Wartezeit zu verkürzen.

Das Hilton lag an der Elizabeth Street. Als Fleur die Stufen zum Empfang hinaufstieg, kam sie an den Anschlagtafeln vorbei, auf denen die Delegierten der Anwaltskammer willkommen geheißen wurden. Nachdem Fleur die Empfangsdame über ihre Verabredung informiert hatte, schlenderte sie in die Bar im Atrium, bestellte ein Glas gekühlten Orangensaft, setzte sich und nahm eine Zeitschrift zur Hand.

Im Hotel herrschte Hochbetrieb, Gäste trafen ein oder fuhren ab, beschwerten sich oder holten sich Broschüren mit Touristeninformationen. Fleur schlug die Zeitschrift nicht auf und rührte den Orangensaft kaum an, während sie das Treiben beobachtete, angenehm beruhigt angesichts der Szenerie, die sie stark an ihre Kindheit erinnerte.

Damals hatte ihre Familie im Penthouse des Familienhotels in Brisbane gewohnt, und sie hatte oft still mit ihren Schulbüchern in einer Ecke der Lounge gesessen, während ihr Vater sein Königreich regierte. Das ruhige Walten der Angestellten hatte ihr ebenso gefallen wie die unaufhörliche Parade schick gekleideter Menschen, die an ihr vorüberzog. Sie hatte sich stets Geschichten zu den Gästen ausgedacht. Als sie im Highschool-Alter war, hatte sie hin und wieder Schichten am Empfang übernehmen dürfen, aber sie – wie auch ihr enttäuschter Vater – hatte bald erkannt, dass sie nicht für das Hotelgeschäft geeignet war.

»Mrs. Mackenzie?«

Aus ihren Tagträumen aufgeschreckt, schaute Fleur zu einer Frau mittleren Alters auf, die eine topaktuelle Frisur und ein feines maßgeschneidertes Kleid mit Jacke trug. »Miss Wright?« Fleur stand auf und wechselte einen festen Händedruck mit der Anwältin. Dann stellten sie einander mit Vornamen vor.

Jacintha Wright trug Kitten Heels, aber auch mit diesen nur mäßig hohen Pfennigabsätzen überragte sie Fleur trotz der hochhackigen Pumps. Das Make-up der Anwältin war makellos. Sie trug wenig Schmuck. Ihr Lächeln war freundlich. »Ich habe die VIP-Lounge für uns reserviert«, sagte sie. »Da können wir uns ungestört unterhalten.« Ihre Aussprache besaß einen leichten südaustralischen Einschlag.

Fleur folgte Jacintha; ihr Herz pochte, ihr Mund war trocken. Das Schweigen bereitete ihr Unbehagen, als sie neben der Anwältin stand, die Kurznachrichten auf ihrem Handy las, während der Aufzug mit ihnen in die fünfundzwanzigste Etage sauste.

Als die Tür aufging und Fleur in die Stille der exklusiven Lounge trat, schlug ihr Herz so laut, dass sie glaubte, Jacintha müsse es hören.

»Ich habe Kaffee und Wasser für uns bestellt, aber wenn Sie etwas anderes möchten ...«

Fleur schüttelte den Kopf. »Wasser ist in Ordnung«, brachte sie hervor.

Sie nahmen auf bequemen Stühlen an einem runden Tisch Platz. Fleur trank so viel Wasser aus einem Kristallglas, als habe sie gerade einen Marathonlauf durch die Wüste hinter sich. Sie ertappte Jacintha, als diese das beobachtete, und grinste. »Ich bin etwas nervös«, erklärte sie.

»Das kann ich verstehen.« Jacintha öffnete ihre Aktentasche und zog einen dicken Ordner und Dokumente hervor, die mit einem rosaroten Band sorgfältig zusammengerollt waren. »Aber ich glaube nicht, dass Sie den heutigen Tag als eine schreckliche Qual empfinden werden.« Sie legte ein Empfehlungsschreiben ihrer Anwaltskanzlei auf den Tisch. »Verständlicherweise wollen Sie einen Beweis, dass es sich hierbei nicht um einen Schwindel handelt«, erklärte sie lächelnd, lehnte sich auf dem Stuhl zurück und verschränkte die Hände locker auf dem Schoß.

Fleur warf einen Blick auf das Schreiben und kam sich töricht vor.

»Haben Sie noch Fragen, bevor ich anfange?«

»Tausend.« Fleur schenkte der Anwältin ein nervöses Lächeln. »Aber das Wichtigste ist wohl festzuhalten, dass Annie Somerville meine Tante war.« Sie änderte die Sitzhaltung. »Wissen Sie, bis gestern wusste ich nicht einmal, dass sie existierte.«

Jacintha hob eine sauber gezupfte Augenbraue, bevor sie nach dem prall gefüllten Ordner griff. »Unsere Mandantin fand die Entfremdung von ihrer Familie sehr schmerzhaft«, murmelte sie. »Sie war in der Tat die ältere Schwester Ihres Vaters.«

»Kannten Sie sie persönlich?«

»Erst in den letzten Monaten ihres Lebens. Davor haben wir nur miteinander korrespondiert oder telefoniert. Sie war eine wundervolle Frau.« Jacintha zog ein Foto aus dem Ordner. »Sie wollte, dass ich Ihnen das hier überreiche.«

Fleur schaute in das lächelnde Gesicht einer Frau, die trotz ihres Alters noch immer eine Schönheit war. Sie trug eine geblümte Bluse und eine gut geschnittene Hose. Ihr dichtes weißes Haar war in Wellen aus der hohen Stirn gekämmt; sie hatte geschwungene Augenbrauen, tiefliegende Augen und hohe Wangenknochen. Die Kinnpartie war energisch, die Augen aber funkelten vor Freude in die Kamera.

»Das Foto habe ich bei meinem letzten Besuch gemacht. Sie wusste bereits, dass sie sterben würde – aber das sieht man ihr nicht an, oder?« Jacintha klang traurig.

Eine Woge der Trauer erfasste auch Fleur. »Was war es? Krebs?«

Jacintha nickte.

»Ich wünschte, ich hätte sie gekannt«, sagte Fleur. »Aber wenn ich sie auf diesem Foto sehe, kommt sie mir eigenartig vertraut vor – vielleicht wegen der Familienähnlichkeit.«

Jacintha räusperte sich und kehrte wieder zum Geschäftlichen zurück. »Ich muss Sie bitten, sich mit einem amtlichen Dokument auszuweisen, Fleur. Tut mir leid, aber das ist gesetzlich vorgeschrieben.« Sie nahm Fleurs Führerschein entgegen, notierte sich die Details und gab ihn zurück. Dann zog sie zwei Kopien von Annie Somervilles Testament aus dem Ordner.

»Wahrscheinlich ist es das Beste, wenn ich das verlese und Sie es auf Ihrer Kopie verfolgen. Bis auf einige kleine Zuwendungen erben Sie den Großteil des Anwesens unter bestimmten Bedingungen. Natürlich wird Erbschaftssteuer zu entrichten sein, aber Annie hatte offenbar in den letzten Jahren eine kompetente Finanzberatung, und auch nach dem Verkauf einiger Aktivposten bleibt das Erbe beträchtlich. Sollten Sie Fragen haben, sagen Sie es einfach.«

Jacintha führte Fleur ruhig durch den Text und erklärte die juristischen Fachbegriffe und Verfügungen bis hin zu großzügigen Zuwendungen an verschiedene Einrichtungen für Kinder. Fleur fiel auf, dass die meisten Gelder für die Organisationen Child Migrant Trust und Stolen Generation bestimmt waren, die sich um Kinder kümmerten, von deren Schicksal die Medien vor kurzem voll gewesen waren.

»Warum hat Annie diese speziellen Wohltätigkeitseinrichtungen gewählt? Weil sie keine eigenen Kinder hatte?«

Jacintha warf ihr über die Lesebrille hinweg einen Blick zu. »Annie ist leidenschaftlich gegen Unrecht eingetreten – besonders, wenn es Kinder betraf. Sie gehörte zu den Ersten, die sich für Kinder eingesetzt haben. Sie fühlte sich darin bestätigt, als sowohl die australische, als auch die britische Regierung die Möglichkeit einer offiziellen Entschuldigung für den Umgang mit den Kindern der Ureinwohner in Erwägung zogen. Bis es dazu kommt, kann allerdings noch lange dauern.«

Fleur nickte, und Jacintha widmete sich wieder dem Testament.

»Zehntausend Dollar hinterlasse ich für die kontinuierliche Pflege des Kirchhofs und des Familiengrabs, weitere zehntausend Dollar gehen an die Fliegenden Ärzte in Anerkennung ihres bewährten Einsatzes in entlegenen Gegenden.

Meiner Nichte, Fleur Leanora Mackenzie, geborene Franklin, hinterlasse ich zu treuen Händen die Rinderfarm Savannah Winds, PO Box 1459, Northern Territories, mit lebenslangem Pachtrecht für Djati Wishbone, meinen Freund und Gefährten über viele Jahre. Fleur Leanora Mackenzie wird aus besagtem

Treuhandverhältnis eine jährliche Rente in Höhe von vierzig Prozent aller Gewinne erhalten.«

Jacintha erreichte das Ende der ersten Seite und schaute Fleur an. »Die Treuhandpapiere sind gesondert, und ich werde es Ihnen überlassen, sie nach Belieben durchzusehen. Es genügt wohl, wenn ich sage, dass die Treuhandbank für die Verwaltung des Fonds verantwortlich ist und dafür sorgen wird, dass der Gewinnanteil jährlich ausgezahlt wird. Im Falle Ihres Todes endet das Treuhandverhältnis und das Eigentum wird unter Ihren Kindern aufgeteilt.«

»Und wenn ich keine habe?«, fragte Fleur nervös.

»Dann wird alles verkauft und der Erlös auf verschiedene wohltätige Organisationen verteilt.«

»Wer ist Djati Wishbone?«

Jacintha nahm die Brille ab und lächelte. »Djati ist ein australischer Ureinwohner, der seit seiner Kindheit auf dem Anwesen lebt. Heute ist er ein alter Mann, aber er und seine Familie haben die Leitung der Farm übernommen, als Annie vor etwa dreißig Jahren nach Queensland zog. Ihre Tante wollte sicherstellen, dass das Anwesen zu seinen Lebzeiten nicht verkauft wird und er in seinen letzten Jahren abgesichert ist.«

Nachdenklich betrachtete sie Fleur. »Natürlich bleibt es Ihnen und den Treuhändern überlassen, was Sie nach seinem Tod mit der Farm anfangen wollen, aber ich möchte nicht versäumen, Sie darauf hinzuweisen, dass Djati und seine Familie dort ansässig sind und seine Söhne und Enkel das Anwesen gut in Schuss halten.«

Fleur trank einen Schluck Wasser und stellte fest, dass ihre Hände zitterten. »Was mich betrifft, können sie bleiben«, sagte sie mit zitternder Stimme. »Ich habe keinen blassen Schimmer von Rinderfarmen, nur dass sie für gewöhnlich groß und sehr einsam gelegen sind.« Sie sah Jacintha beinahe argwöhnisch an. »Wie groß ist Savannah Winds denn?«

Jacintha lächelte. »Die Farm umfasst sechshunderttausend Morgen gut bewässertes Land. Allgemeinverständlich sind das fünfzig Quadratkilometer.«

Fleur versuchte, sich die Ausmaße annähernd vorzustellen, aber es gelang ihr nicht.

»Das Anwesen ist zwar abgelegen, soweit ich weiß, aber es gibt ziemlich gute Straßen dorthin, und bis Cloncurry fährt man nur zwei Tage Richtung Osten. Es besteht vor allem aus Grasland und einer Feuchtsavanne. Doch es gibt auch Weizenfelder, fünf Häuser, ein paar Scheunen, Unterkünfte und eine eingerichtete Küche für mindestens zwanzig Arbeiter zur Zeit des Viehauftriebs. Natürlich sind die Maschinen der Farm und alles andere inbegriffen.«

Jacintha sammelte einige Papiere zusammen und zögerte, bevor sie Fleur den Stoß überreichte. »Sie werden sehen, dass Savannah Winds auf über acht Komma fünf Millionen Dollar geschätzt wurde.«

»Acht Millionen?«, hauchte Fleur. »Du lieber Himmel!« Sie starrte Jacintha an, unfähig, sich zu rühren und klar zu denken, während ihr diese Riesensumme durch den Kopf schwirrte.

»Ziemlich viel, was?« Jacintha lachte. »Vielleicht holen Sie erst mal ein wenig Luft, bevor wir weitermachen. Aber vergessen Sie nicht, Sie haben nur das Anrecht auf eine jährliche Rente. Die genannte Summe wird erst erzielt, wenn das Anwesen verkauft werden muss. Und Werte ändern sich«, warnte sie.

»Über welche jährliche Zuwendung sprechen wir denn?«, fragte Fleur zerstreut.

»Abhängig von den Märkten und je nach Verlauf der Saison auf Savannah Winds handelt es sich schätzungsweise um eine Summe zwischen fünfzig- und zweihunderttausend Dollar.«

Fleur wurde ganz leicht im Kopf, ihr Magen grummelte vor Aufregung. »Ich brauche etwas Stärkeres als Wasser«, stammelte sie. »Könnten wir uns Wein bringen lassen?«

Jacintha nickte. Sie begab sich ans Wandtelefon, fragte Fleur, was sie gern hätte, und bestellte eine Flasche Jacob's Creek Pinot Noir. »Den trinke ich auch am liebsten«, sagte sie und setzte sich wieder.

Fleur hörte es kaum, denn sie konnte es immer noch nicht fassen, dass Annie ihr so ein erstaunliches Geschenk gemacht hatte. Und sie begriff ebenso wenig, welche Veränderungen in ihrem Leben es nach sich ziehen würde. Schweigend warteten sie, bis eine Kellnerin den Wein brachte, beiden davon einschenkte und die Flasche in einem Weinkühler auf dem Tisch deponierte. Als die Tür hinter ihr ins Schloss fiel, hoben die beiden Frauen die Gläser und tranken auf Annie Somerville.

»Wir machen jetzt am besten weiter«, sagte Jacintha schließlich. »Ich habe noch eine Verabredung zum Dinner und kann mich nicht verspäten.« Sie sammelte die Papiere ein und rückte die Brille gerade. »Ein paar kleinere Objekte aus Annies Besitz sollen veräußert werden, um die Erbschaftssteuer abzudecken, sowie ein großer Anteil ihrer Kapitalanlagen. Ihr Portfolio war in guten Händen, und es werden ungefähr zehntausend Dollar an Aktien und Wertpapieren übrig bleiben, die an Sie gehen, sobald wir die gerichtliche Bestätigung haben.«

Fleur nippte an ihrem Wein und versuchte zu verdauen, was Jacintha da gerade sagte, aber es war, als käme deren Stimme von weither.

»Birdsong ist das zweite Anwesen, das Annie Ihnen vermacht hat, Fleur. Es war über dreißig Jahre lang Annies Zuhause. Sie hat es sehr geliebt.« Jacinthas Augen verschleierten sich, ihre Miene drückte Zuneigung aus. »Das Haus ist im schönsten alten Queenslander-Stil erbaut. Es liegt nördlich von Cairns in einer privaten Bucht, der Annie den Namen Kingfisher Bay gegeben hat. In den ersten Jahren führte sie es als kleines Luxushotel. Sie hat es mit Antiquitäten und Erinnerungsstücken gefüllt, die bis heute dort sind. Ihre Freundin Amy Parsons kümmert sich jetzt darum, und alles wurde für Sie so gelassen, wie es war – wie es Annies Wunsch entspricht. Sie dachte, es könnte Sie interessieren, etwas über ihr Leben zu erfahren.«

Fleur nickte, zu gerührt, um zu sprechen.

»Sechs Schlafräume gibt es dort mit fließendem Wasser und Strom. Das Haus steht auf einem drei Morgen großen Grundstück, das auf einer Seite bis an den Strand reicht und Zugang zum Daintree-Regenwald hat. Annie hatte ständig ungeheuerliche Kaufangebote von Bauunternehmen, aber sie war entschlossen, es als ihr Refugium zu bewahren, unberührt von der Außenwelt.«

Jacintha betrachtete Fleur. »Soviel ich weiß, sind Sie Architektin und haben daher auch mit dem Bauboom entlang der Küste im Osten zu tun. Annie hat sich sehr für Ihre Ausbildung und Ihre berufliche Laufbahn interessiert, und sie hatte das Gefühl, dass Sie eine so perfekte Oase mit Feingefühl behandeln würden.«

Fleur fragte sich, wie Annie ihre berufliche Laufbahn wohl verfolgt haben mochte – und warum sie sich so dafür interessiert hatte. Aber sie spürte, dass Jacintha darauf keine Antwort wusste und diese nur in einem von Annies Häusern zu finden sein würde.

»Ich freue mich, dass sie meinem Urteil vertraut hat«, erklärte sie. »Ja, ich habe bei allen meinen Projekten tatsächlich ein Auge auf die Umwelt. Es gibt so viele schöne alte Gebäude, die Baulöwen zum Opfer gefallen sind, und wenn wir so weitermachen, wird das Erbe der kurzen Geschichte Australiens verschwinden.«

»Der Meinung bin ich auch.« Jacintha nahm die Brille ab und trank einen Schluck Wein. »Orte wie Birdsong sind einmalig, aber leider sind sie bei dieser Gier nach Entwicklung zu erstklassigen Objekten von Immobilienspekulanten geworden. Ich sollte Sie warnen, Fleur. Das letzte Angebot, das Annie abgelehnt hat, belief sich auf vier Millionen Dollar.«

Greg streifte die Gummihandschuhe ab und entfernte den Mundschutz, während die OP-Schwester seinen Kittel aufband, und warf alles in den Wäscheschacht. »Danke, Susie. Das Team hat heute gute Arbeit geleistet. Ich glaube, wir haben uns unser Abendessen verdient.«

Susie Chapman schaute mit flatternden Lidern aus großen blauen Augen zu ihm auf. »Es war ein langer Tag, und ich könnte einen Drink vertragen.«

Greg ging über die angedeutete Einladung hinweg. Schwester Chapman schwärmte für ihn, doch in der dünnen Luft eines Operationssaals, in dem der Chirurg auf dem schmalen Grat zwischen Leben und Tod balancierte und die Anspannung groß war, riskierte man mit solchen Dingen den Job und musste sie unter allen Umständen vermeiden.

»Ich werde heute mit meiner wunderschönen Frau zu Abend essen«, sagte er, nahm seine Armbanduhr und machte sich auf den Weg zum Umkleideraum und zu den Duschen. »Bis morgen, Susie.«

Er schlenderte in den Umkleideraum, zog sich aus, trat in die Dusche und genoss den heißen Wasserstrahl. Sein Rücken schmerzte, und der Nacken war verspannt, doch trotz seiner Müdigkeit freute er sich nicht so richtig auf zu Hause, wo sich vermutlich ein Sturm zusammenbraute.

Andere Ärzte kamen und gingen, während er sich langsam anzog und Zeit mit Geplauder vergeudete. Greg merkte, dass er Gefahr lief, sich zu verspäten, packte seine Tasche und machte sich auf den Weg zum Parkplatz.

Sobald er die Wagentür zugeschlagen hatte, ertönte sein Beeper.

In Sekundenschnelle hetzte er zurück und stürmte durch die Türen. Er ließ den Aufzug links liegen und lief die Treppe hinauf, zwei Stufen auf einmal nehmend. Außer Atem kam er auf der Intensivstation für Kinder an.

Die Vorhänge um das Bett in der Ecke waren zugezogen, und Greg konnte die stumme Verzweiflung der Schwestern und Assistenzärzte, die eine Notversorgung unternahmen, förmlich hören. Er griff nach dem Stethoskop des Assistenzarztes und hörte das schwache Herz ab, das stotterte und immer wieder zum Stillstand kam, während Shane Philips um sein Leben rang.

»Er hat innere Blutungen.« Greg schob das Bett bereits zur Tür. »Benachrichtigen Sie das OP-Team und sagen Sie, wir sind unterwegs.«

Mit grimmiger Miene rollte er das Bett den Flur entlang zum Operationssaal zwei. Shane war erst fünf Jahre alt und hatte so tapfer darum gekämpft, die Schläge seines Vaters und die mangelnde Fürsorge der Mutter zu überleben – aber Gregs schlimmste Befürchtungen bewahrheiteten sich nun. Das Kind hatte zu viele körperliche Verletzungen davongetragen, und nun drohte sein angeschlagenes Herz die Schlacht zu verlieren.

Greg wandte sich an die Krankenschwester, die neben ihm lief. »Rufen Sie meine Frau an und richten Sie ihr aus, dass ich später komme. Danach gehen Sie zu der Mutter. Wenn sie auch nur leicht alkoholisiert klingt, halten Sie sie im Familienzimmer bei einer großen Tasse Kaffee fest.«

Innerhalb kürzester Zeit wurde Greg ein Kittel übergezogen. Während er sich die Hände schrubbte, kreisten seine Gedanken ausschließlich um den bevorstehenden Eingriff. Als er sich seinem kleinen Patienten näherte und die Hand nach dem Skalpell ausstreckte, betete er insgeheim, dass er rechtzeitig zur Stelle war und dem Kind helfen könne.

Fleur hatte das Gefühl, auf einer Wolke zu schweben, als sie aus dem Hilton trat. Ihre Umgebung verschwamm zu einer bewegten bunten Masse; die Geräusche verloren sich in einem Nebel aus Erstaunen und Aufregung, während sie sich über den Markt treiben ließ und Zutaten für ein besonderes Abendessen sowie einen Arm voller Blumen einkaufte.

Sie hatte keine Ahnung, wie sie es geschafft hatte, unfallfrei zum Apartment zurückzukehren, denn sie konnte sich nicht an die Fahrt erinnern. Sie ließ die Einkäufe auf die Anrichte fallen, legte ihre Lieblingsmusik auf, um bei den instrumentalen Klängen von Liebesliedern zur Ruhe zu kommen, und stellte die Blumen in Vasen.

Das Apartment war rasch erfüllt vom Duft weißer Lilien und roter Rosen, die in Wolken aus Schleierkraut steckten. Fleur freute sich und war aufgeregt, denn sie plante einen sinnlichen, intimen Abend. Zuerst würde sie ein langes Duftbad nehmen, sich dann die Haare aufstecken, besondere Sorgfalt auf ihr Make-up verwenden und das enge schwarze Kleid und die hohen Riemchensandalen anziehen, die Greg immer so sexy fand. Das Abendessen bedurfte keiner langen Vorbereitung. Hummer und Krabben waren bereits gekocht, und an den Salat musste nur noch ihre selbstgemachte Soße. Danach würde es Erdbeeren mit Sahne und Schokostreuseln und natürlich Champagner geben.

Sie polierte die Glasplatte des Esstisches auf Hochglanz und deckte ihn mit Kristallgläsern, Silber und einer Schale voller makellos weißer Rosenknospen. Zufrieden eilte sie ins Schlafzimmer. Es war kurz vor sieben. Greg würde bald da sein.

Greg warf einen Blick auf die Uhr im OP. »Todeszeitpunkt acht Uhr fünfundvierzig«, murmelte er in die betretene Stille, die sich eingestellt hatte, nachdem die Maschinen abgeschaltet waren.

Der Tod erzeugte bei allen Beteiligten stets Leid und ein entsetzliches Gefühl des Versagens, und das spiegelte sich nun wider, während sie in stiller Ehrerbietung vor der kleinen Gestalt auf dem Tisch standen. Der Tod eines Kindes berührte sie alle, und wer selbst Kinder hatte, würde gleich nach Hause gehen und sie fest an sich drücken, dankbar, dass sie in Sicherheit waren und das Schicksal sie verschont hatte.

Tränen stachen in Gregs Augen, als er das kleine Gesicht berührte und sanft den hellen Haarschopf aus der glatten Stirn strich. Er wünschte, er könne an Gott glauben – wünschte, er könne darauf vertrauen, dass dieses Kind von einem liebevollen Jesus in die Arme geschlossen würde. Aber die Realität – besonders die Lebenswirklichkeit dieses Kindes – machte es ihm unmöglich, sich damit zu trösten. Denn falls es einen Gott gab, warum hatte er Shane dann so leiden lassen? Warum hatte er nicht den Vater zu sich gerufen und das Leid des Kindes beendet? Warum hatte er Shane überhaupt das Leben geschenkt, wenn das Kind damit zu Jahren des Schmerzes und der Angst verurteilt war?

»Ich mache hier alles fertig«, sagte Susie Chapman leise. »Gehen Sie nach Hause, Mr. Mackenzie!«

Greg zog die Gummihandschuhe aus, riss sich den grünen Kittel ab und warf alles beiseite. Er war erschöpft und zutiefst bekümmert, aber seine Pflichten waren noch nicht beendet, und er fürchtete sich vor den nächsten fünf Minuten. »Ich muss zuerst zu seiner Mutter. Wo ist sie?«

Fleur wanderte immer rastloser auf und ab, je später es wurde. Erst als sie das Telefon betrachtete und sich fragte, ob sie im Krankenhaus anrufen solle, fiel ihr auf, dass der Anrufbeantworter blinkte.

Sie machte ihn an, hörte die Stimme der Schwester und sank gegen die Wand. Nach seinem Noteinsatz im OP würde Greg müde und gereizt sein, und wenn es nicht gut gelaufen war … Schwer zu sagen, in welcher Stimmung er sein würde. Sie seufzte und fragte sich, was am besten zu tun wäre. Sie beschloss, dass sie einfach warten und es darauf ankommen lassen musste, streifte die Schuhe ab und ging an den Kühlschrank.

Bei gedämpftem Licht und mit der gefühlvollen Stimme von Mick Hucknall im Hintergrund öffnete sie die Champagnerflasche, versank in den Daunenpolstern des Sofas und ließ ihrer Phantasie freien Lauf. Tief unten funkelten die Lichter von Brisbane, und der schwarze Samthimmel, der sich über der Stadt und dem Hinterland wölbte, war übersät von Sternen und der goldenen Sichel des Mondes.

Während sie langsam den Champagner trank und die Gedanken schweifen ließ, schaute sie in den Sternenhimmel und fragte sich, wie er über der Savanne aussehen mochte, in der es keine Lichtverschmutzung gab. War er so wunderbar, wie es allgemein hieß? Hatte Annie zum Firmament aufgeschaut und – wie ihre Nichte – die unermessliche Weite bestaunt? Ob sie auch jetzt auf Fleur hinabschaute und über die Freude lächelte, die sie ihr geschenkt hatte? Der Gedanke gefiel ihr.

Greg trat aus dem Aufzug und nahm die Szene sofort in sich auf. Fleurs hochhackige Riemchenschuhe lagen verlassen mitten im Raum, das enge schwarze Kleid war hochgerutscht und entblößte ihren kessen kleinen Po, während sie auf dem Sofa schlief. Neben ihr, auf dem Fußboden, stand eine fast geleerte Champagnerflasche, ein leeres Glas hatte sie noch in der Hand. Der Tisch war mit dem besten Silber und Kristall gedeckt, überall standen Blumen, und die Musik war romantisch. Er schüttelte die Slipper ab und tapste leise in den Küchenbereich, um im Kühlschrank Hummer, Krabben, Erdbeeren und noch mehr Champagner zu entdecken.

Er lehnte sich an die Anrichte und beobachtete seine schlafende Frau. Sein Herz schwoll vor Liebe an, aber er seufzte erschöpft und besorgt. Fleur hatte offensichtlich alle Register gezogen in dem Bemühen, ihn von Kindern zu überzeugen, doch auch mit noch so viel Champagner und feinem Essen würde sie es nicht schaffen, ihn umzustimmen – schon gar nicht nach dem heutigen Tag.

Er holte sich eine Packung Saft aus dem Kühlschrank und schlich auf Zehenspitzen zum Gästezimmer, denn er wollte Fleur nicht wecken. Er war feige, das wusste er, aber nach einem gesunden Schlaf würde er besser mit ihren Forderungen fertig werden.

»Greg?«

Wie angewurzelt blieb er im Türrahmen stehen.

»Wann bist du denn gekommen?«, fragte sie schläfrig mit schwerer Zunge. »Warum hast du mich nicht geweckt?«

Er drehte sich zu ihr um, während sie unbeholfen aufstand, ihr Kleid zurechtrückte und ihre Haare zu ordnen versuchte. »Ich mochte dich nicht stören, du hast so gemütlich dagelegen«, murmelte er und stellte den Saft auf die Theke.

»Aber ich habe extra auf dich gewartet«, erwiderte sie, nahm die Flasche und goss sich den Rest ins Glas. »Und, o Mann, Greg, ich habe dir was Besonderes zu sagen.« Sie trank einen Schluck und reichte ihm das Glas. »Hier«, sagte sie, »nimm einen Schluck. Es gibt was zu feiern.«

Er bemühte sich, vernünftig zu klingen und eine freundliche Miene aufzusetzen. »Mir scheint, du hast schon genug gefeiert«, sagte er leise, nahm ihr das Glas aus der Hand und fing sie auf, als sie gegen ihn taumelte.

Sie warf den Kopf in den Nacken und schaute zu ihm auf. »Ich habe gerade erst angefangen«, sagte sie herausfordernd mit blitzenden Augen. »Mach dich locker, Greg! Trink was!«

Noch nie hatte er sie so erlebt, und es beunruhigte ihn. Es wühlte Erinnerungen auf, die er längst begraben glaubte, aber er wusste, dass es sinnlos war, mit ihr zu streiten. Sollte sie noch mehr trinken, könnte die Sache aus dem Ruder laufen und sie würden sich am Ende wieder streiten.

»Komm ins Bett«, sagte er und schlang den Arm um ihre Taille, um sie ins Schlafzimmer zu manövrieren.

»Oh, ja, bitte«, kicherte sie, »aber nur, wenn du versprichst, richtig unanständig zu sein.«

»Ich wollte damit sagen, dass du deinen Rausch ausschlafen sollst«, erklärte er kühl. »Es war keine Einladung.«

Fleur wich zur Seite und schmollte. »Ich will nicht schlafen«, nörgelte sie und griff nach seinen Hemdknöpfen. »Komm, Greg, wir ziehen uns aus.«

Er umklammerte ihre fummelnden Finger. »Hör auf, Fleur! Ich bin erschöpft und ganz bestimmt nicht dazu aufgelegt.«

Trübe schaute sie ihn an und runzelte die Stirn. »Du bist mir doch nicht mehr böse, oder?«

»Natürlich nicht.« Er unterdrückte seine Ungeduld, strich ihr die Haare zurück und küsste sie auf die Stirn. »Aber ich habe einen höllischen Tag hinter mir, und ich will nur noch schlafen und vergessen.«

»Das geht doch nicht«, protestierte sie, wandte sich schwankend von ihm ab und zeigte auf den Tisch. »Ich habe den ganzen Abend geplant, damit wir feiern können.«

Etwas Kaltes wand sich wie ein Wurm durch seinen schwerfälligen Verstand. »Feiern?«, fragte er argwöhnisch.

»Ja«, sagte sie, während sie vergeblich versuchte, ihre Schuhe anzuziehen. »Ich muss dir etwas echt Wichtiges sagen, aber zuerst musst du zu Abend essen und Champagner trinken.« Sie ließ die Sandalen liegen, torkelte barfuß an den Kühlschrank und holte die zweite Flasche heraus.

»Meinetwegen brauchst du die nicht aufzumachen«, sagte er schnell. »Und was das Abendessen betrifft, ich habe im Krankenhaus gegessen, weil ich dachte, dass du wahrscheinlich schon schlafen würdest.«

Sie warf einen Blick auf die Uhr, und ihre Augen wurden schmal. »Bin ich jemals vor zehn im Bett gewesen?« Sie entfernte die Goldfolie von der Flasche, drehte den Draht auf und zog fachkundig den Korken aus der Flasche. Sie kehrte ihrem Mann den Rücken zu und schenkte vorsichtig Champagner in zwei frische Gläser. »Du hast doch nicht gehofft, mir aus dem Weg zu gehen, oder, Greg?« Ihre Stimme war leise und seltsam angespannt.

Er strich sich mit den Händen über den Kopf und vergrub sie dann in den Hosentaschen. »Natürlich nicht, aber es ist spät, und ich bin nach einem langen, schweren Tag erschöpft. Ich möchte nur noch ins Bett.«

»Klingt nach einem Plan«, murmelte sie. »Aber zuerst wollen wir Champagner trinken. Der bringt dich vielleicht in bessere Stimmung.«

Er schloss die Augen und holte tief Luft, um sich zu beruhigen. »Heute Abend muntert mich nichts mehr auf«, erklärte er vorsichtig, »am wenigsten Champagner. Vielleicht ist es besser, wenn ich im Gästezimmer schlafe.«

»Warum?« Ihr Tonfall wurde schärfer, als sie die Gläser auf die Anrichte stellte und die Hände in die Hüften stemmte. Plötzlich wirkte sie nüchterner, mehr auf seine Laune eingestimmt und demzufolge aggressiver. »Was ist los mit dir? Du willst nicht mit mir schlafen, du willst keinen Champagner – und jetzt hast du auch noch vor, im Gästezimmer zu übernachten. Bin ich so eine schreckliche Ehefrau, dass du es nicht ertragen kannst, im selben Raum mit mir zu sein – oder was?«

Er bemerkte Fleurs gerötete Wangen und den kämpferischen Blick und seufzte innerlich. »Ich wünschte, du würdest nicht trinken, Fleur. Es macht dich … unvernünftig.«

Sie verschränkte die Arme, ihr Blick blieb fest. »Junge, du weißt wirklich, wie man einer Frau schmeichelt.«

»Darauf lass ich mich nicht ein«, sagte er matt, drehte sich um und ging zum Gästezimmer.

Überraschend schnell holte sie ihn ein und verstellte ihm den Weg. »Bist du denn gar nicht neugierig, warum ich heute Abend feiern wollte?«

Die frostige Kälte kehrte zurück. »So wichtig wird es wohl nicht sein, dass es nicht bis morgen Zeit hat«, sagte er, darauf bedacht, von ihr fortzukommen – aus Angst, die gefürchteten Worte von ihr zu hören, die ihr vermutlich auf der Zunge lagen, denn es gab nur eine Neuigkeit, die sie in diesen Zustand versetzen konnte.

Ihre Miene wurde weicher, und das Licht kehrte in ihre wunderschönen Augen zurück, denn sie glühte vor Aufregung. »Was ich dir zu sagen habe, wird unser Leben verändern«, hauchte sie. »Und sobald du es vernommen hast, wirst du vergessen, dass du müde bist. Du wirst deinen Tag und unseren albernen Streit vergessen.«

Sein Puls wurde schneller, als er auf sie herabschaute. »Du bist doch nicht …? Nein?«

Ungeduldig schüttelte sie den Kopf. »Noch nicht«, antwortete sie beinahe sorglos, »aber ich könnte bald daran arbeiten.« Bevor er sie unterbrechen konnte, setzte sie eilig hinzu: »Ich hab ein Vermögen geerbt, Greg. Ein verdammt großes Vermögen.«

Er starrte sie an. Sein vernebelter Verstand versuchte zu begreifen, was sie gesagt hatte. »Ein Vermögen?«, brachte er schließlich hervor. »Von wem?«

Sie holte tief Luft. Ihre Aufregung legte sich aufgrund des Bedürfnisses, ihm alles zu erzählen.

Mit verschränkten Armen lehnte er sich an den Türrahmen. Seine Gedanken überschlugen sich und seine Laune sank, als ihm das volle Ausmaß von Annie Somervilles Vermächtnis dämmerte.

Fleur schien die Wirkung ihrer Neuigkeiten auf ihn nicht zu bemerken. »Von der Rinderfarm dürfte so viel Bares abfallen, dass ich mich mit Jason selbstständig machen kann«, sagte sie atemlos. Ihre Stimme hob sich vor Aufregung, als sie seine Arme packte und ihm ins Gesicht lachte. »Das Einkommen von Savannah Winds bedeutet, dass wir uns nie wieder Sorgen um Geld machen müssen, Greg. Ist das nicht toll?«

Greg spürte, wie ihre Nägel sich in seine Arme gruben. Angst erfasste ihn, denn er wusste, was kommen würde.

»Und überleg doch nur, Greg«, fuhr sie fort, ohne auf die Skepsis in seinen Augen und seine erstarrte Haltung zu achten, »wir könnten uns ein Haus unten am Fluss leisten und ein richtiges Familienhaus daraus machen. Ich kann ein Kindermädchen einstellen, das bei uns wohnt, und nichts wird uns davon abhalten, jede Menge …«

»Nein.« Das klang barscher, als er beabsichtigt hatte, doch wenigstens war ihr Redeschwall nun unterbrochen, und sie nahm ihn endlich zur Kenntnis.

»Was soll das heißen?« Ihre Stimme schwankte.

»Es ist deine Erbschaft, und du kannst damit tun und lassen, was du willst. Aber Geld ist nicht die Lösung für alles, und wenn du glaubst, ein schickes Haus am Fluss wird mich umstimmen, was die Gründung einer Familie betrifft, dann irrst du dich gewaltig.«

Er bemerkte, dass Streitlust in ihr aufkeimte, während sie ihn unentwegt anblickte. »Warum? Einer deiner Einwände war, dass diese Wohnung nicht kinderfreundlich ist und unsere Arbeit uns daran hindert, Kinder großzuziehen. Du meintest, wir hätten weder die Zeit noch das Geld für eine Familie. Doch Annies Geld reicht für eine fest angestellte Kinderfrau und …«

»Hör auf damit!«, knurrte er. »Hör sofort auf, Fleur! Es wird nicht dazu kommen.«

Tränen standen ihr in den Augen – Tränen und Fassungslosigkeit. Ihre Freude verebbte, so wie ihr die Farbe aus dem Gesicht wich. »Doch«, flüsterte sie. »Es wird. Bitte, Greg, nicht …«

Er war ein Schweinehund; er verletzte sie unsäglich, sah jedoch keine andere Möglichkeit, sie zum Schweigen zu bringen. »Tut mir leid, Fleur«, sagte er, und ein Kloß bildete sich in seinem Hals, »aber ich werde meine Meinung nicht ändern. Es wird keine Kinder geben, und wenn du noch so viel Geld hast.«

Sie schien zu schwanken, wehrte ihn jedoch wütend ab, als er sie stützen wollte. »Fass mich nicht an!«, zischte sie.

»Fleur, bitte nicht …«

»Was nicht?«, schrie sie. »Was willst du von mir, Greg? Bin ich nicht gut genug, die Mutter deiner Kinder zu sein? Hast du Angst, ich könnte am Ende wie Selina werden und durchbrennen, sobald Schwierigkeiten auftauchen?«

»Überhaupt nicht.« Verzweifelt suchte er nach einer Möglichkeit, ihr zu sagen, dass es nicht an ihr liege, sondern an ihm. »Du wärst eine wunderbare Mutter.«

»Warum verwehrst du mir dann die Chance?« Sie verströmte Feuer, ihr Gesicht war rot vor Wut, ihr Blick voller Angst.

»Weil ich ein Feigling bin«, gestand er leise. Schwäche und Schmerz waren ihm deutlich anzuhören. Ihm kamen die Tränen, während er bemüht war, sich all den vergangenen Schrecken und Zweifeln zu widersetzen, und dennoch die Worte aussprach, von denen er inständig gehofft hatte, sie ihr niemals sagen zu müssen. »Wenn du es nicht ertragen kannst, ohne Kinder zu leben, dann musst du mich verlassen und dir einen anderen suchen.«

Fleur schaute entgeistert zu ihm auf, während seine ungeheuren Worte in ihrem Kopf nachhallten. »Ich habe *dich* geheiratet«, sagte sie unter Tränen. »Ich will keinen anderen.«

»Dann wirst du dich damit abfinden müssen, dass wir keine Kinder haben werden.«

Sie spürte, dass ihr die Freude und Aufregung des Tages schlagartig vergingen. Sie sah ihm den eigenen Schmerz an, weigerte sich aber, ihn anzuerkennen. »Das würde ich nicht feige nennen«, sagte sie. »Nur egoistisch.«

Er zuckte mit den Schultern, das Kinn gesenkt, die Arme fest vor der Brust verschränkt, als wolle er sich vor ihren Worten schützen und die Wut und den Schmerz abwehren, die sie verströmte. Aber sie ließ sich nicht abweisen.

»Du kannst nicht einfach so eine pauschale Aussage treffen«, sagte sie zornig. »Sieh mich an, Greg! Hab wenigstens den Anstand, mir zu erklären, warum du so unnachgiebig bist.«

Er hob den Kopf, und Fleur wich vor der gleißenden Intensität seines Ausdrucks einen Schritt zurück. »Ich habe heute einen kleinen Jungen auf dem OP-Tisch verloren«, sagte er, die Stimme tonlos von unterdrückten Emotionen. »Er war erst fünf. Weil sein Vater ihn immer so gnadenlos verprügelt hat, war das Herz des Kleinen zu schwach, um eine weitere Operation zu überstehen, die ihn wieder zusammengeflickt hätte.«

»Oh, Greg!« Reue überkam sie. »Mir war nicht klar …«

»Natürlich nicht. Warum auch? Du hattest ja nichts Besseres zu tun, als mit deiner Erbschaft zu prahlen – hast dich zu sehr um deine eigenen Bedürfnisse gekümmert, um dich zu fragen, wie es mir gehen könnte.« Er ballte die Fäuste, reckte die Schultern, ging zum Fenster und starrte auf die glitzernde Stadt weit unten.

»Mir war schon klar, dass du erschöpft bist.«

»Warum bist du dann darüber hinweggegangen und hast es auf einen Streit angelegt?« Er schlug um sich, warf dabei eine Vase zu Boden und schien die Glassplitter und die Pfütze zu seinen Füßen nicht zu bemerken. Seine Miene war finster, fast bedrohlich. »Treib es nicht zu weit, Fleur!«, warnte er.

Fleur wurde von Angst gepackt. Sie hatte stets vermutet, dass tief in ihm eine verborgene Wut lauerte, die er bis zum heutigen Tag fest unter Kontrolle gehabt hatte – aber nun fiel es ihm offensichtlich schwer, sich zusammenzureißen. Sie spürte seinen Zorn und wusste, dass er an der Grenze der Belastbarkeit stand.

»Dann sprich mit mir!«, forderte sie leise. »Sag mir, was dich so arg verletzt hat.«

»Ich habe ein Kind verloren. Reicht das nicht?«

»Das ist furchtbar«, stimmte sie zu. »Der arme kleine Junge – und auch du tust mir leid.« Sie versuchte nicht, ihn zu berühren, trat nicht näher. »Aber ich werde das Gefühl nicht los, dass sein

Tod etwas in dir geweckt hat, was sich nicht länger ignorieren lässt. Und es frisst dich auf. Lass es raus, Greg – lass alles raus, damit dein Heilungsprozess in Gang kommt!«

Greg glitt an der Wand zu Boden und umschlang die Knie. Er schwieg eine ganze Weile, saß nur mit hängenden Schultern da, tief in Gedanken versunken, das Gesicht in den Armen verborgen.

Fleur setzte sich neben ihn und wartete.

»Shane war etwas Besonderes«, flüsterte er, »aber ich habe ihn im Stich gelassen wie alle anderen auch. Er war erst fünf, hat aber die meiste Zeit seines kurzen, tragischen Lebens in Angst und Schmerz verbracht.« Er seufzte bebend. »Ich habe ihn verarztet, seit er neun Monate war – doch sein Lebensmut war nach den letzten Schlägen gebrochen, und ich habe es nicht geschafft, ihn durchzubringen.«

In Gregs Augen glitzerten Tränen, und Fleur widerstand dem Drang, die Hand nach ihm auszustrecken. Endlich öffnete er sich, und sie befürchtete, dass eine Berührung oder ein Laut von ihr den Zauber brechen und ihn wieder zum Schweigen bringen würde.

Greg war eingeschlossen in der Welt des Schmerzes, die er seit seiner Kindheit in sich trug. Shanes unglückliches Leben und sein tragischer Tod hatten in der Tat Wunden aufgerissen, die Greg unter großen Mühen zu heilen versucht hatte; die zerbrechlichen Mauern waren eingerissen, die er errichtet hatte, um sich vor der Vergangenheit zu schützen, und hatten die Furcht bestärkt, dass sein Vater recht gehabt hatte und dass er, Greg, ein Versager war.

Sie hatten in einer achtbaren, ruhigen Vorortstraße von Sydney gewohnt. Das Haus war wie alle anderen, und die Nachbarn argwöhnten nie, dass die Bewohner in Angst und

Schrecken vor dem schick gekleideten Geschäftsmann lebten, der jeden Morgen in sein Büro in der Stadt fuhr.

»Shanes Vater war genau so ein Schweinehund wie meiner«, murmelte er, »obwohl meiner ein viel schlauerer Sadist war. Die Prellungen ließen sich gut verbergen und wurden mit so viel Gehässigkeit zugefügt, dass sie schmerzten, aber keine Knochen brachen. Er hat sich die Stellen, auf die er zielte, gut ausgewählt: den weichen Unterleib, Hüfte, Brust oder Schenkel.«

Fleur schnappte hörbar nach Luft. Greg wusste, seine Worte würden ihr wehtun, doch die Schleusentore hatten sich geöffnet, und er hatte weder die Kraft noch den Willen, die Flut aufzuhalten. »Mum und ich wussten nie, in welcher Stimmung er vom Büro nach Hause kommen würde – aber man hätte seinen letzten Dollar darauf verwetten können, dass er etwas finden würde, worüber er sich beschweren konnte, und dann begann er zu prügeln.«

Seine Stimme war leise, die bösen Erinnerungen sickerten wie Säure aus ihm. »Das Schrecklichste an diesen Schlägen war sein Mangel an Wut. Wenn er geschrien und geflucht und im Haus randaliert hätte, wären sie leichter zu ertragen gewesen. Aber er blieb kalt dabei. Sein Gesicht war wie aus Stein, er hatte Augen wie Kiesel, während er systematisch boxte und trat, bis er sich verausgabt hatte. Er brach kaum in Schweiß aus, und wenn er fertig war, setzte er sich ruhig hin, ließ sich eine Tasse Tee bringen und las die Zeitung.«

Greg rieb sich über das Gesicht und lehnte den Kopf an die Wand. »Ich war zehn, als ich ihnen weggenommen und in ein Kinderheim gesteckt wurde.« Er knurrte. »Mum habe ich nie wiedergesehen. Sie war damals Alkoholikerin und ein Jahr später bereits tot.« Er seufzte. »Wahrscheinlich eine Erlösung«, fügte er bitter hinzu.

»Oh, Greg!«, sagte Fleur mit tränenerstickter Stimme, berührte ihn aber noch immer nicht, wofür Greg dankbar war. Hätte sie die Hand nach ihm ausgestreckt, wäre er zusammengebrochen, denn der Faden, mit dem er seine Gefühle im Zaum hielt, war so dünn, dass er leicht hätte reißen können.

»Ich habe das Kinderheim überlebt, weil ich zum ersten Mal erkannte, dass ich nicht allein war – dass andere Kinder dieselbe Hölle durchlitten hatten. Das hat mich gestärkt, und ich fasste den Entschluss zu beweisen, dass ich etwas tauge und der Alte unrecht hatte.« Er verstummte und dachte zurück an jene Jahre. Er erinnerte sich an die Geräusche und Gerüche des vollgestopften alten Hauses in einem Vorort von Sydney – an die Freunde, die er gewonnen, und die Lektionen, die er gelernt hatte.

»Im ersten College-Jahr habe ich angefangen, über das Verhalten meines Vaters Nachforschungen anzustellen. Ich hatte bereits beschlossen, Arzt zu werden, war mir aber nicht sicher, welche Fachrichtung ich einschlagen sollte. Ich hatte schon lange den Verdacht gehabt, dass mein Vater geisteskrank war, und durch die Recherche wurde mir klar, dass er ein Soziopath mit Neigung zu Gewaltanwendung war, der Kontrolle über Schwächere ausüben musste, um die eigenen Unzulänglichkeiten zu kompensieren.«

Er schloss die Augen. »Ich habe viel darüber nachgelesen, warum er offenbar keine Gefühle hatte, wenn er zuschlug – warum er niemals Bedauern oder Gram zum Ausdruck brachte. Seine Krankheit bedeutete, dass er unfähig war, etwas zu empfinden, unfähig, zu unterscheiden oder auch nur zu begreifen, was richtig ist und was falsch. An dem Punkt habe ich mir geschworen, niemals das Risiko einzugehen, eigene Kinder zu bekommen, denn es gab deutliche Hinweise, dass ich seine Krankheit geerbt haben könnte.«

»Aber du bist nicht psychisch labil«, platzte es aus Fleur heraus.

»Ich habe ein mieses Naturell«, murmelte er. »Obwohl ich den Zorn unter Kontrolle habe, baut er sich manchmal so auf, dass ich fürchte zu explodieren.«

»Das hast du nie gezeigt«, beharrte sie. »Ich glaube, es sind eher die Enttäuschungen und die verdrängten Verletzungen, die du hegst. Aber mittels Hilfe und Beratung wirst du feststellen, dass du so normal bist wie jeder andere.«

»Seit wann hast du ein Diplom in Psychologie?«

»Und du?« Sie berührte seinen Arm, und er fuhr zusammen. »Eine psychologische Beratung könnte die Lösung sein, Greg. Weise das nicht einfach von dir.«

»Keine noch so lange Beratung wird mich umstimmen, Fleur. Ich bin nicht bereit, das Leben eines Kindes aufs Spiel zu setzen, nur um einen Standpunkt zu beweisen.«

»Aber ich werde da sein, um unser Kind zu beschützen, es zu lieben und zu verwöhnen. Bitte, verzichte nicht auf mich – oder die Möglichkeit, Kinder zu haben. Lass deinen Vater nicht gewinnen, nicht nach so langer Zeit!«

»Du hast mir nicht eine Sekunde lang zugehört«, zischte er, rappelte sich mühsam auf und taumelte zum Schlafzimmer. Mit raschen, wütenden Bewegungen begann er, eine Reisetasche zu packen. Er ging über Fleurs flehentliche Bitten hinweg und wollte nicht in ihr tränenüberströmtes Gesicht sehen, als sie ihm durch das Zimmer folgte.

»Ich kann nicht hierbleiben«, brummte er, schob sich an ihr vorbei und ging zur Wohnungstür.

»Warum denn nicht?«, schluchzte sie. »Wohin gehst du?«

»Das weiß ich nicht. Aber es ist aus, Fleur. Ich komme nicht mehr zurück.«

5

Zwei Tage nach dem Familienlunch hatte Bethany sich schließlich entschieden, Fleurs Rat zu befolgen und ihre Ärztin aufzusuchen. Sie war sehr verständnisvoll gewesen, und Bethany hatte die Praxis mit Hormonpillen für einen Monat und einem Diätplan verlassen. Sie war so optimistisch wie seit Langem nicht mehr. Den Rest des Vormittags hatte sie in einem Schönheitssalon verbracht und war dann shoppen und zum Friseur gegangen.

Nun war das Abendessen zubereitet und der Esstisch mit dem besten Porzellan und Tafelsilber gedeckt. Bethany schlüpfte in die neue federleichte Hose und ein langes, fließendes Oberteil im Kaftan-Stil, das ihre blauen Augen hervorhob, und bewunderte sich im Spiegel des Kleiderschranks. Sie grinste entzückt, denn der schlichte Schnitt verdeckte eine Menge Kilos.

Ihre Haare waren nicht mehr grau, sondern in einem helleren Kastanienbraun koloriert, als sie es in ihrer Jugend gehabt hatte. Das kurze, glänzende Haar umspielte ihr Gesicht, und der dichte Pony fiel ihr in die Stirn. Es war eine mutige modische Frisur, und Bethany musste sich erst noch an ihr neues Aussehen gewöhnen, während sie sorgfältig die Lippen nachzog und Parfüm auflegte. Clive würde einen Schock bekommen.

Als sie seinen Wagen in der Einfahrt hörte, eilte sie die Treppe hinunter.

Ihr Mann stürmte durch die Fliegengittertür herein und ließ die Aktentasche auf den Tisch fallen, ohne seine Frau auch nur anzuschauen. »Ich hatte einen Scheißtag«, sagte er und holte sich ein kaltes Bier aus dem Kühlschrank. »Was gibt's zu essen, Beth? Ich könnte ein verdammtes Pferd verschlingen.«

Beth hielt sich an der Stuhllehne fest, als er an der Aufreißlasche der Bierdose zog, und starrte aus dem Fenster. »Salat mit Schinken«, sagte sie.

»Salat mit Schinken? Was ist das denn für ein Abendessen nach einem langen Tag bei …?« Schließlich drehte er sich zu ihr um und riss die Augen auf. »Gute Güte, Beth! Was hast du mit dir angestellt?«

»Das liegt doch wohl auf der Hand«, erklärte sie, plötzlich unsicher angesichts seiner Blicke. »Gefällt's dir?«, fragte sie vorsichtig.

»Das kann man wohl sagen.« Er grinste breit. »Gute Güte, Mädel, du siehst glatt fünfzehn Jahre jünger aus.« Sein Blick wanderte anerkennend über sie. »Was war der Auslöser dafür?«

»Ich habe beschlossen, keine alte Schabracke mehr zu sein«, sagte sie mit Nachdruck. »Also hab ich was dagegen unternommen.«

»Gut gemacht«, sagte er begeistert. »Und ich schätze, wenn du ein paar Pfunde verlieren könntest, würdest du noch besser aussehen.«

Er musste es immer verderben. »Ich habe einen Diätplan von meiner Ärztin«, sagte sie steif. »Deshalb gibt's Salat.« Sie sah ihm an, dass er protestieren wollte, und fügte rasch hinzu: »Du kriegst Kartoffeln und Eier dazu, damit du nicht verhungerst.«

Während er sich wusch und umzog, briet Bethany zwei Spiegeleier und legte sie auf Clives Teller zu Bratkartoffeln und Schinken. Standhaft ignorierte sie den Duft der Kartoffeln und Eier, während sie die Mahlzeit auftrug. Sie hatte jede Menge Übergewicht abzulegen, und wenn sie Erfolg haben wollte, dann konnte sie nicht bereits bei der ersten Versuchung schwach werden.

Clive kam die Treppe herunter und setzte sich an den Esstisch. Aufmerksam betrachtete er die Servietten und Blumen. »Gibt es einen besonderen Anlass?«

»Da die Kinder nun aus dem Haus sind, dachte ich, es wäre doch nett, unser neues gemeinsames Leben mit einem zivilisierten Essen zu beginnen. Wir können uns Zeit lassen und vielleicht über Zukunftspläne sprechen.«

Stirnrunzelnd tunkte er eine Röstkartoffel in sein Spiegelei. »Ich weiß wirklich nicht, was es da zu bereden gibt. Ich habe nicht vor, mich in den nächsten fünfzehn Jahren zur Ruhe zu setzen, und ich habe keine Zeit für Urlaub oder Hobbys, falls du so etwas erwarten solltest.«

Bethany trank einen Schluck Wasser, um das Essen herunterzuspülen, das plötzlich seinen Geschmack verloren hatte. »Es ist dein Steuerbüro«, sagte sie ruhig. »Du kannst Urlaub nehmen, wann immer du willst.«

»Das weiß ich.« Er trank sein Bier und schaute sie über den Tisch hinweg an. »Aber die vier Wochen, die meine jährliche Golfreise in Anspruch nimmt, reichen mir. Ich kann nicht von meinen Partnern erwarten, die Festung noch länger zu halten – sonst werden sie alle dieselben Privilegien einfordern. Und das Büro würde einfach nicht effizient funktionieren.«

»Du könntest die Golfsache absagen und mit mir nach England fahren«, erwiderte sie. »Du hast mir schon immer eine Reise nach Europa versprochen.«

»Ich habe gesagt, das können wir mal machen, wenn wir in Rente sind«, sagte er kauend. »Und was eine Absage der Golfreise betrifft, das kommt überhaupt nicht in Frage. Es ist ein jährliches Ritual, die Gelegenheit für mich und meine Kumpel, uns zu entspannen und das Geschäftliche zu vergessen. Die verlassen sich darauf, dass ich alles organisiere, und ich kann sie doch nicht im Stich lassen, oder?«

»Gott bewahre!«, seufzte sie.

Er legte sein Besteck scheppernd auf den Teller. »Was ist bloß in dich gefahren, Beth?

Sie sah ihm an, dass diese unverblümtere Bethany ihn aus der Fassung brachte. Sie fuhr sich mit der Zunge über die Lippen, schmeckte den neuen Lippenstift und rief sich ins Gedächtnis, worum es ging. Sie war weder ein Fußabtreter noch eine alte Schabracke oder eine nörgelnde Ehefrau. Clive hatte zu lange seinen Willen durchgesetzt. Sie war eine Frau auf der Schwelle zu einem neuen Leben, und sie war fest entschlossen, das Beste daraus zu machen.

»Ich bin es leid, außerhalb dieser vier Wände kein Leben zu haben«, sagte sie gelassen. »Du kommst und gehst, wie es dir gefällt, du hast deine Arbeit und dein Golf – aber ohne die Kinder hier zu Hause bleibt mir nicht mehr viel zu tun. Ich dachte, das könnte für uns beide eine Zeit der Veränderung werden.«

»Du könntest dir doch einen Job suchen.« Er fuhr mit dem Messer durch den Schinken. »Obwohl mir ein Rätsel ist, was zum Henker du machen könntest.«

»Das könnte ich vermutlich«, stimmte sie zögernd zu, »aber das habe ich nicht vor. Ich würde lieber mehr Zeit mir dir verbringen – vielleicht sogar anfangen, Golf zu spielen.«

In panischem Schreck riss er die Augen auf. »Also das willst du nicht mal denken, Beth«, sagte er hastig. »Die Jungs und ich genießen unser Golfspiel ohne die Frauen. Und ob ich mehr Zeit zu Hause verbringe – tja, ich werde sehen, was sich machen lässt, aber wir haben im Büro gerade sehr viel zu tun.«

»Hast du eine Affäre?«

Er lief rot an. »Was ist das denn für eine Frage?«

»Eine direkte«, sagte sie rundheraus. »Und ich würde es begrüßen, wenn du mir die Wahrheit sagtest, damit ich weiß, wo ich stehe.«

»Sei nicht albern, Frau!«, polterte er. »Natürlich habe ich keine Affäre.«

Beth wollte ihm glauben, aber ein Zweifel blieb haften. Seine Antwort war ein wenig zu energisch ausgefallen, und er wich ihrem Blick aus. Plötzlich war ihr ziemlich schlecht. »Verstehe«, sagte sie leise.

»Was soll das heißen?«

Sie zuckte mit den Schultern und begann die Teller abzuräumen. »Was immer du willst«, antwortete sie. Ihre Gefühle fest unter Kontrolle, kam sie mit zwei Schüsseln frischem Obstsalat und einem Krug Sahne zurück. Clive wirkte noch immer unstet.

»Wenn du nicht bereit bist, mit mir in Urlaub zu fahren oder ein wenig Zeit mit mir zu verbringen, jetzt, da wir die Möglichkeit dazu haben, dann treffe ich meine eigenen Vorkehrungen.«

Er wollte sich gerade die Sahne über das Obst gießen, hielt aber mitten in der Bewegung inne. »Vorkehrungen? Welche Vorkehrungen?«

Sie behielt die Nerven, stolz, dass sie ausnahmsweise einmal für sich selbst eintrat. »Ich habe beschlossen, mich für Linedance-Kurse anzumelden und ins Fitnessstudio zu gehen. Sobald ich etwas abgenommen habe, werde ich wahrscheinlich einen Urlaub buchen. Ich wollte immer schon nach Bali.«

»Schön für dich, Mum. Und hey, was hast du denn für eine coole Frisur? Du siehst toll aus!«

Melanie stand im Türrahmen, und Beth durchströmte Wärme, als ihre Tochter sie umarmte und küsste. »Freut mich, dass es dir gefällt«, murmelte sie. Ihr Lächeln erstarb, als Liam aus der Küche auftauchte. »Wir haben schon zu Abend gegessen, aber es ist noch jede Menge da, falls ihr Hunger habt.«

»Nö, ist schon okay, danke, Mrs. Wells.« Liam stellte sich hinter Melanie, als wolle er sich aus der Schusslinie retten.

»Ich bin gekommen, um dir ein bisschen mehr über die Reisevorbereitungen zu erzählen«, erklärte Melanie. »Wie du siehst, wird Liam auch mitfahren. Wir leihen uns das Wohnmobil seines Dads.«

»Schön für dich, Liam. Freut mich zu hören, dass unsere Tochter in sicheren Händen ist.« Clives übertriebene Begeisterung konnte seine Erleichterung über die rechtzeitige Störung nicht ganz verbergen.

Bethany warf ihrem Mann einen wütenden Blick zu. Liam war ein höchst unzuverlässiger junger Mann, obwohl er aus einer guten Familie stammte, und der Gedanke, dass die beiden zusammen unterwegs sein – und miteinander schlafen – würden, machte sie noch unglücklicher. »Ich wünschte, du würdest es dir noch mal überlegen«, raunte sie Melanie zu. »Du bist so jung, und Liam ist nicht die Sorte junger Mann …«

»Fang nicht schon wieder damit an, Mum! Ich dachte, wenn ich offen mit dir rede, würdest du es verstehen. Fleur hat gesagt …«

»Du hast mit Fleur darüber gesprochen?« Eifersucht durchfuhr Bethany.

Melanie biss sich auf die Lippe und wurde rot. »Ich wollte sie um Rat fragen, bevor ich es dir sage«, gestand sie.

»Aber ich bin deine Mutter. Du hättest gleich zu mir kommen sollen.«

»Fleur sagte, du würdest wütend werden, aber …«

»Das bin ich zu Recht«, gab sie zurück, »und ich vermute, Fleur billigt dieses Verhalten, oder? Hält es nicht für unangemessen, dass du durch ganz Australien ziehst mit … mit *dem* da?« Sie warf Liam einen giftigen Blick zu, bevor sie ihre Tochter wütend anschaute.

Melanie verschränkte die Arme. »Sie hat kein Drama draus gemacht. Ich hätte wissen sollen, dass du so reagierst. Kein Wunder, dass ich Fleur aufsuche, wenn ich einen vernünftigen Rat brauche.«

»Wie kannst du es *wagen*?«

»Ich gebe Mel Recht«, schaltete Clive sich ein. Er öffnete noch ein Bier und reichte es Liam. »Du machst viel Aufhebens wegen nichts, Beth. Ein neues Jahrtausend hat angefangen, und die Dinge verhalten sich anders als zu unserer Jugend. Mel und Liam sind verantwortungsbewusste junge Menschen, und wenn du dich allein in Bali herumtreiben kannst, dann verstehe ich nicht, warum du etwas gegen ihre Pläne hast.«

Bethany starrte ihren Mann an, erschüttert über seinen Mangel an Verständnis und Unterstützung. »Wenn du nicht einsiehst, dass die beiden so verantwortungsvoll sind wie Kakadus in einem Getreidesilo, dann spinnst du.«

Sie schob den Stuhl zurück, erhob sich und baute sich, vor Wut zitternd, vor ihnen auf. »Offensichtlich zählt meine Meinung nicht«, sagte sie verbittert. »Daher werde ich mir die Worte sparen.« Liam trat hastig einen Schritt zurück, als sie auf ihn zeigte. »Und wenn du nicht gut auf meine Tochter aufpasst, junger Mann«, zischte sie, »wirst du mir Rede und Antwort stehen müssen.«

»Geht klar, Mrs. …«

Bethany schob sich an ihm vorbei und ging die Treppe hinauf. Wut und Enttäuschung waren schwer zu beherrschen, und sie konnte es einfach nicht ertragen, alle auch nur eine Minute länger zu sehen. Was Fleur betraf – ihre jüngere Schwester würde bald feststellen, dass Bethany genug von ihrer Einmischung hatte. Ihre gesamte Familie würde bald erfahren, dass Bethany

Wells es satt hatte, herumkommandiert, niedergemacht oder schlichtweg übergangen zu werden. Höchste Zeit, Widerstand zu leisten.

Am nächsten Morgen stürmte Margot in aller Frühe ins Hotel Coolum und erfasste mit scharfem Blick den Staub auf den Palmen, die unpolierten Spiegel und dass die Empfangsdame auf ihrem Stuhl herumlungerte. Margot trat an die Empfangstheke und sah, dass die Angestellte in eine Illustrierte vertieft war. »Das können Sie in Ihrer Freizeit machen«, fuhr sie die Frau an. »Rufen Sie bei der Hauswirtschaft an und beordern Sie die Putzfrauen zurück. Hier ist es dreckig.«

»Aber die sind doch gerade erst hier fertig geworden.«

»Widersprechen Sie mir nicht!«, feuerte sie zurück. »Ich möchte, dass es hier blitzblank ist, wenn ich zurückkomme, und Sie können damit anfangen, den Schreibtisch aufzuräumen.« Zufrieden, dass sie dem Mädchen nach Gebühr Beine gemacht hatte, begab sich Margot mit klappernden Absätzen zum Fitnesscenter und in den Wellnessbereich. Kein Wunder, dass die Hotelkette bei derart nachlässiger Pflege und faulen Angestellten herunterkam. Es würde eine Erleichterung bedeuten, wenn die Verträge unterzeichnet waren und sie den verdammten Kram hinter sich lassen könnte.

Das Fitnesscenter war eine friedliche Oase. Der Duft von Massageölen hing in der Luft, dazu die gedämpften Geräusche von Wasserplätschern und Vogelgesang, der überall aus den Lautsprechern drang. Die hübsch ausgestatteten Mitarbeiterinnen trugen Blusen und Röcke in blassem Lila und sprachen gedämpft, während sie zielstrebig zwischen Rezeption, Pools und Behandlungsräumen hin und her gingen.

Tiffany schaute von den Terminplänen auf und erstarrte bei Margots Anblick sichtlich. Ihre großen blauen Augen waren von falschen Wimpern gerahmt, der Mund knallrot geschminkt; die Samtblüte, die sie hinter das Ohr gesteckt hatte, wirkte ziemlich lächerlich. Ihr dichtes hellblondes Haar war sauber gescheitelt und fiel über eine Schulter, und es war deutlich zu erkennen, dass sie unter der eng anliegenden Arbeitsuniform nicht viel trug.

Margot beachtete Tiffany nicht weiter, während sie unnötigerweise die Zeitschriften auf dem niedrigen Couchtisch ordnete und mit dem Finger über die gerahmten Urkunden fuhr. Sie musste insgeheim zugeben, dass Tiffany zwar wie eine Dumpfbacke aussah, den Laden jedoch fest im Griff hatte und offenbar gute Arbeit leistete.

»Guten Morgen, Tiffany«, sagte sie schließlich mit leiser, nicht bedrohlicher Stimme. »Könnte jemand anderes den Empfang für Sie übernehmen? Ich werde Sie nicht lange aufhalten.«

Tiffany wirkte alarmiert und lächelte zögernd. »Ich schau mal nach, ob Chloe frei ist«, murmelte sie und eilte zu einem Behandlungsraum.

Margot begab sich ins Büro, setzte sich auf einen Stuhl und wartete. Sie hatte lange darüber nachgedacht, wie sie diese Begegnung angehen solle, und nachdem sie mit ihrer Geliebten Helena darüber gesprochen hatte, war sie nun gut vorbereitet.

Tiffany betrat den Raum und brachte den Geruch von Zitrone und Frangipani mit. Der Stoff ihres Rockes raschelte an den gebräunten Schenkeln, als sie sich setzte. Die Bräune war ebenso unecht wie Tiffanys Wimpern und Brüste, und Margot fragte sich beiläufig, ob die glatte Stirn und die vollen Lippen auch kosmetischen Eingriffen zu verdanken seien – und ob ihr Vater die wohl bezahlt habe.

»Ich habe nicht viel Zeit«, murmelte Tiffany und drehte

nervös den großen Diamantring an ihrem linken Ringfinger. »Chloe hat in einer Viertelstunde eine Kundin.«

Margot setzte ein Lächeln auf. »Der Wellnessbereich macht Ihnen alle Ehre, Tiffany – Sie sind offensichtlich eine tüchtige, gewissenhafte Geschäftsführerin. Aber deshalb bin ich nicht hier.« Tiffany schaute sie wachsam an. »Wie ich hörte, sind Glückwünsche angebracht«, sagte Margot strahlend. »Dad hat uns von Ihrer Verlobung erzählt.«

Tiffany entspannte sich sichtlich. »Danke«, flüsterte sie und betrachtete ihren Ring mit flatternden Augenlidern. »Ich bin so froh, dass Sie zufrieden sind, denn ich weiß, wie sehr Don Ihre Zustimmung am Herzen liegt.«

Margot verkniff sich ein verächtliches Schnauben und blieb ruhig und freundlich. »Wir sind einfach nur begeistert, dass er eine Frau gefunden hat, auf die er sich verlassen kann und die ihm in seinen letzten Jahren beistehen wird.«

»Don ist ein wunderbarer Mann«, gurrte Tiffany, »und ich werde tun, was ich kann, damit er weiß, wie sehr ich ihn liebe.«

Margots Magen verkrampfte sich bei den honigsüßen Worten. »Sie sind sehr tapfer.«

Tiffany runzelte die Stirn. »Tapfer?«

Margot nickte. »Nicht viele junge Frauen würden sich meines Vaters annehmen – vor allem nicht in der Lage, in der er sich jetzt befindet. Ich muss schon sagen, Tiffany, meine Schwestern und ich bewundern Sie enorm.«

»Lage? Welche Lage?« Die Runzeln auf der Stirn waren tiefer geworden, und sie drehte den Ring an ihrem Finger noch heftiger.

»Na ja, er ist über achtzig.«

»Das sollte man nicht meinen«, sagte sie abwehrend. »Don hat von allen Männern, die ich kenne, den schärfsten Verstand –

und eine erstaunliche Energie. Manchmal habe ich Mühe, mit ihm mitzuhalten.«

Es verblüffte Margot, dass die junge Frau tatsächlich rot geworden war. »Er hat auf jeden Fall eine robuste Gesundheit«, bemerkte sie nüchtern. »Aber natürlich ist in diesen schwierigen Zeiten nicht garantiert, dass es so bleibt.«

Tiffanys Augen wurden noch größer. »Schwierige Zeiten? Er ist doch nicht etwa krank?«

»Nein, nein. Wahrscheinlich wird er uns noch alle überleben.« Margots Lächeln war nicht freundlich.

»Dann verstehe ich es nicht.«

Margot seufzte kurz. »Oh, meine Liebe«, sagte sie in bedauerlichem Ton, »und ich dachte, Dad hätte sich Ihnen doch gewiss anvertraut.« Die Augen unter den fein gezupften Brauen verengten sich. »Aber ich bin sicher, dass er es Ihnen schon bald sagen wird, und wenn er weiß, wie sehr Sie ihn lieben und wie treu Sie zu ihm stehen, wird er das neueste Dilemma glimpflich überstehen.«

»Welches Dilemma?« Tiffanys Blick war plötzlich besorgt.

Margot wedelte mit den Händen. »Ich sollte es Dad überlassen, mit Ihnen darüber zu sprechen«, sagte sie, »schließlich ist es eigentlich nicht …« Sie seufzte tief. »Wissen Sie, wir dachten, Ihnen wäre bekannt, dass die Hotelkette in finanziellen Schwierigkeiten steckt.«

Ein undefinierbarer Funke erhellte Tiffanys Augen, und sie fuhr sich mit der Zunge über die Lippen. »Don hat nie gesagt, dass die Hotels Probleme haben. Das kann nicht stimmen. Dieser Bereich hier ist seit Wochen ausgebucht. Wir haben mehr denn je zu tun.«

»Er ist sehr stolz, Tiffany, und ich vermute, dass er Angst hatte, es Ihnen zu sagen. Trotzdem werden wir die Hotels verkaufen müssen, um seine Gläubiger auszuzahlen.« Margot hielt

Tiffanys Blick stand. »Ich bin sicher, dass er merken wird, wie dumm es war, Ihnen das zu verschweigen. Schließlich lieben Sie ihn offensichtlich sehr, und wir sind so glücklich, dass er in dieser harten Zeit nicht allein ist.«

»Bestimmt irren Sie sich«, sagte Tiffany, die Hände fest verschränkt. »Don benimmt sich nicht wie ein Mann, der finanzielle Probleme hat. Sehen Sie sich doch nur den Ring an, den er mir gekauft hat.«

»Schön ist er«, murmelte Margot, beachtete ihn aber kaum. »Dad hat auf jeden Fall einen Blick für exquisite Schmuckstücke, und er hatte schon immer einen teuren Geschmack. Das ist auch einer der Gründe, warum er jetzt in diesem finanziellen Desaster steckt.«

Tiffany lächelte verunsichert. »So schlimm kann es doch nicht sein. Da sind noch das Haus und die Sommerresidenz in den Snowies sowie die Motelkette.«

Margot schüttelte den Kopf und setzte ein besonders bekümmertes Gesicht auf. »Ich fürchte, das Haus in Caloundra werden wir verkaufen müssen.« Ihre Miene hellte sich auf. »Aber das Haus in den Snowy Mountains dürfte ein gutes Sümmchen einbringen – bestimmt ausreichend für ein kleineres draußen im westlichen Hinterland. Soweit ich weiß, findet sich in einigen Gegenden noch immer ein Häuschen mit zwei Schlafzimmern für weniger als zweihunderttausend Dollar.«

Sie kramte in ihrer Handtasche und zog einen Packen Immobilienangebote von verschiedenen Maklern heraus. »Die können Sie nachher ja mal studieren. Ich mache so gern Jagd auf Häuser. Sie auch?«

Tiffany wurde unter dem dicken Make-up sichtbar bleich, als ihr Blick auf die Auswahl fiel, die Margot ausgesucht hatte. Offenbar fand sie keinen Gefallen an einer Holzhütte im Busch.

Margot tätschelte ihr die kalten Hände. »Tut mir leid, Tiffany, aber das ist noch nicht alles.«

Tiffany entzog sich der Berührung und sah Margot mit undurchdringlicher Miene an. »Dann sollten Sie es mir besser sagen.«

»Ich weiß, Dad hat Ihnen die Leitung des Coolum versprochen, aber das wird unter den neuen Besitzern nicht möglich sein. Verstehen Sie, die werden einen eigenen Geschäftsführer einsetzen – einen Mann, der schon seit Jahren für sie arbeitet und den soliden Ruf hat, kränkelnde Hotels wieder zu beleben.«

»Und mein Job hier?«

Margot zuckte mit den Schultern. »Das liegt nicht in meinen Händen, fürchte ich. Aber Sie können einer ausgezeichneten Empfehlung von mir sicher sein, sollten sie eine brauchen. Das erscheint im Moment vielleicht alles ein wenig trostlos, aber wenn sich eine Tür schließt, geht eine andere auf. Ich bin sicher, wenn Sie und Dad erst verheiratet sind, werden Sie alle Hände voll damit zu tun haben, sich um ihn zu kümmern und sich in Ihrem neuen Häuschen einzurichten. Sie werden nicht einmal daran denken können, hier zu arbeiten.«

»Aber meine Arbeit macht mir Spaß«, murmelte Tiffany. »Besteht denn die Möglichkeit, dass die neuen Besitzer mich weiter beschäftigen?«

»Kann sein, aber ich glaube, Dad hat es lieber, wenn Sie bei ihm zu Hause bleiben. Er ist nicht gern allein, und da draußen in der Pampa könnte er sich ein wenig einsam fühlen.«

Tiffany wirkte gequält, als ihr die Realität klar wurde, und Margot nutzte es zu ihrem Vorteil.

»Meine Schwestern und ich werden Sie selbstverständlich regelmäßig besuchen, und natürlich stehe ich Ihnen telefonisch zur Verfügung, sollten Sie mich brauchen, sobald Dads … Nun ja, er wird zusehends älter, und Sie werden vielleicht Rat und

Hilfe brauchen. Er hat schon immer Angst vor Pflegeheimen gehabt«, fügte sie traurig lächelnd hinzu. »Er nennt sie die Wartezimmer des Teufels. Jedenfalls habe ich eine Liste hoch angesehener privater Pflegeheime.« Und sie beeilte sich hinzuzusetzen: »Aber die werden Sie in den nächsten Jahren bestimmt nicht benötigen.«

»Das ist sehr nett von Ihnen«, stammelte Tiffany.

»Dafür sind Schwestern doch da«, sagte Margot. »Wir freuen uns so, Sie in der Familie willkommen zu heißen. Bestimmt werden wir uns alle blendend verstehen.« Sie hielt gerade so lange inne, bis sie die Panik in den Augen der jungen Frau bemerkte. Wäre Tiffany gewitzter, hätte sie Margots Scharade längst durchschaut, aber Tiffany war nicht die Hellste, und sie tat Margot beinahe leid. »Haben Sie und Dad schon ein Datum festgelegt? Die Hotels werden nämlich bald für die Renovierung geschlossen, und eine Hochzeit würde uns von all diesen Unannehmlichkeiten ablenken und unsere Laune erheblich verbessern.«

Tiffany hatte eine gespenstische Farbe angenommen, und sie musste schlucken, bevor sie etwas sagte. »Schließen? Wann?« Ihre Stimme war unsicher, ihre Hände verkrampften sich noch stärker.

Margot schlug ein schlankes Bein über das andere und lehnte sich entspannt auf dem Stuhl zurück. »Die Verkaufsverträge wurden gestern unterzeichnet«, log sie – sie lagen noch auf ihrem Schreibtisch und warteten auf letzte Korrekturen. »Die neuen Besitzer brennen darauf, mit der Renovierung anzufangen. Daher nehme ich an, dass es in wenigen Wochen der Fall sein wird.«

»Wann wird das Personal offiziell unterrichtet?« Tiffanys Stimme war deutlicher, ihre Haltung plötzlich zielstrebiger, während sie ihre Möglichkeiten erwog.

»Wir haben Briefe an alle verschickt. Die dürften morgen früh eintreffen.« Margot nahm ein Taschentuch aus der Tasche und tupfte sich die Nase ab. »Die neuen Besitzer werden natürlich ein paar personelle Veränderungen vornehmen, aber ich bin sicher, dass sie einen Kern zuverlässiger, tüchtiger Leute behalten wollen. Vielleicht sollten Sie eine Liste der jungen Frauen aufstellen, von denen Sie glauben, dass sie für Ihre Stelle geeignet sind, und sie mir bis heute Abend zukommen lassen? Ich werde Ihre Empfehlungen an die richtigen Leute weiterleiten.«

Tiffany stand auf und strich sich über die Hüften, um den fliederfarbenen Stoff zu glätten, der ihre beneidenswerte Figur betonte. »Das ist nicht nötig«, sagte sie nachdrücklich. »Ich habe zu hart daran gearbeitet, die Wellnessabteilung auf Format zu bringen, um sie einfach zu übergeben. Ich habe die Absicht, mich erneut um die Stelle zu bewerben.«

»Sie werden dann vielleicht feststellen, dass Sie sich zu viel vorgenommen haben«, warnte Margot, »mit der Hochzeit und dem Umzug.«

»Es wird keine Hochzeit geben«, erklärte Tiffany, darum bemüht, den Ring vom Finger zu ziehen.

Margot täuschte Überraschung und Kummer vor. »Keine Hochzeit? Aber Tiffany, ich dachte …«

»Don hätte mir gegenüber ehrlich sein sollen«, erwiderte sie so geziert, dass Margot sie am liebsten geohrfeigt hätte. »Ich mag es nicht, wenn man mich vorführt.« Sie hielt Margot den Ring hin. »Geben Sie ihm den zurück. Wahrscheinlich braucht er das Geld, um eine private Krankenschwester zu bezahlen.«

Margot nahm das Schmuckstück an sich und drehte es hin und her, damit das Licht das Feuer des Diamanten einfing. Der Ring war vermutlich mehrere Tausend Dollar wert. Sie war erstaunt, dass Tiffany ihn nicht behalten wollte – die anderen

Freundinnen ihres Vaters hatten den Schmuck nicht herausgeben wollen.

»Er wird sich schrecklich aufregen«, murmelte sie, »und ich glaube wirklich, Sie sollten es sich noch mal überlegen. In seinem Alter ist es nicht gut, wenn man mit einer solchen Enttäuschung fertig werden muss.«

»Daran hätte er denken sollen, als er beschloss, dass er nur eine Pflegerin braucht, die sich in seinem hohen Alter um ihn kümmert«, erwiderte Tiffany säuerlich. »Und jetzt, wenn es Ihnen nichts ausmacht … Ich habe einen Wellnessbereich zu führen, und Chloes Kundin wird bereits warten.«

Margot überlegte den Bruchteil einer Sekunde, ob sie Tiffany den Ring zurückgeben solle – und ließ ihn in die Handtasche gleiten. »Tut mir leid, dass es nicht geklappt hat«, sagte sie und ging zur Tür. »Aber mit meiner Empfehlung an die neuen Besitzer ist Ihnen der Job bestimmt sicher. Einen schönen Tag noch.«

Sie spazierte durch das Spa zum Empfang hinaus, stellte fest, wie ordentlich und sauber es dort war, und eilte zur Tür hinaus. Vermutlich sollte ihr die verflossene Verlobte ihres Vaters leidtun, aber die Tiffanys dieser Welt waren wie Katzen – sie fielen immer auf die Füße und fanden die wärmsten, luxuriösesten Plätze, um sich niederzulassen. Tiffany würde es überleben.

Greg war bereits eine Woche fort – volle sieben Tage, die Fleur in einem Nebel aus Verwirrung und Schmerz verbracht hatte. Im Morgengrauen war sie aus dem Bett gekrochen und hatte sich unter die Dusche gestellt, bis das Wasser kalt wurde. Doch ihre Augenlider waren geschwollen, die Tränen noch nicht versiegt und ihr Herz schwer wie Blei.

Greg hatte nicht angerufen, und Fleur hatte keinerlei Hinweis, wo er sich aufhielt. Sie hatte versucht, ihn telefonisch zu erreichen, doch sein Handy war ausgeschaltet, und im Krankenhaus hieß es nur, er sei nicht zu sprechen. Er hatte offenbar angeordnet, seine Frau auflaufen zu lassen.

Zutiefst betrübt, erschlagen von ihren Emotionen und mit heftigen Kopfschmerzen, wünschte Fleur sich alles andere, als ihre Familie zu sehen – aber heute gäbe es kein Entrinnen. Der Verkauf der Hotels stand bevor; die Verträge lagen zur Unterzeichnung bereit. Fleur bürstete sich die Haare, trug dick Make-up auf, um die Spuren ihrer Tränen einigermaßen zu vertuschen, und zog das erstbeste Kleid an, das ihr in die Hände fiel. Sie sah immer noch schrecklich aus, aber es machte ihr nichts aus. Was spielte das Äußere schon für eine Rolle, wenn alles verloren war, woran ihr wirklich etwas lag?

Das Büro der Franklin-Hotels in Brisbane lag im obersten Stockwerk einer der Glastürme, die auf der Stadtseite am Flussufer aufragten. Fleur wappnete sich innerlich gegen die Reaktion der Familie, als sie im Aufzug hinauffuhr, und platzte direkt in eine wütende Auseinandersetzung zwischen Margot und ihrem Vater.

»Es war gänzlich ihre Entscheidung«, fauchte Margot gerade. Sie betrachtete ihn mit wenig Zuneigung. »Wenigstens war sie so anständig, den Ring zurückzugeben.«

»Wenn ich rausfinde, dass du deine Finger im Spiel hattest, werde ich …«

»Droh mir nicht, Dad!« Margot reckte das Kinn. »Du solltest deinem Glücksstern danken, dass du das Mädchen vom Hals hast. Tiffany war nur hinter deinem Geld her, das muss selbst dir klar sein.«

»Du bist wirklich eine Schlampe«, spie er aus.

»Das hilft mir, über die Runden zu kommen«, entgegnete sie, »besonders mit einem Vater wie dir. Hier …« Sie drängte ihm den Ring auf. »Der Juwelier wird dir wahrscheinlich den größten Teil des Kaufpreises erstatten – und nach dem heutigen Tag wirst du jeden Cent brauchen.«

Fleur zog es vor, sich bemerkbar zu machen, bevor alles noch schlimmer wurde. »Ist unsere Familie so zerrüttet, dass wir uns nicht mehr treffen können, ohne zu streiten?«

»Gute Güte, Fleur! Du siehst aus, als wärst du unter einen Bus geraten.« Don klemmte die Zigarre zwischen die Zähne und verbreitete giftigen Rauch im Raum. Gehässig kniff er die Augen zusammen. »Hat dein eingebildeter Ehemann dich aus der Fassung gebracht? Wenn ja, dann werde ich ihm zeigen, dass ich nicht zu alt bin, ihn ordentlich zu vermöbeln.«

»O Dad«, seufzte sie. »Werd endlich erwachsen! Ich habe diese Nacht nur schlecht geschlafen.«

»Es sieht schlimmer aus«, brummte er. »Hast du geweint?«

»Nein«, log sie. »Ich habe einen Kater.« Sie lächelte matt. »Zu viel Champagner.«

»Du hast schon immer zu viel getrunken«, schnaubte er verächtlich. Er neigte den Kopf zur Seite und betrachtete sie nachdenklich. »Hattet ihr etwas zu feiern?«

Angesichts des bohrenden Blicks ihres Vaters empfand Fleur das vertraute Unbehagen. Sie wandte ihm den Rücken zu und schenkte sich eine Tasse Kaffee ein. »Man muss nicht unbedingt etwas feiern, um Champagner zu trinken«, sagte sie.

»Zu meiner Zeit war das so. Dein Mann hat offensichtlich mehr Geld als Verstand.«

Margot schob eine in Alufolie verpackte Paracetamol über den Tisch, als Fleur sich setzte. »Das dürfte gegen die Kopfschmerzen helfen«, sagte sie. Dann wandte sie sich an Don. »Unsere Steuerberater und Juristen dinieren mit ihren Ansprechpartnern im VIP-Speisesaal. Inzwischen dürften sie zu Ende gegessen haben und bald bereit sein, das Geschäft abzuschließen. Es hat kurzfristig noch ein paar Korrekturen an den Verträgen gegeben, und ich hoffe, du hast sie gelesen und verstanden, denn wenn sie erst unterzeichnet sind, gibt es kein Zurück mehr.«

»Ich bin ja nicht blöd«, bellte er.

»Natürlich nicht«, stellte sie nüchtern fest und schaute auf die schmale Golduhr an ihrem Handgelenk. »Beth kommt wie immer zu spät. Am besten rufe ich sie an.«

Sie hatte noch nicht zu Ende gewählt, als Bethany in den Raum stürmte und die Handtasche auf den Tisch warf. »Ich habe ein Hühnchen mit dir zu rupfen, Fleur Mackenzie.«

Nach diesem untypischen Auftreten trat verblüfftes Schweigen ein, und alle rissen angesichts Beths veränderter Erscheinung die Augen auf. Als Bethany sich vor ihr aufbaute, fühlte Fleur sich im Nachteil. Benebelt von Schmerzen, starrte sie zu ihrer Halbschwester auf, unfähig zu antworten.

»Was zum Teufel ist in dich gefahren, Frau?« Dons Stimme hallte im stillen Raum wider. »Und was soll das mit der Frisur und der ganzen Schmiere im Gesicht?«

Bethany ignorierte alle außer Fleur. »Wer gibt dir das Recht, meine Tochter gegen mich aufzuwiegeln?«

Fleur wurde unbehaglich zumute. »Ich weiß nicht, was du meinst«, stammelte sie.

»Und ob du das weißt!«, zischte Bethany. »Also bestärke deinen Verrat nicht noch durch Lügen.« Sie verschränkte die Arme unter dem wogenden Busen und funkelte Fleur an. »Und? Was hast du zu deiner Verteidigung zu sagen?«

Fleurs Stimmung sank noch mehr. Offensichtlich hatte Mel etwas über die Nacht verlauten lassen, die sie bei ihr verbracht hatte. »Ich glaube nicht, dass ich mich vor dir rechtfertigen muss«, entgegnete Fleur mit einer Ruhe, die sie selbst überraschte.

»Doch«, fuhr Bethany sie an. »Was hast du meiner Tochter in jener Nacht gesagt?«

Fleur und Bethany starrten einander unverwandt an. Keine der beiden wollte sich einschüchtern lassen. »Sie war außer sich nach dem Streit, den ihr über ihre Reisepläne hattet. Ich habe ihr nur gesagt, dass sie selbstsüchtig und gedankenlos war, und ihr geraten, sich bei dir zu entschuldigen und die Sache wieder ins Reine zu bringen, bevor sie aufbricht.«

Bethany ließ sich auf einen Stuhl fallen. »Aber das war noch nicht alles, oder?«

»Sie sagte mir, sie habe ihre Pläne nicht richtig mit dir besprechen können, weil du nicht zuhören wolltest. Ich habe sie einfach ausreden lassen und sie dann ermutigt, dir alles zu erzählen.«

»Demnach hast du ihren Plan gebilligt, mit Liam herumzureisen?«

»Mit ihm ist sie sicherer als allein.«

»Aber das gefährdet ihre Moral!«, herrschte Bethany ihre Schwester an. »Du hast gewusst, ich würde nicht damit einverstanden sein, dass sie mit ihm durch die Gegend fährt – mit allem, was das mit sich bringt. Ich bin entsetzt, dass du es angebracht fandest, einem so jungen, verletzlichen Mädchen deinen zweifelhaften Rat zu geben.«

»Melanie ist fast achtzehn«, erklärte Fleur gefährlich kühl. »Sie ist nicht verletzlich und nimmt seit zwei Jahren die Pille. Sie weiß, was sie tut, Bethany, und je eher du das einsiehst, desto besser für alle Beteiligten.«

Bethany wurde bleich und schaute ihre Schwester entsetzt an. »Sie nimmt die Pille?« Sie schnappte nach Luft und lief rot an. »Vermutlich war das auch deine Idee?«

»Das hat wirklich nichts mit mir zu tun. Aber besser, die Pille zu nehmen, als eine ungewollte Schwangerschaft zu riskieren«, entgegnete sie. »Oder wäre dir lieber, sie würde abtreiben?«

Bethany hielt Fleurs Blick eine Weile stand, bevor sie sich angewidert abwandte. »Du solltest dich um deine eigenen Angelegenheiten kümmern und das Wohl meiner Tochter mir überlassen.«

Fleur atmete tief durch. Sie hatte weder den Willen noch die Kraft für eine Auseinandersetzung, war jedoch entschlossen, nicht klein beizugeben. »Dann soll ich Mel das nächste Mal wegschicken, wenn sie mich um Rat bittet?«

Bethany schlug mit der Hand auf den Tisch. »Du bist nicht ihre Mutter!«, schrie sie. »Du bist niemandes Mutter – also hör auf, dich in etwas einzumischen, was dich nichts angeht. Krieg deine eigenen Kinder, und versuch nicht, mir meine zu stehlen!«

Fleur konnte nicht glauben, was sie da gehört hatte. Der Schmerz zerriss sie beinahe innerlich, und sie drohte in Tränen auszubrechen. »Das war gemein und grausam«, sagte sie heiser, »und wenn du eine halbwegs anständige Mutter wärst, die richtig zuhört, hätte Mel niemals zu mir kommen müssen.« Sie schob den Stuhl zurück und versuchte aufzustehen, aber ihr wurde schwindelig, und sie musste sich wieder setzen.

»Ist alles in Ordnung mit dir?« Margot schenkte ein Glas Wasser ein und reichte es Fleur.

Fleur holte ein paarmal tief Luft und trank das Wasser. »Es wird schon wieder«, murmelte sie.

»Dein dramatisches Getue beeindruckt mich nicht«, schnaubte Bethany. »Dir fehlt nichts, du kannst aufhören mit dem Theater.«

»Wir wollen nur die Unterzeichnung hinter uns bringen«, sagte Margot leise. »Wo bleiben die denn?«

Wie auf ein Stichwort öffnete sich die Tür, und acht Männer

betraten im Gefolge einer attraktiven Frau mittleren Alters den Raum. Wie sich herausstellte, war sie die Geschäftsführerin der kaufenden Hotelkette. Nachdem alle ihre Plätze eingenommen hatten, wurden der Tagesordnung entsprechend das Protokoll verlesen und die Änderungsvorschläge abgesegnet, mit denen die Modalitäten des Firmenverkaufs bestätigt wurden. Innerhalb einer Stunde waren die Verträge unterzeichnet und die gegenseitige Gratulation erfolgt.

Tiefes Schweigen trat ein, als die Familie wieder unter sich war.

»Das war's also«, seufzte Don und steckte die Kappe auf seinen goldenen Füllhalter. »So geht ein hart errungenes Lebenswerk den Bach runter. Mein Dad wird sich im Grabe umdrehen.«

»Wir hatten keine andere Wahl«, sagte Margot. »Aber wenigstens können wir nun die Bankkredite tilgen, und wir bekommen alle ein hübsches Sümmchen. Trotzdem wird noch ein netter Betrag übrig bleiben, den wir in die Motels investieren können.« Kalt lächelnd schaute sie ihren Vater an. »Du kannst sogar deine Häuser behalten.«

»Die sind ein jämmerlicher Ersatz für die Hotels«, knurrte er und schnitt eine Zigarre an.

»Manche Menschen sind eben nie zufrieden.« Margot ließ das Schloss ihrer Aktentasche zuschnappen und stellte sie vorsichtig neben ihren Stuhl. »Wenn wir schon alle hier versammelt sind, möchte ich etwas bekanntgeben.« Sie hielt inne, um sicher zu sein, dass alle zuhörten. »Jetzt, da die Hotels verkauft sind, habe ich beschlossen, mich zur Ruhe zu setzen.«

»Das kannst du doch nicht machen!«, brüllte Don. »Was ist mit den Motels?«

»Die sind in sicheren Händen. Harry Dawkins wird sie übernehmen. Er ist seit über zwanzig Jahren meine rechte

Hand, und deshalb kann ich mich darauf verlassen, dass er ausgezeichnete Arbeit leisten wird.«

»Dass ich das noch erleben darf!«, murmelte Bethany, die sich offenbar beruhigt hatte. »Das Unternehmen war dein Leben. Was um alles in der Welt wirst du nun tun?«

»Mich amüsieren.« Margots warmherziges Lächeln war echt, es erhellte ihr Gesicht.

»Verdammt lächerlich für eine Frau in deinem Alter«, knurrte Don, die Zigarre im Mund. »Du gönnst mir meinen Spaß nicht, aber das hält dich nicht davon ab, hinter jungen Männern herzujagen.«

Fleur bemerkte Streitlust in Margots Augen, und noch ehe sie recht wusste, was sie tat, platzte sie mit den eigenen Neuigkeiten heraus. »Auch ich habe etwas bekanntzugeben«, erklärte sie. »Vorige Woche habe ich erfahren, dass ich ein beträchtliches Vermögen geerbt habe – und es stammt aus einer überraschenden Quelle.«

»Na, dann spuck's aus, Mädchen! Viel mehr kann an diesem beschissenen Tag ja nicht kommen.«

Sie schaute ihren Vater an und verknotete die Hände im Schoß. »Klingelt es bei dem Namen Annie Somerville?«

Er wurde bleich. Die Zigarre fiel ihm aus dem Mund. »Annie? Annie ist tot?«

Fleur nickte. »Es überrascht mich, dass dich das so schockiert. Schließlich hast du seit Jahren nicht mehr mit ihr geredet. Was kümmert es dich?«

»Deshalb hast du dich nach ihr erkundigt«, flüsterte Bethany.

»Ich dachte, das Ganze wäre vielleicht ein Schwindel. Doch als Dad seine Schwester erwähnte, wurde meine Neugier geweckt. Ich wollte erst etwas sagen, wenn ich eine Bestätigung hatte.«

»Das nenne ich hinterhältig«, schnaubte Bethany. »Und warum sollte Annie dir etwas hinterlassen? Was ist mit mir und Margot?«

»Ich habe keine Ahnung«, räumte Fleur ein.

»Du Glückliche!«, bemerkte Margot gedehnt. »Höchste Zeit, dass jemand in dieser Familie mal Glück hat – und ich beneide dich kein bisschen.«

»Tja, ich finde es ungerecht«, knurrte Bethany. »Wieso sollte Fleur erben und wir nicht?«

»Wie viel hat sie dir denn hinterlassen?« Dons Augen unter den dichten Brauen wurden schmal.

»Eine beträchtliche Summe.« Fleur war nicht bereit, den unglaublichen Wert des Vermögens offenzulegen, denn das könnte weitere Probleme verursachen.

Don schlug mit der Faust auf den Tisch. »Leg dich nicht mit mir an, Mädchen!«, schrie er. »Wie viel hat sie dir hinterlassen, verdammt?«

»Das geht dich nichts an«, entgegnete sie.

»Und ob!«, knurrte er. »Das Geld gehört von Rechts wegen mir – und du hättest was sagen sollen, bevor wir die Hotels veräußert haben.«

»Wieso gehört es dir?«

»Das Geld, das sie hatte, gehört mir«, donnerte er. »Alles.«

»Dad.« Margot legte ihm beruhigend eine Hand auf den Arm, die er knurrend abschüttelte. »Fass mich nicht an!«, brüllte er mit puterrotem Gesicht und blutunterlaufenen Augen. »Das Geld gehört mir, Fleur, und du wirst es mir auf der Stelle auszahlen.«

»Das werde ich nicht.« Fleur überkam eine eiskalte Ruhe, während sie ihren Vater so lange anstarrte, bis er wegsah.

»Doch, wenn du weißt, was gut für dich ist. Unser Dad hat der Schlampe eine Mordssumme geschenkt, als sie diesen beschissenen John Harvey geheiratet hat. Geld, das er mir versprochen hatte, Geld, das ich für mich abzuzweigen gehofft hatte. Und ich will es wiederhaben – bis auf den letzten Cent.«

»Und wie genau willst du das anstellen?«

»Ich werde das Testament anfechten.«

»Dad, jetzt reicht's!« Margot wedelte mit den Händen. »Wenn Annie das Geld Fleur vermachen wollte, dann kannst du nichts dagegen unternehmen.«

»Wir werden sehen«, murmelte er und hievte sich vom Stuhl. »Ich werde meinen Anwalt anrufen und eine Kopie des Testaments verlangen.«

»Das ist, als würdest du in ein Wespennest stechen«, sagte sie düster. »Ich an deiner Stelle würde es nicht tun.«

Don zögerte, den Blick starr auf Margot gerichtet, bevor er wieder auf den Stuhl sank. Seine Miene war undurchdringlich.

»Was soll das heißen, Margot?« Fleur hatte erfasst, dass etwas ungesagt geblieben war. »Komm schon, du nimmst doch sonst kein Blatt vor den Mund!«

»Ich habe ja nur gemeint, dass es besser ist, die Dinge so zu belassen, wie sie sind«, sagte sie, jetzt wieder ruhig. »Annie und Dad haben sich vor Jahren entzweit, und es bringt nichts, alte Auseinandersetzungen und Familienstreitigkeiten wieder auszugraben. Ein Testament anzufechten ist nicht so einfach – und auch nicht billig. Kein Anwalt, der seine Lizenz wert ist, wird bereit sein, Dad zu vertreten.«

Fleur wollte sich mit der Erklärung schon zufriedengeben, als sie den warnenden Blick auffing, den Margot ihrem Vater zuwarf. »Es geht nicht nur darum, dass Großvater das Geld vor all den Jahren Annie geschenkt hat. Da ist noch etwas anderes, oder?«

»Natürlich nicht«, fuhr Don sie an. »Es reicht, dass mein Erbe geplündert wurde und meine Schwester nicht mal den Anstand besessen hat, es mir zurückzugeben.« Er kaute auf seiner Zigarre, sein Blick verströmte Gift. »Aber du kannst die Sache wiedergutmachen, Fleur. Gib mir, was ihr gehört hat, einschließlich der Zinsen, und wir lassen alles auf sich beruhen.«

»Hätte Annie das Geld als deines betrachtet, dann hätte sie es dir inzwischen zurückgegeben. Fechte ihr Testament an, wenn es sein muss, aber dann werde ich nie wieder mit dir reden.«

»Das Geld könnte die Hotels retten. Ich kann diese Scheißverträge zerreißen und denen sagen, sie sollen sie sich wer weiß wohin stecken.«

»Der Verkauf ist bereits in trockenen Tüchern«, sagte Margot. »Im Übrigen sind das nur unsere Kopien, und wenn wir uns jetzt zurückziehen, werden sie alles von uns einklagen, was uns geblieben ist.«

»Annie ist nicht die Einzige, die mir etwas schuldet«, knurrte ihr Vater Fleur an. »Wo ist das Geld, das ich dir geliehen habe, damit du es als Sicherheit für das schicke Apartment hinterlegen kannst?«

Sie wurde eiskalt. »Du bekommst es, wenn die Testamentseröffnung durch ist – und keine Bange, Dad, ich werde die Zinsen bis auf den letzten verdammten Cent ausrechnen.«

»Wäre besser«, knurrte er.

Fleur erhob sich und stellte fest, dass sie sich auf dem Tisch abstützen musste. Die vergiftete Atmosphäre setzte ihr zu, ihr war schwindelig und speiübel. Fest entschlossen, nicht in Ohnmacht zu fallen, holte sie tief Luft und ging hoch erhobenen Hauptes hinaus.

Sie schaffte es nur bis zur Damentoilette, wo sie sich wiederholt heftig erbrach.

6

Die Woche war grauenvoll gewesen. Greg saß vornübergebeugt auf seinem Bürostuhl, vollkommen niedergeschlagen, als das Klopfen an der Tür ihn wieder in die Gegenwart riss.

John Watkins, der beneidenswert fit und fröhlich wirkte, betrat den Raum, holte sich eine Tüte Saft aus Gregs kleinem Kühlschrank und nahm Platz. »Ich wollte fragen, ob du Lust hast, dich wieder beim Squash schlagen zu lassen«, sagte er, doch sein Lächeln verblasste. »Sieht allerdings nicht so aus, als wärst du dazu aufgelegt.«

Greg rieb sich über das Gesicht. »Ich bin fertig, Kumpel. Die Woche war hart.«

»Ich hab's gehört.« Er trank einen Schluck Saft und schaute Greg nachdenklich an. »Du darfst dir wegen Shane keine Vorwürfe machen. Das passiert uns allen, und wir können nichts daran ändern.«

»Ja«, seufzte Greg. »Aber es ist schwer zu akzeptieren.«

»Du darfst die unzähligen Kinder nicht vergessen, denen du geholfen hast«, stellte John sachlich fest. »Darauf kannst du stolz sein.« Als Greg nicht antwortete, fuhr er fort: »Wir alle ergreifen aus dem einen oder anderen Grund diesen Beruf. Ich habe in der Gynäkologie angefangen, weil meine Schwester bei der Geburt ihres ersten Kindes beinahe gestorben wäre. Das war in den Sechzigern, als die Anforderungen noch nicht so hoch waren wie heute. Der Arzt war ein unfähiger Trottel und hätte eigentlich seine Approbation verlieren müssen. Ich war wild entschlossen, etwas zu verändern und dafür zu sorgen, dass künftig keine Frau so einen Albtraum erleben muss. Daher habe ich einen Kreuzzug begonnen, um die Regeln zu verschärfen und alles zum Besseren zu wenden.« Er trank noch einen Schluck und stellte die Tüte auf den Tisch. »Und du? Was hat dich auf diese Straße des Verderbens geführt?«

»Auch ich wollte etwas verbessern.« Greg drehte den Stuhl und starrte aus dem Fenster, ohne etwas zu sehen. Er wollte nicht über seine Gründe sprechen.

»Das hast du doch.« John legte die Beine auf Gregs Schreibtisch übereinander und verschränkte die Arme hinter dem Kopf. »Stimmt es, dass du in eine Wohnanlage am gegenüberliegenden Flussufer gezogen bist?«

Greg lächelte schief. »So was spricht sich schnell rum, nicht wahr? Ich bin erst vor zwei Tagen eingezogen.«

»Was ist mit Fleur? Ich hätte darauf gewettet, dass ihr beide zusammenbleibt.«

»Der Schein kann trügen, John.« Greg richtete sich auf und schob die Akten auf seinem Schreibtisch hin und her. »Wolltest du etwas Besonderes? Ich habe nämlich in einer halben Stunde einen missgebildeten Fuß zu operieren.«

»Hab nur gedacht, ich schau mal rein, ob du Gesellschaft brauchst. Oft hilft es, wenn man einen Kumpel zum Reden hat, wenn es gerade bergab geht – und du weißt, dass alles, was du sagst, unter uns bleibt.«

»Danke. Das weiß ich zu schätzen, aber …«

»Ich verstehe nur zu gut, wie schwer es ist, wenn man jemanden auf dem OP-Tisch verliert. Obwohl man uns einbläut, niemals Arbeit mit nach Hause zu nehmen und uns in keinem Fall so zu engagieren, dass alles in Mitleidenschaft gezogen wird, was wir tun, ist das manchmal einfach nicht möglich.«

»Ich weiß«, sagte Greg kurz angebunden, »und ich komme damit klar.«

»Das glaube ich nicht, Kumpel. Du hast dich von Fleur getrennt, kurz nachdem du Shane verloren hattest, und das spricht Bände. Hast du darüber nachgedacht, dir professionelle Hilfe zu holen?«

»Ich brauche keinen Seelenklempner, der mich mit Psychokram zulabert.«

»Die leisten sehr gute Arbeit«, betonte John. Er stellte die Füße wieder auf den Boden und beugte sich vor. »Die Geschäftsführung des Krankenhauses ermutigt das Personal, sich beraten zu lassen. Man muss sich nicht schämen, wenn man Hilfe sucht. Es wirft weder einen Makel auf dich, noch beeinträchtigt es deine Karriere, falls dir das Sorgen macht. Ich bin auch schon bei der entzückenden Carla gewesen – nachdem ich vor zwei Jahren eine Mutter und ihr Kind verloren habe. Das war eine enorme Hilfe.«

»Das wusste ich gar nicht.« Greg betrachtete seinen Kollegen und Freund und sah ihn plötzlich in anderem Licht. Er hatte immer gedacht, John habe alles unter Kontrolle, sei der Inbegriff eines ruhigen, tüchtigen Arztes – aber anscheinend hatte auch er seine Dämonen.

John zuckte mit den Schultern. »Wir alle brauchen manchmal Hilfe«, sagte er schroff, »und ich rate dir, such Carla auf – oder jemanden aus ihrem Mitarbeiterstab.«

Greg wurde unbehaglich zumute. »Hat jemand etwas gesagt? Bist du deshalb hier?«

»Es ist aufgefallen, dass du gegenüber dem OP-Team einen ziemlich scharfen Ton anschlägst und nicht mehr so heiter bist wie sonst. Ich weiß, du bist erschöpft – das sind wir alle –, aber ich glaube, bei dir geht es tiefer. Nimm den Rat eines alten Mannes an, der zu oft mit angesehen hat, wie sich gute Chirurgen überfordern. Ruf Carla an! Und zwar bald.«

Greg wich Johns Blick aus. »Ich denk drüber nach.«

John nickte, warf die leere Safttüte in den Abfalleimer und ging zur Tür. »Mach das, Kumpel! Bis später.«

Greg sackte auf dem Stuhl zusammen, als die Tür hinter John ins Schloss fiel. Der Rat, professionelle Hilfe aufzusuchen, spiegelte die Überlegung wider, die ihm seit dem Abend im Kopf herumschwirrte, an dem er das Apartment und seine Ehe aufgegeben hatte. Fleur fehlte ihm entsetzlich, aber er hatte ihre Anrufe absichtlich abgeblockt und nicht einmal auf ihre zahlreichen SMS geantwortet. Er war ein Feigling – ein grausamer, gemeiner Feigling, der ebenso wie sein Vater schreckliche Verletzungen zufügen konnte. John hatte recht. Er musste etwas unternehmen.

Aufgewühlt betrachtete Greg das Telefon. Er war versucht, Fleur anzurufen, ihrer Stimme auf dem Anrufbeantworter zu lauschen – aber was wäre, wenn sie abhob? Er hatte ihr nichts Neues zu sagen – ihr nichts anzubieten außer diesem furchtbaren Kummer, weil er ihre Liebe und ihre Ehe verhöhnt hatte.

Der Gedanke, die Ängste, Erinnerungen und Nachwirkungen seiner grausamen Kindheit einer Fremden zu offenbaren, war Greg zuwider. Aber es musste sein, wenn er Fleur jemals zurückgewinnen und den Schaden, den er angerichtet hatte, beheben wollte.

Nach einigem Zögern nahm der den Hörer ab und wählte die Nummer von Carlas Büro.

Drei Wochen waren inzwischen vergangen, seitdem Greg sie verlassen hatte, und Fleur hatte sich gezwungen, jeden Tag im Fitnessstudio zu trainieren, Bewerbungen zu schreiben, zu Vorstellungsgesprächen zu gehen und sich mit hirnloser Hausarbeit zu beschäftigen. Doch da gab es noch die Nächte, die zu überstehen waren – die schlechten Träume, das endlose Auf und Ab durch das stille, leere Apartment, wenn die Tränen flossen und das Herz schwer wie Blei wurde. Die Welt war aus den Fugen geraten; die vertraute, anheimelnde Welt ihrer Ehe war verödet, Fleurs Erwartungen und Träume, die gemeinsame Zukunft mit Greg, waren in Schutt und Asche gelegt.

Am Vorabend hatte Fleur Greg einen langen Brief geschrieben. Sie hatte mehrere Stunden gebraucht und viele Seiten verworfen, bis sie es hinbekommen hatte. Sie hatte ihm mitgeteilt, dass sie nie aufhören werde, ihn zu lieben, und niemals ihre Ehe aufgeben werde, bis alle Möglichkeiten ausgeschöpft seien. Sie flehte ihn an, die Kommunikation zwischen ihnen aufrechtzuerhalten, da sie den Gedanken nicht ertragen könne, dass er sich allein abmühe. Sie hatte auch Genaueres über die Erbschaft von Annie und die Reaktion ihres Vaters darauf mitgeteilt – was dazu geführt hatte, ihm ihre Pläne für die nahe Zukunft zu umreißen.

Die Gegensprechanlage brummte und unterbrach Fleurs Überlegungen. Es war Jason. Sie begrüßte ihn an der Tür und riss die Augen weit auf, als sie seinen Jogginganzug und das orangefarbene Bandana sah, das sich entsetzlich mit seinem hochroten Gesicht biss. »Du kriegst noch einen Herzinfarkt, wenn du nicht aufpasst«, neckte sie ihn.

Er warf ihr eine Kusshand zu. »Du scheinst heute etwas fröhlicher zu sein, meine Schöne«, sagte er und trug seine Sporttasche ins Apartment.

»Ich arbeite daran.«

Er verschränkte die Arme und schnaubte verächtlich, als sein Blick über den allzu aufgeräumten Wohnbereich schweifte. »Jetzt erzähl mir nicht, dass du endlich von deinem Mann gehört hast. Ich hoffe, du hast ihn nicht wieder aufgenommen.«

Fleur schüttelte den Kopf. »Er geht mir noch immer aus dem Weg.« Sie hatte Jason alles erzählt, und er war wunderbar mitfühlend und aufmunternd gewesen. In seinem Tonfall lag dennoch ein Hauch Gehässigkeit, sobald von Greg die Rede war, und das gefiel ihr nicht; sie wollte ihre Liebe nicht in den Dreck ziehen lassen.

»Geh unter die Dusche, Jason. Ich mache uns Frühstück.«

Fleur schenkte Saft ein, backte zwei Croissants auf und trug alles auf einem Tablett hinaus auf die Terrasse. Es war leicht bedeckt, und die Hitze wurde von einer erfrischenden Brise gemildert, die den Fluss hinaufströmte.

Jason ließ sich auf einen Stuhl fallen. »Okay, Mädel, lass uns quatschen; ich will jede dreckige Einzelheit hören.«

Zum ersten Mal seit Tagen war Fleurs Lächeln echt. »Du bist unmöglich, weißt du das?«

Er grinste schelmisch. »Wie man in den Wald reinruft, so schallt es heraus, Fleur. Los, raus mit der Sprache!«

»Du erinnerst dich an die Erbschaft?«

Er nickte eifrig und änderte die Sitzhaltung.

»Sie ist größer, als ich mir hätte erträumen können. Aber sie erweist sich schon jetzt als ein Fluch.« Leise erzählte sie ihm alles, auch die Drohung ihres Vaters, das Testament anzufechten, den schmerzlichen Streit mit Beth und die anhaltende Abwesenheit und das Schweigen ihres Mannes.

»Klingt so, als müsstest du mal Abstand von deiner Familie gewinnen«, stellte Jason fest.

»Genau das habe ich vor. Ein Teil meiner Erbschaft besteht aus einem einsam gelegenen Haus nördlich von Cairns. Dort möchte ich hin, sobald die Testamentseröffnung erfolgt ist.«

»Das dürfte nicht lange dauern, oder?« Er trank einen Schluck Saft und biss herzhaft in ein Croissant. »Wie lange willst du wegbleiben?«

Sie zuckte mit den Achseln. »Keine Ahnung. Wahrscheinlich einen Monat – vielleicht länger. Das hängt davon ab, wie die Sache mit Greg weitergeht.«

Er wollte schon antworten, als ihr Handy klingelte.

»Ich bin's, Margot. Ich glaube, ich sollte dich warnen. Dad hat eine Kopie von Annies Testament und erwägt ernsthaft, es anzufechten.«

Bei diesen Worten lief es Fleur eiskalt über den Rücken. »Das kann er nicht machen!«, flüsterte sie.

»Ich habe mit Ed Fanshaw gesprochen, dem Anwalt der Firma. Offenbar gibt es eine kurze Zeitspanne, bevor ein Testament gerichtlich bestätigt ist, in der man es anfechten kann. Da er Annies Bruder und kein Begünstigter ist, hat er dieses Recht.«

»Aber ihre Wünsche waren sehr deutlich. Er hat auf keinen einzigen Cent Anspruch.« Fleur stützte den Kopf mit der Hand ab. »Warum macht er das, Margot?«

»Er hat den Umfang des Vermächtnisses gesehen«, sagte sie nüchtern, »und du kennst doch Dad; wenn er auch nur einen Dollar wittert, wird er zum Bluthund.«

Fleurs Stimme war kaum vernehmbar. »Was kann ich tun?«

»Hol dir sofort rechtlichen Beistand und bereite dich auf eine Schlacht vor. Ich habe Name und Adresse eines sehr guten Mannes in Brisbane, falls du sie brauchst.«

»Meinst du das wirklich?«

»Mag sein, dass es nicht nötig ist, aber es hat keinen Zweck, den Kopf in den Sand zu stecken. Dad könnte jemanden finden, der bereit ist, den Fall zu übernehmen – er könnte es sogar im Alleingang versuchen –, aber du darfst keinesfalls höflich sein.«

»Hasst er mich so sehr?«

»Natürlich hasst er dich nicht«, sagte Margot schroff. »Er ist nur ein gieriger, profitsüchtiger Kerl, der den Gedanken nicht ertragen kann, dass jemand etwas besitzt, was seiner Meinung nach ihm gehören sollte. Ich kann nicht glauben, dass es ein persönlicher Angriff ist, aber er war schon immer so borniert, wenn es um seine Schwester ging, dass er wahrscheinlich nicht mal darüber nachgedacht hat, was dieser gehässige Racheakt für dich bedeuten könnte.«

»Am besten gibst du mir gleich die Anschrift des Anwalts«, murmelte Fleur. Sie nahm einen Stift von Jason entgegen und notierte die Angaben auf eine Zeitungsecke. Dabei zitterte ihre Hand so stark, dass sie mehrere Versuche brauchte, bis ihre Schrift lesbar war.

»Tut mir leid, dass ich dir schlechte Nachrichten überbringen musste, Fleur, aber Gefahr erkannt, Gefahr gebannt, wie es so schön heißt. Ich werde Dad meinerseits im Auge behalten, wenn du mich auf dem Laufenden hältst, wie es bei dir läuft, ja?«

»Klar.« Fleur beendete den Anruf und starrte Jason an. »Ich weiß nicht, wie viel du von der Unterhaltung mitgekriegt hast, aber ich muss meine Fluchtpläne aufschieben. Dad lässt es offenbar auf einen Kampf ankommen, und ich bin bereit, ihm einen zu liefern. Annies Letzter Wille muss respektiert werden.«

Sie saßen in Carlas bequem ausgestattetem Beratungszimmer, das zum grünen Garten ihrer Privatklinik hin Erkerfenster hatte. Das viktorianische Gebäude gehörte zu einer Häuserzeile in einer stillen Allee am Stadtrand. Der Raum mit den tiefen Sofas, niedrigen Couchtischen, Blumen und hellen Aquarellen wirkte einladend und vertraut. Die Wände waren zartgrün, die Vorhänge cremefarben, und zwischen Orientteppichen glänzten alte Bodendielen.

»Gestern habe ich einen Brief von Fleur bekommen«, sagte Greg. »Sie verreist eine Weile.«

»Das ist wahrscheinlich das Beste, was sie tun kann«, erklärte Carla mit ihrer kehligen Stimme. »Wie geht es dir damit?«

Sie waren am Ende ihrer dritten Sitzung in drei Wochen. Obwohl der Schmerz und die Angst, Fleur zu verlieren, nicht nachgelassen hatten, fand Greg es viel leichter, mit Carla zu sprechen, als er gedacht hatte. »Ich stimme dir zu, dass es gut für sie wäre. Diese Tante hat ihr ein Haus nördlich von Cairns hinterlassen. Es scheint ideal zu sein, wenn man ausspannen und Frieden finden möchte.«

»Hast du schon mit ihr gesprochen?«

Er schüttelte den Kopf. »Ich habe mich nicht getraut, weil ich Angst hatte, zusammenzubrechen und sie anzuflehen, mich wieder aufzunehmen«, gestand er. »Und das wäre ein schrecklicher Fehler, denn ich kann ihr nicht geben, was sie will, und das würde ihr erneut das Herz brechen.«

»Offensichtlich liebst du sie sehr«, murmelte sie. »Wie würdest du dich fühlen, wenn sie fortginge und nicht mehr zurückkäme?«

Er wusste, dass seine Augen vor Gram eingefallen und sein Gesicht hager waren nach all den schlaflosen Nächten und den zahlreichen Stunden, die er im OP-Saal verbracht hatte, bemüht, den Schmerz auszublenden. »Ich müsste mich damit abfinden, dass ich der falsche Mann für sie war – dass sie es verdient hat, ein neues Leben anzufangen, nachdem ich versagt habe.«

»Versagen ist ein sehr starkes Wort, Greg. Du verwendest es häufig, dabei bist du ein erfolgreicher Mann – ein Mann, der für seine Arbeit hoch geachtet ist, sowohl im Krankenhaus als auch bei allen sozialen Einrichtungen. Kannst du das Wort ›versagen‹ definieren und mir erklären, wie du es auf dich beziehst?«

Er schaute sie ruhig an, obwohl sich in seinem Innern Wut aufbaute und die Schranken einzureißen drohten, die er so viele Jahre lang errichtet hatte.

»Versagen ist der Mangel an Erfolg im Leben und in Beziehungen – die Unfähigkeit, die Erwartungen anderer zu erfüllen«, antwortete er angespannt. »Es ist, wenn man die Augen vor Situationen verschließt, die man hätte verändern können, die Unfähigkeit, Dinge geradezurücken, und fehlender Mut, sich zu wehren.« Sein Ton war verbittert, doch er hielt Carlas Blick stand. »Ich verwende das Wort, weil es genau den Mann beschreibt, der ich hinter dieser Fassade bin.«

»Weißt du, welchen Mann ich sehe, Greg?«

»Muss ich mir das anhören?«

Ihre schönen dunklen Augen strahlten Wärme und Verständnis aus. »Ich sehe einen Mann vor mir, der noch immer einen verängstigten, eingeschüchterten kleinen Jungen in sich trägt, dem nie erlaubt wurde, für sich Partei zu ergreifen. Es ist an der Zeit, diesen kleinen Jungen herauszulassen, Greg. Ihm eine Stimme zu geben, damit er all die Verletzungen und Demütigungen abwerfen kann, die er erduldet hat, und lernt, sich selbst zu lieben und zu vertrauen.«

»Ich muss wieder ins Krankenhaus«, sagte er schroff und schickte sich an zu gehen. »Danke, Carla, aber ich glaube, wir sollten Feierabend machen. Das funktioniert einfach nicht.«

»Doch, und das wissen wir beide«, sagte sie leise. »Das ist der Grund, warum du diesem Raum und unserem Gespräch entkommen willst.« Sie legte den Kopf schief. »Hast du Angst vor dem, was dieser kleine Junge dir unbedingt sagen will, Greg?«

»Ja«, flüsterte er und sank wieder auf den Stuhl. »Ich will ihn weder hören noch sehen. Ich will meinem Vater nicht wieder gegenübertreten – oder meiner Mutter.«

»Ich glaube, im Grunde deines Herzens weißt du, dass du das eines Tages tun musst.«

Er nahm sein Jackett von der Stuhllehne und zog es über. »Aber nicht heute.« Er schaute zu ihr hinab, als sie neben ihn trat. »Siehst du, wie feige ich bin? Tut mir leid, Carla. Ich kann das nicht.«

Sie lächelte verständnisvoll. »Du musst nichts tun, was dir unangenehm ist. Aber wenn du mit einer Freundin sprechen willst – einer, die in ihrer Ehe gerade selbst eine schmerzliche Zeit durchmacht und die weiß, wie es sich anfühlt –, ich bin immer da.«

»Das war mir nicht klar.«

»Warum auch?« Sie lächelte gerissen. »Ich bin hier, um anderen zu helfen, nicht um meine eigenen Probleme zu erörtern.«

Demnach ist die reizende, rätselhafte Carla verheiratet, dachte er. Oder sie versucht zumindest eine Art schmerzhafter Trennung zu überstehen. Das macht sie irgendwie menschlicher, zugänglicher – aber vielleicht hat sie es mir auch deshalb erzählt. »Es muss hart sein, deinen Patienten zuzuhören, wenn dein eigenes Leben in Aufruhr ist. Wie kommst du damit zurecht?«

»Ich habe gute, enge Freunde, die mir zuhören und nur selten ein Urteil fällen. Und während ich ununterbrochen rede, merke ich, dass die Antworten die ganze Zeit vorhanden waren – nur dass die Emotionen und das Durcheinander früherer Verletzungen sie blockiert haben.«

»Verstehe.« Schweigend stand er vor ihr, und seine Gedanken wurden allmählich klarer. »Manchen Menschen fällt es eben leichter, über ihre Probleme zu reden«, stellte er abschließend fest. »Ich werde immer nur wütend und frustriert, wenn ich die Vergangenheit ans Licht hole, weil ich nichts tun kann, um das Geschehene rückgängig zu machen.«

»Aber du kannst lernen, nach vorn zu schauen. Du kannst die Vergangenheit hinter dir lassen, dir die Sünden vergeben, die du eigentlich nie begangen hast«, erklärte sie leise. »Und deshalb ist es so wichtig, dass du weiterredest und alles ans Licht holst – denn früher oder später wird die Wunde sauber und ausgebrannt sein und du wirst dich wieder gesund fühlen – bereit, dich dem Leben zu stellen.«

Gregs Magen knurrte, und er schaute auf seine Armbanduhr. »Mir war gar nicht klar, wie spät es ist. Tut mir leid, wenn ich dich aufgehalten habe, Carla. Ich hoffe, ich habe deine Pläne für heute Abend nicht durchkreuzt?«

Lächelnd griff sie nach ihrer Handtasche und löschte das Licht. »Das Au-pair-Mädchen wird die Kinder inzwischen ins Bett gebracht haben. Daher werde ich mir etwas zu essen holen und mich an meine Fallnotizen setzen. Du hast wohl wieder Dienst?«

Greg verbuchte den neuen, überraschenden Informationsbrocken über Carla, während sie ihm hinaus auf die Straße folgte und die Haustür hinter sich abschloss. »Ich werde es wahrscheinlich genauso machen wie du. Es sei denn …« Plötzlich kam er sich unbeholfen vor und verstummte. »Ich nehme nicht an, dass du dich von mir zum Essen ausführen lässt? Wäre das ein Verstoß gegen die Berufsethik?«

»Ich dachte, du müsstest zurück ins Krankenhaus?« In ihren Augen blitzte der Schalk.

Er grinste dümmlich. »Das hab ich vorgeschoben«, gestand er. »Aber der Gedanke, wieder einen Abend allein in der engen Bude zu verbringen, ist deprimierend, und es ist doch albern, wenn wir beide mit dem Abend nichts anzufangen wissen … Ohne Hintergedanken«, fügte er hastig hinzu, sollte sie ihn falsch verstanden haben. »Nur ein Treffen von Kollegen, die sich nach einem langen Tag die nötigen Kalorien zuführen.«

Sie betrachtete ihn kühl. »Abendessen klingt gut, aber ich bestehe darauf, dass ich dich einlade und das Restaurant aussuche. Bis jetzt ist es mir gelungen, der Gerüchteküche des Krankenhauses zu entgehen, und ich habe nicht vor, jetzt in eine Falle zu tappen.« Sie grinste. »Abgemacht?«

Greg war so entspannt wie schon seit Wochen nicht mehr. »Abgemacht – aber ich muss dir sagen, dass ich weder auf vegetarisch noch auf Nouvelle Cuisine stehe.«

»Was ist mit Steak, frischem Salat und Rotwein? Ich kenne da einen tollen Italiener direkt um die Ecke.«

Er hielt ihr das Gartentor auf. »Nichts wie hin!«

Zwei weitere Wochen waren seit Margots Warnung vergangen, und dies war der letzte Tag, an dem Don Franklin von Rechts wegen Annies Testament anfechten könnte. Fleur saß im Büro ihres Anwalts, ihr Mund war trocken, und die Schultern schmerzten vor Anspannung.

Michael Fabian war Anfang vierzig und trug einen ziemlich schlampigen Anzug, der auch schon bessere Zeiten gesehen hatte. Sein verschlafenes, lässiges Auftreten täuschte, denn hinter dieser Fassade verbarg sich ein messerscharfer Verstand, der ihm in den letzten fünfzehn Jahren Siege in einigen sehr schwierigen Zivilprozessen eingebracht hatte. Er hatte sich auf dem Stuhl zurückgelehnt und Papiere auf dem Schreibtisch vor sich ausgebreitet.

»Tut mir leid, Fleur«, sagte er mit gedehntem tasmanischem Akzent, »aber Ihr Vater hat das Testament angefochten. Die Erklärung ist heute Morgen hier eingetroffen.«

Fleur nickte. »Meine Schwester Margot hat mich vorgewarnt.« Sie fuhr sich mit der Zunge über die Lippen. »Was passiert jetzt?«

Michael schnippte verächtlich an den Brief des gegnerischen Anwalts. »Sein Anwalt weiß, dass sein Anliegen unbegründet ist und er im Trüben fischt.« Er sah, dass sie die Stirn runzelte, und musste lächeln. »Metaphorisch gesprochen«, erklärte er. »Sie müssen wissen, Ihr Vater hat keinerlei Anrecht auf das Vermögen, und da das meiste in Stiftungen für Ihre

Erben steckt, kann er es ohnehin nicht anrühren – es sei denn, er beschließt, Ihre ungeborenen Kinder gerichtlich zu belangen, was sehr unwahrscheinlich ist«, fügte er schnell hinzu, als Fleur entsetzt die Augen aufriss.

»Wenn er kein Recht hat – und er und sein Anwalt das auch wissen –, warum verfolgt er die Sache dann?«

»Ihr Vater hat es offenbar auf eine Summe abgesehen, die Annie anlässlich ihrer Hochzeit mit John Harvey erhalten hat. Sein Anwalt schlägt vor, die Anfechtung zurückzuziehen, sofern man sich auf diese Summe einigen kann.«

»Er kriegt keinen müden Cent«, fauchte Fleur. »Das Geld gehört ihm nicht. Annie hätte ihn ausgezahlt, wenn dem so wäre.«

»Ich kann verstehen, wie Sie sich fühlen, und mache Ihnen keine Vorwürfe. Es muss ärgerlich sein, einen Vater zu haben, der so weit geht.« Er legte die Fingerspitzen aneinander und sah Fleur unter schlaffen Augenlidern hervor an. »Aber ich glaube, Sie sollten es sich noch einmal überlegen.«

»Warum?«

»Weil die Prozesskosten das Vermögen schmälern, solange die Auseinandersetzungen geführt werden. Wenn sie anhalten und für alle Beteiligten ein Anwalt beauftragt werden muss … Sie sehen doch, wohin das führt, nicht wahr?«

Fleur nickte seufzend. »Was schlagen Sie denn vor?«

Er nahm den Brief zur Hand. »Ihr Vater glaubt offenbar, dass Annie ihm eine Summe schuldet, die sich mit Zinsen auf etwa einhunderttausend Dollar beläuft. Da das Vermächtnis diesen Betrag nicht in Barmitteln beinhaltet, schlage ich vor, dass wir ihm anbieten, den Betrag in zwei jährlichen Raten aus den künftigen Einnahmen der Rinderfarm zu zahlen.«

»Und wenn die Einnahmen geringer ausfallen? Und er alles auf einmal haben will? Das würde den Verkauf eines Anwesens bedeuten, und das will ich nicht.«

»Ich gebe zu, das Risiko besteht – aber er muss sich das Angebot ernsthaft durch den Kopf gehen lassen, denn es ist das einzige, was auf dem Tisch liegt.«

»Können wir nicht über eine niedrigere Summe verhandeln?«

»Doch, das können wir. Aber ich bezweifle, dass er sie akzeptieren wird. Er will das, was ihm zusteht, Fleur, und er wird keine Ruhe geben, bis er es hat.«

Fleur stand kurz vor dem Zusammenbruch. »Und wenn wir auf seine unanständige Forderung eingehen, ist dann damit Schluss?«

»Alles deutet darauf hin.«

»Dann machen Sie ihm das Angebot!« Sie erhob sich und schüttelte ihm die Hand. »Benachrichtigen Sie mich bitte, sobald Sie etwas von ihm hören. Ich möchte es einfach ein für alle Mal hinter mich bringen. Ich bin es leid, gegen alle zu kämpfen.«

Sie verließ das Sandsteingebäude und trat in den warmen Sonnenschein hinaus. Da waren noch immer die zehntausend Dollar, die sie sich von ihrem Vater geliehen hatte, um ihren Anteil an der Einlage für das Apartment aufzustocken. Er hatte sie in den vergangenen Wochen regelmäßig angerufen und sie bedrängt, ihre Schulden zu begleichen. Aber ihre Ersparnisse waren geschrumpft, seit das Gehalt ausblieb, und obwohl sie Greg hätte bitten können, ihr auszuhelfen, wollte sie es nur ungern tun. Schweren Herzens spazierte sie langsam am Spielcasino vorbei und machte sich auf den Weg über die Brücke ans Südufer.

Am künstlich angelegten Sandstrand spielten Kinder im flachen Wasser. Vögel zwitscherten in den Bäumen. Im schattigen Gras saßen Menschen beim Picknick. Das Leben nahm seinen gewohnten Gang, und sie hatte das Gefühl, unsichtbar zu sein – allein – und wie ein Gespenst durch dieses fröhliche Sommeridyll zu schweben.

Sie sehnte sich danach, diese Stadt, die sie einst so geliebt hatte, hinter sich zu lassen. Hier gab es zu viele Erinnerungen und zerstörte Hoffnungen sowie die Gewissheit, dass sie ihrem Vater vollkommen gleichgültig war. Die Kingsfisher Bay rief immer verlockender nach ihr – doch die Reise musste warten, bis sie sicher war, dass sie das Anwesen ihr Eigen nennen konnte.

Bethany hatte gebetet, Gott möge ihr vergeben, dass sie so hässlich zu Fleur gewesen war. Aber sosehr sie auch versuchte, das schlechte Gewissen zu vertreiben, sie verübelte ihrer jüngeren Schwester nach wie vor die Einmischung in Bezug auf Melanie. Bethany hatte erwogen, Fleur anzurufen und sich zu entschuldigen, hielt es aber unter den gegebenen Umständen für heuchlerisch.

Am Vorabend hatte sie sich von ihrer Tochter verabschiedet und war stolz darauf, dass sie weder geweint, noch eine Szene gemacht hatte, als sie Mels Reisegefährten – Hippies mit langen Haaren und Bärten – und das schäbige Wohnmobil erblickte. Es war gelb und an beiden Seiten mit orangefarbenen und roten Blumen bemalt. Das Dach war beladen mit Zelten, Taschen, Surfbrettern und einem Haufen anderer Utensilien, der Innenraum vollgestopft mit Schlafsäcken, Gitarren und Kisten voller Dosennahrung und Kochzubehör. Wo die jungen Leute zu sechst schlafen wollten, konnte man sich beim besten Willen nicht vorstellen.

Alle Eltern hatten in Liams Einfahrt gestanden und den Kindern nachgewinkt. Bethany hatte einen langen Abend bei kalorienarmem Tonic verbracht, während die anderen zahlreiche Flaschen Bier und Wein geleert und Fertiggerichte vom Chinesen gegessen hatten.

Nun stand Beth in der Küche, ziemlich überrascht, wie unbeschwert sie sich fühlte. Sie konzentrierte sich auf ihre Diät und alles, was sie tun würde, wenn sie erst einmal das Übergewicht abgebaut hätte. Melanie hatte sich entschieden, und sie, Beth, musste es hinnehmen. Sie sollte die Möglichkeiten ergreifen, die sich ihr jetzt boten, da sie nicht mehr an das Haus und die Kinder gebunden war. Die Hormontherapie wirkte Wunder – sie hatte schon ewig keine Hitzewellen mehr gehabt, und nächtliche Schweißausbrüche und schmerzende Gelenke gehörten der Vergangenheit an.

Noch immer stand die Frage nach Clives Treue im Raum – oder seiner Untreue. Bethany hatte sich jedoch entschieden, nach dem Motto zu leben: Was ich nicht weiß, macht mich nicht heiß. Sie nahm ihre Sporttasche, prüfte nach, ob sie alles hatte, und ging zu ihrem Fitnesskurs.

Greg hatte rasch zwei Reisetaschen mit Kleidung gepackt und sie zum Wagen hinuntergebracht. Jetzt stand er im Apartment und lauschte der Stille. Fleur war im Fitnesscenter und würde frühestens in zwei Stunden wieder zurück sein, aber in den Räumen hing ihr Duft wie eine schöne, aber traurige Erinnerung an alles, was er womöglich verlieren würde.

Er kam sich vor wie ein Dieb, als er seine beiden Lieblingsgitarren neben die Aufzugtür stellte. Doch trotz der heilsamen Sitzungen bei Carla wusste er, dass er noch nicht stark genug war, Fleur gegenüberzutreten. Der Gedanke an Carla und die Freundschaft, die sich allmählich zwischen ihnen entwickelte, vertiefte sein Unbehagen. Ihm war, als betrüge er Fleur allein mit dem Bedürfnis nach der Gesellschaft einer anderen Frau und als vergrößere er die Kluft, die sich zwischen ihnen aufgetan hatte, dadurch nur noch. Wenn ich nicht bald etwas unternehme, dachte er, ist es vielleicht zu spät.

Er zog einen Brief aus der Tasche und heftete ihn mit einem Magneten an die Kühlschranktür. Er hatte lange gebraucht, um die richtigen Worte zu finden, die den Abgrund vielleicht überbrücken könnten. Noch ein letzter, zögernder Blick – dann nahm er die Gitarren und ging.

Als Fleur sich dem Apartmenthaus näherte, brauste Gregs Porsche aus der Tiefgarage und hielt mit quietschenden Reifen vor der Ampel. Mit wild klopfendem Herzen rannte sie darauf zu und rief seinen Namen. Sie war jedoch noch zu weit entfernt, die Ampel sprang auf Grün, und der schnelle Wagen bog um die Ecke und war nicht mehr zu sehen.

Fleur blieb stehen, schaute in die Ferne und versuchte, das Geräusch des Motors aus all den anderen herauszuhören. Dann lief sie hinauf ins Apartment. Ängstlich fragte sie sich, was sie dort erwarten mochte.

Ein Großteil seiner Kleidung sowie seine beiden Lieblingsgitarren waren verschwunden. Dadurch wurde es noch schwerer für Fleur, Gregs Auszug hinzunehmen. Seine restlichen Sachen wirkten so verloren, wie sie sich fühlte – aufgegeben.

Sie tapste in die Küche und fand den Umschlag. Er roch nach seinem Rasierwasser, und sie hielt ihn unter die Nase, schloss die Augen und atmete den Duft ein, der all die vertrauten Momente ihrer gemeinsamen Zeit wachrief. Mit zitternden Fingern öffnete sie den Brief.

Geliebte Fleur,

Worte können nicht ausdrücken, wie sehr Du mir fehlst. Das Leben scheint ohne Sinn, Farbe und Freude zu sein – leer –, weil Du nicht an meiner Seite bist. Trotzdem ist meine Einsamkeit selbst verschuldet, und ich übernehme die volle Verantwortung dafür, aber der Schmerz, den ich Dir zugefügt habe, ist unverzeihlich. Ich bitte Dich um Verständnis und Vergebung, obwohl ich beides nicht verdient habe, und flehe Dich an, Deinen Glauben an mich und an unsere Ehe nicht zu verlieren. Ich suche Hilfe und habe eine Therapie angefangen, weil mir bewusst geworden ist, dass ich mich meiner Vergangenheit stellen muss, damit ich in die Zukunft schauen kann. Und diese Zukunft möchte ich mit Dir verbringen, falls Du mich noch haben willst.

Glaube nicht, dass dies ein Abschied ist, weil ich ein paar Sachen aus dem Apartment geholt habe. Das hatte allein praktische Gründe. Mir sind die Klamotten ausgegangen!

Ich wünsche Dir alles, was Du Dir für Deinen Rückzug in die Kingfisher Bay auch wünschst.

Ich liebe Dich. Ich werde Dich immer lieben.

Greg

Der Brief war sehr schön, und Fleur faltete ihn sorgfältig zusammen, steckte ihn wieder in den Umschlag und ging ins Schlafzimmer. Sie kroch ins Bett, zog sich die Decke über den Kopf und brach in Tränen aus, während sie Gregs kostbare Worte behutsam an die Brust drückte.

7

Es dauerte noch vier weitere lange, anstrengende Wochen, bis Fleurs Vater sich gezwungen sah, das Angebot von zwei jährlichen Raten zu akzeptieren. Schließlich wurde das Testament gerichtlich bestätigt. Fleur plünderte ihr Sparkonto und verkaufte die Hälfte ihrer Aktien und Wertpapieranlagen, um das geliehene Geld für ihr Apartment aufzubringen und es ihm zurückzuzahlen. Endlich war sie frei und freute sich auf den nächsten Tag.

Sie saß mit Jason auf der Terrasse ihres Lieblingsweinlokals und beobachtete die Wassertaxis und Touristenboote. Fleur lächelte und hob ihr Champagnerglas zum Toast. »Auf Birdsong.«

»Cheers! Aber bleib nicht allzu lange fort. Ohne dich wird es hier schrecklich langweilig.«

Fleurs Handy klingelte, und sie warf Jason einen bedauernden Blick zu, bevor sie die Nummer prüfte. Es war ihr Vater. »Ja?«, meldete sie sich kühl.

»Fleur, ich möchte dir versichern, dass die Anfechtung des Testaments nicht gegen dich persönlich gerichtet war. Ich wollte nur haben, was mir gehört.«

»Tja, das hast du jetzt, also sollten wir es dabei belassen.«

»Den geliehenen Betrag hättest du eigentlich nicht zurückzahlen müssen, wo wir doch mit dem Testament im Reinen sind«, sagte er förmlich.

»Ich hab es getan, und ich hoffe, du bist mit der Summe einverstanden. Ich habe dafür gesorgt, dass du die Zinsen bis auf den letzten Cent erhalten hast für den Fall, dass du weiter hinter mir her sein solltest.«

»Kein Grund, sich so aufzuführen, Fleur.«

»Hat diese Unterhaltung einen Sinn?«

»Ich wollte nur sagen …«

»Du hast alles Nötige gesagt. Mehr will ich nicht hören. Leb wohl, Dad.« Sie legte das Handy weg und griff mit einem Seufzer der Erleichterung nach ihrem Champagnerglas.

»Gut für dich«, murmelte Jason. »Dem alten Schweinehund hast du es gezeigt.« Er trank einen Schluck. »Also, meine Hübsche, heute ist dein letzter Tag in Brisbane. Alles fertig gepackt? Wann geht dein Flug?«

»Morgen in aller Frühe.« Sie fuhr sich mit den Fingern durch die langen Haare und schüttelte sie aus. »Bisher hatte ich noch nie die Zeit zu verreisen, und ich bin ziemlich neugierig zu erfahren, wie es da oben im Norden wohl aussieht.«

»Wem würde es beim Gedanken an ein tropisches Paradies nicht so gehen? Da ich jetzt einen besser bezahlten Job habe, planen Enrique und ich, im August nach Bali zu fliegen. Er hat mir ein Fünf-Sterne-Luxushotel für zwei Wochen versprochen, und ich kann es kaum erwarten.« Er wurde nachdenklich. »Und was ist mit dir und Greg? Schreibt ihr euch nach wie vor nur Briefe?«

Fleur nickte. »Besser als nichts. Dadurch wissen wir wenigstens, was gerade im Leben des anderen passiert.«

Sie tranken den Champagner aus und sprachen dabei über Jasons neuen Job. Als die Sonne allmählich hinter den Glastürmen versank, umarmte Fleur ihren Freund. »Pass auf dich auf, Jason, und melde dich mal! In ein paar Wochen sehen wir uns wieder.«

Leichten Schrittes und mit hohen Erwartungen kehrte sie ins Apartment zurück. Birdsong rief nach ihr, und nun hatte sie endlich die Freiheit, dem Ruf zu folgen.

Cairns schimmerte im Tal zwischen dem Korallenmeer und den dunklen Bergen der Atheron Tablelands. Die Sonne brannte von einem wolkenlosen Himmel, als Fleur im gemieteten Jeep stadtauswärts über den Captain Cook Highway nach Norden fuhr. Sie trug Shorts und eine Bluse, und auf dem Beifahrersitz stand als Snack eine Tüte Obst bereit.

Auf dem Weg durch die üppige tropische Landschaft mit dem Meer auf der einen und dem Regenwald auf der anderen Seite legte sich Fleurs Anspannung allmählich. Sie musste sich nicht beeilen und sich keine Ausrede einfallen lassen, um an den kleinen, herrlich gelegenen Buchten mit raschelnden Palmen und unberührten Stränden anzuhalten – sie durfte so lange im warmen Wasser paddeln oder in einem Strandcafé zu Mittag essen, wie es ihr gefiel. Die Hitze und die Schönheit der Umgebung erforderten einfach, dass Fleur das Tempo drosselte. Das Leben in den Tropen nahm einen gemächlichen Gang, und sie wollte die Hektik und die Ansprüche der Familie in Brisbane vergessen und sich auf diesen grünen Garten Eden einlassen.

Port Douglas mit einem vier Meilen langen Strand, Jachthafen, Läden und Hotels lag am Fuß des Daintree-Regenwalds, der riesige Zuckerrohrfelder umgab und bis dicht an die Küste reichte. Fleur hatte schon wieder Hunger. Daher hielt sie an und kaufte Lebensmittel und andere notwendige Dinge ein, die auf Birdsong vielleicht fehlen würden, obwohl Amy Parsons über Jacintha von Fleurs Ankunft wusste.

Fleur schaute auf die Karte, die Jacintha ihr besorgt hatte, und ihr Puls raste, als sie den Straßenschildern folgte und auf eine unbefestigte Piste abbog, die sich durch den Regenwald und über die Berge schlängelte. Sie war fast am Ziel.

Der Jeep rumpelte über harte Furchen, wobei die Räder eine Wolke aus kupferrotem Staub aufwirbelten. Vögel in allen

Farbschattierungen flogen erschreckt von den Bäumen auf, und Fleur entdeckte ein Wallaby, das ins Unterholz hoppelte. Das alles war so abgeschieden und so schön – aber nichts bereitete sie auf den Anblick vor, der sie auf der Bergkuppe erwartete.

Tief unter ihr lag eine hufeisenförmige Bucht, beinahe verborgen von dichtem Regenwald, der bis hinunter an den hellrosa gefärbten Sand reichte. Das Meer war türkisgrün und glitzerte in der Sonne wie Diamanten. Fleur erkannte das dunkle Rot eines langgestreckten Wellblechdachs sowie einen Kamin aus Sandstein.

Mit klopfendem Herzen lenkte sie den Jeep den steilen, gewundenen Pfad hinunter, bis der an einem weißen Tor endete, das von einem Brett mit dem Namen »Birdsong« gekrönt war. Sie stieg aus dem Wagen, stellte sich neben den Briefkasten in Form eines Kookaburra, eines Rieseneisvogels, und nahm die Umgebung in sich auf.

Der Name, den Annie für ihr Anwesen gewählt hatte, passte, denn im üppigen Grün des Waldes sangen tatsächlich Vögel. Unzählige Insekten surrten, und exotische Blüten in grellen Rot- und Gelbtönen lugten aus dem dichten Unterholz hervor. Wandelröschen rankten sich wie dicke Arterien an Baumstämmen empor, Riesenfarne ließen die Wedel fast bis auf den Waldboden hängen. Das Aufgebot an Vögeln in allen Farben des Regenbogens war atemberaubend. Sie riefen und zwitscherten, schossen und hüpften zwischen den Bäumen hin und her, schlugen mit scharlachroten, blauen, gelben und grünen Flügeln.

Fleur schob das Tor auf und fuhr in ein großes, mit Kies bestreutes Areal. Verwundert bemerkte sie, dass dort bereits ein ziemlich ramponierter Geländewagen parkte. Stirnrunzelnd stieg sie aus und umrundete ihn. Im Inventarverzeichnis war von Fahrzeugen nicht die Rede gewesen. Sie konnte das Baujahr nicht erkennen, da das Kennzeichen bereits zu verblasst war. Die Reifen waren prall und kaum abgefahren, und auf dem Sitz lag so etwas wie eine Jacke aus Leder und Wolle.

Fleur tat das Rätsel mit einem Schulterzucken ab, holte ihr Gepäck aus dem Jeep und ging den überwucherten Pfad hinunter, begleitet von den Aromen der Pflanzen und dem Summen der Bienen. Annie hatte ihren Garten offensichtlich geliebt, was sich schon allein darin zeigte, dass sie die wohlriechenden Kräuter nahe am Weg gepflanzt hatte, sodass sie ihren Duft verbreiteten, sobald man daran entlangstreifte. Rosen und Bougainvilleen überwucherten alles, und Geißblatt und Frangipani rundeten das Bild mit weißen Blüten ab.

Das elegante Queenslander-Haus schien aus dem Berg aufzuragen, als habe die Natur bei der Planung mitgewirkt. Das Holzgebäude stand auf Steinsäulen, deren unterschiedliche Länge der Hangneigung angepasst war.

Fleur blieb staunend stehen, bezaubert von der makellosen Schönheit des alten Hauses und der Privatbucht, auf die sie durch die Bäume einen Blick erhaschen konnte. Rings um das Gebäude führte eine Veranda, die zweifellos einen noch besseren Blick auf die Bucht gewähren, mit ihren Schutzwänden und Korbmöbeln jedoch auch Schatten und Bequemlichkeit bieten würde.

Aufgeregt stieg Fleur die zwei Stufen zur Veranda hoch und schob das Fliegengitter auf, den Hausschlüssel in der Hand. Die Eingangstür ließ sich leicht öffnen, und Fleur trat in die einladenden Schatten von Annies Heim.

Die Längsseite des Hauses verlief parallel zur Bucht. Die Tür öffnete sich zu einer quadratischen Diele, von der Abzweigungen nach links und rechts zu Schlafräumen und einem Badezimmer führten. Die Wohnräume lagen geradeaus und gingen wahrscheinlich zur Bucht hinaus, doch Fleur beschloss, sich diese betörende Szenerie für später aufzuheben und zunächst ausgiebig die Schlafzimmer zu erforschen.

Sie ließ ihre Taschen in der Diele stehen. Ihre Sandalen klapperten auf den gebohnerten Holzdielen, während sie jeden schön ausgestatteten Schlafraum besichtigte. Die schmiedeeisernen Betten waren mit gestärktem Leinen bezogen, die Nachttischlampen mit Fransen und Perlen geschmückt. Die Kissenbezüge und Tagesdecken waren mit Bändern und Spitze verziert, die Frisierkommoden mit versilberten Bürsten und Kämmen, Kristallflakons, Tabletts und niedlichen Häkeldeckchen ausgestattet. Offenbar hatte Amy Parsons das Haus für Fleur hergerichtet und es lag ihr am Herzen.

An den weiß getünchten Wänden hingen sepiabraune Fotos aus einem vergangenen Zeitalter. Die Rahmen waren sichtlich ebenso altertümlich wie die stark verzierten Krüge und Schalen, die auf den bemalten Kommoden standen. Hauchzarte Schals waren auf den Rückenlehnen tiefer, bequemer Sessel drapiert, die am Fenster standen und einen Ausblick auf den Regenwald boten. Hinter jeder Tür hing außerdem ein erlesenes Nachthemd aus feiner weicher Baumwolle, das mit Rüschen und Bändern verziert war.

Fleur hörte förmlich die Stimmen der Menschen, die einst hier übernachtet hatten, vernahm ihr Gelächter und ihre Musik. Ihr war, als spaziere sie in die Vergangenheit, und das Gefühl verließ sie auch nicht, als sie ihre Erkundung fortsetzte. Eine große Emaillewanne mit funkelnden Messingarmaturen stand in der Mitte des Badezimmers; die weißen Wandkacheln waren von einem griechischen Mäandermuster in Schwarz und Gold eingefasst. Dicke weiße Handtücher lagen auf den altmodischen Heizkörpern bereit, und der blankgescheuerte Dielenboden war teilweise mit schweren Teppichen bedeckt.

Das letzte Schlafzimmer, ein großer quadratischer Raum am

Ende des Flurs, war Annies. Es lag getrennt von den anderen. Die Ausstattung bestand aus einem riesigen Doppelbett, weiß gestrichenem Mobiliar und einem Lehnstuhl, der mit farbigen Schals behängt war. Der Geruch von Eukalyptus und Lavendel hing in der Luft. Das musste der Duft der Frau gewesen sein, die hier geschlafen hatte.

Fleur setzte sich aufs Bett und stellte fest, dass die Matratze dick und weich und das weiße Leinen wie in den anderen Räumen perfekte Handarbeit war. Durch die beiden Fenster strömte Licht herein – zartes Grün auf der Waldseite und kleine hellgelbe Tupfer auf der Meeresseite, wo die Nachmittagssonne nicht durch einen Baum gefiltert wurde.

Vom Bett aus sah Fleur die Bucht. Eine Treppe führte hinunter auf einen kurzen Holzsteg im Wasser, an dem ein kleines Ruderboot vertäut war. Von Ehrfurcht ergriffen, beobachtete Fleur einen Schwarm hellblauer Eisvögel, der die Flucht ergriff und über das Wasser davonstob.

Die Ruhe umfing Fleur und brachte Frieden und Wohlgefühle mit sich, die sie seit Monaten nicht mehr empfunden hatte. Mit einem tiefen Seufzer dankte sie Annie stumm für dieses kostbarste aller Geschenke. Eine leichte Brise drückte das Blattwerk eines Baumes sanft gegen das Fenster, sodass es raschelte. Fleur lächelte, denn obwohl sie solchen Dingen eher skeptisch gegenüberstand, war ihr, als habe Annie sie gehört und ihr geantwortet.

Fleur verlor jegliches Zeitgefühl, während sie dort saß, die Aussicht und die Einrichtung von Annies Zimmer in sich aufnehmend, ohne etwas zu berühren. Sie betrachtete das Spitzentaschentuch und den Gedichtband auf dem Nachttisch, die abgetragenen Hausschuhe unter dem Lehnstuhl und den scharlachroten Seidenmorgenrock, der hinter der Tür hing. Er war eine auffallende Beigabe zu dem ansonsten schlichten

Raum, und Fleur fragte sich müßig, wie er in Annies Besitz gelangt sein mochte.

Sie beschloss, diesen Raum zu belegen. Sie holte ihre Taschen herein, bevor sie ihren Erkundungsgang fortsetzte. Im großen Wohnraum nahm ein offener Kamin mit Eisenrost im Feuerraum den größten Teil einer Wand ein. Zu beiden Seiten stand ein tiefes Sofa. Eine Sammlung Hüte aus einem anderen Jahrhundert hing an einem Mantelständer in einer Ecke. Auf einem Beistelltisch fand sich ein altmodisches Grammophon, dazu ein Stapel alter Schallplatten in staubigen braunen Papphüllen. Eine andere Wand war fast vollständig mit gerahmten Schwarz-Weiß-Fotos und alten Landkarten bedeckt.

In einer Ecke stand ein Klavier, die Noten für »Waltzing Matilda« lagen noch darauf. Als Fleur den Deckel hob und auf die vergilbten Tasten drückte, stellte sie jedoch fest, dass das Instrument hoffnungslos verstimmt war. Die anderen Möbelstücke waren alt und schwer. Obwohl sie noch nicht der Feuchtigkeit zum Opfer gefallen waren, hing der erdige Geruch von schwüler Luft überall, und deren verheerende Wirkung war an den schimmelnden Büchern und mottenzerfressenen Vorhängen zu erkennen, die gegen die Sonne zugezogen waren. Dennoch überkam Fleur ein Gefühl des Willkommenseins und der Behaglichkeit. Sie schlenderte an den Fotos vorbei, blieb hier und da stehen, um die Beschriftung zu entziffern, bevor sie ihren Rundgang in der Küche fortführte.

Verglichen mit dem Rest des Hauses war diese recht modern eingerichtet; es gab eine Edelstahlspüle, einen großen Kochbereich und sogar Kühlschrank, Waschmaschine und Mikrowelle. Die gebeizten und lackierten Holzregale waren gut gefüllt mit Porzellan, Gläsern und Kochutensilien, der Boden war mit Linoleum ausgelegt. Ein großer rechteckiger Tisch mit Bänken und Stühlen stand am Fenster; die gescheuerte Oberfläche zeugte von jahrelanger Nutzung. Auf diesem Tisch fand Fleur unter einem kleinen Brotkorb eine Notiz.

Liebe Mrs. Mackenzie,
willkommen auf Birdsong! Ich habe den Kühlschrank und die Speisekammer gefüllt und dafür gesorgt, dass die Betten gelüftet wurden. Sollten Sie etwas benötigen, rufen Sie bitte untenstehende Nummer an – aber ich bin mir sicher, dass Sie genau wie Annie in dieser perfekten Umgebung mit Ihrer eigenen Gesellschaft zufrieden sein werden.
Herzliche Grüße,
Amy Parsons

Fleur schaute in den Kühlschrank und in die Speisekammer, bevor sie ihre ziemlich überflüssigen Kartons mit Einkäufen aus dem Wagen holte. Ihr war warm, und sie hatte Durst. Deshalb zog sie eine kleine Safttüte hervor und trank sie aus. Sie stellte die leere Tüte neben das Spülbecken und atmete tief durch. Auf den nächsten Augenblick hatte sie seit ihrer Ankunft gewartet, und nun konnte sie ihn keine Sekunde länger hinausschieben. Sie ging ins Wohnzimmer, zog einen der zerschlissenen Vorhänge zurück und öffnete die Glastür.

Die Veranda auf der Rückseite des Hauses war viel tiefer als die vordere. Sie lag hoch über dem Waldboden. Eine steile Treppe führte in die schmucke Bucht hinab. Der Blick auf ein Inselchen in der Ferne wurde durch das zarte Geflecht des Fliegengitters nicht beeinträchtigt. Die Aussicht verschlug Fleur den Atem, und sie blieb wie verzaubert stehen.

»Freut mich, dass Ihnen die Aussicht gefällt. Schön, nicht?«

Mit hämmerndem Herzen wirbelte Fleur zu der männlichen Stimme herum. Der Mann lümmelte sich in einer Hängematte, die nackten Füße übereinandergeschlagen. Die Jeans saß auf den Hüften, das Hemd knüllte sich über einem Waschbrettbauch, und ein Hut mit breiter Krempe verdeckte sein Gesicht.

»Wer sind Sie?«, stammelte Fleur. »Und was machen Sie hier?«

Er blieb träge auf dem Rücken liegen, schob aber den Hut so weit nach hinten, dass sie einen starken Kiefer, ein unrasiertes Kinn und zwei verblüffend blaue Augen erblickte. »Ich komme hin und wieder vorbei, um nach dem Rechten zu sehen«, sagte er gedehnt, bevor er den Hut wieder gerade rückte.

Fleur betrachtete ihn mit gemischten Gefühlen. Wenigstens erklärte seine Anwesenheit den Geländewagen vor dem Haus. Aber wer, zum Teufel, war der Mann – und was machte er hier? »Tja, Sie hätten mich warnen sollen, dass Sie hier sind«, platzte sie heraus. »Mich hat fast der Schlag getroffen.«

Wieder wurde der Hut zurückgeschoben, die blauen Augen blitzten schelmisch auf. »Sie sehen ganz okay aus.«

»Ich hab aber einen ziemlichen Schreck gekriegt«, feuerte sie zurück, wütend, dass er sie auf dem falschen Fuß erwischt hatte, sauer, weil er so … so … »Sie müssen doch gehört haben, wie ich angekommen bin. Warum haben Sie sich denn nicht bemerkbar gemacht?«

»Dachte, Sie wollten das Haus zuerst bestimmt allein besichtigen.«

Fleur verschränkte die Arme und gab sich die größte Mühe, ein aufsteigendes Kichern zu unterdrücken. Die Situation war lächerlich. Er war offenbar entschlossen, in der Hängematte und unter seinem Hut zu bleiben, und sie hatte nicht die leiseste Ahnung, wie sie damit umgehen sollte.

»Ich heiße übrigens Fleur. Und Sie?«

»Ich weiß, wer Sie sind«, antwortete er leise. Tief seufzend schwenkte er die langen Beine aus der Hängematte und schlüpfte in abgetragene Stiefel. Er setzte den Hut fest auf das schwarze Haar, zog das Hemd zurecht und schenkte Fleur ein Lächeln, das die Winkel seiner von dunklen Wimpern gerahmten Augen in Fältchen legte. »Man nennt mich Blue.«

Sie verstand, warum. Er strahlte etwas Rätselhaftes und äußerst Reizvolles aus, was Fleur verstörte. »Ich dachte, Amy Parsons sei die Hausverwalterin«, sagte sie argwöhnisch, lehnte sich ans Geländer und gab vor, die Lage unter Kontrolle zu haben. »Sie wohnen nicht hier, oder?«

Er schüttelte den Kopf und vergrub die Hände in den Taschen seiner Jeans. »Annie wollte nur, dass ich ein Auge auf alles habe.«

»Sie haben Annie gekannt?«

Er musterte sie eine Weile schweigend, und in seinem Blick lag etwas Geheimnisvolles, was Fleur nicht zu deuten wusste. »Ja«, sagte er schließlich.

»Wie war sie?«, fragte sie neugierig.

»Sie war reell, das war Annie«, erklärte er und drehte sich geschickt eine Zigarette. »Ohne sie ist das Anwesen nicht mehr dasselbe.«

Fleur schätzte ihn auf Ende dreißig, Anfang vierzig. Er hatte die breite Brust, die kräftigen Arme und die geschickten Hände eines Mannes, der körperliche Arbeit gewohnt war. »Haben Sie für Annie gearbeitet? Haben Sie sie so kennengelernt?«

»Ja, so ungefähr.« Die Zigarette war fertig. Er klappte das schwere silberne Feuerzeug auf, hielt schützend eine Hand davor und zündete sie an. Dann ließ er das Feuerzeug wieder zuschnappen und steckte es mit der Tabakdose in die Hemdtasche.

Blue war anscheinend eher einsilbig, und das war unbefriedigend. »Darf ich Ihnen etwas zu trinken anbieten?«, fragte Fleur in der Hoffnung, dass er bei einer Tasse Tee gesprächiger werden würde.

»Nö, Sie haben recht. Ich mach mich lieber auf den Weg, nachdem Sie jetzt hier sind.«

Sie runzelte die Stirn. »Sie haben gewusst, dass ich heute komme?«

»Hier in der Gegend spricht sich alles schnell rum.« Breit lächelnd tippte er sich an den Hut. »Schönen Tag noch, Fleur. Nett, Ihre Bekanntschaft gemacht zu haben.«

Sie folgte ihm durchs Wohnzimmer in die Diele. »Kommen Sie wieder her?«, fragte sie schnell. »Ich würde nämlich gern irgendwann etwas über Annie erfahren. Verstehen Sie, ich habe sie nicht gekannt und …« Sie merkte, dass sie plapperte.

Seine Augen strahlten vorwitzig, seine Lippen zuckten. »Kann schon sein.«

Sie stand im Türrahmen, als er sich in das rostige Auto schob, es anließ und zum Tor hinausfuhr. Das Motorengeräusch des Wagens, der sich den Berg hinaufquälte, wurde bald vom Wald verschluckt, und Fleur blieb in der Einsamkeit von Birdsong mit der Gewissheit zurück, dass Blue ein wesentlicher Bestandteil des Anwesens war.

Carlas leise hypnotische Stimme hatte Greg den langen, gewundenen Pfad hinabgeführt, durch ein Tor und über einen Hügel in die Straße, in der er einst gelebt hatte. Eigentlich wollte er gar nicht dort sein; er wollte die Dunkelheit nicht herauslassen, die er in sich zu begraben suchte, seit er erwachsen war. Doch vor dem hartnäckigen Sog der Vergangenheit gab es kein Entrinnen. Schon ging er den Weg zur Haustür hinauf, griff nach dem Messingknauf und schob sie auf – und trat in die bedrückende Stille des Hauses.

»Was siehst du, Greg?«

Schweißperlen bildeten sich auf seinem Gesicht, sein Herz raste, und sein Nacken prickelte, was stets Schlimmes verhieß.

»Ich komme gerade vom Fußballtraining zurück«, murmelte er. »Ich bin in der Diele.«

Sein Blick schweifte kurz über den vertrauten Teppich, den Telefontisch und den Spiegel darüber. Er betrachtete sich darin und erblickte einen Jungen – einen blonden Jungen im Trikot der Schulmannschaft, mit Sommersprossen auf der Nase und mit Augen, die von Entsetzen erfüllt waren.

»Wie alt bist du?«

»Zehn.« Er bewegte den Kopf auf dem Kissen, als die Stille von einem schrillen Aufschrei seiner Mutter unterbrochen wurde; er sah, wie er durch die Diele zur Küche lief; die Fußballschuhe klapperten auf dem Linoleum. »Mum«, sagte er gepresst. »Er tut Mum wieder weh.«

Vor Angst keuchend, öffnete er die Küchentür. Er wusste, was er sehen würde – wusste, dass auch er bestraft werden würde, sollte er sich einmischen. Aber seine Mutter brauchte ihn – er musste ihr helfen.

»Greg? Greg, was ist passiert?«

Carlas Stimme schien im Äther zu schweben, hatte jedoch keine Macht mehr über ihn, als er die Szene in sich aufnahm. Seine Mutter kauerte auf dem Boden und machte sich klein, um dem Stiefel zu entkommen, der gnadenlos auf sie eintrat. Ihre Augen waren blau geschlagen, die Lippen aufgesprungen. Bei jedem Tritt schrie sie kläglich auf.

John Mackenzies Gesicht war eine kalte Maske. Hoch aufgerichtet stand er über Mary und zielte mit einstudierter Präzision auf ihren knochigen Körper.

»Lass sie in Ruhe!«, rief Greg und stürmte in den Raum. Die Wut verlieh ihm unvorstellbare Kräfte. Er rannte direkt in den verhassten Mann und schleuderte ihn gegen einen Küchenschrank. Seine Fäuste versanken im weichen Fleisch unter den Rippen, er prügelte, so fest er konnte, ohne an die Folgen zu denken. Er wusste nur, dass er seinem Vater wehtun wollte – er sollte so leiden wie er, Greg, und seine Mutter gelitten hatten.

John Mackenzie rammte ihm die Faust ins Gesicht, und Greg prallte gegen die Wand. Blut floss aus seiner Nase. »Das wirst du büßen, du kleiner Bastard«, knurrte John. Seine ausdruckslosen Augen durchbohrten seinen Sohn, während er den Gürtel aufschnallte, ihn durch die Laschen zog und so um die Faust wickelte, dass die schwere Schnalle vor und zurück schwang.

Greg rappelte sich mühsam auf. »Ich bin kein Bastard«, schrie er. Sein ängstlicher Blick huschte zwischen Gürtelschnalle und Mutter hin und her, die versuchte, auf die Beine zu kommen, die Hände flehentlich zu John erhoben, und um Gnade flehte.

Der dicke Ledergurt schnalzte wie eine Peitsche, und die Schnalle traf Greg seitlich am Kopf. Seine Beine gaben nach. Dicht neben seiner Mutter fiel er zu Boden.

Wieder schlug die Schnalle zu. Diesmal traf sie Mary Mackenzie im Gesicht und riss eine tiefe Wunde über Nase und Stirn. Greg spürte warme Blutspritzer auf der Wange und Kupfergeschmack auf den Lippen. Sein Kopf füllte sich mit dichtem rotem Nebel.

»Ich sehe Rot«, flüsterte er, »nichts als Rot. Es ist heiß und dicht und füllt mich mit einer Wut, dass ich am liebsten explodieren möchte.«

Er sah, wie er auf die Beine kam, wohl wissend, dass ihm nur Sekunden zum Handeln blieben, bevor die Schnalle wieder zuschlagen würde – dass sein Vater sie beide umbringen würde, sofern Greg nichts unternahm. Greg schnappte sich ein Messer von der Anrichte, schrie höhnisch auf und rammte es seinem Vater tief in den Oberschenkel.

John Mackenzie brüllte vor Zorn und Schmerz auf und

sank auf die Knie. Die Schnalle fiel scheppernd zu Boden, als er das Messer umklammerte und es herauszuziehen versuchte.

Greg wich den Tritten seines Vaters aus und rutschte durch das Blut auf dem Fußboden zu seiner Mutter.

Mary Mackenzie war wie gelähmt, ihr gesamtes Wesen war auf den Mann ausgerichtet, der sich am Boden wand. »Was hast du getan?«, kreischte sie. »O mein Gott, Greg, was hast du getan?«

John Mackenzie brüllte vor Schmerz laut auf, als er das Messer aus dem Bein zog. Blut strömte ungehindert aus der Wunde, doch er merkte es anscheinend nicht, sondern kam unter Mühen auf Greg zu. »Dafür werde ich euch beide umbringen«, knurrte er und kroch Zentimeter um Zentimeter auf sie zu, das blutige Messer erhoben.

Greg packte seine Mutter und versuchte zu entwischen.

Aber John Mackenzie war zwischen ihnen und der Tür – er schleppte sich immer näher, wobei das Messer über den Boden kratzte; seine Augen blitzten mordlustig.

Greg wich zurück, als das Messer knapp an seinem Bein vorbeisauste. Der rote Dunst raubte ihm die Sicht, vor Angst konnte er kaum atmen und nicht klar denken. Er trat aus und traf genau den blutigen Schenkel.

John Mackenzie brüllte, rollte sich zur Seite und krümmte sich vor Schmerzen.

Greg trat das Messer weg, hielt seine Mutter fest im Griff, drängte sie aus dem Zimmer und durch die Diele hinaus in den Garten.

»Ich habe sie herausgeholt«, murmelte er, »aber sie blutet und ist hysterisch. Ich höre Sirenen und sehe das Blaulicht der Polizeistreife. Mein Kopf tut so weh, dass ich kaum stehen kann.« Er warf einen ängstlichen Blick über die Schulter. »Dad hat es in die Diele geschafft«, stammelte er, »aber er liegt in einer großen Blutlache und bewegt sich nicht. Ich glaube, ich habe ihn umgebracht.«

»Geh schlafen, Greg«, sagte sie leise. »Entspann dich, und entfern dich von dem Haus. Geh zurück zu den grünen Feldern und der gewundenen Straße. Schau, wie friedvoll sie ist, spür die warme Sonne auf dem Gesicht und hör die Vögel in den Bäumen zwitschern. Die Dunkelheit liegt weit hinter dir – sehr, sehr weit –, sie kann dich nicht erfassen. Du bist jetzt außer Gefahr.«

Greg spürte, dass Wärme in ihn hineinsickerte; die Dunkelheit löste sich in hellem Sonnenlicht auf. Er entspannte sich, und sein Puls schlug gleichmäßiger, als Carlas sanfte Stimme ihn an diesen friedlichen Ort lockte.

»Schlaf jetzt ein wenig! Wenn du aufwachst, wirst du dich an das erinnern, was passiert ist, aber dann bist du erfrischt und kannst ohne Angst zurückblicken.«

Greg hatte das Gefühl, als tauche er allmählich aus einer ätherischen Welt auf. Während Carla bis zehn zählte, schien diese Welt wie ein weiter Mantel von ihm abzufallen. Er kehrte zu den tröstenden Geräuschen des vorbeirauschenden Verkehrs und dem Ticken der Uhr auf dem Kaminsims zurück.

»Wie geht es dir?« Carla saß auf dem Stuhl neben der Couch, die Hände locker im Schoß gefaltet. Ihr Notizblock lag neben dem Aufnahmegerät auf einem Tisch neben ihr.

Greg schwang die Beine von der Couch und rieb sich über das Gesicht. »Eigenartig«, gab er zu. »Ich war skeptisch gegenüber der Hypnose, wie du weißt, aber …« Ihm fiel es schwer, die richtigen Worte zu finden. »Es ist, als hätte ich einen schlechten Traum gehabt. Dabei weiß ich, dass er durchaus real war, und doch fühle ich mich davon distanziert, als wäre das alles einem anderen zugestoßen.« Er schaute Carla an und seufzte. »Jahrelang habe ich versucht, diese Erinnerung zu begraben«, gestand er.

»Und jetzt ist sie ans Tageslicht gekommen?«

Er verschränkte die Hände zwischen den Knien und schaute gedankenverloren darauf hinab. »Zu wissen, dass ich zu einer solchen Gewalt fähig bin, versetzt mich in Angst und Schrecken. Wenn ich nun auf meinen Vater rauskomme und so etwas meinem eigenen Kind antun würde? Damit könnte ich nicht leben.«

»Aber du warst noch ein Junge«, sagte sie ruhig. »Du und deine Mutter, ihr seid jahrelang Opfer seiner Gewalt gewesen, und dieser letzte Angriff auf euch beide hat den Zorn und die Kraft hervorgerufen, die du brauchtest, um dich zur Wehr zu setzen. Du hast das einzig Mögliche getan.«

Sie verstummte, während Greg weiterhin auf seine Hände schaute. »Das schiere Entsetzen und das Bedürfnis, deine Mutter zu beschützen, haben dich zu einer sehr mutigen Tat befähigt«, fuhr sie fort. »Da war ein Junge, der keine Angst um seine eigene Sicherheit hatte und sich gegen einen gewalttätigen Mann wehrte, der durchaus in der Lage war, dich und deine Mutter umzubringen. Das war das erste und einzige Mal, dass du eine Tendenz zur Gewalt hast erkennen lassen, Greg. Du bist nicht dein Vater. Und du wirst es nie sein.«

»Aber ich wollte ihn töten.«

»Das wäre unter den gegebenen Umständen jedem so gegangen. Aber er ist nicht gestorben, oder? Stattdessen ist er ins Gefängnis gewandert, und ihr wart von seiner Tyrannei befreit. Und alles nur, weil du tapfer genug warst, gegen ihn anzutreten.«

Greg wusste, dass sie recht hatte, aber sein Verhalten an dem Tag hatte seine Familie auseinandergerissen und ihm nichts als düstere Erinnerungen und verstörende Ängste beschert.

»Mum war Alkoholikerin, und sie kam einfach nicht zurecht, nachdem Dad inhaftiert war. Ich wurde in ein Kinderheim gesteckt, wo ich lernen musste, mit den Albträumen zu leben, die mich um meine geistige Gesundheit fürchten ließen. Mum hatte nichts mehr, wofür sie leben wollte, und trank sich innerhalb eines Jahres zu Tode.«

Matt und traurig lächelnd, schaute er zu Carla auf. »Du siehst also, dass keiner von uns beiden wirklich befreit war.«

»Aber du legst diese Fesseln allmählich ab, Greg. Deine Entscheidung, dich einer Therapie und der Hypnose zu unterziehen, hat den Heilungsprozess eingeleitet.« Sie klappte den Notizblock zu und betrachtete Greg ruhig. »Es ist nicht leicht, ich weiß, und du hast noch ein Stück des Wegs vor dir – aber ich kann jede Woche eine Besserung feststellen. Du wirst gewinnen, Greg.«

»Dank dir.« Er seufzte noch einmal und griff nach seinem Mantel. »Ich bin fix und fertig.«

»Das wundert mich nicht. Du hast heute Abend viel durchgemacht.« Sie nahm Notizbuch und Handtasche und löschte das Licht. Sie schlossen die Haustür hinter sich und traten in den kühlen Herbstabend hinaus. »Geh nach Hause und schlaf dich aus, Greg! Wir sehen uns nächste Woche.«

Er stellte den Mantelkragen hoch und lief die Straße hinunter zu seinem Wagen. Sein Körper schmerzte, als habe er sich im Fitnessstudio abgearbeitet, und er war benebelt von Erinnerungsfetzen, Stimmen und Geräuschen aus der Vergangenheit. Dennoch fühlte er sich irgendwie leichter, als belaste die Finsternis, die er so lange in sich getragen hatte, ihn nicht mehr.

Fleur hatte sich eine entspannte Routine angewöhnt, während die erste Woche langsam in die zweite und dritte übergegangen war. Sie stand im Morgengrauen, beim ersten Vogelzwitschern, auf und füllte die Futterhäuschen mit Nüssen, Rosinen und Körnern, die Annie zu diesem Zweck in der Speisekammer gehortet hatte. Noch in Nachthemd und Hausschuhen kochte sie sich dann eine Tasse Tee, die sie vorsichtig die Treppe hinuntertrug und an den Strand mitnahm. Sie setzte sich ans Ende des wackeligen Stegs, ließ die Beine im Wasser baumeln und beobachtete, wie die Sonne allmählich das Meer und den Wald ringsum vergoldete, während blaue Eisvögel auf der Suche nach dem Frühstück hin und her schossen.

Wenn sie den Tee getrunken hatte, entkleidete sie sich und sank mit wohligem Schauder in das kristallklare Wasser, das sie wie warme Seide umhüllte. Den Rest des Vormittags verbrachte sie mit der Suche nach Muscheln, interessant geformtem Treibholz und zarten Korallenstücken, die sie mit Draht und Faden zu rustikalen Windspielen zusammenfügte und in die Bäume hängte. Nackt und frei wie ein Kind in einer neu erschaffenen Welt schwelgte sie in der Einsamkeit.

Sobald die Sonne den Höchststand erreichte, wickelte Fleur einen von Annies hübsch gefransten Schals wie einen Sarong um sich und legte sich auf der schattigen Veranda in die bequeme Hängematte. Am späten Nachmittag kam vom Meer her eine Brise auf, die sanft über ihre dunkelbraune Haut strich und ihr Haar zerzauste. Fleur hatte immer ein Buch zur Hand, schaffte aber nie mehr als zwei Kapitel, bevor sie einschlief. Das träge Leben war wie eine Droge, und sie erlag diesem Reiz allzu leicht.

Nachdem sie an jenem Morgen die Vögel gefüttert hatte, saß Fleur wie üblich am Ende des Stegs, erzeugte mit den Zehen kleine Wellen im ruhigen, tiefen Wasser und warf einen Blick auf die Insel, die am Horizont schimmerte. Sie hatte geplant, mit dem Ruderboot hinauszufahren und das Angeln auszuprobieren – im großen Lagerraum unter der Veranda hatte sie Ruten und Schnüre entdeckt –, aber es war heute einfach zu heiß dazu, und sie war viel zu faul.

Sie saß da, ließ die Beine baumeln, spürte die kleinen schwarzen Fische, die unter ihren Füßen umherflitzten, und fragte sich, wie sie jemals die Kraft oder das Bedürfnis aufbringen solle, diesen Platz zu verlassen. Brisbane war so weit weg – ein anderes Leben in einer anderen Welt –, und sie konnte sich nicht vorstellen, jemals wieder dort angebunden zu sein.

»Hallo.«

In dem Bewusstsein, dass sie nur ein dünnes Baumwollnachthemd trug, und dankbar dafür, dass sie nicht gerade nackt schwamm, verschränkte Fleur die Arme vor der Brust; sie hoffte nur, dass es nicht allzu durchsichtig war. »Hallo, Blue. Woher kommen Sie denn auf einmal? Ich habe den Wagen gar nicht gehört.«

Blue hatte die Stiefel ausgezogen. Er trug noch immer die vergammelte alte Jeans, hatte jedoch das Hemd gewechselt. Der Hut beschattete sein Gesicht, als er über den kurzen Steg tappte. Er setzte sich neben Fleur, krempelte seine Hosenbeine hoch und hängte die Füße ins Wasser.

»Schön, nicht?« Er grinste. »Das ist meine liebste Tageszeit. Annies auch.«

Fleur war sich des warmen, muskulösen Arms sehr wohl bewusst, der an ihrem entlangstreifte, und des starken Schenkels, der dicht neben ihrem lag. Sie roch die Sonne auf seiner Haut, sah die dunklen Stoppeln an seinem Kinn und das Rabenschwarz seines zotteligen Haars. Wenn Blue sie anschaute, konnte sie den dunklen Ring erkennen, der jede Iris umrandete, wodurch das Blau seiner Augen noch intensiver wirkte.

Da seine Nähe sie eigenartig verstörte, rückte sie ein wenig von ihm ab. »Ist Annie jeden Tag hier heruntergekommen?«, fragte sie in der Hoffnung, ein wenig Lässigkeit zustande zu bringen.

Er grinste und veränderte die Sitzhaltung, sodass der Abstand zwischen ihnen größer wurde. »Ja, solange sie die Treppe noch schaffte. »Gegen Ende habe ich sie heruntergetragen und hier mit ihr gesessen, bis sie wieder ins Bett musste.«

Fleur saß ein Kloß im Hals, als sie sich vorstellte, wie dieser sportliche, lebhafte Mann die zerbrechliche kleine Annie die Treppe hinuntertrug, damit sie diese prächtige Aussicht genießen konnte. »Das war sehr nett von Ihnen. Sie haben sie offenbar sehr gemocht.« Sie betrachtete sein ausdrucksstarkes Gesicht, während er seine Worte abwog.

»Sie war eine ganz besondere Lady«, sagte er schließlich und schaute mit unbestimmtem Blick zum Horizont. »Es war eine Ehre, ihr helfen zu können.«

Sie schwiegen; jeder hing seinen Gedanken nach, und Fleur staunte, wie Äußerlichkeiten doch täuschen konnten, denn wer hätte gedacht, dass dieser kraftstrotzende, robuste Mann eine solche Zärtlichkeit gegenüber einer Frau bewiesen hatte, die seine Großmutter hätte sein können.

»Sie leben wohl in der Nähe, wenn Sie jeden Tag hergekommen sind«, bohrte sie sanft nach.

»Ich komme ziemlich viel rum, besonders jetzt, wo Annie nicht mehr da ist. Ich behalte dieses Anwesen im Auge, und zweimal im Jahr fahre ich raus nach Savannah Winds und tausche mich mit meinem Kumpel Djati aus.«

»Sie kennen Djati?«

»Hm. Er wird allmählich alt, aber er ist noch immer ein toller Kerl und ein guter Kumpel. Er und seine Familie halten Savannah Winds gut in Schuss. Ich hoffe, Sie lassen sie dort wohnen.«

Ihre Gedanken überschlugen sich. »Selbstverständlich. Ich

freue mich schon darauf, bald mal hinzufahren und sie alle kennenzulernen. Für mich klingt das aber so, als wären Sie für Annie doch eine Art Verwalter gewesen, obwohl Sie etwas anderes behauptet haben.«

»Von mir aus können Sie mich so bezeichnen, wenn Sie wollen«, murmelte er. »Aber Amy macht ihre Arbeit auch gut.«

»Ja, wahrscheinlich. Aber ich habe das Gefühl, dass Sie mehr mit Birdsong verbindet als Amy. Über kurz oder lang muss ich wieder nach Brisbane zurück, und mir wäre viel wohler zumute, wenn ich wüsste, dass sich jemand wirklich um dieses Anwesen kümmert. Ich wäre bereit, Sie dafür zu bezahlen.«

Er nahm einen Fuß aus dem Wasser, stellte ihn auf den morschen Steg und legte einen Arm um das Knie. »Ich habe es nur für Annie getan«, sagte er nach langem Schweigen. »Ich habe kein Geld von ihr genommen, und von Ihnen will ich auch keins.« Er stützte das Kinn auf den Handrücken und schaute nachdenklich ins Wasser. »Aber wenn es Ihnen damit besser geht, werde ich mich eine Weile um beide Anwesen kümmern«, fügte er hinzu.

Der Mann war ein Rätsel – ein entmutigendes, aber reizvolles Puzzle, das sie wohl nie lösen würde. »Erzählen Sie mir etwas über Annie«, bat sie. »Sie hat Ihnen offenbar sehr vertraut, und ich spüre, dass Sie beide tiefe Zuneigung füreinander empfunden haben.«

Er tauchte den Fuß wieder ins Wasser und lehnte sich zurück auf die Ellbogen. Die breite Hutkrempe verdeckte sein Gesicht. »Sie kam damals in den Sechzigerjahren hierher. Sie wollte Frieden und Schönheit in ihrem Leben nach der herben Umgebung im Gulf Country. Daher baute sie dieses Haus zu einem kleinen Luxushotel um, wie ihr Städter sagen würdet.«

Er richtete sich auf, holte die Tabakdose aus der Hosentasche und drehte sich eine Zigarette. »Es war eigentlich eher ein Zufluchtsort. Die Leute kamen hierher, um der Hektik des Stadtlebens zu entfliehen, um Ruhe und Erholung von allem zu finden, was sie belastete.« Er zündete sich eine Zigarette an und sog den Rauch ein. »Es gab eine lange Warteliste. Annie konnte gut mit Menschen umgehen – sie verstand sie, wusste, was sie brauchten, damit sie sich wohlfühlten.«

Fleur nickte. »Auf jeden Fall hat Annie mir Heilung geschenkt, indem sie mir dieses Anwesen hinterlassen hat. Ich empfinde so viel innere Ruhe wie seit Jahren nicht mehr.« Schweigend nahm sie das Haus, den Wald und die glitzernden weißen Wellen in sich auf, die sich am Strand brachen. »Ich vermute, ihre Gäste haben die Tage genauso verbracht wie ich – herumlungern, schwimmen, in der Sonne liegen und die Stille dieses Ortes auf sich wirken lassen.«

Lächelnd schüttelte er den Kopf. »Manche wollten das vielleicht, aber Annie hatte andere Vorstellungen. Sie hielt nichts von Nabelschau und ermunterte die Leute, zu malen, durch den Busch zu wandern, zu schwimmen, den Strand abzusuchen. Wenn sie reden mussten, setzte sie sich mit ihrem Nähzeug hin und hörte ihnen zu, und wenn sie Unterhaltung wollten, nudelte sie auf dem Klavier alle alten Melodien herunter und ließ die Gäste singen, bis sie nicht mehr konnten.« Er lächelte schief. »Manchmal nahm Annie sie mit hier herunter und machte ein Feuer am Strand. Sie zog das alte Grammophon auf, und sie saßen und redeten, bis die Sonne aufging.«

Er seufzte abgrundtief. »Annie wollte jeden Augenblick so leben, als wäre es ihr letzter – und das hat sie auch getan.«

Fleur bemerkte seine belegte Stimme und sah, dass Tränen in seinen Augen schimmerten. »Erzählen Sie weiter!«, bat sie leise.

Er räusperte sich, blinzelte ein paarmal hintereinander und schaute zum Horizont. »An einem Morgen war sie sehr schwach, bestand aber darauf, dass ich sie hier herunterbrachte. Wir saßen eine Weile hier, beobachteten, wie die Sonne aufging, und dann wandte sie sich mir zu, lächelte und sagte: ›Ein wunderbarer Tagesanbruch. Ein perfektes Ende für ein schönes Leben.‹«

Er ließ den Kopf sinken, seine Stimme war heiser vor Rührung. »Sie ist in meinen Armen gestorben, und ich bin lange mit ihr hier sitzen geblieben, bevor ich es übers Herz gebracht habe, sie wieder ins Haus zu tragen.«

Fleur brannten Tränen in den Augen. Sie konnte sich die Szene gut vorstellen.

Schweigend hing jeder seinen Gedanken nach. »Kein Wunder, dass es ihr hier so gut gefallen hat«, sagte Fleur schließlich leise. »Das ganze Haus ist ein Refugium mit seiner Mischung aus alt und neu, mit dem Freiraum und der Abgeschiedenheit dieser kleinen Bucht. Ich wundere mich nur, dass das Leinen und die Spitzen die Feuchtigkeit überstanden haben.«

»Sie hat die Sachen für gewöhnlich in der Truhe unter der Veranda aufgehoben. Aber als sie wusste, dass sie sterben würde, hat sie Amy gebeten, alles hervorzuholen und die Räume so herzurichten, wie sie waren, als das Geschäft lief. Sie wollte, dass Sie sich willkommen fühlen und den richtigen Eindruck von dem Anwesen bekommen.«

»Mir ist keine Truhe unter der Veranda aufgefallen. Nur jede Menge alter Möbel, Angeln und Gerümpel.«

»Sie steht aber da. Ich hole sie Ihnen, wenn Sie möchten.«

»Danke, unterdessen ziehe ich mir etwas Anständigeres an.«

Sein Blick streifte sie, und ein Lächeln erhellte sein Gesicht. »Ich bringe die Truhe zum Haus hinauf; aber ich werde mich bemerkbar machen, keine Bange.«

Hitze stieg ihr ins Gesicht, und das hatte nichts mit der

Sonne zu tun. Sie schaute Blue nach, als er über den Steg schritt und in der Dunkelheit unter der Veranda verschwand, bevor sie den Saum ihres Nachthemds anhob und ins Haus lief.

Rasch zog sie ein weites Baumwollkleid an, fuhr mit einer Bürste durch die zerzausten Haare und putzte sich die Zähne. Wenigstens kam sie sich nun ansehnlicher vor.

»Kann ich sie jetzt reinbringen?«

»Ja.« Fleur eilte ins Wohnzimmer und hielt die Tür auf, damit er die große Metalltruhe hineinhieven konnte. »Die sieht schwer aus«, sagte sie, als er sie mit einem Grunzlaut absetzte.

»Das ist sie auch.« Er schob den Hut zurück und wischte sich mit dem Handrücken den Schweiß ab. »Annie hat alles Mögliche darin aufgehoben, und in ihren letzten Monaten hat sie immer mehr hinzugefügt.«

»Was denn?« Fleur kniete bereits auf dem Boden und fuhr mit den Fingern an den stabilen Eisenbändern und den rostigen Verschlüssen entlang.

Blue zuckte mit den Schultern. »Tagebücher, Briefe, Leinen, alte Fotos – keine Ahnung –, all das Zeug, das ihr Frauen eben gern hortet.«

Fleur brannte darauf, die Truhe zu öffnen und Annies Schätze zu durchforsten. Doch Blue stand neben ihr und beobachtete sie. Da war ihr klar, dass sie es verschieben musste. »Ich habe noch nicht gefrühstückt«, sagte sie und erhob sich. »Ich kann uns Toast mit Vegemite machen, Müsli, Saft, Kaffee. Was möchten Sie?«

»Ich brauche nichts, danke«, murmelte er.

»Aber Sie müssen mir erlauben, Ihnen etwas anzubieten«, protestierte sie.

Er schüttelte den Kopf. »Ich sehe doch, dass Sie sich die Truhe vornehmen wollen. Also werde ich Sie nicht aufhalten. Annie hat sie speziell für Sie gepackt, und Sie sollten sich alles in Ruhe ansehen. Ich finde schon hinaus.« Er tippte an seinen Hut, und noch bevor Fleur sich bei ihm bedanken konnte, war er verschwunden.

Fleur kniete sich vor die Truhe, klickte mit kindlicher Aufregung die Schnallen auf und hob den Deckel an. Die Truhe war mit Zedernholz ausgekleidet, und der Duft von Rosmarin, Lavendel und Eukalyptus schwebte zu ihr auf, als sie das schützende Baumwolltuch von Annies Schätzen zog.

Feine Tischtücher, Laken und Kissenbezüge, Handarbeiten, die mit alten Spitzen verziert waren. Handgearbeitete Spitze tauchte auch am Mieder, an den Ärmeln und am Saum eines Hochzeitskleids auf, das von Annies Hochzeit mit John Harvey stammen musste. Fleur fand ein kleines, gerüschtes Korsett mit Stäbchen, Unterröcke aus Batist, Glacéhandschuhe und geknöpfte Stiefelchen mit Knitterfalten. Fleur holte die Sachen beinahe andächtig heraus und drapierte sie auf dem Klavierschemel.

Die nächste Schicht bestand aus Baumwollkleidern mit weißem Kragen, weitem Rock und Perlenknöpfen. Dazu gehörten weiße Handschuhe und zierliche Hüte. Darunter kamen Päckchen aus Papier zum Vorschein, die liebevoll mit rosaroten Bändern zusammengehalten wurden.

Fleur zögerte, bevor sie die Päckchen aufband – sie waren offenbar kostbar, und obwohl Annie gewollt hatte, dass sie sich alles ansah, fühlte sie sich wie ein Eindringling. Sie öffnete das Papier und schnappte nach Luft, als sie sehr feine Babykleidung fand. Da waren Häubchen und Schals, ein Taufkleid, winzige Stiefel und Schuhe, Jäckchen und Nachthemdchen. Darunter verborgen lag ein silbern gerahmtes Foto eines lachenden Kleinkinds.

Tränen verschleierten Fleurs Blick, als sie sich auf die Fersen setzte und las, was Annie hinten auf den Bilderrahmen geschrieben hatte: »Lily, unsere geliebte Tochter, im Alter von zwei Jahren.«

O Gott, Annie. Demnach hattest du ein Kind! Aber was ist mit ihm geschehen?

Sanft fuhr Fleur mit einem Finger über das pummelige Gesichtchen. Sie bewunderte die dunklen Augen und das ebenso dunkle Haar, die kleinen Zähne und das niedliche Lächeln. Lily war offensichtlich glücklich, aber eine Tragödie musste sie heimgesucht haben – sonst hätte Fleur nicht Annies Vermögen geerbt. Fleur trauerte um dieses verlorene, unbekannte Kind, während sie die kostbaren Spuren seines Lebens vorsichtig wieder einpackte. Es dauerte eine Weile, bevor sie weitermachen konnte.

Ganz unten in der Truhe befanden sich Bücher, die sich bei näherem Hinsehen als Fotoalben sowie Bestandsverzeichnisse und Berichte über den Alltag auf Savannah Winds und Birdsong entpuppten. Dann kamen Tagebücher. Sie reichten zurück bis in Annies erste Ehejahre und deckten jedes Jahr bis zu ihrem Tod ab.

Fleur fuhr mit den Händen über das abgewetzte Leder mit Goldprägedruck, neugierig zu erfahren, wie Annies Leben gewesen war, zauderte aber, in den Bänden zu stöbern. Sie legte sie beiseite und erblickte eine Sammlung ungerahmter sepiabrauner Fotos, die in einem großen, selbstgebastelten Karton gesammelt waren. Sie waren sehr alt und hatten größtenteils Feuchtigkeitsschäden, sodass die Gesichter teilweise verschwommen, vergilbt oder gar nicht zu erkennen waren.

Sie wollte die Kiste gerade wieder zurückstellen, als ihr ein Packen Briefe auffiel, die mit einer groben Schnur gebündelt waren. Die Schnur deutete nicht auf Liebesbriefe hin. Fleur nahm sie in die Hand, hielt aber mitten in der Bewegung inne, als ihr klar wurde, dass alle an ihren Vater adressiert waren, denn jeder trug in Dads allzu vertrauter Handschrift die Aufschrift »Zurück an den Absender«. Alle Briefe waren ungeöffnet. An den Poststempeln war ersichtlich, dass sie ab den Dreißigerjahren bis 1969 kontinuierlich verschickt worden waren.

Eine Woge des Zorns packte Fleur, als sie erkannte, dass Annie sich bemüht hatte, den Kontakt zu ihrem Bruder aufrechtzuerhalten, Don jedoch jeden Versuch brüsk abgewiesen hatte. Als sie die Briefe durchging, fand sie allerdings zwei in seiner Handschrift. Aber Fleur wollte sie nicht lesen. Ihr Vater durfte ihr dieses Paradies nicht vergiften, deshalb bündelte sie die Briefe wieder.

»Ich werde sie lesen, Annie, aber nicht heute«, flüsterte sie. »Ich bringe es einfach nicht über mich.«

Sie packte das meiste wieder sorgsam in die Truhe und trug die Fotos, Tagebücher und Geschäftsbücher zum Küchentisch. Die Briefe brachte sie ins Schlafzimmer und vergrub sie tief unten in einer Reisetasche.

Dann ging Fleur in die Küche, setzte einen Kessel Wasser auf und steckte zwei Brotscheiben in den Toaster. Die Zeit war wie im Flug vergangen, es war bereits zwei Uhr, und da sie sowohl das Frühstück als auch den Lunch ausgelassen hatte, war sie ausgehungert.

Mit einer Tasse Tee und einem Vegemite-Toast setzte sie sich an den Tisch, um die Fotos zu betrachten, als ihr Handy klingelte.

In der Hoffnung, dass es kein Notfall oder – noch schlimmer – ihr Vater sein möge, schaute sie auf die Nummer auf dem Display und runzelte die Stirn. Nichts Gutes ahnend, seufzte sie und stellte die Verbindung her.

»Fleur? Ich bin's, Melanie.«

Fleur vernahm den hysterischen Unterton und wappnete sich innerlich. »Wo bist du, Mel? Was ist los?«

»Ich bin in Cairns«, schluchzte sie. »Liam hat mich verlassen. Ich habe kein Geld, und mein Akku ist bald leer. Ich weiß, es ist ein weiter Weg von Brisbane hierher, aber könntest du mir das Fahrgeld schicken – oder mich abholen?«

Die Tage waren noch mild, aber die Nächte wurden kühler, und Greg spürte die herbstliche Kälte, als er das Fitnesscenter verließ und zum Wagen ging. Er hatte sich wie üblich abgearbeitet, anschließend ein Dampfbad genommen und geduscht. Jetzt freute er sich auf das Abendessen. Wenn sein voller Dienstplan es erlaubte, ging er zweimal wöchentlich ins Fitnessstudio, wo er seine Schwermut abbauen und den Kopf frei machen konnte. Er kam stets mit dem Gefühl heraus, gesund zu sein und optimistisch in die Zukunft zu schauen – so wie an diesem Abend auch.

Eine Gestalt trat aus der Dunkelheit, als er seine Sporttasche in den Kofferraum des Porsches warf. »Wo ist Fleur?«

Greg betrachtete Don Franklin mit unverhohlener Abneigung. »Weg«, sagte er kurz angebunden.

»Wohin?«

Greg glaubte Unbehagen bei dem alten Mann wahrzunehmen und fragte sich nach dem Grund. Doch er wusste nur zu gut, dass Fleur sich geschworen hatte, ihrem Vater wegen der Anfechtung von Annies Testament nie wieder zu vertrauen. »Keine Ahnung«, log er.

»Sie ist doch nicht etwa auf Savannah Winds?« Argwöhnisch kniff er die Augen zusammen, während er auf seiner Zigarre kaute.

»Und wenn schon? Was geht es dich an?«

Don Franklin versuchte, sich ungezwungen zu geben, was ihm jedoch misslang. »Das ist nicht der richtige Ort für ein wohlerzogenes Mädchen wie Fleur«, nuschelte er.

Gregs Neugier war geweckt. »Du warst schon mal dort?«

Don sah ihn wachsam an und wich der Frage aus. »Sie sollte sich Annies Vermögen nicht zu Kopf steigen lassen. Die Frau hat im Lauf der Jahre genug Schaden angerichtet, und ich will nicht, dass meine Tochter in etwas reingezogen wird, was sie nicht annähernd versteht.«

»Deine Sorge um Fleur wäre rührend, wenn ich sie für echt halten könnte«, sagte Greg barsch. »Du hast doch immer einen Hintergedanken. Was also ist der eigentliche Grund dafür, dass sie nicht nach Savannah Winds fahren soll?«

Don wich seinem Blick aus. »Wie schon gesagt, es ist kein Ort für meine Tochter. Meine Schwester hat ihr das Anwesen doch nur deshalb hinterlassen, weil sie wusste, dass es Probleme aufwerfen würde.« Er kaute heftig an seiner Zigarre. »Ist sie dort?«

»Dir darüber Auskunft zu geben steht mir nicht zu. Ich bin mir sicher, wenn Fleur meint, dass du das Recht hast zu erfahren, was sie macht, dann wird sie es dir selbst sagen.«

»Sie spricht nicht mehr mit mir.«

»Wundert dich das?« Greg öffnete die Wagentür.

Don packte sie mit erstaunlicher Kraft. »Das alles ist Annies Schuld«, knurrte er. »Hätte sie mir damals das Geld gegeben, wäre das alles nicht passiert. Die Schlampe mag zwar tot sein, aber sie spielt noch immer ihre bösen Spielchen mit meiner Familie, und das werde ich nicht tatenlos hinnehmen.«

Böse Spielchen? Greg fragte sich, ob der Alte am Ende den Verstand verloren hatte. »Ich glaube kaum, dass es böse war, Fleur ihr Vermögen zu hinterlassen – und bestimmt kein Spiel. Geh nach Hause, Don, und zähl dein Geld, statt dich in Fleurs Leben einzumischen!«

»Ich werd nicht eher ruhen, bis meine Tochter erkennt, dass Annie uns beide aus dem Grab heraus manipuliert. Sobald

Fleur die Wahrheit erfährt, wird sie wieder vernünftig werden, glaube mir.«

Greg löste den Griff des alten Mannes von der Wagentür. »Spar dir deine Worte!«, entgegnete er. »Deine Gier hat Fleur verletzt. Es wird lange dauern, bis sie dir verzeihen kann – erst recht, bis sie dir zuhören wird.«

Don beugte sich vor, und die zerkaute Zigarre erschien dicht vor Gregs Gesicht. »Komm mir nicht so!«, brummte er. »Ich weiß, dass du sie verlassen hast – und von den kuscheligen Abenden mit dieser Carla. Ich beobachte dich, Greg Mackenzie, und wenn ich herausfinde, dass du meiner Tochter Unrecht getan hast, mach ich dich fertig.«

Greg hatte nicht vor, sich vor diesem widerlichen Mann zu rechtfertigen. Er hatte sich in seiner Kindheit von einem Experten schikanieren lassen, und Don war ein kleines Würstchen verglichen mit seinem Vater. Er schob ihn beiseite, stieg in den Wagen und schlug die Tür zu. Er überhörte die wütenden Rufe des alten Mannes, ließ den Motor an und brauste vom Parkplatz.

Doch Dons zornige Worte und hinterhältige Andeutungen beschäftigten ihn noch lange, nachdem er in dem kleinen Apartment angekommen war, das er in einem Wohnblock am Südufer des Flusses gemietet hatte. Er warf die schmutzigen Sportsachen in die Waschmaschine und wanderte in dem offenen Wohnbereich auf und ab, bemüht, in Dons merkwürdigem Verhalten einen Sinn zu erkennen.

Der Gedanke, dass Don – oder jemand in dessen Auftrag – ihn beobachtete, bereitete Greg Unbehagen, obwohl er nichts zu verbergen hatte. Er blieb am Fenster stehen, schaute auf die Lichter der Stadt, die den kalten Himmel anstrahlten, und zog die Vorhänge zu.

Tief seufzend stellte er ein Fertiggericht in die Mikrowelle.

Don war ein Unruhestifter, und Greg wollte auf keinen Fall, dass sein Schwiegervater seine bösartigen falschen Unterstellungen Fleur unterbreitete. Auch Carla sollte nicht in Mitleidenschaft gezogen werden, denn sie steckte gerade in heiklen Verhandlungen mit ihrem Mann über das Sorgerecht für die Kinder. Vielleicht wäre es klüger, Carla ab sofort nur noch in der Klinik zu treffen – obwohl er das gelegentliche Dinner in ihrer angenehmen Gesellschaft vermissen würde.

Als Greg sich zu der einsamen Mahlzeit an den Tisch setzte, die widerlich aussah und wie Pappe schmeckte, zerbrach er sich noch immer den Kopf über das seltsame, aber deutlich spürbare Unbehagen, dass Don bei dem Gedanken an Fleurs Anwesenheit auf Savannah Winds befallen hatte. Was könnte Fleur dort vorfinden, das Don beängstigte? Und würde es Fleur tatsächlich in Gefahr bringen, oder entsprang diese Furcht nur dem Geifern eines verbitterten Mannes, der sich nicht mit der Vergangenheit abfinden wollte?

Greg schob das kaum angerührte Gericht beiseite und schaltete seinen Computer ein. Er würde Fleur eine vorsichtig formulierte E-Mail schicken, um sie zu warnen, dass Don seine Gehässigkeit gegenüber seiner Schwester keineswegs verloren hatte und vielleicht sogar plante, unangekündigt auf einem der Anwesen zu erscheinen.

8

Don unterließ es, in seinem geräumigen Wohnzimmer auf und ab zu wandern. Er vergrub die Hände in den Hosentaschen und funkelte Margot wütend an. »Ich fahre nach Savannah Winds«, verkündete er. »Das muss ein Ende haben, bevor die Sache aus dem Ruder läuft.«

»Und was glaubst du zu erreichen, wenn du mit aufgepflanztem Bajonett auftauchst?« Margot saß in einem der cremefarbenen Ledersessel, die übereinandergeschlagenen schlanken Beine von sich gestreckt, die Hände locker auf dem Schoß verschränkt. Trotz dieser entspannten Haltung war sie entsetzt, dass ihr Vater auch nur erwog, derart überstürzt zu handeln. Er war offenbar nicht aus Erfahrung klug geworden. »Das hast du schon einmal gemacht, vergiss das nicht. Und du weißt, was damals passiert ist.«

»Ich muss sie dort wegholen, bevor es zu spät ist. Das wirst doch selbst du verstehen, oder?«

Margot holte tief Luft. »Ich sehe ein, dass du befürchtest, sie könnte die Wahrheit aufdecken«, sagte sie schließlich. »Endlich holt dich deine Vergangenheit ein – und du kannst nicht viel tun, sondern du musst dich ihr stellen und mit den Folgen zurechtkommen.«

»Ich hätte wissen müssen, dass ich von dir weder Unterstützung noch Mitgefühl erwarten kann«, fuhr er sie an.

Das Mitgefühl und die Zuneigung, die Margot möglicherweise einmal für ihn empfunden hatte, waren längst erkaltet. Sie zuckte mit den Schultern. »Du hast das Chaos angerichtet. Du musst es ausbaden.«

»Sie hasst mich bereits, weil ich das verdammte Testament angefochten habe.« Er zündete sich eine Zigarre an. »Wenn sie herauskriegt … Wenn Annie Tagebücher oder Briefe hinterlassen hat …« Er schloss die Augen und stöhnte. »Ich wette, die Schlampe hat eine Möglichkeit gefunden, ihr mitzuteilen, was geschehen ist. Wie zum Teufel kann ich Fleur bloß davon überzeugen, dass ich nur getan habe, was das Beste für sie war?«

»Das könnte sie anders sehen, und offen gestanden glaube ich nicht, dass dir nur Fleurs Wohlergehen am Herzen gelegen hat. Ich glaube, du hast dich nur darauf gestürzt und alles in die Hand genommen, weil du nicht derjenige sein wolltest, der ausnahmsweise einmal etwas einstecken muss.«

Don ließ sich in einen Sessel fallen und schaute Margot durch den Zigarrenrauch finster an. »Wenn sie auch nur einen Bruchteil davon erfährt, wird sie nie wieder mit mir reden und Annie hat gewonnen.« Er donnerte mit der Faust auf die Armlehne und streute Asche auf den Boden. »Und das werde ich verhindern, Margot.«

Margot betrachtete ihn leidenschaftslos. »Der ein oder andere wird behaupten, dass deine Besessenheit, die eigene Schwester auszustechen, an Manie grenzt. Warum kannst du es nicht einfach gut sein lassen?«

Er zog die Augenbrauen zusammen, seine Miene wurde hart, bevor er langsam den Kopf abwandte und finster auf das große Gemälde an der gegenüberliegenden Wand starrte.

»Sie ist tot«, sagte Margot. »Du dagegen bist noch hier. Du hast gewonnen.« Sie griff nach ihrer Handtasche und der schicken schwarzen Jacke. »Lass es damit zu Ende sein.«

»Aber es ist noch nicht das Ende, oder? Sie hat alles Fleur vermacht – und weiß der Henker, was das Mädchen findet. Annie war eine Hamsterin, sie hat alles aufgehoben, und Fleur könnte in diesem Augenblick Gott weiß was ausgraben.«

»Tja, wenn das so ist, wirst du es bestimmt demnächst erfahren.« Margot stand auf und strich den maßgeschneiderten Rock über den schlanken Hüften glatt.

»Aber wenn sie herkommt und eine Erklärung verlangt, was soll ich ihr dann sagen? Wie kann ich sie dazu bewegen, mir zuzuhören, wenn sie mich so offensichtlich verabscheut?«

»Das hättest du dir überlegen sollen, bevor du das Theater wegen des Testaments angezettelt hast.« Sie betrachtete ihn kühl. »Anscheinend hast du ein Talent dafür, dir Feinde zu machen, und das nicht nur in der Geschäftswelt. Du hast deine Schwester verstimmt, deine Frauen schikaniert und die arme Beth terrorisiert, der tatsächlich noch immer dein Wohl am Herzen liegt – der Herr möge ihr beistehen. Und nun hast du die Hoffnung zerstört, dass Fleur dir je wieder vertrauen wird.«

»Und du?« Er kniff die Augen gegen den beißenden Zigarrenrauch zusammen; sein Blick war bohrend und unnachgiebig. »Auf welcher Seite stehst du?«

»Oh, ich hasse dich seit der Beerdigung meiner Mutter«, erklärte sie leidenschaftslos. Schockiert riss er die Augen auf, was ihr Genugtuung verschaffte. »Ich bin dir nämlich zu Selinas Haus gefolgt, und da sie die Vorhänge nicht richtig zugezogen hatte, konnte ich sehen, wie ihr beide es auf dem Teppich im Wohnzimmer getrieben habt.« Bei der Erinnerung daran schüttelte sie sich. »Du hattest noch die Erde vom Grab meiner Mutter unter den Fingernägeln, aber das hat dich nicht davon abgehalten, Champagner zu trinken, während du dich von einer Frau hast reinlegen lassen, die jünger war als ich.«

»Sie war dreiundzwanzig«, fuhr er sie an. »Du stellst mich hin, als wäre ich ein Perverser.«

»Ich war vierundzwanzig und trauerte um eine Mutter, die du mit deinen Affären und Ansprüchen fertiggemacht hast. Sie hat dir Bethany geschenkt – trotz der Warnungen der Ärzte, dass ein weiteres Kind sie umbringen könne. Aber sie hat sich darüber hinweggesetzt, weil du so darauf versessen warst, einen Sohn zu bekommen. Nach drei weiteren Fehlgeburten hat ihr Herz nicht mehr mitgemacht. Sie war für den Rest ihres armseligen, elenden Lebens in einer lieblosen Ehe mit einem Tyrannen gefangen, der ihr nur allzu deutlich zu verstehen gab, wie enttäuscht er war, weil sie ihm keinen männlichen Erben geschenkt hatte. Und während sie Tag für Tag in ihrem Bett lag und um Atem rang, hast du dir mit jedem Rockschoß, der dir über den Weg gelaufen ist, einen Lenz gemacht.«

Abrupt zog sie die Jacke über. »Wenn das nicht krank ist, dann weiß ich es nicht.«

»Raus hier!«, brüllte er. »Mach schon! Geh doch wieder zu deinen Lustknaben.« Er warf sich in den Sessel, das Hemd spannte sich über seinem Bauch, seine massive Brust hob und senkte sich, und sein rasselnder Atem hallte im Raum wider.

Margot schaute auf ihn herab und schätzte, dass das der richtige Moment sei, um ihm den Grund für ihren Besuch zu eröffnen. »Ich gehe«, sagte sie, »und ich bezweifle, dass ich in nächster Zeit wiederkommen werde – wenn überhaupt. Aber bevor ich aufbreche, solltest du zwei Dinge wissen.«

Argwöhnisch blickte er auf, als sie näher trat.

Sie roch seinen Schweiß, bemerkte die bläuliche Färbung seiner Oberlippe und fragte sich flüchtig, ob er sie um ihre Rache betrügen wolle und infolge eines Herzinfarkts tot umfallen werde. »Die Hotels zu managen hat mir nur deshalb Spaß gemacht, weil es die Möglichkeit bot, zusätzlich zu meinem Gehalt jedes Jahr genug Geld und Dividenden abzuzweigen, um mir eine mehr als komfortable Rente zu sichern.«

»Du hast mich bestohlen?«

Sie zuckte mit den Schultern. »So kann man es wohl nennen. Ich bezeichne es lieber als Wiedergutmachung dafür, dass ich ein Leben lang für so einen habgierigen, gefühlskalten, egoistischen Schweinehund habe arbeiten müssen.« Sie drehte sich um und ging zur Tür.

»Aber ich habe dir vertraut!«, keuchte er. »Ich habe in dir den Sohn gesehen, den ich nie hatte: stark, klug und – wie ich glaubte – loyal. Du warst die Grundlage des Geschäfts, die einzige Tochter, die ich für würdig gehalten habe, meine Erbin zu sein.« Mühsam hievte er sich aus dem Sessel. »Ich werd dich verklagen«, rief er. »Du bestiehlst mich nicht und kommst ungeschoren davon.«

»Du kannst es ja versuchen«, murmelte sie, kehrte in der Diele um und trat ihm gegenüber, »aber ich glaube, du wirst feststellen, dass alle Beweise vernichtet wurden, sobald die Hotels verkauft waren. Verstehst du, ich hatte eine Abmachung mit der Geschäftsführerin – einer wunderbaren Frau namens Helena Francombe, die sich der lästigen Akten angenommen hat.«

Don war sichtlich erschüttert. Es hatte ihm die Sprache verschlagen.

»Im Übrigen ist Helena meine Partnerin. Wir sind seid fast fünfundzwanzig Jahren zusammen und haben vor, nächste Woche standesamtlich zu heiraten, bevor wir unsere Flitterwochen in Europa antreten.« Sie schenkte ihm ein vergiftetes Lächeln.

Er riss die Augen weit auf, der Mund blieb ihm offen stehen. »Du bist eine Lesbe? Aber was ist mit den vielen jungen Kerlen, die du stundenweise gemietet hast?«

»Das war die Tarnung, damit du keine Witterung aufnehmen konntest. Wie du siehst, lässt sich niemand gern ausspionieren. Auch wenn du dich für clever gehalten hast und dachtest, du wüsstest alles über mich, weißt du gar nichts!«

Sie machte auf dem Absatz kehrt und marschierte wortlos davon.

In knapp einer Stunde war Fleur in Cairns. Sie brauchte eine Viertelstunde, um einen Parkplatz zu finden. Es war Samstag, die Stadt war voller japanischer Touristen und Backpacker, die anscheinend keine Eile hatten und ihr ständig im Weg waren.

Fleur schlängelte sich durch die dicht gedrängte Menge auf dem Bürgersteig und wich den riesigen Rucksäcken aus, die manche Jugendliche schleppten. Sie überquerte die Lake Street und eilte die von Bäumen gesäumte Promenade entlang. Auf den neuen Infinity Pool warf sie nur einen flüchtigen Blick, zog die Schultertasche hoch und ging weiter zum Markt auf dem Pier. Sie hatte Melanie aufgetragen, im Coffee Shop des Radisson Plaza Hotel auf sie zu warten.

Fleur entdeckte ihre Nichte sofort. Eine einsame kleine Gestalt, über eine Tasse Kaffee gebeugt, neben sich, auf dem Boden, einen großen Rucksack. Strähniges Haar hing ihr ins Gesicht, während sie gedankenlos eine Zeitschrift durchblätterte – eine Insel der Stille im regen Treiben ringsum. Mel tat ihr leid.

»Hi«, grüßte Fleur.

»Fleur! Oh, Fleur, danke, dass du gekommen bist.« Melanie sprang auf, umarmte ihre Tante und brach in Tränen aus. »Ich hatte ja solche Angst«, schluchzte sie. »Ich wusste nicht, was ich machen sollte, außer dich anzurufen.«

Fleur gelang es schließlich, sich aus Mels ziemlich muffiger Umarmung zu befreien. Sie kramte in ihrer Tasche nach einer Packung Papiertaschentücher. »Ich dachte, die kannst du gebrauchen«, murmelte sie. »Komm schon, Mel, setz dich und atme mal tief durch, während ich uns was zu essen hole.«

Als Fleur mit einem Tablett, beladen mit Wasser- und Saftflaschen sowie ein paar Sandwiches, zurückkehrte, schien Mel sich etwas beruhigt zu haben. »Ich weiß nicht, wie es bei dir aussieht«, sagte Fleur mit aufgesetzter Heiterkeit, »aber ich hatte weder Frühstück noch Lunch und vergehe schier vor Hunger.«

»Ich auch.« Melanie riss die Folienverpackung auf und biss herzhaft in ein Brot mit Krabbensalat, wobei rosarote Mayonnaise auf ihr weites schwarzes T-Shirt tropfte.

Fleur beobachtete, wie Mel das Essen vertilgte. Von dem rotzfrechen Teenager, der vor vielen Wochen Brisbane verlassen hatte, war nicht mehr viel übrig, denn das Mädchen, das vor ihr saß, trug kein Make-up und verströmte das Air einer Niederlage. Fleur bemerkte die dunklen Ringe unter den Augen, die Spuren von Tränen, das ungekämmte Haar, angekaute Fingernägel und schmuddelige Kleidung. Was immer Mel zugestoßen sein mochte, hatte ihr Selbstvertrauen und ihr Selbstwertgefühl vernichtet.

»Du hattest Glück, dass ich gerade in der Kingfisher Bay war«, sagte sie, sobald die Sandwiches aufgegessen waren. »Wäre ich noch zu Hause gewesen, hättest du auf eine Geldüberweisung warten müssen.«

»Von dem Ort habe ich noch nie gehört.« Mels Blick war so düster wie ihre Stimme. »Was machst du da?«

Fleur trank aus und schob den Stuhl zurück. »Das werde ich dir alles unterwegs erzählen. Gehen wir.«

Weder von Blue noch von seinem ramponierten Geländewagen war eine Spur zu sehen, und Fleur atmete erleichtert auf, als sie den Jeep abstellte. Die Rückfahrt war ohne Zwischenfälle verlaufen. Die meiste Zeit hatte sie Melanies Fragen nach der Erbschaft beantwortet.

Melanie hievte den Rucksack aus dem Wagen und folgte Fleur die Treppe hinauf ins Haus, ohne auch nur einen Blick auf die wunderschöne Umgebung zu werfen. »Es riecht muffig«, brummte sie und rümpfte die Nase.

Tief betroffen, weil Melanie ihr Paradies so voreilig und gedankenlos verunglimpft hatte, herrschte Fleur sie an: »Du riechst auch nicht gerade gut.«

Mel lächelte dümmlich. »Na, den Rüffel habe ich wohl verdient.« Sie roch am Saum ihres T-Shirts und verzog das Gesicht. »Du hast recht, ich müffle.«

Fleur führte sie den Flur entlang und zeigte auf das Bad, bevor sie ihr ein Schlafzimmer zuwies. »Lass dir ruhig Zeit im Bad. Wenn du die schmutzige Wäsche aus dem Rucksack holst, stecke ich sie in die Maschine, bevor sie Beine bekommt.«

Melanie stapelte beschämt verdreckte Kleidung auf den Boden, bevor sie sich, schmutzig wie sie war, auf die makellos weiße Bettdecke warf. »Danke, Fleur.« Wieder brach sie in Tränen aus. »Tut mir leid, wenn ich dich nerve, aber ich …«

»Ganz und gar nicht«, erklärte Fleur forsch und sammelte die Kleidung ein. »Ich bin am Strand, wenn du reden willst. Der Weg führt durchs Wohnzimmer.« Bevor Melanie noch etwas sagen konnte – oder erneut zu heulen anfing –, eilte Fleur in die Küche.

Sobald die Waschmaschine beladen war, sammelte sie die Bücher, Tagebücher und Fotos vom Tisch ein und verstaute sie sorgfältig wieder in der Truhe, die mit einem kleinen Messingschloss gesichert war. Den Schlüssel versteckte Fleur in einem leeren Kaffeeglas unter dem Spülbecken. Dabei traute sie Mel durchaus, aber sie wollte Annies Schätze ganz allein für sich behalten.

Sie zog einen Bikini an und lief hinunter zum Strand, um ein paar friedliche Minuten für sich zu haben. Der Tag war anstrengend gewesen, und sie rechnete damit, dass der Abend lang werden würde. Melanies tränenreiche Anwesenheit störte ihre Ruhe und brachte sie aus dem Gleichgewicht.

Doch als Fleur sich im warmen, besänftigenden Wasser

treiben ließ, fielen ihr Blues Worte wieder ein. Er war erst an diesem Morgen da gewesen – vor einer gefühlten Ewigkeit. Annie hatte Birdsong für Menschen geöffnet, die Frieden zu finden hofften und dieses abgelegene, schöne Refugium eine Weile brauchten, damit sie geheilt nach Hause zurückkehren konnten und ihr Leben besser in den Griff bekamen. Fleur wurde bewusst, dass sie seltsamerweise Annies Werk fortsetzte – wenn auch zögerlich –, denn Melanie steckte mit Sicherheit in Schwierigkeiten und brauchte Hilfe.

Als Melanie auf der Veranda auftauchte und die Treppe zum Strand hinunterstieg, stand die Sonne tief am Himmel. Fleur bemerkte, dass ihre Nichte sehr dünn war, was ihr eine Verletzlichkeit verlieh, die ihr vorher nie aufgefallen war. Aber ihre Haare glänzten, ihr Gesicht war gesäubert, und der Batiksarong entblößte gebräunte Schultern und Gliedmaßen.

»Setz dich«, sagte Fleur und klopfte auf die warmen Holzdielen des Stegs. »Willkommen in meiner ganz besonderen Ecke der Welt. Ist sie nicht schön?«

Melanie schwang die Beine über den Rand und tauchte die Zehen ins Wasser. Endlich nahm sie den Regenwald wahr, die Sandbucht, das türkisfarbene Wasser und die pfeilschnellen Eisvögel.

Fleur beobachtete sie dabei. Ihre Miene drückte alles aus, und sie sah förmlich, wie sich das Mädchen entspannte.

»Das ist richtig cool«, murmelte Mel. »Sogar noch besser als Byron Bay und Airlie Beach.«

Da Fleur beide Orte noch nie gesehen hatte, obwohl sie davon gehört hatte, konnte sie keinen Vergleich anstellen. Sie beschattete die Augen vor der blendenden Sonne, die langsam hinter dem Haus und dem Regenwald verschwand, und erinnerte sich wieder daran, was Blue ihr über Annie erzählt hatte.

»Bald wird es dunkel«, sagte sie. »Ich schlage vor, wir machen ein Feuer hier am Strand, rösten ein paar Würste und Kartoffeln und schauen zu, wie der Mond aufgeht. Der Himmel ist hier ziemlich atemberaubend ohne die Lichtverschmutzung.«

»Einverstanden.« Melanie war offenbar erleichtert, nicht erklären zu müssen, warum sie hier war, und stabilisierte sich allmählich. »Du kümmerst dich um die Würste und alles, und ich sammle Treibholz und bereite das Feuer vor.«

Fleur überließ es ihrer Nichte, den Strand abzusuchen, und brachte die scheinbar unzähligen Utensilien für ein Picknick am Strand auf die Veranda. Dann rief sie nach Mel und bat sie, ihr zu helfen, alles herunterzutragen.

Melanie musterte einen Kasten und den eigenartigen Trichter, der daraus hervorragte. »Was um alles in der Welt ist denn das?«

»Das ist ein uralter Plattenspieler; der Vorgänger deines Walkman. Ich dachte, wir könnten ein wenig Musik machen.« Sie lächelte, als Melanie das Gesicht verzog. »Sie entspricht vielleicht nicht deinem Geschmack, aber wenn du ihr eine Chance gibst, wirst du feststellen, dass sie zu der Stimmung dieses Ortes passt.«

Die Dunkelheit war bereits angebrochen, als die Decken auf dem Sand oberhalb der Flutlinie ausgebreitet, Kissen einladend darauf verteilt und das Grammophon vorsichtig daneben, auf eine Strohmatte, gestellt waren. Es gab gekühlten Weißwein, Wasser und Saft sowie eine Schüssel Krautsalat und Tomaten. Die Kartoffeln lagen, in Folie gewickelt, im Feuer, und die Würste brutzelten auf einem langen Spieß, der über zwei gezinkten Stöcken lag, und verbreiteten einen verlockenden Duft.

Nachdem sie gegessen hatten und das Feuer bis auf die Glut heruntergebrannt war, kurbelte Fleur das alte Grammophon an und setzte vorsichtig die Nadel auf die Schallplatte. Ella

Fitzgeralds ausgeprägte Stimme setzte zu dem Refrain von »When they Begin the Beguine« an.

»Was zum Teufel ist eine ›Beguine‹?«, fragte Melanie stirnrunzelnd.

»Ich habe keine Ahnung. Halt einfach den Mund und gib dich dem Zauber hin!«, flüsterte Fleur, lehnte sich zurück und schaute zu den Sternen auf. Das Plätschern der Wellen, das Rascheln der Blätter und das Licht der Sterne bildeten die ideale Begleitung zu dem sinnlichen südländischen Rhythmus des Songs, und sie drehte den Kopf und blickte Melanie an, um zu sehen, ob der Zauber auch bei ihr wirkte.

Melanie lag träge auf der Decke, ganz entspannt, und blickte ehrfürchtig zu der Himmelspracht empor. »Das ist so schön! Und du hast recht, diese alte Musik ist genau das Richtige für solch eine Nacht.«

Fleur hatte die Platte gewechselt und einen anderen Klassiker von Cole Porter aufgelegt. Sie machte es sich gerade bequem, als Melanie sich auf die Seite drehte, den Kopf auf den Arm legte und an den Fransen der Decke herumzupfte. »Können wir reden?«, fragte sie zögerlich.

Fleur wandte sich ihr zu. »Nur wenn du dazu bereit bist.« Beruhigend legte sie eine Hand auf die des Mädchens.

Melanie schloss die Augen und ergriff Fleurs Hand, als brauche sie einen Anker. »Es hat ziemlich gut angefangen. Die Jungs waren zwei Wochen im Scherschuppen, während wir Mädels in der Küche des Camps gearbeitet haben. Es war hart, ziemlich heiß, und die Unmengen, die diese Typen verschlangen, waren einfach erstaunlich. Aber wir haben viel Geld verdient. Dann sind wir wieder an die Küste gefahren und auf die Route der Backpacker gestoßen.«

Sie ließ Fleurs Hand los, rollte sich auf den Rücken, und legte einen Arm über die Stirn. »Zwei Nächte haben wir in der

Byron Bay verbracht, was Spaß gemacht hat. Danach haben wir am Rainbow Beach übernachtet und sind weiter nach Fraser Island gezogen, wo wir übers Wochenende geblieben sind.«

Als Melanie verstummte, merkte Fleur, dass ihre Nichte mit Gefühlen kämpfte, während sie sich dem schwierigsten Teil der Geschichte näherte. Erneut griff sie nach Melanies Hand. »Erzähl weiter!«, bat Fleur.

»Das Geld wurde knapp, und Liam und ich lagen uns die ganze Zeit in den Haaren«, fuhr sie zögernd fort. »Sophie und ich bekamen Jobs in einer Bar in Rockhampton, aber mir ging es nicht so gut, und Liam wurde launisch und ungeduldig mit mir. Er fand keinen Job, verstehst du, und wir brauchten das Geld, um weiterzufahren.«

Sie blinzelte ein paarmal, Tränen hingen an ihren Wimpern.

»Schließlich sind wir weiter die Küste hinaufgefahren. Wir haben in verschiedenen Orten übernachtet, bevor wir nach Airlie kamen. Dort war es schön, aber keiner von uns fand einen Job, denn die Bars und Backpacker-Hostels beschäftigten nur Ausländer, die für einen Hungerlohn schufteten, weil sie keine Arbeitsgenehmigungen hatten. Wir sind nicht lange geblieben und nach Townsville weitergefahren.«

Sie verstummte wieder, Tränen rannen über ihr Gesicht, und sie versuchte verzweifelt, ihre Gefühle zu kontrollieren. »Was ist denn in Townsville passiert, Mel?«, fragte Fleur.

»Sophie und die anderen haben beschlossen, sich allein nach Cairns durchzuschlagen, wo wir sie in ein paar Wochen treffen sollten. Ich glaube, sie waren es leid, Liam und mich die ganze Zeit zanken zu hören. Ich war wieder krank. Liam hat bei jeder Gelegenheit Streit angefangen. Und er ist stundenlang weggeblieben und hat mich alleingelassen. Seit Wochen hatte er kein freundliches Wort zu mir gesagt, und inzwischen wollte ich nur noch nach Hause.«

»Du hättest deine Mutter anrufen können«, sagte Fleur ruhig. »Sie hätte nichts lieber getan, als dir das Fahrgeld zu schicken.«

Melanie biss sich auf die Lippe und schüttelte den Kopf. »Das konnte ich am allerwenigsten.« Ihr Atem stockte, und sie verbarg ihr Gesicht im Kissen, um das Schluchzen zu ersticken.

Fleur hatte das mulmige Gefühl zu wissen, worauf es hinauslaufen würde, und bei dem Gedanken wurde ihr übel. »Du bist schwanger, nicht wahr?«

Schließlich tauchte Melanie wieder aus dem Kissen auf, setzte sich gerade hin und putzte sich die Nase, bevor sie sich über das Gesicht rieb. Sie umschlang die Knie und schaute starr auf das mondbeschienene Wasser. »Bald im dritten Monat«, murmelte sie.

Fleur rechnete kurz nach. »Du warst schon schwanger, bevor du aufgebrochen bist? Aber Melanie, du musst doch gewusst oder wenigstens geahnt haben, dass etwas nicht stimmte?« Das Mädchen ließ den Kopf auf die Knie sinken. »Hast du nicht gesagt, du würdest die Pille nehmen?«

»Davon bin ich dick geworden, daher habe ich sie abgesetzt.«

»Was Dümmeres ...« Fleur wurde bewusst, dass ihre Fassungslosigkeit angesichts des leichtsinnigen Verhaltens ihrer Nichte auch nicht weiterhelfen würde. Sie legte Melanie einen Arm um die Schultern. »Hast du es Liam gesagt? Ich vermute, dass er der Vater ist?«

»Natürlich ist er das!«, fauchte Melanie. »Und ja, ich habe es ihm gesagt – was mir nur Ärger eingebracht hat.«

»Er will nicht zu dir halten?« Fleur versagte die Stimme, denn auch sie hatte Mühe, ihre Gefühle zu kontrollieren.

»Er war wütend und hat mich sogar beschuldigt, ich hätte ihn reingelegt. Wir hatten eine fürchterliche Auseinandersetzung. In Cairns hat er mit mir Schluss gemacht und mich sitzen lassen. Hat gesagt, ich würde Zeit brauchen, um über alles nachzudenken. Ich soll erst wieder Kontakt mit ihm aufnehmen, wenn ich abgetrieben habe.«

Laut schluchzend warf sie sich in Fleurs Arme. »Bitte, hilf mir! Ich kann dieses Kind nicht kriegen – ich kann einfach nicht.«

Fleur war wie betäubt. Vor Entsetzen über die Lage ihrer Nichte wurde ihr kalt bis auf die Knochen. Das Leben war ungerecht, und die Launen des Schicksals waren manchmal schwer zu begreifen – doch die Vorsehung, die Fleur das Mutterdasein versagt und stattdessen die schwangere Melanie auf der Suche nach einer Abtreibung zu ihr geführt hatte, war unvorstellbar grausam.

Bethany war sehr zufrieden mit sich selbst, denn sie hatte fast zwölf Kilo abgenommen und drei Kleidergrößen wettgemacht. Die schäbige alte Schachtel verschwand zusehends, und wenn sie in den Spiegel schaute, sah sie eine viel schlankere, jüngere Frau – eine Frau, deren Selbstachtung stieg und die entschlossen war, ihr Leben in die Hand zu nehmen und etwas daraus zu machen, bevor es zu spät wäre.

Die Kinder und die häusliche Routine, die einen Großteil der letzten dreißig Jahre eingenommen hatten, fehlten ihr noch immer, aber es kümmerte sie nicht mehr. Clive und die Kinder kamen mit ihrem Leben zurecht – und das würde sie auch.

Ihr Feldzug hatte mit Diät und Medikamenten begonnen, die den lästigen Nebenwirkungen der Wechseljahre Einhalt geboten. Sie hatte ihn fortgesetzt mit regelmäßigen Besuchen im Fitnesscenter, Schönheitssalon und beim Friseur. Obwohl sie weiter regelmäßig zur Kirche ging, war sie aus allen Komitees ausgeschieden und richtete ihre Aufmerksamkeit auf die Zukunft und die Frage, was sie tun könnte, um Erfüllung zu finden.

Bethany hatte keine hohen Ansprüche. Sie wusste, dass sie die Welt nicht aus den Angeln heben würde, aber ihr war mit der Zeit bewusst geworden, dass sie trotz Clives herablassender Bemerkungen einige Talente besaß, die vielleicht die Lösung bedeuteten. Also hatte sie allen Mut zusammengenommen und sich um die Leitung des Cafés und der Bäckerei im Einkaufszentrum beworben. Sie würde zwar ständig der Versuchung ausgesetzt sein, ihre Diät zu brechen, wenn sie erst vom köstlichen Duft nach frischem Brot und Kuchen umgeben sein würde, aber sie fühlte sich stark und war entschlossen, diese Herausforderung zu meistern.

Außerdem würde es Überstunden bedeuten, aber das machte ihr nichts. Clive war den ganzen Tag unterwegs, und sie hatte zu viele Wochenenden und Abende nur in Gesellschaft des Fernsehers verbracht. Nun musste sie nur die Nerven bewahren und hoffen, dass der Besitzer nicht eine Jüngere haben wollte.

Der Himmel war bedeckt, als sie den Wagen parkte und zum Einkaufszentrum lief, die frische Frisur, das schicke Kleid mit Jacke unter einem rosaroten Regenschirm vor den ersten Regentropfen geschützt. Es war noch sehr früh, und ein Blick durch das Schaufenster zeigte ihr, dass das Café leer war. Sie schob sich durch die Tür und wurde vom himmlisch warmen Duft nach Gebäck und dem freundlichen Lächeln ihrer Freundin Dianne willkommen geheißen.

»Hallo, Beth. Wie geht's?« Sie stellte Kuchentabletts in die Auslage der Glastheke.

»Gut, danke, Di.« Bethany faltete den Schirm zusammen. »Ich bin hier, um Mr. Mancusso zu treffen.«

»Freut mich, dass du meinen Rat befolgt und dich um die

Stelle beworben hast«, sagte Dianne strahlend und wischte sich die Hände an der makellos weißen Schürze ab. »Du bist ideal dafür, und sollte Frank anderer Ansicht sein, dann fehlt es ihm an Verstand.« Sie eilte nach hinten und kam rasch wieder. »Es dauert noch einen Augenblick, bis er da ist. Setz dich, ich bringe dir einen Kaffee.« Sie drehte sich zu einer ziemlich beängstigend aussehenden Kaffeemaschine aus Chrom um.

»Schwarz, ohne Zucker, bitte, Di. Ich bin noch immer auf Diät.« Bethany setzte sich an den Tisch, und Dianne brachte ihr den Kaffee, doch Beth stellte nervös fest, dass ihre Hände zitterten und ihr Magen sich verkrampfte. Sie rührte den Kaffee nicht an.

Bethany hatte noch nie ein Bewerbungsgespräch gehabt – sie hatte Clive direkt nach dem College geheiratet – und wusste wirklich nicht, was sie erwartete. Panik erfasste sie. Vielleicht war das hier ein Fehler? Sie sollte gehen, bevor sie sich zur Närrin machte.

»*Ciao*, Bethany. Ich bin Franco Mancusso, der Besitzer dieses kleinen Lokals, aber die meisten nennen mich Frank.«

Bethany stammelte eine Begrüßung, als sie einander die Hände schüttelten. Frank nahm ihr gegenüber Platz. Er ist in den Fünfzigern, schätzte sie – und natürlich Italiener, mit dem schwarzen Haar und den dunklen Augen, dem dicken Schnurrbart und der olivenfarbenen Haut. Es verwirrte sie ziemlich, wie gut er aussah und wie interessiert er sie anschaute.

»Also, Bethany, Dianne hat mir gesagt, dass Sie hier arbeiten wollen. Erzählen Sie mir etwas über sich. Was Sie bisher gemacht haben – wie Sie dieses Lokal hier führen wollen und welche Veränderung Sie vornehmen würden, um es zu verbessern.«

Bethany holte tief Luft. Plötzlich sprach sie über ihre Jahre als Hausfrau, erzählte, wie gern sie backte, dass sie Buch führen und eine Küche organisieren könne und bereit sei, auch länger zu arbeiten. Sie fügte hinzu, dass das Lokal ihrer Meinung nach noch besser laufen könne, wenn man ein leichtes Frühstück sowie Lunch anböte, um das frühe Geschäft mitzunehmen.

»Ich vermute allerdings, dass Sie eine Jüngere mit mehr Erfahrung vorziehen«, schloss sie schüchtern aus Angst, zu viel gesagt zu haben.

Er lächelte und entblößte perfekte Zähne. »Ich mag eine reife Frau, die Lebenserfahrung mitbringt.« Er zuckte nach italienischer Art mit den Schultern, was Worte überflüssig machte. »Die jungen Mädchen sind hübsch anzusehen, aber sie haben nicht die Leidenschaft, die Sie erkennen lassen.« Seine Augen ruhten beständig auf ihr. »Das mit dem Frühstück ist eine gute Idee. Vielleicht Croissants, Brötchen, pikant und süß, Obstsalat – wie in Italien.«

Bethany hatte die Hände fest auf dem Schoß verschränkt. Sie war gefangen von seinem beinah hypnotischen Blick.

Er lehnte sich auf dem Stuhl zurück. »Sie backen gern«, murmelte er. »Wie wäre es, wenn Sie etwas mitbringen würden? Wir könnten es anbieten und sehen, wie es sich verkauft, und ich zahle Ihnen die Einnahmen.«

Bethany schluckte. »Heißt das, ich habe den Job?«, fragte sie atemlos.

»Klar.« Er spitzte die Lippen, sodass der Schnurrbart zitterte. »Wann können Sie anfangen?«

»Morgen?« Das Herz schlug ihr bis zum Hals.

»*Sì, bene.* Wir machen um neun auf, also werden Sie mit Ihren Kuchen vor zehn hier sein.« Er stand auf, ergriff ihre Hand und hauchte einen Schmetterlingskuss darauf. »*Fino a domani*, Bethany. Bis morgen.«

Sie stand wie angewurzelt da. Niemand hatte ihr je einen Handkuss gegeben oder italienisch mit ihr gesprochen oder sie auch nur so angesehen, als sei jedes Wort aus ihrem Mund wichtig.

»Mach dir nichts aus Frank!« Dianne kicherte, als er in der Küche verschwand. »Italiener sind immer so. Das hat nichts zu bedeuten.« Sie räumte Tasse und Untertasse ab und stellte sie in eine Spüle. »Deshalb macht es aber Spaß, jeden Tag zur Arbeit zu kommen. Mich muntert das jedenfalls auf.«

Bethany nahm ihre Handtasche und besann sich. »Hast du immer noch Lust, heute Abend ins Kino zu gehen? Ich schätze, das muss gefeiert werden.«

»Wohl wahr. Wir treffen uns um sieben.«

Fröhlich winkend trat Bethany hinaus auf die Straße und stellte fest, dass der Regen aufgehört hatte und die Sonne schien. Das war ein gutes Omen. Jetzt musste sie es nur noch Clive sagen.

Den Rest des Tages verbrachte sie am Herd. Ob es an ihrer Stimmung lag oder daran, dass sie sich auf ein Abenteuer eingelassen hatte, ihre Backkunst hatte sich zu neuen Höhen aufgeschwungen. Mit zufriedenem Lächeln packte sie das Ergebnis in Schachteln, kochte sich eine Tasse Tee und nahm sie mit nach oben. Bevor sie das Abendessen vorbereitete, gönnte sie sich ein ausgiebiges Bad.

Clive erschien etwas früher als sonst. Er stellte die Aktentasche ab, betrachtete die Kuchenschachteln auf dem Tisch und holte sich ein Bier aus dem Kühlschrank. »Du warst fleißig. Wozu soll das alles gut sein?«

Sie hatte geplant, ihn zuerst zu beköstigen und in gute Laune zu versetzen, bevor sie ihm die Neuigkeiten unterbreitete, aber vielleicht sollte sie die lieber sofort loswerden, da sich die Gelegenheit bot. »Ich habe eine Stelle bei Mancusso angeboten bekommen. Er will, dass ich ein paar Kostproben meiner Backkunst vorbeibringe, und sehen, ob sie sich verkaufen.«

Clive starrte sie an. Das Bier war vergessen. »Mir gefällt die Vorstellung nicht, dass du für diesen Italiener arbeitest. Tatsächlich möchte ich überhaupt nicht, dass du arbeitest. Du hast hier genug zu tun. Ich will nicht in ein leeres Haus kommen, ohne Abendessen auf dem Tisch.«

»Dein Dinner wird jeden Abend bereitstehen. Du wirst nicht verhungern.«

»Trotzdem gefällt es mir nicht«, murrte er und schaute sie über die Bierdose hinweg misstrauisch an. »Kerle wie dieser Mancusso haben den Ruf, hinter Frauen her zu sein.«

»Mr. Mancusso ist verheiratet und hat vier Kinder«, sagte sie kategorisch. »Außerdem ist er ein Gentleman. Du brauchst dir also um meine Tugend keine Sorgen zu machen, Clive.«

Er musterte sie von oben bis unten. »Ja, da könntest du recht haben; diese Itaker sind normalerweise hinter hübschen jungen Mädchen her.«

Seine unbedachte Bemerkung saß und verletzte sie tief. »Das war gemein!«, zischte sie.

»Verzeih, Schätzchen, aber ich habe nur die Wahrheit gesagt. Du bist ja wohl kaum ein junges Küken, oder? Das sind wir beide nicht.« Er trank das Bier aus und warf die Dose in den Abfalleimer. »Du wärst wahrscheinlich besser beraten, wenn du dich von der Idee verabschieden würdest«, sagte er und lockerte die Krawatte. »Ich will in unserem Alter keine Veränderungen mehr, und der Arbeitsplatz ist nichts für eine unerfahrene Frau wie dich.« Er schenkte ihr ein flüchtiges Lächeln, als nähme es seinen Worten die Spitze. »Ich rufe den Kerl morgen an und sage ihm, dass du dich anders entschieden hast.«

»Das wirst du nicht tun«, widersprach sie forsch. »Ich brauche weder deine Erlaubnis noch dein Einverständnis, um diesen Job anzunehmen. Und ich wäre dir dankbar, wenn du dich um deine eigenen Angelegenheiten kümmern würdest.«

Clive hatte offenbar erkannt, dass er zu weit gegangen war. »Ach, komm schon, Schatz, kein Grund, sich so aufzuregen! Ich pass nur auf dich auf, mehr nicht.«

Sie schüttelte seinen Arm ab. »Nein. Du passt nur auf dich selber auf – wie immer. Tja, hier wird sich einiges ändern, Clive. Daran solltest du dich gewöhnen.«

»Herrgott«, klagte er, »was ist neuerdings bloß in dich gefahren?«

Sie betrachtete ihn, erstaunt, dass sie so wenig Reue angesichts seiner offensichtlichen Verwirrung empfand. »Mir ist klar geworden, dass das Leben für mich mehr zu bieten hat, als mich an deine Rockzipfel zu hängen und darauf zu warten, dass du nach Hause kommst.« Ihre Wut war verraucht. »Wenn du ein Mann wärst, der sich auch nur im Geringsten für seine Frau interessieren und wirklich wertvolle Zeit mit ihr verbringen würde, hättest du gewusst, wie unglücklich ich war.«

»Lass gut sein, Beth. Ich muss schwer arbeiten, um dieses Haus und die Kinder zu unterhalten. Ich habe keine Zeit, dich auch noch zu verhätscheln.«

»Die Kinder sind nicht mehr hier«, rief sie ihm ins Gedächtnis. »Und ich möchte nicht von dir verhätschelt werden. Mir genügt ein Zeichen, dass ich mehr Frau als Haushälterin für dich bin, jemand, mit dem du Zeit verbringen willst.«

»Wie schon gesagt, ich kann nicht …«

»Deine Arbeit schließt weder Abende noch Wochenenden ein«, sagte sie ungehalten. »Aber ich sitze hier allein. Ich weiß nicht mal genau, wo du steckst, was du machst oder mit wem, und ich bin es einfach leid.«

Er wurde rot und wandte den Blick ab. »Ich weiß nicht, was du meinst«, murrte er, »aber es ist wohl kaum meine Schuld, dass ich so viele Überstunden machen muss.«

Beth war nahe daran, ihm zu erzählen, dass sie über die

Frau Bescheid wusste, die er jeden Donnerstag traf. Dass er regelmäßig spät nach Hause kam, hatte ihr Misstrauen geweckt, und sie hatte ihm nachspioniert. Er hatte die Frau vor dem Zimmer 220 im Motel in Maroochydore getroffen, und nach einem leidenschaftlichen Kuss waren sie hineingegangen. Beth hatte vier Stunden lang draußen ausgeharrt, bis sie wieder auftauchten, Küsse austauschten und dann getrennte Wege gingen. Während dieser Zeit hatte Beth eine verblüffende Entdeckung gemacht: Seine Untreue mochte zwar ihren Stolz verletzen, berührte aber kaum ihr Herz.

Inzwischen hatte sie ihn als jemanden erkannt, dem sie schon längst nicht mehr wichtig war. Doch ihr war bewusst, dass jedes leichtfertig ausgesprochene Wort zur Scheidung führen könnte, und dazu war sie – noch – nicht bereit.

»Ich diskutiere nicht mehr darüber«, erklärte sie und griff nach Mantel und Handtasche. »Ich gehe aus. Dein Essen steht im Ofen.«

Das Feuer war heruntergebrannt. Fleur warf noch ein paar Stücke Treibholz in die rote Glut und beobachtete, wie sie in Flammen aufgingen. Melanies Tränen waren allmählich versiegt, und nun lag sie unter einer Decke, zusammengerollt wie ein kleines Kind. Auf ihrem bleichen Gesicht und in den großen Augen spiegelte sich der Feuerschein.

»Du musst dir das wirklich genau überlegen, Mel«, sagte sie leise. »Du kannst deine Meinung nicht mehr ändern, wenn es einmal geschehen ist, und du musst bereit sein, diese Entscheidung dein Leben lang mit dir herumzutragen.«

»Ich weiß, und das macht mir Angst«, gestand sie. »Aber ich weiß keinen anderen Ausweg.«

»Du könntest das Kind zur Adoption freigeben«, schlug Fleur behutsam vor. »Oder es einer Pflegefamilie überlassen.

Andererseits könntest du es auch behalten. Ich bin sicher, wenn du es deiner Mutter erst einmal gestanden hast, wird sie …«

»Sie darf es nicht erfahren. Niemals.« Mit grimmiger Miene fuhr Melanie ruckartig auf. »Du darfst es ihr nicht sagen.«

»Ich habe ihr schon mal etwas verschwiegen, und du weißt, was daraus geworden ist.« Fleur hüllte sich in die andere Decke. »Sie war wütend, als dir herausgerutscht ist, dass du bei mir warst und mir von der Reise erzählt hast, und sie weigert sich noch immer, mit mir zu sprechen. Es ist nicht fair, wenn du mir alles aufbürdest und erwartest, dass ich den Mund halte.«

»Ich dachte, du würdest das verstehen. Du warst bisher immer für mich da.« Melanie blickte Fleur unverwandt an. »Beunruhigt dich die Abtreibung – oder dass ich dumm genug war, überhaupt schwanger zu werden?«

»Beides. Ich dachte, du wärst reif genug, dafür zu sorgen, dass so etwas nicht passiert.« Fleur fuhr sich mit der Zunge über die Lippen. Sie wollte nicht grausam sein, wusste aber, dass es die einzige Möglichkeit war, zu dem Mädchen vorzudringen und ihm klarzumachen, welch drastischen Schritt es unternehmen wollte. »Was die Abtreibung betrifft … Das ist keine Geburtenkontrolle, Mel. Es ist viel schwerwiegender, und du kannst dir gar nicht vorstellen, unter welchen seelischen Qualen du danach womöglich leiden wirst.«

»Ich weiß«, jammerte Mel und brach erneut in Tränen aus. »Es quält mich ja jetzt schon. Weißt du, ich dachte, es wäre leicht. Sie würden mir eine Narkose verpassen, und wenn ich aufwache, wäre alles wieder normal und ich könnte einfach alles vergessen. Aber dann hab ich die Broschüren in der Arztpraxis in Townsville studiert, und der Arzt erklärte mir, was sie tun würden.« Bei der Erinnerung zitterte sie am ganzen Körper. »Ich konnte es einfach nicht durchziehen.«

In Fleur keimte Hoffnung auf. »Und, was wirst du stattdessen tun?«

»Keine Ahnung«, schluchzte sie. »Ich dachte, ich wäre tapfer genug, um das durchzustehen, wenn du mitkommen würdest – aber offensichtlich findest du es nicht gut, und ich weiß inzwischen, dass ich es ohnehin nicht könnte. Aber ich will dieses Kind nicht kriegen, Fleur. Es wird mein Leben zerstören.«

Fleur seufzte. Ihre tiefe Erleichterung wurde von der Sorge um ihre Nichte überlagert. Für ein so junges Mädchen war dies auf jeden Fall ein schreckliches Dilemma.

Melanie starrte über die Glut hinweg und wich absichtlich Fleurs Blick aus. »Ich könnte doch auch hierbleiben, das Kind zur Welt bringen und dann entscheiden, was ich mache«, sagte sie hoffnungsvoll.

Die Vorstellung versetzte Fleur in Angst und Schrecken. »Du weißt, dass das nicht richtig wäre«, sagte Fleur leise. »Bethany wäre noch verletzter, wenn sie herausfände, dass du ihr das alles verheimlicht hast – und bei so einer Täuschung spiele ich nicht mit. Sie ist meine Schwester, und sie war immer gut zu mir. Ich habe sie genug aufgeregt.«

»Sie wird dir verzeihen, wenn sie erfährt, dass du keine andere Wahl hattest.«

»Du wirst das Kind nicht hier zur Welt bringen, Mel«, sagte sie entschieden. »Und von mir wird deine Mutter nichts erfahren.«

»Aber sie und Dad werden mich umbringen«, schluchzte Melanie. »Wie kann ich ihr so etwas sagen, obwohl ich weiß, dass sie die ganze Zeit recht gehabt hat? Es ist demütigend.«

»Viel schlimmer wäre, wenn du eines Tages mit einem Baby auf dem Arm vor ihrer Haustür aufkreuzen würdest. Überlege doch mal, wie niedergeschlagen deine Mutter wäre, wenn ihr klar würde, dass du lieber im Alleingang gehandelt hast, als sie um Hilfe zu bitten, und dass ich einen wesentlichen Anteil daran hatte, sie zu hintergehen.«

»Ich weiß nicht, was das Beste ist. Wirklich nicht.«

»Ich glaube, am besten bleibst du ein paar Tage hier und konzentrierst dich darauf, wieder Boden unter den Füßen zu bekommen. Ich werde mit dir nach Brisbane fahren und da sein, falls du mich brauchst. Aber du allein musst dich deiner Mutter stellen – du musst die Sache ins Reine bringen, damit ihr gemeinsam eine Lösung suchen könnt.«

»O Gott«, schluchzte Mel, »ich hab ein totales Chaos angerichtet, nicht wahr?«

Fleur behielt ihre Meinung für sich, schloss ihre Nichte in die Arme und beobachtete, wie das Feuer im Sand verlosch. Der Mond ging unter, und am Horizont zog ein neuer Tag herauf. Die Vögel raschelten in den Bäumen und bereiteten sich auf ihren Morgengesang vor; die Flut kehrte zurück. Für Fleur jedoch war die Idylle gestört.

9

Eine Woche war seit Melanies Ankunft vergangen, und Fleur hatte angefangen, Annies kostbares Leinen und die Antiquitäten zu verpacken, denn sie wollten in zwei Tagen aufbrechen. Sie hatte mit Amy Parsons telefoniert, sie über ihre Abreisepläne informiert und sich mit ihr zu einer Tasse Kaffee getroffen. Amy erwies sich als eine lebhafte Witwe in mittleren Jahren, die Zeit im Überfluss hatte. Fleur wurde rasch klar, dass Amy genau die Richtige wäre, um Birdsong zu leiten, sollte es je wieder ein Luxushotel werden. Fleur gab Amy ihre Privatnummer und versprach anzurufen, sobald sie entschieden hatte, was sie mit Birdsong anfangen würde.

Jetzt, da die Flüge gebucht waren, hatte Melanie ihrer Mutter eine vorsichtig formulierte E-Mail geschickt, um ihr mitzuteilen, dass sie nach Hause kommen werde. Und Fleur hatte eine Nachricht auf Gregs Anrufbeantworter hinterlassen, dass sie ihn nach ihrer Rückkehr gern treffen würde.

Die vergangenen sieben Tage waren nicht leicht für Fleur gewesen. Es hatte Tränen gegeben, Wutausbrüche und lange Sitzungen der Einkehr, die für beide zu nichts führten. Doch Melanie wirkte nun ruhiger und schien sich mit der Situation abgefunden zu haben.

Birdsong war der ideale Ort für Mel, um sich über alles klar zu werden und sich auf die bevorstehende Auseinandersetzung mit ihrer Mutter vorzubereiten. Fleur fragte sich jedoch, wie lange diese neue Reife andauern werde, wenn Melanie erst wieder nach Hause zurückgekehrt war. Sie fürchtete auch die Folgen, sollte Bethany herausfinden, wie sehr Fleur in die

Sache einbezogen war, und die Aussicht auf den Zorn ihrer Schwester gefiel ihr gar nicht.

Nachdem sie die Vögel mit Annies letzten Vorräten gefüttert hatte, ging Fleur wieder ins Haus und tappte ins Wohnzimmer. Melanie hatte sich angewöhnt, bis in den Vormittag zu schlafen, dann zu schwimmen und den Rest des Tages am Strand oder – zu Fleurs Enttäuschung – in der Hängematte zu faulenzen.

Fleur hatte strenge Regeln für ihre Nichte aufgestellt. Mel sollte Küche und Bad sauber hinterlassen, aber das Haus war noch immer mit ihrer Kleidung, Make-up, Schuhen und Zeitschriften übersät. Seufzend sammelte Fleur die Sachen ein und stapelte sie auf dem Tisch. Ihre tägliche Routine war so gestört, dass sie beinahe darauf brannte, nach Brisbane zurückzukehren.

Während sie sich wie üblich eine Tasse leichten schwarzen Tee zubereitete, wanderten ihre Gedanken wie so oft zu Greg. Seine E-Mails waren informativ gewesen, und er hatte mit der Zeit einen leichteren Ton angeschlagen. Er hatte Schwierigkeiten mit der Therapie, schien die Dinge jedoch inzwischen klarer zu sehen. Er konnte sogar über seine Kindheit schreiben und hatte begriffen, dass alles nicht seine Schuld gewesen war und er den Wahnsinn seines Vaters wohl nicht geerbt hatte.

Deutlich war, dass er sie noch liebte und sie schrecklich vermisste und auf eine gemeinsame Zukunft hoffte. Dennoch hatte es keinen Hinweis darauf gegeben, dass er seine Meinung über Kinder geändert hatte oder bereit wäre, darüber zu sprechen. Fleurs Dilemma war so groß wie Melanies, aber sie hoffte, dass die Rückkehr nach Brisbane ihr die Gelegenheit bieten würde, friedlich mit Greg zu reden, um gemeinsam herauszufinden, wie sie an diesem Punkt weitermachen könnten und ob ihre Ehe wirklich zu retten sei.

Die alarmierende Nachricht, dass ihr Vater hier oder auf

Savannah Winds aufzutauchen drohte, schien sich zum Glück in Nichts aufgelöst zu haben. Die Ruhe in Birdsong war zwar ohnehin vorbei, dennoch hatte Fleur nicht den Mut, ihm nach der Auseinandersetzung über Annies Testament gegenüberzutreten.

Sie stellte die Teetasse ab und begab sich ins Schlafzimmer. Der Gedanke an ihren Vater hatte sie an die Briefe erinnert, die sie versteckt hatte. Sie holte sie hervor und nahm sie mit dem Tee hinunter zum Steg.

Wieder dämmerte ein wunderschöner Morgen; der Himmel verwandelte sich allmählich von Tintenschwarz in Rosa- und Orangerot, er vergoldete den Strand und das Wasser, vertrieb die Schatten unter den Bäumen. Mit zitternden Fingern band Fleur die grobe Schnur auf. Alle Briefumschläge, die er Annie ungeöffnet zurückgeschickt hatte, waren in der Handschrift ihres Vaters bekritzelt. Seine grausame Missachtung musste ihre Tante tief getroffen haben.

Fleur öffnete den ältesten Brief mit Datum vom Januar 1935 und stellte fest, dass Annies saubere Schrift zwei linierte Seiten bedeckte, die offenbar aus einem Schreibheft gerissen worden waren.

Lieber Don,

dies schreibe ich, weil ich hoffe, Du hast inzwischen akzeptiert, dass Vaters Hochzeitsgeschenk an John und mich seine Art war, mir meinen Anteil des Erbes lieber jetzt zu geben, wo ich es brauche, als später. Es wird sich natürlich nicht auf die Summe auswirken, die Du nach Vaters Tod erben sollst – der, so hoffe ich, erst in vielen Jahren eintreten wird. Ich bete jeden Abend, Du mögest zu der Einsicht gelangt sein, dass Vaters großzügiges Geschenk für mich ebenso überraschend kam wie für Dich und dass es seine freie Entscheidung war, keine Intrige

meinerseits. Er wollte einfach nur sicherstellen, dass John und ich Garantien für unser Projekt in der Wildnis von Gulf Country haben.
Wir haben uns hier in Savannah niedergelassen. Nachdem John ein Backsteinhaus gebaut hat, sind wir nun vor den schrecklichen Stürmen sicher, die über dieses schöne, aber einsame Land hinwegbrausen. Unsere Viehherde gedeiht; zu ihrer Bewachung haben wir zwei ausgezeichnete Treibhunde gekauft. Eine Familie von Aborigines lebt auf dem Anwesen, und sie hat sich als ausgesprochen hilfreich erwiesen. Die Eingeborenen kennen dieses Land sehr gut und sind offenbar stets auf Wetterumstürze vorbereitet. Ich weiß nicht, wie wir ohne sie klargekommen wären.
Dieser ausgedehnte Landstrich wäre ohne John und unsere fernen Nachbarn einsam, aber solange ich meinen Mann an meiner Seite habe, bin ich zufrieden. John und ich sind bereits seit zwei Jahren verheiratet, aber leider noch nicht mit Kindern gesegnet. Mein sehnlichster Wunsch ist es, Söhne zu bekommen, die dieses Anwesen eines Tages übernehmen werden, denn unser Schweiß steckt bereits tief in dieser fruchtbaren dunklen Erde.
Abschließend möchte ich Dich noch einmal herzlich bitten, hinzunehmen, was geschehen ist, und die enge Freundschaft nicht zu zerstören, die uns bisher verbunden hat. Der Gedanke, dass Du so verbittert über Vaters Geschenk bist, tut weh. Bitte, antworte auf diesen Brief, ich sehne mich so danach, von Dir zu hören,

Deine Dich liebende Schwester Annie

Fleur legte den Brief zusammen und steckte ihn wieder in den Umschlag. Annie tat ihr leid, die so deutlich versucht hatte, die Feindseligkeiten zu begraben.

Zwischen den nächsten vier Briefen lagen jeweils einige Monate; sie hatten denselben Grundtenor. Annie flehte ihren Bruder allerdings verzweifelter um Verständnis und Vergebung an – die Rücksendungen hatten sie offensichtlich sehr getroffen.

Trotz ihres Mitgefühls für Annie fand Fleur die Briefe faszinierend, denn hier stand in Annies eigenen Worten die Geschichte von Savannah Winds geschrieben. Die Fläche war mit Vergrößerung des Viehbestands erweitert worden. Sie hatten mehrere Männer eingestellt, die ihnen halfen, die Farm zu bewirtschaften, und hatten beschlossen, außerdem noch Weizen anzubauen. Doch es gab auch Gefahren und Rückschläge: Überschwemmungen, Dürre, Heuschreckenschwärme, die sich in Sekunden durch das junge Getreide fraßen, Vieh, das an Parasiten einging, Kälber, die von Krokodilen gefressen wurden.

Das alles klang trostlos, und Fleur war voller Bewunderung für Annies stoische Entschlossenheit, trotz aller Widrigkeiten Erfolg zu haben. Doch zwischen diesen sauber geschriebenen Zeilen lag auch eine tiefe Traurigkeit, denn die lang ersehnten Kinder hatten sich noch immer nicht angekündigt und das fortwährende verbitterte Schweigen ihres Bruders bestärkte offenkundig Annies Wunsch nach einer Familie.

Fleur trank den Tee aus und schaute über das Wasser zur fernen Insel. Annie hätte im Gegensatz zum Rest meiner Familie meinen Kinderwunsch verstanden, dachte sie. Anscheinend spiegelt unserer beider Leben – in sehr unterschiedlichen Verhältnissen geführt, jedoch von den gleichen Schatten verdunkelt – jeweils dasjenige der anderen.

Sie schob die Gedanken beiseite und wandte sich den Briefen zu, die sie noch zu lesen hatte. Der kurze, schockierende Brief vom März 1937 trieb ihr die Tränen in die Augen.

Mein geliebter Mann John Harvey ist gestorben. Nach einem Unfall mit einem Schaufelbagger bekam er eine Blutvergiftung. Die Wunde entzündete sich rasch infolge von Hitze und Feuchtigkeit, und ich konnte ihn nicht rechtzeitig in die Klinik nach Cloncurry bringen. Gestern fand die Beerdigung statt, bei der kleinen Kirche dieses weiten, leeren Landstrichs, und ich kann nur beten, dass ich die Kraft und den Mut aufbringen werde, Johns Werk allein fortzusetzen.

»O Annie, wie tapfer du warst!«, flüsterte Fleur. »Und dennoch hast du, wenn man nach diesen Briefen urteilt, nie die Hoffnung auf eine Versöhnung mit Dad aufgegeben. Es tut mir leid, Annie, dass er so unfreundlich war. Ich wünschte, er wäre anders gewesen, uns beiden zuliebe.«

Sie legte den traurigen Brief zu den anderen, und nachdem sie ihre Gedanken gesammelt und die Tränen getrocknet hatte, griff sie nach dem nächsten. Stirnrunzelnd erkannte sie, dass dieser tatsächlich geöffnet, aber viele Jahre nach dem letzten geschrieben worden war. Sie schaute durch den Stapel, ob sie keinen dazwischen übersehen hatte, und kam zu dem Schluss, dass Annie es schließlich wohl aufgegeben hatte, sich mit Don zu versöhnen. Aber was war geschehen, dass sie erneut schrieb? Hatte Annie eine weitere Tragödie getroffen?

Fleurs Blick fiel auf den darunterliegenden Brief. Was es auch war, endlich hatte sie eine Antwort von Dad erhalten – noch dazu eine umgehende, denn beide Briefe datierten vom September 1966. Fleur wurde mit einem Schlag klar, dass sie zu jener Zeit sechs Monate alt war.

Beinahe ängstlich begann Fleur Annies Brief zu lesen, und als sie ans Ende kam und rasch die Antwort ihres Vaters überflog, spürte sie mit solcher Macht Wut in sich aufsteigen, dass es ihr den Atem raubte. Ihre Umgebung geriet ins Schwanken, während sie mühsam den gehässigen Inhalt zu begreifen suchte. Der ungeheure Verrat ihres Vaters hatte ihr gesamtes Leben überschattet – und Margot und Bethany mussten mit ihm unter einer Decke stecken.

Sie stolperte vom Steg, die Briefe an die Brust gedrückt, rannte zum Haus und rief nach Melanie. »Zieh dich an, und pack deine Sachen!«, befahl sie dem zerzausten, noch verschlafenen Mädchen. »Wir brechen schon heute nach Brisbane auf.«

Die erste Woche in der Bäckerei hatte Bethany richtig Spaß gemacht. Frank war der perfekte Chef. Er hörte sich ihre Vorschläge an, ohne darüber zu spotten, und bot Rat und Hilfe an. Anscheinend machte es ihm nichts aus, wenn ihr der eine oder andere Fehler unterlief. Ihre Kuchen und Pasteten waren schnell ausverkauft gewesen. Deshalb hatte Frank vorgeschlagen, sie solle doch ab sofort die große, fachmännisch eingerichtete Küche des Cafés benutzen. Daher fingen ihre Arbeitstage nun früh an und dauerten bis spät in den Abend, da sie die Angebote für den nächsten Tag vorbereitete.

Frank blieb manchmal und trank noch eine Tasse Kaffee, nachdem er den Teig für das Brot am nächsten Morgen angesetzt hatte, und ein paarmal kam seine Mutter Sabatina hinunter, die in der größeren der beiden Wohnungen im Obergeschoss wohnte, und leistete Beth Gesellschaft. Das Ganze fühlte sich für Bethany gar nicht nach Arbeit an, denn Dianne war eine unkomplizierte Kollegin und die Gäste unterhielten sich gern mit ihr beim Kaffee oder Lunch. Das Frühstücksangebot erfreute sich zunehmender Beliebtheit. Bethany fühlte sich wohl und kam sich zum ersten Mal seit Jahren nützlich vor.

An einem späten Freitagnachmittag, als die Lichter der Straßenlaternen sich bereits auf den feuchten Bürgersteigen spiegelten, wartete Bethany in der warmen Oase der Küche darauf, dass der letzte Schub Cup Cakes abkühlte, bevor sie sie dekorieren könnte. »Meine Tochter Melanie kommt am Sonntag nach Hause«, sagte sie zu Sabatina, die mit ihrem Strickzeug in der Ecke saß. »Ich wusste, dass sie früher oder später Heimweh haben würde.«

Sabatina hatte ihr schwarzes Haar neuerdings zwar eher der künstlichen Färbung zu verdanken, doch ihr jugendlicher Geist lebte in den bunten Kleidern und Schals weiter, die ihren gedrungenen Körper stets umwehten. Armbänder klimperten an ihren Handgelenken, an den Ohren baumelten Goldringe, und um ihren speckigen Hals hingen immer zwei oder drei Reihen schimmernder Perlen.

Ihr Englisch war alles andere als flüssig, aber sie verstand wohl das meiste von dem, was man ihr sagte, obwohl ihr Akzent schleppend war. Sie nickte lächelnd und strickte weiter, wobei die vielen Ringe an ihren flinken Fingern funkelten. »Gut, dass *bambina* wiederkommt. Auch gut für die *mamma*.«

»Ich werde auf jeden Fall erleichtert sein, sie wiederzusehen. Sie war wochenlang fort, und ich war krank vor Sorge. Zumal sie mit Liam weggegangen ist, der völlig unzuverlässig ist, und diesen Hippie-Freunden. Weißt du auch, dass sie mir in der ganzen Zeit nur zwei Postkarten geschickt hat? Dass Kinder so eigennützig und gedankenlos sein können, bringt mich zur Verzweiflung.«

Sabatina runzelte die Stirn und lächelte zaghaft. Offensichtlich hatte sie kein Wort verstanden.

Bethany seufzte, entschied, dass die Törtchen kalt genug seien, und trug dick Buttercreme auf, bevor sie jeweils eine Zuckerblüte daraufsetzte. Vorsichtig stellte sie eine große Haube über das Tablett, trug es in die kalte Speisekammer und stellte es auf das Marmorregal.

»Ich wäre dann fertig«, sagte sie zufrieden. »Bis morgen.«

Sabatina sammelte ihr Strickzeug ein und folgte ihr zur Tür. »Wir trinken Kaffee wie üblich? Ich machen Espresso.«

Bethany nickte. Sabatina schloss die Tür hinter ihr ab und winkte durch das Schaufenster, als Beth zum Wagen eilte. Bethany wollte nach Hause und letzte Hand an die Vorbereitungen für Melanies Empfang in zwei Tagen legen.

Ihre neue Vitalität hatte sie dazu bewogen, den alten Teppich zu entfernen und Melanies Zimmer neu zu streichen. Die Bodendielen waren nun abgezogen und lackiert, und mit den neuen Vorhängen und der Tagesdecke auf dem Bett, die sie in Brisbane gekauft hatte, wirkte der Raum viel erwachsener. Sie konnte nur hoffen, dass es Melanie gefallen würde und sie die schwere Arbeit zu würdigen wüsste.

Die Jungen und Angela zu überreden, am Sonntag zum Tee zu kommen, um Melanie zu Hause zu begrüßen, war schon schwieriger gewesen, aber es war ihr gelungen. Selbst Clive hatte sie das – wenn auch ziemlich lustlose – Versprechen abgerungen, den Golfplatz rechtzeitig zu verlassen und sich blicken zu lassen.

Das Verhältnis zu ihrem Mann war nicht besser geworden, und Bethany bezweifelte, dass es je gelingen würde. Zu lange waren Dinge ungesagt geblieben, die Kluft zwischen ihnen war im Lauf der Jahre breiter geworden, während Bethany die Kinder großzog und Clive sich darauf konzentrierte, seine Steuerberatung aufzubauen und sein Handicap zu verringern.

Bethany bedauerte, dass ihre Ehe aus mangelnder Pflege eingegangen war, und sie erkannte ihren Anteil an deren Niedergang – aber es hatte keinen Sinn, den Kindern zuliebe daran festzuhalten. Vielleicht waren die Kinder der Kitt dieser Ehe gewesen, doch mit deren Auszug war das Gebilde auseinandergebrochen.

Als Beth von der Hauptstraße abbog, verließ ein Taxi die

Sackgasse. Sie runzelte die Stirn. Die Frau im Fond glich Fleur. Überzeugt, dass sie sich geirrt haben musste, stellte Bethany den Wagen ab, nahm ihre Sachen und begab sich zur Hintertür.

Clive öffnete ihr, noch ehe sie nach dem Knauf greifen konnte. »In der Küche wartet eine Überraschung auf dich«, sagte er düster. »Die überlass ich dir.« Schnell stieg er in sein Auto und fuhr davon.

Das konnte nur bedeuten, dass eins der Kinder mit einem unlösbaren Problem aufgetaucht war, das sich als Bagatelle erweisen würde. Clive suchte stets das Weite, sobald Tränen oder tiefgreifende Diskussionen drohten. Seufzend wappnete Beth sich innerlich gegen alles, was sie erwarten mochte, und betrat die Küche.

»Melanie? Melanie. Oh, was für eine wunderschöne Überraschung!«

Melanie stand auf und umarmte sie lange und fest. »Hallo, Mum.« Sie trat zurück und schenkte ihr ein anerkennendes Lächeln. »Gut siehst du aus, Mum, die Frisur und die coole Kleidung gefallen mir.«

Bethany war verlegen. »Ich habe dich nicht vor Sonntag erwartet«, sagte sie und griff nach ihrer Schürze. »Hast du Hunger? Ich weiß nicht, was dein Vater im Kühlschrank gelassen hat, aber ich bin sicher …«

»Ich habe eine frühere Maschine genommen. Und was das Essen angeht, keine Sorge, ich hab im Flugzeug gegessen.«

Beth legte die Schürze weg und setzte sich. »Ich bin froh, dich zu sehen, Mel. Du ahnst ja nicht, was ich mir für Sorgen gemacht habe!«

»Schön, wieder hier zu sein«, murmelte Mel.

Bethany schaute liebevoll in das Gesicht, das ihr so gefehlt hatte – ein kleines Gesicht ohne aufdringliches Make-up und daher irgendwie verwundbarer. Melanie wirkte überraschend gesund und war tief gebräunt, aber etwas war anders an ihr, etwas, was Beth nicht richtig einzuordnen wusste – und das sie zutiefst beunruhigte.

Melanie rutschte unter dem eindringlichen Blick ihrer Mutter nervös hin und her und fuhr sich mit den Fingern durch das lange, dichte Haar, das die meisten gefärbten Strähnen eingebüßt hatte. »Dad hat erzählt, dass du eine Stelle im Mancusso hast.« Sie schnitt eine Grimasse. »Das scheint ihn nicht sehr zu beeindrucken, aber ich finde es cool. Das bekommt dir gut, Mum.«

»Er war nicht gerade erfreut«, bestätigte sie und suchte noch immer nach einem Hinweis darauf, was sich an ihrer Tochter verändert hatte. »Aber ich habe ihm gesagt, was Sache ist. Und weil sein Essen jeden Abend rechtzeitig auf dem Tisch steht, wagt er nicht, sich zu beschweren.«

»Die gute alte Aussie-Kämpferin, wie?«

Melanies unbeschwerte Worte waren nicht sehr überzeugend. Da sie weiterhin dem Blick ihrer Mutter auswich, erkannte Bethany, dass sie die Initiative ergreifen musste. »Ich vermute, dir ist das Geld ausgegangen«, sagte sie leise, »sodass du deine Reise abbrechen musstest. Du hättest mich doch anrufen können. Ich hätte dir ausgeholfen.«

»Geld war nicht der Grund.« Mel ließ den Kopf hängen. Sie zupfte an der Nagelhaut ihres Daumens.

Da wusste Bethany, dass etwas nicht stimmte. Doch sie wollte Mel nicht bedrängen, um diesen Moment der Vertrautheit nicht zu verderben. »Du hattest einfach Heimweh«, soufflierte Bethany. »Du warst ziemlich lange fort.«

»Mum«, hob Melanie mit leiser Stimme an, das Kinn noch gesenkt, die Augen hinter einem Haarschleier verborgen. »O Mum, es tut mir so leid.«

Bethany stockte der Atem. All ihre Befürchtungen waren

wieder geweckt und drohten sie zu ersticken. »Was ist los, Liebes?«

Ihre Tochter verschränkte die Arme über dem Bauch, als wolle sie sich vor einer bevorstehenden Auseinandersetzung schützen. Plötzlich fiel es Beth wie Schuppen von den Augen – sie war sich nun sicher, warum Melanie nach Hause zurückgekehrt war. Seltsamerweise machte sie diese Erkenntnis jedoch nicht wütend, sondern nur entsetzlich traurig.

»Du bist schwanger«, konstatierte sie.

Melanie hob den Kopf, sah Bethany jedoch noch immer nicht direkt an. »Im dritten Monat«, nuschelte sie. In dem kläglichen Versuch, Tapferkeit zu zeigen, warf sie die Haare zurück. Tränen füllten bereits die Augen. »Es ist von Liam, und ja, du hattest recht, er ist ein Stück Scheiße.« Sie brach in herzzerreißendes Schluchzen aus.

Unwillkürlich ging Bethany um den Tisch herum und nahm ihre Tochter in die Arme – um sie festzuhalten, sie zu wiegen wie damals, als Mel noch ein Säugling war, und um die Tränen zu trocknen. »Sch!«, murmelte sie. »Du bist jetzt daheim. Alles wird gut.«

Aber es war nicht alles gut. Der Gedanke, dass damit das Leben ihrer wundervollen Tochter ruiniert würde, bereitete Beth Kummer. Mel würde nun wahrscheinlich nie zur Universität gehen und ihren Traum, Tierchirurgin zu werden, nicht verwirklichen. Selbst wenn sie das Kind zur Adoption freigäbe, würde diese Entscheidung sie stets verfolgen. Was Liam betraf, Bethany hätte ihn umgebracht, wenn er in diesem Augenblick den Raum betreten hätte. Was für ein Chaos – was für ein grauenvolles Dilemma! Was sollten sie nur tun?

Schließlich tauchte Melanie aus der Umarmung auf und putzte sich die Nase. Jetzt, da sie ihr Geheimnis offenbart hatte, wirkte sie erleichtert und hatte ihre Emotionen besser im

Griff. »Tut mir so leid, Mum. Ich weiß, ich habe dich enttäuscht, aber ich habe es nicht absichtlich darauf angelegt, schwanger zu werden. Ich dachte bloß, wenn ich vorsichtig genug wäre, würde es nicht passieren.«

»Aber ich dachte, du nimmst die Pille?«

»Das habe ich auch, aber ich habe blöderweise damit aufgehört. Ich habe dadurch zugenommen.«

»Ach, Mel.«

»Ich weiß, ich weiß«, sagte sie. »Du musst mir nicht sagen, wie hirnlos ich war.«

Bethany holte ihnen beiden ein Glas Saft und setzte sich. »Hast du dich entschieden, was du mit dem Kind machen willst?«, fragte sie vorsichtig.

»Ich habe an eine Abtreibung gedacht.« Als ihre Mutter entsetzt nach Luft schnappte, versicherte sie ihr hastig, dass sie das nicht fertigbringen werde. »Ich werde das Kind bekommen«, sagte sie ruhig, »und sobald es auf der Welt ist, werde ich entscheiden, was zu tun ist. Vielleicht gebe ich es zur Pflege, lasse es womöglich sogar adoptieren – kann sein, dass ich es behalten will, aber jetzt bin ich einfach zu aufgewühlt, um eine vernünftige Entscheidung zu treffen.«

Bethany wurde plötzlich klar, dass ihre Tochter kein kleines Mädchen mehr war. Mels Reife angesichts dieser Situation war bewundernswert. »Wenn du dich entschließt, es zu behalten, dann wirst du dafür sorgen müssen, dass Liam seinen Teil zum Unterhalt beiträgt. Er darf nicht ungeschoren davonkommen.«

»Mach dir um Liam vorerst keine Sorgen! Er spielt wirklich keine Rolle.«

»Aber …«

»Ich bin müde, Mum«, sagte sie und erhob sich mühsam vom Stuhl, »und ich kann nicht mehr geradeaus denken. Wir waren den ganzen Tag unterwegs und …« Sie wurde rot und ließ sich wieder auf den Stuhl fallen. »O Scheiße«, zischte sie. »Ich hab's schon wieder gemacht.«

Bethany zuckte unter der widerwärtigen Wortwahl zusammen. Dann fiel ihr die Frau im Taxi ein, und ihre Augen wurden schmal, während sie ihre Tochter betrachtete. »Mit wem warst du unterwegs? Von welchem Flughafen bist du abgeflogen?«

»Cairns.« Melanie wich dem steten Blick ihrer Mutter nicht aus.

»Fleur hält sich gerade da oben auf«, sagte Beth und unterdrückte die aufkeimende Wut, um den Waffenstillstand mit Melanie nicht zu gefährden. »Bist du mit ihr zurückgekommen?«

»Liam hat mich in Cairns ohne Geld sitzenlassen, und ich wusste nicht, wie ich es nach Hause schaffen sollte. Ich habe Fleur angerufen, weil ich dachte, sie könnte mir das Fahrgeld schicken oder einen Flug für mich buchen.« Ihre Miene verhärtete sich. »Woher sollte ich denn wissen, dass sie schon im Norden und nur eine knappe Stunde entfernt war? Sie hat mich geholt, nach Birdsong gebracht und mir geholfen, die Dinge klarer zu sehen.«

»Wie ausgesprochen nett von ihr«, sagte Bethany schroff.

»Ja, das war es auch. Sie hätte mich nicht aufnehmen müssen. Sie hätte mich einfach ins nächste Flugzeug setzen und den Rest mir überlassen können.«

Bethany konnte nur schwer verdauen, dass ihre Tochter sich erneut zuerst an Fleur gewandt hatte. Eifersucht war etwas Furchtbares, und wenn sie die nicht bald bezwang, würde sie davon ausgehöhlt werden. »Ich werde sie anrufen und mich bei ihr bedanken«, sagte sie mit so viel Gelassenheit und Würde, wie sie aufbringen konnte.

»Gut. Denn sie hatte Angst, dass du verletzt sein könntest. Und das wollte sie nicht – sie hat darauf bestanden, dass ich es dir selbst beichte. Aber ohne ihre freundliche Unterstützung und die schöne, friedliche Zuflucht hätte ich nie den Mut aufgebracht, nach Hause zu kommen und es dir ins Gesicht zu sagen.«

Sie unterdrückte die Tränen. »Aber ich wollte immer nach Hause kommen«, fügte sie leise hinzu. »Ich brauche *dich*, Mum. Ich wusste nur nicht, wie ich es dir sagen sollte.«

Bethany breitete die Arme aus, und Melanie trat zu ihr. Sie weinten beide, nicht nur aus Kummer, sondern vor Freude und Erleichterung, dass die Bindung zwischen ihnen wiederhergestellt und gefestigt war und dass sie sich der Zukunft und allem, was sie bringen würde, gemeinsam stellen konnten.

Fleur hatte ihr Gepäck im Apartment fallen lassen, ausgiebig heiß geduscht und sich wegen das viel kälteren Wetters von Brisbane in Jeans und Pullover gekleidet. Dann war sie ausgegangen. Die Wut raste noch in ihr, war aber inzwischen kalt – und bitter. Im Flugzeug hatte sie die restlichen Briefe gelesen, und nun war sie bereit, ihrem Vater gegenüberzutreten.

Der Berufsverkehr hatte sich gelegt, und sie fuhr rasch nach Caloundra. Der kleine Sportwagen nahm die Kurven und die Steigung hinauf zur Villa mit Leichtigkeit. Die Warnleuchten blinkten, als sie auf die Fernbedienung drückte, um das Tor zu öffnen. Als sie neben dem Jeep ihres Vaters hielt, musste sie einen Moment lang sitzen bleiben, um tief durchzuatmen und den Puls zu beruhigen.

Es war entscheidend, dass sie die Ruhe bewahren und ihr Vater zu der Einsicht gelangen würde, dass er einen ungeheuerlichen, unverzeihlichen Verrat begangen hatte. Das würde sie nicht erreichen, wenn sie die Beherrschung verlor.

Er saß mit dem Rücken zu ihr im Wohnzimmer. Fleur stand im Türrahmen und beobachtete ihn. Neben ihm auf dem Tisch stand eine Flasche Whiskey. Seine Aufmerksamkeit galt ausschließlich dem Trabrennen im Fernsehen. Der gesamte Raum war erfüllt von dem ohrenbetäubenden Gebrabbel des aufgeregten Kommentators, als der Gewinner den Zielpfosten passierte.

Fleurs Vater zerknüllte mehrere Wettscheine und warf sie fluchend zu Boden. Sie näherte sich dem Sessel, nahm die Fernbedienung in die Hand und schaltete den Fernseher aus.

»Was zum Teu…?« Er drehte sich um. Seine verärgerte Miene löste sich, und er setzte ein mattes Begrüßungslächeln auf. »Du solltest dich nicht so anschleichen, Fleur. Hättest mich zu Tode erschrecken können.«

»Ich dachte, ich lass dich wissen, dass ich wieder da bin«, sagte sie und setzte sich auf die Couch ihm gegenüber.

Er war sichtlich auf der Hut. »Mir war gar nicht klar, dass du weg warst«, murmelte er.

»Natürlich wusstest du das«, erwiderte sie ruhig. »Du hast Greg gesagt, du würdest nach Savannah Winds kommen, um mich zu besuchen.«

»Hatte ich vielleicht auch vor. Ich kann mich nicht entsinnen.« Er schlürfte den Rest Whiskey aus dem Glas und goss sich den nächsten ein, bevor er ihr die Flasche hinhielt. »Auch einen?«

Sie schüttelte den Kopf. »Warum wolltest du mich sehen? Es muss dir wichtig gewesen sein, wenn du eine so lange Reise in Betracht gezogen hast.«

»Ich fürchtete einfach, dass du da draußen in Gefahr sein könntest«, antwortete er, wobei er den Blick auf einen Punkt hinter ihrer Schulter richtete. »Savannah Winds ist kein Ort für ein wohlerzogenes Mädchen wie dich.« Er trank einen Schluck Whiskey und schwenkte den Rest im Glas. »Ich war letzte Woche krank«, fuhr er fort, »und der Arzt hat mir von Reisen abgeraten. Sonst wäre ich wie der Blitz dort gewesen.«

»Dann ist es gut, dass du dir die ganze Mühe erspart hast, denn du hättest mich dort nicht angetroffen. Ich war in der Kingfisher Bay.«

Sein Blick war wieder wachsam, als er sie über den Rand des Glases hinweg ansah. »Ach ja?«

»Hm.«

Ihm war offenbar unbehaglich zumute, und sie wusste, ihre stille Annäherung erzielte die erhoffte Wirkung.

»Ich habe Erkundigungen über das Anwesen eingezogen«, brummte er. »Es ist ein verdammtes Vermögen wert. Wir sollten eine Art Partnerschaft gründen. Du baust das Luxushotel, und ich werde es leiten – wobei wir natürlich gleichermaßen am Gewinn beteiligt sind. Das Geld dürfte bald fließen. In, sagen wir, ein bis zwei Jahren könnten wir einen Mordsreibach machen. Mehrere Millionen Dollar, schätze ich.«

»Die Kingfisher Bay wird bleiben, wie sie ist«, sagte sie mit Nachdruck. »Sie bedeutet mir viel mehr als Geld.«

Er schnaubte verächtlich. »Nichts ist wichtiger als Geld.«

»Deshalb hast du dich mit Annie überworfen, nicht wahr? Weil dein Vater ihr das Geld gegeben hat, das deiner Ansicht nach dir zugestanden hätte?«

»Ich bin nicht bereit, über meine Schwester zu sprechen.« Er trank sein Glas in einem Zug leer und donnerte es auf den Tisch, kampfbereit.

»Vielleicht nur deshalb nicht, weil du nicht eingestehen willst, dass sie das Geld zurückgezahlt hat, das euer Vater ihr vor all den Jahren zur Hochzeit geschenkt hat. Mit Zinsen.«

»Das hat sie nicht.« Er wich ihrem Blick aus.

»Ich habe Beweise.« Fleur legte den Bankbeleg auf den Tisch. »Du kannst morgen früh Kontakt zu deinem Anwalt aufnehmen«, sagte sie sachlich, »und deinen Anspruch auf Annies Anwesen zurückziehen.«

Er weigerte sich noch immer, sie oder den Bankbeleg zur Kenntnis zu nehmen. »Ich habe von Margot schon die Nase voll und bin nicht in der Stimmung, mir auch von dir noch Unfug anzuhören.«

»Wenn du deinen Anwalt nicht anrufst, werde ich meinen aufsuchen«, sagte sie kühl. »Außerdem dachte ich mir, dass du vielleicht etwas von dir zurückhaben möchtest.« Sie griff nach den Briefen in ihrer Tasche. Als er sie erblickte, riss er die Augen weit auf und wurde leichenblass. »Natürlich wirst du nicht wissen, was in den meisten steht, weil du nicht mal den Anstand besessen hast, sie auch nur zu lesen, bevor du sie zurückgeschickt hast.«

Sie zog die Briefe aus dem Stapel, die wirklich wichtig waren, und hielt sie hoch. »Aber«, fügte sie hinzu, »was in diesen hier steht, weißt du wohl genau, oder?«

»Ich habe keine Ahnung, was du meinst«, polterte er.

»Das glaube ich doch«, erwiderte sie, »aber wenn dein Gedächtnis so schlecht ist, lese ich sie dir gern vor.«

»Gib sie mir!«, forderte er heiser, bemüht, sich aus dem Sessel zu stemmen. Sein Gewicht und der Whiskey, den er getrunken hatte, brachten ihn jedoch ins Straucheln. »Du hattest nicht das Recht, diese Briefe zu lesen. Sie waren persönlich und gingen nur mich und Annie etwas an.«

»Aber sie betrafen mich – und meine Mutter. Ich hatte jedes Recht dazu.«

»Du weißt doch gar nicht, wovon du sprichst, Mädchen«, dröhnte er.

»Dann lass mich klarstellen, dass ich genau weiß, wovon ich rede.« Sie hielt den ersten Brief von Annie an Don in die Höhe. »Annie schreibt, ihre Patentochter Selina sei zu ihren Eltern zurückgekehrt – entfernten Nachbarn von Annie – und habe offensichtlich Angst, du könntest sie verfolgen.«

»Das ist alles Bockmist«, bellte er. »Ich habe dieser Frau nicht mal ein Haar gekrümmt.«

»Mag sein, dass du sie nie wirklich geschlagen hast, aber du hast sie verbal und mental misshandelt. Am Ende hat sie den Mut aufgebracht, dich zu verlassen – möglichst weit wegzulaufen und mich mitzunehmen.«

»Sie hatte kein Recht, das zu tun, vor allem nicht zu Annie zu gehen. Die wusste verdammt gut, dass ich mich nicht damit abfinden würde.«

»Aber wir waren nicht bei Annie«, fuhr sie ruhig fort. »Sie hatte einen Platz gefunden, an dem sie glaubte, in Sicherheit zu sein – einen Ort, an dem meine Mutter ohne Angst auf mich aufpassen konnte.« Sie betrachtete ihren Vater voller Abscheu. »Aber du musstest haben, was deiner Meinung nach dir gehörte. Dir hat der Gedanke keine Ruhe gelassen, dass meine Mutter dich übervorteilt hatte – noch dazu mit Hilfe deiner Schwester. Wie wütend du gewesen sein musst! Wie rachsüchtig.«

Sie nahm den Brief, den er an Annie geschrieben hatte. »Es steht alles hier drin«, sagte sie. »Deine Gehässigkeit, dein Zorn darüber, dass Selina bei Annie Hilfe gesucht hat. Und kaum ein Wort über mich – nur die Aufforderung, das zurückzugeben, was dir gehörte.«

»Niemand nimmt mir etwas weg«, knurrte er. »Die Schlampe musste erfahren, dass ich nicht tatenlos zusehe, wenn man mich als verdammten Narren hinstellt.«

»Daher hast du einen Privatdetektiv angeheuert.« Ihre leise Stimme klang traurig. »Er hat nicht lange gebraucht, um uns zu finden, nicht wahr? Savannah ist menschenleer, und eine alleinstehende Frau mit Kind wird bald zur Zielscheibe von Gerüchten und Vermutungen – vor allem, da die Eltern meiner Mutter noch in der Gegend lebten.«

»Ich habe nur getan, was ich für das Beste hielt«, fuhr er sie an. »Deine Mutter war psychisch labil und überhaupt nicht in der Lage, auf dich aufzupassen. Ich habe dich vor einem schlimmen Schicksal bewahrt, Fleur. Du solltest mir dankbar dafür sein.«

Sie fuhr fort, als habe er nichts gesagt. »Bewaffnet mit der Information des Privatdetektivs und in Begleitung einer deiner zahlreichen Freundinnen bist du dorthin gefahren. Du hast gewartet, bis es dunkel war, und dir dann gewaltsam Zutritt zum Haus verschafft. Ich habe geschrien, meine Mutter hat geschrien, aber du hast sie beiseitegestoßen. Es hat dich nicht gekümmert, dass sie gefallen ist und sich den Kopf angeschlagen hat. Du hast mich aus meinem Kinderbett gezerrt und bist verschwunden.« Ihr Lächeln war kalt. »Ich hoffe, ich habe die ganze Strecke bis Brisbane weitergeschrien«, sagte sie, »denn der Gedanke, dass auch nur einer von euch eine angenehme Reise hatte, gefällt mir nicht.«

Don wandte den Blick ab, doch Fleur bemerkte, dass seine Hand zitterte, als er versuchte, sich erneut Whiskey einzuschenken. »Du hast immer geschrien«, murmelte er. »Ein quengeliges Balg, das die Kindermädchen, die ich eingestellt habe, immer zum Wahnsinn getrieben hat. Beth war die Einzige, die dich ruhig halten konnte.«

Fleur beachtete seinen Kommentar nicht und fuhr fort. »Als ich klein war, hast du behauptet, meine Mutter sei tot«, sagte sie, und ihre Stimme brach.

»Das stimmte. Ich habe nicht gelogen.«

»Aber du hast gesagt, sie sei bei einem Autounfall ums Leben gekommen. Und das war eine Lüge.« Er antwortete nicht, und sie wusste, dass sie ihn endlich in die Enge getrieben hatte. »Annie hat dir geschrieben und dich gewarnt, Selina stehe kurz vor einem Nervenzusammenbruch – dass sie wahrscheinlich drastische Maßnahmen ergreifen würde, sollte man ihr nicht erlauben, mich zu sehen oder an meinem Leben teilzuhaben.«

»Ich hab dir doch gesagt, dass sie gestört war«, knurrte er.

»Annie hat dich angefleht, Selina das gemeinsame Sorgerecht zu gewähren. Sie ist sogar nach Brisbane gereist, um Selina zu vertreten. Aber du hast dich geweigert, sie anzuhören – wolltest sie nicht mal über die Schwelle lassen.«

»Es ging sie verdammt noch mal nichts an.«

Fleur ignorierte seinen Einwand. »Damals hat Annie dir das Geld zurückgezahlt, worauf du ein Anrecht zu haben glaubtest. Wahrscheinlich ein allerletzter Versuch, dich zur Einsicht zu bewegen – aber natürlich hat sich nichts geändert. Meine Mutter hat die Scheidung eingereicht und seelische Grausamkeit und Vergewaltigung in mindestens vier Fällen als Grund angegeben. Die Chancen standen gut für sie, und sie hätte wahrscheinlich das volle Sorgerecht für mich bekommen, wenn du nicht jemanden bestochen hättest auszusagen, sie sei labil; sie sei es gewesen, die sich Liebhaber geleistet habe, und sie sei nicht geeignet als Mutter.«

»Und ich hatte recht«, wütete er. »Sieh dir doch nur an, wie es mit ihr zu Ende gegangen ist!«

Fleur atmete tief ein und blinzelte die Tränen weg. »Ja«, sagte sie leise, »meine Mutter hat Selbstmord begangen, weil sie mich so sehr liebte, dass sie sich ein Leben ohne mich nicht vorstellen konnte.« Die Tränen raubten ihr nun die Sicht, und sie wischte sie ab, wütend, dass er sehen konnte, wie tief sie getroffen war. »Damals war ich fast zwei – aber du hast jahrelang nichts gesagt und mich dann angelogen.«

Don mied ihren Blick und blieb gebeugt im Sessel sitzen.

»Ich war vier oder fünf, als du mir zum ersten Mal gesagt hast, sie liebe mich nicht – habe mich nie geliebt –, sie habe mich verlassen, weil sie nicht wolle, dass ich ihr neues Leben ruiniere. Du hast alles zerstört, was sie hinterlassen hatte, sogar ihre Fotos, weshalb ich nie wusste, wie sie ausgesehen hat, und nie mehr ihren Namen hörte.«

Don saß mit leichenblassem Gesicht da. Nur sein schwerer Atem störte die Stille.

Fleur schnaubte verächtlich. »Dein Mangel an Reaktion zeigt mir, dass du keine Rechtfertigung für deine schändlichen Taten hast.« Ihre Stimme wurde barsch, unversöhnlich. »Hast du Margot und Bethany tyrannisiert, damit sie schweigen? Hast du ihnen gedroht, sie zu enterben, sie ins Elend zu stürzen? Was?«

»Bethany wusste von alldem nichts«, gestand er murrend. »Sie war erst sechzehn und im Internat.«

»Und Margot?«

»Ich kam nicht umhin, sie einzuweihen. Sie hatte gerade ihren nichtsnutzigen Mann verlassen und wohnte bei mir. Als ich mit dir zurückkam, hat sie eine Erklärung verlangt.« Er funkelte wütend. »Sie ist lesbisch, weißt du – eine verrückte Lesbe –, aber sie ist auch ein Teufelsweib. Bohrt und stochert und stellt Fragen zu Dingen, die sie nichts angehen. Ich habe ihr ebenso wenig erzählt wie dir. Ob sie noch mehr herausgefunden und es Bethany anvertraut hat, weiß ich nicht.«

Fleur ging davon aus, doch damit würde sie sich später befassen. Sie steckte die Briefe wieder in ihre Handtasche und erhob sich. »Ich werde bei Gericht ein Unterlassungsurteil erwirken, dem zufolge du zu mir, meinem Anwesen oder meinem Mann einen Mindestabstand von zwanzig Kilometer wahren musst. Ich will dich niemals wiedersehen und nie mehr von dir hören.«

»Aber Fleur, du bist meine Lieblingstochter. Du kannst nicht …«

Doch Fleur hatte die Tür bereits hinter sich geschlossen und atmete zufrieden die saubere Salzluft ein. Endlich war sie ihn los.

Greg verließ das Krankenhaus und eilte zurück in die Mietwohnung. Er war spät dran und wollte Carla nicht warten lassen. Nachdem er geduscht und sich umgezogen hatte, las er rasch seine E-Mails und machte sich in Hochstimmung auf den Weg ins Bistro am Ende der Straße.

»Fleur kommt am Sonntag zurück«, sagte er zu Carla, als sie sich setzten und die Speisekarte studierten. »Sie will sich mit mir treffen und über alles reden.«

Carla sah an diesem Abend reizend aus, der Kerzenschein verlieh ihrer olivenfarbenen Haut und den dunklen Augen einen warmen Schimmer. Die Haare hingen ihr lose über die Schultern, lockige Strähnen fielen ihr ins Gesicht. »Das ist toll«, sagte sie heiser. »Ich bin so froh, dass du dich endlich imstande fühlst, mit ihr zu sprechen.«

Er lächelte sie an. »Nur weil ich dich hatte, die mir geholfen hat, meinen Weg klarer zu sehen. Danke, Carla. Du glaubst gar nicht, wie sehr ich alles, was du getan hast, zu schätzen weiß.«

»Das Vergnügen ist ganz auf meiner Seite«, murmelte sie. »Können wir denn jetzt essen? Ich komme um vor Hunger.«

Sie bestellten Steaks mit Salat und eine Flasche Rotwein. Greg trank nur selten Alkohol – ein Vermächtnis aus den Jahren, in denen er mit ansehen musste, wie seine Mutter allmählich davon abhängig wurde. An diesem Abend jedoch trank er ihn genüsslich; er erfreute sich am warmen, fruchtigen Bouquet des Weins und am Ambiente des kleinen Lokals, das zu ihrem Lieblingstreffpunkt geworden war.

»Ich sollte mit Fleur in dieses Lokal gehen«, sagte er leise, »es würde ihr gefallen.«

Der Kellner brachte das Essen, und Schweigen trat ein, als sie zulangten.

»Auch ich habe ein paar Neuigkeiten«, sagte Carla schließlich. »Mein Mann will noch immer die Scheidung, hat aber die Forderung aufgegeben, dass die Kinder bei ihm leben sollen.« Ihr Lächeln war matt und etwas sarkastisch. »Ich glaube, seiner Freundin ist klar geworden, dass sie mit zwei kleinen Jungen, die in ihrer neuen, teuer eingerichteten Wohnung herumtollen, überfordert wäre. Allein auf Filipe aufzupassen ist schon eine Vollzeitbeschäftigung.«

»Wie geht es dir mit der bevorstehenden Scheidung?«

Sie zuckte elegant mit den Schultern und trank einen Schluck Wein. »Ich bin eine gute Katholikin, Greg. Eine Scheidung stand nie zur Diskussion.« Sie stellte das Glas ab.

Als sie ihn anschaute, erkannte Greg, dass Tränenglanz ihre wunderbaren Augen verschleierte.

»Aber die Ehe ist am Ende. In der Hitze des Gefechts sind zu viele barsche Worte gefallen, und wir mögen uns nicht mehr. Er zieht seine neue Flamme mir und den Jungen vor und schaut bereits nach vorn. Das sollte ich auch tun.«

»Beziehungen sind so schwer, nicht wahr?«

Sie nickte, und eine Haarsträhne verfing sich in ihren feuchten Wimpern. »Verdammt«, murmelte sie, »ich habe mir geschworen, nicht zu heulen!«

Greg langte über den Tisch und steckte ihr die Strähne zärtlich hinter das Ohr, bevor er ihre Hand ergriff. »Du bist eine schöne, begabte Frau, Carla«, sagte er leise, »und wenn ich meine Frau nicht so lieben würde …« Er lächelte unsicher. »Filipe ist ein Narr, dass er dich aufgegeben hat.«

»Stimmt, das ist er.« Sie blinzelte die Tränen fort und wandte sich entschlossen wieder ihrer Mahlzeit zu. »Ich bin froh, dass wir Freunde geworden sind, Greg. Aber dir ist doch wohl klar, dass wir heute zum letzten Mal zusammen zu Abend essen? Zwischen dir und Fleur ist alles kompliziert genug, und womöglich versteht sie nicht, dass unsere Beziehung rein platonisch ist.«

»Mir wird es auf jeden Fall fehlen, dich außerhalb des Krankenhauses zu treffen«, sagte er. »Aber ja, ich verstehe, was du meinst.« Er hob sein Glas, und das Kristall klirrte, als sie miteinander anstießen. »Auf die Zukunft!«, sagte er.

»Auf die Zukunft!«, flüsterte sie. Sie nahmen einen tiefen Schluck und lächelten einander an, bevor sie weiteraßen.

Keiner von beiden bemerkte Fleur, die durch die beschlagenen Scheiben schaute – sich betroffen umdrehte und, in Tränen aufgelöst, die Straße hinunterrannte.

10

Fleur hatte Greg überraschen wollen. Sie war unterwegs zu seiner Mietwohnung gewesen in dem dringenden Bedürfnis nach jemandem, mit dem sie reden könnte und der verstehen würde, was sie mit ihrem Vater durchgemacht hatte. Im Vorbeigehen hatte sie einen Blick in das anheimelnd beleuchtete Bistro geworfen und die beiden sofort bemerkt.

Fleur wusste nicht, wie sie es fertiggebracht hatte, ohne einen Unfall zurück zum Apartment zu fahren, denn sie war vor Tränen blind. Der Tag war der schlimmste in ihrem Leben gewesen, und nach der furchtbaren Auseinandersetzung mit ihrem Vater versetzte der Anblick von Greg mit dieser Frau – der endgültige Verrat – ihr solch einen Hieb, dass sie daran zerbrach.

Sie warf sich aufs Sofa und verbarg ihr Gesicht im Polster, überrollt von den verletzenden Erlebnissen und der Wut, die sich seit dem Morgengrauen in ihr aufgebaut hatte. Ihr Herz war niedergedrückt vor Kummer, und sie spürte, dass es sie noch tiefer hinab in eine dunkle Verzweiflung zog. Gregs E-Mails waren von dem Namen Carla übersät gewesen, von der er behauptete, sie sei seine Therapeutin. Doch wenn die Frau, mit der er am Abend zusammengesessen hatte, Carla war, hatte er nicht erwähnt, wie vertraut sie inzwischen miteinander waren und wie gut sie aussah.

Fleur quälte die Erinnerung daran, wie er dieser Frau die Haare hinter das Ohr gesteckt und ihr die Hand gehalten hatte – und wie sie miteinander angestoßen und sich voller Zuneigung angelächelt hatten. Mit diesem Bild vor Augen richtete sie sich auf, schnäuzte sich und verdrängte den Kummer durch Wut. »Wie kann er es wagen?«, murmelte sie vor sich hin und stürmte ins Schlafzimmer. »Nach all den liebevollen Nachrichten – nach allem, was er über die Zukunft geschrieben hat. Dieser Dreckskerl!«

Sie riss den Kleiderschrank auf und griff nach den wenigen Sachen, die er noch dagelassen hatte. Sie warf sie zu Boden, fügte Schuhe, Krawatten und alles andere aus seinem Besitz hinzu, was sie finden konnte. Sie stopfte den Haufen in eine Mülltüte, band sie wütend zu und schleppte sie vor die Haustür. »Du willst Carla haben«, zischte sie, »dann nimm sie dir doch – und deinen Scheißkram kannst du auch mitnehmen.«

Aber die Wut verrauchte, als sie wieder ins Schlafzimmer trat, wo die leeren Kleiderbügel im Schrank schaukelten. Erneut kamen ihr die Tränen, sie flossen unablässig, während Fleur verloren mitten im Raum stand und sich bewusst war, dass das Telefon hartnäckig klingelte. Sie wollte nicht rangehen, denn sie war nicht imstande, mit jemandem zu sprechen. Außerdem könnte es ja Greg sein – Greg mit seinen Lügen, der noch warm von Carlas Umarmungen war und wahrscheinlich nach ihrem Parfüm stank.

Sie ließ sich aufs Bett fallen und zog sich ein Kissen über den Kopf, um das Geräusch auszublenden. Aber es klingelte ohne Unterlass, und sie hob wütend ab. »Was willst du?«, blaffte sie.

»Fleur? Ich bin's, Bethany. Ist alles in Ordnung?«

»Ja«, log sie und nahm sich hastig zusammen. »Du hast mich nur gerade auf dem falschen Bein erwischt.« Das Letzte, was sie jetzt wollte, war Bethany eine lange Erklärung zu geben.

»Das klingt nicht so, als würde es dir gutgehen«, stellte Bethany fest. Nach einer langen Pause, in der Fleur beharrlich schwieg, fuhr sie fort: »Ich wollte mich nur bei dir bedanken, dass du Melanie nach Hause gebracht hast und dass du dich um sie gekümmert hast.«

Fleur atmete erleichtert auf, weil ihre Schwester sie nicht zusammenstauchen wollte. »Das hab ich doch gern getan. Sie hatte Glück, dass ich in der Nähe von Cairns war.«

»Ich weiß. Hör zu, Fleur, ich möchte mich dafür entschuldigen, dass ich neulich so laut geworden bin. Mir ist klar, dass dir nur Mels Wohl am Herzen liegt und dass es manchmal leichter für sie ist, mit jemandem zu reden, der ihrer Altersstufe näher ist. Können wir das Kriegsbeil begraben?«

»Natürlich.« Fleur fragte sich, ob Melanie etwas von dem Baby gesagt hatte, wollte das Thema aber nicht ansprechen, sollte es nicht der Fall sein. Aber anscheinend konnte Beth Gedanken gelesen.

»Sie hat mich über ihren Zustand in Kenntnis gesetzt«, sagte sie behutsam. »Wir sind übereingekommen, dass es wahrscheinlich am besten ist, wenn sie eine Weile hier bei mir bleibt. Wenn die Geburt näher rückt, wird Mel entscheiden, was zu tun ist.« Sie seufzte. »Ich habe versprochen, für sie da zu sein und ihr zu helfen, wie auch immer – auch wenn es vielleicht bedeutet, dass ich auf das Kind aufpasse, während sie an der Uni ist.«

»Freut mich, dass zwischen euch alles gut ist. Mel kann sich glücklich schätzen, dich als Mutter zu haben. Wie hat Clive die Neuigkeiten aufgenommen?«

»Wir haben sie ihm noch nicht erzählt, aber er wird sich damit abfinden müssen.«

Fleur runzelte die Stirn, denn Bethanys Stimme klang scharf. Ob ihre Schwester sich wohl mit Clive überworfen hatte? Der Gedanke stimmte Fleur traurig. Wenn alle Familienmitglieder miteinander haderten, bedeutete das nichts Gutes für die Zukunft. Fleur zögerte, bevor sie weitersprach. »Beth, ich war bei Dad wegen ein paar Briefen, die ich oben in Birdsong gefunden habe. Ich weiß, was passiert ist, als ich noch klein war, und was er getan hat.«

»Oh. Ich habe mich auch schon gefragt, ob Annie über all das etwas hinterlassen hat.«

»Du wusstest also, dass meine Mutter mich nicht im Stich gelassen hat? Dir war bekannt, dass sie aufgrund seiner Taten Selbstmord begangen hat?«

Bethany schnappte nach Luft. »Nein, ich wusste nicht, dass sie auf diese Weise gestorben ist. Ich dachte immer, es sei ein Autounfall gewesen.« Sie seufzte tief. »Ich war im Internat, aber als ich Margot fragte, warum du ohne deine Mutter zurückgekommen bist, sagte Margot nur, Dad habe dich zurückgebracht, weil Selina dich nicht habe behalten wollen.«

»Das war eine schreckliche Lüge. Er hat mich schlichtweg entführt, und meine Mutter und Annie haben verzweifelt versucht, mich zurückzuholen.«

»Ich wusste, dass Annie bei uns zu Hause war«, räumte Bethany ein. »Ich habe sie von einem Fenster im oberen Stockwerk aus gesehen und das meiste von ihrem Streit mitbekommen. Da erst ist mir klar geworden, dass an der Geschichte viel mehr dran war, als man behauptet hatte. Ich habe Margot dazu gebracht, mir alles zu erzählen, aber natürlich wusste sie nur, was Dad ihr gesagt hatte – was nicht viel war.«

»Warum habt ihr mir nichts erzählt?«

»Du warst damals noch sehr jung«, rief sie Fleur leise ins Gedächtnis. »Und später, als wir von Selinas Tod erfuhren, wussten Margot und ich, dass wir an der Situation nichts ändern konnten, und wir dachten, es sei das Beste, die traurige Sache für uns zu behalten.«

»Verstehe.« Fleur war ermattet, die Tränen waren versiegt.

»Tut mir leid, Fleur«, sagte Bethany. »Aber was hätte es gebracht, wenn du es früher erfahren hättest? Wir hatten keinerlei Einfluss auf das Geschehen – aber Margot und ich haben uns die größte Mühe gegeben, dir die Mutter zu ersetzen – ich zumindest. Ich dachte, du bräuchtest mehr als nur Kindermädchen, und Dad war nun wirklich kein zupackender, warmherziger Vater, oder?«

Seufzend musste Fleur ihrer Schwester zustimmen. »Du hast mich wundervoll bemuttert«, sagte sie leise, »und ich weiß es heute noch ebenso zu schätzen wie damals – aber ich werde nie wieder ein Wort mit Dad reden, das kann ich dir versichern.«

»Margot sagt dasselbe«, murmelte Bethany. »Die beiden hatten offensichtlich einen fürchterlichen Streit, und irgendwie tut er mir beinahe leid.« Ihr Tonfall wurde leichter, als sie von Margots Coming-out und deren standesamtlicher Hochzeit in der bevorstehenden Woche berichtete. »Kommst du hin?«

»Ich habe vor, Brisbane innerhalb der nächsten vierundzwanzig Stunden zu verlassen. Ich möchte nach Savannah Winds und das Grab meiner Mutter besuchen.«

Am Ende der Unterhaltung entschuldigte Bethany sich noch einmal, und als Fleur den Hörer auflegte, wanderten ihre Gedanken zu den Tagebüchern, die sie aus Birdsong mitgenommen hatte. Sie würde diese Nacht kein Auge zutun, und wer könnte sie besser durch die einsamen dunklen Stunden begleiten als Annie?

Sie holte die Tagebücher aus dem Koffer, stapelte sie neben dem Bett und sprang unter die Dusche. Nach einer halben Stunde saß sie, an die Kissen gelehnt, im Bett, und hatte die kleinen Bände um sich herum verteilt. Aus irgendeinem unerfindlichen Grund gab es kein Tagebuch über die Ehejahre mit John Harvey oder die beiden Jahre nach seinem Tod. Fleur vermutete, dass die Rinderfarm Annie damals zu sehr in Anspruch nahm, sodass sie nicht die Zeit hatte, sich hinzusetzen und Tagebuch zu führen.

Fleur schlug die erste Seite des jüngsten Bandes auf. Annies saubere Handschrift war trotz des brüchigen Papiers und der verblassenden Tinte noch lesbar, und Fleur ließ sich in eine andere Zeit und eine andere Welt hineinziehen.

Golf von Carpentaria, Oktober 1939

Annie schauderte trotz der zunehmenden Hitze. Sie ließ sich nicht leicht verängstigen, denn sie hatte schon einige Stürme überstanden. Aber die schweren Wolken, die über den Himmel zogen, kündeten einen heftigen Sturm an, und die stille Bedrohung, die über der weiten Savanne hing, schien von Minute zu Minute zu wachsen.

Als das unerwünschte Gefühl der Isolation und Hilflosigkeit, das sie nach dem Tod ihres Mannes erlebt hatte, sie erneut überkam, schüttelte sie es entschieden ab. John war seit zwei Jahren tot. Obwohl sie erst fünfundzwanzig war, hatte sie bereits bewiesen, dass sie die typischen Widrigkeiten hier draußen – Heuschreckenplagen, Überschwemmungen und Krankheiten – überleben konnte, auch wenn jeder einsame Tag eine schwere Herausforderung bedeutete.

Derselbe Kriegseinsatz, der ihr die angestellten Männer geraubt hatte, hatte zugleich die Verheißung großen Wohlstands mit sich gebracht, denn für Rindfleisch wurde ein Aufpreis gezahlt. Jetzt konnte sie nur noch beten, dass nicht allzu viele Rinder verlorengingen.

»Es war doch richtig, dass ich sie da draußen sich selbst überlassen habe, Ben?«

Benuk, der ältere Aborigine, nickte. »Besser da draußen. Wird Pferch krank, gehen sie alle kaputt.« Seine haselnussbraunen Augen musterten sie, seine Miene war freundlich. »Dasselbe mit Pferden. Die müssen auch raus, Missus.«

»Die werden verteufelt weit nach Westen laufen und verkümmern«, murmelte sie. »Es wird die Sonntage eines ganzen Monats kosten, sie und die Rinder wieder zusammenzutreiben.«

»Kommen zurück. Keine Bange.« Er nickte ihr kurz zu, schlenderte davon, um dabei zu helfen, das Scheunendach zu sichern und seine Frauleute einzuteilen.

Das war offenbar Benuks Antwort auf alles, und obwohl Annie großen Respekt vor seiner Weisheit hatte, ging es ihr nicht viel besser damit. Sie vergrub beide Hände in den Taschen ihrer groben Baumwollhose, während sie seine beiden Söhne und drei Enkel dabei beobachtete, wie sie alles festzurrten. Das waren die einzigen Männer, die noch übrig geblieben waren, und obwohl ihre Frauen im Haus und auf dem Hof halfen, blieben noch Tausende Morgen Land und mehrere Hundert Stück Vieh zu beaufsichtigen. Selbst wenn sie diese neueste Katastrophe überstehen sollten, war diese Aufgabe beängstigend.

Ein leiser Lufthauch riss Annie aus den Gedanken, und sie schaute auf. Der Himmel war dunkler geworden. Er tauchte den Tag in Zwielicht und vertiefte die Schatten, die in Streifen über dem Grasland und den Wasserwegen der Savanne lagen. Nichts regte sich, alles war still, nachdem die Vögel das Weite gesucht hatten. Es war, als hielte dieser leere Landstrich den Atem an.

Annie rannte zum Pferch. Die Zuchtpferde liefen bereits unruhig umher – sie witterten, was bevorstand. Sie hob den Holzbalken und pfiff. Die Tiere bedurften keiner besonderen Aufforderung; sie donnerten in einem Staubwirbel an ihr vorbei und galoppierten Schutz suchend zu einer Baumgruppe in der Ferne.

Ein weiterer Pfiff orderte die Hunde herbei. Für gewöhnlich waren sie im Zwinger eingeschlossen, denn gute Hütehunde waren teuer und man brauchte Zeit und Geduld, sie auszubilden. Die sechs Blue Heeler huschten an Annie vorbei und verkrochen sich tief unter der stabilen Veranda. Sie kannten die Übung.

Die Brise war aufgefrischt und brachte eine Gluthitze mit sich, welche die rostige Windmühle über dem Bohrloch quietschend zum Leben erweckte, die Bäume zerzauste, über das Grasland und die Stoppelfelder fegte. Wenigstens hatten sie es geschafft, den Weizen rechtzeitig zu ernten.

Annie überprüfte eilig die Arbeit an der Scheune, schloss Hühner und Schweine in den Ställen ein. Die Katzen auf der Farm konnten für sich selbst sorgen.

Sie musste jetzt rufen, um gehört zu werden, denn der Wind nahm rasch zu. »Lasst es bleiben! Wir haben getan, was wir konnten.«

Niemand kam auf den Gedanken, dass sie gemeinsam Unterschlupf suchen sollten – das war einfach nicht üblich. Die eingeborenen Männer stemmten sich mit gesenkten Köpfen gegen den Wind und strebten zu dem Gebäudekomplex, der einst über zwanzig Viehtreiber beherbergt und mit Wasch- und Kochgelegenheiten versorgt hatte. John Harvey war ein vorausschauender Mann gewesen. Aus Überzeugung hatte er nur Bauten errichten lassen, die allen Gefahren der Savanne zu trotzen vermochten. Für ihn waren die unsoliden Holzhütten nicht in Frage gekommen, die Termiten und Tornados zum Opfer fielen, sondern nur gute, stabile Gebäude aus Backstein und Mörtel.

Annie wurde vom zunehmenden Wind gebeutelt, als sie dem Gehöft zustrebte. Inzwischen war es so dunkel, dass sie sich die Verandastufen hinauf zur Haustür vortasten musste.

Sobald sie den stillen zweiräumigen Bungalow betrat, strich etwas an ihrem Bein entlang, und sie schrie erschrocken auf.

Aber es war nur eine Hündin, und Annie seufzte vor Erleichterung. Ihr war nicht bewusst gewesen, wie angespannt sie war. Die arme kleine Peggy musste ebenso verängstigt sein, denn sie stand kurz vor dem ersten Wurf. »Komm, Peg, wir wollen es dir bequem machen. Aber ich würde es begrüßen, wenn du nicht gerade jetzt werfen würdest. Zuerst müssen wir den Sturm überstehen.«

Die weiche Schnauze schmiegte sich dankbar in Annies Hand. Sobald Annie der Hündin unter dem schweren Küchentisch ein Nest aus einer alten Pferdedecke gerichtet hatte, machte Peg es sich dort bequem, die Schnauze auf den Pfoten, die Augen wachsam. Die Ohren zuckten bei jedem Ächzen und Pfeifen des Windes.

Annie eilte durch Küche und Schlafzimmer und verstaute, so viel sie konnte, in dem einzigen Schrank und den beiden Kommoden. Sie hatte von allem nicht viel – Stoff und Papier verrotteten in der ständigen Feuchtigkeit –, doch was sie besaß, war kostbar, besonders das handgearbeitete Leinen ihrer Mutter, ihr Hochzeitskleid und die Sammlung von Familienfotos und Briefen.

Nachdem diese Schätze in einer mit Zedernholz ausgekleideten Truhe verschlossen waren und der Wind nun an der Tür und am Wellblechdach rüttelte, nahm sie etwas ungesäuertes Brot und Fleisch aus dem Fliegenschrank, eine volle Feldflasche mit Wasser, eine Kerze und ihre Tabakdose. Sie kroch unter den Tisch, schuf sich aus Johns altem Viehtreibermantel ein eigenes Nest und richtete sich neben der jaulenden Peg ein.

Mit Pegs Schnauze auf dem Oberschenkel drehte Annie sich eine Zigarette. Ihre Hand zitterte beim Anzünden, die Flamme tanzte in der Dunkelheit, bis Annie sie ausblies. Sie nahm einen tiefen Zug und versuchte sich zu entspannen, aber sie spürte, dass die Gewalten sich draußen sammelten; sie konnte die Elektrizität in der Luft beinahe riechen und den kupfernen Hauch der Angst, als die Temperatur abrupt fiel. Das war kein normaler Sturm.

Sie wusste, was zu tun war, doch als sie die Zigarette ausdrückte und nach hinten eilte, wurde sie vor Angst langsam und ungeschickt. Sie kämpfte mit dem Fensterriegel, riss sich einen Fingernagel ab und schrie vor Schmerz und Wut auf, als das verdammte Ding sich nicht bewegen ließ. Schließlich schwang das Fenster auf. Sie befestigte es an der Wand, damit es nicht zuschlagen könnte, und klinkte das Fliegengitter wieder ein. Sie drehte sich schnell um, wobei sie sich mit der Stiefelspitze an einer losen Bodendiele verfing, auf die Knie fiel und sich den Kopf an einer Ecke des Küchentisches stieß. Verstört und erschöpft zog sie sich wieder hoch und öffnete die Haustür.

Draußen war es pechschwarz und eisig kalt. Sie rief die Hunde herein, die noch unter der Veranda waren, band die Haustür fest und klinkte das Fliegengitter ein. Die ersten schweren Regentropfen prasselten bereits auf das Dach.

Annies Schädel brummte, und ein Knie schmerzte, als sie den Tisch aus der Mitte des Raumes schob, ihn in die Ecke neben dem Herd klemmte und mit den schwersten Eisentöpfen, einem Sack Kartoffeln und einem halben Fass Mehl beschwerte. Nachdem Peg wieder zur Ruhe gebracht war und die anderen Hunde sich unter dem Bett verkrochen hatten, rollte Annie sich neben Peg ein und flüsterte beruhigende Worte, die ebenso ihr selbst galten wie Peg.

Der Wirbelsturm raste über den Golf mit der Wut und Gewalt eines rachsüchtigen Gottes der Verwüstung. Er kreischte wie unzählige wehklagende Todesfeen, während er auf das Gehöft zuraste. Das Haus schien sich anzuspannen, um die Luft aus dem Innern kurz vor dem Angriff abzulassen.

Mit der Kraft einer gigantischen Faust ließ der Sturm die Wände erzittern und das Dach vibrieren. Er entfesselte seine Wut an der Tür und dem Verandageländer, riss sie los und schleuderte sie in den alles verschlingenden Mahlstrom, bevor er durch das kleine Haus dröhnte.

Annie kauerte sich zusammen, klammerte sich an Peg, während der Tisch über ihnen sich bewegte. Die Stühle krachten und zersplitterten, als sie gegen die Wand geschleudert wurden. Die Fliegengitter knallten, das Dach bebte, da die starken Bolzen, die es hielten, nachzugeben drohten. Der wirbelnde Derwisch brachte Schmutz, Abfall und eiskalten Regen mit, der wie Nadeln stach – bevor er einen Fluchtweg fand und durch das hintere Fenster davonbrauste.

Das Dach sank ächzend in seine Verankerung zurück, und die Wände hielten den schweren Schlägen stand. Die Regenrinnen quietschten und schepperten. Annie vernahm das Bersten von Glas, als etwas Schweres gegen das vordere Fenster prallte, etwas donnerte gegen die Schlafzimmerwand, und sie schickte im Stillen ein Dankgebet an John, der dieses Haus so sicher und solide gebaut hatte – und der gewusst hatte, dass man den Wind hereinlassen muss, wenn man das Dach nicht verlieren will.

Annie blieb eingerollt neben Peg liegen, versuchte das Jammern des Windes und das Prasseln des Regens auf dem Dach zu verdrängen – aber die Geräusche schienen ihren Kopf und das Haus zu füllen, ja, in ihrem gesamten Körper widerzuhallen, bis sie glaubte, verrückt zu werden.

Peg jaulte und rutschte unruhig auf der alten Decke hin und her, die großen schwarzen Augen flehentlich auf Annie gerichtet. Diese tätschelte der Hündin zerstreut den Kopf, denn sie war in Gedanken bei ihrem Vieh und Benuks großer Familie in der Schlafbaracke. Sie hoffte nur, dass sie alle überleben würden.

Annie fror. Sie war nass und verdreckt, und die stinkende Pferdedecke und der Mantel auf dem harten Boden waren kein Ersatz für ihr gemütliches Bett. Doch zu ihrer großen Überraschung war sie eingeschlafen. Als sie die Augen aufschlug, brauchte sie eine Weile, bis ihr klar wurde, dass das eintönige Stöhnen des Windes sich gelegt hatte und der Regen nicht mehr auf das Dach trommelte. Ringsum herrschte Stille, was sicher bedeutete, dass das Schlimmste überstanden war.

»Wir haben es geschafft, Peg«, flüsterte sie.

Doch Peg war nirgendwo zu entdecken. Annie kroch unter dem Tisch hervor, fuhr sich mit den Fingern durch das schmutzige Haar und ging durch die Trümmer ins Schlafzimmer.

Die Hütehunde flitzten an ihr vorbei zur Haustür hinaus, nur Peg schaute vom Bett zu ihr auf und wedelte mit dem Schwanz. Ihre sechs saugenden Welpen waren selig und wussten nichts von dem Drama, das ihrer Geburt vorausgegangen war.

Annie lächelte matt. »Der Boden war wohl nicht gut genug für dich, was?« Sie tätschelte der Hündin den Kopf und gratulierte ihr, während sie die Welpen beobachtete. Alle schienen gesund zu sein, und Peg war offenbar auch ganz gut zurecht. Annie schüttete Wasser in eine Schüssel und wartete, bis die Hündin genug getrunken hatte. Dann überließ sie Peg sich selbst.

Ein kurzer Blick auf Johns schwere Uhr an ihrem Handgelenk zeigte ihr, dass es Morgen war. Als Annie sich durch die zertrümmerte Fliegengittertür auf die zerstörte Veranda schob, sank ihr Mut. Es sah aus, als sei das Ende der Welt gekommen.

Entwurzelte Bäume lagen wie weggeworfene Streichhölzer auf den Weiden; ihr Gemüsegarten war zerstört; Regenrinnen und Schornstein waren eingebettet in ein Meer aus Schlamm, das sich an der Treppe vorbeiwälzte. Zu ihren Füßen lag ein toter Brolgakranich mit gebrochenen Flügeln. Die Veranda neigte sich wie betrunken zu einer Seite, das Geländer war verschwunden, Holzgitter waren zersplittert. Das Scheunendach war davongeflogen, und die freigelegten Säcke mit Winterfutter und Körnern waren durchnässt und nicht mehr zu gebrauchen. Der Geländewagen lag mitten im Pferch auf der Seite, die Motorhaube wie der Deckel einer Sardinenbüchse zurückgebogen.

Tränenblind starrte Annie auf die Verwüstung. »Ich kann nicht mehr«, murmelte sie, sank auf die oberste Stufe und schlug die Hände vors Gesicht. »Tut mir leid, John. Ich habe es versucht, ehrlich. Aber das ist zu viel.«

Benuk bog um die Hausecke, die Hunde dicht hinter ihm. »Alles in Ordnung, Missus?«

Sie hob das tränenüberströmte Gesicht. »Nein, *nichts* ist in Ordnung, verdammt«, fuhr sie ihn an. »Schau dich doch um, Ben! Wie zum Teufel sollen wir das alles wieder hinkriegen?«

Er betrachtete sie verwundert. »Wir haben es doch schon einmal gemacht.«

»Ja.« Sie erhob sich und trocknete die Tränen. Vor Wut und Angst schlug sie ihm gegenüber einen bissigen Tonfall an. »Wir machen es jedes verflixte Jahr – immer und immer wieder. Wenn es kein Wirbelsturm ist, dann ist es ein Orkan oder eine Überschwemmung oder die blöden Heuschrecken. Die Krokodile fressen die Kälber, die Trockenheit lässt das Gras verdorren, und das Vieh wird krank durch Fliegen und Moskitos.«

Er wartete, bis sie Luft geholt hatte. »Aber das Ihr Zuhause, Missus. So ist es hier.«

»Ich weiß, und ich hab es satt.«

Er warf einen Blick über die Verwüstung. »Mista John hat es hier gefallen.«

»Aber es hat ihn umgebracht, Ben.« Wieder stiegen ihr Tränen in die Augen, und sie versuchte nicht, sie zu unterdrücken. »Diese Gegend bringt am Ende alles um«, schluchzte sie.

Er schaute in den Himmel. »Lieber reingehen. Sturm kommen wieder.«

Sie folgte seinem Blick. Tatsächlich. Große schwarze Wolken rollten über sie hinweg, während der Wind einen Pfad durch die Savanne trieb, direkt auf sie zu. Sie waren nur im Auge des Sturms gewesen – die Ruhepause hatte ihnen kaum Zeit gelassen, sich für den nächsten Angriff zu wappnen.

»Alles in Ordnung, Missus? Lieber etwas drauftun, damit Sie nich' krank werden.«

Sie berührte die schmerzhafte Schwellung auf ihrer Stirn. Nur eine ärgerliche Schnittwunde, aber Benuk hatte recht. Wenn sie nicht behandelt wurde, könnte sie sich entzünden wie Johns Bein, das er sich am Schaufelbagger aufgerissen hatte. Sie schaute dem davoneilenden Benuk hinterher, warf noch einen Blick in den Himmel, scheuchte die Hunde vor sich her und ging schleppenden Schrittes ins Haus.

Mit dem Verbandskasten auf den Knien saß sie unter dem Küchentisch und reinigte die Wunde. Tränen rannen ihr über das Gesicht. Noch nie hatte sie sich so verlassen und verwundbar gefühlt. Sie konnte nirgendwohin laufen, sich nirgendwo verstecken – und hatte niemanden, den es wirklich kümmerte, was hier mit ihr geschah. Sie saß in der Falle.

Der Wirbelsturm wurde stärker, die Temperatur sank erneut rapide, und als er näher kam und am Haus rüttelte, begann sie zu schreien. Aber ihre trotzigen, einsamen Schreie wurden von dem teuflischen Wehklagen des erbarmungslosen Windes übertönt.

Fleur tauchte aus Annies lebhafter Schilderung auf. Sie schloss die Augen und sah den Zyklon vor sich, der die Savanne heimsuchte. Sie konnte das Toben des Sturms hören, das sich mit Annies Schreien mischte, und spürte das Entsetzen, als die Natur Annie alles zu entreißen drohte.

Fleur konnte sich nicht vorstellen, so etwas durchzumachen – so allein, isoliert und verletzlich zu sein –, und ihre Bewunderung für ihre Tante wuchs, während sie sich wieder dem Tagebuch zuwandte. Annie hatte weder ihren Ängsten nachgegeben noch der Verzweiflung, die der Wirbelsturm mit sich gebracht hatte. Sie war offensichtlich aus härterem Holz geschnitzt und wollte die Farm nicht aufgeben, in die sie und John so viel Zeit, Liebe und harte Arbeit gesteckt hatten. Sie hatte wie eine echte Pionierin weitergemacht. Denn die nächste Seite war zwei Monate später datiert.

Fleur kuschelte sich in die Kissen und kehrte in Annies Welt zurück.

Dezember 1939
In den vergangenen Monaten haben wir von morgens bis abends geschuftet, um das Chaos zu beseitigen, das Vieh zu finden, das sich, wie ich prophezeit hatte, weit nach Westen zerstreut hatte und krank geworden war, und um die Schäden zu reparieren. Für alles andere blieb wenig Zeit, und ich bin jeden Abend erschöpft ins Bett gefallen – beinahe zu müde, um zu essen und mich richtig zu waschen. Wenigstens haben wir jetzt, wo es regnet, Gras im Überfluss. Bäche und Flüsse überfluten die Ebenen. Zu dieser Zeit ist die Savannenlandschaft am schönsten, sie ist von einem Teppich aus Wildblumen bedeckt.

Weihnachten habe ich mit meinen guten Freunden Susan und Ted Daley verbracht. Benuks Sohn hat es geschafft, den Geländewagen zu reparieren, sodass ich zu ihnen fahren und zwei Tage dort bleiben konnte, bevor ich die lange Rückreise antreten musste. Unterwegs habe ich bei der Kirche angehalten und John Blumen aufs Grab gelegt. Mir kommt es noch immer nicht richtig vor, ohne ihn zu feiern, aber mir ist klar geworden, dass mein Leben weitergehen muss. Und solange er in meinen Gedanken ist, wird er stets bei mir sein.

Wenige Tage nach meiner Rückkehr wurde ich von Schritten auf der Veranda und dem Quietschen der Fliegengittertür aus dem Schlaf gerissen. Ich vermutete, es sei eins von Benuks Enkelkindern, die sich angewöhnt haben, Zucker aus meiner Speisekammer zu stehlen. Daher lief ich in das andere Zimmer, um sie auf frischer Tat zu ertappen. Aber die Küche war leer, und die schlammigen Stiefelabdrücke auf der Veranda stammten nicht von einem Kind.

Stets auf der Hut vor Landstreichern, zog ich mich an, schnappte mir Johns Gewehr, das immer in Reichweite ist, und ging mit einer Laterne hinaus. Leise pfiff ich einen Hund herbei und setzte zu einer Patrouille durch die Außengebäude an.

Vor der Schmiede wurde der Hund nervös; er stellte die Ohren auf und knurrte. Als ich die Tür aufriss und das Gewehr spannte, fiel das Licht meiner Laterne auf die überraschten Gesichter von zwei jungen Männern, die an der Wand kauerten. Der eine war ein Weißer, der andere ein Aborigine. Sie wirkten beide nicht besonders gefährlich, weshalb ich dem Hund befahl, bei Fuß zu bleiben. Das Gewehr im Anschlag, zwang ich sie, ihr Versteck zu verlassen und zum Haupthaus zu gehen.

Ich gab ihnen etwas zu essen, und während die lange Nacht zu Ende ging, erzählten sie mir ihre Geschichten, die ich getreu wiedergeben werde:

Drei Monate zuvor

Gum Tree Station erstreckt sich über mehrere Tausend Morgen Land und gehört einem Tyrannen namens Thomas Rayner. Ein übellauniger Mann, der im Queensland Outback weithin für seine Boshaftigkeit bekannt ist.

Nicht bereit, für einen schweren Arbeitstag einen angemessenen Lohn zu zahlen, übernahm er die Jungen aus nahe gelegenen Missionsstationen – Jungen, die bereits an Überstunden und harte Arbeit gewöhnt waren. Er hielt ihnen von dem mageren Lohn nicht nur Kosten für Verpflegung und Unterkunft ab, sondern auch für Kleidung, Schuhe, Tabak und Bier, wofür er noch dazu überhöhte Preise verlangte. Die Jungen waren nichts weiter als Schuldknechte ohne Hoffnung, sich jemals von der wachsenden Schuldlast befreien zu können. Die Verantwortlichen der katholischen Missionsstation sahen darüber hinweg, wie Rayner die Jungen behandelte. Sie waren nur froh, dass sie die Vierzehnjährigen losgeworden waren.

Sam und Djati waren vier Jahre bei Rayner gewesen. Sie waren von unterschiedlichen Missionsstationen gekommen, stammten jedoch aus ähnlichen Verhältnissen und wurden bald gute Freunde. In den vergangenen beiden Monaten waren sie achtzehn geworden. Die Knochenarbeit und Überstunden, die Rayner von ihnen forderte, hatten sie zwar inzwischen abgehärtet, dennoch träumten sie davon, eines Tages seiner brutalen Herrschaft zu entkommen.

Sam hatte die Ochsen durch die Pferche zum Branding getrieben. Der von den Tieren aufgewirbelte Staub haftete an seinem verschwitzten Hemd, das am Rücken klebte. Die Rufe von Männern, das Gebrüll der Ochsen und der Gestank nach verbrannter Kuhhaut waren ihm so vertraut, dass er sie kaum bemerkte.

Er schloss das Gatter hinter dem letzten Tier, wischte sich

mit seinem schmutzigen Halstuch den Schweiß von der Stirn und zog den breitkrempigen Hut tiefer in die Stirn. Die Sonne war fast untergegangen, und er freute sich auf das Abendessen, obwohl es das gleiche wäre wie jeden Tag: Hammeleintopf, Kartoffeln und ungesäuertes Brot.

Er schaute über die Lichtung und sah, wie Djati sich abmühte, Rayners übelgelaunten Hengst zu beschlagen. Das Pferd trat aus und versuchte, den Jungen zu beißen, während es ihn mit den breiten Flanken schubste. Sam wollte Djati schon zu Hilfe eilen, als Rayner um die Scheunenecke bog, die Szene mit einem Blick erfasste und die Peitsche schwang, die er immer bei sich trug.

»Du blöder schwarzer Bastard!«, brüllte er. »Pass doch auf, was du mit meinem Pferd machst!« Er versetzte Djati einen Tritt in den Rücken, sodass der Junge ins Taumeln und beinahe unter die blitzenden Hufe des Hengstes geriet.

»Steh auf, du fauler Nichtsnutz, und mach weiter, bevor ich dich grün und blau prügeln muss!« Die Peitsche sauste nur knapp an Djatis zerfetztem Hemd vorbei. Rayners Augen leuchteten vor sadistischer Vorfreude bereits auf. Ihm gefiel es, die farbigen Jungen zu schlagen.

Djati hatte zu kämpfen, um das Pferd zu beruhigen. Rayners Rufe und der Peitschenknall hatten es nur noch mehr verängstigt. Es riss den Kopf herum, Djati glitten die Zügel aus der Hand, und das Tier galoppierte davon.

Die Peitsche traf Djati mit der vollen Wucht von Rayners Wut. Djati kauerte am Boden, duckte sich und legte die Hände schützend über den Kopf. Doch nichts vermochte ihn vor dem tödlichen Lederriemen zu schützen. Er wusste, wenn er sich zur Wehr setzte, stünden ihm nur noch heftigere Hiebe bevor.

Sam hatte schon zu oft miterlebt, wie Djati gezüchtigt wurde, und hatte diese Peitsche selbst schon zu spüren bekommen. Rayner war bekannt dafür, dass er schwarze Jungen umbrachte, und Sam wollte seinem Freund dieses Schicksal ersparen. Ohne zu überlegen, schnappte er sich einen Klotz vom Holzstoß und rannte los, um Djati zu verteidigen. Er holte weit aus und traf Rayner am Hinterkopf.

Rayner schwankte, die Augen vor Schreck weit aufgerissen. Die Peitsche fiel in den Staub.

Die Furcht verlieh Sam zusätzliche Kräfte. Er holte erneut aus und vernahm einen dumpfen Schlag, als der Holzklotz aufprallte.

Rayner grunzte und stürzte wie ein gefällter Baum zu Boden.

Djati rappelte sich auf und schaute entsetzt auf Rayner hinunter. »Du hast ihn umgebracht, Sam«, stellte er fassungslos fest.

Sam warf fluchend den Holzklotz beiseite und trat zurück. Rayner lag vollkommen reglos da, Blut sickerte aus einer Kopfverletzung. Wie erstarrt stand Sam da; seine Gedanken überschlugen sich vor Entsetzen.

»Ihr beiden verschwindet besser von hier, solange ihr es noch könnt«, sagte eine tiefe Stimme in seinem Rücken. Es war Ernie Coleman, der Vorarbeiter, der von derselben Missionsstation wie Sam gekommen war und seine Untergebenen gut behandelte.

Sam warf einen Blick zu den anderen Männern hinüber, die zusahen.

»Kümmere dich nicht um die!«, murmelte Ernie. »Die werden nichts sagen – aber du wärst gut beraten, nach Westen zu gehen«, fügte er hinzu. Sein wettergegerbtes Gesicht war ernst. »Niemand wird vermuten, dass ihr die Richtung einschlagt.«

Sam nickte und packte Djati am Arm, riss ihn aus der lähmenden Starre und zog ihn mit sich, als er zu laufen begann.

Ihre Stiefel wirbelten Staub auf. Mrs. Rayner trat gerade auf die Veranda, und ihre Rufe verfolgten die Jungen, während sie über die nächste Weide flohen und unter Bäumen verschwanden.

Sie liefen weiter, bis sie nicht mehr konnten, und wandten sich dann gen Westen – dem großen, unbekannten Land zu, in dem ein Mann Zuflucht finden konnte – oder den Tod.

Sie wanderten wochenlang, stahlen mitten in der Nacht Nahrung auf entlegenen Farmen, tranken aus den klaren, kalten Bächen und Flüssen, von denen die Savanne durchzogen ist, und schliefen, wo es ihnen möglich war. Einen Monat nach ihrer Flucht hatten sie am Horizont eine Reitergruppe bemerkt und sich im Schutz eines Regenwaldes versteckt, bis sie vorbeigezogen war. Doch anscheinend hatte der Trick funktioniert, denn es war klar, dass niemand sie verfolgte.

Als die Sonne gnadenlos vom Himmel brannte und unter ihren Füßen roter Staub aufstieg, erblickten sie einen Pfad vor sich. Er schien in die Unendlichkeit zu führen, wo er sich in der flirrenden Hitze an einem Horizont verlor, der so leer war wie die Bäuche der Jungen. Wenn sie nicht bald etwas zu essen fänden, würden sie sterben.

Sam schaute seinen Begleiter an. Djatis federnder Schritt war länger geworden, seit er die verhassten Stiefel ausgezogen hatte. Mit zufriedener Miene hielt der Aborigine das Gesicht in die Sonne und sog die Düfte der Umgebung ein. Die Peitschenstriemen auf seiner hellbraunen Haut waren noch immer zu sehen, aber er fühlte sich zu Hause und schwelgte in der gefundenen Freiheit.

»Kannst du nicht ein bisschen langsamer gehen, Kumpel?«

Grinsend blieb Djati stehen. »Was ist los, Weißer? Kommst du nicht mit?«

»Wenn ich was Anständiges zu essen hätte, könnt ich es«, sagte Sam. »Ich dachte, ihr Kerle wüsstet, wo man im Busch

Nahrung findet? Jetzt könnte ich sogar das Hinterteil einer Beutelratte vertilgen.«

Unter dem wirren rotbraunen Haarschopf, der ihm in die breite Stirn fiel, schaute Djati seinen Freund amüsiert aus hellbraunen Augen an. »Wenn du eine fängst, gern, Kumpel«, sagte er. Das Lächeln verschwand, als er die staubige Baumgruppe betrachtete, in deren Schatten sich riesige Termitenhügel erhoben. »Ich wüsste nicht, wo ich danach suchen sollte«, gestand er. »Die haben mich zu früh verschleppt. Hatte nie die Gelegenheit, etwas zu lernen.«

»Wir beide nicht, Kumpel«, murmelte Sam. Er fuhr sich mit den Fingern durch das staubige Haar und seufzte, als ihn das vertraute Verlustgefühl übermannte. Dieses raue, wilde Land war bereits seit elf Jahren sein Zuhause – die Straßen von London waren nur noch eine verschwommene Erinnerung. Und das Gesicht seiner Mutter ging im Nebel jener Jahre allmählich verloren. Die Abgeschiedenheit dieser Umgebung schien die große Entfernung nur noch zu betonen, die er zurückgelegt hatte, um in diesem Augenblick an diesem Ort zu sein.

Djati nickte mitfühlend, denn auch er hatte eine lange Reise hinter sich. Man hatte ihn seiner Mutter weggenommen, bevor er fünf war, und er besaß an seine Familie keine Erinnerungen, die ihn aufrecht halten könnten. Er wusste nichts von den Gesetzen oder der Lebensweise seines Volkes. Das Einzige, was er aus seiner Vergangenheit wusste, war sein Name – und an den klammerte er sich.

Sie wanderten weiter. Die Gegend war menschenleer, still und knochentrocken. Nur das einsame, traurige Krächzen einer Krähe begleitete sie. Das war das Land der Aborigines. Dennoch war es Djati ebenso fremd wie Sam, aber Sam fragte sich, ob Djati nicht etwas wiedererkenne oder das Gefühl habe, dass seine Vorfahren hier entlanggezogen waren und er eigentlich hierher gehöre. Doch davon war ihm nichts anzumerken.

Im Lauf der Wochen hatten sie jegliches Zeitgefühl verloren, und die Regenzeit erschwerte ihr Fortkommen. Die Pfade waren überflutet, und der Boden hatte sich in Schlamm verwandelt. Sie hatten keine Ahnung, wo sie waren. Als der Hunger wieder an ihnen nagte und ihnen schwindelig wurde, entdeckten sie endlich einen Hinweis auf Leben – ein Farmhaus und Scheunen. Es war Savannah Winds.

Ich beeilte mich, den beiden zu versichern, dass Rayner den Angriff bestimmt überlebt habe. Mit Sicherheit habe er die Polizei gerufen, doch die Suche sei bald eingestellt worden, als die Nachrichten über den Krieg in Europa immer schlechter wurden und jeder wehrtaugliche Mann auf Englands verzweifelten Hilferuf reagierte.

Ich habe die jungen Männer aufgenommen, eingekleidet und ihnen Arbeit gegeben. Djati zog in die Schlafbaracke zu Benuk und seiner Familie, Sam richtete sich auf dem Speicher über der Scheune ein. Mit der Zeit habe ich noch mehr von ihren Geschichten erfahren, die mich sehr traurig gemacht haben.

Obwohl ich versprochen habe, mich darum zu bemühen, sie wieder mit ihren Familien zusammenzuführen, wird der arme Djati seine Mutter wahrscheinlich nie wiedersehen, denn von seinem Volk sind viele aus ihrem Gebiet vertrieben und über das ganze Land verstreut worden. Ich bin Ben so dankbar, dass er Djati bei sich aufgenommen hat, denn er muss den Trost und den Schutz erfahren, den nur eine Familie gewähren kann.

Sam hatte man gesagt, seine Mutter sei tot und man habe ihn ins katholische Waisenhaus gebracht, weil sein Vater arbeitslos gewesen und nicht zurechtgekommen sei. Er hatte gehofft, dass das neue Leben, das man ihm in Australien versprochen hatte, ein Abenteuer werden würde – am Ende aber war es nur voller Entbehrungen und Grausamkeit.

Sam kann sich nur bruchstückhaft an seine Kindheit erinnern: dass er in einer Londoner Straße mit Reihenhäusern Fußball gespielt und seinem Großvater am Marktstand geholfen hat; und an die Kirchenglocken an einem Sonntagmorgen. Seine Mutter aber hatte ihn die Adresse auswendig lernen lassen, falls er sich einmal verlaufen sollte, und die wiederholte er im Waisenhaus insgeheim jede Nacht – das Einzige, was er in den nächsten elf Jahren für sich behielt in der Hoffnung, dass er eines Tages zurückkehren könnte.

Wie grausam, Kinder aus den Armen ihrer Mutter zu reißen und sie weit wegzuschicken, um sie als Sklaven zu benutzen! Zuweilen begreife ich einfach nicht, wie unmenschlich gerade diejenigen behandelt werden, die aufgrund ihrer Unschuld geliebt und behütet werden sollten. Wie Rachel in der Bibel weine ich um sie.

11

Fleur war schließlich in einen unruhigen Schlaf gesunken, der von wirren, beunruhigenden Träumen heimgesucht wurde. Sie träumte von Sam und Djati, die den scheinbar endlosen Weg durch ein raues Land einschlugen, um Zuflucht zu suchen, und sie träumte von Greg und dem vertraulichen Dinner mit dieser Frau – und fand Trost in den Erinnerungen an die Kingfisher Bay und Annies Großmut.

Fleur hatte den Plan, nach Savannah Winds zu fahren, verschoben, als Melanie in Birdsong aufgetaucht war, aber nun schien der richtige Zeitpunkt für diesen Besuch gekommen zu sein. Sie wollte nicht länger in Brisbane bleiben. Wie sie Beth bereits gesagt hatte, wollte sie das Grab ihrer Mutter besuchen.

Nach einem leichten Frühstück mit Toast und Kaffee wählte sie die lange Rufnummer, die Jacintha ihr für Savannah Winds gegeben hatte, und wartete eine halbe Ewigkeit, bis sich jemand meldete.

»Savannah Winds hier, hallo.« Die tiefe Männerstimme am anderen Ende der Leitung klang atemlos, aber fröhlich.

»Hi, Fleur Mackenzie hier. Vermutlich hat man Ihnen gesagt, wer ich bin und dass ich mich mit Ihnen in Verbindung setzen würde?«

»Hallo, Mrs. Mackenzie. Ich habe mich schon gefragt, wann Sie wohl anrufen. Ich bin Djati Wishbone. Tut mir leid, dass ich so lange gebraucht habe, um ans Telefon zu kommen. Ich habe beim Branding der Rinder geholfen. Draußen ist zwar auch eine Klingel angebracht, aber es war so laut, dass ich sie kaum gehört habe.«

Fleur hätte beinahe laut gelacht. Obwohl Djati an die achtzig sein musste, war er offenbar noch immer in der Lage, Schwerstarbeit zu verrichten. »Ich möchte Savannah Winds besuchen«, sagte sie. »Können Sie mir sagen, wie ich am besten hinkomme?«

»Das ist ein weiter Weg, und vermutlich könnten Sie fahren, wenn Ihr Wagen einen Allradantrieb hat. Jetzt, in der Trockenzeit, sind die meisten Straßen passierbar, aber ich würde einer Frau nicht empfehlen, allein zu reisen. Schätze, Sie sind besser dran, wenn Sie einen Flug nach The Curry nehmen. Flüge gibt's ziemlich regelmäßig. Wenn Sie mir sagen, wann Sie landen, schicke ich jemanden, der Sie abholt. Die Straße ist ganz schön alt, daher muss ich es mindestens einen Tag vorher wissen.«

»Läuft denn da draußen alles gut? Soll ich etwas mitbringen?«

»Die Saison war gut, Mrs. Mackenzie. Der Viehbestand hat sich erhöht, der Preis für das Fleisch auch. Was die Vorräte betrifft …«, gluckste er, »… schätze ich, ein paar Gläser Kaffee, Marmelade und Vegemite wären sehr willkommen. Aber das meiste kriegen wir einmal im Monat mit einem Kraftwagenzug geliefert. Ich nehme an, Sie könnten ein paar Dauerlutscher für die Kinder und hübsche Sachen für die Frauen mitbringen – die werden hier draußen nicht gerade verwöhnt.«

Fleur lächelte. »Wie viele Frauen und Kinder leben denn dort?«

Er zögerte, da er offenbar darüber nachdenken musste. »Zwölf Kinder und acht Frauen im Moment. Im nächsten Monat werden zwei Babys erwartet, und mein Enkel heiratet bald, damit vergrößert sich die Anzahl.«

»Da haben Sie eine ziemlich große Familie, Djati.«

»Ja.« Aus seiner weichen, tiefen Stimme sprach Zuneigung. »Schätze mal, ich bin ein Glückspilz.«

Nachdem Fleur in der Nacht Annies erstes Tagebuch durchgelesen hatte, stimmte sie ihm zu und war froh, dass seine Geschichte ein so glückliches Ende gefunden hatte. »Ich rufe Sie an, wenn ich den Flug gebucht habe«, sagte sie. »Ich freue mich wirklich, Sie alle kennenzulernen.« Sie zögerte. »Blue ist wohl nicht da?«, fragte sie vorsichtig.

»Blue?« Eine Pause trat ein. »Woher kennen Sie Blue, Mrs. Mackenzie?«

»Ich habe ihn in Birdsong kennengelernt. Soweit ich weiß, kommt er zweimal im Jahr zu Besuch, und da habe ich mich gefragt, ob er erwartet wird. Verstehen Sie, ich hatte keine Gelegenheit, ihm zu danken oder mich von ihm zu verabschieden.«

»Blue kommt und geht, wie es ihm gefällt«, sagte er zurückhaltend. »Man weiß nie, wann er hier aufkreuzt.«

Fleur versicherte ihm am Ende des Gesprächs, sie werde noch am selben Abend anrufen, um die Einzelheiten durchzugeben, und machte sich dann daran, einen Flug zu finden. Die Flüge von Brisbane waren bis Ende der bevorstehenden Woche ausgebucht. Deshalb wählte sie zuerst einen Flug nach Townsville am nächsten Tag, wo sie übernachten und am Montag den Nachtflug nach Cloncurry nehmen würde. Das Reisebüro reservierte ihr ein Zimmer im Coolabah Inn in Cloncurry; das Wirtshaus sei sauber, modern und habe einen guten Ruf, versicherte man ihr.

Gut, dass sie rasch fortkommen würde, denn wenn sie in Brisbane bliebe, bestünde immer die Gefahr, Greg über den Weg zu laufen. Ihr fiel die Verabredung zum Dinner ein, die sie voller Hoffnung mit ihm eingegangen war, und ihr wurde klar, dass sie ihm absagen müsste. Jetzt, da sie über Carla – oder wie auch immer die Frau heißen mochte – Bescheid wusste, konnte sie ihm nicht gegenübertreten.

Nachdem sie Jason kurz angerufen und sich mit ihm zum Lunch verabredet hatte, nahm Fleur Handtasche und Regenschirm und ging für Djatis umfangreiche Familie einkaufen.

An diesem Samstagmorgen regnete es so stark, dass die Scheibenwischer Schwierigkeiten hatten, die Wassermenge zu bewältigen. Der Verkehr staute sich, weil ein Lastwagen weiter vorn seine Ladung verloren hatte und einige Männer die linke Fahrbahn aufgruben, um die Kanalisation freizulegen. Es wurde viel gerufen, gestikuliert und gehupt, was niemanden weiterbrachte.

Greg war unterwegs zu einem eintägigen Ärztekongress am anderen Ende der Stadt. Die Verzögerung ärgerte ihn. Seine Gedanken kreisten um den Vortrag, den er am Nachmittag halten müsste, als er auf dem gegenüberliegenden Bürgersteig Fleur zu sehen glaubte.

Beinahe wäre er auf den Wagen vor ihm aufgefahren, als er versuchte, das Gesicht der Frau unter dem hellgelben Schirm zu erkennen. Mit den langen dunklen Haaren, die beim Gehen wippten, und der eleganten kleinen Gestalt, die sich durch das Gedränge schob, ähnelte sie Fleur. Aber Fleur sollte erst morgen wieder zu Hause sein. Er musste sich geirrt haben.

Greg trommelte ungeduldig mit den Fingern auf das Lenkrad und betrachtete die Frau noch einmal. Diesmal bestand kein Zweifel. Rasch öffnete er das Fenster und lehnte sich in den Regen hinaus. »Fleur«, rief er, »Fleur, hier!«

Sie drehte sich nicht um, überquerte, ohne zu zögern, eine Seitenstraße und eilte den Bürgersteig entlang. Greg kam sich ein wenig albern vor, als er den fragenden Blick der Frau im Wagen hinter sich aufschnappte. Er zog sich wieder zurück und trocknete sich Gesicht und Haare mit einem Taschentuch ab. Fleur konnte ihn bei dem Lärm der Presslufthämmer und des hupenden Verkehrs nicht gehört haben.

Er suchte nach einem Parkplatz und gab sich schon fast damit ab, dass er an einem solchen Tag keinen finden würde. Dann setzte sich der Verkehr langsam wieder in Bewegung. Hoffnung keimte in ihm auf. Wenn es weiterginge, bestünde die Chance, Fleur einzuholen. Doch die Ampel sprang auf Rot, Fleur bog in eine Nebenstraße ab, und er verlor sie aus den Augen.

Greg war frustriert. Nun würde er sie nicht mehr finden, und er würde zum Vortrag am Morgen zu spät kommen. Er rief im Hotel an und erklärte sein Dilemma, nur um festzustellen, dass andere Delegierte im selben Stau standen und der Vortrag um eine Stunde verschoben worden war. Etwas ruhiger versuchte er es auf Fleurs Handy, aber sie hatte es abgeschaltet. Daher rief er im Apartment an und hinterließ eine Nachricht.

Er fuhr an, als die Ampel auf Grün sprang, und schaute in die Nebenstraße in der vergeblichen Hoffnung, einen Blick auf Fleur zu erhaschen. Doch von dem gelben Schirm war keine Spur mehr zu entdecken. Sie war im sonntäglichen Gedränge verschwunden.

Greg konzentrierte sich auf den Verkehr, der nun wieder floss, während seine Gedanken immer noch um Fleur kreisten. Ihre vorzeitige Rückkehr konnte vieles bedeuten: Vielleicht hatte sie Heimweh gehabt; oder sie hatte einfach nach Hause kommen wollen, um ihn zu sehen. Aber wenn das der Grund war, warum hatte sie ihn nicht angerufen?

Als er schließlich am Hotel eintraf, stellte er den Wagen ab, erleichtert, dass die Fahrt ein Ende hatte. Er blieb einen Moment lang innerlich aufgewühlt sitzen, bevor er nach seinem Handy griff. Für das Dinner am Montag hatte er einen Tisch in dem kleinen Bistro reserviert, in dem er zuletzt mit Carla gegessen hatte. Außerdem hatte er einen Blumenstrauß bestellt, der Fleur am Montagmorgen geliefert werden sollte mit der Nachricht, wann und wo ihr Treffen stattfinden solle. Da Fleur bereits zu Hause war, sollten die Blumen wohl besser am heutigen Tag geliefert werden.

Nachdem Greg den Blumenhändler angerufen hatte, zwängte er sich in den Regenmantel und nahm seine Aktentasche. Auch wenn es regnete und der Himmel verhangen war, spürte er im Innern Wärme und Sonnenschein. Sein Herz sprang vor Freude auf das Wiedersehen mit seiner Frau.

Fleur hatte einen geschäftigen Tag. Ihr Einkauf hatte Stunden gedauert, in denen sie das Warenhaus nach all den Kleinigkeiten durchstöbert hatte, die Frauen und Kindern gefallen würden, denen solche Örtlichkeiten fehlten. Da sie nun eine Ausrede hatte, konnte sie die Spielzeug- und Babyabteilung aufsuchen, wo sie sich lange aufhielt, um sehnsüchtig winzige Kleidungsstücke und Schuhe, weiche Teddybären und hübsche Bettwäsche zu betrachten. Als ihr bewusst wurde, dass es ihr nicht guttat, dort zu verweilen, machte sie sich auf den Weg in die Stoffabteilung und suchte verschiedene Materialien aus, aus denen Djatis Frauen sich Kleider und Röcke nähen könnten.

Das Vorhaben nahm Fleur derart in Anspruch, dass sie sich zu dem Treffen mit Jason verspätete.

Nachdem er sie mit Gerüchten überschüttet hatte, erzählte er, dass sein neuer Job gut laufe, Enrique wundervoll sei und sie Urlaub auf Bali gebucht hätten. Jason war sehr aufgekratzt, denn die Firma, für die er arbeitete, hatte gerade die Ausschreibung für ein Einkaufszentrum in Mooloolaba gewonnen und er sollte das Team leiten, das bis zum Abschluss dafür zuständig sein würde.

Fleur freute sich, dass er so glücklich war. Beinahe hätte sie Jasons Angebot angenommen, mit ihm und Enrique in einer lärmenden Bar vor dem Dinner noch etwas zu trinken. Doch nun war sie erleichtert, dass sie abgelehnt hatte. Sie war völlig erschöpft und wollte einfach nur die Schuhe abstreifen, trocken werden, auf der Couch abhängen und irgendeine hirnlose Sendung im Fernsehen anschauen.

Beladen mit Einkaufstüten, dem nassen Regenschirm und der Handtasche, verließ sie den Aufzug und erblickte einen riesigen Blumenstrauß, den jemand vor ihrer Wohnungstür hinterlassen hatte. Sie ging über den schmalen Flur, ließ die Einkaufstüten fallen und öffnete mit fliegenden Fingern die beigefügte Karte.

Geliebte Fleur,
ich habe Dich so sehr vermisst und kann es kaum erwarten, Dich wiederzusehen. Ich habe für Montag, halb acht, einen Tisch im Bistro La Rivera reserviert und hoffe von ganzen Herzen, dass unser gemeinsamer Abend der Beginn einer innigeren, helleren Zukunft sein wird.
Ich liebe Dich, Greg.

Fleur stopfte die Karte in die Tasche ihres Regenmantels, schloss umständlich die Tür auf, ließ die Blumen stehen, nahm alles andere mit ins Apartment und schlug die Tür zu.

Nachdem sie ihre Einkäufe auf die Anrichte gestellt hatte, streifte sie den Mantel ab, hängte ihn ins Badezimmer und rieb sich wütend die Haare trocken. Greg besitzt doch glatt die Frechheit, einen Tisch in demselben verdammten Lokal zu reservieren, in das er Carla ausgeführt hat, dachte sie sauer. Und zu behaupten, er liebe und vermisse mich – was zum Teufel soll das?

Sie hatte ihn nie für unaufrichtig gehalten und hätte sich nie vorstellen können, dass er untreu war. Dennoch hatte sie ihn mit ihr zusammen gesehen, und es sah ganz danach aus, als sei er bereit, diese Scharade aufrechtzuerhalten. Offenbar kannte sie Greg überhaupt nicht.

Sie ging zurück ins Wohnzimmer und bemerkte, dass der Anrufbeantworter blinkte. Mehrere Freundinnen hatten angerufen und gefragt, wo sie denn sei und ob man sich nicht zum Dinner, auf einen Drink oder eine Runde Badminton treffen wolle. Der letzte Anruf jedoch war von Greg, und er klang, als sei er in Eile.

»Hi, Fleur. Ich war überrascht, dich heute Morgen in der Stadt zu sehen, und ich hoffe, du musstest nicht wegen einer Krise früher nach Hause zurück. Da du wieder hier bist, würde ich mich über einen Anruf vor Montagabend sehr freuen. Ich bin den ganzen Tag auf einem Kongress, aber du könntest eine Nachricht hinterlassen. Ich hoffe, die Blumen gefallen dir. Tschüss, mein Schatz.«

Beim Klang seiner Stimme wurde Fleur unsicher, doch dann löschte sie die Nachricht. Blumen, Anrufe und E-Mails konnten nicht darüber hinwegtäuschen, dass er ein Lügner und Betrüger war. Wieso bemüht er sich überhaupt?, fragte sie sich. Wenn unsere Ehe vorbei ist und er mit Carla zusammen sein will, warum bringt er dann nicht einfach den Mut auf, es mir zu sagen, statt dieses Affentheater aufzuführen?

Vielleicht sollte die Verabredung zum Dinner der letzte Akt sein – aber da müsste sie ihn enttäuschen.

Ihr Blick fiel auf den Müllsack, in den sie seine Kleidung gestopft hatte. Rasch packte sie alles in einen überflüssigen Koffer, bevor sie ans Telefon ging und beim Empfang unten anrief. »Ich habe hier zwei Sachen, die ich gern per Kurier an eine Adresse in der Stadt schicken würde. Könnten Sie jemanden beauftragen, sie abzuholen?«

»Das geht nicht mehr vor Montag«, wandte der Portier ein. »Es ist bereits nach sechs.«

Fleur schaute auf ihre Armbanduhr und stöhnte. Sie hatte gar nicht gemerkt, wie spät es war. »Ich breche morgen früh auf«, sagte sie. »Wenn Sie die Sachen also bis Montag in Ihrem Büro aufbewahren könnten, wäre ich Ihnen sehr dankbar.«

Während sie auf den Portier wartete, schrieb sie eilig eine Notiz und steckte sie in den Koffer. Sie gab dem jungen Mann Gregs Anschrift und schaute ihm nach, als er, beladen mit dem Koffer und dem Blumenstrauß, in den Aufzug stieg.

Fleur schloss die Tür hinter sich, schenkte sich ein Glas Wein ein und begann, für ihre Reise nach Savannah Winds zu packen. Wenn sie sich konzentrierte und beschäftigte, würde sie bestimmt keine Zeit haben, an Greg zu denken – oder an die zerstörten Träume und die Versprechen, an die sie sich in den letzten Wochen so geklammert hatte.

Erst kurz vor Mitternacht kehrte Greg in seine einsame Wohnung zurück und hörte seinen Anrufbeantworter ab. Freunde hatten angerufen, die ihn einluden, mit ihnen zu Abend zu essen oder an einem Fußballspiel für einen wohltätigen Zweck teilzunehmen oder am Sonntagmorgen mit ihnen segeln zu gehen. Fleur jedoch hatte nichts hinterlassen.

Tief seufzend machte er sich bettfertig. Seine Gedanken überschlugen sich. Vielleicht hatte der Blumenhändler den Strauß nicht wie gewünscht ausgeliefert? Oder war Fleur noch nicht zu Hause? Hatte er zu hohe Erwartungen an die Blumen und die Karte gestellt, und Fleur wollte ihre Gedanken bis Montagabend für sich behalten?

Er ging zu Bett und starrte in die Dunkelheit. Er wollte sie anrufen, ihre Stimme hören – doch vor morgen konnte er nichts tun.

Fleur verließ das Apartment im Morgengrauen nach einer schlaflosen Nacht. Selbst Annies Tagebücher hatten sie nicht von Greg und seinem Betrug ablenken können. Sie hatte die Bücher in den Koffer gepackt, um sie zu lesen, wenn ihre Gedanken wieder klarer und ihre Nerven weniger angespannt sein würden.

Ein Taxi brachte Fleur zum Flughafen, wo sie nicht lange auf ihren Flug warten musste. Knapp vier Stunden später spazierte Fleur bei Sonnenschein den herrlichen Strand von Townsville entlang.

Der breite gepflasterte Weg folgte der Küstenlinie und bot einen atemberaubenden Blick auf Magnetic Island am Horizont. Zwischen schützenden Palmen und grünen Rasenflächen schlängelte er sich bis zum Jachthafen. Elegante Baudenkmäler boten einen Ausblick auf den weiten Sandstrand, und Fleur blieb stehen, um den gewaltigen, künstlich angelegten Coral Sea Memorial Rock Pool zu bewundern, der bei jeder Flut frisch aufgefüllt wurde.

Sie schlenderte über die Promenade, vorbei an einem Kinderspielplatz und grünen Parkanlagen, zu den Restaurants an einem hölzernen Pier, mit Blick auf das Wasser. Fleur war wieder in den Tropen, die betörenden Düfte exotischer Blumen hingen in der Luft, während die Seevögel über ihr kreisten und im Sonnenschein kreischten. Die Anspannung ließ allmählich nach, und Fleur nahm zwischen fröhlichen Touristen Platz und bewunderte bei einem Glas Saft und einem Fischsalat die Aussicht.

Greg war früh aufgestanden und hatte ein Dutzend Mal im Apartment angerufen, ohne Erfolg. Schließlich sprach er mit dem Pförtner und stellte fest, dass Fleur am frühen Morgen in einem Taxi weggefahren war. Der Mann hatte keine Ahnung, wohin sie wollte und für wie lange, aber sie hatte zwei große Koffer mitgenommen.

»Im Übrigen, Mr. Mackenzie«, sagte er. »Mrs. Mackenzie hat mich gebeten, Ihnen per Kurier einen Koffer und Blumen zu schicken. Wollen Sie die Sachen selber abholen, oder wollen Sie warten, bis sie Ihnen morgen geliefert werden?«

Greg wurde mulmig zumute. Er ließ sich in einen Sessel fallen. »Ich hole sie ab«, erklärte er mit belegter Stimme.

Nach dem Anruf blieb er noch lange sitzen. Der Schmerz schien sein Herz zusammenzupressen, Tränen liefen ihm ungehindert über die Wangen. Sie wollte seine Blumen nicht – hatte sich nicht einmal die Mühe gemacht, auf seine Nachricht zu reagieren –, trotzdem waren ihre letzten E-Mails freundlich und warmherzig gewesen. Außerdem hatte sie geschrieben, sie freue sich riesig auf das gemeinsame Abendessen. Was hatte sie bewogen, ihre Meinung zu ändern? Wohin war sie gefahren – und warum? Zwei große Koffer bedeuteten eine längere Abwesenheit. Vielleicht war sie nach Birdsong zurückgekehrt?

Greg überlegte, ob er ihren Vater anrufen solle, ließ den Gedanken aber sofort wieder fallen. Nach Fleurs Zerwürfnis mit ihm über das Testament hatte sie ihn wahrscheinlich nicht in ihre Pläne eingeweiht. Greg erhob sich, betrachtete lange das Telefon und fasste einen Entschluss.

»Hi, Beth. Ich bin's, Greg.«

»Hallo, Greg. Wie geht's Fleur? Ich frage nur, weil sie gestern Abend am Telefon nicht so gut klang. Ich fürchte, das ganze Hin und Her mit Dad hat sie krank gemacht.«

»Die Auseinandersetzung über das Testament hat einen üblen Nachgeschmack hinterlassen«, sagte er, »aber Fleur ist hart im Nehmen. Ich bin mir sicher, dass sie es inzwischen überwunden hat.«

»Aber du hast sie doch sicher gesehen, seitdem sie wieder

hier ist? Bestimmt hat sie dir die schreckliche Sache mit ihrer Mutter erzählt.«

»Ich habe keine Ahnung, wovon du sprichst, Beth.« Greg setzte sich. »Fleur und ich wohnen seit einiger Zeit nicht mehr zusammen«, gestand er. »Ich habe seit meinem Auszug aus dem Apartment kein Wort mit ihr gewechselt.« Er rechnete schnell nach und registrierte erschreckt, dass seit dem furchtbaren Morgen, an dem alles zusammengebrochen war, bereits drei Monate vergangen waren.

»Oh, Greg, das tut mir leid. Ich hatte ja keine Ahnung! Fleur hat kein Wort davon gesagt, und ich habe so tief in meinen eigenen Problemen gesteckt, dass mir nicht mal aufgefallen ist, dass zwischen euch was nicht stimmen könnte. Du liebe Güte, ich war wohl keine sehr gute Schwester, oder?«

Greg versicherte ihr, dass Fleur es stets vorgezogen habe, Dinge für sich zu behalten, und dass ihre Trennung mit niemandem sonst zu tun habe. Dann beschwatzte er Beth, ihm etwas über den neuesten Zank mit ihrem Vater zu erzählen.

Das Herz wurde ihm noch schwerer, während Beth redete, und seine Wut wuchs, als er erfuhr, wie sehr Fleurs Vater seine Jüngste getäuscht hatte. Der Dreckskerl hatte sich als ebenso rachsüchtig und grausam wie Gregs eigener Vater erwiesen, und obwohl Don statt Stiefeln und Fäusten Lügen und Intrigen eingesetzt hatte, wirkte der von ihm angerichtete gewaltige Schaden möglicherweise ebenso nachhaltig.

»Weißt du, wo sie sein könnte?«, fragte er, als Bethany die traurige Geschichte zu Ende erzählt hatte.

»Sie hat mir erzählt, sie wolle nach Savannah Winds, um das Grab ihrer Mutter zu besuchen. Vermutlich versucht sie sogar, Selinas Familie ausfindig zu machen, obwohl ich bezweifle, dass deren Eltern noch leben.«

»Ich weiß nicht mal, wo die Farm liegt«, sagte er verzweifelt.

»Die ist draußen hinter Black Stump, irgendwo da oben im Gulf County, aber mehr weiß ich auch nicht. Du könntest versuchen, dich mit der Anwaltskanzlei in Verbindung zu setzen, die das Testament abgewickelt hat; aber ich glaube nicht, dass sie dir Auskunft geben werden. Anwaltsgeheimnis und so.« Nach einer Pause fügte sie hinzu: »Tut mir leid zu hören, dass ihr beide gerade Probleme habt. Lass es nicht einfach so laufen, Greg! Sonst vergeht die Zeit wie im Flug, und ehe du es merkst, ist es schon zu spät – und es gibt kein Zurück. Eure Bindung ist stark, und ich hoffe sehr, dass ihr euren Bruch wieder kitten könnt.«

Er bedankte sich bei Beth, versprach, sie zu benachrichtigen, sollte Fleur sich bei ihm melden, und legte auf. Beth hatte offenbar aus Erfahrung gesprochen, als sie ihm Ratschläge erteilte. Er hatte Clive nie richtig gemocht und sich oft gefragt, warum Bethany sich mit dessen Gleichgültigkeit und Egoismus abfand. Er vermutete, dass Clives Vorstellung von »eine Runde spielen« sehr wenig mit Golf zu tun hatte – und er fragte sich, ob Bethany ihn endlich in flagranti erwischt hatte.

Doch Beth war nicht sein Problem. Fleur musste zutiefst verletzt sein nach allem, was ihr Vater getan hatte, und statt sich an ihren Ehemann zu wenden, um sich auszusprechen, hatte sie es vorgezogen, nach Savannah Winds zu fahren. Aber warum sollte sie das tun, ohne ihn wenigstens darüber zu informieren? Trotz der furchtbaren Eröffnung hatte sie doch bestimmt nicht vergessen, dass er noch immer ein fester Bestandteil ihres Lebens war? Bisher hatte sie sich ihm stets anvertraut – warum dann nicht jetzt, nachdem er deutlich gemacht hatte, dass er versuchen wolle, die Kluft zwischen ihnen zu überwinden?

Er schauderte, als seine Gedanken eine andere Wendung nahmen. Hatte sie vielleicht ihre Meinung über ihre gemeinsame Zukunft geändert? War ihre Flucht an den Golf und die

Rückgabe der Blumen ihre Art, ihm zu sagen, dass sie entkommen musste – Zeit und Abstand von ihm brauchte, bevor sie ihm wieder gegenübertreten könnte?

Als er an diesem verregneten Sonntagmorgen in der kleinen Wohnung stand, wurde ihm deutlich, dass er seine Frau überhaupt nicht kannte und keine Ahnung hatte, was in ihr vorging.

Fleur war dem Strandweg gefolgt, bis er das Ufer verließ und in die Stadtmitte abbog. Sie ging durch die King Street, am Ross Creek entlang, der sich durch das Herz der Stadt schlängelte. Nach einer Tasse Tee und einem klebrigen Rosinenbrötchen kehrte sie ins Motel zurück.

Sie drehte die Klimaanlage voll auf und warf sich auf das Bett, überrascht und beschämt, weil sie nicht in Form war. Ob es an der Hitze in dieser nördlichen Stadt lag oder am Drama und der Aufregung der vergangenen Tage, dass sie so fertig war? Sie hoffte es, denn sie war nicht erpicht darauf, krank zu werden und gezwungenermaßen ihre Pläne zu ändern.

Wie immer in den Tropen wurde es schnell dunkel. Nach einer abkühlenden Dusche ging Fleur ins Bett und schlug Annies Tagebuch an der Stelle auf, die sie mit einer Postkarte markiert hatte. Kurz darauf war Fleur wieder in ein anderes Leben und in eine andere Zeit eingetaucht.

Februar 1940

Djati scheint sich gut eingelebt zu haben. Er hat sich am gegenüberliegenden Saum der Lichtung eine eigene Hütte gebaut und mit alten Fundstücken möbliert, die er repariert hat. Mir ist aufgefallen, dass Bens Enkelin Sal oft in der Nähe ist, wenn er an seiner Hütte arbeitet, und ich frage mich, ob sich da etwas anbahnt. Ben scheint nichts dagegen zu haben – ich glaube sogar, er fördert die Sache, denn er wandert oft mit Djati durch den Busch. Die beiden scheinen sich eng angefreundet zu haben. Ben ist auf jeden Fall der Patriarch der kleinen Gruppe, und Djati betrachtet ihn bestimmt als Vaterfigur – was auch gut ist, denn endlich lernt Djati etwas über die Gepflogenheiten seines Volkes, obwohl er und Ben verschiedenen Stämmen angehören.

Sam habe ich inzwischen gern um mich. Nach einem langen Arbeitstag ist es angenehm, wenn wir unseren abendlichen Tee gemeinsam trinken, über den Tag und das Vieh sprechen – und natürlich über die Nachrichten aus Europa, die immer ernster klingen. Dann vergesse ich, dass Sam noch keine zwanzig ist, denn er besitzt das Auftreten, die Weisheit und die Stärke eines weitaus älteren Menschen. Allerdings stellt dieses wilde Land so hohe Anforderungen, dass Jungen zwangsläufig zu Männern werden.

Heute Abend haben wir noch lange nach dem Essen miteinander gesprochen, obwohl wir wussten, dass der morgige Tag vor dem Morgengrauen beginnt. Das Vieh aller umliegenden Farmen wurde zusammengetrieben und wird zum Schlachthof nach Longreach hinuntergebracht. Das wird einige Wochen dauern, aber ich habe es schon oft gemacht, und jetzt, da unser Land im Krieg ist, dürfen die Fleischvorräte nicht ausgehen.

Der Staub mehrerer Hundert Rinder stieg in einer dichten Wolke auf, als Frauen und Männer sie in gleichmäßigem Tempo von einem Wasserloch zum nächsten nach Longreach trieben.

Annie fand diesen Viehtrieb hinunter zu den Schlachthöfen viel unterhaltsamer als für gewöhnlich, weil sie dabei ausnahmsweise nicht nur die Gesellschaft anderer Frauen hatte, sondern auch die ihrer besten Freundin und Nachbarin Susan Daley. Da so viele Männer schon eingerückt waren, hatten die Frauen, Schwestern und Töchter die schwere Arbeit übernommen, denn sie wollten unbedingt beweisen, dass ihnen das Feuer im Herd nicht ausgehen würde, sie die Farmen bewirtschaften und die Gesundheit des Viehs bewahren konnten.

Keine Aufgabe war zu mühselig, wenn es galt, diesen Krieg zu gewinnen, damit ihre Männer heil nach Hause zurückkehren könnten. Sie waren eine zähe Brut, diese Frauen im Outback von Queensland, von der Sonne gebräunt, mit rauen Händen, männlicher Kleidung und einem Humor, der so derb war wie das Land, das sie sich untertan machen wollten. Sie würden so hart und furchtlos kämpfen wie ihre Männer, um den Sieg davonzutragen.

Ein paar ältere Männer ritten voraus und führten die Herde auf den richtigen Pfad. Das Rückgrat der Gruppe jedoch bildeten die zahlreichen einheimischen Viehtreiber. Sie demonstrierten, wie gut sie reiten und mit dem Lasso umgehen konnten, wenn sie verirrte Tiere einfingen und die Herde in einem gemäßigten Tempo vorantrieben, damit die Rinder nicht überfordert und ihre Fettreserven nicht angegriffen wurden.

Die Blue Heelers schnappten nach Hufen und jagten hinter ausreißenden Tieren her, schossen blitzartig hin und her und liefen kaum Gefahr, getreten oder niedergetrampelt zu werden. Annie bemerkte stolz, wie gut sich Pegs Welpen auf ihrem ersten langen Viehtrieb machten.

Während Annie neben ihrer Freundin Sue Daley ritt, beobachtete sie Djati und Sam, die sich entfernten, um einen Ochsen wieder einzufangen. »Ich weiß nicht, wie ich es ohne die beiden geschafft hätte«, murmelte sie. »Ihre Hilfe ist unersetzlich. Anscheinend sind sie für diese Arbeit geboren.«

»Sam ist ein hübscher Junge«, meinte Sue, während sie beobachteten, wie er sich aus dem Sattel beugte, den Ochsen packte und wieder zur Herde zurückbrachte. »Muss doch nett sein, anständige männliche Gesellschaft zu haben, nachdem du so lange allein warst.«

Annie beäugte sie misstrauisch, aber da Sue sich vor dem Staub schützen wollte, war ihr Gesicht zum größten Teil hinter einem Schal verborgen. »Ich weiß nicht, was du damit sagen willst«, sagte sie spitz. »Er ist ein Angestellter – und noch ein Junge.«

Sues Augen unter der breiten Hutkrempe blitzten. »Ich finde ihn ziemlich männlich«, erwiderte sie, »und noch dazu hübsch.« Sie kicherte. »Wenn ich Ted nicht hätte und in deiner Lage wäre, könnte ich mit so einem Kerl wie dem in meiner Nähe für nichts garantieren.«

»Sei nicht albern!« Annie stieg die Röte ins Gesicht. »Ich bin eine ehrbare Witwe.«

»Ja, aber Ehrbarkeit ist nicht alles. Du bist auch erst Mitte zwanzig und seit fast drei Jahren allein – du musst inzwischen unruhig werden. Ted ist nicht mal drei Monate weg, aber mir fehlen die Behaglichkeiten bereits, wenn du weißt, was ich meine.«

Annie hatte genug gehört. Sie spornte die Stute zum Galopp an und ritt in der nächsten Stunde neben der Herde.

Dennoch gingen ihr Sues Worte im Kopf herum, und sie musste sich eingestehen, dass sie von Sam eingenommen war und die gegenseitige Anziehung an den langen gemeinsamen Abenden durchaus gespürt hatte. Aber sie wäre töricht, wenn sie glaubte, daraus könne etwas werden. Sie war beinahe sechs Jahre älter als er und hatte nicht das Recht, etwas für jemanden zu empfinden, der sie wahrscheinlich für eine alte Frau hielt oder – noch schlimmer – für eine Mutterfigur.

Sicher, das Leben im Outback machte Jungen auf jeden Fall zu Männern, junge Frauen dagegen verwandelte es in alte Weiber – sie sollte es wissen, denn sie hatte sich im Spiegel gesehen.

Die Sonne hatte sie altern lassen, ihr einst glänzendes dunkles Haar war inzwischen trocken und matt, ihre Hände waren rau, die Nägel ungepflegt und schmutzig. Die alte Baumwollhose und die zerfledderte Bluse, die an ihr schlabberten, verbargen ihre schlanke Figur, sodass man sie aus der Entfernung vermutlich mit einem zerlumpten Jungen vom Land verwechseln konnte.

Dennoch musste Annie zugeben, dass sich in den vergangenen Wochen etwas in ihr geregt hatte und dass sie vergeblich versucht hatte, diese Gefühle zu unterdrücken.

März 1940

Der lange Treck zog weiter. Unterwegs nahm er von abgelegenen Farmen noch mehr Rinder mit. Diese Pausen bedeuteten Wasser für die Tiere, eine anständige warme Mahlzeit und die Gelegenheit, ein Bad zu nehmen – ein vollkommener Luxus, nachdem man wochenlang im Sattel gesessen hatte und von Staub eingehüllt gewesen war.

Endlich kamen am Horizont die Telegrafenmasten und Eisenbahnlinien von Longreach in Sicht. Die Stimmung stieg, aber da die Rinder Wasser rochen und deshalb schneller zu laufen begannen, war klar, dass jeder auf der Hut sein und sie davon abhalten musste durchzugehen. Wenn das geschah, könnten Kälber und Ochsen zertrampelt und Wasserstellen zu nutzlosen Schlammlöchern werden, noch ehe alle Tiere genug getrunken hatten.

Sie teilten die Tiere in mehrere Gruppen, und es dauerte bis weit in den Abend hinein, einige zurückzuhalten, während die anderen zur Tränke geführt wurden. Sobald alle unversehrt in den Schlachthöfen eingepfercht waren, mit jeder Menge Futter, um sie zu beschäftigen, eilten die Frauen ins Hotel in der Hoffnung, das Bad als Erste zu belegen.

Die einheimischen Viehtreiber begaben sich ans andere Ende der Stadt, um sich im Pub zu versorgen; der Rest fand in den drei Hotels auf der Hauptstraße Unterkunft, wo die Männer geradewegs ihre Lieblingsbar ansteuerten.

Reichlich Bier wäre vonnöten, um den Staub aus den trockenen Kehlen zu spülen, und alle wussten, dass Prügeleien ausbrechen würden, noch ehe die Nacht vorüber war. Doch das alles gehörte zum Spaß – einander am Ende eines Faustkampfes die Hand zu schütteln war eine verdammt gute Ausrede für weitere Drinks. Am Morgen würde es einige sehr verkaterte Männer geben, und es würde ein paar Tage dauern, bevor man sie zur Rückkehr bewegen könnte.

Da Frauen in Bars nicht zugelassen waren, saßen sie auf der vorderen Veranda und beobachteten das Treiben auf der breiten Straße, während sie erfrischend kaltes Bier und viel heißen, süßen Tee tranken und darauf warteten, dass das einzige Badezimmer für sie frei gemacht würde.

Annie war noch lange im Schlachthof aufgehalten worden, nachdem die anderen schon fort waren. Sie musste die Anzahl der Tiere bestätigen, die sie mitgebracht hatte, und die Herkunft des Viehs nachweisen, das nicht von Savannah Winds stammte. Die Versteigerung würde am nächsten Morgen stattfinden, und erst dann würde sie wissen, wie erfolgreich die Saison gewesen war. Doch es sah so aus, als sei der Fleischpreis in die Höhe geschnellt, und sie war ganz aufgeregt bei dem Gedanken, ihre Schulden bei der Bank tilgen zu können.

Als sie schließlich das Hotel erreichte, stellte sie fest, dass noch immer eine Schlange vor dem Bad stand. Sie beschloss, sich auf die leere hintere Veranda zu setzen. Sie würde das Risiko eingehen, dass kein warmes Wasser mehr da wäre, wenn sie bettreif war.

Auf der Rückseite des Hotels war es ruhig, obwohl von der

Hauptstraße lautes Rufen, derbe Gesänge und das Splittern von Gläsern herüberschallte. Nach den langen Wochen, in denen sie gemeinsam unterwegs gewesen waren und sich gegenseitig auf der Pelle gesessen hatten, empfand sie es als sehr angenehm, diese Zeit für sich allein zu haben.

Eine Weile saß sie einfach nur da und beobachtete den vorbeiziehenden Mond, lauschte den Grillen und dem Säuseln des Windes. Allmählich fiel die Anspannung von ihr ab, und die Schmerzen nach dem langen Ritt ließen nach.

Nach einem kalten Bier drehte Annie sich eine Zigarette und rückte in den Lichtschein, der aus dem Küchenfenster drang, um ihr Tagebuch zu schreiben. In den vergangenen vier Wochen hatte sie nur wenig Gelegenheit gehabt, etwas einzutragen, da sie eingeschlafen war, sobald ihr Kopf das Kissen berührt hatte.

Sie war so vertieft ins Schreiben, dass sie ihn nicht kommen hörte und erschrak, als sein langer Schatten über die Seite fiel. »Hallo, Sam«, sagte sie und legte das Tagebuch beiseite. »Ich dachte, ihr Kerle wärt alle im Southern Cross. Was machst du hier draußen?«

Er lehnte sich ans Geländer der Veranda und nahm den Hut ab, den er in seinen starken Händen drehte und knetete. »Ich habe genug getrunken«, sagte er leise. »Im Übrigen muss ich mit dir reden.«

Mit einem Anflug von Besorgnis schaute sie zu ihm auf. »Was ist los?«

Er trat von einem Fuß auf den anderen und wich ihrem Blick aus. »Du warst wirklich gut zu Djati und mir«, begann er nervös, »und du sollst wissen, dass wir beide zu schätzen wissen, was du getan hast.«

Annies Pulsschlag beschleunigte sich, als ihr dämmerte, dass Sam vielleicht kündigen wollte. Sie erschrak, wie sehr sie diese Vorstellung beunruhigte. »Komm auf den Punkt, Sam!«, sagte sie wachsam.

»Tut mir leid, wenn ich dir das antue, Annie«, erklärte er schleppend, »aber ich breche morgen früh auf.«

Das Herz wurde ihr schwer, als sich ihre Befürchtung bestätigte. Sie stand auf und trat zu ihm. »Aufbrechen? Wohin gehst du denn – und warum? Hat jemand dir mehr Geld geboten? Wenn ja, dann werden wir …«

»Ich habe mich freiwillig zum Militär gemeldet«, unterbrach er sie und zog Papiere aus der Hemdtasche. »Der Zug nach Rockhampton fährt um fünf Uhr ab.«

Mit zitternder Hand nahm Annie die Papiere entgegen und überflog rasch das Durcheinander von Wörtern, die sie kaum entziffern konnte. »Wie hast du es geschafft, dich anwerben zu lassen, wenn du nicht nachweisen kannst, wer du bist?«

»Das hat überhaupt keine Rolle gespielt«, murmelte er. »Die wollen nur möglichst viele gesunde Kerle, die bereit sind, sich an den Kämpfen zu beteiligen.«

»Oh, Sam!«, seufzte sie. »Du musstest dich doch nicht melden. Deine Arbeit ist eine Beschäftigung an der Heimatfront. Der Krieg findet hier statt, auf dem Land und den Viehmärkten. Ich kann zum Rekrutierungsbüro gehen und es denen sagen, wenn du willst. Ich brauche jede Hand, die ich kriegen kann, wenn ich den Viehbestand jedes Jahr heil zum Markt bringen will.«

»Das verstehe ich.« Er schaute ihr ruhig in die ängstlichen Augen. »Aber ich kann diesen Krieg hier nicht einfach aussitzen, während andere ihr Leben für meine Freiheit lassen. Ich bin stark und gesund und kann mit einer Waffe umgehen. Ich muss meinen Beitrag leisten.«

Entschlossen biss er die Zähne zusammen, und sie wusste, dass sie ihn nicht mehr umstimmen könnte. »Du gehst also morgen früh fort?«, fragte sie leise. Tränen trübten ihr die Sicht, während sie vorgab, die Reisedokumente noch einmal zu prüfen.

Er nickte. »In Rocky werde ich eine Woche lang ausgebildet, dann eingeschifft. Das Sechste kämpft schon in Palästina, aber es besteht die Chance, dass man mich nach Europa schickt. Der Typ im Rekrutierungsbüro hat gesagt, wenn es lange genug dauert, könnte ich sogar nach England kommen.«

Annie bemerkte die Sehnsucht in seinen Augen und begriff schließlich, dass das Bedürfnis, an der Seite seiner Landsleute zu kämpfen, nicht der einzige Grund war, warum er fortgehen wollte. »Ich hoffe, du kommst dorthin«, sagte sie. »Aber es sieht so aus, als würden die meisten Kämpfe weitab von Englands Küsten stattfinden.«

Er schüttelte den Kopf. »Wenn Frankreich fällt, ist es nur ein kurzer Sprung über den englischen Kanal.« Er seufzte. »Die Invasion ist gut möglich, England hat bereits Frauen und Kinder aus den Städten evakuiert.«

»Selbst wenn du es bis nach England schaffst, ist es nicht gesagt, dass du deine Familie findest«, warnte sie.

»Aber ich muss es versuchen«, sagte er nachdrücklich. Er kaute auf seiner Unterlippe. »Ich muss sie wissen lassen, dass ich am Leben bin und nie aufgehört habe, an sie zu denken. Ich muss auch das Grab meiner Mutter besuchen, falls ich es finde. Ich hatte nie die Gelegenheit, mich von ihr zu verabschieden.«

Annie nickte, ihre Gefühle waren so überwältigend, dass sie nicht sprechen konnte.

»Tut mir leid, dich so im Stich zu lassen«, murmelte er. »Aber Djati wird auf Savannah Winds bleiben. Er ist ein guter Junge und hat versprochen, auf dich aufzupassen.«

Sie wollte nicht sagen, dass Djati kein Ersatz war – dass er niemals in Sams Fußstapfen treten könne, obwohl sie ihn bewunderte und respektierte für die Art, wie er sich eingerichtet hatte und auf Savannah Winds einbrachte.

Susans neckende Worte vom Morgen hallten in Annie wider, und sie musste wohl oder übel zugeben, dass er ihr jetzt, da er fortging, viel mehr bedeutete, als sie geglaubt hatte. Sie reichte ihm die Papiere und bemerkte, dass ihre Hand zitterte.

Ihre Finger berührten einander, und beide standen da wie erstarrt und blickten sich gegenseitig einen Moment an, der ihnen endlos vorkam.

Annie spürte ihr Herz schlagen, sah, wie die Ader an seinem Hals pulsierte, und hörte seinen stockenden Atem. Sie sah auch die Frage in seinen Augen. Eine Frage, die sie nur zu gern beantwortet hätte, was sie jedoch nicht wagte – denn wozu? Er war bereits auf dem Sprung.

Sanft entzog sie ihm die Hand und versuchte, geradeaus zu denken. »Wirst du je wieder nach Australien zurückkehren?«, fragte sie sehnsüchtig.

»O ja«, sagte er und griff wieder nach ihrer Hand. »Ich habe den Ort und die Menschen – den Menschen – gefunden, mit denen ich den Rest meines Lebens verbringen möchte.«

Annie wurde rot und senkte den Kopf. »Aber deine Familie in England?«

Er nahm ihr Gesicht zwischen beide Hände und zwang sie, ihn anzuschauen. »Du bist jetzt meine Familie, Annie, und Savannah Winds ist mein Zuhause. Was auch geschehen mag, ich werde zu dir zurückkommen.«

Seine Finger glitten durch ihr staubiges, ungekämmtes Haar und legten sich um ihren Hinterkopf. Er trat einen Schritt vor. »Ich liebe dich, Annie, seit dem Augenblick, als ich dich dort im Türrahmen der Schmiede stehen sah mit diesem grimmigen Ausdruck auf dem hübschen Gesicht – das Gewehr auf meine Brust gerichtet.«

»Wirklich?« Annie spürte ein Kribbeln bei seiner Berührung und konnte die Liebesbotschaft in seinem steten Blick deutlich erkennen. Sie wagte kaum zu glauben, dass ihr so etwas widerfuhr. Sie trat auf ihn zu, unfähig, der Anziehungskraft seiner Umarmung zu widerstehen.

Sein Arm legte sich um ihre Taille, er zog sie noch näher, zaudernd senkte er den Kopf und strich mit den Lippen über ihren Mund, bevor er sie in Besitz nahm.

Annie war verloren. Die pulsierende Heftigkeit seines Kusses durchlief sie, und ein längst vergessener Drang stieg in ihr auf, der jeden Teil ihres Körpers dahinschmelzen ließ. Seine Lippen waren fordernd, seine Arme zogen sie an ihn, als wolle er sie nie wieder loslassen – und sie erwiderte seine Küsse mit der gleichen Inbrunst. Ihre Hände fuhren durch sein dichtes, zerzaustes Haar, ihr Herz pochte laut, als sie sich vor Verlangen an ihn presste.

»Ä-hem.«

Mit roten Gesichtern und außer Atem flogen sie auseinander.

»Verzeiht, wenn ich störe«, sagte Susan mit allzu wissendem Lächeln. »Ich wollte dir nur sagen, Annie, dass du jetzt im Bad an der Reihe bist.« Sie hob eine sauber gezupfte Augenbraue. »Obwohl ich sagen muss, dass eine kalte Dusche angemessener wäre.«

»Danke«, murmelte Annie. Sie wagte nicht, ihre Freundin anzuschauen. Noch immer spürte sie die Hitze in ihrem Körper und im Gesicht, fühlte noch immer das Prickeln seiner Küsse und die wirbelnden, köstlichen Empfindungen, die sie geweckt hatten.

Während Susans Kichern mit ihren Schritten verebbte, nahm Sam Annies Hände. »Tut mir leid«, sagte er. »Ich hoffe, ich habe dir keine Probleme bereitet.«

Sie schaute durch ihre Wimpern zu ihm auf und errötete noch mehr. »Mein Ruf ist jetzt wahrscheinlich ruiniert«, kicherte sie. »Aber ich kann nicht sagen, dass mich das kümmert.«

Er küsste Annies Hände und strich sanft mit den Lippen über ihre Wange. »Auf Wiedersehen, Annie«, flüsterte er. »Behalte mich im Herzen, bis ich wieder nach Hause komme.«

Annie zog ihn zurück, als er sich umdrehen wollte. »Ich liebe dich auch«, flüsterte sie, obwohl sie sich beinahe scheute, die Worte auszusprechen, von denen ihr Herzen überfloss. »Komm gesund wieder!«

Er drückte sie an sich – und verschwand ohne ein weiteres Wort.

Annie fühlte sich beraubt, als er in der Dunkelheit vor der Veranda abtauchte. »Gott sei mit dir, Sam!«, flüsterte sie unter Tränen. »Komm bald nach Hause, und vergiss nicht, dass ich auf dich warte!«

Zum ersten Mal hat mich die kalte Realität des Krieges wirklich getroffen, und nun weiß ich, wie es all den anderen Frauen geht, wenn sie ihren Männern zum Abschied zuwinken. Sie vergießen keine Tränen, wenn sie an den Bahnhöfen und Kais stehen. Sie lächeln und winken und sagen ihren Geliebten, wie stolz sie sind. Aber ich weiß, dass sie im Grunde ihres Herzens bittere Tränen der Angst vergießen.

Wann werde ich ihn wiedersehen? Wird er zu mir zurückkehren – und wenn ja, wird ihn der Krieg verändert haben? Zum ersten Mal seit meiner Kindheit habe ich wieder zu beten angefangen. Ich bitte Gott darum, Sams sichere Rückkehr zu mir und nach Savannah Winds zu garantieren.

12

Am späten Nachmittag fuhr Greg zum Apartmenthaus und nahm den Koffer in Empfang. Die Blumen überließ er dem Portier und sagte ihm, er solle sie seiner Frau schenken. Der Anblick in seiner kleinen Wohnung wäre zu deprimierend, denn er würde die immer tiefer werdende Kluft zwischen Fleur und ihm nur unterstreichen.

Nachdem er den Koffer geöffnet hatte, fand er Fleurs Notiz.

Ich gebe Dir Deine Sachen zurück, da Du offensichtlich nicht die Absicht hast, mir zu verraten, was Du eigentlich getrieben hast, seit Du mich verlassen hast. Ich habe Dich für einen ehrenhaften Mann gehalten, aber anscheinend habe ich mich getäuscht. Du kannst das Dinner absagen – oder stattdessen Deine Freundin mitnehmen. Scheint Dein Lieblingslokal für Verabredungen zu sein.
Ich melde mich bei Dir, wenn ich wieder da bin,
Fleur

»Verdammt!« Greg knallte den Koffer zu und drückte auf den Aufzugknopf; er tippte ungeduldig mit dem Fuß, während er wartete. Er fluchte zischend vor sich hin, als der Aufzug ihn zum Apartment beförderte. Fleur war früher zurückgekommen als erwartet, und sie musste auf dem Weg zu seiner Wohnung gewesen sein – nur wenige Häuser vom La Rivera entfernt –, und ihn mit Carla beim Dinner gesehen haben. Da hatte sie wohl zwei und zwei zusammengezählt – und sich verrechnet.

»Herrgott, was für ein Schlamassel!«, stöhnte er, als die Tür aufging. »Kein Wunder, dass sie, wie von der Tarantel gestochen, auf und davon ist und nichts mehr mit mir zu tun haben will.«

Er vermutete beinahe, dass sie die Schlösser hatte auswechseln lassen, doch sein Schlüssel passte. Er zog die Tür hinter sich zu und lehnte sich dagegen, um seinen rasenden Puls zu beruhigen. In Gedanken kehrte er an den Abend mit Carla zurück, und je deutlicher er sich die Bilder dieses letzten gemeinsamen Essens in Erinnerung rief, desto klarer wurde ihm, wie intim die Situation auf einen Beobachter gewirkt haben musste.

»O Fleur, mein Liebling«, stöhnte er, »du hast alles vollkommen falsch verstanden.«

Aber wie sollte er es richtigstellen? Fleurs Handy war ausgeschaltet, und er hatte keine Ahnung, wie sie auf Savannah Winds zu erreichen war. Er machte sich daran, gründlich jedes Stück Papier zu durchforsten, das im Apartment zu finden war. Von ihrem Laptop war keine Spur, daher konnte er weder ihre Nachrichten verfolgen noch herausfinden, ob sie die Reise online gebucht hatte. Aber sie musste sich doch Notizen gemacht oder wenigstens einen Hinweis hinterlassen haben, wo die Farm lag und wie sie dorthin gelangen würde.

Er durchforstete jede Schublade und jedes Regal, von Minute zu Minute verzweifelter, und hinterließ eine Spur der Verwüstung. Er schlug Bücher auf und vergewisserte sich, ob nichts zwischen den Seiten versteckt war, suchte in Fleurs zahlreichen Handtaschen und Schuhschachteln, durchwühlte sogar ihren Schmuck.

Er richtete seine Aufmerksamkeit auf ihr Büro, fand aber wieder nichts. Die Küchenecke und die Kochbücher waren ebenso unergiebig, und seine Hoffnung schwand, während er in jede Zeitschrift schaute und den Stapel Briefe neben dem Telefon durcharbeitete.

Kurz davor aufzugeben, legte er den Packen Briefumschläge

nachlässig wieder auf den Tisch. Sie fielen zu Boden. Ungeduldig seufzend sammelte er sie auf.

Seine Hand erstarrte. Ein schmuddeliges Kuvert war bekritzelt; in der Mitte standen zwei Wörter, die mehrmals eingekreist waren, als solle ihre Bedeutung hervorgehoben werden. »The Curry«, murmelte er, und Hoffnung keimte in ihm auf. »Sie ist nach Cloncurry gereist.«

Mit langen Schritten durchquerte er den Raum, fand eine Australienkarte in großem Maßstab und breitete sie auf der Küchenanrichte aus. Cloncurry zu finden war leicht, denn die Geschichte des Ortes war unauslöschlich verbunden mit der der Fluggesellschaft Qantas und dem Flying Doctor Service, der Flugbereitschaft zur ärztlichen Versorgung abgelegener Siedlungen. Beide waren dort gegründet worden. Und Greg erinnerte sich auch an die Schulstunden, in denen die katastrophale Expedition von Burke und Wills zur Erkundung des australischen Kontinents von Süden nach Norden behandelt worden war.

Bei näherem Betrachten der Umgebung fiel sein Blick auf ein winziges gelbes Rechteck, das eine Farm kennzeichnete. Daneben stand »Savannah Winds«. »Jetzt muss ich nur noch rausfinden, wie ich dahin komme«, murmelte Greg aufgewühlt.

Annies Tagebuch hatte Fleur tief bewegt, und ihre Träume waren voll von Bildern jener jungen Naturburschen, die ihre Farmen im Outback für das Gemetzel in Europa verlassen hatten. Wie bereits im Ersten Weltkrieg ging der Ruf zu den Waffen von England aus, und schon damals waren viele der australischen Soldaten nicht zurückgekehrt. Fleur fragte sich, ob Sam seine Familie gefunden und ob er Wort gehalten hatte und zu Annie zurückgekommen war.

Noch vor Tagesanbruch klingelte ihr Wecker, und sie beeilte

sich, zu duschen und sich anzuziehen. Eine Tasse Tee und ein wenig Gebäck auf die Schnelle waren alles, was sie frühstücken konnte. Dann wurden ihre Koffer auch schon ins Taxi geladen, und es ging über leere Straßen zum Flughafen.

Die Maschine startete pünktlich. Darin saßen an die vierzig Passagiere. Die beiden Propeller vor Fleurs Fenster dröhnten, als das Flugzeug über die Startbahn brauste und schließlich abhob. Die meisten Reisenden waren sehnige Männer mit gebräunten, zerfurchten Gesichtern und rauen Händen, typisch für Menschen, die stundenlang in unwirtlicher Umgebung arbeiten. Sie wirkten zurückhaltend, sprachen leise oder machten ein Nickerchen.

Fleur richtete sich auf einen zweieinhalbstündigen Flug ein und bemühte sich, die Gedanken an Greg und die Tatsache zu verdrängen, dass sie das Weite suchte, um ihm aus dem Weg zu gehen.

»Gute Güte, Schätzchen, was haben Sie denn da drin?« Der Taxifahrer schwitzte, als er Fleurs Gepäck auf den Rücksitz bugsierte und die Tür zuschlug.

Draußen vor dem Flughafengebäude herrschte eine Gluthitze wie im Backofen, die bereits an Fleurs Kräften zehrte. »Kaffee und Vegemite und eine Tonne Kinderspielzeug«, antwortete sie grinsend. »Ich bringe das alles nach Savannah Winds.«

Er tupfte sich die Stirn ab und setzte den schweißgetränkten Cowboyhut wieder auf. Er trug ein weißes Hemd, das ohne Zweifel makellos gewesen war, als er es am Morgen angezogen hatte; sein Bauch hing über dem Bund einer halblangen Hose, die stämmige Knie über bereits staubigen weißen Strümpfen und stabilen Wanderstiefeln entblößte. »Schätze mal, dass die sich darüber freuen werden«, sagte er und hielt ihr die Tür auf. »Davon kriegen sie sonst nicht viel ab.«

Fleur seufzte erleichtert auf, als sie die unerträgliche Hitze gegen die eisige Kälte der Klimaanlage im Wagen eingetauscht hatte. Wie haben die Leute es nur geschafft zu überleben, bevor Klimaanlagen erfunden wurden?

Der Fahrer stieg neben Fleur ein, und das Taxi stöhnte unter seinem Gewicht. Er schlug die Tür zu. »Ich heiße übrigens Len, und ich nehme an, Sie sind Fleur Mackenzie.«

Sie riss die Augen auf und schüttelte ihm die Hand. »Woher um alles in der Welt wissen Sie das?«

Er grinste. »Hier passiert nicht viel, ohne dass alle es erfahren«, sagte er, während er sich vom Qantas-Hangar entfernte und in Richtung Zentrum fuhr. »Im Übrigen kommt nicht jeden Tag eine gutaussehende junge Frau hier an, und ich habe über die Buschtrommel erfahren, dass Sie sich im Coolabah angemeldet haben.«

»Ach, du meine Güte!«, murmelte sie.

»Keine Bange, Schätzchen!«, sagte er leichthin. »Wenn Sie eine Weile bleiben, dann gewöhnen Sie sich dran. Das mit Annie hat mir leidgetan«, sagte er im Plauderton. »Aber Djati und seine Bande machen ihre Sache gut, also wird schon alles seine Ordnung haben. Natürlich war Annie schon seit einigen Jahren nicht mehr da, ich kannte sie nur als kleiner Junge. Sie war nett. Hatte immer Zeit für eine Unterhaltung.«

»Wie weit ist es bis Savannah Winds?«, fragte Fleur, während sie im Schritttempo durch die verlassene Hauptstraße fuhren, die breit genug war, um als Landebahn zu dienen.

Er verzog das Gesicht. »Schätze, wir brauchen anderthalb Tage bis dahin. Es liegt ziemlich weit draußen. Und letzte Nacht hat es ordentlich geregnet, daher könnten die Bäche über die Ufer getreten sein.« Er fuhr auf den Hof eines sehr kleinen Motels. »Ich hoffe, Sie haben warme Sachen dabei«, sagte er, bevor er ausstieg und nach den Koffern griff. »Morgen

Abend werden Sie draußen zelten, und es wird so kalt, dass selbst einem Waran der Arsch abfriert.«

»Ich habe Jeans mit, einen Pullover und eine Fleecejacke«, sagte sie lächelnd.

Er holte einen Handwagen, lud die Koffer auf und bugsierte ihn durch die automatischen Türen. »Das ist gut«, sagte er und schob seinen Hut in den Nacken. »Doreen wird sich um Sie kümmern.« Er schlug mit der fleischigen Faust auf die Klingel, die auf dem Tresen der Rezeption stand. »Wahrscheinlich ist sie gerade hinten und füttert die Hühner«, sagte er kaum hörbar. »Die verdammte Frau ist stocktaub, will es aber ums Verrecken nicht zugeben.«

Fleur bezahlte den Fahrer, und er fuhr davon. Sie klingelte noch einmal, aber wieder kam keine Antwort. Daher ging sie zur Hintertür und trat hinaus. Auf dem kleinen Grundstück befanden sich mehrere Reihen Gemüse, ein Hühnerstall, drei Ziegen und ein Pferd auf einer Weide; ein alter Hund lag vor seiner Hütte auf den Steinplatten des Weges. »Hallo? Doreen?«

»Ja, Liebes, ich habe Sie gehört.« Doreen war etwa ein Meter und fünfzig groß, hatte wirres orangerotes Haar, einen enormen Busen und einen ungewöhnlichen Kleiderstil. Sie trug ein scharlachrotes Oberteil, das ihr Dekolleté zur Geltung brachte, einen purpurroten Rock, der ziemlich dicke, sonnenverbrannte Knie entblößte, und ihre kleinen Füße steckten in hellrosa Gummistiefeln.

»Entschuldigung«, sagte Fleur, »ich habe nur die Klingel am Empfang bedient, aber Len sagte …«

»Hören Sie nicht auf das, was Len sagt, meine Liebe!«, erwiderte sie, wobei sie einen Bund Karotten und Zwiebeln an den ausladenden Busen drückte. »Ich kann noch ganz gut hören.« Sie schenkte Fleur ein Lächeln, das unglaublich makellose Zähne entblößte, die in der Sonne leuchteten. »Kommen

Sie, richten Sie sich ein, Fleur, und dann können wir uns auf ein Tässchen Kaffee und einen guten Plausch zusammensetzen. Sie haben ja keine Ahnung, wie sehr mir eine Frau fehlt, die über mehr als nur den örtlichen Tratsch und den Preis für Kühe reden kann.«

Fleur folgte ihr ins Motel, wartete, bis Doreen den Schlüssel geholt hatte, und schob den Rollwagen dann über den ordentlichen, von Blumen gesäumten Weg zu einer Zeile weiß getünchter Wohneinheiten. Das Dach hatte einen Überstand und beschattete Stühle auf den Terrassen und Blumen in Kübeln. Süß duftende Wedel eines gewaltigen Pfefferbaums regneten auf eine Ecke des Parkplatzes herab. Daraus flogen bunte Vögel auf, und Fleur hörte den einsamen, traurigen Schrei einer Krähe.

»Ich habe Sie in Nummer zwölf einquartiert«, sagte Doreen. »Das ist ein Stück weg von den lauten Mistkerlen in Nummer eins und zwei, aber nahe am Speisezimmer.« Sie verzog das Gesicht. »Ein Haufen Jackaroos ist für ein paar Tage in der Stadt. Die trinken den Ort trocken, aber die werden Sie nicht belästigen. Dafür sorge ich schon.«

»Haben Sie viel zu tun?«, fragte Fleur. »Es ist doch ziemlich abgelegen hier.«

»Es läuft ganz gut. »Geschäftsreisende und Cowboys vor allem, aber hin und wieder kommt auch mal ein Tourist.«

Fleur trat in einen sauberen, geschmackvoll eingerichteten Raum mit angeschlossenem Bad. Es gab einen Kühlschrank, einen Toaster und alles, was sie brauchte, um Tee oder Kaffee zu kochen. Fehl am Platz wirkte lediglich der große, altmodische Fernseher in einer Ecke.

»Fernsehen muss ich haben«, erklärte Doreen. »Die Kerle schauen sich gern Sport und Zeichentrickfilme an. Viel mehr läuft auch nicht, und der Empfang ist manchmal wirklich schlecht – als würde man Schnee angucken.« Sie grinste. »Dabei habe ich noch nie Schnee gesehen«, fügte sie hinzu, das Gemüse noch immer an sich gedrückt. »Ich mach mal hiermit weiter. Wenn Sie sich eingerichtet haben, kommen Sie doch in die Küche und leisten mir Gesellschaft. Sie ist gleich da drüben.«

Fleur nickte und schloss seufzend die Tür, während die kleine Gestalt sich geschäftig entfernte. Cloncurry war offensichtlich eine Gerüchteküche, doch die Einheimischen waren auf jeden Fall freundlich, auch wenn sie dazu neigten, einem das Ohr abzuschwatzen. Sie war sich nicht sicher, ob sie sich auf die nächsten Stunden freuen oder davor fürchten sollte.

Greg kochte vor Wut und Enttäuschung. Seine Operationsliste war ein Albtraum. Obwohl es ihm gelungen war, einige weniger dringliche Fälle zu verschieben und andere an sein fähiges Chirurgenteam zu delegieren, gab es immer noch viele Operationen, die er selbst durchführen musste. Er hatte über sein Problem mit dem Direktor des Krankenhauses gesprochen, der Greg widerstrebend drei Wochen Urlaub gewährt hatte, sobald die anstehende Liste abgearbeitet sei.

Für Mittwochabend hatte Greg einen Flug von Brisbane nach Townsville gebucht, aber er würde zu spät ankommen, um den Anschlussflug nach Cloncurry noch zu erreichen – was eine Übernachtung und einen weiteren vergeudeten Tag bedeutete. Er beschloss, gleich nach der Ankunft in der alten Kupferminenstadt einen Wagen zu mieten und sich von Ortsansässigen den Weg nach Savannah Winds beschreiben zu lassen; die mussten doch wissen, wie man dorthin kam.

Der Montag hatte früh begonnen, und nach dem Tag im OP und auf den Krankenstationen war Greg ausgelaugt. Er lehnte sich auf dem Stuhl zurück und schaute aus dem Fenster auf die Lichter, die in ganz Brisbane glitzerten.

Fleur war inzwischen vermutlich in Cloncurry und unterwegs zur Farm. Er konnte sich in etwa vorstellen, wie sie ihn empfangen würde, aber er war fest entschlossen, sie zum Zuhören zu bewegen – und zu der Erkenntnis, dass es falsch gewesen war, an ihm zu zweifeln. Er würde ihr versichern, dass sie die einzige Frau sei, die er je gewollt habe. Dass er ein Narr gewesen sei, überhaupt das Risiko einzugehen, sie zu verlieren.

»Hi, Greg. Ich störe doch nicht, oder?«

Er lächelte matt. »Komm rein, Carla! Bedien dich am Kaffee. Er ist frisch.«

»Ich will nicht lange bleiben; es ist schon spät, und ich möchte helfen, die Kinder ins Bett zu bringen.« Sie trat in den Raum und lehnte sich an seinen Schreibtisch. »Du siehst angespannt aus. Gibt es etwas, worüber du reden willst?«

»Fleur glaubt, dass wir beide eine Affäre haben«, sagte er geradeheraus.

»O mein Gott, nein!« Sie legte die Hand vor den Mund, die Augen vor Schreck weit aufgerissen. »Das ist ja furchtbar. Wie kommt sie denn darauf?«

»Sie muss uns im Bistro gesehen haben.« Er rieb sich über das Gesicht. »Jetzt ist sie weg. Sie weigert sich, mit mir zu reden, und ich muss hierbleiben, bis meine OP-Liste abgearbeitet ist, bevor ich hinter ihr herfahren kann.«

»Das tut mir sehr leid, Greg.«

Sie wirkte ehrlich besorgt. »Mir auch«, erklärte er mit einem kleinlauten Seufzer. »Aber ich habe dadurch eine sehr aufschlussreiche Lektion gelernt. Ich liebe meine Frau, und ich will sie zurück. Ich werde ihr gern Kinder schenken, wenn ich sie dadurch behalten kann. Und ich will sie behalten, Carla. Wirklich und wahrhaftig.«

»Du musst die Kinder auch wollen«, gab sie zu bedenken. »Bist du wirklich bereit, diesen Schritt zu tun?«

Er schaute sie mit festem Blick an. »Mehr als das.«

»Dann ist meine Arbeit erledigt.« Lächelnd rutschte sie vom Schreibtisch. »Viel Glück, Greg! Ich hoffe, alles geht gut für dich aus.«

Carla verließ das Büro. Verräterische Tränen glitzerten an ihren Wimpern, als sie leise die Tür hinter sich zuzog und mit etwas abschloss, was nie eine echte Chance auf einen Anfang gehabt hatte.

Es erwies sich als angenehm, sich mit Doreen zu unterhalten, und der Nachmittag verging wie im Flug. Fleur war sich bewusst, dass alles, was sie sagte, rasch die Runde machen würde, und war deshalb auf der Hut. Aber Doreen war eine gute Zuhörerin und Expertin darin, die kleinsten Details herauszukitzeln. Fleur befürchtete schon, Greg als kompletten Bösewicht hingestellt zu haben. Doch da er niemals herkommen und Doreen nicht kennenlernen würde, spielte es keine große Rolle.

Die Nacht war hereingebrochen, und die Temperatur sank allmählich. Die Jackaroos hatten ihre Fleischpasteten und Berge von Kartoffelbrei und Gemüse bereits vertilgt und waren ins Pub gegangen. Fleur saß in der gemütlichen Küche bei Doreen.

»Hier, bitte, Schätzchen«, sagte Doreen, als sie einen Teller mit frischem Salat und geräuchertem Schinken auf den Tisch stellte. »Bist du sicher, dass du dazu keine Bratkartoffeln willst – oder Brot mit Butter? Du bist viel zu dünn.«

Fleur betrachtete die dicke, von Fett durchzogene Scheibe Schinken, die mindestens den halben Teller einnahm, und wusste, das würde sie niemals schaffen. »Es ist so schon reichlich. Bei der Hitze kann ich nicht viel essen.«

»Das Problem habe ich nicht.« Doreen verschränkte die Arme unter dem Busen und setzte sich Fleur gegenüber. »Aber ich bin auch hier geboren und deshalb dran gewöhnt.«

Fleur aß von dem köstlichen Salat, den sie am Nachmittag mit Doreen gepflückt hatte. Der Kopfsalat war knackig, die Tomaten schmeckten süß, die Radieschen und Frühlingszwiebeln hatten ein unvergleichliches Aroma. »Du kennst vermutlich die meisten Leute, die in dieser Gegend leben«, sagte sie vorsichtig.

»Schon möglich. Die kommen von den Farmen in die Stadt – für gewöhnlich zu den Rennen oder zu irgendeiner Festlichkeit. Auch wenn ich sie nicht vom Ansehen kenne, halten mich zumindest die Gerüchte über ihr Treiben auf dem Laufenden.« Sie grinste. »Für einen Ort im Nirgendwo mit mehr Krokodilen und Rindern als Menschen ist es tatsächlich keine große Gemeinde.«

»Dann gehe ich davon aus, dass dir die Familie Daley ein Begriff ist«, bemerkte Fleur mit einstudierter Lässigkeit.

Doreen strahlte. »Und ob! Jack und Martha haben ein eigenes Flugzeug und fliegen oft für zwei Tage ein. Ich bin mit Martha zur Schule gegangen, deshalb ist es jedes Mal eine gute Gelegenheit, sich gegenseitig auf den neuesten Stand zu bringen und gemeinsam ins Kino zu gehen.« Sie legte den Kopf schief, die Augen neugierig wie die eines Spatzen. »Woher kennst du die Daleys?«

»Ich kannte Selina. Ist aber schon lange her«, erklärte sie leise und wagte nicht, Doreen direkt anzuschauen.

»Oh.« Die strahlenden Augen wurden nachdenklich. »Das war Jacks ältere Schwester. Armes Ding! So eine Tragödie! Ihre Eltern, Sue und Ted, sind nie richtig drüber weggekommen. Sue ist vermutlich an gebrochenem Herzen gestorben, und Ted war danach nie wieder der Alte. Er ist nur wenige Monate nach Sue gestorben. Das war alles sehr traurig.«

»Wenn eine Tochter Selbstmord begeht, kann man sich wohl nur schwer davon erholen«, sagte Fleur. »Sie wurde doch bestimmt irgendwo in der Nähe ihrer Farm beerdigt? Wie hieß die noch? Ich hab's vergessen.«

Doreen runzelte die Stirn. Dann blitzte es in ihren Augen auf. »Emerald Downs«, antwortete sie. »Und ja, Selina wurde im Familiengrab auf der Farm beigesetzt. Aufgrund der Todesumstände hat die Kirche nicht erlaubt, sie in geweihter Erde zu bestatten. Selina hatte ein ganzes Fläschchen Tabletten eingenommen, und ihre Eltern fanden sie erst, als es bereits zu spät war. Sue und Ted haben sich neben ihr begraben lassen.«

Fleur kaute auf dem Schinken und konnte beinahe nicht schlucken, als sie sich vorstellte, wie verzweifelt ihre Mutter gewesen sein musste, um so etwas zu tun.

»Was diesem armen Mädel zugestoßen ist, war ein schrecklicher Skandal«, murmelte Doreen, »aber wenn du Selina gekannt hast, musst du doch wissen, was ihren Zusammenbruch verursacht hat?«

Fleur wünschte, sie hätte das Thema nicht angeschnitten. Da ihr Tränen in die Augen stiegen, hielt sie den Blick entschlossen auf den Teller gerichtet. »Ich weiß, Annie war ihre Patentante, und sie hat ihr geholfen, als sie aus Brisbane hierher geflohen war. Aber Selinas Mann hat sie gefunden und ihr das Kind weggenommen. Ich glaube, sie hat es nie wiedergesehen.«

»Das muss über dreißig Jahre her sein«, murmelte Doreen. »Wie kommt es, dass du so viel weißt, wo du damals doch selbst noch ein kleines Kind gewesen sein musst?«

Während Fleur noch über eine zufriedenstellende Antwort nachdachte, richtete Doreen sich mit einem Aufschrei der Erkenntnis kerzengerade auf. »Oh, gute Güte, *du* bist das Kind – na klar! Jetzt ergibt alles einen Sinn. Kein Wunder, dass Annie dir Savannah Winds hinterlassen hat.«

Fleur schob den Teller beiseite.

»Jetzt erkenne ich auch die Ähnlichkeit. Ich wusste, dass du mich an jemanden erinnerst«, brabbelte Doreen weiter. »Dein Gesichtsausdruck und die Mundpartie haben etwas von Selina.« Sie legte die pummeligen Finger auf den Tisch, und ihr Gesicht leuchtete vor Aufregung. »Du meine Güte!«, sagte sie noch einmal. »Ich hätte nie gedacht, dass ich deine Heimkehr noch erleben würde.«

Fleur konzentrierte sich auf die Gefühle, die sie zu überwältigen drohten. »Dann erinnerst du dich noch an sie? Wie war sie?«

»Sie war zwei Jahre jünger als ich und sehr hübsch. Sie hatte lange schwarze Haare und ganz erstaunlich grüne Augen. Sie war immer rastlos; sie wollte mehr, als das Leben auf einer Rinderfarm ihr zu bieten hatte. Sie ging wie wir alle an der Küste zur Schule, und nachdem sie Gefallen am Stadtleben gefunden hatte, mochte sie nie wieder hierher zurückkommen.«

»Also war sie eine hübsche junge Frau mit Ambitionen«, murmelte Fleur.

Doreen nickte. »Sie war zwei Jahre hintereinander Miss Cloncurry und so ungefähr die beste Reiterin und Viehhirtin meilenweit. Einmal wurde sie zur Rodeo Queen gekürt. Alle Jungs waren hinter ihr her, und sie hat ganz schön geschäkert, obwohl sie nicht so richtig an ihnen interessiert war – sie hatte sich in den Kopf gesetzt, sich einen Jungen aus der Stadt zu angeln.«

Fleur schwieg.

Doreen seufzte tief. »Und das war ihr Untergang. Annie hat ihr die Adresse ihres Bruders und seiner Familie gegeben, und kaum hatte Selina die Schule beendet, ging sie nach Brisbane, um sich Arbeit zu suchen.«

»Und da hat sie meinen Vater kennengelernt«, sagte Fleur bitter.

Doreen nickte. »Das war ein Unglückstag. Annie war entsetzt. Sie fühlte sich schuldig, weil sie die beiden zusammengebracht hatte. Aber wie hätte sie ahnen sollen, dass so ein junges Ding sich in einen Mann verlieben würde, der ihr Vater hätte sein können? Noch dazu war er verheiratet; er hatte eine kranke Frau und zwei Töchter. Aber Selina schien das nichts auszumachen.«

»Ihre Eltern haben doch bestimmt versucht, es ihr auszureden?«

»Sue und Ted – auch Annie – wollten sie zur Vernunft bringen, aber Selina hat nicht auf sie gehört. Don Franklin hatte ihr den Kopf verdreht. Sie sah nur sein Geld und seine gesellschaftliche Stellung. Allen guten Ratschlägen zum Trotz hat sie ihn noch im selben Jahr geheiratet, in dem seine Frau gestorben ist. Das war alles ein wenig überstürzt, und als du nur sechs Monate nach der Hochzeit auf die Welt kamst – na ja …«

»Meinst du, die Familie erlaubt mir, ihr Grab zu besuchen?«, fragte Fleur zaghaft. »Ich möchte keine Umstände machen, aber ich würde ihr gern die letzte Ehre erweisen.«

»Natürlich werden die nichts dagegen haben«, meinte Doreen. »Es wäre wie das verlorene Schaf, das zur Herde zurückkehrt.« Sie tupfte sich die feuchten Augen ab. »Oh, Liebes, ich bin ganz gerührt.«

»Ich auch«, sagte Fleur mit zitternder Stimme. »Albern, nicht wahr?«

Doreen unterdrückte die Tränen und schaute auf ihre Armbanduhr. »Jetzt ist es schon zu spät, aber ich werde Martha gleich morgen früh anrufen und es ihr erzählen. Wahrscheinlich wird sie sich auf Savannah Winds melden, sobald du dich dort eingerichtet hast.«

»Das ist sehr nett von dir, Doreen«, murmelte Fleur. »Vielen, vielen Dank.«

»Nicht der Rede wert, meine Liebe.« Doreen wedelte mit dem Taschentuch. »Ich helfe doch gern. Jedes Kind hat das Recht, die Wahrheit zu erfahren. Und ich bin heilfroh, dass du den langen Weg auf dich genommen hast, um deinen Frieden mit deiner Mutter zu machen.« Sie schnäuzte sich und schaute Fleur alarmiert an. »Weiß dein Vater, dass du hier bist?«

»Er kann es sich bestimmt denken«, sagte sie. »Wir kommen nicht gut miteinander aus. Was kannst du mir sonst noch von Selina erzählen?«

Doreen wirkte nachdenklich. »Sie war ein echtes Kind der Sechzigerjahre – sie liebte das Leben und die Freiheit, zu tun und zu lassen, was ihr gefiel. Wahrscheinlich hat sie dir deshalb den Namen Fleur gegeben. Du wurdest um die Zeit geboren, als die Flower-Power-Bewegung die Welt eroberte. Irgendwo habe ich noch ein Foto von ihr«, murmelte sie.

»Könnte ich es mal sehen?«

»Ja, wenn ich es finde … Soll ich sofort danach suchen?«

»Ja, bitte.« Fleur vernahm die leise Verzweiflung in ihrer Stimme und raffte sich zu einem matten Lächeln auf. »Ich helfe dir, wenn du willst. Verstehst du, ich habe nichts, was mich an sie erinnert. Dad hat alles verbrannt, was sie hinterlassen hat, und ihr Name durfte nicht mehr erwähnt werden.«

»Gut, dann komm mit.« Doreen wurde geschäftsmäßig und eilte in ihr Wohnzimmer voller Rüschen und Volants. »Hol alle alten Alben aus dem Regal und staple sie auf den Tisch. Dann wirst du mir helfen müssen, den großen Koffer unter dem Bett hervorzuziehen. Ich habe das Gefühl, da drin stecken auch noch ein paar alte Schnappschüsse.«

Als der Koffer geöffnet mitten im Raum stand, begann Doreen eine Reise in ihre Vergangenheit. Sie zog ein vergilbtes Hochzeitskleid hervor, Babykleidung und Spielzeug, zerdrückte Hüte, abgetragene Lederschuhe und Handtaschen sowie altmodische Baumwollkleider, die ihr nie wieder passen würden. Alte Geburtstagskarten und Kinderbilder stapelte sie auf dem Boden zusammen mit Schulheften und verblassten Schleifen von Reiterfesten und Rodeos.

Dann holte Doreen einige Schwarzweißfotos heraus, die ganz unten lagen, und blätterte sie rasch durch. »Hier ist nicht viel«, murmelte sie. »Ich weiß nicht, warum ich das alles aufgehoben habe – das meiste gehört auf den Müll.«

»Damit sind doch bestimmt viele Erinnerungen verknüpft, oder?«

Doreen machte ein langes Gesicht und klappte den Deckel zu. »Ja, aber keine spendet mir Trost«, meinte sie säuerlich. »Mein Mann ist mit einer anderen Frau durchgebrannt, und meine Kinder und Enkel sind in alle Winde verstreut. Ich sehe sie nur einmal im Jahr, und sie rufen mich nur selten an.«

Sie drehte sich zu dem Stapel Alben auf dem Tisch um und begann, sie chronologisch zu sortieren. »Die hier sind zu neu, also hat es keinen Zweck, sie zu durchforsten«, murmelte sie vor sich hin und legte die Hälfte beiseite.

Fleur saß neben ihr auf der Couch, während sie langsam die Seiten umblätterte. Auf den Fotos lächelte eine viel dünnere, jüngere Doreen in die Kamera. Von einem Säugling auf einer Wolldecke bis hin zur strahlenden Braut und zu einer jungen Mutter, die ein Baby auf dem Arm trug und ein Kleinkind am Bein hatte, waren ihre frühen Jahre sorgfältig dokumentiert.

»Auf dem hier siehst du sehr hübsch aus«, flüsterte Fleur und deutete auf ein Foto mit einer lachenden jungen Frau auf einem Pferd.

»Das war ich damals auch«, seufzte Doreen. »Das Alter ist eine furchtbare Strafe; aber ich schätze, die Alternative zum Altwerden ist noch viel unangenehmer; daher finde ich mich damit ab und versuche nicht daran zu denken, wie es einmal war.«

Als Doreen eine weitere Seite umschlug, hellte sich ihre Miene auf. Sie deutete auf ein Foto. »Da ist sie ja!«, rief sie. »Ich wusste, dass es hier irgendwo sein würde. Das war an Selinas sechzehntem Geburtstag. Ihr Dad hat es vor der Party aufgenommen.«

Fleur nahm das Album mit zitternden Händen entgegen. Sie schaute auf die dunkelhaarige Schönheit, die an der Seite von Doreen auf einer Veranda stand und munter in die Kamera lächelte. Sie überragte Doreen um einige Zentimeter; ihre Haare waren seitlich gescheitelt und fielen in dichten Locken auf die Schultern. Sie wirkte schlank in ihrem Kleid mit rechteckigem Ausschnitt. Ihre Taille wurde durch einen breiten weißen Gürtel betont, und der schwingende weite Rock gab den Blick auf Petticoats und wohlgeformte Beine frei.

Fleur stiegen Tränen in die Augen, als sie das Foto zärtlich streichelte. Das war ihre Mutter. Das war die Frau, die ihre Tochter so sehr geliebt hatte, dass sie sich lieber das Leben genommen hatte, als ohne ihr Kind zu sein; das junge Mädchen, das in wenigen Jahren Don Franklins abscheulichem Verrat zum Opfer fallen würde.

Fleur konnte die Tränen nicht mehr zurückhalten, als sie in die Augen blickte, die zweifellos einst mit Liebe auf sie, Fleur, herabgeschaut hatten.

Doreen räusperte sich. »Du kannst es behalten, wenn du willst«, sagte sie schroff.

»Danke«, flüsterte Fleur. Sie drückte das kostbare Foto an die Brust und verabschiedete sich sofort. Sie wollte mit ihrer Mutter allein sein, wollte das Foto betrachten und das Wesen der Frau in sich aufnehmen, an die sie sich nicht mehr erinnern konnte, weil sie damals noch zu klein gewesen war.

In der Nacht träumte Fleur von Armen, die sie zärtlich umfingen, von einem süßen Parfüm, das sie nicht identifizieren konnte, und einem leisen Schlaflied, gesungen von einer jungen Stimme, die sie in einen tiefen, erholsamen Schlaf wiegte.

13

Fleur hatte ausgezeichnet geschlafen und freute sich auf das Frühstück. Sie griff nach Handtasche und Jacke, trat hinaus in den relativ kühlen Morgen und vernahm das Zwitschern der Vögel im Pfefferbaum.

Sie hatte nachts nichts gehört, aber drei schlammbespritzte Geländewagen waren willkürlich vor den Nummern eins und zwei geparkt, und vor den Türen standen zwei leere Bierkästen. Die Jackaroos schliefen sich zweifellos nach einer durchzechten Nacht aus.

»Guten Morgen, meine Liebe«, sagte Doreen mit strahlendem Lächeln, als Fleur die Küche betrat. »Ich habe dir ein schönes üppiges Frühstück gemacht, damit du den Tag überstehst.« Sie stellte Fleur einen Teller mit Ei, Speck, Wurst, Baked Beans, Tomaten und Pilzen hin. »Und jetzt iss das auf, Mädel!«, befahl sie herrisch. »Du bist viel zu dünn.«

Sehr zu ihrer Überraschung langte Fleur ordentlich zu und schaffte es, bis auf die Bohnen fast alles zu vertilgen. »Das war köstlich«, sagte sie zufrieden und tätschelte ihren Bauch. »Meine Shorts saßen schon ein bisschen stramm, aber jetzt kommt es mir vor, als wären sie ein paar Nummern zu klein.«

Doreen schnaubte und strich so viel Butter auf ihren Toast, dass ihre Zähne nach dem Hineinbeißen einen Abdruck hinterließen. Sie kaute, schluckte und spülte mit einem großen Schluck Tee nach. »Zu Beginn des Tages braucht man eine ordentliche Mahlzeit«, sagte sie. »Ihr Mädels aus der Stadt passt nicht richtig auf euch auf.«

Fleur fand es an der Zeit, das Thema zu wechseln. »Hattest du schon Gelegenheit, mit Martha Daley zu sprechen?«

Doreen schüttelte den Kopf. »Ich habe nur den Verwalter der Farm an die Strippe gekriegt. Die Daleys sind für zwei Tage weggefahren. Deshalb hab ich Martha ausrichten lassen, sie soll mich zurückrufen, sobald sie wieder da ist.« Sie tupfte sich den Mund mit einer Serviette ab. »Keine Bange, Schätzchen, du wirst bald von ihr hören.«

Als es an der Hintertür klopfte, erschraken beide. Sie drehten sich um und erblickten hinter der matten Glasscheibe eine große männliche Gestalt.

»Jetzt steh da nicht rum, Djati Wishbone!«, rief Doreen fröhlich. »Das ist ungemütlich.«

Der Mann war gutaussehend und hellhäutig. Er hatte ein wettergegerbtes Gesicht, haselnussbraune Augen und graue Haare, die sauber geschnitten waren. Seine schlanke Erscheinung strotzte vor Energie, ein Eindruck, der von seinen muskulösen Unterarmen und den riesigen Händen noch bestärkt wurde. Für jemanden, der gerade achtzig geworden war, wirkte er erstaunlich durchtrainiert.

Djati musste seinen Hut absetzen und sich ducken, um durch die Tür zu passen. »Guten Tag, Doreen«, sagte er mit tiefer, polternder Stimme und warf Fleur einen Blick zu. »Freut mich, Sie endlich kennenzulernen, Mrs. Mackenzie.«

Schon umfasste er Fleurs Hand mit festem Griff. »Bitte, Djati, wir wollen uns duzen. Ich bin Fleur.«

»Setz dich, Djati!«, befahl Doreen. »Du gehst erst wieder, wenn du mein berühmtes Frühstück gegessen hast.«

Er gluckste. »Ich hatte auch gar nicht die Absicht, sofort wieder umzudrehen.« Er zwinkerte Fleur zu. »Dein Frühstück ist legendär, und da ich seit gestern Morgen unterwegs bin, habe ich gehörigen Hunger mitgebracht.«

»Dann warte.« Doreen band sich eine Schürze um die üppige Taille und machte sich in der Küche zu schaffen. »Wenn du so lange gefahren bist, willst du dich dann nicht ausruhen und ein bisschen Schlaf nachholen, bevor du zurückfährst?«

Grinsend schüttelte er den Kopf. »Letzte Nacht habe ich draußen gezeltet, und wenn ich das mache, schlafe ich immer wie ein Zweijähriger. Sobald ich gefrühstückt habe, geht es mir wieder gut.« Er betrachtete Fleur nachdenklich. »Das letzte Mal, als ich dich gesehen habe, warst du noch ein Baby«, murmelte er. »Du siehst aus wie deine Ma, soweit ich mich an sie erinnern kann.«

Fleur lächelte. »Das habe ich auch schon festgestellt.« Sie erklärte ihm, wie hilfreich Doreen am Vorabend gewesen war.

Während Djati sich durch den vollgepackten Teller pflügte, den Doreen ihm hingestellt hatte, sprachen sie über Annie, Selina und Savannah Winds. Zufrieden schob er schließlich den Teller von sich und leerte seine Teetasse. »Das war köstlich, Doreen. Sal wird traurig sein, dass sie es verpasst hat.«

»Wie geht es Sal? Ich habe gehört, sie hat Schwierigkeiten mit dem Knie?«

»Es geht ihr gut. Der Arzt sagt, sie muss es bald operieren lassen, aber sie kommt ganz gut zurecht. Sie wollte mich begleiten, aber die Urenkel haben Rabatz gemacht und wollten auch mit, daher habe ich beschlossen, dass es einfacher wäre, allein zu fahren.«

Fleur hörte ihnen zu und fügte die Puzzleteile zusammen, die sie aus Annies Tagebüchern kannte. Djati hatte offenbar Benuks resolute Enkelin geheiratet und war allem Anschein nach wunschlos glücklich. Wie schön, dass aus dem zerlumpten Jungen, der vor all den Jahren bei Annie gestrandet war, so viel geworden war.

»Wir brechen wohl besser auf«, sagte er schließlich. »Wie viel bin ich dir schuldig, Doreen?«

»Das übernehme ich«, erklärte Fleur rasch, und bevor er etwas einwenden konnte, hatte sie so viel Bargeld überreicht, dass es für ihre Übernachtung und alle Mahlzeiten reichte. »Nun dann«, sagte sie und nahm die Eisblöcke entgegen, die Doreen über Nacht für sie eingefroren hatte. »Ich habe so viel für deine Familie eingekauft, dass man ein ganzes Warenhaus damit füllen könnte. Daher habe ich zwei sehr schwere Koffer in meinem Zimmer. Sobald die hier in den Kühltaschen verstaut sind, bin ich reisefertig.«

Nachdem die Eisblöcke zwischen den Süßigkeiten und dem Make-up in den Kühltaschen lagen, räumte Djati das Gepäck auf die Ladefläche des Geländewagens, der dick mit rotem Staub und Schlamm bedeckt war, sodass seine ursprüngliche Farbe kaum zu erkennen war.

Fleur erstickte beim Abschied beinahe in Doreens herzlicher Umarmung. »Danke für alles«, flüsterte sie, und wieder brannten Tränen in ihren Augen.

»Keine Sorge, Schätzchen! Du musst nur versprechen vorbeizuschauen, bevor du wieder in deine große Stadt zurückkehrst.« Sie nahm Fleurs Gesicht in die weichen, kleinen Hände. »War schön, deine Bekanntschaft zu machen – als wäre Selina wieder nach Hause gekommen.«

Fleur blinzelte gegen die Tränen an, stieg in den Wagen und ließ sich auf den Beifahrersitz fallen, dessen Leder rissig war. Es roch nach Hund, Leder und Metall. Der Boden war übersät mit alten Zeitschriften, Bonbonpapieren und einer völlig abgetragenen, schmutzigen Hose, die Djati schnell unter seinen Sitz schob.

»Fertig?« Djati betrachtete Fleur mit verständnisvollem Lächeln.

»Fertig«, sagte sie nachdrücklich.

»Savannah Winds, wir kommen!« Der Wagen rumpelte aus dem Hof des Motels, und Fleur winkte der kleinen Gestalt zu, die auf dem Bürgersteig stand. Die Freundlichkeit von Fremden erstaunte sie immer aufs Neue; und das Geschenk, das Doreen ihr gemacht hatte, war unbezahlbar.

Sie hatten Cloncurry in einer Staubwolke weit hinter sich gelassen, als sie über den Matilda Highway zur Raststätte Burke and Wills hinauffuhren, wo sie ein sehr spätes Mittagessen einnahmen. An der Raststätte kreuzten sich der schmale Highway in nordöstlicher Richtung, der durch Normanton und Karumba bis hin zur Küste führte, mit einer noch schmaleren Straße, die nach Westen ging und laut Djati am Lawn Hill National Park endete.

»Hier fängt der Spaß an«, sagte er fröhlich und bog scharf von der Hauptstraße nach Osten ab, auf einen kaum erkennbaren Pfad. Er schlängelte sich durch eine von unzähligen Flüssen und Bächen durchzogene Wildnis aus üppigem Gras und schlanken Bäumen. »Es hat ordentlich geregnet, was für diese Jahreszeit ungewöhnlich ist. Aber der Weg ist passierbar.«

Die Sonne brannte auf die Windschutzscheibe, und im Führerhaus wurde es unerträglich heiß. Fleur und Djati hatten die Fenster heruntergekurbelt, um ein wenig Fahrtwind abzubekommen, da die Klimaanlage schon lange defekt war.

Langbeinige graue Bolgakraniche stiegen von den Ufern auf und flatterten davon. Fleur betrachtete ehrfürchtig die weite Savanne, die sich allmählich öffnete, und schaute ängstlich hinunter, wenn sie felsige Bäche und reißende Flüsse überquerten. Sollten sie hier liegen bleiben, würde niemand davon erfahren. Möglicherweise würden sie tagelang feststecken – vielleicht sogar Wochen. Außerdem gab es hier Krokodile.

Als hätte Djati Fleurs Gedanken gelesen, sagte er beruhigend: »Ich habe für alles ein Ersatzteil dabei. Außerdem hab ich ein Funkgerät. Innerhalb von wenigen Stunden wäre jemand hier draußen.«

»Ich habe mein Handy auch dabei«, sagte sie. »Das könnten wir benutzen.«

Er schüttelte den Kopf. »Nein, hier nicht. Hier ist kein Empfang.«

Fleur dachte an den Laptop in ihrem Gepäck und fragte sich, ob das wohl die einzige Möglichkeit für ihre Familie sei, Verbindung mit ihr aufzunehmen, sollte ein Notfall eintreten. »Ich nehme an, ihr benutzt Computer, um mit der Außenwelt in Kontakt zu bleiben?«

Er lachte. »Auch das nicht. Wir verlassen uns auf das Telefon und den Funk. Die Technik ist nicht bis hierher vorgedrungen trotz allem, was das übrige Australien hat …« Er sah sie mitfühlend an. »Ich weiß, das Stadtvolk glaubt, dass es nicht ohne Handys und Computer überleben kann, aber du wirst dich schon bald an die Gegebenheiten hier gewöhnen.«

Sie fuhren in einvernehmlichem Schweigen weiter, das nur unterbrochen wurde, wenn Fleur eine Frage stellte oder Djati sie auf etwas hinwies. Drei Stunden später ließ das Licht draußen nach, und Fleur sah etwas am Himmel glitzern.

»Was ist denn das?«

Er spähte durch die schmutzige Windschutzscheibe. »Heuschreckenplage«, murmelte er finster.

»Aber sie sind so schön!«, rief sie aus, als die schimmernde, wogende Wolke näher kam. »Es sieht aus, als würden Pailletten vom Himmel regnen.«

»Die Viecher sind ein verdammtes Ärgernis«, knurrte er. »So ein Schwarm kann sich innerhalb weniger Stunden durch viele Morgen Land fressen. Mach das Fenster zu. Sie kommen.«

Er fuhr nun fast im Schritttempo. Der Himmel wurde noch dunkler, und der Schwarm hüllte sie ein.

Fleur kurbelte das Fenster hoch, als die erste Heuschrecke mit dumpfem Geräusch auf die Windschutzscheibe prallte. Die ledrigen Tierkörper donnerten wie Hämmer gegen den Wagen, und Fleur fuhr zusammen, als die Insekten sich an der Windschutzscheibe übereinanderschichteten. Silbrige Flügel flatterten, und Beine und Fühler zappelten in Todesqualen. Fleur hatte nicht gewusst, wie groß die Tiere waren; einige waren schätzungsweise fast fünf Zentimeter lang. Djati schaltete die Scheibenwischer in den schnellen Modus, und bald war die Windschutzscheibe von Heuschreckenblut verschmiert.

Fleur konnte nicht länger hinsehen, daher schloss sie die Augen, bis das Gehämmer aufhörte und der Himmel heller wurde. »Das war ekelhaft«, sagte sie schaudernd.

»Wenn die kommen, will man nicht draußen auf dem Feld sein«, erklärte er. »Die fliegen direkt auf einen zu, weil sie anscheinend nichts als das Gras oder neues Getreide sehen und einfach in alles hineinknallen, was ihnen im Weg ist.« Er gab wieder Gas.

»Warum schwärmen sie so aus?«

»Das liegt am Wetter. Wir hatten Regen und eine heiße Trockenperiode – die ideale Voraussetzung für die jungen Schrecken, sich zu vermehren und auszuschwärmen. Ich hoffe nur, sie haben uns das Gras für die neuen Kälber nicht weggefressen. Futter aus Lagerhaltung zu kaufen ist teuer.«

Fleur erkannte, dass sie noch viel lernen musste, wenn sie diese weitläufige, entlegene Gegend je verstehen wollte – und sie bewunderte Annie noch mehr.

Djati hielt schließlich an und schaltete den Motor aus. »Wir müssen über Nacht rasten, denn hier im Dunkeln zu fahren ist gefährlich.«

Fleur beäugte aufmerksam ihre Umgebung, als sie aus dem Wagen stieg. Sie befanden sich auf einer niedrigen Anhöhe über einem schmalen Fluss. Der Grasbewuchs war spärlich, aber es gab Dickichte aus Mulga-Sträuchern und höhere und elegantere Gidgee-Bäume mit ausladenden hängenden Kronen sowie schlanke, grau-grün belaubte Hainbuchen. »Wie sieht es mit Schlangen und Krokodilen aus?«

»Du bist hier einigermaßen sicher«, sagte er. »Ich werde dir ein Bett im Wagen herrichten.«

»Und was ist mit dir?«

»Ich schlafe auf der Ladefläche.« Er ging hinter den Wagen, auf dem Fleurs Koffer, Ersatzreifen, Wasser- und Benzinkanister, Seile, Schaufeln und fast alles lag, was sie im Notfall benötigen würden. Indem er die Plane abzog, wurde er die meisten toten Heuschrecken los, musste aber trotzdem noch eine Menge Kadaver von der Ladefläche schaufeln. »Mit denen will ich nicht zusammen schlafen«, bemerkte er grinsend.

Nachdem er Platz dafür geschaffen hatte, rollte er einen Schlafsack und ein Kissen aus, fügte noch eine Decke hinzu und befestigte ein Moskitonetz darüber. Für Fleur waren ein weiterer dicker Schlafsack, ein Kissen und zwei Decken vorhanden, die er auf die Rückbank des Wagens legte.

»Lass dich bloß nicht verleiten, die Fenster zu öffnen!«, warnte er. »Die Moskitos werden dich bei lebendigem Leibe fressen.« Er betrachtete ihre Shorts, das knappe T-Shirt und die Sandalen. »Sobald die Sonne untergegangen ist, wird es hier draußen kalt. Ich hoffe, du hast warme Sachen und ein Paar gute Wanderschuhe dabei.«

Sie spürte bereits die Kälte in der Luft, als die Sonne hinter dem fernen Horizont verschwand, und holte einen Pullover und Jeans aus dem Koffer. Sie zog sich um und schnürte ihre Wanderstiefel über dicken Socken zu, während Djati genug

Zündholz für ein Feuer sammelte. Schon bald schlugen die ersten Flammen hoch, und Fleur setzte sich daneben, sobald Wasser und Eintopf in zwei Feldkesseln zu sieden begannen und das Brot in der Asche braun wurde.

Fleur stellte fest, dass sie ausgehungert war, und verschlang den köstlichen Lammeintopf und das Brot mit Appetit. Sie tupfte den letzten Rest Soße mit dem Brot auf und begegnete dabei Djatis amüsiertem Blick. »Immer wenn ich im Freien esse, habe ich einen Mordsappetit«, erklärte sie, noch kauend.

»Ich auch.« Er sammelte die Teller ein und wusch sie im Fluss ab, während Fleur Tee kochte. Bei den Pfadfinderinnen hatte sie gelernt, wie man Bush Tea richtig zubereitet, und sie war sehr stolz, Djati zeigen zu können, dass sie kein komplett dummes Mädchen aus der Stadt war.

Sie ließen sich nieder und beobachteten, wie das Feuer allmählich herunterbrannte. Über ihnen leuchteten die Sterne. Der Anblick war atemberaubend. Die breite Milchstraße spannte sich über den Himmel, Orion funkelte dahinter, und das Mondlicht vergoldete Bäume und Büsche.

»Benuk hat mich immer mit seinen Enkeln hinausgenommen. Wir haben gezeltet und nach der Jagd ein Feuer angezündet. Und dann hat er uns die Geschichten von den Sternen erzählt«, sagte Djati mit leiser, melodischer Stimme. »Bis dahin hatte ich noch nie richtig nach oben geschaut und nie über so etwas wie die Gestirne nachgedacht oder über die Bedeutung, die sie für mein Volk haben mochten. Ich musste zu sehr ums Überleben kämpfen.«

»Ich habe deine Geschichte in Annies Tagebuch gelesen«, murmelte Fleur. »Sie schreibt, dass Benuk dich unter seine Fittiche genommen hat, als du nach Savannah Winds kamst.«

Seine haselnussbraunen Augen leuchteten im Feuerschein, während er in die Flammen starrte; die Haare glitzerten silbrig, die tiefen Furchen in seinem Gesicht traten deutlich hervor. »Mag sein, dass er aus einem anderen Stamm war – ich wusste nicht, wie mein Volk hieß oder wo seine Jagdgründe lagen –, aber Benuk war für mich der Vater, den ich nie hatte. Ohne ihn hätte ich nie etwas über die Sitten und Gebräuche unserer Völker gelernt und dass wir dem Land zurückgeben müssen, was wir ihm genommen haben.«

Er zeigte zu den Sternen. »Über den Großen Weißen Weg gehen alle, die unsere Erde verlassen haben. Benuk ist da oben mit Annie und passt auf uns auf – und jeder Stern, den du siehst, ist eine Seele, die vom Großen Vater im Großen Kanu hinaufgeholt wurde.«

Er verstummte, als er am Himmel eine Sternschnuppe entdeckte. »Mich tröstet der Gedanke, dass ich eines Tages meine Mutter und meinen Vater wiedersehen werde, dass ich wieder mit Benuk jagen und auf Savannah Winds hinabschauen werde – bis zum Großen Erwecken, wenn alle Seelen zur Erde zurückkehren.«

Fleur hatte einen Kloß im Hals, als sie die Sterne betrachtete und seiner tiefen Stimme lauschte. Der Gedanke war schön und tröstlich, denn wenn Annie und ihre Mutter tatsächlich über sie wachten, dann hatte sie nicht viel zu befürchten.

Trotz der Enge und der unheimlichen Geräusche, die in der Nacht aus der Savanne drangen, hatte Fleur gut geschlafen. Sie lag im Schlafsack und schaute durch das schmutzige Wagenfenster in den lilafarbenen Himmel, über den Nebelschwaden in Grau und Rosa zogen, die von der Savanne aufstiegen, ätherischen Schleiern gleich. Die Sonne schob sich wie eine Scheibe über den Horizont.

Fleur öffnete den Reißverschluss, schälte sich aus dem Schlafsack und kletterte aus dem Auto. Plötzlich hörte sie Flügelschlagen und drehte sich ruckartig um. Eine Schar anmutiger grauer Brolgakraniche erhob sich und flog vor der rosaroten Sonnenscheibe davon – ein Bild wie ein wunderschönes japanisches Gemälde.

»Das ist ein Anblick, was?« Djati bereitete auf einem Primuskocher schon das Frühstück zu.

»Kaum zu glauben, dass ich meinen Fotoapparat im Koffer gelassen habe«, murmelte Fleur. »Da hab ich was versäumt.«

»Keine Bange, du wirst noch jede Menge Kraniche sehen. Die Flüsse sind zu dieser Jahreszeit reich an Fischen.«

Sie machten es sich bequem, aßen Rührei mit Speck und tranken starken schwarzen Tee mit dem Aroma von Eukalyptusblättern. »In ungefähr zwei Stunden dürften wir auf Savannah Winds sein«, sagte Djati, als sie wieder in den Wagen stiegen. »Die Fahrt wird ein bisschen holprig, also halte dich gut fest.«

Der unbefestigte Weg war tatsächlich zerfurcht und löchrig. Überall rekelten sich Reptilien in der Sonne, und aus dem Busch tauchte eine Herde Emus auf und rannte ungefähr eine Meile lang vor ihnen her, bevor sie wieder im Busch verschwand.

»Hirnlose Dinger«, grummelte Djati. »Aber sie geben einen guten Braten ab.«

Er gab Gas, sobald die Emus fort waren, sodass hinter ihnen eine große rote Staubwolke aufstieg. »Und«, fragte er einige Minuten später, »was hat Annie noch in ihr Tagebuch geschrieben?«

Fleur lächelte. »Das würdest du wohl gern wissen?«, neckte sie ihn. »Sie war der Meinung, dass du mit Sal zusammenkommen würdest – und allem Anschein hat sie ja richtig gelegen.«

Djati grinste. »Mir blieb nichts anderes übrig«, sagte er fröhlich. »Sal hat mich ins Visier genommen, und bevor ich mich's versah, war ich geliefert.« Grinsend schüttelte er den Kopf. »Sie behauptete, sie habe uns schon zusammen gesehen, lange bevor ich nach Savannah Winds kam, obwohl ich immer noch nicht weiß, wie sie das angestellt hat.«

Sein Blick wanderte zu Fleur. »Du wirst sie zuerst vielleicht ein wenig eigenartig finden«, warnte er, »denn meine Sal hat ein Talent, Dinge zu wissen, die man nicht erklären kann. Sie hat so eine Art, einem direkt ins Herz zu schauen. Aber das muss dich nicht beunruhigen – sie meint es nicht böse. Mein Mädchen ist das Beste, was mir je passiert ist. Und wenn Sal mich wirklich kommen gesehen hat, nun, dann bin ich froh, dass ich in ihre Pläne gepasst habe.«

»Ich bin so froh, dass alles gut ausgegangen ist. Annies Tagebuch ist zu entnehmen, dass du einen sehr schlechten Start ins Leben hattest.«

Er zuckte mit den Schultern. »Ich war nicht der Einzige. Wenigstens denkt die Regierung inzwischen laut über Wiedergutmachung an der sogenannten ›Gestohlenen Generation‹ nach – was längst überfällig ist. Aber für mich hat sich am Ende alles zum Guten gewendet. Sal und ich haben gerade sechzig gemeinsame Jahre gefeiert, und wir sind jetzt noch so glücklich wie damals, als wir jung waren. Das haben wir Annie zu verdanken, und das werden wir beide nie vergessen.«

Fleur schwieg. Das Bedauern über das Scheitern ihrer eigenen Ehe und der Schmerz darüber, dass Greg und sie niemals solch einen Jahrestag begehen würden, schnürten ihr die Kehle zu.

Plötzlich wurde der Weg breiter, und Djati fuhr noch schneller. »Wir befinden uns schon seit etwa anderthalb Stunden auf dem Land von Savannah Winds«, sagte er, während er der leicht geschwungenen Kurve des dunkelroten Asphaltbands folgte. »Das hier ist die hintere Anfahrt zur Farm. Die Lastzüge kommen von der Gulf Developmental Road im Osten, die rauf nach Croydon, Normanton und schließlich weiter nach Karumba an der Golfküste führt.« Er lachte heiser auf. »Ein Mal bin ich da gewesen, in Karumba; gibt nicht viel zu sehen dort, nur jede Menge einbeiniger Fischer und einen Haufen Krokodile.«

Fleur schauderte und entschied, Karumba nicht auf ihre Liste der zu besichtigenden Orte zu setzen. Ihr Pulsschlag beschleunigte sich, während sie durch viele Morgen Grasland und goldene Weizenfelder fuhren. Die Rinder schauten gut aus. Ihr Fell glänzte beinahe so, als seien sie für Fleurs Ankunft auf Hochglanz gestriegelt worden. »Offenbar sind die Heuschrecken nicht hier gewesen«, murmelte sie.

»Wir können nur hoffen, dass der Wind sie weiter nach Süden bläst, während wir die Ernte einholen. Wenn das Wetter hier oben trocken und heiß bleibt, sterben sie und wir bleiben eine Weile verschont.«

Neugierig lehnte Fleur sich vor, als am Horizont Gebäude auftauchten. »Welches ist denn das Haupthaus?«

»Du kannst es noch nicht sehen, es liegt hinter der Anhöhe.« Djati zeigte auf die Scheunen, die Schlafbaracke und die Küche für die Saisonarbeiter. »Und da drüben wohne ich mit Sal.«

Fleur erblickte ein schmuckes eingeschossiges Backsteingebäude mit einem Gemüsegarten, schattenspendenden Bäumen und einer vollen Wäscheleine. »Sieht ganz so aus, als hätte Sal in der Zwischenzeit große Wäsche gemacht«, scherzte sie.

Djati grinste. »Sie hat eine neue Waschmaschine, und das verdammte Ding steht bei so vielen Kindern nie still.« Er wies mit einer ruckartigen Kopfbewegung auf andere Gebäude in der Ferne. »Zwei von Benuks Urenkeln leben noch hier, und da alle unsere Kinder verheiratet sind, haben wir ihnen beim

Bau ihrer Häuser geholfen. Dasselbe gilt für die Enkel. Unsere Gemeinschaft funktioniert ziemlich gut. Wir sitzen uns nicht auf der Pelle, sind aber gern nah beieinander.«

Fleur warf einen Blick auf die Lichtung und die Gebäude und dachte, wie isoliert Annie in den ersten Jahren nach dem Tod ihres Mannes gewesen sein müsse. »Wenigstens fühlt ihr euch mit so vielen Verwandten in der Umgebung nicht vollkommen abgeschnitten«, flüsterte sie.

»Das kann bei all dem Zank manchmal auch von Nachteil sein«, antwortete er, »aber meistens kommen wir schlecht und recht miteinander aus.«

Sie überquerten die größte Lichtung und fuhren auf ein imposantes eingeschossiges Backsteinhaus mit Wellblechdach und stabilem Steinschornstein zu. Ringsum verlief eine mit Fliegengittern geschützte Veranda. »Das ist das Hauptgebäude«, murmelte er breit grinsend. »Schau's dir an, und mach dich auf einen Überfall gefasst«, warnte er glucksend.

Und tatsächlich, beim Klang der Hupe tauchte wie aus dem Nichts eine Kinderschar auf und nahm die Verfolgung auf.

Von Teenagern bis zu Kleinkindern, die gerade laufen konnten, waren alle Altersstufen dabei. Die Hautfarben rangierten von cremefarben bis goldbraun, die Haare waren blond, braun oder so rostrot wie der Boden. Aus den Scheunen, Schuppen und Pferchen tauchten Männer auf, die den Kindern folgten, während einige Frauen auf die Treppe des Hauptgebäudes traten, um die Ankunft des Geländewagens zu beobachten. Hunde bellten, Hühner gackerten, und ein verwirrter Hahn krähte ausgiebig und laut von seinem Hochsitz auf dem Dach des Hühnerstalls. Es war ein einziges Chaos.

Fleur kurbelte die Scheibe herunter, lachte und winkte den Kindern zu, die den Wagen einholten, auf das Trittbrett sprangen und sich festhielten. Als Djati neben der Treppe zum

Haupthaus anhielt, schwärmten sie aus wie Heuschrecken, begrüßten ihn und die Besucherin lautstark, forderten Aufmerksamkeit, zogen an Fleurs ausgestreckter Hand und balgten sich darum, ihr zuerst die Tür aufzumachen.

Fleur schaffte es auszusteigen, ohne nackte Zehen oder kleine Finger einzuklemmen, während die Kleinsten an ihren Beinen hingen und an ihrer Jeans zerrten. Zwei ältere Mädchen beäugten sie schüchtern und hielten sich zurück. Die älteren Jungen hatten die Hände in den Hosentaschen vergraben, entschlossen, sich vom allgemeinen Trubel nicht beeindrucken zu lassen.

»Hallo, alle miteinander.« Fleur lachte. »Am besten, ihr sagt mir eure Namen. Aber ich kann nicht versprechen, dass ich sie alle sofort behalte; ihr müsst schon ein bisschen Geduld mit mir haben.«

Sie lauschte dem Geplapper und merkte, dass sie die Namen nicht unterscheiden konnte. Sie hob beide Hände und bat um Ruhe. Schließlich schaltete Djati sich ein und verscheuchte die Kinder. »Komm rein, und lerne Sal und die anderen kennen, solange wir einen Moment Ruhe haben«, sagte er leise. »Die Kinder sind schneller wieder da, als du glaubst.«

»Am besten bringst du die Koffer ins Haus«, meinte sie. »Wenn sie auch nur einen Hauch von dem mitbekommen, was da drin ist …«

»Geht klar.« Er hievte die Koffer von der Ladefläche und trug sie zur Veranda, auf der acht Frauen mit strahlendem Lächeln warteten. »Das hier ist meine Sal«, sagte Djati und zog eine pummelige, kleine Frau mit weißem Haar nach vorn, deren breites Grinsen die Furchen in ihrem braunen Gesicht noch vertiefte.

»Guten Tag«, sagte sie und umfasste Fleurs Hand mit warmen, rauen Fingern. Sie schaute Fleur tief in die Augen und nickte. »Du bist genauso, wie ich es gesehen habe«, murmelte sie. »Willkommen zu Hause!«

»Danke.« Fleur war ziemlich verwirrt, denn Mystik und Weissagungen waren ihr fremd, doch sie war bereit, ihre Skepsis vorerst beiseitezuschieben und mitzuspielen.

Sal deutete mit eleganter Geste auf die anderen Frauen. »Mary ist mit unserem ältesten Sohn Ben verheiratet; und das hier ist meine Enkelin Amy, die kurz vor der Geburt ihres zweiten Kindes steht. Das ist meine Tochter Jane«, fuhr sie fort. »Ihr Mann ist für alles hier zuständig; und das ist ihre Tochter Sarah, die auch ein Kind erwartet. Annie ist meine Jüngste. Sie ist mit einem Farmarbeiter verheiratet; und das ist ihre Tochter Jewel. Pearl hier ist die Urenkelin meines Großvaters.«

Sie warf Djati ein liebevolles Lächeln zu. »Wir haben noch zwei andere Söhne, aber die sind im Moment draußen beim Vieh. Wir haben es noch nicht geschafft, sie zu verheiraten. Und ich bezweifle, dass es uns noch gelingen wird.« Sie machte ein langes Gesicht. »Zu eigensinnig – keine vernünftige Frau würde sie haben wollen.«

Fleur staunte, als alle Frauen nacheinander vortraten, um ihr die Hand zu schütteln. Sie schätzte, dass sie zwischen dreißig und sechzig Jahre alt waren. Am Ende würde sie zweifellos alle kennen – aber sie hatte viele Eindrücke zu verarbeiten.

»Jewel hat dasselbe Talent wie ich«, erklärte Sal heiser flüsternd, »obwohl sie nicht annähernd so gut ist. Sie wird dir im Haus helfen, wenn du willst; aber das Kochen übernehme ich.« Sie richtete sich gerade auf und verschränkte die Arme unter dem Busen. »Ich mache auch die Wäsche – mit meiner neuen Maschine.«

»Prima, Sal«, sagte Djati und bemühte sich, die Koffer durch die Fliegentür ins Haus zu schaffen. »Setz das Wasser auf, Schätzchen! Ich bin am Verdursten.«

Die Frauen eilten geschäftig ins Haus, und Fleur wollte ihnen schon folgen, als sie jemand an der Hand zog. Sie drehte sich um und schaute direkt in Sals hellbraune Augen.

»Ich sehe eine tiefe Traurigkeit in dir«, flüsterte sie. »Du hast bittere Tränen um etwas geweint, was du verloren hast.«

Fleurs Nackenhaare stellten sich auf. Wie um alles in der Welt konnte Sal das wissen? Beim bohrenden Blick der alten Frau wurde ihr noch unbehaglicher zumute, doch sie konnte die Augen nicht abwenden.

»Keine Bange!«, beruhigte Sal sie und tätschelte ihr den Arm. »Du wirst bald viel Freude erfahren; das wird deine Tränen trocknen.« Bei diesen rätselhaften Abschiedsworten nickte sie und begab sich ins Haus.

Fleur war wie benebelt. Djati hatte sie zwar vor Sals Eigenart gewarnt, dennoch fragte Fleur sich, ob die alte Dame noch recht bei Trost sei.

Auf der Veranda standen verwitterte Korbstühle und Tische zwischen blühenden Topfpflanzen. Eine schwarze Katze mit weißem Schwanz lag ausgestreckt auf einem der Tische; als Fleur sie streichelte, rekelte sie sich anmutig und schnurrte.

Die Eingangstür stand offen. Fleur ging ins Haus und stellte fest, dass es keine Diele gab. Offensichtlich spielte sich das häusliche Leben im Hauptraum ab, an den sich eine Küche anschloss. Kein Vergleich mit ihrem modernen, schicken Apartment in Brisbane. Dennoch besaß der Raum einen eigenen Charme, der Fleur gefiel. Er war heimelig und freundlich, und es würde nichts ausmachen, wenn Kinder hier herumtollten und mit klebrigen Fingern die Möbel anfassten. Der Holzboden war abgeschliffen und hell lackiert worden, die hübschen Vorhänge wirkten frisch – obwohl sie reglos vor den Fenstern hingen und auf einen belebenden Luftzug warteten. Die Teppiche bestanden aus bunten Stoffstreifen, die mit Jute verwoben waren.

Da sich so viele Menschen im Raum befanden, fiel es schwer einzuschätzen, wie groß er wirklich war, aber Fleur hatte den Eindruck, dass um den Mittelpunkt, einen alten, geschrubbten Küchentisch mit sechs Stühlen, noch reichlich Platz vorhanden war. Zu beiden Seiten des tiefen Kamins, in dem sich ein Holzofen befand, dessen Rauchabzug im weiten Kaminschacht verschwand, stand jeweils ein durchhängendes Sofa.

Als die Frauen in der Küche Tee zubereiteten und Djati sich auf ein Sofa fallen ließ, um die Zeitung zu lesen, erhaschte Fleur einen Blick auf einen riesigen schwarzen Herd und eine Reihe ziemlich moderner Regale. In der Ecke war wohl ein Kühlraum, eine begehbare Speisekammer, und auf der Anrichte prangte ein riesiger Fernseher.

»Soll ich dich durchs Haus führen?« Jewel war hellhäutig, hatte sehr sanfte braune Augen und reizvoll gerötete Wangen. Sie schien sehr schüchtern zu sein.

»Das wäre fein, ja«, antwortete Fleur mit aufmunterndem Lächeln.

Jewel führte sie in drei Schlafzimmer und ein Bad, das gut eingerichtet und makellos sauber war. »Gran hat gesagt, als Annie noch lebte, ist alles ganz anders gewesen.« Jewel sah Fleur an. »Damals gab es nur zwei Räume, einen Abtritt hinter dem Haus und kein Bad. Aber wir haben jetzt einen Generator zur Stromerzeugung und können fernsehen über Satellit – obwohl das Bild nicht gut ist. Das heiße Wasser kommt aus einem Brunnen, daher musst du vorsichtig sein, damit du dich nicht verbrennst. In der Ecke des Wohnbereichs gibt es ein Funkgerät. Ich vermute, du wirst viele Anrufe bekommen, nachdem nun alle wissen, dass du hier bist.« Sie lächelte unsicher. »Wir kriegen nur selten Besuch von außerhalb.«

Fleur war fasziniert von dieser leise sprechenden, attraktiven jungen Frau. »Lebst du schon seit deiner Geburt hier, Jewel?«

»So ungefähr. Ich bin in Brisbane zur Schule und ins College gegangen, dann nach Sydney gezogen, um mein Staatsexamen als Lehrerin zu machen. Mir hat die Stadt ganz gut gefallen, aber hier bin ich lieber. Ein guter Ort, um Kinder großzuziehen.«

»Gibt es denn hier in der Nähe eine Schule?«

Jewel schüttelte lächelnd den Kopf; ihr dunkles Haar wippte auf den Schultern. »Während der Schulzeit gebe ich Englisch per Fernunterricht, und in den Ferien helfe ich den Kindern, die Schwierigkeiten haben, die Aufnahmeprüfungen für die weiterführenden Schulen an der Küste zu bestehen. Und beim Viehtrieb arbeite ich neben meinem Mann, da dann jede Hand gebraucht wird.« Sie wurde rot. »Er stammt aus Sydney. Wir haben uns kennengelernt, als ich dort unten auf der Uni war.«

»Essen ist fertig!«, rief Sal. »Kommt und nehmt euch was, bevor die Kinder es riechen.«

Zu spät. Die Fliegentür knallte auf, und die Kinder strömten herein. Alle redeten gleichzeitig.

»So, ihr Rasselbande«, rief Sal, »setzt euch, und seid ruhig! Sonst bekommt niemand zu sehen, was Fleur aus der Stadt mitgebracht hat.«

Jewel und Amy nahmen ihre Kleinsten auf den Schoß. Andere Kinder ließen sich auf dem Boden nieder, während die älteren zwischen den Erwachsenen auf den Sofas Platz nahmen oder sich auf die Stühle verteilten. Schweigend aßen sie dicke, mit kaltem Fleisch belegte Sandwiches und einen reichhaltigen Obstkuchen. Die Kinder spülten alles mit einem grell gefärbten Getränkesirup hinunter, der Flecken auf Lippen und Zungen hinterließ.

Fleur schaffte ein Sandwich, knabberte an dem köstlichen Kuchen und trank ihren Tee, besorgt, dass die Geschenke enttäuschend sein könnten. Fast fürchtete sie sich davor, die Koffer zu öffnen.

Ihre Sorge war unbegründet. Die Stoffe lösten Begeisterungsstürme aus; die Frauen stritten darüber, wer welchen bekommen solle, und dachten über Kleiderschnitte nach. Die Kleinsten lächelten, als man ihnen Kreisel und Teddybären reichte, und die Mädchen freuten sich über Barbiepuppen, die mit schicken Kleidern und Schuhen daherkamen. Gekämpft wurde um Modeschmuck, Parfüm, Badeschaum und Haargel. Für die Jungen gab es Hemden, Jeans, Bälle für australischen Football, Frisbeescheiben und Paintball-Sets, für die ungeborenen Kinder Spitzendecken, Häubchen und Schals sowie die erlesensten Kleidchen, bei deren Anblick Sarah und Amy seufzten.

Sal und Djati saßen auf der Couch nebeneinander. Sie bewunderten die Geschenke, welche die Kinder ihnen zeigten, und begrüßten jeden kleinen Schatz mit einem Ausruf der Begeisterung. Sals Augen jedoch leuchteten auf, als Fleur die große Kühltasche öffnete, die sie im Koffer verstaut hatte, denn darin waren Gläser mit Marmelade und Vegemite, Kaffee und so viele Lutscher für die Kinder, dass der Vorrat eine Woche reichen würde.

Die Kinder stöhnten laut auf, als Sal die Tüten mit Süßigkeiten einsammelte und beiseitelegte. »Die werden rationiert«, sagte sie und verkniff sich das Lachen. »Sonst fallen euch allen noch die Zähne aus.«

»Meine nicht«, behauptete ein kleiner Junge, der an ihrem Knie stand. »Die fallen nämlich jetzt schon aus.« Er grinste stolz, um die Lücken zu zeigen, die seine ausgefallenen Milchzähne hinterlassen hatten.

Sal hob ihn hoch, umarmte ihn und schob ihm einen Lutscher zu. »Der ist fürs Frechsein«, sagte sie und überhäufte ihn mit Küssen.

»Jetzt ist nur noch eins auszupacken«, sagte Fleur, sobald das Gelächter sich gelegt hatte. Sie wühlte in dem zweiten Koffer und förderte eine kleinere Kühltasche zutage. »Ich hoffe nur, dass hier drin nichts geschmolzen ist.«

Sie kippte den Inhalt auf den Tisch, und die Frauen und älteren Mädchen machten sich über Nagellack, glitzernden Lidschatten in allen Farben, Lippenstifte, Hautcremes, Shampoos und Haarspülungen her.

Fleur ging das Herz über, als sie das Staunen und die Freude sah, während die Frauen die Kosmetika ausprobierten und aufgeregt austüftelten, wie sie den Rest der Beute aufteilen könnten, damit alle etwas davon hätten.

Sals zarte, warme Hand berührte Fleurs Arm. »Danke, Fleur«, sagte sie mit Tränen in den Augen. »Das ist wie Weihnachten, nur noch viel schöner.«

»Es war mir ein Vergnügen.«

»Hört mal!« Sal übertönte den Tumult. »Höchste Zeit, dass ihr euch bedankt und Fleur allein lasst, damit sie sich einrichten kann.«

Fleur wurde von allen umarmt und geküsst, nur die beiden älteren Jungen schüttelten ihr mit rotem Kopf die Hand, bevor sie mit ihren Bällen davoneilten. Fleur spürte plötzlich, dass an ihrer Jeans gezogen wurde. Sie schaute nach unten. Ein kleines Mädchen mit zimtfarbenem Haar und Sommersprossen auf der Stupsnase lächelte breit. Fleur nahm es auf den Arm und setzte es sich auf die Hüfte. »Wie heißt sie?«

»Rosie«, antwortete Jewel stolz.

»Nun, Rosie, freut mich, deine Bekanntschaft zu machen.«

Das kleine Mädchen schlang die rundlichen Arme um Fleurs Hals und setzte einen feuchten, aber lauten Kuss auf ihre Wange. Fleur ging das Herz vor Liebe und Sehnsucht über, als sie das Kind wieder der Mutter übergab und den beiden von der Veranda aus nachwinkte.

»Ich bringe dir Tee, damit du heute Abend in Ruhe essen kannst«, sagte Sal, bevor sie und Djati sich verabschiedeten. »Du siehst müde aus. Es war ein langer Tag.«

Fleur wurde plötzlich klar, wie erschöpft sie tatsächlich war, und nickte dankbar. Sie schaute den beiden nach, als sie die Treppe hinuntergingen und in den Geländewagen stiegen, und winkte zum Abschied.

Sie seufzte matt, aber auch froh, drehte sich um und betrachtete die Katze, die es sich auf einem Stuhl bequem gemacht hatte. Anscheinend hatte man das Tier vergessen, doch da Fleur Katzen mochte, war das kein Problem für sie.

Sie ließ die Tür offen, um selbst die kleinste Brise einzufangen, die sich vielleicht irgendwann auftun würde, und atmete zufrieden durch. Nun konnte sie das Haus in Ruhe erforschen und womöglich Annies Gegenwart in den Zimmern spüren.

Während sie von Raum zu Raum schlenderte, stellte sie fest, dass Annie ihre kostbarsten Sachen vermutlich mit nach Birdsong genommen hatte. In einer Schublade jedoch entdeckte Fleur eine Sammlung sepiabrauner Fotos. Sie setzte sich auf das Bett und blätterte die von Alter und Feuchtigkeit fleckig gewordenen Abzüge durch. Sie waren unscharf, und Fleur war enttäuscht, weil sie nicht beschriftet waren.

Die Katze sprang neben sie aufs Bett, rieb sich, um Aufmerksamkeit heischend, an Fleurs Arm und tapste über die Fotos. Fleur hob das Tier hoch und trug es in die Küche. Sie machte den Kühlschrank auf und fand etwas kaltes Huhn und Milch, womit sie die Schüsseln auf dem Boden füllte.

Die Katze schnurrte beim Fressen, und Fleur musste lächeln. Es war gut, eine Gesellschaft zu haben, die nicht reden wollte; denn nach dem warmherzigen, überschwänglichen Empfang fühlte sie sich ausgelaugt und bettreif, obwohl der Nachmittag noch nicht vorüber war.

Greg hatte die ganze Nacht im Krankenhaus verbracht und die OP-Liste abgearbeitet. In wenigen Stunden würde er den Flug nach Townsville nehmen. Er hatte noch ein paar Stunden geschlafen, bevor er gegen Mittag gefrühstückt hatte. Jetzt war seine Reisetasche gepackt, und er wartete ungeduldig darauf, sich auf den Weg machen zu können.

Wieder warf er einen Blick auf die Armbanduhr und wanderte rastlos in der kleinen Wohnung auf und ab. Er wünschte, die Zeit würde schneller vergehen. Mit jeder vergeudeten Stunde lag er eine weitere Stunde hinter Fleur zurück. Er hatte erwogen, sich die Telefonnummer von Savannah Winds zu besorgen. Doch da er seine Karten nicht zu früh aufdecken wollte, hatte er darauf verzichtet. Wenn Fleur wirklich glaubte, er habe eine Affäre, dann würde sie Savannah Winds nach seinem Anruf vielleicht verlassen, und er würde sie niemals finden.

Sein Flug ging um sechs. Greg hatte das Taxi für halb fünf bestellt, was zugegebenermaßen lächerlich früh war – aber am Flughafen würde er wenigstens das Gefühl haben, dass die Reise begonnen hatte. Er schaute auf die Uhr. Es war erst drei.

Verzweifelt setzte er sich hin und versuchte, die neueste Ausgabe der medizinischen Zeitschrift *The Lancet* zu lesen. Aber er konnte sich nicht konzentrieren und stellte fest, dass er nicht ein Wort gelesen, sondern einfach nur ins Leere gestarrt hatte.

Das Telefon klingelte, und er sprang auf. »Greg Mackenzie«, meldete er sich argwöhnisch.

»Mister Mackenzie«, sagte die Krankenhauskoordinatorin, »tut mir leid, aber Sie werden dringend im Krankenhaus gebraucht.«

Das hatte er befürchtet. »Ich habe drei Wochen Urlaub.«

»Ich weiß, aber es hat einen Verkehrsunfall mit zwei Schulbussen gegeben, und einige Personen sind lebensbedrohlich verletzt.«

»Mein Team kann auch ohne mich perfekt mit dieser Art von Trauma umgehen. Haben Sie Kontakt mit der Notaufnahme im Redcliffe aufgenommen?«

»Die nehmen keine Patienten mehr auf«, sagte sie bestimmt. »Das Redcliffe ist aufgrund einer Virusinfektion für Unfallopfer und andere Notfälle geschlossen. Da die meisten Patienten Kinder sind, bleiben nur noch wir. Wie schnell können Sie hier sein? Die ersten Opfer treffen voraussichtlich innerhalb der nächsten halben Stunde ein.«

Greg warf einen Blick auf sein Gepäck. Das Flugzeug nach Townsville würde ohne ihn abfliegen. »Ich bin in zehn Minuten da«, sagte er und seufzte traurig.

Fleur schlug die Augen auf und wusste im ersten Moment nicht, wo sie war. Der Raum, die Gerüche und Geräusche, die durch die geschlossenen Fensterläden drangen, waren ungewohnt. Es dauerte einen Moment, bis ihr klar wurde, dass sie auf Savannah Winds war. Sie hatte sich vor dem Abendessen nur eine halbe Stunde hinlegen wollen, musste jedoch eingeschlafen sein. Draußen war es dunkel, und die Uhr auf dem Nachttisch zeigte kurz vor Mitternacht.

Fleur vernahm das tiefe Schnurren der Katze, die neben ihr lag, und knipste das Licht an. Als sie die Beine aus dem Bett schwang, sprang die Katze hinunter und lief in der Hoffnung auf mehr Futter in die Küche.

Auch Fleur hatte Hunger und tapste hinter ihr her. Sal hatte Wort gehalten. Ein großes Tablett stand auf der Anrichte, zwei Teller waren vorsorglich abgedeckt. Auf dem einen fand Fleur Gemüsepastete mit Kartoffelbrei, auf dem anderen einen Apple Crumble mit Vanillesoße. Daneben lag eine sorgfältig geschriebene Notiz.

Liebe Fleur,
die meisten von uns werden morgen draußen bei den Rindern sein, und die Kinder müssen zum Unterricht. Wenn Du Gesellschaft brauchst, weißt Du, wo ich bin. Ansonsten lasse ich Dich in Ruhe, damit Du Dich einleben kannst.
Sal

Nachdem Fleur herausgefunden hatte, wie der Ofen zu bedienen war, wärmte sie alles auf, gab der Katze noch mehr Huhn zu fressen, setzte sich an den Tisch und aß.

Der Schlaf hatte sie erfrischt. Nun, da der Hunger gestillt war, wurde es Zeit auszupacken. Es erschien Fleur merkwürdig, mitten in der Nacht auf zu sein, während alle anderen schliefen. Als sie aus dem Fenster spähte, war der Mond das einzige Licht, das sie sehen konnte, und die einzigen Geräusche, die sie hörte, waren das gelegentliche Muhen einer Kuh oder das Schreien einer armen Kreatur, die einem Raubtier zum Opfer gefallen war.

Nachdem sie alles ausgepackt hatte, verstaute sie die Koffer in einem der anderen Schlafzimmer und setzte sich mit einem von Annies Tagebüchern auf die Couch. Es war nicht sehr dick, obwohl es den Zeitraum von beinahe drei Jahren umfasste. Als Fleur zu lesen begann, wurde ihr klar, warum.

Dezember 1941
Diese Zeilen schreibe ich am Ende eines furchtbaren Jahres. Meine eigene kleine Schlacht ist nichts im Vergleich zu der, die am anderen Ende der Welt ausgetragen wird. Und je mehr Nachrichten von Söhnen, Brüdern und Ehemännern uns erreichen, desto mehr fürchten wir weitere Todesfälle.

Am 7. Dezember bombardierten die Japaner Pearl Harbour. Die Amerikaner haben sich endlich dem Freiheitskampf der Alliierten angeschlossen. Vor den Japanern aber haben wir Angst, denn sie haben die beiden britischen Schiffe versenkt, die als unser Bollwerk vor der Ostküste von Malaysia dienten. Sie haben Guam und Wake Island besetzt, und am zweiten Weihnachtstag wurde die Garnison der Briten und Kanadier in Hongkong zur Kapitulation gezwungen.

Die Japaner haben inzwischen die malaiische Halbinsel Johore erreicht und bereiten einen Angriff auf Singapur vor. Der Krieg rückt immer näher, und hier herrscht große Besorgnis, weil unsere Nordküste nun ungeschützt ist. Da all unsere gesunden Männer in Europa kämpfen, können wir uns nicht selbst verteidigen.

Januar 1942

Singapur ist an die Japaner gefallen, und man befürchtet, dass mehr als fünfzehntausend australische Soldaten in Kriegsgefangenschaft geraten sind. Sue Daley wurde vom Kriegsministerium informiert, dass Ted zu diesen Gefangenen gehört. Da sie mit ihrem ersten Kind schwanger ist, nehme ich regelmäßig alle zwei Tage Kontakt zu ihr auf.

Heute habe ich einen Brief von Sam erhalten, was eine enorme Erleichterung für mich war. Er kämpft in Afrika, und als er den Brief schrieb, war er noch bei guter Gesundheit. Ich bete, dass dieser Krieg bald enden möge, aber ich fürchte, dass es nach Kriegseintritt der Japaner nur der Anfang ist.

Da jeden Moment mit einer japanischen Invasion gerechnet wird, werden Unmengen Vieh von der Nordküste nach Süden verlegt. Der Viehtrieb hat in Whyndam, in Westaustralien, begonnen und wird in ungefähr einem Monat hier durchkommen. Auch ich habe vor, meine Herden nach Brisbane zu schaffen.

Das bedeutet allerdings, dass nur wenige Männer hierbleiben können, um auf das Anwesen aufzupassen.

Februar

Darwin und Broome wurden bombardiert. Premierminister Curtin hat darauf bestanden, dass die Siebte Australische Division Burma nicht verteidigt, sondern weiter nach Australien zieht, um unsere Küsten vor den Japanern zu verteidigen, die kurz davorstehen, in Neuguinea einzumarschieren.

März

Endlich sind wir in Brisbane eingetroffen. Die Rinder können nun verkauft werden, obwohl ihr Zustand nach einem so langen Treck nicht gut ist. Viele sind unterwegs verendet. Australische und amerikanische Flugzeuge haben eine japanische Flotte im Korallenmeer abgefangen, und nach einer langen Schlacht wurden die Japaner zum Teufel gejagt.

Juli

Ich bin nach Hause zurückgekehrt und habe alles unversehrt vorgefunden. Aber Bens Enkel haben sich alle freiwillig zur Armee gemeldet. Die Farm ist fast menschenleer. Nun ist es die Aufgabe von alten Männern, Kindern und Frauen, sie am Laufen zu halten.

Von Sam kamen Briefe, die ich wie einen Schatz hüte. Er hat eine Verletzung erlitten, die zum Glück nicht lebensbedrohlich ist. Sie bedeutete eine Freikarte nach England. Während er der Krankenstation angehört, plant er, London einen Besuch abzustatten und seine Familie zu suchen. Ich wünsche ihm Gottes Segen, denn ich habe gehört, dass London bei den Bombenangriffen beinahe in Schutt und Asche gelegt wurde.

August
Die australischen Truppen haben den Japanern in Milne Bay, Neuguinea, eine empfindliche Niederlage bereitet. Nun müssen sie die Japse aus dem Pazifik vertreiben. Vielleicht können wir hier im Outback aufatmen.

Von Sam habe ich nichts gehört, und obwohl ich weiß, dass die Post hierher Wochen braucht, mache ich mir allmählich Sorgen.

Fleur klappte das Tagebuch zu und merkte erschrocken, dass es fast Morgen war. Sie stand von der Couch auf und reckte sich, denn sie war steif und fror. Nachdem sie sich eine Tasse Tee gemacht und der Katze die Haut der Milch gegeben hatte, zog sie noch einen zusätzlichen Pullover über und schlenderte auf die Veranda hinaus – und erschrak fast zu Tode, als eine tiefe, langgezogene Stimme die Ruhe vor dem Morgengrauen durchbrach.

»Hallo, Fleur«, sagte Blue, schälte sich aus dem Korbstuhl und tippte an seinen Hut. »Willkommen auf Savannah Winds.«

14

Greg hatte in der Nacht nur eine Stunde Schlaf bekommen, war aber überraschend munter und energiegeladen. Inzwischen war ihm klar, warum man ihn gebraucht hatte. Über vierzig Kinder waren zu behandeln gewesen – manche mit gefährlichen Kopf- oder Brustverletzungen, für deren Behandlung zwei erfahrene Chirurgen notwendig waren. Sein Team hatte die Tortur mit Bravour gemeistert, und obwohl einige Kinder noch auf der Intensivstation waren, hatten sie kein einziges verloren.

Er eilte durch den Korridor und fragte sich, ob wohl Flüge nach Cloncurry verfügbar seien und wie lange es wohl dauern würde, um nach Savannah Winds zu kommen. Er durchquerte die Notaufnahme auf dem kürzesten Weg zu seinem Wagen, als jemand seinen Namen rief. Er drehte sich um und hätte die schlanke, aschfahle Frau beinahe nicht erkannt, die auf ihn zu lief. »Beth? Was um alles in der Welt ist passiert?«

»Es geht um Mel«, sagte sie und tupfte sich die Augen ab. »Sie ist mit dem verdammten Motorroller verunglückt. Ich warte darauf, dass sie in den OP gebracht wird.«

»Wer soll operieren?«

»Doktor Watkins.«

»Aber der ist für Geburtshilfe –«

»Mel ist schwanger«, unterbrach sie ihn, »und ihre Verletzungen sind so schwer, dass Doktor Watkins nicht versprechen kann, das Kind zu retten.« Sie ließ sich auf einen Stuhl fallen und brach in Tränen aus. »Ich habe sie davor gewarnt, mit dem Ding zu fahren«, schluchzte sie. »Ich habe ihr gesagt, es müsse komplett überholt werden und in ihrem Zustand sei es gefährlich.«

Greg schloss die Augen, holte tief Luft und setzte sich neben sie. Heute würde es keinen Flug nach Cloncurry geben. »Was ist denn genau passiert?«, fragte er ruhig und ergriff ihre Hand.

Beth versuchte heroisch, ihre Gefühle zu kontrollieren. »Sie war unterwegs, mich im Café zu besuchen, in dem ich arbeite. Frank hat ihr die kleinere Wohnung oben neben der seiner Mutter zu einer sehr guten Miete angeboten, und sie war neugierig darauf. Ihr Motorroller ist auf einem Kiesstreifen am Straßenrand ins Rutschen geraten, und sie wurde vor einen heranfahrenden Wagen geschleudert.«

Greg überlief ein kalter Schauer. »Wurde sie überfahren?«

»Er hat angehalten, bevor er sie überrollt hat«, sagte sie mit bebender Stimme, »aber sein Vorderrad hat ihre Hüfte erwischt und Becken und Oberschenkel zertrümmert. Gott sei Dank hatte sie den Helm auf, sonst wäre sie tot.«

Sie packte Gregs Arm. »Sprichst du bitte mit dem Arzt? Er sagt mir nicht viel, und ich habe Angst, Mel könnte am Ende verkrüppelt und unfähig sein, jemals Kinder zu kriegen.«

Er tätschelte ihr die Hand und lächelte matt. »Ich werde mich bemühen«, besänftigte er sie, »aber wenn John nicht viel sagt, dann will er keine voreilige Diagnose stellen, sondern sich zunächst ein klares Bild von ihren Verletzungen machen.«

»Bitte, Greg!«

Er schaute in Beths verweinte Augen und wusste, sie verließ sich darauf, dass er ihr genau erklärte, was Mel zugestoßen war. »Ich komme wieder, sobald ich ihn aufgetrieben habe«, versicherte er ihr. Er unterhielt sich kurz mit der diensthabenden Stationsschwester, bat sie, Beth im Auge zu behalten, und ging mit langen Schritten durch die endlosen Flure zum Operationssaal fünf.

John trat gerade aus dem Waschraum. »Hallo, Greg. Ich dachte, du hättest Urlaub?«

»Hatte ich auch, aber der Verkehrsunfall gestern Abend hat mich ziemlich auf Trab gehalten.« Er ging neben dem älteren Mann her, der auf dem Weg in sein Büro war, und fragte ihn nach Melanie.

John ließ sich seufzend auf den Stuhl fallen. »Sie wird das Kind verlieren, daran besteht kein Zweifel«, sagte er ernst. »Aber ich kann unmöglich sagen, welche anderen Schäden sie davongetragen hat, bevor ich sie auf dem OP-Tisch habe. Ich warte, bis der Orthopäde im OP fertig ist, damit er mich beraten kann, bevor ich weitermache.«

»Prognose?«

»Ach, Greg, du weißt, dass das verfrüht ist.«

»Bethany verlangt Antworten«, erwiderte er, »und du kannst mir vertrauen, dass ich nicht zu viel sage.«

John seufzte tief. »Ihre Hüfte ist zerschmettert, und ihr Oberschenkel hat mehr als einen komplizierten Bruch. Sie ist jung und stark, aber sie hat viel Blut verloren, und wenn sie das Kind verliert und blutet, werden wir kämpfen müssen.« Er erhob sich. »Tut mir leid, Greg, mehr kann ich dir wirklich nicht sagen. Ich piepse dich an, wenn wir fertig sind.«

Er lief wieder zum OP-Saal, und Greg fragte sich, was um alles in der Welt er Beth sagen könnte, denn Mel war offensichtlich sehr schlecht dran. Er drückte sich an die Wand, als Melanie zum OP gerollt wurde. Der Orthopäde beeilte sich zu folgen.

Beth stand am Ende des Flurs, bleich und zitternd. »Was hat er gesagt?«

»Nicht viel mehr, als er dir gesagt hat. Das war der orthopädische Chirurg, der da gerade mit Mel reingegangen ist. Er wird mit John zusammenarbeiten, um Mel wieder hinzukriegen.«

»Und das Kind?«

»Tut mir leid, Beth. Mel geht jetzt vor. Es ist unwahrscheinlich, dass sie es behält.«

»Verstehe.« Sie tupfte sich die Augen ab und schnäuzte sich. »Vielleicht ist es so am besten«, flüsterte sie unter Tränen. »Ich möchte nur, dass Mel alles übersteht, Greg. Ich könnte es nicht ertragen, sie zu verlieren.«

Er merkte, dass sie kurz davorstand, in Hysterie auszubrechen, und führte sie sanft durch den Flur. »Komm, Beth, wir besorgen uns einen starken Kaffee.«

Im ersten Moment zauderte sie, gab dann aber nach und trottete schweigend neben ihm her zur Cafeteria im Parterre.

Nachdem er sie an einen Tisch geleitet hatte, holte er Kaffee und Doughnuts für sie beide. »Iss etwas!«, sagte er streng. »Du brauchst Zucker, damit du durchhalten kannst.« Zögernd knabberte sie an ihrem Gebäck und trank einen Schluck Kaffee. »Weiß Clive, was passiert ist?«

»Er ist nicht da. Und sein Handy ist ausgeschaltet.« Sie ließ den Doughnut liegen und verschränkte die Arme. »Angeblich ist er auf einer Golftour, aber als ich im Hotel anrief, war er dort nicht gemeldet. Die Männer, mit denen er angeblich fahren wollte, sind zu Hause. Als ich mit deren Frauen sprach, stellte ich fest, dass es in den letzten fünfzehn Jahren nur zwei dieser sogenannten ›Golfurlaube‹ gegeben hat.« Ihre Miene verhärtete sich. »Er hat mich angelogen, Greg, und ich habe die Nase voll.«

»O Beth, das tut mir leid.«

Sie bemühte sich, ihre Tränen zurückzuhalten. »Das muss es nicht«, erklärte sie. »Unsere Ehe ist schon längst am Ende, und nach dem heutigen Tag …« Sie holte tief Luft und richtete sich gerade auf. »Ich werde die Scheidung einreichen, sobald ich weiß, ob Mel alles überstanden hat.«

Margot hatte sich entschieden, cremefarbene Seide zur Zeremonie zu tragen, die im Restaurant einer Freundin stattfinden sollte. Der eng anliegende Blazer hatte ein breites Revers, an das sie ein Bukett aus gelben Rosen und grünem Farn gesteckt hatte. Strassknöpfe zierten das Vorderteil und die Aufschläge der dreiviertellangen Ärmel. Der Rock war gerade geschnitten, hatte hinten mehrere Gehschlitze und reichte ihr bis über die Knie. Pumps und Clutch waren farblich darauf abgestimmt.

Mit kritischem Blick trat sie vom Spiegel zurück. Frisur und Make-up waren makellos; die Diamantohrringe, die Helena ihr am Vorabend geschenkt hatte, glitzerten im Sonnenlicht, das durch das Schlafzimmerfenster einfiel. Margot war aufgeregt, zweifelte jedoch nicht daran, dass Helena und sie füreinander bestimmt waren.

Es hatte sie Nerven aus Stahl gekostet, ihrem Vater zu gestehen, dass sie lesbisch ist. Doch Helena hatte darauf beharrt, entweder der Welt als Paar gegenüberzutreten oder getrennte Wege zu gehen. Nun fragte Margot sich, warum sie sich vor dem Outing gefürchtet hatte. Es gab nichts, wofür sie sich schämen müsste – Helena hatte recht. Sie waren seit Jahren ein Paar, warum also sollten sie nicht stolz darauf sein und offen ihren Platz in der Gesellschaft einnehmen?

»Du siehst fantastisch aus«, murmelte Helena, die an der Tür stand. Sie trug einen passenden cremefarbenen Hosenanzug, den sie allerdings mit hellrosa Schuhen und entsprechendem Bukett garniert hatte. Margots Hochzeitsgeschenk, ein Diamantarmband, glitzerte an Helenas Handgelenk, als diese eine Hand an Margots Wange legte und ihr einen zärtlichen Kuss auf die Lippen drückte. »Bist du bereit?«

Margot nickte und wollte schon nach ihrer Clutch greifen, als das Telefon klingelte.

»Lass es, Liebling!«, sagte Helena. »Wir wollen doch nicht zu spät kommen.«

Margot zögerte. Sie verabscheute klingelnde Telefone. Um Entschuldigung bittend, schaute sie Helena an, nahm den Hörer ab und hörte April, die Haushälterin ihres Vaters, am anderen Ende der Leitung schluchzen. »Ich kann kein Wort verstehen«, sagte sie steif. »Bitte, beruhigen Sie sich!«

April brauchte einen Moment, um sich zu fangen. »Es geht um Ihren Vater«, sagte sie mit unsicherer Stimme. »Ich wollte ihm den Morgentee bringen und fand ihn … fand ihn … O Gott, Margot, er ist tot.«

Margot fühlte absolut nichts. »Verstehe.«

»Der Arzt ist gerade gegangen. Er sagte, es war ein schwerer Herzinfarkt. Jetzt warte ich auf den Bestatter. Es wird eine gerichtliche Untersuchung geben.« Da keine Reaktion kam, wurde ihre Stimme noch zaudernder. »Soll ich alles in die Wege leiten?«

»Ja, tun Sie das. Vielen Dank für Ihren Anruf.« Margot legte den Hörer auf und nahm ihre Handtasche. »So«, sagte sie nachdrücklich. »Jetzt können wir gehen.«

»Worum ging es denn?«

»Nichts, worüber du dir Sorgen machen müsstest, Liebling. Und bestimmt nichts, was so ernst wäre, dass es uns diesen besonderen Tag verderben könnte.« Sie küsste Helenas zarte Wange und schloss die Tür hinter ihnen. »Komm, lass uns heiraten.«

Greg blieb den gesamten Morgen über bei Beth und erledigte eine Reihe Anrufe auf seinem Handy. Am Ende war es ihm gelungen, für den späten Abend einen direkten Flug von Brisbane aus zu buchen – und diesmal würde er ihn nehmen, komme, was da wolle.

»Ich bin froh, dass du die Sache mit Fleur wieder ins Reine bringen willst«, sagte Bethany, als sie draußen im Garten in der Herbstsonne saßen. »Ihr beiden seid wie füreinander geschaffen, und jeder verdient eine zweite Chance.«

»Was ist mit dir und Clive? Ihr seid schon so lange verheiratet.«

»Wir haben keine Chance mehr, etwas geradezurücken. Es ist vorbei, Greg, und nach dem heutigen Tag gibt es kein Zurück mehr.«

Gregs Beeper meldete sich. »Das ist John. Mel ist aus dem OP raus.«

»Ich habe Angst«, flüsterte sie.

»Ich weiß, aber ich treffe ihn zuerst, wenn es dir nichts ausmacht.«

Sie nickte und folgte ihm stumm durch das Gewirr von Korridoren zu Johns Büro. »Ich warte hier draußen«, sagte sie und nahm auf einem der Stühle an der Wand Platz.

Nach einem Blick in Johns Gesicht wusste Greg, dass die Nachrichten nicht allzu schlecht sein würden. »Was hast du gefunden?«

»Der Orthopäde hat den Oberschenkelknochen genagelt und das rechte Hüftgelenk ersetzt. Das war so zersplittert, dass man es nicht reparieren konnte. Die neue Hüfte dürfte mindestens fünfzehn Jahre halten, bevor man sie ersetzen muss.«

Er trank starken schwarzen Kaffee und betrachtete Greg über den Becherrand. »Das Kind hat sie verloren. Ich habe eine Ausschabung vorgenommen. Die Gebärmutter scheint nicht beschädigt zu sein, auch die Eierstöcke nicht, sodass sie erneut schwanger werden kann.« Er lächelte matt. »Sie wird mindestens acht Wochen im Krankenhaus bleiben müssen. Darauf folgt eine lange Reha-Zeit mit Physiotherapie. Ich setze sie auf Aspirin zum Schutz vor Thrombosen und auf Morphium gegen die Schmerzen. Jetzt liegt es an ihr – aber sie scheint ein Mädchen mit Kampfgeist zu sein.«

»Ich werde es ihrer Mutter sagen.« Greg stand auf und schüttelte ihm die Hand. »Danke, Kumpel. Ich schulde dir was.«

»Wenn du es wiedergutmachen willst«, sagte John trocken, »dann schaff deinen Arsch hier raus und versöhn dich mit Fleur. Vorher will ich deine Visage hier nicht wieder sehen.«

»Ich wollte dich überraschen«, nuschelte Blue, drehte sich eine Zigarette und zündete sie an.

Fleur hielt die Teetasse mit kalten Händen umschlungen und betrachtete ihn nachdenklich. »Wissen die anderen, dass du hier bist?«

»Ich glaube nicht. Aber keine Bange. Ich komme und gehe, ohne dass es ihnen auffällt.« Er rauchte seine Zigarette, streckte die langen Beine von sich, schlug die Füße übereinander, zog den Hut tief in die Stirn – das Abbild eines zufriedenen Mannes. »Und, hast du in Annies Truhe was Interessantes entdeckt?«

»Und ob!« Fleur erzählte ihm von den Briefen, die den Verrat ihres Vaters enthüllt hatten.

Er beobachtete sie unter der Hutkrempe hervor, während sie sprach, und sie hatte das Gefühl, dass er gewusst hatte, was sie finden würde.

Er nickte, behielt seine Gedanken jedoch für sich. »Hast du gerade in Annies Tagebuch gelesen?«

Sie schob die Erinnerungen an den Verrat beiseite und lächelte. »Es ist das zweite, das sich hauptsächlich mit dem Krieg und der Lage hier draußen beschäftigt. Mir war gar nicht klar, dass sie an diesem legendären Viehtrieb nach Brisbane teilgenommen hat. Sie muss eine beachtliche Frau gewesen sein.«

»Ja, stimmt.« Er verstummte und starrte ins Leere. »Und«, sagte er nach einer langen Pause, »was hast du sonst noch aus ihren Tagebüchern erfahren?«

»Sie schreibt häufig über Sam. Es wird deutlich, dass sie in den Kriegsjahren verzweifelt auf Nachrichten von ihm gewartet hat. Er hat ein paarmal geschrieben, und ich bin an der Stelle, an der er in einer Schlacht in Nordafrika verwundet und nach England zurückgeschickt wurde.«

»Nach England wollte er, schätze ich. Er hat versucht, seine Familie zu finden.«

Fleur runzelte die Stirn. »Ja, aber woher weißt du das? Hat Annie dir das erzählt?«

»Muss sie wohl.«

»Weißt du, was aus ihm geworden ist? Hat er seine Familie gefunden – ist er je nach Savannah Winds zurückgekehrt?«

Ein behäbiges Lächeln erhellte Blues Gesicht, und er zwinkerte. »So viele Fragen! Du bist ungeduldig, nicht wahr? Warum glaubst du, ich könnte die Geschichte besser erzählen als Annie – willst du nicht lieber abwarten und sie selber lesen?«

»Vermutlich wird Annie es in einem ihrer Tagebücher früher oder später erzählen. Aber ich bin ungeduldig und will wissen, was passiert ist. Wenn du die Geschichte wirklich kennst, dann würde ich sie gern von dir hören.«

Blue legte den rechten Fuß auf das linke Knie, während er den Rest seiner Zigarette prüfte, und als er zu reden begann, nahm sein weicher Queensland-Akzent sie mit in eine Zeit, als die Welt eine andere war.

»Sam ist bei El Alamein verwundet worden. Eine Kugel traf ihn im Rücken, und eine weitere steckte in seinem Oberarm. Den Sanitätern gelang es zwar, sie herauszuholen, aber bei der Hitze, dem Dreck und Staub in Nordafrika bestand die

Gefahr einer Infektion. Also brachte man ihn auf das nächste Lazarettschiff, das nach England auslief.

Er hatte große Schmerzen, als er vom Schiff in eine Notaufnahme verlegt wurde. Den Sanitätern an Bord war das Morphium ausgegangen. Doch sobald er Schmerzmittel bekam, konnte er seine Umgebung besser wahrnehmen. Das Krankenhaus lag mitten in einer ländlichen Gegend Englands. Nach dem Lärm und dem Chaos auf den Schlachtfeldern war es sehr friedlich.«

November 1942
Wie gut, wieder saubere Laken und weiche Kissen zu spüren und die Schwestern mit leiser Stimme ruhig sprechen zu hören! Mit Savannah Winds war es nicht zu vergleichen, und keine Annie war da, die sich um Sam kümmerte, aber wenigstens konnte er sich von dem ununterbrochenen Beschuss und der Hölle einer Wüstenschlacht erholen.

In den ersten Wochen schlief er viel. Er wurde nur von den Trägern geweckt, wenn sie ihn während eines Luftangriffs in den Schutzraum des Krankenhauses verlegen oder zum Verbandswechsel bringen mussten. Durch Radiomeldungen und Unterhaltungen auf der Station wurde klar, dass London am schlimmsten getroffen war, und er befürchtete, dass er seine Familie verloren haben könnte, bevor er sie überhaupt gefunden hatte.

Sechs lange Wochen nach der Einlieferung wurde Sam entlassen. Bevor er sich in Colchester zum Dienst melden musste, bekam er fünf Tage Ausgang. Er hatte in Basingstoke den ersten Zug genommen und die lange, anstrengende Reise nach London angetreten.

Da die Strecke in der Nacht zuvor bombardiert worden war, musste der Zug unterwegs oft anhalten. Schließlich musste

Sam in einen Bus umsteigen, um zum nächsten Bahnhof zu gelangen. Er bewunderte die stoische Art, mit der die Engländer alles in Kauf nahmen, denn anscheinend führten sie ihren Alltag in dem stillen, entschlossenen Glauben fort, dass dieser Krieg zu gewinnen war.

Als Sam in London den Bahnhof verließ, schaute er sich ungläubig um. Die Stadt war eine Offenbarung. Straßen und Bürgersteige lagen unter den Schutthaufen eingestürzter Gebäude begraben. Wasserrohre waren geplatzt, elektrische Leitungen liefen durch die Trümmer wie schwarze Schlangen. Die Überreste noch qualmender Häuser und Büroblocks sahen aus wie Skelette; ihre geschwärzten Innenräume waren den Elementen ausgesetzt. Sandsäcke stapelten sich in Eingängen, verschwitzte Männer riefen durcheinander, während sie die Straße zu räumen versuchten, um den Verkehr durchzulassen. Kinder schwärmten über den Trümmergrundstücken aus, suchten nach Schätzen und gaben vor, Kampfpiloten zu sein.

Dichter Rauch und Brandgeruch hingen in der Luft. Dennoch spazierten Männer mit Melone und Regenschirmen an Sam vorbei, als sei es ein ganz normaler Montagmorgen. Sie gingen wie gewohnt zur Arbeit, und nichts würde sie aufhalten.

Sam beobachtete Frauen, die mit Einkaufskörben über Trümmerberge kletterten und Witze machten. Über allem ragte die majestätische Kuppel von St. Paul's heiter und unversehrt auf – ein Leuchtturm der Hoffnung in einer umkämpften Stadt.

Staunend schüttelte er den Kopf, obwohl er bereits von der Hartnäckigkeit der Briten gehört hatte, die sich hier vor seinen Augen manifestierte.

Die Straßen sahen ganz anders aus als in Sams Kindheit. Er beschloss, es mit der U-Bahn zu versuchen. Als er in die Dunkelheit hinabstieg, war er überrascht, weil es nur so wimmelte von Menschen, die dort kampierten, obwohl gerade kein Luftangriff stattfand. Man erklärte ihm, dass die Schutzräume so klein seien, dass immer jemand bleiben müsse, um sicherzustellen, dass die Familie bei Bombenalarm einen Platz fände.

Die Fahrt nach Hackney dauerte nicht lange. Die Verwüstung dort schockierte Sam noch mehr. Offensichtlich hatte das East End das meiste abbekommen, denn kaum ein Haus war stehen geblieben. Straßen waren unter Schuttbergen oder in riesigen Kratern verschwunden; und auch hier war die Luft voller Rauch und dem ätzenden Geruch nach verbranntem Gummi und glühendem Metall.

Um sich zurechtzufinden, suchte Sam einen Orientierungspunkt – aber es war zwecklos. »Verzeihen Sie«, fragte er eine Frau, die eilig über die Trümmer kletterte, »können Sie mir sagen, wo ich die Petticoat Lane finde?«

Argwöhnisch beäugte sie seine Uniform. »Sie sind einer von den Aussies, nicht wahr? Was wollen Sie in der Petticoat Lane?«

»Da bin ich geboren, Missus. Ich versuche, meine Familie zu finden.«

Sie kannte die Straße nicht, beschrieb ihm aber den Weg zum Markt, jedoch nicht, ohne ihn zu warnen. »Wahrscheinlich ist sie ausgebombt worden«, sagte sie, »wie die meisten von uns. Wenn Sie niemanden finden, dann kann man Ihnen vielleicht in der Notunterkunft in der Hackney Road weiterhelfen.«

Sam tippte an seinen Hut und folgte ihrer Wegbeschreibung. Seltsam, den Cockney-Akzent wieder zu hören. Er war Musik in seinen Ohren.

Sobald er um die Ecke bog, überfluteten ihn die Erinnerungen. Die Häuserzeile war schwer beschädigt, Fenster waren vernagelt, Schornsteine umgekippt und zerstört, Planen über

Dächer gespannt, um den Regen abzuwehren. Am Ende der Straße klaffte ein Krater, der mindestens acht Häuser und die Badeanstalt verschluckt hatte – aber Nummer sechsundvierzig stand noch. Offensichtlich hatte jemand die Treppe vor der Haustür geschrubbt und gekalkt. Er wusste noch, dass seine Mutter das jeden Morgen gemacht hatte – das sei eine Sache des Stolzes, hatte sie gesagt–, doch jetzt, mitten in dieser Verwüstung, erschien es ziemlich absurd.

Mit rasendem Puls lief er die Straße entlang; seine Stiefel hallten auf dem rissigen Bürgersteig wider, und er war sich bewusst, dass ihn hinter jeder Gardine und in jedem düsteren Eingang wachsame Augenpaare verfolgten. Die Kinder Londons waren noch immer sehr präsent; er hatte gehört, dass die meisten nach ihrer Evakuierung wieder nach Hause zurückgekehrt waren, da ihre Eltern sie lieber in der Nähe hatten, als sie bei Fremden auf dem fernen Land zu lassen. Die Jungen spielten auf der Straße Fußball so wie er damals; die Mädchen hüpften oder spielten Himmel und Hölle auf dem Bürgersteig, während ihre Mütter vor dem Haus den neuesten Klatsch austauschten und Sam argwöhnisch beobachteten.

Bei der Nummer sechsundvierzig waren zwei Fenster vernagelt; die Dachrinne war kaputt; die Haustür hatte Risse und wurde von Holzlatten zusammengehalten. Er atmete tief durch und klopfte an die Tür, bevor er den Mut verlor.

Die Tür wurde aufgerissen, und eine laute Stimme brüllte: »Ich hab euch Rasselbande doch gesagt, ihr sollt hier nicht herumlungern. Wenn ich euch dabei erwische, dass ihr an meine Tür ballert …« Die Frau wurde rot und verschränkte die Arme über der geblümten Kittelschürze, die ihr bis an die Knie reichte. »Ich habe keinen Platz mehr für Untermieter«, sagte sie in gemäßigterem Ton. »Tut mir leid, mein Guter. Sie haben sich umsonst herbemüht.«

Sam stand wie gelähmt vor der Tür. »Man hat mir gesagt, du wärst tot«, brachte er hervor.

»Ich weiß nicht, was Sie wollen«, sagte sie misstrauisch. »Wer ist tot? Was wollen Sie hier? Sie sind doch Aussie, oder?«

»Mum«, sagte er eindringlich, »ich bin's, Sam. Ich weiß, ich bin gewachsen, aber ich habe mich doch bestimmt nicht so sehr verändert?«

Sie starrte ihn an, nahm seine Züge nach und nach in sich auf und erbleichte. »Sam? O mein Gott! Sam.«

Er fing sie gerade noch auf, bevor sie in Ohnmacht fiel, trug sie hinein und legte sie auf die Couch im vorderen Zimmer, von dem er noch wusste, dass es nur an Sonntagen benutzt wurde. Inzwischen war es ein provisorisches Schlafzimmer. Decken und Kissen waren hinter der Couch gestapelt, Kleidung häufte sich auf dem Esstisch. Das Fenster war zugenagelt, wodurch der Raum finster und bedrückend wirkte.

Sam zündete die Gaslampe an der Wand an und eilte hinaus, um Wasser zu holen. Die Küche war noch unverändert mit einem Herd, einem abgesprungenen Emailspülbecken und der Vorratskammer. Das Linoleum war verblasst und abgetreten, der Putz blätterte, und die Hintertür wurde von einer Sperrholzplatte zusammengehalten.

Als er mit einer Tasse Wasser zurückkam, bewegte sich seine Mutter und versuchte sich aufzurichten. »Bist du das wirklich, Sam? Wie ist das möglich?«

Er nahm ihre zitternde Hand. »Ja, Mum. Erwachsen und doppelt so hässlich.«

Fassungslos riss sie die Augen auf und betrachtete ihn genau. »Aber ich bin zurückgekehrt, um dich abzuholen, sobald dein Vater wieder Arbeit hatte, und da hieß es, du seist an Lungenentzündung gestorben.«

Er setzte sich neben sie auf die Sofakante und legte ihr den

Arm um die Schultern. »Mir hat man auch gesagt, du wärst tot«, sagte er leise. »Ich kann kaum glauben, dass ich dich wiedergefunden habe.«

»O Sam«, seufzte sie und fuhr ihm mit den Fingern durch die Haare. »Es ist ein Wunder.« Sie schluchzte, schlang die Arme um ihn und hielt ihn fest, als wolle sie ihn nie wieder loslassen.

Sam atmete ihren Geruch ein, den er noch genau in Erinnerung hatte. Er spürte die vertrauten Arme und wusste, dass seine Mutter um ihn geweint und nie aufgehört hatte, den kleinen Jungen zu lieben, den sie verloren zu haben glaubte.

Er blieb für den Rest seines Urlaubs bei ihr, und sie erneuerten vorsichtig das Band, das vor so vielen Jahren durchtrennt worden war. Sie weinte, als er ihr vom Waisenhaus erzählte, wo man ihn wie einen Sklaven behandelt hatte – und lächelte, als er von Annie und Savannah Winds und von seinen Zukunftsplänen berichtete.

Sam stellte fest, dass sein Vater die Familie vor langer Zeit verlassen hatte. Seine Mutter hatte Untermieter aufgenommen und war putzen gegangen, um die Miete bezahlen zu können. Sie hatte keine weiteren Kinder bekommen, und obwohl sie noch immer Untermieter aufnahm, verdiente sie gutes Geld in einer benachbarten Munitionsfabrik. Jeden Abend redeten die beiden bis spät in die Nacht hinein und unterbrachen ihre Unterhaltung nur, um in den nächsten öffentlichen Schutzraum zu laufen, wenn die Sirenen eine Bombardierung ankündigten.

Sam begriff sehr schnell, wie entsetzlich das Leben im Krieg in London war, und seine Bewunderung für die Menschen im East End wuchs täglich.

Am letzten Morgen seines Urlaubs drückte er seine Mutter fest an sich und versicherte ihr, dass er sie liebe und sobald wie möglich zurückkommen und sie mit nach Australien nehmen werde. Sie schluchzte, als er sie schließlich losließ und ging.

Sam kämpfte gegen die Tränen an, straffte die Schultern und hielt den Kopf hoch, als die Nachbarinnen aus den Häusern traten und ihm alles Gute wünschten. Doch an der Ecke konnte er nicht widerstehen, noch einen letzten Blick zurück in die Straße zu werfen, die er als Kind so gut gekannt hatte, und auf die Frau, von der er geglaubt hatte, er werde sie nie wiedersehen.

Sie stand auf dem Bürgersteig, das dunkle Haar unter einem Schal verborgen, den Saum ihrer geblümten Schürze an die Lippen gedrückt, und winkte ihm unter Tränen zum Abschied zu.

Fleur schenkte Blue ein zaghaftes Lächeln, als er die Geschichte zu Ende erzählt hatte. »Ich bin so froh, dass er sie gefunden hat«, murmelte sie. »Wie grausam, sie auseinanderzubringen und beide anzulügen! Was für eine ungeheuerliche Täuschung!«

»Frauen und Kinder sind leicht zu belügen«, sagte er leise, »weil sie denen zu sehr vertrauen, die es angeblich besser wissen.«

Fleur runzelte die Stirn, denn sie verstand nicht, was er damit meinte. »Hat er den Krieg überlebt, Blue? Hat er sie nach Savannah Winds gebracht und sich bei Annie niedergelassen?«

Blue brauchte eine Weile, um sich eine neue Zigarette zu drehen. Er ließ sich Zeit, sie anzuzünden und blies dann Rauch aus. »Sam Somerville ist zu Annie zurückgekehrt«, sagte er schroff, »aber seine Mutter hat er nie wiedergesehen. Sie kam ums Leben, als eine V1, eine deutsche Bombe, die Munitionsfabrik traf.«

15

Greg war den ganzen Tag lang bei Bethany geblieben, bis Mel aus der Narkose aufgewacht und Beth überzeugt war, dass ihre Tochter es schaffen würde. Er hatte keine Zeit, sich umzuziehen. Er eilte zur Wohnung zurück, schnappte sich die Reisetasche und schaffte es gerade rechtzeitig zum letzten Flug nach Cloncurry. Als er sich in dem engen Sitz zurücklehnte und auf den Start wartete, schloss er die Augen. Kurz darauf war er eingeschlafen.

Er wurde wach, als die Stewardess ihm eine Tasse Tee anbot und ihm mitteilte, dass sie in einer halben Stunde landen würden. Während er den Tee trank, spürte er, dass die Maschine langsam an Höhe verlor, und als sie die Wolkendecke durchbrochen hatte, erblickte er die Lichter von Cloncurry. Der Ort war nicht groß, und das Umland wirkte menschenleer. Er war definitiv auf dem Weg in einen entlegenen Winkel Australiens.

Das Flugzeug landete. Der Zoll war reine Formsache. Greg trat aus dem Flughafengebäude in die überraschende Kälte einer Nacht im Outback.

Er begegnete dem Blick eines übergewichtigen Taxifahrers, der an seinem Wagen lehnte und ein Brötchen mit Bratwurst aß. »Guten Abend«, sagte er fröhlich. »Können Sie mir eine gute Übernachtungsgelegenheit empfehlen?«

Der Rest des Brötchens verschwand im Mund des Mannes, und er wischte sich die Krümel von Brust und Bauch. »Guten Abend, Kumpel. Ich bin Len – und ja, das Coolabah ist das beste Haus am Platz. Doreen wird sich um Sie kümmern.«

Greg stieg ins Taxi, verstaute sein Gepäck auf dem Rücksitz, und Len plumpste neben ihn auf den Fahrersitz und drehte den Zündschlüssel um. »Es ist kälter, als ich dachte«, sagte Greg.

Lens Doppelkinn wabbelte, als er nickte. »Das sagen die meisten aus der Stadt. Aber nach der Hitze des Tages ist es wohltuend.« Er warf einen Blick zu Greg hinüber, während er sich langsam vom Flughafen entfernte und die Stadt ansteuerte. »Sie sehen nicht so aus, als wären Sie hier, um Vieh zu kaufen.«

Die kaum verhohlene Neugier amüsierte Greg insgeheim. »Nein, ich bin nur auf der Durchreise.«

Len fuhr die Hauptstraße entlang, die an jeder Ecke ein Hotel zu haben schien. »Das nächste Flugzeug startet morgen früh«, sagte er schließlich. »Soll ich Sie abholen?«

»Nein«, sagte Greg vorsichtig. »Aber ich würde gern einen Wagen mieten.«

»Dann brauchen Sie Handshake Henry«, sagte Len bestimmt. »Er hat hier weiter unten ein Autohaus.« Er zeigte ins Dunkle hinter die Lichter einer Kneipe. »Aber lassen Sie sich von ihm nichts Geringeres als einen Allradantrieb andrehen. Und vergewissern Sie sich, dass für alles ein Ersatzteil vorhanden ist.« Mit Missfallen schaute er auf Gregs Anzug und die handgefertigten Schuhe. »Schätze mal, dass Sie außerdem zusätzliches Benzin und Wasser brauchen. Da draußen ist nicht Sydney, verstehen Sie?«

Greg war sich dessen nur allzu bewusst. Doch was Fleur konnte, schaffte er auch. Er griff nach seiner Reisetasche, als das Taxi vor einem angenehm aussehenden Motel hielt, und stieg aus.

Len nahm sein Geld entgegen und steckte es ein. »Kann sein, dass Sie ein paarmal klingeln müssen. Doreen steckt für gewöhnlich in ihrer eigenen Welt.« Rasch wendete er und fuhr mit aufheulendem Motor davon.

»Hallo, mein Lieber. Ich habe Lens Taxi gehört. Ein Zimmer für die Nacht, ist das richtig?«

Greg versuchte, das leuchtend orangefarbene Haar nicht anzustarren, das sich so entsetzlich mit dem roten Pullover biss. »Danke. Könnten Sie mich morgen früh um sechs bitte anrufen?«

»Klar, mein Lieber. Das Frühstück steht für Sie im Speisezimmer bereit.« Doreen nahm einen Schlüssel vom Brett. »Die Küche hat geschlossen, aber ich könnte Ihnen eine Pastete machen.«

»Danke, aber ich glaube, ich esse heute Abend im Pub.« Ihr Mund bekam einen festen Zug, ihre Augen wurden schmal. »Ich möchte Ihnen zu dieser späten Stunde keine Umstände bereiten«, fügte er hastig hinzu.

»Im Pub wird um diese Uhrzeit kein Essen mehr gereicht. Also Pastete oder gar nichts«, erklärte sie barsch.

Er schenkte ihr ein gewinnendes Lächeln. »Dann würde ich mich über die Pastete freuen. Ich bin schon den ganzen Tag auf den Beinen und komme um vor Hunger.«

Sie erwiderte sein Lächeln und entblößte eine Reihe blitzender Porzellanzähne. »Na schön. Dann mache ich Bratkartoffeln dazu.« Sie schob ein Notizbrett über die Theke. »Sie kriegen die Nummer vier«, sagte sie und reichte ihm die Schlüssel. »Während Sie das hier ausfüllen, setze ich inzwischen Tee für Sie auf.«

Greg füllte das Formular aus und verließ die Rezeption. Nummer vier war ein makellos sauberes Doppelzimmer mit eigenem Bad und hätte in Brisbane mindestens das Doppelte gekostet. Er nahm rasch eine Dusche und zog Jeans und Pullover an, bevor er wieder ins Hauptgebäude ging.

»Bitte, meine Lieber.« Doreen stellte Greg einen Teller hin, auf dem sich eine riesige Fleischpastete, ein Haufen Bratkartoffeln und vier dicke Scheiben Brot mit Butter türmten. Mitten auf dem Tisch stand eine Teekanne.

»Danke, Doreen. Das sieht ja toll aus.«

Doreen wirkte besänftigt und verließ geschäftig den Raum, während Greg das Essen verzehrte. Er schaffte nicht alles, aber er gab sich die größte Mühe. Schließlich lehnte er sich zurück und trank den letzten Rest Tee. Ein Bier wäre ihm lieber gewesen, doch Doreen war verschwunden, und er brachte nicht die Energie auf, in Cloncurry umherzuirren und danach zu suchen.

Er verließ den Speiseraum und begab sich in sein Zimmer. Kaum lag er im Bett, war er auch schon eingeschlafen – und träumte von seiner Versöhnung mit Fleur.

Der Tag war für Fleur eigenartig gewesen, aber er war so schnell vergangen, dass es ihr schwerfiel, alle Eindrücke zu verarbeiten. Während sie einen Pullover und Stiefel anzog, um sich auf den langen Weg zurück zu Sal und Djati vorzubereiten, mit denen sie Tee trinken wollte, brauchte sie eine Weile, um die Erlebnisse noch einmal zu rekapitulieren – und die Aussicht auf den nächsten Tag.

Blue hatte sich verabschiedet, kurz nachdem er Sams Geschichte erzählt hatte. Tief berührt von der Tragödie, hatte Fleur noch lange auf der Veranda gesessen. Das Schicksal hatte Sam Somerville in den ersten Jahren übel mitgespielt, aber offenbar hatte er nach seiner Rückkehr zu Annie Freude und Zufriedenheit gefunden.

Es war beinahe Mittag gewesen, als Fleur schließlich frühstückte. Nach dem Abwasch beschloss sie, Savannah Winds zu erkunden. Am Vortag hatte sie nur sehr wenig davon zu Gesicht bekommen, da so viele Menschen ihre Aufmerksamkeit beansprucht hatten. Sie zog Shorts, ein dünnes Baumwoll-

Shirt und Stiefel an und setzte den Cowboyhut auf, den sie in Brisbane gekauft hatte. Die Sonne stand hoch am Himmel, und die Temperatur war gestiegen, als sie ihren Erkundungsgang begann.

Die große zentrale Lichtung war umgeben von Scheunen, Hühnerställen, Hundehütten und Pferchen. Hinter den Pferchen erstreckten sich weitläufige Weiden. Weiße Reiher ritten auf den Rücken der grasenden Rinder; Zicklein sprangen um die Muttertiere herum. Der Himmel war blassblau. Die einzigen Geräusche waren das Muhen der Kühe, das Meckern der Ziegen und hin und wieder das Krächzen einer Krähe. Allem Anschein nach war keine Menschenseele da, und Fleur fragte sich, wo die anderen stecken mochten.

Als sie langsam um die Scheunen bog, stellte sie fest, wie gut die Farm für jede Eventualität gerüstet war: Es gab eine Schmiede, eine kleine Scheune war für die Wartung und Reparatur der Lastwagen und Maschinen ausgestattet, eine weitere diente als Schreinerei, und in der nächsten wurden Werkzeug, Zaumzeug und Sättel in gutem Zustand aufbewahrt. Fleur atmete den wunderbaren Geruch nach frisch abgeschliffenem Holz und geöltem Leder ein und setzte ihren Weg zum nächsten Schuppen fort, in dem Heu und Säcke mit Viehfutter lagerten.

Etwas abseits von diesen Scheunen entdeckte Fleur einen großen, verfallenen Schuppen, dessen Portal offensichtlich schon lange nicht mehr geöffnet worden war. Unkraut wucherte davor, Ranken wanden sich durch die Scharniere hinauf bis in das lückenhafte Dach, Rost blätterte vom Metall, als sie an dem Tor zerrte. Schließlich bekam sie es so weit auf, dass sie einen Blick hineinwerfen konnte.

Wohl wissend, dass Schlangen, Spinnen, Skorpione und jede Menge anderer ekeliger, giftiger, stechender und beißender Viecher im Inneren lauern konnten, stellte sie sich in den Lichtstrahl, der von außen einfiel, bemüht herauszufinden, was dort so lange versteckt worden war.

Als ihre Augen sich an die Finsternis gewöhnt hatten, bemerkte sie in der Mitte der Scheune etwas Großes, das mit mehreren Planen bedeckt war. Die Neugier siegte über Fleurs Angst vor Krabbeltieren, und sie machte sich daran, den Gegenstand näher zu untersuchen.

Die alten Planen waren mürbe und knackten beunruhigend, als Fleur mühsam versuchte, sie herunterzuziehen. Sie schwitzte und war von Staub bedeckt, als die erste Plane schließlich zu Boden fiel.

Ungläubig starrte Fleur an, was sie freigelegt hatte. Da die wachsende Aufregung ihr zusätzliche Kräfte verlieh, gelang es ihr schließlich, den Rest der Abdeckung zu entfernen.

Das einsitzige Flugzeug hatte ellipsenförmige Flügel, die sich über elf Meter spannten, und einen gigantischen Propeller. Es war über neun Meter lang. An der Seite entdeckte Fleur ein verblasstes gelb-blau-weiß-rotes Logo der Royal Air Force mit dem Buchstaben R auf einer und der Zahl 62 auf der anderen Seite. Die schlaffen Reifen waren abgefahren und angenagt. Der Lack war von winzigen Rissen durchzogen, und der Propeller würde sich wahrscheinlich nie wieder drehen.

Trotz der Altersschwäche war die Maschine eine Schönheit. Fleur umrundete sie ehrfürchtig. Vorsichtig strich sie mit den Fingern über das Metall, verweilte an den Insignien und stellte sich vor, wie dieses Flugzeug einst mit hoher Geschwindigkeit über den Himmel gerast war, sich gedreht und gewendet hatte, um den Feind in einen Kampf zu verwickeln.

Sie kannte die alten Filme, hatte die Schwarzweiß-Wochenschauen in der Schule gesehen und wusste: Das war eine Spitfire, im Zweiten Weltkrieg das renommierteste Kampfflugzeug. Aber was um alles in der Welt machte es hier, mitten in Gulf Savannah?

»Fleur? Fleur? Da ist ein Anruf für dich.«

Vollkommen in ihrer Phantasiewelt gefangen, fuhr Fleur bei Sals Stimme erschrocken zusammen. »Ich komme!«, rief sie zurück. Mit einem letzten anerkennenden Blick ließ sie das Flugzeug zurück und eilte hinaus.

Sal winkte ihr von der Veranda ihres eigenen Wohnhauses aus zu.

Als Fleur die Stufen hinaufstieg, fragte Sal stirnrunzelnd: »Was hast du da drinnen gemacht?«

»Ich habe mir das alte Flugzeug angeschaut. Eine Schönheit. Hätte nie gedacht, dass ich mal eine echte Spitfire zu sehen kriege. Wem gehört sie? Und warum steht sie hier?«

Sals Blick verfinsterte sich. »Sie hat Sam gehört. Er hat sie nach dem Krieg per Schiff rüberbringen lassen.« Sie sammelte sich. »Komm, Martha Daley möchte dich sprechen.«

Fleur vergaß die Spitfire und folgte Sal rasch ins Haus. Es glich dem Hauptgebäude, war allerdings kleiner und ziemlich düster, weil alle Fensterläden geschlossen waren. Sal reichte ihr den Hörer, verließ das Zimmer und zog die Tür hinter sich zu.

»Hallo? Fleur am Apparat.«

»Hi, Fleur. Doreen hat mir gesagt, dass du hier bist. Gute Güte, du ahnst ja nicht, wie aufgeregt wir alle sind, weil du endlich nach Hause gekommen bist.«

Fleurs Beine zitterten. Sie setzte sich. »Es tut gut, hier zu sein«, antwortete sie; mehr fiel ihr nicht ein.

»Doreen sagt, du siehst genau wie deine Mutter aus. Wir können es kaum erwarten, dich kennenzulernen. Dein Onkel John gräbt schon die alten Fotos aus, um sie dir zu zeigen. Kannst du morgen rüberkommen?«

Fleur lächelte über Marthas Enthusiasmus und wurde selbst

aufgeregt. »Ich müsste jemanden finden, der mich fährt. Ich habe keine Ahnung, wo ihr wohnt.«

»Keine Bange. John wird morgen früh rüberfliegen und dich abholen. Bleib eine Weile bei uns. Das würde uns sehr gefallen.«

»Schön. Und Martha …« Fleur zögerte. »Wäre es in Ordnung, wenn ich das Grab meiner Mutter besuchen würde?«

»Na klar. Dafür musst du doch nicht um Erlaubnis bitten, Fleur.« Martha räusperte sich. »Das alles muss ein Schock für dich gewesen sein. Doreen hat mir gesagt, dass du nichts über Selina wusstest, als du herkamst.«

Offenbar war Doreen ein Quell des Wissens – aber auch der Gerüchte.

»Jedenfalls wird John morgen früh gegen acht bei euch sein. Ich freue mich wirklich darauf, dich kennenzulernen, Fleur.«

Sie verabschiedeten sich voneinander. Fleur legte den Hörer auf und rief: »Danke, Sal! Ich bring dir nachher die Teller.«

»Tee gibt's um sechs«, vernahm Fleur aus dem hinteren Zimmer.

Sie verließ das Haus, die Hände in den Hosentaschen vergraben, und ging langsam über den unbefestigten Weg zum Hauptgebäude zurück. Als sie einen Blick zurück warf, bemerkte sie, dass Sal vor der geöffneten Tür des alten Schuppens stand, offenbar voll auf die Spitfire konzentriert. Es dauerte eine Weile, bis die alte Frau, in Gedanken vertieft, zurückging und oben an der Treppe ihres Hauses angelangt war. Doch statt hineinzugehen, drehte sie sich um und warf noch einen langen Blick auf den Schuppen, bevor sie kopfschüttelnd im Haus verschwand.

Fleur setzte ihren Weg fort. Sal schien von der Spitfire fasziniert zu sein. Wahrscheinlich hatte sie die Maschine zuletzt als Mädchen gesehen.

Vermutlich war auf diesem weitläufigen Gelände noch mehr

zu entdecken. Doch eine weitere Erkundung musste warten. Der Besuch in Emerald Downs war vorzubereiten; und Fleur wusste, dass sie sich für den bewegenden Besuch am Grab ihrer Mutter innerlich wappnen müsste.

Schließlich, als die volle Hitze sie erreichte, verbrachte Fleur zwei Stunden mit Annies Tagebüchern auf der Veranda. Dabei waren ihr die Augen zugefallen, und der Schlaf hatte ihr angenehme Träume beschert.

Fleur kehrte nun wieder in die Gegenwart zurück. An diesem Abend war es kälter als bisher, und sie war versucht, im Kamin ein Feuer anzuzünden – aber das wäre vielleicht nicht sicher, da sie das Haus eine Zeitlang verlassen wollte.

Beim Dröhnen eines Geländewagens lief sie zur Verandatür. Ein wenig enttäuscht erkannte sie, dass nicht Blue ausstieg, sondern Djati.

Er begrüßte sie mit einem Lächeln und trug vorsichtig balancierend ein beladenes Tablett die Treppe hinauf. »Sal geht es nicht gut«, erklärte er. »Hoffentlich hast du nichts dagegen, heute Abend hier zu essen?«

Fleur war beunruhigt. »Ich hoffe, es ist nichts Ernstes? Sie hat vorhin tatsächlich ein wenig schwach gewirkt.«

Djati stellte das Tablett auf den Tisch und vergrub die Hände in den Hosentaschen. »Ab und zu hat sie diese komischen Anwandlungen; aber das bedeutet nichts. Für gewöhnlich heißt das, sie hat sich übernommen.«

»Grüße sie ganz herzlich von mir, und sag ihr gute Besserung, ja?«

»Das wird schon wieder«, sagte er beinahe wegwerfend. »Ich habe gehört, dass John Daley morgen früh rüberkommt, um dich abzuholen. Wie lange bleibst du denn weg?«

Fleur zuckte mit den Schultern. »Wahrscheinlich nicht länger als zwei Nächte. Ich halte euch auf dem Laufenden.«

Er fuhr in einer Staubwolke fort.

Fleur setzte sich, um ein Kotelett, Kartoffelbrei und frisches Gemüse zu essen. Trotz ihres Nickerchens am Nachmittag war sie schläfrig und lag eine Stunde später bereits im Bett. Bevor sie das Licht ausschaltete, warf sie noch einen Blick auf das Foto ihrer Mutter und träumte dann von ihr.

Greg hatte schon lange vor sechs Uhr geduscht und ein dünnes Baumwollhemd und Jeans angezogen. Als die Zeit verging und ihm klar wurde, dass Doreen den morgendlichen Weckruf vergessen hatte, beschloss er, zum Frühstück in den Speiseraum zu gehen. Es roch bereits köstlich nach gebratenem Speck, und ihm lief das Wasser im Mund zusammen.

Außer ihm war noch ein anderer Mann im Raum, der sich über einen vollen Teller hermachte. Greg murmelte »Guten Morgen«, nahm eine Ausgabe der Morgenzeitung zur Hand und setzte sich.

Doreen kam durch die Schwingtür aus der Küche und stellte lächelnd die Kaffeekanne vor den zweiten Gast. Sie drehte sich um, funkelte Greg wütend an, bevor sie wieder verschwand, und er fragte sich, womit um alles in der Welt er sie verärgert habe.

Kurz darauf stürmte sie mit einem Teller durch die Tür und schleuderte ihn förmlich vor ihn hin. Kein Lächeln – ihr Ausdruck war geradezu bedrohlich.

Greg ließ sich für gewöhnlich nicht von kleinen alten Damen einschüchtern, doch bei dieser verhielt es sich anders. Was zum Teufel hatte er nur getan, um solche Wut zu verdienen? Er blickte den anderen Gast fragend an, der nur mit den Schultern zuckte. »Frag mich nicht, Kumpel«, flüsterte er. »So habe ich sie noch nie erlebt; aber irgendeine Laus ist ihr auf jeden Fall heute Morgen über die Leber gelaufen.«

Doreen erschien mit einer Teekanne und knallte sie auf den Tisch, wobei sie die Oberlippe fast knurrend hochzog.

»Könnte ich vielleicht Kaffee haben? Ich mag morgens nicht so gern Tee.«

»Kaffee gibt's nicht«, entgegnete sie und stapfte zurück in die Küche. Greg betrachtete die Kaffeekanne auf dem Nachbartisch und gab auf. Doreen war ihm offensichtlich aus irgendeinem Grund böse, aber er würde sich von ihr nicht das Frühstück verderben lassen.

»Viel Glück, Kumpel!«, raunte der andere und verließ den Raum.

Der Toast kam mit ein paar Butterstücken auf einem Teller. Greg versuchte es mit dem gewinnenden Lächeln, das er am Abend zuvor eingesetzt hatte. »Könnte ich bitte etwas Marmelade haben, Doreen?«

»Jam kostet extra, aber ich hab sowieso keine«, fuhr sie ihn an.

Greg reichte es. Er warf die Papierserviette von sich und stand auf. »Was ist denn heute Morgen los mit Ihnen? Sie haben kein freundliches Wort für mich übrig, und Ihr Benehmen stinkt zum Himmel.«

»Ach ja?« Sie verschränkte die Arme unter dem Hängebusen und beäugte ihn, als sei er der letzte Dreck. »Tja, Mr. Arrogant, Chirurg von Gottes Gnaden, jetzt weiß ich, wer Sie sind, und Sie werden feststellen, dass die Leute hier in dieser Gegend nicht nett zu Leuten sind, die unseresgleichen so behandeln, wie Sie es getan haben.«

»Ich habe überhaupt keine Ahnung, wovon Sie sprechen. Ich bin erst seit ein paar Stunden hier. Wie hätte ich da jemanden schlecht behandeln sollen?«

»Fleur ist eine von uns«, zischte sie, »und wehe dem Mann, der sie so unglücklich macht wie Sie!«

»Jetzt machen Sie mal halblang!«, fuhr er sie an. »Ich weiß ja nicht, was sie Ihnen erzählt hat, aber …«

»Sie hat mir genug erzählt!«, erwiderte sie und stellte die Teller zusammen, dass es schepperte. »Wenn Sie glauben, Sie könnten herkommen und das arme Ding durch ganz Australien jagen, dann haben Sie sich getäuscht. Wir passen hier draußen aufeinander auf.«

»Sehr lobenswert«, knurrte er, »aber Fleur stammt nicht von hier, sie ist aus Brisbane. Und da Sie ganz offensichtlich kein Verständnis dafür haben, was zwischen uns vorgefallen ist, wäre ich Ihnen dankbar, wenn Sie Ihre Meinung für sich behalten würden.«

»Sie werden schon sehen«, murmelte sie verschlagen lächelnd, die Augen hell wie Glaskugeln. Sie drehte sich ruckartig um und verschwand aufs Neue in der Küche.

Greg raufte sich aufgebracht die Haare. Was zum Teufel hatte Fleur dieser Frau erzählt? Wie düster hatte sie ihre Situation dargestellt? Und wusste die ganze Stadt davon?

Es gab nur eine Möglichkeit, das herauszufinden. Er warf genug Bargeld auf den Tisch, um die Rechnung zu begleichen, verließ den Speiseraum und holte seine Tasche.

Es war erst kurz vor acht. Dennoch waren auf den Straßen bereits Laster und Personenwagen unterwegs, Menschen auf den Bürgersteigen. Greg schlang sich die Tasche über die Schulter und ging die Hauptstraße entlang auf der Suche nach dem Autohändler.

»Henry's Deals on a Handshake« stand an der Ecke einer Kreuzung. Das Grundstück war mit Flaggen geschmückt. Der Fuhrpark nahm eine breite Betonfläche vor einem Containerbüro ein. Greg klopfte an die Tür.

»Herein.« Die Stimme von innen klang jung und fröhlich.

Greg schaute hinein. »Guten Tag. Len hat Sie mir empfohlen. Ich möchte für die nächsten beiden Wochen einen Wagen mieten.«

Der junge Mann machte sich nicht die Mühe aufzustehen. Er rollte auf dem Bürostuhl vor und zurück und musterte Greg von Kopf bis Fuß. »Tut mir leid, Kumpel«, sagte er ohne eine Andeutung von Bedauern, »die Mietwagen sind im Moment alle unterwegs.«

Greg fragte sich, ob er zu allen Kunden derart grob und mürrisch war. »Ich dachte, ich hätte draußen einen Geländewagen gesehen, der als Mietwagen ausgewiesen ist?«

Er schüttelte den Kopf. »Nö, Kumpel. Der ist für heute gebucht.« Er zuckte mit den Schultern und tat gar nicht erst so, als interessiere ihn Gregs Notlage. »Sie könnten es bei Jake am anderen Ende der Stadt versuchen. Er hat eine Autowerkstatt und oft Wagen zu vermieten oder zu verkaufen.«

»Okay.« Greg ließ die Tür offen stehen und machte sich auf die Suche nach Jake.

Schließlich fand er etwas, was als Autowerkstatt durchgehen mochte. Der rostige Wellblechschuppen lag versteckt in einer Seitenstraße am anderen Ende der Stadt und hatte schon bessere Zeiten gesehen. Davor standen zwei Zapfsäulen; daneben rostete ein Haufen Autos auf einem Buschgelände vor sich hin. Ein Radio plärrte aus dem düsteren Innenraum, in dem ein Wagen hochgebockt war. Auf dem Vorhof stand ein Truck mit einer gültigen Zulassung hinter der Windschutzscheibe, aber von Jake war keine Spur zu sehen.

Greg schwitzte. Wütend ließ er die Tasche fallen, setzte sich auf einen umgedrehten Bierkasten und wartete, dass jemand auftauchte. Der Geländewagen, der da vor ihm stand, schien ihn zu verhöhnen; die Sonne glitzerte auf der Windschutzscheibe; der Zündschlüssel steckte. Aber Greg war von Natur aus ehrlich, und wenn sein Krach mit Doreen vorübergehend sein sollte, durfte er seinen ohnehin beschädigten Ruf nicht noch durch einen Diebstahl gefährden.

Nach einer halben Stunde schlenderte ein Mann in mittleren Jahren auf ihn zu. Er aß etwas aus einer braunen Papiertüte. Sobald er Greg sah, verfinsterte sich sein Blick. »Kann ich Ihnen helfen, Kumpel?«

»Das hoffe ich doch. Ich würde gern einen Geländewagen mieten. Es ist dringend, und es macht mir nichts, etwas draufzuzahlen.«

»Tut mir leid, Kumpel, ich vermiete keine Autos.«

»Was ist denn mit dem Geländewagen? Gehört der Ihnen? Kann ich den nicht haben?«

»Das geht nicht, Kumpel. Den brauche ich für meine Abrissarbeiten.«

Greg holte tief Luft und unterdrückte einen Wutanfall. »Ich war schon bei Henry. Gibt es hier noch eine andere Möglichkeit, einen Wagen zu mieten?«

Der Mann überlegte eine Weile, kaute auf seiner Fleischpastete herum und schüttelte dann den Kopf. »Schätze mal, Sie stecken fest, Kumpel.« Er schob sich an Greg vorbei, den Hauch eines Lächelns auf dem Gesicht, als er in der Finsternis verschwand und das Radio lauter stellte.

Greg fluchte leise vor sich hin, ging den Weg zurück, den er gekommen war, und zerfloss fast vor Hitze. Er verdammte Doreen, die Stadt und sogar Fleur, die zu viel geredet hatte.

Henry saß noch immer auf seinem Drehstuhl und riss die Augen weit auf, als Greg das Büro betrat. »Kein Glück gehabt bei Jake?«

Arrogantes Schwein!, dachte Greg. »Ich möchte einen Geländewagen kaufen«, sagte er.

»Wir haben nur zwei, und die sind Oberklasse«, erklärte Henry und erhob sich schließlich.

Greg hatte sich so etwas bereits gedacht. »Schön. Dann nehme ich den billigeren. Am besten geben Sie mir noch Ersatzreifen, zwei Kanister Benzin und Werkzeug hinzu.« Er holte sein Portemonnaie aus der Tasche und zog eine Platin-Kreditkarte hervor.

Henry starrte die Karte nachdenklich an. »Den Wagen auf Vordermann zu bringen und die Buchung abzuwickeln dauert zwei Tage«, sagte er. »Und dann muss ich natürlich noch eine Anfrage bei der Polizei machen.« Sein Lächeln reichte nicht ganz bis an die Augen. »Heute ist Freitag. Übers Wochenende wird nicht viel passieren – aber der Wagen dürfte Ende nächster Woche für Sie bereitstehen.«

»Aber ich brauche ihn heute.« Allmählich verzweifelte Greg. Er wusste, dass es ihm anzusehen war, aber das machte ihm nichts aus. »Ich muss nach Savannah Winds. Meine Frau ist da draußen, und …«

»Ja, hab ich gehört«, nuschelte Henry und nahm wieder Platz. Er legte die Beine auf dem Schreibtisch übereinander und zündete sich eine Zigarre an. »Keine Bange. Martha Daley wird sich um sie kümmern. Fleur wird hierher zurückkommen, wenn sie fertig ist. Dann können Sie sie treffen.«

»Wer zum Teufel ist Martha Daley?«

»Meine Tante. Ihr Mann ist Fleurs Onkel. Das sollten Sie eigentlich wissen – immerhin sind Sie mit Fleur verheiratet …«

Greg stürmte aus dem Büro, trampelte die Stufen hinunter, dass der Container wackelte, und marschierte über den Vorhof. Dies war eine Verschwörung – und alles nur, weil eine neugierige alte Frau sich nicht um ihre eigenen verdammten Angelegenheiten kümmern konnte.

Er blieb an einem Tor stehen, das in einen öffentlichen Park führte, und ging über den ordentlich gepflasterten Pfad zu einer Bank im Schatten einer Holzpergola, die von Geißblatt und Rosen überwuchert war. Er setzte sich und verbarg das Gesicht in den Händen. Sein Kampfgeist hatte ihn verlassen. Greg war verzweifelt. Er hatte keine Möglichkeit, zu Fleur zu gelangen. Dabei musste er sie unbedingt erreichen. Er musste ihr sagen, wie sehr sie sich geirrt hatte, als sie glaubte, er sei ihr untreu, und um ihr zu beweisen, dass er sie liebte.

Fleur stand vor dem Morgengrauen auf und ließ die Katze nach draußen. Nach einem leichten Frühstück kleidete sie sich an, packte ihre Sachen und ging zu Sal und Djati hinüber. Sal saß auf der Veranda und hatte ein schlafendes Kleinkind auf dem Schoß.

»Hallo«, grüßte Fleur. »Geht es dir heute Morgen besser?«

»Ja, alles in Ordnung. Hatte nur eine meiner komischen Anwandlungen.« Sal bedeutete ihr, sich neben sie zu setzen.

Fleur betrachtete das schlafende Kind einen Moment und hätte liebend gern ein eigenes in den Armen gehalten. »Ist Blue da?«, fragte sie schließlich. »Ich habe ihn nämlich gestern gesehen und dachte, er hält sich bei euch auf.«

Sal betrachtete Fleur eindringlich. »Blue ist nie weit weg«, murmelte sie. »Aber niemand weiß, wann er aufkreuzt. Ich sehe jetzt, dass du es begreifst.«

Fleur spürte wieder das Prickeln im Nacken. »Was begreife ich, Sal?«, fragte sie in leichtem Ton.

»Du weißt es«, sagte sie weise und nickte.

»Tut mir leid, Sal, du sprichst in Rätseln.«

Sal holte tief Luft und starrte durch die Fliegengitter. »Das ist kein Rätsel, Fleur. Du weißt, dass ich recht habe.«

»Womit?«

Sals Augen schimmerten im Schatten der Veranda, und ihr Lächeln war geheimnisvoll, während sie sich wortlos vor und zurück wiegte.

Fleur fröstelte trotz der Morgenhitze. »Du machst mir Angst«, sagte sie und lachte nervös. »Komm schon, Sal, erklär's mir!«

Sal erhob sich und reichte Fleur vorsichtig das Kind. »John wird bald hier sein«, murmelte sie. »Ich mach uns 'nen Tee.«

Fleur schaute auf das gerötete kleine Gesicht, die langen Wimpern und den Knospenmund hinab. Sie spürte das Gewicht des schlafenden Kindes in den Armen, drückte es sanft an sich und atmete den Duft seiner Haut ein. Die Sehnsucht nach einem eigenen Kind wurde beinahe unerträglich. Fleur schritt auf der Veranda auf und ab, lauschte, ob sie trotz des Lärms aus der Schmiede und dem Brüllen der Ochsen in den Pferchen das Flugzeug vernahm. Sal hatte sie mit dem eigenartigen Gerede und dem durchdringenden Blick definitiv verunsichert, aber das Bedürfnis, dieses Kind zu halten und nie wieder loszulassen, beunruhigte sie noch viel mehr.

»Wenn doch nur Greg hier wäre!«, flüsterte sie in die feuchten Locken hinein. »O Gott, er fehlt mir so.«

Sal tauchte mit zwei Tassen Tee aus dem Haus auf. »Er hat deinen sehnlichsten Wunsch erhört«, sagte sie. »Kein Grund zur Sorge.«

Fleur starrte sie verwirrt an und wollte schon etwas entgegnen, als sie das willkommene Dröhnen eines Flugzeugs hörte.

»Djati holt ihn her«, sagte Sal. »Er wird eine Tasse trinken wollen, bevor er zurückfliegt.«

»In Ordnung«, erklärte Fleur hastig. »Ich werde mit Djati fahren. Vielleicht könntest du eine Thermoskanne mit Tee füllen, die ich mitnehmen kann?«

Sal betrachtete sie nachdenklich, ging wieder ins Haus und erschien kurz darauf mit einer großen Thermoskanne. »Ich habe ihn so gemacht, wie er ihn mag. Mit viel Milch und Zucker«, erklärte sie und nahm Fleur das Kind ab.

Sogleich fühlten Fleurs Arme sich leer an. »Sag Blue, er soll auf mich warten, bis ich zurückkomme«, sagte sie. »Ich muss mit ihm sprechen.« Ohne auf eine Antwort zu warten, schob sie sich durch die Fliegengittertür. Djati fuhr bereits im Geländewagen vor. »Bis in zwei Tagen!«, rief sie über die Schulter und stieg ein.

»Du hast es aber eilig«, sagte Djati und steuerte den Wagen nach Osten. »Meine Sal hat dich nicht aus der Fassung gebracht, oder?«

»Ein bisschen schon«, gestand Fleur. »Es gefällt mir nicht, wenn sie in Rätseln spricht.«

»So ist sie eben«, besänftigte er sie. »Ihre Mutter war genauso; sie hat mir schlichtweg Angst und Schrecken eingejagt, als ich sie kennenlernte. Aber man gewöhnt sich dran.«

Fleur hatte durchaus Respekt vor dem Glauben anderer, bezweifelte jedoch, dass sie sich jemals an Sals eigentümliches Verhalten gewöhnen würde.

Die hellgelbe Cessna landete gerade auf dem Streifen, der als Landebahn diente. Da eine große Staubwolke alles im Umkreis einer halben Meile zu ersticken drohte, kurbelten Fleur und Djati die Wagenfenster hoch und warteten, bis sie sich gelegt hatte. Dann fuhr Djati weiter, um den Mann zu begrüßen, der gerade aus dem Cockpit stieg.

John Daley war von normaler Größe, hatte ergrauendes Haar, eine ledrige Haut und einen Händedruck, mit dem er einen Ochsen erwürgen könnte. Er nahm den Hut ab und musterte Fleur aus haselnussbraunen Augen. »Ja«, stellte er fest. »Du siehst aus wie sie. So ist es. Ich schwör's.«

Fleur sah einen Mann Mitte fünfzig mit ebenmäßigen Gesichtszügen vor sich. Er war kräftig gebaut. »Doreen hat mir ein Bild gegeben«, erklärte sie lächelnd, »und ich sehe auch an dir die Familienähnlichkeit.«

»Gut. Dann wollen wir dich nach Emerald Downs zurückbringen. Ist das in der Thermoskanne Tee? Ich bin ausgetrocknet wie der Rücken eines Warans.«

Fleur reichte John die Kanne, und er half ihr die Stufen hinauf ins Cockpit. Er schnallte sie an, verstaute ihre Tasche hinter ihrem Sitz, setzte sich ans Steuerpult und trank seinen Tee. »Der Flug dauert nur ungefähr eine halbe Stunde«, erklärte er. »Ich werde so niedrig fliegen, dass du einen Überblick bekommst, was wir hier in dieser Gegend zu bieten haben.« Sein gebräuntes Gesicht zeigte ein freundliches Lächeln. Er zog sich den Buschhut tief in die Stirn, bevor er die Maschine anließ.

Fleur war überrascht, wie leise der Motor war. Sie hatte zumindest Ohrschützer erwartet. Sie hielt sich an der Armlehne ihres Sitzes fest, als sie über die Startbahn brausten und abhoben. Unter ihr tauchten Djatis Geländewagen aus der Staubwolke auf, die Gebäude von Savannah Winds, die über mehrere Morgen verteilt waren, und eine winzige dunkle Gestalt, die auf den Stufen stand und ihnen zuwinkte.

John gab Fleur während des gesamten Flugs Erläuterungen. Er wies sie auf Wasserlöcher hin, die in der Sonne glitzerten, und auf Grenzzäune, die sich in der Ferne verloren; er zeigte ihr nahezu unsichtbare Pfade, die das Grasland der Savanne zu anderen entlegenen Farmen durchzogen, und überall gewundene Flüsse und Bäche.

»Ihr habt offenbar kein Problem mit dem Wasser«, sagte sie.

»Es sieht zwar so aus, als gäbe es jede Menge davon«, antwortete er, »aber wir müssen trotzdem Brunnen ausheben, damit unser Vieh in der Trockenzeit genug zu saufen hat. Hier draußen sind es hauptsächlich Rinder; der eine oder andere von uns hat auch Schafe. Manchmal pflanzen wir Tabak und Weizen an, was allerdings ein gewisses Risiko bedeutet wegen des

Klimas – und der Heuschrecken. Erst gestern ist ein Schwarm hier durchgezogen und hat die Arbeit eines ganzen Jahres zunichtegemacht.«

Fleur nickte. »Djati und ich haben den Schwarm auf dem Weg hierher gesehen.«

»Savannah Winds hatte Glück, dass es verschont wurde. Wenn das Wetter so bleibt, sollten wir die Weizenernte rechtzeitig einfahren, bevor die Regenzeit einsetzt und der nächste Schwarm zu erwarten ist.«

Fleur schaute hinab auf unendliche Meilen menschenleeres Land, das sich bis an den Horizont erstreckte. Das Gebiet war riesig, und sie wusste, sie könnte niemals so tapfer sein wie Annie, denn diese Wildnis war eigentlich unbezähmbar. Die Menschen im Outback waren bestimmt aus hartem Holz geschnitzt; geformt von dem Land, das sie bearbeiteten, scheinbar unbeeindruckt von den Härten durch Überschwemmungen, Dürre und Heuschrecken, fest entschlossen, mit der von ihnen gewählten Lebensweise Erfolg zu haben.

»Da ist die Farm«, sagte John fünf Minuten später.

Fleur sah das langgestreckte Ziegeldach und die stabilen Backsteinwände eines Hauses, das im Windschatten eines Wäldchens stand. Sie erblickte Koppeln und Pferche, Scheunen, Wasserlöcher und Tausende Stück Vieh, die auf den niedriger gelegenen Weiden in der Nähe eines Zusammenflusses von größeren und kleineren Bächen grasten. Auf einem höher gelegenen Gelände jenseits der Farm weideten Schafe. Und die geplünderten Weizenfelder wurden gerade umgepflügt.

»Siehst du den Geländewagen? Das wird Martha sein.«

Fleur schaute hinab und erkannte eine Frau in Hose, Bluse und breitkrempigem Hut, die begeistert winkte.

Als das Flugzeug eine scharfe Kurve drehte und die Landebahn ansteuerte, machte Fleur sich innerlich auf die Landung gefasst. Sie trafen mit einem kleinen Stoß auf. Dann schaltete John die Maschine aus. »Der Staub muss sich erst ein wenig legen, bevor wie aussteigen«, warnte er, »sonst wirst du die nächste Woche husten müssen, bis du platzt.«

Als John ihr schließlich heraushalf, wurde Fleur von Martha beinahe umgeworfen, die sie stürmisch umarmte.

»Schön, dich zu sehen«, sagte sie und ließ sie wieder los. »Ich kann kaum glauben, dass du es endlich hierher geschafft hast.« Marthas braune Augen funkelten in ihrem gebräunten Gesicht, als sie sich an John wandte. »Sie ist genau wie ihre Mutter, nicht wahr?«

»Die Unterhaltung hatten wir bereits«, erklärte er trocken. »Komm, wir bringen Fleur nach Hause, bevor wir hier alle verschmoren.«

Martha plapperte munter drauflos, während sie den Weg zur Farm entlangpreschte. Sie schien ebenso stolz auf Emerald Downs zu sein wie John und wies auf eine Windmühle, ein Wasserloch, neue Zäune und vieles andere, an dem sie unterwegs zufällig vorbeikamen.

Fleur nickte lächelnd und versuchte sich vorzustellen, wie es ausgesehen haben mochte, als ihre Mutter hier aufwuchs.

Als habe John ihre Gedanken gelesen, sagte er: »Als Selina und ich klein waren, sah es hier noch ganz anders aus. Die Landschaft hat sich nicht verändert, aber das Haus wurde in den Siebzigern von einem Wirbelsturm zerstört; daher mussten wir ein neues bauen. Wir haben inzwischen Strom, Telefon, Satellitenfernsehen, Computer wie die meisten modernen Sachen, ohne die wir anscheinend nicht mehr auskommen.«

»Auf Savannah Winds haben wir keinen Satellitenempfang.«

»Weil die Farm zu weit von der Telegrafenstation entfernt ist. Aber der wird bald möglich. Die Regierung hat's versprochen.«

Das Haus war ein reizvolles Gebäude mit den obligatorischen Fliegengittern, welche die ringsum laufende Veranda schützten. Es stand mit der Fassade nach Süden auf einer kleinen Anhöhe jenseits einer großen Lichtung. Auf der Ostseite wuchsen Bäume, die in der langen heißen Jahreszeit Schatten spendeten; auf der Westseite befand sich ein Pferch, in dessen Mitte sich einige gepflegte Pferde unter einer Baumgruppe aufhielten.

»Das sind meine«, erklärte Martha stolz. »Ich habe als Mädchen immer an Rodeos teilgenommen und später eine Zeitlang an Turnieren im Springreiten.«

»Sie ist zu bescheiden«, nuschelte John, als sie anhielten. »Martha hat Australien bei den Olympischen Spielen vertreten und eine Bronzemedaille gewonnen. Sie trainiert noch immer jüngere Reiterinnen.«

Fleur lachte entzückt. »Ein Star! Ich bin bei einer Berühmtheit.«

»Also, John, fang jetzt nicht davon an!« Martha errötete allerliebst. »Bring lieber Fleurs Tasche rein. Ich zeige ihr, wo sie schlafen wird, bevor ich mich ans Mittagessen mache.«

Fleur wurde in einen großen quadratischen Raum geführt, der den Blick auf einen Rasen, ein Schwimmbecken und einen üppigen Blumen- und Gemüsegarten freigab. Das Bett war in Hellgelb und mattem Grün bezogen und beherrschte das Zimmer. An der Wand hingen herrliche Fotos vom Outback: Wasserfälle; Canyons; Nebel am frühen Morgen, eingefangen über einer einsamen grünen Waldwiese; ein Staffelschwanz, just in dem Moment aufgenommen, als der Vogel mit den Knopfaugen in die Linse lugte. Wer die Bilder auch gemacht haben mochte, er besaß ein außergewöhnliches Talent als Fotograf.

Fleur fand Martha in der Küche und half ihr mit dem Krautsalat. »Wer hat denn die Bilder in meinem Zimmer aufgenommen?«

»John. Jetzt, da er mehr Zeit zum Entspannen hat, ist er stundenlang da draußen. Die sind gut, nicht wahr?«

»Mehr als das. Ich kenne ein paar Innenarchitekten, die ein Vermögen dafür bezahlen würden, sie in ihrem Portfolio zu haben.«

»Ist nur ein Hobby, Fleur«, murmelte Martha. »John mag es nicht, wenn die Leute so einen Wirbel darum veranstalten. Dann macht er sofort dicht, und ich kriege tagelang kein Wort aus ihm raus.« Sie wusch sich die Hände, trocknete sie ab und stellte den Salat in den Kühlschrank. »Komm«, sagte sie leise, »ich weiß, wohin du zuerst gehen möchtest.«

Fleur setzte ihren Hut wieder auf, und sie traten aus der Hintertür hinaus in den kühlen Schatten der Bäume. Als Fleur wieder ins Sonnenlicht eintauchte, erblickte sie einen weißen Lattenzaun, Holzkreuze und verwitterte Grabsteine.

»Ich lasse dich allein mit ihr reden«, flüsterte Martha. »Du findest doch den Weg zurück?«

Fleur nickte, den Blick fest auf die Grabstellen gerichtet. Sie merkte kaum, dass Martha sich entfernte, während sie auf den Zaun zuging und das Tor öffnete. Das Gras war mit Wildblumen durchsetzt. Ein Pfad führte hindurch bis zu den drei schlichten weißen Kreuzen. Fleur steuerte darauf zu. Nie hätte sie gedacht, einmal das Grab ihrer Mutter zu besuchen.

Selina Kate Daley
Geliebte Tochter und aufopfernde Mutter
Ruhe in Frieden und wisse, dass du geliebt wurdest
1942–1967

»Hallo, Mum«, flüsterte Fleur und kniete vor dem Kreuz nieder. »Tut mir leid, dass es so lange gedauert hat, aber ich konnte nicht früher kommen.«

Sie berührte die Schrift auf der Gedenktafel, und ihr fiel auf, dass man Selina unter ihrem Mädchennamen beigesetzt hatte – eine richtige Entscheidung. Don Franklin hatte ihr gegenüber keine Gnade walten lassen. Viele Jahre vor ihrem Tod hatte er sie hierhergebracht und ihr die Tochter gestohlen.

Fleur drückte die Wange in das warme, duftende Gras, das ihre Mutter bedeckte. Ihre Tränen sickerten langsam in die Erde und vereinten sie wieder mit ihr. »Oh, Mummy, ich muss dir so viel erzählen.«

Missmutig saß Greg allein in der Bar des Cloncurry Hotel vor seinem zweiten Bier. Drei dröhnende Fernseher machten der Musikbox Konkurrenz, und er starrte desinteressiert von einem Bildschirm zum anderen, während Hunde, Pferde und Autos auf Ziellinien zurasten. Greg befand sich auf unbekanntem Terrain, und er war ratlos.

Er hatte gehofft, ein Lastwagen auf der Durchreise könne ihn mitnehmen oder einer der Wanderarbeiter, die auf ein Bier hereinschauten und dann weiterfuhren. Aber alle reisten in die entgegengesetzte Richtung oder nahmen eine Route, die ihn mindestens weitere vier Tage kosten würde, bevor er auch nur in die Nähe von Savannah Winds käme. Selbst Len, der dicke Taxifahrer, hatte Gregs Geld ausgeschlagen. Allem Anschein nach weitete die Verschwörung sich aus.

Der Wirt war ein riesiger Samoaner, der vor zehn Jahren als Schafscherer in die Stadt gekommen und geblieben war. Er stellte noch ein Bier vor Greg und lehnte sich an den Tresen. »Sie sehen ein bisschen fertig aus«, sagte er. »Frauengeschichten?«

»Das kann man so sagen.« Greg lächelte schief. »Ich habe eine Frau, die mich für einen Lügner und Betrüger hält. Und ich bin an eine Hexe mit orangeroten Haaren geraten, die offenbar entschlossen ist, mir das Leben zur Hölle zu machen.«

»Dann können Sie das Bier gut gebrauchen, Kumpel. Eine Frau ist schlimm genug, aber zwei?« Er schüttelte den Kopf und pfiff leise. »Das gibt richtig Ärger, Mann.«

»Wem sagen Sie das.«

»Die mit den orangeroten Haaren ist nicht zufällig Doreen, oder?«, fragte er beiläufig.

»Treffer.«

»Oje, Kumpel. Da haben Sie es mit der Falschen aufgenommen.« Als Greg diese Aussage nicht kommentierte, beugte sich der Samoaner näher zu ihm. »Sind Sie der Typ, der versucht, nach Savannah Winds rauszukommen?«

Greg spürte einen Funken Hoffnung. »Ja. Ich muss meine Frau sehen und ihr erklären, dass sie alles missverstanden hat.«

Der Samoaner setzte ein breites Lächeln auf. »Abbitte leisten, was? Das hab ich selbst oft genug gemusst. Ich kann's Ihnen nachfühlen.«

»Haben Sie einen Geländewagen, den Sie mir vermieten könnten? Ich kaufe ihn sogar, wenn Ihnen das lieber ist.«

»Nö, Kumpel. Ich kann Ihnen nicht helfen. Ich hab nur einen verbeulten Holden, und der bringt Sie keine sechs Meilen aus der Stadt raus.« Er rückte noch näher. »Hören Sie zu, Kumpel, ich finde nicht gut, was das alte Weib gemacht hat, und es tut mir leid, dass ich nichts für Sie tun kann. Aber oben haben wir genug leere Zimmer, wenn Sie ein Bett für die Nacht brauchen, und die Frau ist eine Super-Köchin.«

»Danke, Kumpel. Ich dachte schon, ich müsste auf einer Parkbank übernachten.« Er leerte sein Bierglas. Er hatte noch nie so viel getrunken. Ihm war schon schwindelig und leicht übel, aber er wollte es nicht wahrhaben. »Zapf mir noch eins«, sagte er, »und trink eins mit.«

Fleur verließ den kleinen Privatfriedhof und kehrte zum Haus zurück. Die Sonne stand tief am Himmel, und von Norden kroch bereits die Kälte heran. Sie schaute auf die Armbanduhr und war nicht weiter überrascht, dass sie den größten Teil des Tages am Grab verbracht und geredet, geweint und flüsternd ihre größten Geheimnisse und Ängste offenbart hatte.

»Du hast das Mittagessen ausgelassen, deshalb habe ich dir ein paar Sandwiches gemacht, damit du bis zum Tee durchhältst«, sagte Martha. »Hast du dich gut mit Selina unterhalten?«

Fleur wollte schon antworten, als ihr entsetzlich schwindlig wurde. Sie taumelte, griff nach einem Stuhl und sank wie eine Stoffpuppe darauf. »Mir ist ganz komisch«, murmelte sie.

»Wahrscheinlich zu viel Sonne abgekriegt und nicht genug gegessen.« Martha drückte ihr den Kopf auf die Knie. »Atme tief durch, und behalte den Kopf unten, bis er wieder klar ist!«

Fleur gehorchte. Kurz darauf ließ der Schwindel nach. »Entschuldige. Das passiert mir normalerweise nicht.« Sie nahm ein Glas Wasser von Martha entgegen und trank mit tiefen Zügen. Dann ging es ihr besser. »Am besten esse ich die Sandwiches, bevor ich mich komplett zur Närrin mache«, sagte sie, bemüht, die peinliche Situation herunterzuspielen.

»Bleib sitzen, ich bring sie dir.« Martha stellte den Teller neben Fleur, setzte sich und schaute ihr Gegenüber besorgt an. »Das alles ist vermutlich nicht leicht für dich. Schließlich warst du noch ein Säugling, als Selina dich mit nach Hause brachte. Diese Heimkehr weckt große Emotionen. Kein Wunder, dass du dich schwach fühlst.«

»Ich habe mich wahrscheinlich übernommen«, räumte Fleur ein. »Die letzten Monate waren ohnehin aufreibend. Aber nachdem ich das über meine Mutter erfahren habe, war ich völlig durch den Wind.« Sie biss hungrig in ein Sandwich mit Käse und Tomaten.

»Hör zu, Fleur, ich muss dir was sagen. Als du bei Selina warst, ist eine Nachricht von Sal gekommen …«

Fleur schluckte und schob den Teller beiseite. Angesichts von Marthas ernster Miene raste ihr Puls, und ein kalter Schauer lief ihr über den Rücken. »Was ist los? Was ist passiert? Doch nicht etwa Greg?«

Martha legte Fleur eine Hand auf den Arm. »Dein Vater«, sagte sie leise.

Fleur schämte sich wegen der Erleichterung, die sie empfand. »Was war es? Ein Herzinfarkt?«

Martha nickte. »Wahrscheinlich hat er nicht allzu viel leiden müssen. Nach allem, was man hört, war es ein schwerer Infarkt.« Sie schaute Fleur fragend an. »Du bist anscheinend nicht … Ich meine …« Sie verstummte, offenbar peinlich berührt.

»Schon gut, Martha«, besänftigte Fleur sie hastig. »Dad hat mir nie sehr nahegestanden. Und als ich erst entdeckt hatte, wie sehr er mich hinsichtlich meiner Mutter getäuscht hat … Tja, danach ging gar nichts mehr. Ich kann nicht so tun, als sei ich traurig über seinen Tod.« Sie lächelte schief. »Das klingt furchtbar, nicht wahr? Aber so ist es nun mal. Vermutlich wird Beth die Einzige sein, die aufrichtig um ihn trauert.«

Martha nickte verständnisvoll und bemühte sich um eine unverbindliche Miene. »Die Beerdigung ist für Anfang nächster Woche angesetzt.«

Fleur dachte an ihre Mutter, die unter Gras und Wildblumen lag – dachte an die Jahre, in denen sie sich hätten kennenlernen und lieben können, um die sie aber betrogen worden waren, und schüttelte den Kopf. »Ich fahre nicht hin«, flüsterte sie.

16

Das Abendessen bestand aus köstlichem, selbst zubereitetem Huhn, Gemüsesuppe und Schinkenquiche mit dem lockersten Teig, den Fleur je gekostet hatte. Sie hatte wieder Appetit. Als alle vom Küchentisch aufstanden und ins Wohnzimmer gingen, sank Fleur satt und zufrieden auf die Couch.

Das Kernstück des Hauses war ein großer quadratischer Raum mit einem imposanten Kamin, dessen prasselndes Feuer die nächtliche Kühle vertrieb. Tiefe Sofas, ein altes Klavier und mehrere Bücherregale füllten das Zimmer, in dem jede Oberfläche mit abgelegten Büchern, Zeitschriften und landwirtschaftlichen Katalogen bedeckt war. Es war warm, heimelig und einladend.

»Du siehst jetzt viel besser aus«, sagte Martha lächelnd und machte sich an den Polstern zu schaffen. »Morgen solltest du vielleicht nicht so lange in der Sonne bleiben.«

»Ich bin diese heftige Hitze nicht gewöhnt«, gab Fleur zu, »und es war ein Tag voller Emotionen.«

»Willst du Greg anrufen oder deine Schwestern? Das Telefon steht in Johns Büro. Da bist du allein.«

»Morgen vielleicht«, antwortete sie. Gregs Stimme würde nur schmerzhafte Erinnerungen wecken. Entschlossen, sich keine Gedanken über ihn und die Auswirkungen zu machen, die der Tod ihres Vaters haben würde, wandte sie sich an John. »Wie ich hörte, hast du ein paar alte Fotos ausgegraben«, sagte sie strahlend. »Ich würde sie mir gern ansehen.«

John durchquerte das Zimmer und nahm einen Stapel Alben vom Klavier. Er machte Platz auf dem Couchtisch und schlug das erste auf. »Das war Selina als kleines Kind«, begann er.

Eine knappe Stunde später griff er nach dem letzten Album. »Ich habe die besten Fotos herausgesucht. Du kannst sie behalten«, sagte er und reichte ihr das Album. »Sie fangen an, als sie noch ein Baby war, und reichen bis in die Zeit, als sie mit dir zurückkam.« Seine Miene wurde traurig. »Nachdem Don dich weggeholt hatte, wurde sie sehr krank. Deshalb gibt es danach keine Fotos mehr.«

Langsam schlug Fleur die Seiten um, die das kurze, tragische Leben ihrer Mutter dokumentierten. »Annie ist auf ziemlich vielen drauf«, murmelte sie, als sie das letzte Foto betrachtete, auf dem Annie und Selina in die Kamera lächelten und sie selbst als kleines Kind in Annies Armen geborgen war.

»Annie hat Selina sehr viel bedeutet. Sie war nicht nur ihre Patentante, sondern ihre Freundin. Der Altersunterschied hat für beide keine Rolle gespielt, und ich habe mich manchmal gefragt, ob Mum bisweilen eifersüchtig auf diese Nähe war.« Er seufzte tief. »Als du geboren warst und Selina dich hierherbrachte, vertiefte sich die Beziehung zwischen ihr und Annie. Wahrscheinlich deshalb, weil Annie inzwischen alles verloren hatte, was ihr lieb war, und sie dir und Selina unbedingt Sicherheit bieten wollte.«

Trotz des Feuers im Kamin fröstelte Fleur. »Annie hat ihr Kind verloren, nicht wahr? Ich habe Fotos von Lily gesehen, als ich auf Birdsong war.«

»Das war einer dieser schrecklichen Unfälle, wie sie hier draußen passieren«, sagte John ruhig. »Lily war siebzehn. Ein hübsches Mädchen, voller Leben – eine tolle Reiterin, aber auch gebildet. Annie schenkte Lily ihre ungeteilte Liebe und setzte all ihre Hoffnungen auf sie, denn sie war das einzige Kind, das sie hatte austragen können.« Er hielt inne und starrte in die Flammen. »Ich kann mich noch so gut an den Tag erinnern. Ich war sechzehn. Wir hatten Ferien, und ich hatte Dad beim Branding der Rinder geholfen. Plötzlich kam Mum zu uns, und da wussten wir, dass etwas Furchtbares geschehen sein musste. Lily war von einer Königsbraunschlange gebissen worden. Annie hatte ihre Tochter rein zufällig in der Scheune gefunden, aber es war bereits zu spät. Das Gift wirkt blitzschnell. Lily war wohl innerhalb weniger Minuten nach dem Biss gestorben.«

»Arme Annie!«, flüsterte Fleur. »Wie schrecklich, wenn einem kostbaren Kind so etwas zustößt! Sie muss am Boden zerstört gewesen sein.«

»Ja. Das waren wir alle. Lily gehörte zur Familie. Sie hat in unser aller Leben eine große Lücke hinterlassen.«

John starrte lange schweigend ins Feuer, und Fleur fragte sich, was er dort wohl sah und woran er sich erinnerte. Um zu wissen, wie Annie sich damals gefühlt hatte, brauchte sie hingegen nicht viel Phantasie.

»So viel Traurigkeit«, sagte Martha leise. »Anscheinend sind manche Menschen vom Schicksal verfolgt.«

John holte tief Luft und stocherte kräftig in den Holzscheiten auf dem Kaminrost. »Als du nach Savannah gebracht wurdest«, sagte er, »war es, als sei Annie wieder zum Leben erwacht. Sie schaute dich nur einmal an und sah Lily wieder. Von dem Augenblick an wurdest du der Mittelpunkt ihrer Welt – eine zweite kleine Blume, die zu lieben, zu hegen und zu beschützen war.«

»Aber warum? Ich war nicht ihr Kind – ich war nicht Lily.«

»Du siehst ihr sehr ähnlich. Und dass du den Namen Fleur hattest und innerhalb weniger Stunden nach Lilys Tod zur Welt gekommen warst, nahm Annie als Zeichen, dass ihr Kind in dir weiterlebte. Ein Leben für das andere, vermute ich.«

»Das ist so traurig«, murmelte sie.

»Das sehe ich nicht so«, entgegnete John. »Du hast Annie einen Lebenszweck gegeben. Außerdem warst du aufgrund deines Vaters sogar eine Blutsverwandte. Für Annie warst du die Verbindung mit ihrer Familie, die sie wegen ihres Bruders verloren hatte, und das Band zu unserer, Selinas Familie.«

Fleur ließ den Kopf hängen, tief in Gedanken versunken. Sie würde es nie ganz begreifen, doch das spielte keine Rolle. Zumindest hatte Annie Trost gefunden. »Ich habe gehört, dass sie mich bis zu ihrem Tod im Auge behalten hat«, sagte sie schließlich. »Aber wie hat sie das nur angestellt? Dad wollte nicht mal, dass ihr Name fiel. Und dass sie uns besuchte, wollte er erst recht nicht erlauben.«

»Annie ist nach Birdsong gezogen und regelmäßig nach Brisbane gefahren. Sie hat deine Schule aufgesucht, hat bei deinem Schulabschluss hinten in der letzten Reihe gesessen, hat an der Straßenecke gestanden, als du an eurem Hochzeitstag mit Greg aus der Kirche gekommen bist. Sie war so stolz auf dich und ist in der glücklichen Überzeugung nach Birdsong zurückgekehrt, dass sie nun in Frieden sterben könne, nachdem du dich erfolgreich eingerichtet hattest.«

Fleur versuchte sich an die kleinsten Einzelheiten dieser besonderen Tage zu erinnern, aber alles war verschwommen. »Wie gut, dass sie nicht so lange gelebt hat, um noch zu erleben, was für einen Mist ich gebaut habe«, sagte sie kaum hörbar. »Die Firma, für die ich gearbeitet habe, ist in die Insolvenz gegangen, und meine Ehe liegt auf Eis.«

Martha und John tauschten Blicke und wussten offensichtlich nicht, was sie dazu sagen sollten.

Fleur zuckte mit den Schultern und lächelte zaghaft. »Verzeihung, das ist mir nur so rausgerutscht.«

»Das war uns nicht klar«, meinte Martha.

»Keine Sorge!«, sagte Fleur leichthin, bevor sie sich wieder dem Album widmete. Sie blätterte die Seiten noch einmal durch, schaute sich die Schwarzweißbilder der Menschen an, die sie geliebt hatten. Aber etwas fehlte – vielmehr jemand.

»Warum gibt es kein Foto von Sam? Ich weiß, dass er aus dem Krieg zurückgekommen ist und dass sie geheiratet haben.«

»Ja, das tat er. Und sie haben 1947 geheiratet. Ich weiß noch, dass Mum sagte, Annie habe gestrahlt, als sie an Sams Arm durch den Mittelgang schritt, und dass sie ein hübsches Paar abgeben würden.« John schaute Martha an, die unmerklich nickte. »Ihre Ehe war glücklich trotz der zahlreichen Fehlgeburten, die Annie erlitten hat. Daher schien ihr Leben vollkommen zu sein, als Lily zur Welt kam. Doch die arme Annie sollte niemals vollauf glücklich werden.«

Fleur schauderte. Sie hatte das unangenehme Gefühl zu wissen, wohin das führte. »Sam ist gestorben, nicht wahr?«, fragte sie leise.

John nickte. »Es war ein dummer Abgang – ein Moment des Wahnsinns; aber Sam genoss die Aufregung des Fliegens, und auf den Morgen hatte er seit Jahren gewartet.« John holte tief Luft. »Er hatte eine alte Spitfire an Land ziehen können und endlose Stunden damit verbracht, sie zu reparieren, damit sie wieder flugbereit war. Er hat sie hauptsächlich zur Schädlingsbekämpfung eingesetzt. Aber eigentlich hat er immer nur auf die Gelegenheit gewartet, auf der *Morning Glory* zu surfen.«

Fleur runzelte die Stirn. »Worauf?«

»Das ist eine Naturerscheinung, die hauptsächlich hier in der Golfregion auftritt, manchmal auch in Südafrika«, erklärte Martha. »Sie ist ziemlich selten, weil die Wetterbedingungen genau stimmen müssen.« Sie musste über Fleurs offenkundige Verwirrung lächeln. »Die *Morning Glory* ist eine große rollende Wolke, die in der Morgendämmerung wie eine riesige schimmernde Woge über den Golf hinwegzieht. Etwas Großartigeres habe ich noch nie gesehen. Aber die Jungen und die Tollkühnen geben sich nicht damit zufrieden, sie vom Boden aus zu beobachten. Sie haben nichts Eiligeres zu tun, als auf dieser Welle in Ultraleichtflugzeugen und Kleinflugzeugen zu surfen.«

»Sam ist mit der Spitfire aufgestiegen«, fuhr John fort. »Annie hat mit der zweijährigen Lily auf dem Arm beobachtet, wie er auf dem Wellenkamm flog. Er ritt fast eine Stunde lang darauf, bevor er in der Wolke verschwand und niemals zurückkehrte.«

»Man hat sein Flugzeug schließlich draußen in der Savanne gefunden«, fuhr Martha fort. »Er ist in einen Heuschreckenschwarm geraten und hatte keine Chance, den Zusammenstoß zu überleben.«

Fleur dachte an die Spitfire, die auf Savannah Winds versteckt wurde. »Annie muss das Flugzeug nach Savannah Winds zurückgeholt haben, um es reparieren zu lassen«, stellte sie fest.

John runzelte die Stirn. »Da war nicht mehr viel zu reparieren. Und ich bezweifle, dass Annie ständig daran erinnert werden wollte, wie ihr geliebter Sam gestorben ist.«

»Aber sie steht in einer der Scheunen, und sie sieht überhaupt nicht demoliert aus.«

»Dann ist es eine andere Maschine«, erklärte John bestimmt. Er stand auf. »Warte mal, Fleur. Ich möchte dir etwas zeigen – sofern ich es finde.«

Suchend ging er an den Regalen entlang und kramte in ein paar Schubladen, bis er ein ziemlich ramponiertes Buch herauszog. »Mum und Dad haben das ganze Zeug aufgehoben, und ich bringe es nicht übers Herz, es wegzuwerfen. Aber schau her. Da ist der Zeitungsausschnitt.«

Einheimischer stirbt beim Surfen auf der Morning Glory, lautete die Schlagzeile.

Im Artikel wurde der Absturz geschildert. Als Anhang war eine kurze Biographie von Sam und Annie beigefügt. Das Foto jedoch zog Fleurs Aufmerksamkeit an, denn die Spitfire war ein ausgebranntes Wrack, das nicht mehr zu reparieren war.

Doch als sie näher hinschaute, glaubte sie auf dem verschwommenen Schwarzweißfoto etwas zu sehen, was ihr bekannt vorkam. »Habt ihr ein Vergrößerungsglas?«

John schaute sie fragend an, bevor er aus einer Schublade eine Lupe zutage förderte.

Fleur atmete einmal tief durch und hielt das Vergrößerungsglas über die Seite des ausgebrannten Flugzeugrumpfes. Ihre Arm- und Nackenhaare stellten sich auf, als ihr klar wurde, dass sie sich nicht getäuscht hatte. Dennoch sah sie etwas vor sich, was ihr unerklärlich war.

Die Erkenntnis, was es bedeuten könnte, trieb ihr einen kalten Schauer über den Rücken. Sie könnte es John und Martha niemals erzählen, weil sie es nicht verstehen würden.

Fleurs Blick wanderte wieder zu dem Zeitungsausschnitt, und dort, vergrößert durch die Lupe, war das Abzeichen der Royal Air Force zu erkennen, der Buchstabe R, die Zahl 62.

Fleurs Träume in dieser Nacht waren beunruhigend: Sams Augen, seine eintönige Stimme – mehrere Spitfire, die durch große Wolken trudelten und zu Boden stürzten – und Annie, die am Grab ihres Mannes und ihrer Tochter weinte.

Fleur wachte früh auf, gerade als die Morgendämmerung heraufzog, und dachte über alles nach, was geschehen war, seitdem sie ihre Stelle bei Oz Architects verloren hatte. Ihr Leben war verworren, ihre Familie auseinandergebrochen, ihre Ehe zerrüttet. Aber sie hatte ihre Mutter gefunden und wusste nun, dass Selina sie immer geliebt hatte – und das war der Lichtblick in der dunklen Wolke, die über ihr hing.

Doch das Rätsel um die Spitfire faszinierte sie. Es würde ihr keine Ruhe lassen, bis sie es gelöst hatte. Sal war vermutlich die Einzige, die ihr dabei helfen könnte. Und obwohl sie sich eigentlich nicht mit den sonderbaren Vorstellungen der alten Frau befassen wollte, hatte sie das Gefühl, dass Sal mehr wusste, als sie preisgab.

Fleur verstaute das Fotoalbum und den Band mit den Zeitungsausschnitten sorgfältig unten in ihrer Reisetasche und packte ihre Sachen darauf. Dann zog sie das Bett ab und trug die Bezüge in die Küche. »Wo kommt die Wäsche hin?«

Martha trug eine Reithose, Reitstiefel und ein Karohemd und saß bei einer Tasse Kaffee am Küchentisch. Sie war offensichtlich schon seit Stunden auf den Beinen. Ihr Lächeln schwand, als sie das Bettzeug sah. »Du willst schon wieder fort? Ich hatte gehofft, du würdest länger bleiben.«

»Ich komme bald wieder, versprochen.« Sie umarmte Martha und ließ die Bettwäsche auf einen Stuhl fallen. »Jetzt, da ich meine Familie gefunden habe, wirst du mich nicht mehr los.«

Martha schenkte ihnen beiden Kaffee ein. »Was hast du denn vor?«

»Ich möchte Mum noch einmal besuchen und ausgiebig mit ihr plaudern. Und wenn John nicht zu viel zu tun hat, würde ich dann gern in die Kirche gehen und mich von Annie und Sam verabschieden, bevor ich nach Savannah Winds zurückkehre.«

»Heute Morgen erwartet er den Tierarzt, der die Ochsen impfen soll. Aber ich bin sicher, dass er dich nach dem Lunch zurückbringen kann.« Sie lächelte schwach. »Ich hoffe, du lässt dich nicht von all den traurigen Geschichten abschrecken«, sagte sie und ergriff Fleurs Hand. »Wir würden dich gern wieder hier sehen.«

»Ich komme wieder, versprochen«, versicherte Fleur ihr. »Ihr beide wart so lieb. Und ich werde das Fotoalbum, das John für mich zusammengestellt hat, in Ehren halten.« Sie lächelten einander an und tranken in einvernehmlichem Schweigen ihren Kaffee.

Nach dem Frühstück mit Toast, Speck und Ei half Fleur beim Abwasch, steckte die Wäsche in die Waschmaschine und räumte das Wohnzimmer auf. Nachdem sie ihre Pflichten als Gast erfüllt zu haben glaubte, verließ sie das Haus und machte sich auf den Weg zu dem stillen Friedhof unter den Bäumen.

Das Gras war noch feucht vom Tau, denn die Sonne musste noch hinter dem Baumkronendach hervortreten. Daher setzte Fleur sich auf ihren Vliespullover und sprach mit ihrer Mutter, bis Martha sie zum Lunch rief.

Greg stöhnte, als er den Kopf auf dem Kissen bewegte. Der Raum drehte sich, das Bett schwankte, und das Licht, das durch die Ritzen der Fensterläden drang, blendete ihn und brannte sich derart in sein Gehirn, dass das Blut in seinem Kopf hämmerte.

Er zog sich Laken und Decke übers Gesicht und fragte sich, wie er jemals die Kraft aufbringen solle, dieses Bett zu verlassen. Er konnte sich nicht erinnern, wie viel er am Abend getrunken hatte. Nach den ersten fünf Bieren hatte er den Überblick verloren, denn er hatte seinem neuen Freund nicht nachstehen wollen und einen Wodka nach dem anderen heruntergekippt …

Greg drehte sich vorsichtig auf die Seite und verzog das Gesicht, als ein Schmerz ihm durch Schulter und Hüfte schoss. »Was zum Teufel ist mir zugestoßen?«, brummte er, hob die Bettdecke an und konstatierte heftige Prellungen an seiner gesamten linken Körperhälfte. Er ließ die Decke fallen, schloss die Augen und versuchte, das Hämmern in seinem Kopf abzustellen, damit er sich erinnern konnte.

Vage dämmerte ihm, dass der Samoaner ihn über die breite Schulter geworfen und die Treppe hinaufgetragen hatte. Doch Maru war stockbetrunken gewesen – das wusste Greg noch – und auf der oberen Stufe gestolpert. Greg stöhnte auf, als die Erinnerung ihn überflutete. Maru hatte gefährlich geschwankt, und Greg, der hilflos über dessen Schulter baumelte, hatte geglaubt, er werde kopfüber hinunter auf den Fliesenboden am Fuß der Treppe stürzen. Doch Maru war nach vorn gefallen und hatte Greg mitgerissen. Sie waren so heftig auf dem Teppich aufgeschlagen, dass die Fensterscheiben geklirrt hatten – und Gregs Hüfte und Schulter hatten die volle Wucht von Marus Gewicht abbekommen.

»Verdammt«, murmelte er vor sich hin, »ein Wunder, dass ich mir nichts gebrochen habe!« Greg tat sich entsetzlich leid, schwor sich, nie wieder zu trinken, kroch tiefer unter die Bettdecke und schlief wieder ein.

Nach dem Lunch trug Fleur ihre gepackte Reisetasche in die Küche. Da von Martha nichts zu sehen war, begab sie sich auf die Suche nach ihr. Als sie einen Blick ins Büro warf, hörte sie Martha wütend mit jemandem sprechen. Fleur wollte sich schon hastig zurückziehen, als ihr Name fiel. Neugierig geworden lauschte sie der einseitigen Unterhaltung, die offensichtlich am Telefon geführt wurde.

»Das hat Fleur zu entscheiden, nicht du«, fauchte Martha. Ein kurzes Schweigen trat ein. »Ich weiß, du hattest nur ihr Bestes im Sinn, Doreen, aber du hattest absolut nicht das Recht, so etwas zu tun. Wo ist er jetzt? … Dann gehst du am besten hin und bereinigst die Sache. Ich hoffe für dich, dass du noch rechtzeitig kommst und er nicht schon weg ist … Ja, ja, ich weiß. Und ich stimme dir zu, dass es nicht das beste Etablissement in Cloncurry ist, aber du hast dir die Suppe eingebrockt, Doreen, und jetzt musst du sie wieder auslöffeln.«

Fleur ging langsam auf den Eingang zum Büro zu. Martha war offensichtlich aufgebracht. Sie schwankte auf ihrem Bürostuhl vor und zurück, hatte die Schultern gereckt und trommelte ungeduldig mit den Fingern auf den Schreibtisch. Fleur vernahm Doreens schrille Stimme durch den Hörer, doch sie war aus dieser Entfernung nicht zu verstehen.

»Das ist mir egal, Doreen. Nein, John kommt nicht runter. Er hat heute viel zu viel zu tun … Doreen«, bellte sie und unterbrach den Redefluss am anderen Ende der Leitung. »Doreen, du verschwendest deine Zeit. Geh und tu, was du kannst. Und dann sagst du meinem nutzlosen Neffen, er soll ein Transportmittel bereitstellen. Du kannst ihm von mir ausrichten, wenn er auch nur einen Cent verlangt, werde ich dafür sorgen, dass er nie wieder einen Wagen verkauft.«

Sie knallte den Hörer auf, drehte sich schwungvoll herum und sah sich Fleur gegenüber. Sie errötete bis an den grauen Haaransatz. »Wie viel hast du mitbekommen?«

»Genug, um zu wissen, dass Doreen etwas getan hat, was mich betrifft – und wahrscheinlich Greg. Stimmt's?«

Martha holte tief Luft und stieß sie wieder aus; die Schultern sackten nach vorn. »Greg ist vor zwei Tagen nach Cloncurry gekommen. Leider hat Len ihm Doreens Motel empfohlen, wo er die erste Nacht verbracht hat.«

Fleur ließ sich auf einen Stuhl fallen. Ihre Gedanken überschlugen sich, als ihr der lange Abend einfiel, an dem sie mit Doreen geplaudert hatte – und wie sie sich über Gregs Affäre ausgelassen hatte.

»Doreen war nicht klar, wer er war, bis er zu Abend gegessen und sich zurückgezogen hatte. Da hat sie das Meldeformular durchgelesen, das er ausgefüllt hatte, und den Entschluss gefasst, dich zu beschützen. Am Morgen hat sie sofort einen Rundruf gestartet und dafür gesorgt, dass Greg weder einen Wagen mieten noch kaufen konnte. Ihr Vetter Jake und mein Neffe Henry sind die Einzigen, bei denen er einen hätte bekommen können. Sie hat die Nachricht verbreitet, wer Greg ist, wohin er will und warum es so wichtig ist, dass er es nicht schafft. Und bald wussten es alle.«

Fleur biss sich auf die Lippe. »Ich hatte nicht vor, Doreen alles zu erzählen. Aber sie macht es einem leicht, mit ihr ins Gespräch zu kommen, und ich dachte, es würde unter uns bleiben.«

Martha seufzte. »Doreen ist ein Klatschmaul. Das war sie schon immer, und das wird sie bleiben. Sie wirkt exzentrisch und fröhlich, ist in Wirklichkeit aber eine scharfzüngige alte Schachtel, die Spaß daran hat, Unruhe zu stiften.« Sie legte den Kopf schief. »Was hast du ihr denn erzählt?«

»Dass Greg mich verlassen hat und ich gehofft habe, wir könnten uns versöhnen, bis ich ihn mit einer anderen Frau gesehen habe«, sagte sie. »O Gott, was für ein Chaos!«

»Eigentlich tut mir der arme Greg ziemlich leid«, meinte Martha schmunzelnd. »Henry und Jake haben ihn von einem Ende der Stadt ans andere geschickt. Und in zwei Kneipen hat man ihm sogar ein Bier verweigert. Er war offensichtlich wütend. Man hat ihn mit seiner Tasche über der Schulter in der Hitze auf und ab stapfen sehen, schwitzend und mit einer Miene, als wolle er jemanden umbringen.«

Fleur kicherte. »Das geschieht ihm ganz recht«, platzte es aus ihr heraus. »Das wird ihn lehren, keine anderen Frauen zum Essen auszuführen, sobald ich ihm den Rücken zugewandt habe.« Das Kichern endete ebenso abrupt, wie es begonnen hatte. »Wo ist er jetzt?«

»Im Cloncurry Hotel. Das ist der verruchteste Ort in der Stadt. Aber allem Anschein nach hat der Besitzer, ein riesiger Samoaner namens Maru, Mitleid mit ihm gehabt, und die beiden haben sich ordentlich die Kante gegeben.«

»Aber Greg trinkt gar nicht.«

»Gestern Abend schon«, erwiderte Martha bedächtig und betrachtete Fleur nachdenklich. »Ich habe doch recht daran getan, Doreen zu sagen, sie soll ihn ausnüchtern und dafür sorgen, dass er nach Savannah Winds kommt, ja? Du willst ihn doch sehen?«

Fleur wurde klar, dass das zutraf. Ganz gleich, was er getan hatte, sie liebte ihn noch immer. Sie wollte ihre Ehe retten, solange er ebenso empfand. Sie nickte. »Wir müssen miteinander reden und reinen Tisch machen, bevor es zu spät ist.«

»Gut.« Martha stand auf und begab sich zur Tür. »Ich richte den Lunch, und dann kannst du aufbrechen. Du wirst ein bisschen Ruhe brauchen, bevor er eintrifft.«

Greg zuckte zusammen, als es laut an der Tür klopfte. »Geh weg!«, stöhnte er.

»Ich bin's, Kumpel. Du hast Besuch; also solltest du besser munter werden.«

Greg spähte unter der Decke hervor auf Maru, der im Türrahmen stand. Er hatte ein frisches Gesicht und strahlende Augen – keine Spur von dem Trinkgelage. »Wie machst du das?«, fragte er heiser. »Hast du keinen Kater?«

Der Samoaner lächelte. »Nö, Kumpel. Ich habe Übung.« Er schloss die Tür ab und lehnte sich dagegen, während von außen jemand wütend den Türknauf drehte. »Hör zu, Kumpel«, sagte er verschwörerisch, »da draußen steht Doreen.«

Greg richtete sich auf, fuhr wegen des Bienenschwarms zusammen, der in seinem Kopf summte, und versuchte, Maru klar zu erkennen. »Was will die denn hier? Hat sie noch nicht genug angerichtet?«

Maru zuckte mit den Schultern. »Sie hat nicht viel gesagt – nur dass du so schnell wie möglich nüchtern werden und nach Savannah Winds fahren sollst.«

»Sie schlägt eine andere Tonart an«, stöhnte er, schwang die Beine aus dem Bett und hielt sich den Kopf. »Nur wie zum Teufel soll ich ohne Transportmittel da rausfinden? Will sie mich auf ihrem Besenstiel mitnehmen?«

»Das habe ich gehört, Greg Mackenzie. Schaff deinen nichtsnutzigen, verlogenen Arsch aus dem Bett und komm nach unten! Da gibt's Kaffee. Ich will, dass du in der nächsten Viertelstunde nüchtern bist.«

Greg und Maru wechselten amüsierte Blicke, als sie Doreen die Treppe hinuntertrampeln hörten. »Verdammt«, sagte Maru flüsternd. »Kein Wunder, dass ihr Alter durchgebrannt ist. Stell dir mal vor, du hörst gleich morgens als Erstes diese Stimme.«

»Das hab ich gerade«, rief Greg ihm ins Gedächtnis. »Und jetzt raus mit dir, Maru! Ich will mich anziehen.«

Greg war nicht ganz sicher auf den Beinen, als er seine Tasche hinuntertrug und sich in den Speiseraum begab. Ein ganzes Trommlerregiment hatte sich in seinem Kopf eingenistet, seine Zunge war zu groß für den Mund, und er hatte einen Mordsdurst. Greg wunderte sich, dass er keine Alkoholvergiftung hatte.

»Das wurde aber auch Zeit.« Doreen wartete auf ihn, die Arme verschränkt, und schaute ihn finster an. »Setz dich, nimm die hier und trink!«, befahl sie und zeigte auf Aspirintabletten und einen Wasserkrug. »Dann kannst du mit dem Kaffee anfangen. Ich hab dir Frühstück bestellt, obwohl ich gar nicht daran denken will, wie das hier wohl aussieht.«

Greg beachtete sie gar nicht, steckte zwei Aspirin in den Mund und spülte sie mit zwei großen Schlucken Wasser hinunter. Er hatte den Krug geleert und mit dem Kaffee angefangen, als Marus niedliche kleine Frau ihm das Frühstück brachte und ihn mitfühlend anlächelte.

Ein Blick auf das Rührei genügte, und schon rannte Greg zur Toilette und übergab sich.

Als er kurz darauf sein Spiegelbild betrachtete, war er grün im Gesicht; die Augen waren blutunterlaufen; kalter Schweiß stand ihm auf der Stirn. Dass jemand alkoholabhängig werden konnte, war Greg ein Rätsel. Er kam sich vor wie eine wandelnde Leiche.

»Du kannst dich nicht den ganzen Tag hier drinnen verstecken.« Doreen stand im Türrahmen, die Hände in die Hüften gestemmt.

»Raus hier, Doreen!«, bellte er, bevor ihm wieder schlecht wurde.

Greg wusch sich Gesicht und Hände und kämmte sich. Er fühlte sich entschieden besser, jedoch keineswegs in der Stimmung für das Frühstück oder eine giftige Tyrannin mit orangerotem Haar. Er ging in die Bar, bezahlte seine Rechnung bei Maru, bedankte sich bei ihm und versprach, vor der Rückkehr nach Brisbane noch mal vorbeizuschauen. Dann begab er sich wieder zu Doreen.

»Ich bin so weit«, sagte er in einem Tonfall, der keinen Widerspruch duldete. »Gehen wir!«

Die Kirche stand im Herzen der Outback-Siedlung, die weniger als ein Dutzend Häuser zählte, obwohl Fleur in der weiteren Umgebung entlegene Gebäude ausmachte, als sie zur Landung ansetzten.

»Der Pastor ist die meiste Zeit unterwegs«, erklärte John.

»Seine Gemeinde ist weit verstreut, und für seine Gemeindemitglieder ist es zu schwer, öfter als ein- oder zweimal im Jahr herzukommen. Früher musste er reiten, aber wir haben alle zusammengelegt und ihm ein kleines Flugzeug besorgt. Es hat eine Weile gedauert, bis er gelernt hatte zu fliegen – doch nun ist er nur noch selten zu Hause anzutreffen.«

John landete auf einem Feld in der Nähe. »Eine Kirche gibt es hier seit der Zeit der Pioniere«, sagte er, als sie auf das Gotteshaus zuhielten. »Das ist natürlich nicht die ursprüngliche. Die werden immer wieder von Stürmen weggefegt, von Termiten zerfressen oder fallen einem Brand zum Opfer.«

Fleur betrachtete das schlichte Holzgebäude mit dem Wellblechdach. Über der Tür hing ein Kreuz. Das Glas der vier Fenster war mit einer so dicken Staubschicht bedeckt, dass der Innenraum nur schemenhaft zu erkennen war. Auf dem Kiesweg wuchs Unkraut, der Rasen war eine Weile nicht gemäht worden, und die wenigen Bäume welkten in der Nachmittagshitze. »Annie hat eine großzügige Stiftung hinterlassen, um den Kirchhof in Ordnung zu halten«, brummte sie.

»Das wird er auch«, antwortete er und führte sie hinter die Kirche.

Fleur nickte anerkennend, als sie die sauberen Pfade und das frisch gemähte Gras erblickte. »Schade, dass sie ihre Sache vorn nicht zu Ende geführt haben.«

John zuckte mit den Schultern. »Ich lasse dich jetzt allein. Komm wieder zum Flugzeug, wenn du hier fertig bist.«

Sie ordnete den Armvoll Blumen, die sie am Morgen in Marthas Garten gepflückt hatte, und wanderte den Pfad entlang, bis sie den schlichten Grabstein entdeckte, unter dem John Harvey seine letzte Ruhe gefunden hatte. Neben ihm lagen Sam Somerville, seine Tochter Lily – unter den schützenden Flügeln eines Engels – und Annie begraben.

Fleur verteilte die Blumen auf den vier Gräbern und hockte sich davor, tief in Gedanken versunken. Annie war an den Ort und zu den Menschen zurückgekehrt, zu denen sie gehörte. So wie sie. Nun war es an der Zeit, den Schaden zu beheben, den sie und Greg ihrer Ehe zugefügt hatten, und in die Zukunft zu schauen.

»Danke, Annie. Du wirst nie erfahren, wie viel mir dein Geschenk bedeutet. Aber vielleicht weißt du es doch – vielleicht war das sogar der Grund, warum du es mir gemacht hast. Denn du wusstest, dass ich kommen würde. Du wusstest, dass alles ans Tageslicht treten und ich am Ende wieder mit meiner Mutter vereint sein würde.« Gerührt atmete sie tief ein. »Dieses Geschenk ist unbezahlbar, und ich finde keine Worte für meine Dankbarkeit.«

Sie blieb eine Zeitlang dort, las die Grabinschriften und lauschte dem Gezwitscher der Vögel. Dann versprach sie, eines Tages wiederzukommen, und machte sich auf den Weg zum Flugzeug. Savannah Winds rief sie nach Hause.

Fleur küsste John zum Abschied und stieg in den Geländewagen neben Djati, um durch die verschmierten Fenster zu beobachten, wie das Flugzeug abhob. Sie hatte die feste Absicht, ihr Versprechen zu halten und nach Emerald Downs zurückzukehren, denn John und Martha waren ein wesentlicher Bestandteil ihrer Familie, und sie würde nicht zulassen, dass wieder etwas zwischen sie trat.

»Ist Sal zu Hause?«, fragte sie, als Djati zur Lichtung zurückfuhr.

»Sie ist bei dir«, erklärte er mit tiefer Stimme, die das Geräusch des Motors übertönte. »Hat gesagt, sie müsse mit dir reden.« Er warf ihr einen Blick zu. »Das macht dir doch nichts aus, oder? Aber sie hat darauf bestanden.«

»Nein«, murmelte Fleur mit sanftem Lächeln. »Das macht mir überhaupt nichts.«

»Dann setze ich dich hier ab«, sagte er, als er vor den Verandastufen anhielt. »Ich muss mich um die Schafschur kümmern.«

Fleur bedankte sich bei ihm, bevor er ihre Tasche durch die Fliegengittertür trug und zurück zum Wagen eilte. Er wendete und war bald in einer Staubwolke verschwunden.

»Willkommen.«

Fleur drehte sich um. Sal stand im Türrahmen. »Du hast es gewusst, nicht wahr?«

Sal schenkte Fleur ein strahlendes Lächeln, das die Furchen in ihrem Gesicht vertiefte. Sie trat vor und legte Fleur eine Hand auf den Arm. »Er kommt mit Liebe«, sagte sie leise. Sie nickte, als sei sie zufrieden mit dieser Gewissheit, und setzte sich. »Du bist umgeben von Menschen, die dich lieben, Fleur – aber das wusstest du ja.«

Fleur nahm neben ihr Platz und lachte. »Gut, Sal. Du hast gewonnen. Ich glaube, dass du Dinge sehen kannst, die wir anderen nicht sehen.«

Die haselnussbraunen Augen weiteten sich. »Aber du kannst Dinge sehen, die nicht einmal ich sehe. Deine Gabe ist viel stärker als meine.«

Fleur lächelte verunsichert. »Aber das Flugzeug war doch echt, oder nicht? Du hast es doch auch gesehen?«

Sals Lächeln war rätselhaft. »Es ist echt genug«, gab sie zu.

Fleur kramte in ihrer Tasche nach dem Album mit den Zeitungsausschnitten und schlug es auf. »Aber wie war es möglich, es zu reparieren? Schau her, Sal. Da war doch kaum was von übrig.«

Sal schaukelte mit dem Stuhl, den Blick in weite Ferne gerichtet. »Es gibt Mittel und Wege«, murmelte sie. »Aber wir müssen sie nicht verstehen.« Unvermittelt stand sie auf und packte Fleur bei den Armen. »Dein Mann wird bald hier sein. Begrüße ihn so, wie dir wirklich ums Herz ist.«

»Aber wir müssen viele Dinge klären, bevor wir …«

Sal legte Fleur einen zarten Finger auf die Lippen. »Schweigen ist manchmal die beste Medizin, um eine Ehe zu heilen. Was glaubst du denn, wieso Djati und ich all die Jahre so zufrieden geblieben sind?« Sie schenkte Fleur ein liebevolles Lächeln, tätschelte ihr die Wange und schob sich durch die Fliegengittertür. »Ich habe genug für euch beide in den Kühlschrank gestellt. Wir sehen uns, wenn du bereit bist vorbeizukommen.«

Fleur schaute Sal nach, als diese langsam über den Pfad zurückging; Sals Worte hallten in der Stille wider, die sie hinterlassen hatte.

Henry war eine recht angenehme Gesellschaft, nachdem er die Allüren aufgegeben hatte. Während sie zum Autohaus Burke and Wills fuhren, stellte Greg fest, dass sie einiges gemeinsam hatten. Henry spielte die Leadgitarre in einer ortsansässigen Country-and-Western-Band; in seiner College-Zeit hatte er in der ersten Liga Australiens Football gespielt, und er hatte viele Bücher gelesen, die auch Greg gefallen hatten.

Sie plauderten freundlich, während ihre Lieblingsmusik im Kassettendeck lief. Greg, der sich inzwischen vollständig von seinem Kater erholt hatte, fand die vorbeiziehende Landschaft faszinierend. Dennoch konnte er nicht verstehen, warum jemand an einem so abgelegenen Ort leben wollte. »Was um alles in der Welt macht ihr den ganzen Tag?«

»Wir gehen wie gewohnt zur Arbeit.« Henry grinste, einen kalten Stumpen zwischen den Lippen. »Am Abend gibt es nicht viel zu tun, es sei denn, man treibt Sport. »Ich gehe für gewöhnlich in den Tennisclub und spiele in der neuen Anlage eine Runde Squash. Nach ein paar Bierchen esse ich eine gute, preiswerte Mahlzeit und gehe nach Hause. Dann gibt es noch den RSL Club. Da läuft immer irgendwas. An Wochenenden ist normalerweise was los, irgendein Rennen, Gemeindepicknicks oder Landwirtschaftsmessen.«

»Bist du nicht verheiratet?«

Henry zuckte mit den Schultern. »Ich war es, aber wir waren eigentlich zu jung. Es konnte nicht gutgehen. Ich bin gern allein. Und du?«

»Ich verabscheue es«, gestand Greg. »Die letzten Monate haben mir gezeigt, wie sehr ich meine Frau liebe. Ich will nie wieder allein sein.«

Henry lenkte den Wagen auf einen Parkplatz und schaltete den Motor aus. »Hör zu, Kumpel, das mit gestern tut mir leid, bloß …«

»Keine Bange. Schwamm drüber! Komm, wir holen uns was zu essen. Ich sterbe vor Hunger.«

»Gebongt.«

Fleur packte ihre Tasche aus und bereitete das Haus auf Gregs Ankunft vor. Sie fegte den Boden, wischte alle Möbel blank, schüttelte Vorhänge und Teppiche aus. Die Betten wurden frisch bezogen, und sie durchforstete den Kühlschrank, um zu überlegen, was sie Greg als erste Mahlzeit auf Savannah Winds kochen konnte.

Als sie mitten im Wohnzimmer stand, spürte sie Schmetterlinge im Bauch und ein Hochgefühl überflutete sie. »Ach, Greg«, seufzte sie, »was hab ich dich vermisst! Beeil dich, Liebster, komm schnell zu mir nach Hause!«

»Selbstgespräche sind das erste Anzeichen für Wahnsinn, das weißt du.«

Beim Klang seiner Stimme wirbelte sie herum, ein Lächeln auf den Lippen.

Blue lächelte zurück. Er lehnte am Türrahmen, den Hut tief in die Stirn gezogen, einen Fuß über den anderen geschlagen, die Hände in den Taschen seiner alten Jeans vergraben. »Wie ich hörte, ist Greg hierher unterwegs«, sagte er gedehnt.

»Ja«, flüsterte sie, »und ich bin so glücklich.«

»Das sehe ich dir an. Du glühst förmlich. Dein Mann kann sich glücklich schätzen.« Er stieß sich vom Türrahmen ab und öffnete das Fliegengitter. Die Katze schoss nach draußen, und Blue wartete, dass Fleur sich auf der Veranda zu ihm gesellte. »Konnte mich nie mit Katzen anfreunden«, murmelte er. »Komm, setz dich eine Weile zu mir. Hier draußen ist es kühler, und ich beobachte so gern den Himmel, wenn es dunkel wird.«

»Was ist mit dir, Blue? Hast du eine Frau – eine Familie?«

Er dachte eine Weile über die Frage nach, bevor er antwortete. »Ich habe eine Frau«, sagte er schließlich. »Sie ist meine Liebe, meine einzige. Das versteht sie – ihr geht es genauso.«

»Wie schön!«, seufzte sie. »Aber es muss furchtbar sein, andauernd hier heraus oder nach Birdsong zu müssen und sie alleinzulassen.«

»Sie ist immer bei mir«, sagte er leise. »Immer in meinem Herzen. Und jedes Mal, wenn es schlägt, ist es, als würde sie mich daran erinnern, dass sie da ist.«

Fleur bekam feuchte Augen. »Du hättest Dichter werden sollen. Du kannst so wundervoll mit Wörtern umgehen.« Ihr wurde klar, dass ihre Gefühle sie wieder zu übermannen drohten, und sie fragte sich, ob sie so verrückt wie Sal werden würde. »Womit verdienst du denn deinen Lebensunterhalt, Blue?«

Er schaute sie unter der Hutkrempe hervor an; die hellen Augen glitzerten schelmisch. »Ich bin ein Freigeist, Fleur. Ich tue, was getan werden muss. Gehe dorthin, wo man mich braucht.«

Fleur merkte, dass er es ihr nicht sagen wollte, und gab auf. »Bleibst du lange? Mein Mann wird nämlich morgen hier sein, und ich hätte gern, dass ihr euch kennenlernt.«

Er nestelte an seiner Hutkrempe herum und starrte durch das Fliegengitter in den Busch hinaus. »Bis morgen bin ich weg. Deshalb bin ich hier, um mich zu verabschieden.«

»Oh.« Fleur war überrascht, wie enttäuscht sie darüber war. »Aber du kommst doch wieder, oder?«

Bedächtig schüttelte er den Kopf. »Meine Arbeit hier ist erledigt«, erklärte er. »Und auf Birdsong auch, schätze ich. Du brauchst mich nicht mehr.«

»Aber wer wird sich denn für mich darum kümmern?«, rief sie. »Bitte, Blue, du musst es dir noch einmal überlegen!«

Seine auffallend blauen Augen unter den dichten schwarzen Wimpern schauten auf sie herab. Ein Lächeln erhellte seine Züge. »Dafür gibt es jede Menge andere. Ich habe mein Mädchen lange genug warten lassen. Höchste Zeit, zu ihr zurückzukehren.«

Er tippte an den Hut und drückte die Fliegengittertür auf. Er drehte sich noch einmal um, schenkte ihr ein letztes Lächeln und verschwand in der zunehmenden Dunkelheit.

Fleur blieb eine Weile stehen, nachdem er fort war. Blues Frau hatte großes Glück, und Fleur hoffte inständig, dass Greg sie, Fleur, ebenso grundehrlich und von ganzem Herzen lieben möge.

Erst am späten Vormittag wachte Fleur auf, und noch immer war keine Spur von der Katze zu sehen. Sie blieb einen Moment liegen, genoss die Bequemlichkeit des Bettes und das wohlige Gefühl, das sie erfüllte. Heute würde Greg eintreffen, und sie kam sich vor wie ein Schulmädchen, das sich auf ein erstes Rendezvous vorbereitet. Sie war aufgeregt und fürchtete beinahe, dass sie zu viel erwartete; dass sie die lange Reise, die er auf sich genommen hatte, falsch deutete. Aber er hätte sie nicht gemacht, sinnierte sie, wenn er nicht will, dass wir wieder zusammenkommen. Und Sal hat gesagt, alles wird gut – und sie hat recht gehabt, er kommt tatsächlich, also …

Ungehalten über diese albernen Gedanken, nahm Fleur eine Dusche und zog sich an. Nach einem sehr späten Frühstück ging sie mit Besen und Staubtuch durch das Haus – anscheinend lag auf allem ständig eine rote Staubschicht. Sie gab auf, als ihr klar wurde, dass sie einen aussichtslosen Kampf führte, und beschloss, zur Lichtung zu gehen und Ausschau nach der Spitfire zu halten.

Die Sonne brannte, als sie vor dem riesigen Schuppen stand und auf ein neues Vorhängeschloss und eine Kette starrte. »Also, warum sollte das jemand tun?«, murmelte sie vor sich hin.

Fleur fand weder Sal noch Djati, die sie um eine Erklärung bitten wollte. Daher kehrte sie zum Haus zurück. Wirre Gedanken gingen ihr durch den Kopf.

Sie konnte nicht still sitzen und schoss jedes Mal hinaus, sobald sie einen Geländewagen hörte. Schließlich nahm sie Annies letzte Tagebücher mit auf die Veranda. Sie sagten ihr nicht viel mehr als das, was sie bereits erfahren hatte, und als sie die letzte Seite im letzten Band erreicht hatte, klappte sie ihn mit einem tiefen Seufzer zu und räumte alle Bücher sorgfältig wieder fort.

Inzwischen war es später Nachmittag, und Fleur machte sich allmählich Sorgen. Wie lange würde Greg noch brauchen? Sie lief hinaus auf die Veranda, kam aber nicht zur Ruhe. Die Katze hatte sie verlassen, von Sal oder Djati war keine Spur zu sehen, und Blue war zu seiner Frau gegangen. Fleur hatte niemanden außer sich selbst, mit dem sie reden konnte – und die Unterhaltung war langweilig, zusammenhanglos und sinnlos.

Sie goss die Blumen in den Töpfen und Hängekörben, rückte die Stühle hin und her, schüttelte die Vorhänge noch einmal aus und holte sich dann ein Glas Saft.

Als sie draußen den Kies knirschen hörte, eilte sie an die Tür. »Greg«, seufzte sie. »O Greg, endlich!«

Er riss die Fliegentür auf und zog sie an sich. »Mein Liebling, mein Schatz. Verzeih, dass ich dich verletzt habe! Ich verspreche, ich werde dich nie, nie mehr verlassen. Bitte, vergib mir! Bitte, Fleur! Ich hatte nie eine Affäre – ich habe dich nie betrogen oder angelogen. Ich liebe dich, ich liebe dich, ich liebe dich.«

Fleur schmolz dahin, als sein warmer, fordernder Mund ihre Lippen umfing, seine Arme sie fest umschlungen hielten. »Greg, Greg«, hauchte sie zwischen den Küssen. »Ich liebe dich auch. Verzeih, dass ich je an dir gezweifelt habe!«

Dann zerrten sie sich gegenseitig an ihren Kleidern, rissen Hemdknöpfe ab, mühten sich mit Gürteln, Reißverschlüssen und Stiefeln, stöhnend vor Verlangen. Gregs Hände nestelten am Bund ihrer Jeans und schoben sie ungeduldig herunter, während Fleur mit seiner Hose zu kämpfen hatte. Schließlich stiegen sie aus ihren Hosen, Greg hob Fleur auf die Arme und trug sie ins Haus. Er machte sich gar nicht erst auf die Suche nach dem Schlafzimmer. Die Couch stand näher.

Sie wölbte sich ihm entgegen, sehnsüchtig, heiß und hingebungsvoll, als er in sie eindrang. Sie zog die Knie an, schlang die Beine um seine Hüften und nahm ihn noch tiefer in sich auf. Sie wollte von ihm erfüllt, in Besitz genommen werden, wollte mit ihm verschmelzen, bis sie eins wären.

Ihre schweißnassen Körper glitten übereinander, und das Gefühl seiner Bewegungen fachte bei Fleur die Glut ihres Verlangens an. Während sie sich aneinanderklammerten und den Punkt erreichten, an dem es kein Zurück mehr gab, spürte sie, dass sich die wirbelnden Wellen der Lust immer weiter auftürmten zu einer riesigen, sich überschlagenden Woge der Erfüllung. Mit einem ekstatischen Aufschrei kamen sie gemeinsam zum Höhepunkt.

Ihre Herzen pochten, während sie fest umschlungen dalagen und einander in ehrfürchtigem Staunen vor den mächtigen Gefühlen, die sie erzeugt hatten, berührten.

Greg schob den Kopf auf dem Kissen zurück, damit er in Fleurs Gesicht schauen konnte. »Ich muss dir etwas sehr Wichtiges sagen.« Er küsste ihre Nase. Seine Miene wurde ernst, seine Augen waren tiefgrün wie eine Winterweide, während er ihr zärtlich Haarsträhnen aus dem Gesicht strich und seine Hand an ihre Wange legte. »Ich wollte einfach nur sagen, dass ich dich liebe, dass ich dich immer geliebt habe. Ich war dir nie untreu. Das Abendessen mit Carla war ein Dankeschön für alles, was sie getan hat, um mir zu der Erkenntnis zu verhelfen, was für ein dämlicher Narr ich war.«

»Ich liebe dich auch«, seufzte sie. »Es tut mir aufrichtig leid, dass ich an dir gezweifelt habe.« Sie küsste ihn sanft. »Heißt das, wir können von vorn anfangen?«, fragte sie wachsam. »Dass du darüber nachdenken wirst, ob wir ein Kind bekommen?«

Langsam zog er sie an sich, fuhr mit den Händen liebkosend über ihren Körper. »Ich glaube, das ist die beste Idee, die du heute hattest. Sollen wir jetzt mit dem ersten Kind beginnen? Ich bin bereit, wenn du es bist.«

Sie hatten die ganze Nacht immer wieder miteinander geschlafen, waren eingedöst und hatten geredet. Sie hatten sich in Decken eingehüllt und auf dem Boden vor einem lodernden Feuer ein Picknick abgehalten. Fleur hatte ihm die Tagebücher und das von John zusammengestellte Album gezeigt und ihm von ihrer Mutter, ihrem Onkel und ihrer Tante erzählt, die sie hinzugewonnen hatte.

Schließlich hatten sie geduscht und sich angezogen. Nun saßen sie im Lampenschein auf der Veranda, tranken heiße Schokolade und schauten sich erneut die Fotos an. Bald würde der Morgen dämmern. Der dunkle Himmel zeigte erste Farben, die Vögel regten sich.

»Schade, dass so viele von diesen alten Fotos verdorben sind«, sagte Greg. »Die meisten Gesichter sind verschwommen; vor lauter Wasserflecken ist kaum etwas zu erkennen.« Er zog ein Bild aus dem Stapel. »Ich könnte schwören, das ist eine Spitfire, aber wer ist das da bei Annie? Könnte das Sam sein? Was meinst du?«

Fleur wollte ihm schon antworten, als ein scheußliches Scheppern ertönte. Sie sprangen auf. »Was zum Teufel ist das?«

Aus Angst, Savannah Winds könne brennen, liefen sie die Stufen hinunter, ließen die Fliegentür sperrangelweit offen; der Türgriff hatte sich im Draht verfangen.

Die Glocke läutete so laut, dass sie nicht verstanden, was Sal schrie, doch sie folgten ihrem ausgestreckten Zeigefinger und schauten hoch.

Der Himmel schillerte blau-grau – und eine große, glitzernde weiße Wolke rollte heran, die sich von Horizont zu Horizont spannte. »Eine *Morning Glory*«, hauchte Fleur, die den Blick nicht abwenden konnte. »Sieh nur, Greg!«

Sie beobachteten, wie die Wolke sich kräuselte, brach und sich neu bildete – eine perfekte Welle. Sie verharrte über ihnen in ihrer zauberhaften leuchtenden Gestalt – die Königin der Himmel, Herrin über alles, was sie überblickte.

»O mein Gott, schau!«

Fleurs Blick folgte Gregs ausgestrecktem Finger, und ihr Herz blieb stehen. Jemand surfte auf der *Morning Glory* – aber es war weder ein Leichtflugzeug noch eine Cessna. Es war eine alte Spitfire.

Mit Tränen in den Augen beobachtete Fleur, wie die Maschine auf der Woge ritt, abtauchte und segelte wie ein Vogel – frei von allen irdischen Sorgen. Fleur schnappte nach Luft, als die Spitfire in der dichten, rollenden weißen Wolke verschwand, und lachte, als sie wieder auftauchte.

»Ich könnte schwören, das ist eine alte Spitfire«, murmelte Greg.

»Stimmt«, sagte sie leise. »Ich weiß nicht, wie das möglich ist – aber es ist eine.« Sie wusste, dass ihre Worte wahrscheinlich keinen Sinn ergaben, aber sie konzentrierte sich zu sehr auf die Spitfire, um es zu erklären.

Das Flugzeug tauchte vom Himmel herab und hielt dröhnend auf sie zu. Zwei Mal kreiste es über Savannah Winds, setzte im Tiefflug über die Farm und drehte noch eine Runde. Der Fallwind ließ die Fensterläden klappern und wehte die Fotos vom Tisch auf der Veranda.

Fleur weinte, wischte sich jedoch die Tränen nicht ab, denn sie wusste, was passieren würde, und wollte diesen endgültigen, wundersamen Moment nicht verpassen.

Die Spitfire flog ein letztes Mal vorbei und steuerte mit wackelnden Flügeln noch einmal auf die Wolke zu, um in ihrer silbrigen Umarmung zu verschwinden.

Sie warteten auf die Rückkehr des Flugzeugs. Fleur wusste jedoch, dass es seinen letzten Flug angetreten hatte. Sie legte einen Arm um Greg, und während die *Morning Glory* sich schimmernd auflöste, gingen sie in ehrfürchtigem Schweigen langsam zum Haus zurück.

Etwas flatterte auf den Weg, und sie hob es auf. Es war das alte Foto von Annie und Sam, die Arm in Arm lachend neben der Spitfire standen. Doch Sams Gesicht war nicht mehr im Schmutz der Zeit verloren. Er schaute sie von diesem Schwarzweißfoto direkt an, und sie wusste, dass Sam »Blue« Somerville tatsächlich seine Aufgabe hier auf Erden erfüllt hatte, denn er war in der sicheren Überzeugung, dass sie und Greg am Ende ihren Frieden gefunden hatten, endlich zu seiner Annie heimgekehrt – seiner einzigen wahren Liebe.

Epilog

Samuel Daley Mackenzie wurde in der trockenen, staubigen Hitze eines Sommers in der Savanne geboren. Als er aufwuchs und Geschwister bekam, erfuhr er die Geschichte von Savannah Winds und den Menschen, die einst dort gelebt hatten.

Als junger Mann sah er mit eigenen Augen eine *Morning Glory*, und manchmal glaubte er, den Schatten eines kleinen Flugzeugs in der Wolke zu erkennen. Als Mann aber kam er nie in Versuchung, sie näher zu erforschen, denn es gab Dinge, die niemand zu ergründen vermochte – nicht einmal seine weise alte Tante Sal.

Ein dunkles Geheimnis, eine grenzenlose Liebe und der Zauber Tasmaniens

Tamara McKinley
DER HIMMEL ÜBER TASMANIEN
Roman
Aus dem australischen Englisch von Marion Balkenhol
496 Seiten
mit zahlreichen Abbildungen
ISBN 978-3-7857-2433-0

Als Lulu nach vielen Jahren in ihre Heimat zurückkehrt, folgt sie einem rätselhaften Brief: Ein Fremder teilt ihr mit, dass sie auf der australischen Insel ein wertvolles Rennpferd besitzt. Doch in Tasmanien schlägt ihr nichts als Feindseligkeit entgegen. Schon kurz nach ihrer Ankunft wird sie beinahe von einem Wagen überrollt – ein dreister Anschlag auf ihr Leben. Lulu ahnt: In ihrer Familie gibt es ein dunkles Geheimnis, das den Hass vieler Menschen auf sie zieht. Nur Joe Reilly, der sympathische Trainer ihres Rennpferds, hält zu ihr. Er verliebt sich in die mutige Frau und bringt sie – ohne es zu ahnen – erst recht in Gefahr ...

Lübbe Hardcover

Die Erfolgsgeschichte geht weiter!

Sarah Lark
DAS LIED DER MAORI
Roman
816 Seiten
ISBN 978-3-404-15867-6

Neuseeland, 1893: William Martyn ist gebildeter und kultivierter als die übliche Klientel, die es auf der Suche nach Gold nach Queenstown verschlägt. Kein Wunder, denn Will ist der Sohn irischer Landadeliger. Die temperamentvolle Elaine verliebt sich in ihn, und er scheint nicht abgeneigt, doch dann kommt Kura-Maro-Tini zu Besuch, Elaines Cousine und Halb-Maori, deren exotischer Schönheit und Freizügigkeit William sofort erliegt.

Der zweite Teil der farbenprächtigen Neuseeland-Saga nach *Im Land der weißen Wolke*..

Bastei Lübbe

Die große neuseeländische Familiensaga: fesselnd und facettenreich!

Sarah Lark
DER RUF DES KIWIS
Roman
848 Seiten
ISBN 978-3-404-16261-1

Neuseeland, Canterbury Plains 1907: Gloria wächst auf Kiward Station auf. Ihre glückliche Kindheit endet jäh, als sie mit ihrer Großkusine Lilian in ein englisches Internat geschickt wird. Um jeden Preis will sie nach Neuseeland zurück. Sie schmiedet einen verwegenen Plan, der sie in höchste Gefahr bringt …
Spannend und mitreißend schildert Sarah Lark die Geschichte einer neuseeländischen Familie, verwoben mit der Tradition der Maoris.
Der dritte, in sich abgeschlossene Band der Bestsellertrilogie!

Bastei Lübbe